D1143136

'AFGESCHREVEN

De laatste dochter

Van Jane Casey verscheen eveneens bij uitgeverij Anthos

Spoorloos
Brandbaar
Vergelding

Jane Casey

De laatste dochter

Vertaald door Irene Ketman
en Ireen Niessen

Anthos|Amsterdam

ISBN 978 90 414 2031 2
© 2012 Jane Casey
© 2013 Nederlandse vertaling Ambo|Anthos *uitgevers*,
Amsterdam, Irene Ketman en Ireen Niessen
Oorspronkelijke titel *The Last Girl*
Oorspronkelijke uitgever Ebury Press
Omslagontwerp Studio Jan de Boer
Omslagillustratie © Ruby del Angel/Arcangel Images/Hollandse Hoogte
Foto auteur Annie Armitage

Verspreiding voor België:
Veen Bosch & Keuning uitgevers n.v., Antwerpen

Voor Áine Holland

Ze zwom al bijna een uur. Haar benen voelden krachteloos en haar armen zwaar, iedere keer wanneer ze die uit het water tilde. In de avondlucht was de hitte van de dag nog voelbaar. Ze zwom op de automatische piloot, als een stuk opwindspeelgoed. Heen en weer. Heen en weer. Niets kon haar stoppen. Niets kon haar concentratie verbreken. Ze was het water. Ze was gemaakt van water. Ze was Lydia niet. Ze was er niet meer.

De vermoeidheid sloeg toe. Ze had te veel van zichzelf gevraagd. Maar ze had het belangrijk gevonden om niet op te geven. Ze had het gevoel dat haar vader dat van haar verlangde. Hij had haar toegeknikt toen ze het water in stapte. Ze had staan rillen, hoewel het water warm was, maar was er toen snel in gegleden, voordat hij haar spottend voor kinderachtig had kunnen uitmaken. Hij had zijn baantjes getrokken. Zijn armen kliefden door het wateroppervlak en achter hem lieten zijn benen het water hoog opspatten. Voor iemand die zo slank was als hij, verplaatste hij een enorme watermassa. Het leek wel alsof je alleen wanneer hij zich onder water bevond de energie kon zien die hij afgaf. Zij, die zelf amper een rimpeling in het water veroorzaakte, was aan haar kant van het zwembad gebleven, worstelend met de door hem opgeworpen golven die haar in het gezicht sloegen. En toen hij het zwembad uit ging en als een hond het water van zich afschudde, had hij niets gezegd. Hij was in een badjas gehuld op het bankje onder de bomen gaan zitten om stiekem een sigaret te roken, met Mollie naast hem op de grond, met haar kop op haar poten. Of hij naar haar had gekeken, wist ze niet, en ze had daar ook niet speciaal op gelet. Ze nam aan van wel. Ze was trouwens druk bezig geweest. Ze had geteld. Eerst honderd baantjes. Toen nog eens vijftig en daarna nog tien en nog eens tien en daarna nog drie. Ze streefde naar tweehonderd, maar dat was haar niet gelukt. Ze had gefaald. In het licht van de zwembadlampen zag Lydia's huid er doods uit. Ze bekeek haar gerimpelde vingertoppen, haar blauwwitte dijen, die onder water korter leken dan ze waren, de welving van haar buik onder haar T-shirt met lange mouwen, opbollend en zacht, licht trillend terwijl ze op adem probeerde te komen. Walgelijk. Ze waadde naar de trap en hees zich aan de leuning omhoog. Het voelde alsof het water aan haar bleef hangen, alsof het haar met tegenzin losliet. Ze ging gebukt onder de vermoeidheid, de enorme druk van de zwaartekracht. Ze had een handdoek over de armleuning van een stoel gehangen en sloeg die nu om zich heen. De zachte stof op haar huid deed haar huiveren. Ze liet een spoor van natte voetafdrukken achter op de stenen van de patio toen ze naar de achterdeur liep, die ze langzaam en stilletjes opendeed. De regel – haar moeders regel – was dat ze zich buiten in het zwembadhuis douchten en afdroogden, zodat niemand een spoor van water achterliet in de keuken en nadrupte op het smetteloze ivoorkleurige tapijt in de rest van het huis. Op de drempel bleef Lydia even stilstaan. Ze luisterde en tuurde het donkere vertrek in. Ze was absoluut niet van plan om haar badpak in het zwembadhuis uit te trekken en om bloter dan ze nu al was helemaal naar de beslotenheid van haar slaapkamer te lopen.

In de zekerheid dat ze alleen was, stapte ze door de keuken. De marmeren vloer voelde koud aan onder haar voeten. In de hal ging ze sneller en op haar tenen lopen. Het tapijt voelt al nat aan, dacht ze. Waarschijnlijk had haar vader hetzelfde gedaan als zij. Hij trok zich weinig aan van de regels van haar moeder.

De deuren naar de woonkamer stonden op een kier. Er viel een smalle streep licht in de hal. Lydia aarzelde voordat ze erlangs liep, bang dat snel lopen de aandacht zou trekken. Langzaam lopen zou weer te riskant zijn. Er kwam geen enkel geluid vanuit de kamer, maar ze wist dat haar moeder daar was; ze voelde het gewicht van haar aanwezigheid. Het was maar het veiligste om niet te kijken in het voorbijlopen, om niet te proberen naar binnen te gluren. Toch keek Lydia onwillekeurig heel even, en ze ving een glimp rood op. Ze was al halverwege de trap voordat ze zich afvroeg wat ze gezien kon hebben. Wat kon er zo fel van kleur zijn geweest? Het woonkamerinterieur was zwart-wit, kille perfectie. En haar moeder droeg uitsluitend neutrale kleuren. Misschien was het iets van Laura.

Bij de gedachte aan haar zus was Lydia meteen iets minder moe, en ze draaide zich om. Ze kon gewoon even kíjken.

Ze bewoog snel en sierlijk als een hinde terwijl ze de brede trap weer afdaalde, naar de deur liep en er een hand op legde om hem, met ingehouden adem, iets verder open te duwen. Niemand zou merken dat ze daar was.

Alleen maar even vlug kijken.

Ze hadden haar moeten horen toen ze begon te gillen, maar niemand in die kamer was in staat om nog te horen. Niemand in die kamer zou ooit nog iets horen.

I

'Tennis, meer weet ik niet over Wimbledon.' Derwent trommelde met zijn vingers op het stuur.

Ik staarde naar de kaart. 'Wat valt erover te weten? Dure buurt om te wonen. Chic. Boven ons budget. Niet het soort omgeving waar wij doorgaans vertoeven. Ruwweg geschat nog dik drie kilometer, en God mag weten hoelang we daarover gaan doen.'

'Het licht wordt zo groen, Kerrigan. Ik rij rechtdoor.'

'Nee, niet doen.' Voor ons stond een file die tot in het oneindige doorging, of in elk geval tot aan de A3. Ik draaide de kaart een slag en zocht naarstig naar de goede weg. 'Naar links. Links afslaan.'

'Ik zit op de verkeerde rijstrook.' De auto schoot naar voren, zo het hels drukke eenrichtingsverkeer in. 'Had je eerder moeten bedenken.'

'Ik snap niet waarom je zo zelfvoldaan klinkt. We zitten samen vast in hetzelfde verkeer.'

'Ja, maar dat komt door jou. Dus ik kan jou lekker de schuld geven.'

'Het is niet mijn schuld dat jij je tomtom hebt gemold.' De koele toon waarop ik sprak, was van geen enkele invloed op de hitte in de auto. Ik voelde het zweet over mijn rug lopen en ging verzitten. De ramen waren open maar de lucht stond stil, was zelfs nog heet, ook al was het uren na zonsondergang. Het was augustus in Londen en het was vreselijk benauwd. 'Kun je de airco aanzetten, nu we stilstaan?'

'Benzineverspilling. Iemand moet om het milieu denken.' Hij stak zijn hoofd uit zijn raam en snoof enthousiast. 'Frisse lucht is beter voor je.'

Voor ons braakten honderd uitlaten dampen uit. 'Die lucht is niet fris.'

'Dat zijn mijn sokken ook niet,' bekende Derwent. Hij stak een vinger in de zijkant van zijn schoen en de zweetvoetenwalm die eruit kwam, bewees dat hij niet overdreef. Ik trok mijn neus op en wendde mijn gezicht af. Het kon me niet schelen dat hij dit grappig vond.

'Waarom is er op dit uur van de avond eigenlijk zoveel verkeer?'

'Spreekt voor zich, lijkt me. Wegwerkzaamheden. Een versmalling van drie rijstroken naar één. We hadden deze weg nooit moeten nemen.' Derwent reed enkele centimeters naar voren, ook al had de auto voor ons niet bewogen. 'Al bijna middernacht. Wat waren jouw plannen voor vanavond?'

Ik had gehoopt er eens vroeg in te kunnen kruipen, maar was wel zo verstandig om geen toespelingen te maken op mijn bed. De inspecteur was er altijd als de kippen bij om dubbelzinnigheden te debiteren. 'Niets bijzonders. En jij?'

'Dat wil jij niet weten, denk ik.' Een zijdelingse blik. 'Jammer maar helaas.'

'Dat betwijfel ik.' Ik wist heel weinig van zijn privéleven, en meer hoefde ik ook echt niet te weten. Was dat maar over en weer zo.

'En je vriend?'

'Wat is er met hem?'

'Is hij nu thuis?'

'Hij is aan het werk.' *En meer zeg ik er niet over. Ander onderwerp graag.*

'Dan zul je wel blij zijn dat je iets te doen hebt. Hoef je niet alleen thuis te zitten.'

Goddank. Het gesprek was terug bij het werk. 'Het klinkt als een interessante zaak.'

'Het klinkt als huiselijk geweld.' Derwent veegde met zijn hand langs zijn nek, keek er even naar en veegde hem toen af aan zijn broekspijp. 'Ik zweet als een pedo op een speelplaats.'

Hij had er een gewoonte van gemaakt om nu en dan terloops een aanstootgevende opmerking te maken, maar toch lukte het hem soms nog om me te choqueren. Ik was tot de slotsom gekomen dat je hem moest léren waarderen en dat ik hem op een dag misschien aardig zou gaan vinden. Die dag was niet vandaag.

'Als je de volgende afslag naar links niet neemt, staan we hier om middernacht nog.'

'Het is eenrichtingsverkeer.' Hij leunde over het stuur heen om te kijken. Ik tuurde in dezelfde richting en zag de borden VERBODEN IN TE RIJDEN.

'O shit!'

'Ik kan het zwaailicht erop zetten.'

'Geen goed idee,' zei ik automatisch. Er bestonden strenge voorschriften voor het rijden met blauw zwaailicht en sirene. Naar een klus rijden was geen noodgeval.

Derwent keek me van opzij aan. Zijn haar zat in de war en zijn neus was verbrand in de zon. Hij zag eruit als een jochie van acht.

'Alsjeblieft?'

'Waarom vraag je het aan mij? Jij bent de hoogste in rang.'

'Inderdaad. Dat is ook zo.' Het leek hem te verheugen dat ik hem daaraan herinnerde. 'Nou, daar gaan we dan. Mep hem erop, Kerrigan.'

De sirene had zijn eerste toon nog niet laten horen of Derwent was onze rijstrook al uit en maakte zich op om de verboden U-bocht te maken. We reden het grootste deel van de afstand met twee wielen op het trottoir. Ik sloot mijn ogen en mompelde, deels onbewust: 'Jezus, Maria en Jozef.'

'Ga door, Kerrigan. Ik vind het heerlijk om je te horen bidden, dat weet je.'

'Let jij nou maar gewoon op wat je aan het doen bent!' De straat was niet zo verlaten dat je er kon racen. Vanwege de warmte waren er ondanks het late uur nog steeds mensen hun hond aan het uitlaten of aan het joggen. Ze verwachtten niet dat er vanuit de verkeerde richting een burgerauto van de politie op hen af zou komen stuiven, ook al hadden we ons blauwe zwaailicht aan.

Maar we schoten wel op, en toen Derwent de grote weg op draaide – waarbij een buschauffeur boven op zijn rem moest gaan staan – grijnsde hij breed naar me. 'Dit is beter, toch?'

'Beter dan in de file staan,' gaf ik toe.

Hij schudde zijn hoofd. 'Je krijgt het niet over je lippen, hè? "Ik zat

ernaast. Jij had gelijk, Josh. Ik zou altijd naar je moeten luisteren."'
'Je hebt gelijk. Dat krijg ik niet over mijn lippen. Na deze stop-
lichten naar rechts.'
'De heuvel op?' vroeg Derwent voor de zekerheid.
'Daar gaan we heen, ja.'
De heuvel op. Omhoog, het elitaire Wimbledon Village in, de
mooie, exclusieve, kleine enclave waar peperdure boetieks, delicates-
senwinkels, galeries en cafés helemaal gericht waren op de smaak van
hen die daar woonden – en op hun klaarblijkelijke verlangen om wat
ik jaarlijks verdien uit te geven aan cappuccino's en snuisterijen.
Omhoog, naar waar de vrijstaande huizen een stukje van de weg af
stonden en enkele miljoenen kostten. Het was er lommerrijk en
weelderig. Het was een andere wereld dan die waarin ik leefde, ook al
was die er hemelsbreed slechts enkele kilometers van verwijderd.
Derwent lette nauwelijks op de weg en hing zowat tegen me aan.
Hij floot. 'Moet je dat zien.'
'Het huis?' Ik doelde op een witgeschilderde villa met taxuslolly's
aan weerskanten van de voordeur.
'De Aston Martin, Kerrigan. Dat huis kan me geen reet schelen.'
'De wagen van een voetballer, denk je?'
'Zou kunnen. Iemand die een paar honderdduizend kan neertel-
len voor een van zijn auto's. Ik heb hem gezien bij *Top Gear*. Juweel-
tje, hè?' Hij reed inmiddels met een slakkengangetje langs de stoeprand, terwijl hij naar de auto staarde. Een BMW haalde ons luid
claxonnerend in. Derwent, hopeloos afgeleid, gaf met een handgebaar te kennen dat hij de auto had opgemerkt.
'Als je niet oppast, bellen ze de politie nog. Hou op met dat ge-
kwijl.'
'Die wagen of een nacht met Angelina Jolie. Daar hoef ik niet eens
over na te denken, en dat is geen grapje.'
'Ik zou me er geen zorgen over maken. De kans is nihil dat je binnenkort voor die keuze staat.'
'Angelina zou er wel begrip voor hebben,' zei hij vol overtuiging.
'Ze zou er helemaal in kunnen komen.' Hij wierp een snelle blik op
me. 'Jij snapt er duidelijk niets van. Voor jou is het gewoon een auto.'
'Het is een middel om van A naar B te komen, net als de auto waar-

in we zitten, al is die dan misschien niet zo mooi. En ik zou graag bij B aankomen voordat de technisch rechercheurs en de chef hun spullen hebben gepakt en alweer op weg zijn naar huis.'

'O, de chef. Waarom zei je dat niet eerder? Dan moesten we maar voortmaken.' Met gierende banden en met achterlating van een lang rubberspoor op het wegdek scheurde Derwent weg.

Ik negeerde het sarcasme en het stuntrijden. Ik beperkte me tot het geven van aanwijzingen om hem via de smalle, met bomen omzoomde wegen naar de witte houten slagboom te loodsen die Endsleigh Drive afsloot.

'Doodlopende weg, verboden voor voertuigen, behalve die van aanwonenden. Dus de dader moet te voet zijn geweest.'

'Tenzij het iemand was die hier ook woont.'

Derwent fronste. 'Wel wat extreem voor een burenruzie.' Hij stak zijn identiteitskaart uit het raam, zodat de politieman die de slagboom bewaakte kon zien wie we waren.

'Zes huizen, allemaal met een hek. Hoge heggen.' Van de meeste huizen kon ik alleen het dak zien. 'Niemand zal iets gezien hebben. Maar misschien heeft iemand iets gehoord. Het zal hier doorgaans wel rustig zijn.'

'Dat is het nu niet.'

'Nee.' We passeerden de slagboom en reden langs de groep toeschouwers die daar rondhing, gekleed in shorts en T-shirts. Op hun gezichten lag de vertrouwde mengeling van schrik en opwinding. Ze staarden nieuwsgierig de auto in en ik staarde terug. Ik maakte oogcontact met een man van middelbare leeftijd met een duur horloge om en een afgedragen polo aan, en met een jongen wiens gezicht half schuilging onder een honkbalpetje. Enkele seconden later hadden we hen achter ons gelaten, evenals de surveillancewagens met hun knipperende zwaailichten, de busjes voor de uitrusting van de technische recherche en de voorhoede van de mediameute. Ik zou verbaasd zijn geweest als die verslaggevers daar niet hadden gestaan – ze bereikten de meeste plaatsen delict veel eerder dan ik, ongeacht hoe snel ik reageerde. En deze zaak was ongetwijfeld interessant voor ze. De minimale kick van op het televisienieuws verschijnen was er voor mij allang af, maar voor mijn moeder was dat het enige wat haar verzoende met mijn beroepskeuze. Ik haalde een hand door mijn haar. Ik verachtte mezelf dat ik me nu met mijn uiterlijk bezighield, maar ik was me bewust van het feit dat de hitte en vochtigheid mijn gebruikelijke slordige kapsel geen goed hadden gedaan. Het bericht dat mijn moeder op het antwoordapparaat zou inspreken kon ik nu al horen. *Had je je haar niet even kunnen borstelen voordat je van huis ging, Maeve? Je had vast wel even tijd om er een kam door te halen...*

Aan weerskanten van de weg stond het vol geparkeerd, maar Derwent weigerde terug te rijden tot voor de slagboom.

'Het is niet ver. En jij loopt marathons, dus zo lui kun je niet zijn.'

'Het gaat me niet om dat eindje lopen. Ik wil dat mensen weten dat ik een belangrijke inspecteur ben.' Ten slotte zette hij de auto zo neer dat hij een andere auto klemzette. Die van dokter Hanshaw, de patholoog.

'Daar zal Glen niet blij mee zijn.'

'Glen is hier nog wel even. En ik ben trouwens niet bang voor hem.' Derwent stapte uit. Toen hij zich vervolgens uitrekte, waren zijn waarlijk ontzagwekkende spieren te zien onder zijn overhemd, dat tegen zijn rug plakte. Ik trok mijn topje los van mijn huid, want dat zou ook doorschijnend zijn op de plekken waar ik ertegenaan had gezeten. De hitte zat als een jas om me heen. Ik trok een gezicht en boog voorover om de fles met water te pakken die ik aan mijn voeten had neergelegd. Hij was te licht toen ik hem oppakte. Leeg, op een paar druppels na.

'Kom je er nou nog uit of niet?'

'Heb jij mijn water opgedronken?'

'Wat?'

'Ik had hier een halfvolle fles water liggen. Heb jij het opgedronken?'

'Volgens mij hallucineer je, Kerrigan. Jij hebt hem zelf leeggedronken.'

'Lul niet.'

'Heus, ik heb het zelf gezien.'

Ik wist dat hij loog, maar toch aarzelde ik, want heel eventjes twijfelde ik aan mijn geheugen. Hij klonk zo zeker van zijn zaak, hoewel dat meestal betekende dat hij niet de waarheid sprak. En als om dat te bevestigen brak er een grijns door op zijn gezicht. Hij lachte me uit. 'Vooruit. Kom mee.'

Er was een tijd geweest dat ik bang was voor Derwent, en nog altijd ging ik niet met hem in discussie, maar dat was niet omdat ik me door hem geïntimideerd voelde. Hij was mijn superieur en ik zou het dus nooit van hem winnen. Bovendien vond hij het te leuk om me op stang te jagen. Woedend gooide ik de fles achter in de auto en smakte ik het portier zo hard als ik kon dicht. Derwent liep voor me uit over het pad, langs twee agenten die het zwaar te verduren hadden in hun beschermende kleding. In de hitte was het vreselijk om een steekvest te moeten dragen, dat wist ik uit ervaring. Ik was blij dat ik alleen een riem met uitrusting had, en die hing nu over mijn schouder. Dat was een van de voordelen van bij de recherche werken. Het feit dat ik doorgaans niet werd ingezet bij een inval om arrestaties te verrichten, of iets anders wat kon uitdraaien op gewelddadigheden, betekende dat ik al heel lang geen steekvest had hoeven dragen. Voor de collega's in uniform was het dragen van het vest vooral erg vanwege de uiterst geringe kans dat ze het nodig zouden hebben. Wat zich ook mocht hebben afgespeeld op Endsleigh Drive nummer 4, het gevaar was al uren geweken.

Achter de afscherming die bij de voordeur was geplaatst trokken we onze schoenen uit en deden papieren overalls aan, zodat we de plaats delict niet zouden vervuilen. Een extra laag was nou net wat ik niet nodig had. Het maakte me chagrijnig en ik kreeg het meteen smoorheet.

'Wat weten we over de slachtoffers?'

'Moeder en dochter. Vita en Laura Kennford. De moeder was negenenveertig, Laura vijftien.' Derwent lepelde het uit zijn geheugen op, zonder aarzelen. Hij was een veel betere politiefunctionaris dan je zou denken als je hem oppervlakkig kende. Zijn botte vrouwonvriendelijkheid vormde een groot en onaangenaam onderdeel van zijn persoonlijkheid, maar hij was ook vlijmscherp van geest en voor de volle honderd procent toegewijd aan zijn werk.

'En ze zijn neergestoken?'

'Jij weet evenveel als ik over wat er is gebeurd.' Hij keek me onderzoekend aan. 'Je probeert toch geen tijd te rekken, hè? Je zoekt toch geen excuus om hier buiten te blijven staan tot de lijken weg zijn en de boel is opgeruimd?'

'Natuurlijk niet. Waarom zou ik?'

'Omdat je jezelf niet vertrouwt.'

Hij zat er niet helemaal naast, en dit maakte het des te irritanter dat hij me doorhad. Ik begon gewend te raken aan lijken – ik had er genoeg gezien sinds ik in Godleys team werkte – maar onberoerd lieten ze me nog altijd niet. Het ging niet om het bloed, de uitpuilende ingewanden, uiteengespat hersenweefsel of de geur van ontbinding, hoewel al die dingen ook ervarener collega's nog weleens pips deden wegtrekken. Het was het geweld waar ik niet tegen kon. Het verlangen dat iemand had gehad om een ander mens af te maken, en de bereidheid om dat ook daadwerkelijk te doen; de wreedheid of zelfzuchtigheid waarmee wij dagelijks te maken kregen. De vernietiging. En wij konden niet meer doen dan de moordenaars op te laten sluiten, als we ze al te pakken kregen. Ik was nooit een voorstander van de doodstraf geweest, maar voor kindermoord vond ik een gevangenisstraf behoorlijk ontoereikend.

Ondertussen stond Derwent op antwoord te wachten. Ik rechtte mijn schouders. 'Ik weet dat je me graag als een onzeker type ziet, maar dat ben ik dus niet.'

'Je bent een keiharde, Kerrigan. We weten het.' Hij pakte me bij de arm om me naar de voordeur te trekken. 'Vooruit. Voel de angst en doe toch je plicht.'

In het huis heerste de gebruikelijke georganiseerde chaos van sporenonderzoekers en politiefunctionarissen die kwamen en gingen, op zoek naar aanwijzingen voor wat zich er had afgespeeld. Maar daar keek ik doorheen.

De hal was immens groot en hoog, en in het midden hing een ultramoderne kroonluchter – ruiten van geribbeld glas, bevestigd in lukrake hoeken ten opzichte van elkaar. Er liep een brede trap naar een open galerij waar verschillende kamers op uitkwamen, maar alle deuren waren gesloten. Slaapkamers en badkamers, veronderstelde ik. Vanwaar ik stond viel trouwens niets te zien. In de hal bevond zich geen enkel meubelstuk. Aan weerskanten zaten dubbele deuren en achterin zag ik een glazen deur. De grijs- en oranjetinten van een uiterst abstract en bijzonder groot wandtapijt aan de muur bij de trap waren de enige kleuren in de hal. Dat wil zeggen, de enige kleuren naast de rode voetafdrukken die het roomkleurige tapijt bevuilden. Bloed, akelig rood in het felle licht van de kroonluchter, en nog niet bruin opgedroogd. Vers bloed. Er zat een verhaal achter, een verhaal dat ontrafeld zou worden door een specialist. Toch kon ik het niet laten om te proberen het zelf te doorgronden.

Vanuit de rechterkant van de hal liepen er voetafdrukken die onduidelijker werden naarmate ze dichter bij de deur achterin kwamen. Ze werden breder en vager waar water en bloed zich hadden vermengd. Veel minder goed zichtbaar nu kwamen de afdrukken terug naar de voordeur. Ook zaten er vegen op de trap, waar iemand, of wellicht meer mensen, met twee of drie treden tegelijk snel naar boven was dan wel waren gerend. Vijf treden van boven zat een vrouwelijke technisch rechercheur op haar hurken aandachtig iets te bestuderen. Vervolgens borg ze het op in een papieren envelop. Diep geconcentreerd trok ze een dun kleefstrookje van het tapijt. Sporenbewijs. Daarvan zou er heel wat zijn.

Door de deuren aan de rechterkant hoorden we gedempte stemmen en het geluid van een flitsende camera. Derwent maakte aanstalten om erheen te lopen, maar bleef stokstijf stilstaan toen iemand zijn naam zei. We draaiden ons allebei om en zagen hoofdinspecteur Godley de hal in komen door de dubbele deuren aan de overzijde. Hij oogde grimmig. Hij had zijn zilvergrijze haar laten knippen sinds ik hem voor het laatst had gezien. Onder zijn haargrens liep een streepje huid dat lichter was dan de rest van zijn gezicht. Hij was net terug van een zeilvakantie in Kroatië en zongebruind, wat zijn gebit erg wit en zijn ogen extra blauw maakte. Niet dat hij zijn tanden bloot lachte; hij keek ons misprijzend aan.

'Jullie hebben de tijd genomen.'

'Het verkeer was verschrikkelijk. We zijn hier zo snel mogelijk naartoe gekomen,' legde ik uit. Ik klonk eigenlijk wat te onderdanig, vond ik.

Derwent haalde zijn schouders op. 'We zijn er nu. Wat is het verhaal?'

'Zegt de naam Philip Kennford jullie iets?' vroeg Godley op gedempte toon.

'U bedoelt de strafpleiter? De Queen's Counsel? Die Kennford?'

'Bingo.'

Derwent floot. 'Is dit zijn huis? Krijg nou wat. Het is kennelijk lucratief om criminelen vrijgesproken te krijgen.'

'Wie is Kennford?'

De inspecteur draaide zich om en keek me aan. 'Ga me nou niet vertellen dat je nog nooit met hem in aanraking bent gekomen, Kerrigan.'

'Ik doe dit werk nog niet heel erg lang. Er zijn pas een paar van mijn moorden voor de rechter geweest.'

'Maar je hebt vast weleens van hem gehoord.'

'Vaag,' zei ik.

'Herinner je je misschien "vaag" de Catford-wurger? Die griezel die vrouwen in hun eigen huis verkrachtte en vermoordde? Hij maakte er acht koud voordat hij werd gearresteerd.'

Dat Derwent zo sarcastisch klonk, negeerde ik. Ik wist waar hij het over had. 'Ja, nadat zijn zoon werd opgepakt voor zware mishandeling bleek uit diens DNA dat hij familie was van de moordenaar.'

'Inderdaad. Ze hadden zijn DNA uit een van de slachtoffers gehaald en dat was bijna identiek aan dat van de zoon – een bloedverwant – dus het was een kwestie van de hele familie afwerken en de schuldige vinden. Dat DNA hadden ze aangetroffen in maar één slachtoffer, en dan ook nog maar een beetje, want hij gebruikte altijd condooms. Hij kon het gewoon niet laten om hem er bij de laatste die hij vermoordde zonder kapotje in te hangen, of hij vond dat hij het risico kon nemen. Misschien dacht hij dat hem niks kon gebeuren, omdat de klop op de deur altijd was uitgebleven. Peter Harbold heette hij, accountant van beroep, een steunpilaar van de samenleving – niet iemand die je ooit zou hebben verdacht. Maar hij bleek een verknipte viezerik te zijn.'

'Kan het wat zachter,' waarschuwde Godley hem met een blik over zijn schouder. 'Kennford is daarbinnen.'

'Het kan me niet schelen als hij hoort wat ik van zijn cliënt vind,' snauwde Derwent. 'Het kan me niet schelen als hij hoort wat ik vind van het pleidooi waardoor Harbold werd vrijgesproken.'

'Is hij dan vrijgesproken?' Dat herinnerde ik me niet.

'Inderdaad. Het DNA-monster was volgens Kennford niet op de correcte wijze afgenomen. Hij vond een deskundige die kwam vertellen dat het monster voorafgaand aan de analyse verslechterd kon zijn, waardoor het dus onbetrouwbaar was. En Harbold had er wel voor gezorgd dat hij sporen uitwiste, dus alle andere bewijzen waren indirect. Geen bekentenis, een voor hem vlekkeloos verlopend kruisverhoor, geen strafblad. De jury wilde hem niet veroordelen, zelfs niet nadat de rechter een meerderheidsstandpunt had toegestaan. Twee gelijke kampen. De idioten aan de ene kant en de fatsoenlijke lieden aan de andere kant. De aanklager wilde de zaak opnieuw laten voorkomen, maar de rechter weigerde. Het was een kansloos proces tenzij er nieuw bewijs was, en dat was er niet.'

'Weet je wel zeker dat de jury fout zat?' vroeg ik met gemeende interesse. Ik wist dat Derwent weinig ophad met de juryrechtspraak, maar hij sprak nu met grote felheid.

'Een vriend van me was de officier in de zaak. Bij hem bestond er geen enkele twijfel. Hij kwam tijdens de verhoren niet door Harbold heen. Die gast had op alles een antwoord. Hij was voorbereid. Te gladjes om te kunnen deugen.'

Ik knikte. Zelf had ik ook zulke verhoren meegemaakt. Onschuldige mensen raakten geagiteerd. Ze neigden naar breedsprakigheid, naar uitgebreide antwoorden, omdat ze zo behulpzaam mogelijk wilden zijn. In het algemeen waren onschuldige mensen nerveus. De schuldigen waren niet van hun stuk te brengen.

'Je kunt Kennford niet verwijten dat hij zijn werk doet,' zei Godley. 'En in deze zaak is hij slachtoffer.'

'Of verdachte.'

'Zo je wilt, Josh. Maar misschien moet je eerst met hem praten voordat je je conclusies trekt.'

'Best. Laten we maar eens gaan horen wat hij te zeggen heeft.'

'Eerst de plaatsen delict.' Godley liep voor ons uit. 'Ik wil dat jullie ernaar kijken, zodat jullie weten wat je moet vragen.'

'Plaatsen? Dus ze werden niet in dezelfde ruimte vermoord?' vroeg ik.

'Nee, Vita en Laura zijn hier gedood.' Godley duwde de deur open. 'Maar zij werden niet als enigen aangevallen.'

Mijn aandacht voor wat de hoofdinspecteur zei verslapte. Ik werd helemaal in beslag genomen door wat ik in de kamer zag – voor en na, orde en wanorde, leven en dood. De kilte die me in de hal was opgevallen zag ik ook hier terug: de lichte kleuren en de afwezigheid van decoratie, afgezien van de kunst aan de muren. De kamer was groot en minimaal ingericht – met enkele strak vormgegeven stoelen die eerder aandeden als sculpturen, zwarte laktafels aan weerskanten van de open haard, en lampen van chroom en glas. Modern, duur en naar mijn smaak te veel design – dat nu was verstoord. Twee grote rechthoekige banken hadden in een rechte hoek ten opzichte van de open haard tegenover elkaar gestaan. Een ervan was nu verschoven en de bijbehorende kussens lagen verspreid op de grond. Ervoor lag een lichaam, op een tapijt dat doordrenkt was met bloed. Ze lag op haar rug, haar hoofd zo gedraaid dat haar dode ogen naar de open haard staarden, die onder de slagaderlijke bloedspatten zat. Eén been lag als het ware achteloos op de bank, zodat haar benen gespreid waren, maar ze had haar kleren nog aan. Ze lag zoals ze was gevallen, alsof ze behaaglijk opgerold op de bank had gelegen en er tijdens de aanval van af was gevallen. De hoek waarin haar hoofd lag was dermate extreem dat ik haar gezicht niet goed kon zien. Maar uit haar strakke jeans en mouwloze hemdje leidde ik af dat zij het jonge slachtoffer was. Laura. Laura, van wie de keel was doorgesneden, tot op het bot. Laura's moordenaar had haar nog net niet onthoofd. Laura, wier haren plakten van het bloed, wier kleren ervan doordrenkt waren. Laura, die op een afschuwelijke manier was gestorven. Laura, die vijftien jaar was geweest. Ik slikte en keek weg van haar; mijn blik zocht het andere slachtoffer.

Zij lag aan de andere kant van de kamer, waar de grootste chaos heerste. Vita was verder gekomen dan haar dochter. Vermoedelijk had ze geprobeerd te ontkomen via de openslaande deuren naar de tuin. De gordijnroede was aan een kant omlaag gekomen en de zware zijden stof lag op een hoop onder het lichaam. Ik liep erheen en bukte me om te kijken. Op Laura's lichaam had ik maar één verwonding gezien, maar dat van Vita was toegetakeld met vele snij- en steekwonden. Dokter Hanshaw was bezig hier notities van te maken. Voor zover ik kon zien was Vita slank en had ze kort haar. Haar linnen pantalon en zijden blouse waren eens zuiver wit geweest. Een van haar schoenen lag op zijn kant naast mijn voeten en ik bukte me om hem te bekijken. Het was een mocassin van karamelkleurige suède met een goudkleurig trensje. Het verbaasde me niet echt dat het een Gucci-schoen was.

'Bloed.' Derwent trok zijn neus op. 'Net een slagerij.'

Ik had getracht de geur te negeren door oppervlakkig adem te halen door mijn mond. Het was een ontzettend sterke lucht, en dat het bloed vers was, maakte het nog erger. De hele kamer was ervan doortrokken. Er liep een spoor van druppels en plasjes bloed van Laura's lichaam tot waar Vita lag. Een tafel lag op zijn kant. De lamp die erop had staan branden, wierp een ovale lichtbundel op de tegenoverliggende muur en maakte daarmee een glinsterende constellatie bloedspatten zichtbaar. De poot van de lamp was gebroken en lag in porseleinen scherven op de grond. Vita had hard voor haar leven gevochten, en verloren.

Derwent was aan de wandel gegaan. Hij floot een vals deuntje en snuffelde rond in de kamer alsof hij het huis inspecteerde met het oog op een eventuele koop. Godley wenkte Hanshaw en Kev Cox, die de leiding had op de plaats delict. 'Breng ons op de hoogte van jullie bevindingen. Josh, kom even hier. Ik wil dat jij ook meeluistert.'

Ik moest mijn glimlach bedwingen omdat Derwent werd teruggefloten als een onopgevoede hond, maar dat deed ik niet snel genoeg.

'Waarom vraagt u Kerrigan niet wat zij ervan denkt?' Er lag een glinstering in Derwents ogen terwijl hij op zijn gemak naar ons toe kwam. 'Eens zien wat zij eruit opmaakt.'

'Ik weet niet of dat fair is,' zei Godley op milde toon.

'Hoe noem je dat ook alweer – een educatief moment? Dit is toch een goede gelegenheid om Kerrigan te laten zien wat ze niet weet? Kev en Glen kunnen haar duidelijk maken hoe belangrijk het is dat ze naar hen luistert voordat ze zelf overhaaste conclusies trekt.'

'Ik mag dan niet veel ervaring hebben, maar ik weet heus wel dat ik de mening van experts niet moet negeren.' Ik draaide me om naar Godley. 'Ik wil andermans kostbare tijd niet verspillen...'

'Ik heb er geen bezwaar tegen.' Kev was een ontzettende lieverd. Natuurlijk vond hij het niet erg. Hanshaw daarentegen... 'Als je het analytisch vermogen van je rechercheur wilt testen, ga je gang.' De patholoog sloeg zijn armen over elkaar. 'Dit wordt leuk.' Plotseling waren alle ogen op mij gericht. Ik slikte om mijn paniek te bedwingen. Ik had nog steeds een droge mond en mijn hoofd bonkte. Het was spanningshoofdpijn en die werd alleen maar erger. Ik dwong mezelf om me te concentreren. *Toon geen angst.* 'Goed. Ik moet er wel bij zeggen dat ik nog maar net binnen ben en dat ik de lichamen niet goed heb bekeken.'

'Prima.' Godley keek me bemoedigend aan. Ik durfde niet naar Derwent te kijken.

'Nou, het heeft zich allemaal snel afgespeeld. De slachtoffers kregen geen van beiden de tijd om de kamer uit te komen, terwijl er twee uitgangen zijn. Er waren dus ontsnappingsroutes. Dit kan erop duiden dat er twee moordenaars waren, maar daar ben ik niet helemaal zeker van.'

'Wie was het eerste aan de beurt?' vroeg Godley.

'Laura. Ze kreeg geen tijd om van de bank af te komen voordat ze werd aangevallen. De moordenaar moet achter haar hebben gestaan om haar de keel te kunnen afsnijden.' Ik bekeek de bank. 'Toen Laura werd aangevallen, stond Vita achter de andere bank.'

'Waarom denk je dat?' Derwent klonk uiterst sceptisch.

'Ze rende vanaf die plek naar haar dochter toe. Die stoel daar is voorover gevallen, dus hij zal haar in de weg hebben gestaan. Als de moordenaar hem omver had gelopen toen hij Vita wilde aanvallen, zou de stoel op zijn rug hebben gelegen.' Ik liep naar Laura en ging bij haar voeten staan. 'Hier heeft Vita met de moordenaar gevochten. Toen ze eenmaal dicht genoeg was genaderd, moet ze hebben gezien dat Laura niet meer te redden was. En ze moet geweten hebben dat ook haar eigen leven op het spel stond. Er ligt hier bloed dat van het mes is gedrupt. Dat duidt op meerdere bewegingen met een bebloed lemmet, maar naar mijn idee werd Laura met één haal afgemaakt. Ik weet niet wat voor mes de moordenaar precies heeft gebruikt, maar het moet heel scherp zijn geweest.'

'Het waren twee halen,' zei Hanshaw. 'Maar je hebt gelijk: het snijvlak was extreem scherp, en beide sneden waren op zichzelf afdoende.'

'Toen ze de kans kreeg, rende Vita weg bij de moordenaar. Ze verloor haar ene schoen hier en de andere bij het raam. Ze moet op dat moment al zwaargewond zijn geweest, want ze verloor veel bloed, en ik vermoed dat ze zich aan de gordijnen vastgreep om overeind te blijven.' Dit laatste heroverwoog ik. 'Of misschien hield ze de gordijnen voor zich om het mes af te weren.'

'Er zitten inderdaad scheuren in de stof.' Kev knikte tevreden. 'Die deuren zitten ongetwijfeld op slot. Ik durf te wedden dat Philip Kennford fanatiek is als het om de beveiliging van het huis gaat. Hij weet te veel van criminelen om dat niet te zijn. In de gang bij de deur zit een druktoetsenpaneel van een alarmsysteem en bij het hek voor de oprit zag ik een elektrisch systeem met een intercom. Ik vermoed dat de sleutel van die deuren erg goed is opgeborgen en dat ze altijd zijn afgesloten.' Ik draaide me om naar Kev. 'Is er schade aan de voordeur? Of aan ramen of andere deuren?'

'Geen sporen van braak. De achterdeur naar de keuken was niet afgesloten. De andere dochter was toen het gebeurde in de tuin. Ze was aan het zwemmen. Zij zou het gezien hebben als iemand die deur had gebruikt.'

'De andere dochter?' vroeg Derwent.

'Laura's tweelingzus,' legde Godley uit. 'Lydia.'

'Wat moest ze zo laat nog in het zwembad?'

'Vraag het haar.' Godley had dit nog niet gezegd of hij veranderde van gedachten. 'Nee, doe dat toch maar niet. Ze is momenteel niet tegen iemand als jij opgewassen.'

'Ik begrijp niet wat u bedoelt.' Derwent grijnsde. Hij genoot van de reputatie die hij had – en die had hij niet zonder reden.

'Tja, als er niet is ingebroken, blijven er toch eigenlijk maar twee mogelijkheden over?' zei ik. 'Of de moordenaar werd binnengelaten, of...'

'Hij was al binnen,' maakte Derwent mijn zin voor me af.

'Meer heb ik er niet over te zeggen.' Ik keek Godley aan. 'Wat heb ik over het hoofd gezien?'

'Wat er gebeurde voordat de moordenaar toesloeg. En wat er daarna gebeurde.'

'De rest van het huis heb ik nog niet gezien.'

'Dat weet ik. Ik zal je niet vragen er een slag naar te slaan.' Met een vragend gezicht keek hij de anderen aan. 'Hoe heeft ze het ervan afgebracht?'

'Heel goed. Voor een politieagent.' Hanshaw was altijd meer azijn dan honing. Kev knikte goedkeurend en Godley lachte me toe. Ik voelde me warm worden, en dat had niets te maken met het weer. Althans, zo voelde ik me totdat ik Derwents blik opving. De inspecteur hield er niet van als zijn ondergeschikten te slim waren. Ik onderdrukte mijn neiging om er bescheiden bij te gaan staan en keek terug zoals hij mij aankeek: met een kille blik. *Dus jij dacht dat je mij te kakken kon zetten, hè? Dan heb je pech dat ik slimmer ben dan jij dacht. Volgende keer beter. Of laat het liever bij deze ene keer.*

Godley kwam weer ter zake. 'Goed. En nu de details, Glen. Wat heeft de moordenaar gebruikt?'

'Het was een groot lemmet. Als van een machete of een professioneel keukenmes. Niet gekarteld. Al Vita's verwondingen zijn toegebracht met een steekwapen. De moordenaar heeft niet heel dicht bij haar gestaan, dus ik heb weinig hoop dat ik DNA-sporen zal aantreffen onder Vita's nagels. Ze heeft afweerwonden aan handen en polsen – op sommige plaatsen doorgesneden pezen. Drie of vier van haar verwondingen zouden op zich dodelijk geweest kunnen zijn en ik weet nog niet welke uiteindelijk de beslissende is geweest. Ze heeft inwendig gebloed, in de borstholte; daarom heeft ze nog kunnen vechten voordat ze stierf.'

'Naar wat voor iemand zoeken we?'

'Het was deze moordenaar beslist menens. Hij of zij is sterk en waarschijnlijk lang. Rechtshandig. Gewelddadig, maar dat was jullie vast al opgevallen. De keel van het eerste slachtoffer is doorgesneden tot op de wervelkolom. Dat kom ik niet vaak tegen. Er is geen sprake van een seksuele component, tenzij jullie denken dat de moordenaar kickt op snijden. Hij of zij heeft beide slachtoffers verschillend aangepakt. Dat kan van betekenis zijn, maar misschien ook niet. Slachtoffer één werd doelgericht en snel gedood. Slachtoffer twee heeft nog voor haar leven gevochten, wat het grotere aantal verwondingen kan verklaren.'

'Of de moordenaar wilde de tijd nemen voor Vita. Verder nog iets?'

'Niet voordat de secties zijn verricht. Ik zal ze morgenochtend meteen doen.'

'Ik kom ook.' Godley probeerde altijd bij de lijkschouwingen aanwezig te zijn. Ik las liever achteraf de sectierapporten. Het lezen van de afstandelijke, klinische beschrijving van wat de slachtoffers was overkomen, was stukken minder moeilijk dan hun inwendige organen in al hun huiveringwekkende details te moeten aanschouwen. 'Wat mij betreft mogen de lichamen nu verplaatst worden.' Hanshaw raapte zijn spullen al bijeen. 'De jongens zijn hier eerst klaar. Als de lichamen zijn verwijderd zal ik ze nogmaals naar binnen sturen, zodat we zeker weten dat we niets over het hoofd hebben gezien wat wellicht onder deze arme vrouwen heeft gelegen.'

De in wit papier gehulde technisch rechercheurs waren tijdens ons gesprek als spoken de kamer uit geglipt. Ik had het niet eens opgemerkt totdat Kev het zei. Hij liep nu zelf naar de deur.

'Dan ga ik nu maar even boven kijken hoe ze daar opschieten.'

'Prima, Kev. Laat ons weten wanneer jullie klaar zijn.' Godley wachtte tot Hanshaw en Kev de kamer uit waren en wij waren achtergebleven met de lichamen. 'En?'

'Laura heeft zich niet verweerd,' zei ik rustig. 'Ze wist niet eens dat ze in gevaar verkeerde. Ze kende haar moordenaar of ze was niet bang.'

'U kent Philip Kennford,' zei Derwent tegen Godley. 'Wat zijn uw gedachten over hem?'

'Ik denk dat hij een goede verdachte zou zijn. Ware het niet dat hij een alibi heeft.'

'En dat is?'

'De collega's die hier na de noodoproep als eersten arriveerden, troffen hem bewusteloos in zijn slaapkamer aan. Hij was helemaal van de wereld. Ook hij was aangevallen. Als jij kunt bedenken hoe hij zichzelf in elkaar heeft geslagen, mag je hem boven aan de lijst van verdachten zetten.' Godley haalde zijn schouders op. 'Tot dat moment blijft hij buiten verdenking.'

Derwent dacht na met gefronste wenkbrauwen. Hij deed zijn mond open om iets te gaan zeggen. Maar wat dat ook geweest mocht zijn, het was gedoemd ongezegd te blijven, want in de hal kreeg Glen Hanshaw een enorme woedeaanval.

'De een of andere klootzak heeft me klemgezet. Wil de chauffeur van de blauwe Honda zijn rotbak verplaatsen? Ik waarschuw je, je krijgt vijf seconden en anders ram ik hem opzij.'

'Oeps.' De gezichtsuitdrukking van Derwent kon niet anders dan als ondeugend beschreven worden.

Godley trok zijn wenkbrauwen op. 'Jouw rotbak dus?'

'Er was nergens anders plaats.' Derwent kuierde naar de deur en haalde ondertussen zijn sleutels uit zijn zak. 'Ik moest de gevolgen maar eens onder ogen zien. Hoeveel tijd heb ik nog?'

'Je zit al in de verlenging. Ik zou me maar haasten. Glen kent honderd manieren om een man te doden zonder een spoor achter te laten.'

'Ik maak me echt geen zorgen, hoor.' Derwent liet de deur achter zich dichtklappen, maar ik hoorde hem nog net suikerzoet zeggen: 'Sorry, is er een probleem?'

'Ik heb Glen nog nooit zo tekeer horen gaan,' zei Godley geamuseerd.

'Ik heb hem zelfs nog nooit horen vloeken.'

'Josh heeft de gave om het laagste in mensen naar boven te halen.'

'Op zijn zachtst gezegd.'

Godley keek me snel aan. 'Je hebt toch geen moeite met hem?'

'Ik ben aan hem gewend. Maar toch wil ik er liever niet bij zijn wanneer hij Philip Kennford ontmoet. Erg meelevend zal zijn optreden niet zijn.'

'Daarom wil ik juist dat hij blijft. Ik hoop dat hij Kennford zo bewerkt dat die me de waarheid gaat vertellen. Ik heb het gevoel dat hij me wat op de mouw speldt. Waarom weet ik niet.' Godley schudde zijn hoofd. 'Iets aan het geheel klopt niet, maar ik kan er de vinger niet op leggen.'

Ik keek langs hem heen naar het lijk van het tienermeisje, dat in zijn rare houding aan het verstijven was. Ik zei het niet, maar het leek me overduidelijk dat er helemaal niets klopte aan het geheel.

2

'Ik dacht dat u het te druk zou hebben om hier te kunnen blijven.'
Derwent stond erbij met zijn handen in zijn zakken en een nors gezicht.
'Ik heb nog wel even tijd.' Godley keek op zijn horloge. 'Althans,
genoeg om met Kennford en zijn dochter te praten.'
'Dat kan ik zelf ook wel af.' Derwent keek nog norser, als dat al
mogelijk was. 'Het is niks voor u, chef, om in de schijnwerpers te willen staan.'
Bij die woorden kromp ik onwillekeurig in elkaar. Sinds onze aankomst was de hoeveelheid aanwezige pers verdrie- of verviervou-
digd. Ik had verslaggevers vragen horen roepen naar iedereen die
kwam of ging. Ik was zo onverstandig geweest om mijn notitieboekje uit de auto te gaan halen. Die baadde inmiddels in het felle licht
van de camera's. Mijn korte uitstapje naar de auto had minstens dertig seconden materiaal opgeleverd. De nieuwsprogramma's zouden
de beelden eindeloos herhalen om iets te hebben ter illustratie van
het human-interestverhaal van die nacht. In de rest van de wereld gebeurde er niets noemenswaardigs. Volgens een technisch rechercheur die na ons arriveerde openden alle nieuwsbulletins met de
dubbele moord, ook al wist de pers nog nauwelijks wat zich in het
huis had afgespeeld – niet zolang wij daar zelf nog geen duidelijkheid
over hadden.
'Hou toch op. Het is niet vanwege de media-aandacht dat ik hier
nog ben. Ik vertrek zodra ik kan.' Hij wierp opnieuw een blik op zijn
horloge. 'Ik ben de eindverantwoordelijke, Josh. Ik moet weten in

welke richting dit onderzoek gaat voordat ik het aan jou overlaat. Bovendien ken ik Kennford.'

'Niet goed.'

'Goed genoeg om hem gedag te zeggen.' Godley zuchtte. 'Als ik hem was, zou ik willen dat de hoofdinspecteur van de recherche zijn betrokkenheid tegenover de overlevenden toonde. Dat is het minste wat ik kan doen.'

Godley was de hoofdinspecteur, de man aan de top, en hij nam zijn rol serieus – zoals Derwent donders goed wist – ongeacht hoeveel moordonderzoeken er onder zijn leiding liepen. Ik keek de inspecteur aan met een blik van: *Hou erover op. Je krijgt je zin toch niet.*

'Laat mij het meisje dan ondervragen.'

'Ik heb je al gezegd dat jij daar de geschikte persoon niet voor bent.' Godley duwde de keukendeur zachtjes open. 'We houden het kort.'

Hij hield de deur voor me open en ik schoot naar binnen zonder acht te hebben geslagen op Derwents woedende blik. Ik kon er niets aan doen en ik ging me er ook niet schuldig over voelen. Ongemakkelijk misschien... Er zou vergelding komen. Daar kon ik op rekenen.

Ze zat aan de keukentafel: een lel van blank eiken waaraan met gemak tien mensen konden zitten. Er zat een vrouwelijke collega naast haar met een doos tissues op haar knie. De onvermijdelijke kop dampende thee stond voor het meisje, zo te zien onaangeroerd. Haar haren hingen in slierten voor haar gezicht. Hierdoor, en door de vage chloorlucht in de keuken, herinnerde ik me dat ze had gezwommen. Ze had zich niet gedoucht nadat ze uit het zwembad was gekomen, dacht ik bij mezelf, maar ze was wel aangekleed. Ze droeg jeans en een shirt met lange mouwen dat ruim om haar tengere lichaam hing. Ik wist dat ze vijftien was, maar ze zag er niet ouder uit dan twaalf.

'Dag Lydia.' Godley trok een stoel naar achteren en nam tegenover haar aan tafel plaats. 'Ik ben hoofdinspecteur Godley. Ik leid het onderzoek.'

Er kwam geen reactie.

'En dit is rechercheur Kerrigan.'

Ik ging ook zitten en legde mijn gevouwen handen voor me op de tafel. Ik had een vriendelijke glimlach op mijn gezicht geplakt, hetgeen volkomen overbodig was, want Godleys inspanningen om een reactie aan Lydia te ontlokken bleven vruchteloos. Ze keek zelfs niet op.

Na enkele minuten gaf Godley het op. Hij gaf de geüniformeerde collega een seintje dat ze met ons mee moest komen naar de andere kant van de keuken, waar we buiten gehoorsafstand van Lydia zouden zijn. De agent was in de veertig, maar zag er beeldschoon uit. Ze was tot in de puntjes opgemaakt en had met zorg geblondeerd haar. Ze droeg een trouwring. Ik durfde te wedden dat ze zelf moeder was en dat ze haar om die reden op het meisje lieten passen. 'Hoe gaat het met haar?'

'Helemaal van de wereld,' zei ze zacht. 'De arts moest haar iets kalmerends geven. Daarna heeft ze haar mond niet meer opengedaan.'

Godley knikte. 'Dan heeft het geen zin om haar nu te ondervragen. Heeft ze iets tegen je gezegd voordat de arts haar iets gaf? Is haar iets opgevallen?'

De agent schudde haar hoofd. 'Ze zei van niet. Ze was aan het zwemmen. Had haar hoofd onder water. Vandaar dat ze niets of niemand heeft gehoord of gezien.'

'Het was het proberen waard. Als ze wel iets had gezien, moesten we dat echt weten.' Hij keek met samengeperste lippen naar het meisje. 'Maar het is frustrerend. Ik zou dolgraag weten wat ze denkt over haar moeder en haar zusje, en over hoe ze aan hun eind zijn gekomen.'

'Ik kan me zo voorstellen dat ze probeert niet aan ze te denken,' bracht ik naar voren. Het meisje had iets waardoor ik het gevoel kreeg dat ze iemand nodig had die voor haar opkwam, haar beschermde. Ze zat daar roerloos, afgezien van nu en dan een huivering die door haar hele lichaam trok. Ik kon me er geen voorstelling van maken hoe het geweest moest zijn om haar moeder en zusje zo aan te treffen. Ik kon me er geen voorstelling van maken hoe ze met die herinnering verder moest leven, nadat het kalmerend middel was uitgewerkt. Ze mocht dan ongedeerd zijn, maar dat betekende niet dat ze niet beschadigd was.

'Wel jammer dat de arts niet even heeft kunnen wachten met dat kalmeringsmiddel.'

Het was niets voor Godley om zo hard te zijn, en ik wist dat de geschokte uitdrukking op het gezicht van de geüniformeerde collega de mijne weerspiegelde. Hij stond onder grote druk en dat verklaarde zijn reactie, maar het maakte het niet minder onplezierig. 'U hebt haar zo-even niet meegemaakt. Ze was compleet hysterisch. Ze gilde.' De collega huiverde. 'Jullie zouden er geen zinnig woord uit gekregen hebben. Bij mij schudde ze uiteindelijk alleen maar haar hoofd toen ik haar vroeg of ze iets had gezien of gehoord. En ik moest het haar tig keer vragen.'

Mijn maandenlange ervaring in het sussen van Derwent kwam me nu van pas. 'Het is niet erg. We praten later wel met haar. Bovendien moeten we Philip Kennford nog ondervragen.'

Godley lachte schamper. 'Ik hoop niet dat je daar je hoop op vestigt.'

'Hij zal ons toch zeker wel willen helpen?'

'Ik zou er niet op rekenen.' Godley keek me aan, maar voor mijn gevoel zonder me te zien. 'Je hebt mensen die even makkelijk liegen als dat ze ademhalen.'

'En Philip Kennford is een van die mensen,' zei ik.

'Philip Kennford is de grootste leugenaar van allemaal.'

Philip Kennford zag er opmerkelijk kalm uit voor een man die net zijn vrouw en dochter had verloren en zelf bewusteloos was geslagen. Hij zat al een paar uur te wachten tot wij zover waren dat we hem konden horen, maar dat leek hem niet te irriteren. Het verband om zijn voorhoofd deed niets af aan zijn gedistingeerde uiterlijk: een krachtige neus, doordringende blauwe ogen en dik peper-en-zoutkleurig haar dat hij iets langer droeg dan ik verwacht zou hebben en dat over zijn kraag krulde. Zijn vierkante kaak vormde een tegenwicht voor zijn volle mond, wat iedere indruk van zwakte tenietdeed. Hij was erg knap, vond ik, en hij leek jonger dan zijn vijfenveertig jaren. Hij was ongetwijfeld ooit enorm atletisch geweest en je zag aan hem af dat hij zijn conditie op peil hield. Zijn poloshirt en jeans waren smetteloos, maar hij had blote voeten. Ik vroeg me af of dit uit gewoonte was of omdat hij meer overstuur was dan op het eerste gezicht leek.

Hij zat in een leren fauteuil – het meest traditionele object dat ik tot dan toe in zijn huis had gezien. Hij hing erin alsof zelfs de gedachte aan staan hem al uitputte. Hij zat met zijn benen over elkaar geslagen en zijn bovenste voet zwaaide in een rustig ritme als een slinger heen en weer. Met zijn ene hand hield hij een sigaret vast, waar een dunne sliert blauwe rook uit opsteeg in de toch al bedompte werkkamer. Zijn andere hand rustte op de kop van een zwart-witte hond, een bordercollie. De hond leunde tegen hem aan en verliet zijn post niet toen wij binnenkwamen en ons in een halve cirkel voor hem opstelden. De hond stak zijn kop naar voren om ons op te nemen, en hierbij was veel wit van de oogbol zichtbaar. Ik hield van honden, maar bordercollies neigden naar het onvoorspelbare, wat een andere manier was om te zeggen dat veel bordercollies psychotische trekjes hadden. En net zomin als ik het zou wagen om mijn hand in vuur te steken, zou ik hem over zijn kop aaien.

Terwijl Godley beleefde inleidende woorden sprak en ons voorstelde, nam ik de gelegenheid te baat om de kamer in me op te nemen. Het vertrek leek beter te passen in een traditioneel Engels landhuis dan in de eenentwintigste-eeuwse, minimalistische chic die we tot dan toe waren tegengekomen. De muren waren bedekt met boeken, merendeels in leer gebonden exemplaren, en het interieur werd gedomineerd door een reusachtig mahoniehouten bureau. Boven de open haard hing een ontzaglijk sentimenteel victoriaans olieverfschilderij. Het stelde een haveloos jongetje voor dat werd vastgehouden door twee agenten in uniform. Op de achtergrond was zijn snikkende moeder afgebeeld. Het brood dat het jochie had gestolen lag voor hem op de grond. De schamele behuizing achter het groepje duidde op grote armoede. Op het kleine goudkleurige schildje las ik dat het schilderij *De arrestatie* heette. Ik betwijfelde zeer of een en dezelfde persoon kon houden van dit schilderij en van het felgekleurde, geometrisch abstracte wandtapijt in de hal. Dit was Kennfords domein. Zijn vrouw had mogen doen wat ze mooi vond, tot aan de deur van zijn werkkamer. Daarachter gold zijn smaak.

'Dat ziet er pijnlijk uit.' Godley stond dichter bij Kennford dan ik en hij bukte om diens voet te bekijken. Toen ik mijn hals uitstrekte om te zien wat hem was opgevallen, zag ik dat Kennfords voetzool onder de sneeën zat. De huid eromheen zag er rood en opgezwollen uit. Dat verklaarde de afwezigheid van schoeisel.

'Fataal zullen ze me niet worden. Er lag glas op de vloer van mijn slaapkamer en ik had dat te laat door.' Kennford had een volle, diepe stem, maar tot mijn verbazing produceerde hij niet het bekakte stemgeluid dat je bij een topadvocaat zou verwachten. Hij sprak met een licht Yorkshires accent, waardoor ik hem onmiddellijk wat sympathieker vond, louter en alleen omdat het prettig klonk en ik respect had voor iedereen die niet het accent verloor waarmee hij of zij was opgevoed.

'Da's pech hebben,' zei Derwent.

'Ik heb vandaag wel ergere pech gehad.' Zijn flauwe glimlach was bedoeld om de stekeligheid van zijn woorden te verzachten. 'Ik kan bewijzen hoe het is gebeurd, mocht u twijfels hebben. Het ambulancepersoneel was er overigens bij aanwezig. Ik kwam wankel overeind en liep door de scherven voordat ze me konden tegenhouden. Zij kunnen dit bevestigen.'

'Eerlijk gezegd zou u ook een behoorlijk slecht richtinggevoel hebben als u in uw voet had gesneden terwijl u uw dochter de keel doorsneed en uw vrouw doodstak.'

Godley en ik draaiden ons tegelijk naar Derwent om en keken hem woest aan. Kennford trok zijn wenkbrauwen op, maar daar bleef het bij.

'Meneer Kennford, we willen u nu graag enkele vragen stellen, maar we zullen proberen u niet al te lang op te houden.' De hoofdinspecteur klonk heel correct, ter compensatie van de tactloze opmerking van zijn inspecteur. 'Het spijt me dat we u niet meer tijd voor uzelf kunnen gunnen, maar u weet beter dan wie ook hoe belangrijk het is om de bal aan het rollen te krijgen bij een moordonderzoek.'

'Natuurlijk. Schroom niet om me alles te vragen wat u moet weten, al weet ik niet of u veel aan mijn antwoorden zult hebben.' Toen hij zijn sigaret uitdrukte in een asbak die al vol raakte, keek hij een beetje bedenkelijk. 'Ik zou u best willen uitnodigen het u gemakkelijk te maken, maar helaas heb ik te weinig stoelen voor u allemaal. Doorgaans ontvang ik hier geen bezoek.'

Aan de andere kant van de open haard stond net zo'n fauteuil als die waarin Kennford zat, maar alleen de zijne oogde alsof hij geregeld werd gebruikt.

'We vinden het niet erg om te staan,' zei Godley precies op het moment dat Derwent een stap in de richting van die andere stoel zette. De hond gromde. Dat, of de waarschuwende ondertoon in de stem van de hoofdinspecteur, maakte dat Derwent bleef staan waar hij stond, waarna hij zich op een overdreven manier vooroverboog om de ruggen van de boeken vlak bij hem te lezen, alsof dat aldoor al zijn bedoeling was geweest. Erg overtuigend oogde het allemaal niet. 'De meest voor de hand liggende vraag stel ik als eerste. Hebt u vijanden, meneer Kennford? Bent u weleens met de dood bedreigd?'

'Ja.' Hij liet een korte stilte vallen, waarna er een spottend lachje op zijn gezicht verscheen. 'Maar geen van mijn vijanden zou zich zo veel moeite getroosten.'

'Toch willen we namen hebben, meneer Kennford.'

'Ik zal een lijst maken. Maar niet nu. Ik moet de contactgegevens en dergelijke controleren, dus dat doe ik morgen op kantoor.' Hij ging verzitten. 'Ik wil u zeker niet voorschrijven wat u moet doen, maar u verspilt uw tijd met het natrekken van die mensen. Ze zijn over het algemeen niet moordzuchtig. En heus, geen van hen zou Vita en Laura als doelwit kiezen als ze mij hadden kunnen pakken.'

'Maar ook u bent aangevallen,' bracht Derwent naar voren.

'Niet noemenswaardig. Een klap op mijn hoofd.' Hij wees naar zijn achterhoofd, naar iets waarvan ik aannam dat het een bult was. Maar die was niet te zien vanwege zijn dikke haardos. 'Ik kwam net onder de douche vandaan en stond me af te drogen. Mijn natuurlijke instinct liet me in de steek. Ik had geen idee dat er iemand in mijn kamer was. En opeens, bam! Ik kreeg een klap en viel voorover. Het laatste wat ik me herinner, is dat ik besefte dat ik tegen de spiegel aan zou vallen. Wat inderdaad gebeurde.'

'En zo komt u aan de wond op uw voorhoofd.'

'Inderdaad. Toen ik bijkwam, keek ik in de ogen van een heel aantrekkelijke verpleegster die Aileen heette, en lag ik spiernaakt in mijn eigen bloed en een heleboel glas.'

Ik vond het merkwaardig dat hij een opmerking kon maken over het uiterlijk van de ambulancezuster terwijl het lijk van zijn vrouw buiten in het busje van het mortuarium werd geladen. Maar misschien had hij niet begrepen wat de geluiden vanuit de gang betekenden. Aan de andere kant was hij misschien gewoon zo'n soort man. 'Hebt u daarvoor iets vreemds gehoord?' vroeg Godley. 'Niets. Ik stond dan ook onder de douche.' 'Sloeg de hond niet aan?' Het was het soort hond dat aanvallen van razernij kreeg bij het zien van zijn eigen schaduw. Bij mij ging het er niet in dat hij stilletjes was blijven zitten terwijl twee van zijn baasjes werden vermoord. 'Als ze geblaft heeft, heb ik het niet gehoord.' Hij keek naar de glanzende kop en trok aan een oor. 'Ze is geen waakhond, hoor. Ze is een huisdier.' 'In het algemeen zijn bordercollies niet bepaald onverstoorbaar.' 'Dat heb ik ook niet gezegd.' In dit laatste antwoord bespeurde ik iets van onbuigzaamheid, van de kracht die hem een topadvocaat maakte. En weer was er een glimlach om de woorden te ontdoen van hun scherpte. 'Ze heeft Conan Doyle nooit gelezen. Ze wist niet dat het verdacht zou zijn als ze niet blafte.'

'Wat deed u voordat u ging douchen? Wie weet helpt het als we de avond met u doornemen.'

'Ik heb samen met Vita gegeten – salade en gerookte zalm. We hadden geen van beiden trek, waarschijnlijk vanwege de hitte. Vita dronk een glas wijn. Ik dronk water, want ik had nog wat werk liggen en wilde helder zijn. De meisjes deden hun eigen ding; ze eten zelden samen met ons. Daarna ben ik gaan zwemmen. Lydia kwam na mij naar buiten en heeft ook een poos baantjes getrokken. Zij was aan het zwemmen toen het gebeurde, neem ik aan. Ik kwam rond negen uur vanuit de tuin weer naar binnen en zij was nog in het water. Na het zwemmen ben ik nog een poosje buiten blijven zitten om te genieten van de avondlucht. En om te roken. Dat kan ik nu maar beter bekennen.' Met opnieuw een spottend lachje pakte hij zijn aansteker en wipte hij het deksel van zijn pakje sigaretten open om er een uit te tikken. 'Vita keurde het af dat ik rookte, vandaar dat ik me buiten verstopte. Ik maakte mezelf wijs dat ze niet wist dat ik nog weleens een sigaret opstak, maar natuurlijk wist ze dat best. Een oogje dichtknijpen is immers het geheim van een gelukkig huwelijk.'

Derwent greep zijn kans. 'Moest ze dat vaak doen? Een oogje dichtknijpen, bedoel ik?'

Terwijl Kennford zijn sigaret aanstak, schudde hij bijna onmerkbaar zijn hoofd. 'Weet u, ik geloof dat wij elkaar niet erg sympathiek vinden, meneer Derwent.'

'En ik geloof dat u mij geen antwoord hebt gegeven.'

'Josh.' Godley keek dreigend. *Bewaar dat voor het volgende verhoor, wanneer we hem misschien het vuur na aan de schenen gaan leggen...* 'Is u iets vreemds opgevallen toen u buiten was?'

'Nee, maar vanwaar ik zat, zie je het huis eigenlijk niet.' Hij anticipeerde op de volgende vraag. 'En evenmin zou ik de deurbel hebben gehoord.'

'Denkt u dat de moordenaar door aan te bellen toegang tot het huis heeft verkregen?'

'Dat neem ik wel aan. Er was toch geen schade aan de voordeur? Of aan de ramen?'

'Die hebben we niet aangetroffen. Zou uw vrouw de voordeur hebben opengedaan op dat tijdstip van de avond, als zij geen bezoek verwachtte?'

'We hebben een video-intercomsysteem. Ze kon dus kijken wie ze binnenliet alvorens de deur open te doen.'

'En maakt dat intercomsysteem ook opnames?' Derwent trilde zowat van opwinding.

'Dat zou uw werk wel vergemakkelijken. Nee, het is een realtime-camera. Die laat alleen zien wie er op dat moment staat, en niet eens heel duidelijk. Iemand moet op precies de goede plek staan, anders zie je alleen een elleboog, en daar heb je weinig aan. Ik heb me er altijd verre van gehouden. Van dingen die niet goed werken, moet ik niets hebben.'

'Gebruikte Vita het systeem wel?'

'Ik heb niet gezien hoe ze de deur opendeed, meneer Godley.' Hij klonk geïrriteerd. Geen man die graag 'Ik weet het niet' zei, dacht ik.

'Is u iets ongewoons opgevallen toen u vanuit de tuin het huis binnenkwam?'

'Niets. Maar ik heb dan ook geen lichten aangedaan in de keuken of in de hal. Ik ben regelrecht naar boven gelopen.'

'In het donker?'

'Ik ken de weg. En er staat bepaald niet veel waar een mens tegenaan kan botsen, hè?' Hij trok zijn wenkbrauwen op, als uitnodiging aan ons om met hem mee te lachen, maar geen van ons ging hierop in. Kennelijk had ik gelijk dat zijn smaak sterk afweek van die van zijn vrouw.

'Hebt u Vita of Laura gezien toen u binnenkwam?'

'Nee. Eigenlijk dacht ik dat Laura niet thuis was. Ze was naar een vriendin gegaan en ik dacht dat ze daar de hele avond zou zijn.'

'Welke vriendin?'

'Dat weet ik niet. Vita wist het.'

En jij hebt niet geluisterd toen ze je vertelde bij wie ze was.

'Hebt u stemmen gehoord in de woonkamer?' vroeg Derwent.

'Ik ben niet blijven staan om te luisteren. Ik verwachtte ook niets te horen. Voor zover ik wist zat Vita daar in haar eentje.'

'Hoe bracht ze haar avond door?'

'Geen flauw idee.'

'Las ze? Keek ze tv? Belde ze met vriendinnen? Borduurde ze? Zat ze op internet?'

Kennford klonk onmiskenbaar geïrriteerd toen hij antwoordde. 'Het heeft weinig zin om allerlei bezigheden op te sommen om na te gaan of er een belletje bij me gaat rinkelen. Ik heb haar niet gevraagd wat haar plannen voor de avond waren en zelf heeft ze het me niet verteld.'

'Kon het u niet schelen?'

'Ik respecteerde haar privacy.' Hij wierp een blik op Derwents linkerhand. 'U bent niet getrouwd, hè? Ik verwacht niet van u dat u het begrijpt, maar soms moet je elkaar wat ruimte geven. Te veel belangstelling voor elkaars leven kan verstikkend zijn.'

'Dat klinkt alsof u een of ander relatiehandboek hebt gelezen.'

'Laten we verdergaan,' zei Godley snel. 'Hebt u de afgelopen weken iemand zien rondhangen? Iemand die u niet herkende? Of is u iets anders opgevallen wat uw wantrouwen wekte?'

'Ik heb mijn hersens gepijnigd, maar nee.'

'U hebt een zwaar alarmsysteem,' zei ik. 'Was dat ingeschakeld wanneer u thuis was?'

'Niet als de deur naar de tuin open was. Wel wanneer we 's nachts boven waren. Het alarm beveiligt de benedenverdieping, dus als het is ingeschakeld, kunnen er beneden geen ramen of deuren openstaan. Met deze hitte stond het systeem gewoon uit.'

'Maakte u zich zorgen om iemand in het bijzonder?' vroeg Godley. 'Had u daarom een alarmsysteem laten aanleggen?'

'Mijn vrouw heeft het laten installeren. Ik veronderstel dat dit was om onze verzekeringskosten te drukken, maar ik heb het haar nooit gevraagd. We betaalden ons blauw vanwege alle kunst die ze kocht.'

'Het viel me op dat u een indrukwekkende collectie bezit.'

'Je moet ervan houden.' Kennford klonk verveeld. 'Ik heb nooit veel aandacht besteed aan wat ze aan de muren wilde hangen. Ze had er wel verstand van. Ze runde een galerie voordat we trouwden.'

'Was die succesvol?' wilde Derwent weten.

'Ja, als u bedoelt dat het een succesvolle manier was om geld te verliezen.'

'Dus moest ze er van u mee stoppen.'

Voor Derwents volgende verjaardag zou ik echt *Hoffelijkheid voor beginners* kopen.

'Ze moest niks; ik heb Vita nooit ergens toe gedwongen. Ze verkocht de galerie toen ze merkte dat ze zwanger was van de tweeling. Toen bleek dat huisvrouw en moeder zijn eigenlijk haar hoogste ideaal was. De tweeling vormde een goed excuus om nooit meer te gaan werken.'

'U had liever gehad dat ze wel werkte?' vroeg Godley.

'Het zou haar horizon verbreed hebben.'

'Ook als het u geld kostte?' Dit was Derwent weer.

'Het heeft me nooit een cent gekost. Hoofdzakelijk omdat ik geen cent te makken heb.' Hij lachte. 'Laat u zich niet op het verkeerde been zetten door het grote huis en het feit dat ik Queen's Counsel ben. Uiteindelijk ben ik gewoon een strafpleiter, en niemand wordt rijk van het verlenen van juridische bijstand. Zeker niet als je in mijn belastingschijf zit. En wat de fiscus niet van me krijgt, neemt mijn eerste vrouw me af. Het geld is allemaal van Vita. Of beter gezegd, was.'

'En nu is het van u.' Derwent zei het buitengewoon zelfingenomen.

'Inderdaad. Een perfect motief voor moord. Maar bedenk dan ook een reden waarom ik mijn dochter zou vermoorden.' Voor het eerst hoorde ik iets van rauwe emotie, wat zijn stemgeluid grover maakte. 'En verklaar dan ook meteen ook maar waarom ik mijn andere dochter niet heb vermoord. Ik wist tenslotte waar ze was.'

'Laat dat maar aan mij over.'

Voordat Kennford hier iets op kon zeggen, kwam Godley tussenbeide. 'U weet dat we de zaak van alle kanten moeten bekijken, ook de onwaarschijnlijke.'

'En ik weet dat echtgenoten echtgenotes vermoorden. Dat ze soms zelfs hun kinderen doden. Maar ik heb dat niet gedaan.' Hij rolde zijn sigaret tegen de rand van de asbak en draaide de askegel tot een punt. 'U zei dat Laura's keel is doorgesneden. Dat zei u toch?'

Derwent keek naar Godley om te zien of hij mocht reageren. Godley knikte. 'Ze is ernstig verwond geraakt aan haar hals.'

'Heeft ze geleden?'

'Ik ben geen patholoog.'

'Doe nou niet alsof ik gek ben. Ik ben geen doorsnee burger en u hoeft niet tegen me te liegen. U hebt meer dan genoeg moordslachtoffers gezien. U weet wat zich daar heeft afgespeeld.' Met een hand die licht trilde gebaarde hij richting de woonkamer. 'Ik vraag het omdat u schofterig genoeg bent om me de waarheid te vertellen. Heeft ze geleden?'

'Daarvoor ging het waarschijnlijk te snel. Ze zal niet geweten hebben wat haar overkwam.'

'Heeft Vita het gezien?'

'Ja.'

'Ik kan me niet voorstellen hoe dat voor haar gevoeld moet hebben,' mompelde hij met hangend hoofd. Hij zei het meer tegen zichzelf dan tegen ons.

'Ze heeft geprobeerd te vechten.'

'Daar was ze een kei in. Ze ging ruzie nooit uit de weg.'

Maar ze had geprobeerd te vluchten toen ze wist dat ze gedoemd was te verliezen. En zij had wél geleden, iets wat haar echtgenoot niet leek te kunnen schelen. Het gaf me een onbehaaglijk gevoel dat hij niet vroeg hoe zij was doodgegaan.

'Wanneer bent u hier klaar?' Hij drukte zijn sigaret uit, al was die maar voor de helft opgerookt. 'We zullen iemand moeten regelen om in de woonkamer de boel op te ruimen en schoon te maken. Ik weet niet waar ik moet beginnen. Vita regelde zulke dingen altijd.'

'We zullen het huis een poosje moeten laten zoals het nu is, meneer Kennford. Feitelijk stond ik op het punt u te vragen of u elders kunt verblijven.'

'O. Juist.' Hij keek naar de hond. 'Ik zal een paar telefoontjes plegen. Ik huur een flat in de stad, maar huisdieren zijn daar niet toegestaan. Ik heb een vriend met een klein appartement in The Temple, de geluksvogel. Hij heeft een huis in Frankrijk. Daar zit hij 's zomers. Als ik kan regelen dat ik tijdelijk in zijn appartement kan, kan Mollie mee. Honden van huurders zijn daar toegestaan. En Lydia kan er ook terecht. Ik geloof dat er een bank staat die zij kan gebruiken.'

Hij stelde duidelijke prioriteiten, dacht ik bij mezelf. Die arme Lydia stond een trede lager dan de hond – misschien wel twee. Dat was echter niet wat Godley bezighield.

'Is er nog een andere mogelijkheid om Lydia onder te brengen? Bij iemand die u vertrouwt? Vrienden, familie?'

'Ze zal het niet erg vinden om zich een paar dagen te moeten behelpen.'

'Ik heb liever dat ze ergens anders naartoe gaat.'

'U wilt niet dat ze bij mij blijft, bedoelt u.' Hij fronste zijn voorhoofd, zijn mond versmalde zich en zijn gezicht kreeg iets angstaanjagends door de woede die eruit sprak. 'U bent geen haar beter dan hij, hè,' zei hij, wijzend naar Derwent. 'U hebt uw conclusies ook al getrokken.'

'Dat is niet waar. Maar twee van uw gezinsleden zijn in dit huis vermoord, en ook u bent aangevallen. Lydia is de enige die ongedeerd is gebleven – in elk geval fysiek. Ze zou een zeer belangrijke getuige kunnen zijn. Als jullie samen blijven, zullen jullie het gebeurde bespreken. Zo gaat dat nu eenmaal. Wanneer ze zover is dat ze met ons kan praten, wil ik horen wat zíj denkt, en niet wat u hebt geopperd.'

'Ik geloof u niet.'

'Dat zou ik toch maar doen.' Godleys stem klonk vriendelijker;

hij veranderde van tactiek. 'Ik heb een dochter van ongeveer dezelfde leeftijd. Ik weet dat u Lydia wilt beschermen, maar voor haar is een echt huis het beste, en niet een geleende flat waar ze niet eens een bed heeft. Is er niet iemand bij wie ze kan logeren?'

'Vita's zus woont in Twickenham.'

'Kan ze goed opschieten met Lydia?'

'Geen flauw idee. Renee is een mysterie voor me, maar ze lijkt me best aardig.'

'U klinkt alsof u haar niet kent,' zei ik. 'Twickenham is hier toch niet ver vandaan. Ziet u haar niet geregeld?'

'Ik niet. Vita zag haar vaker. Ik ga niet veel met mijn schoonfamilie om.' Hij klonk er niet al te schuldig over. Heel even verwonderde ik me over een wereld waarin het bestond dat je je naaste familie, die ook nog in de buurt woonde, niet zag. Mijn moeder bleef op de hoogte van voor- en tegenspoed in de levens van zelfs de verre familieleden, waar ter wereld ze ook waren neergestreken. En van mij werd hetzelfde verwacht. Familie was familie, ook als die alleen maar aangetrouwd was; wat er met hen gebeurde dééd ertoe. Maar Philip Kennford scheen een ander standpunt te huldigen.

'Heeft Renee kinderen?' vroeg Godley.

'Twee jongens. Ouder dan Lydia en Laura. Crispin is twintig, geloof ik. Tobias twee jaar jonger.'

In ieder geval zou ze dus wel moederlijke instincten hebben waar we een beroep op konden doen. Godley leek in dezelfde richting te denken. 'Denkt u dat ze bereid zal zijn om voor Lydia te zorgen?'

'Ik neem aan van wel. Als Lydia nergens anders naartoe kan.'

Het klonk niet echt als een warme aanbeveling, maar het was beter dan niets.

'Ik zal Lydia daarheen laten brengen zodra uw schoonzus heeft gezegd dat ze welkom is. We zullen Renee op de hoogte moeten stellen van wat er is gebeurd. Wilt u haar zelf bellen, of hebt u liever dat we een familierechercheur naar haar toe sturen?'

'Misschien is het makkelijker voor Renee om het te horen van iemand die weet hoe je zoiets vertelt. Iemand die er niet emotioneel bij betrokken is.' Kennford was allang blij dat hij niet met zijn schoonzus hoefde te praten. Hij hinkte naar zijn bureau en schreef haar adres op een papiertje. We zouden daar de volgende dag naartoe gaan om Lydia te ondervragen, als ze er inderdaad ging logeren. Ik hoopte dat ik de gelegenheid zou krijgen om Renee te vragen wat zij van haar zwager vond.

Godley pakte het velletje van hem aan. 'Mooi. We gaan het regelen.'

'Waar is Lydia trouwens?' Kennford keek om zich heen alsof hij verwachtte dat ze zomaar in de kamer zou verschijnen. Zijn bezorgdheid om zijn nog levende dochter kwam een beetje aan de late kant, vond ik, maar Godley was te professioneel om ook maar een greintje afkeuring te laten blijken.

'Die is aan het rusten. Er is een collega bij haar die haar indien nodig gerust kan stellen, maar ze zit momenteel onder de kalmerende middelen.'

'Ze is totaal ingestort, neem ik aan.' Het klonk vernietigend zoals Kennford het zei.

'Ze heeft een aantal uren geleden de lijken aangetroffen van haar tweelingzusje en haar moeder, die in hun eigen bloed lagen. Ze dacht dat u ook dood was. Ze wist niet of de moordenaar nog in huis was en ze was diep geschokt. Maar ze hield het hoofd lang genoeg koel om het alarmnummer te bellen en onze jongens binnen te laten. Ik vind dat ze recht heeft op een handvol kalmerende middelen en een heleboel medelijden.' Derwent was doorgaans niet teerhartig, maar als hij voor je in de bres sprong, deed hij dat met stijl. Ik had graag voor hem geapplaudisseerd.

'Lydia is geen sterke persoon, inspecteur Derwent. Laura kreeg in de baarmoeder alle ruggengraat toebedeeld. Ze was tien keer zoveel waard als haar zus.' Hij schudde zijn hoofd. 'Met alle respect: u kent Lydia niet. Ik wel. Mij verbaast het niet dat ze in shock is.'

Kennford klonk niet bijzonder respectvol, maar hij zei het nog net niet honend – anders dan Derwent toen die Kennfords woorden na-papegaaide.

'Met alle respect: mij verbaast het ook niet. Maar ik heb er begrip voor en leef met haar mee. Misschien moest u dat ook eens proberen. In aanmerking genomen dat ze nog leeft en zo, wilt u misschien een poging doen om een vader voor haar te zijn.'

'Zijn we klaar?' snauwde Kennford.

'Ik wel.' Derwent liep naar de deur, maar bleef halverwege staan en draaide zich om. 'Er is nog één ding dat me bezighoudt. Waar hebt u een flat in Londen voor nodig als u in Wimbledon woont?'

'Tijdens grote processen kom ik niet graag naar huis. Dat leidt af. Ik functioneer beter als ik me voor de wereld kan afsluiten om me te concentreren. Ik kan blijven werken tot middernacht als ik daar zin in heb, cornflakes naar binnen werken als avondmaaltijd, om vijf uur opstaan en verder werken. U zult begrijpen dat die levensstijl niet echt te combineren is met het gezinsleven.'

'O. Dus het is geen neukhol?'

'Pardon?'

'U hebt me best gehoord.' Hij haalde zijn schouders op. 'Ik baseer me alleen op uw reputatie, meneer Kennford. Het is vast allemaal heel onschuldig en legaal. U weet hoe graag mensen kletsen.'

'Zeg dat wel. En ik weet dat je beter niet naar roddelpraat kunt luisteren.'

'Luisteren is niet hetzelfde als geloven. Ik trek mijn eigen conclusies. Maar ik hoor graag wat mensen te zeggen hebben.'

Kennford duwde de hond opzij en kwam overeind, maar in plaats van de confrontatie te zoeken met Derwent, pakte hij Godley aan. De twee mannen waren ongeveer even lang, maar onze chef was net iets knapper. 'Ik kan niet zeggen dat ik er erg veel vertrouwen in heb, hoofdinspecteur. Ik weet toevallig dat uw team het momenteel erg druk heeft. Hoeveel bendemoorden zijn er de afgelopen maand ook alweer geweest? Tien?'

'Elf.'

'U hebt uw handen dus vol. En u zult uw topmensen niet op een paar moorden zoals deze zetten – al is het een interessant verhaal dat in alle kranten komt. U kunt ze simpelweg niet missen. U kunt hier geen prioriteit aan geven, en om die reden koos u inspecteur Cliché en zijn bimbohulpje om het hoogst noodzakelijke te doen, maar ook niet meer dan dat.'

Ik ving Derwents blik. We hadden geen goede eerste indruk gemaakt.

'Het zijn zeer bekwame rechercheurs, ervaren in de aanpak van moeilijke zaken, en ik heb het volste vertrouwen in ze. Ik kan u garanderen dat ze volop ondersteund zullen worden door hun collega's en door mij. Verder kan ik u garanderen dat ik in staat ben om dit onderzoek te leiden naast de overige onderzoeken waarmee mijn team momenteel bezig is. Het is niet zonder reden dat ik deze functie uitoefen. En het zou enorm helpen indien u mijn collega's hun werk liet doen en eerlijk antwoord gaf op hun vragen, hoe persoonlijk die ook mogen zijn. U weet donders goed dat ze niet zonder reden worden gesteld, meneer Kennford, dus hou op met zeiken.'

Ik had het bij het rechte eind: de druk op Godley begon zwaar te wegen. In negen van de tien gevallen zou hij schimpscheuten als die van Kennford genegeerd hebben. Ook kon ik me niet herinneren dat hij ooit uit zijn slof was geschoten tegen een rouwende partner. Niet dat Kennford radeloos van verdriet was – verre van. Het leek hem zelfs te plezieren dat er weerwoord werd gegeven.

'Het verbaast me niet dat u voor deze aanpak kiest, maar teleurstellend blijft het. Beloof me alleen dat er bij het onderzoek geen zijwegen worden ingeslagen door achter kwaadaardige roddels en achterklap aan te gaan die niets te maken hebben met de dood van mijn vrouw en kind.'

'Dat beloof ik u. We zullen de dader vinden en voor het gerecht brengen.' Godley wachtte een ogenblik. 'Wie het ook is.'

'Dus ook ik kan diegene zijn?' Kennford lachte vreugdeloos. 'Ik begrijp het. Maar ik verzeker u, u zult echt niet bij mij komen aankloppen. Goed, zullen we dan maar afronden? Ik heb barstende hoofdpijn en ik moet een logeeradres organiseren. Daarna moet ik pakken, als me wordt toegestaan om spullen uit mijn slaapkamer mee te nemen. Volgens mij is het tijd om een eind te maken aan dit kostelijke gesprek.'

'Volgens mij ook.' Godley zag er ietwat opgelaten uit. 'Er moet tijdens het inpakken wel iemand bij u zijn, zodat we weten wat het huis verlaat.'

'Bang dat ik het mes naar buiten smokkel in mijn koffer?'

'Ik moet iedere suggestie vermijden dat er slordig is omgesprongen met de plaatsen delict, meneer Kennford. U begrijpt dat het belangrijk is het bewijs zo intact mogelijk te laten, zodat we geen lastige vragen krijgen wanneer de zaak voor de rechter komt.'

'Op basis waarvan ik onmiddellijke invrijheidstelling zou eisen, bedoelt u?' Hij wreef in zijn ogen. Hij zag er uitgeput uit. 'Doe wat u moet doen. Van mij zult u geen last hebben. Ik laat het helemaal aan u over, als dat is wat u wilt.'

'Dat zal zeker helpen,' zei Godley effen. 'Het beantwoorden van onze vragen zal ook van nut zijn.'

'Dat heb ik gedaan.'

'Nog één laatste vraag dan. U hebt er vast over nagedacht, dus u zult er makkelijk antwoord op kunnen geven. Wie, denkt u, heeft uw vrouw en dochter vermoord?'

'Ik weet het niet. Ik zou niemand kunnen bedenken.' Kennford keek Godley in de ogen terwijl hij dit zei. Hij klonk volkomen oprecht. 'Als ik ook maar iemand verdacht, zou u de eerste zijn die het hoorde.'

Ik wist niet waarom, maar ik geloofde er geen woord van.

3

'Ik ben benieuwd: wat zou ervoor nodig zijn om jou tot medeleven te bewegen?'

'Hoe bedoel je?'

'Tja, het is natuurlijk niet zo dat zijn hele gezin is afgeslacht. Alleen maar bijna. Dus als ze nou eens allemáál waren vermoord, of misschien als het huis ook nog was afgebrand, of – nee, dit zou het 'm absoluut doen – als ze de hond hadden doodgestoken... Had je dan misschien "gecondoleerd" tegen Kennford gezegd?'

Derwent spreidde zijn handen gespeeld schuldbewust. 'Wat moet ik daarop zeggen? Ik heb weinig op met figuren die hun geld verdienen met het uit de brand helpen van criminelen. En mensen die een van hun kinderen als lievelingetje beschouwen, kan ik niet uitstaan. Het gaat nog wel om een tweeling! Is het niet ellendig als je tweelingzus of -broer de uitverkorene is en jij in de kou staat?'

'Raakt kennelijk een gevoelige snaar. Heb je zelf trouwens broers en zussen?'

'Geen met wie ik nog contact heb.' Hij liep weg, en er was niet heel veel intuïtie voor nodig om te beseffen dat hij er verder niets meer over wilde zeggen. Derwent werd bijna helemaal weerspiegeld in de zwarte marmeren tegels op de keukenvloer. Ik vond het niet het juiste moment om hem erop te wijzen dat hij een spoor van vuile voetstappen achterliet.

'Moet je zien. Hoeveel zou dit ze hebben gekost?'

'De keuken? Tienduizenden ponden, schat ik.'

'Ik bedoel de hele tent.'

'Miljoenen. Kosten noch moeite gespaard.' Ik speelde met de vouwdeur in de achterwand van de keuken. Die liet zich moeiteloos dichtschuiven, perfect geconstrueerd. 'Geloof jij wat hij zei? Dat hij met zijn werk niets verdient?'

'Alles is betrekkelijk, nietwaar? Wat wij verdienen vindt hij waarschijnlijk zakgeld.'

'We worden dan ook niet overbetaald.'

'Dat komt omdat ze weten dat wij gek genoeg zijn om dit werk voor zowat niets te doen.'

'Denk je dat?'

Hij wierp een blik om zich heen. 'Jij niet dan?'

'Min of meer,' erkende ik. 'Maar het zou nooit in me opgekomen zijn dat jij verliefd bent op je werk.'

'Verliefd is misschien wat overdreven. Maar ik ben er goed in. En het is werk dat ertoe doet. Ik snap niet hoe mensen alleen vanwege het salaris in een baan zitten. Mij zou het niet lukken om me in te zetten voor een bank of een verzekeringsmaatschappij.'

'Jij zou al in je proeftijd ontslagen worden wegens het schofferen van de klanten.'

'Verdomd, ja. Ze zouden de vloer met me aanvegen.'

Hij opende en sloot laden en kasten, op zoek naar niets in het bijzonder. Ik liet het wel uit mijn hoofd om hem te vragen wat hij aan het doen was. De technisch rechercheurs hadden het bestek doorzocht om te zien of het moordwapen niet in een la of in de afwasmachine lag, zoals weleens was voorgekomen. Ze waren inmiddels vertrokken, evenals Kennford en zijn dochter – in aparte auto's. Ook Godley was ongeveer een halfuur daarvoor weggegaan, na ons te hebben opgedragen om acht uur stipt op het bureau te zijn voor een teamvergadering over de zaak. Hij ging niet naar huis, ondanks het late uur. Kennford had gelijk toen hij over de bendemoorden was begonnen: daar lag Godleys grootste probleem. Ook al was het prettig om te weten dat hij vond dat wij de zaak-Kennford aankonden, toch maakte ik me er zorgen over dat Derwent en ik er in meerdere opzichten alleen voor stonden.

We hadden het rijk alleen en konden in het huis rondsnuffelen zo lang als we wilden. Derwent nam er de tijd voor. Ik wierp een steelse blik op mijn horloge. Het liep al tegen tweeën. Ik kon niet wegglippen om Rob te bellen. In elk geval had hij er begrip voor als het 's nachts laat werd. In zijn tijd had hij genoeg moordonderzoeken gedaan. En in zijn nieuwe baan bij de Flying Squad maakte hij heel vaak lange dagen. Het merendeel van de tijd zag ik hem nauwelijks.

Derwent gluurde in de koelkast. 'Veel eten ze niet, zeg. Beetje sla, wat tomaten, restje zalm en een pakje gerookte makreel.' Hij trok een gezicht. 'Waar is het echte eten?'

'Je bedoelt kaas, biefstuk en aardappelen? Je klinkt net als mijn vader. Het is geen echte maaltijd tenzij er vlees en aardappelen op het bord liggen.'

'En de groente dan?'

'Daar heeft hij niets mee.'

'Van de oude stempel.'

'Breek me de bek niet open.' En daar liet ik het bij. Ik had het gevoel dat Derwents belangstelling voor mijn familie niet verderging dan dingen waarmee hij de draak kon steken.

'Ik zou ook niet om groente geven als ik niet op mijn voeding moest letten.'

'Vanwege je zwembandje?'

'Ik heb verdomme helemaal geen zwembandje.' Hij legde zijn handen even op zijn buik. 'Ik doe aan hardlopen, weet je nog wel? Het hoort bij mijn training om te letten op wat ik eet.'

'Oké. Ik zei het alleen maar omdat ik heb gehoord dat je stofwisseling verandert als je de middelbare leeftijd nadert. Daarom dacht ik dat je misschien op dieet was.'

Ik liet hem in zijn sop gaarkoken en glipte de tuin in. Die was aangelegd door een tuinarchitect en er stonden onberispelijk gesnoeide struiken en hoge bomen die ervoor zorgden dat de buren niet naar binnen konden kijken. Geen bloemen. Niet veel ruimte, afgezien van het zwembad dat ijsachtig blauw en goed onderhouden was. Het had onderwaterverlichting, wat antwoord gaf op de vraag die ik niet had gesteld: hoe Kennford en zijn dochter tot laat in de avond konden zwemmen. Ik liep om het zwembad heen over het gazon naar een houten bank onder een beukenboom. Ik liet mijn zaklamp op de grond eromheen schijnen en na enkele minuten vond ik de plek waar

Kennford zijn peuken verstopte, achter een beeld dat me aan een gesmolten slakkenhuis deed denken. Het bewees niet dat hij daar eerder die avond was geweest, maar hij had in elk geval over íéts de waarheid gesproken. Ik nam plaats op de bank om te kijken wat ik van het huis kon zien. De keuken had een uitbouw, waardoor de ramen van de woonkamer niet zichtbaar waren. Als de aanval had plaatsgevonden terwijl Kennford buiten zat, zou hij niets hebben gezien.

'Pauze?' Derwents silhouet tekende zich af tegen het licht vanuit de keuken. Ik liep door de tuin naar hem toe. 'Ik bekeek wat Kennford van hier af kon zien.'

'En?'

'Niets.'

'Dan kan er één vinkje in de kolom "waarheden". En nu?'

'Zullen we dan maar het huis in lopen, zoals hij naar eigen zeggen heeft gedaan?'

Hij stapte opzij. 'Ga jij maar voor.'

Ik was blij dat ik voor Derwent uit mocht lopen. Zo kon ik een pad kiezen om de ergste bloederige voetsporen heen. De technische recherche had ze gefotografeerd en gemeten, waardoor er geen dwingende reden bestond om voorzichtig te doen, maar ik was in dat opzicht bijgelovig. Pas kort hiervoor had de Dood hier rondgewaard, en ik was er niet op gebrand om in zijn voetstappen te lopen. Als het Derwent al opviel, dan zei hij er niets van. Wie weet voelde hij hetzelfde, maar het had geen zin om het hem te vragen. Hij zou het nooit toegeven.

Tegen de tijd dat we de gang boven bereikten, waren de voetsporen zo goed als verdwenen. Het dikke tapijt had ze bijna geabsorbeerd, maar er was nog wel wat van over. Voldoende om te kunnen zien dat de moordenaar alle kamers was afgegaan.

'Hij kende het huis niet,' zei ik zacht. 'Hij wist niet in welke kamer hij moest zijn.'

'We weten niet waarnaar hij zocht. Uiteindelijk heeft hij Kennford niet vermoord, toen hij de kans kreeg. God weet dat ik die niet had laten schieten als ik de tijd en de middelen had gehad.'

'Misschien had hij de tijd niet. Misschien was hij bang dat hij door Lydia gestoord zou worden.'

'Bij wat? Inbraak? Kennford zei dat er voor zover hij wist niets weg was.' Derwent deed de dichtstbijzijnde deur open. Hij knipte het licht aan en keek naar binnen. 'Ziet er allemaal keurig uit.'

'Zeker voor een tienerkamer.' Ik liep langs hem heen tot bij het bed. Er hing niets aan de muren, afgezien van een passpiegel. De gebruikelijke rommel van make-up, kleren en sieraden die je zou verwachten, ontbrak. Op het bureau bij het raam lagen uitsluitend boeken en papieren en in het midden stond een Apple, een super-deluxe MacBook Pro. Op de een of andere manier maakte de kamer een kale, onpersoonlijke indruk. Het leek alsof degene die er sliep de ruimte slechts gedurende enkele dagen gebruikte. 'Wat denk je, de kamer van Laura of Lydia?'

'Die van Lydia.' Derwent bekeek de boeken op het bureau en draaide er een naar me toe om me haar naam op het voorblad te laten zien, geschreven in kleine, keurige letters.

Ik bukte me om onder het bed te kijken. 'Ze lijkt me geen vrolijk type, maar misschien verbergt ze de leuke dingen.' Onder het bed lag een stapel modebladen. Ik trok ze tevoorschijn en bladerde ze door. Ik zocht naar niets in het bijzonder en vond ook precies dat.

'Werkt hard voor pappies goedkeuring. Niets geen frivoliteiten,' zei Derwent. 'Alleen maar hard werken en trainen. Godallemachtig, ze is vijftien. Ze zou moeten proberen om drank geschonken te krijgen in de pub. Ze zou stiekem tot diep in de nacht uit moeten gaan.'

'En daar zou pappie waarschijnlijk meer respect voor hebben.'

'Dat heb ik wel begrepen.'

'Dat zei je al, ja.' Ik keek hem hoofdschuddend aan. 'Dat was gewoon stangen.'

'Schud aan de boom en kijk wat eruit valt. Soms krijg je de kokosnoot. Soms krijg je het aapje.'

'En soms helemaal niets.'

'Dat is waar.' Hij deed een deur open die naar een badkamer bleek te leiden. 'Fantastisch. Natuurlijk, de tiener heeft een eigen, aangrenzende badkamer nodig.'

Ieder oppervlak in de badkamer stond bomvol flesjes en cosmetica, en de kast aan de muur stond open. Het was niet in overeenstemming met de steriele netheid in de kamer achter me.

'Aan de andere kant zit nog een deur. Misschien deelt ze de badkamer met haar zus.'

Ik bleek gelijk te hebben. Laura's kamer maakte het gebrek aan troep in de andere slaapkamer ruimschoots goed. Uit haar kast en ladekast puilden kleren, zodat deuren noch laden dicht konden. En er lag ook nog een berg kleren op een stoel. Dit was de eerste plek in het huis waar ik foto's zag: ingelijste officiële foto's boven op de boekenkast, kiekjes die in de lijst van de spiegel waren gestoken, collages van foto's van familie en vriendinnen aan de muur, een hele reeks foto's op dunne draadconstructies op de vensterbank. Op de meeste foto's stond Laura zelf ook. Ze had blond haar, net als haar moeder, blauwe ogen, net als haar vader, en ze was erg mooi, wat ze nog eens had geaccentueerd met make-up. Maar ook zonder make-up was ze beeldschoon. Afgaand op de foto's was ze populair en spontaan. De tweelingzusjes waren echte tegenpolen. Lydia kwam op enkele foto's voor, maar niet van harte. Dikwijls stond ze er met afgewend hoofd op, of met voor haar gezicht hangende haren.

'Identiek,' zei Derwent, die over mijn schouder meekeek. 'Maar toch ziet maar één van hen er goed uit.'

'Het heeft alles met houding te maken. Misschien heeft Lydia de hersens.'

'Je mag voor haar hopen dat ze in elk geval íéts heeft.'

Laura had elektronische apparatuur in overvloed: een geluidsinstallatie, een docking station van Bang & Olufsen voor haar iPod en een laptop die opengeklapt op haar bed stond – standby.

'Als je wilt stelen, zou je hier moeten beginnen,' merkte Derwent op. 'Een hoop spullen die je zo kunt verpatsen.' Hij sloeg een toets aan op de laptop, waarna die begon te zoemen en startte. 'Het uitlogscherm van haar Gmail-account. Jammer dat ze offline is gegaan. Anders hadden we even kunnen kijken.'

'Denk je dat het om haar te doen was?'

'In dit stadium sluit ik niets uit – en dat zou jij ook niet moeten doen.'

Ik snapte wat hij bedoelde, maar ik kon me gewoon niet voorstellen dat een tienermeisje het soort moordzuchtige haat kon opwekken dat een einde aan haar leven had gemaakt. Ik pakte een grote digitale camera van het overvolle tafeltje naast het bed. Het was een zware, dure Canon met een professionele lens. Het duurde een paar tellen voordat ik doorhad hoe ik hem aan moest zetten om de foto's op de geheugenkaart te kunnen bekijken.

'Allejezus.'

'Wat is er?'

'Laura had een vriendje.'

'En?'

'Laura had seks met haar vriendje.'

'Hoe weet je dat nou?' Derwent was bezig met het doorzoeken van haar ladekast. Hij hield een pakje omhoog. 'Omdat ze aan de pil was?'

'Omdat ze wel zeer gedetailleerde foto's van zichzelf nam terwijl ze seks had.' Ik gaf hem de camera. 'Er staan tweeënveertig foto's op die geheugenkaart, en op geen ervan staat zijn gezicht.'

Derwent scrolde er razendsnel doorheen, met een uitdrukking van afkeer op zijn gezicht. Hij was bepaald geen preuts type, maar seks met minderjarigen, daar had hij grote moeite mee – ook als het met wederzijds goedvinden gebeurde. Iets uit zijn verleden, veronderstelde ik. Maar ik was er nooit echt achter gekomen wat het was.

'Denk jij dat hij van dezelfde leeftijd is?'

'Misschien zal het een paar jaar schelen.' Het lichaam van de jongen was bleek en mager, niet erg gespierd en vrijwel haarloos. Laura had vooral zichzelf scherp in beeld gebracht – of dat door hem laten doen. Het waren merendeels close-ups, zowel scherp als expliciet. Ik vond dat we inbreuk maakten op haar privacy en haatte dit aspect van ons werk.

Met een zucht legde Derwent de camera op het bed neer. 'Een hele klus om haar spullen te doorzoeken. Zie jij ergens een mobieltje?'

Ik schudde mijn hoofd. 'Dat kan beneden hebben gelegen.'

'Daar heb ik er ook geen gezien.' Hij keek om zich heen, zichtbaar balend bij de gedachte dat hij op dit late uur Laura's kamer moest gaan uitkammen. Ik was niet wat je noemt teleurgesteld toen hij vervolgens zei: 'Waarheen nu?'

De volgende kamer bleek een logeerkamer te zijn, die even neutraal als luxueus was ingericht en eveneens een aangrenzende badkamer had.

'Groter dan mijn flat.' Derwent klonk niet alsof dit hem imponeerde. 'Hoe zou Vita aan haar geld zijn gekomen?'

'Ze zal het niet verdiend hebben met haar galerie, afgaand op wat Kennford zei. Familie, waarschijnlijk.'

'Haar pa werkte hard, zodat zij dat niet meer hoefde.'

'Je kunt haar niet bekritiseren omdat ze geld heeft geërfd, áls dat de bron al is. Wat had ze moeten doen? Het teruggeven?'

'Dat ze het had, stoort me niet. Maar wel hoe ze ermee smeet. Moet je deze tent zien. Het is een combinatie van een museum voor moderne kunst en een modelwoning. Wat is er mis met op bescheiden voet leven? Je maakt mij niet wijs dat ze al deze rotzooi nodig hadden.'

'Ze konden zich dit huis permitteren en vonden het mooi. Ze hadden het recht om hier ongestoord te wonen en van hun geld te genieten.'

'Ze hadden net zo goed in een etalage hun geld kunnen gaan zitten tellen. Het is zo stom om de aandacht op jezelf te vestigen, zeker als je bakken met geld hebt. En vooral als je vaak met zware criminelen werkt, zou je toch denken.'

We liepen achter elkaar de gang in. De volgende kamer was de kamer waar Kennford was aangevallen. We waren er al met Godley geweest. De kamer was even persoonlijk ingericht als een kamer in een vijfsterrenhotel. Bij het raam stond een Eames-leunstoel en boven het bed hing een stippenschilderij van Damien Hirst; beide steno voor 'Ik heb geld en smaak maar geen fantasie'. De spiegel aan de muur was breed en manshoog, en zo opgehangen dat Kennford zichzelf uit de badkamer had kunnen zien komen. Derwent liep zonder geluid te maken over het dikke tapijt en stelde zich naast de badkamerdeur op tegen de muur, op armlengte afstand van mij. Hij deed alsof hij me een klap op mijn hoofd gaf.

'Kon je me zien?'

'Dat valt moeilijk te zeggen.' Er zat namelijk bijna geen glas meer in de spiegellijst. 'Het hangt ervan af of de lampen hier brandden. En of hij keek.'

'Waarschijnlijk had hij alleen maar oog voor zichzelf. Zijn pracht-lijf.'

'Denk je dat hij ijdel is?'

'Jij niet dan?' Derwent had een garderobekast gevonden. Er hing een rij met onberispelijke donkere pakken. 'Allemaal handgemaakt. De schoenen ook. Shirts en truien aan deze kant, op de planken.'

'Waar zijn Vita's kleren?'

'Niet in deze kast. Maar heb je hem niet horen zeggen dat dit zíjn kamer was? Misschien sliep Vita ergens anders.'

Nadat ik had rondgekeken, moest ik met die mogelijkheid instemmen. De kamer ademde een mannelijke sfeer, en had ook iets wat de indruk gaf dat hij door maar één iemand werd gebruikt. Het hoofdeinde van het bed was bekleed met grijs fluweel; de perfecte stof om slijtage aan te kunnen aflezen. Aan de linkerkant van het bed was de stof wat opgeruwd, de rechterkant was nog helemaal gaaf. Op het nachtkastje links lagen een biografie van Marx en wat muntgeld. Het andere nachtkastje was leeg. Ik liep de badkamer in.

'Hier is geen vrouwencosmetica te vinden. Wel een heleboel spullen voor mannen.'

'Zie je wel? IJdel.' Derwent snuffelde rond, maar vond niet wat hij zocht. 'Hij heeft het vast ergens anders liggen.'

'Wil ik wel weten wat je bedoelt?'

'Viagra.'

'Vast niet.'

'Blauw wonderpilletje. Onontbeerlijk accessoire voor het haan-tje. Zeker op zijn leeftijd.'

'Hij is niet oud.'

'Het wordt waarschijnlijk allemaal een beetje minder. Niet meer zo hard als vroeger. Kan het niet meer zo lang volhouden als vroeger.'

'Dat heb ik allemaal niet gehoord,' zei ik effen, terwijl ik de gang in liep. Achter me hoorde ik Derwent lachen. 'En trouwens, hij bewaart die pillen waarschijnlijk in zijn neukhol, zoals jij het zo fijnzinnig aanduidde.'

'Weinig reden om ze hier in huis te bewaren, inderdaad.' Hij slenterde achter me aan en keek over mijn schouder terwijl ik de volgende deur opendeed. Deze gaf toegang tot de grootste van de slaapkamers. Grijze muren, roomkleurig tapijt, op het bed een sprei met een geometrisch patroon. Meer van dezelfde steriele netheid en strakke stijl, maar voldoende persoonlijke spullen op de toilettafel en naast het bed om mij ervan te overtuigen dat dit Vita's kamer was.

'Aparte slaapkamers. Duidt niet echt op stomend hete seks, hè?'

'Misschien snurkt hij. Misschien kan hij zijn handen niet van haar af houden en moest ze hem naar een andere kamer verbannen om een beetje rust te krijgen.'

'Spreek je uit ervaring, Kerrigan?'

'Laat mij er lekker buiten. Ik heb het over Vita.' Vita, die helemaal geen spiegels in haar kamer had. Althans, ik zag er nergens een. Er moest een spiegel zijn. Ze was zo perfectionistisch, er moest iets zijn waarin ze kon zien hoe ze eruitzag voor- of nadat ze zich mooi maakte. Ik opende de deur van de garderobekast, waar ik een manshoge spiegel aantrof en rijen en rijen gestreken en opgevouwen kleren in neutrale kleuren, van leigrijs tot ijswit met daartussenin iedere denkbare tint beige. 'Wat was die ordelijk, zeg.'

'En ze trainde.' Derwent was op de loopband gestapt die in een hoek van de kamer stond en hij drukte op knoppen. 'Deze is groter dan die in mijn sportschool.'

'Maak hem niet kapot.'

'Je klinkt als mijn moeder.' De band begon te bewegen. Derwent ging schrijlings op de metalen zijkanten staan en bekeek het beeldscherm. Het apparaat maakte minder lawaai dan ik verwachtte. 'Ze heeft het ding op een afstand van tien kilometer afgesteld. En snel ook. Plus hellingen en de hele mikmak. Ze had dus een goede conditie. Maar ik zie er het nut niet van in. Toch zat heuvels hier in de buurt.'

'Controle. Zo kon ze bijhouden hoe ze vorderde. En calorieën tellen.'

Derwent gaf een klap op de stopknop, waarna de machine nog even nazoemde. 'Dus ze trainde hier, alleen. Weg van het gezin. Wat deed ze nog meer?'

'Zichzelf goed verzorgen.' Ik bekeek de verzameling potjes en lotions op de toilettafel. 'Crème de la Mer is niet goedkoop. Shiseido evenmin. Alleen het beste was goed genoeg voor Vita.'

'Ze probeerde Moeder Natuur een halt toe te roepen. Ze was ouder dan Kennford, en hij was niet blind voor andere vrouwen.' Derwent draaide een potje open en snoof wantrouwig aan de inhoud. 'De moeite waard om af en toe wat spul op te smeren. Althans, als ze hem wilde houden.'

'Kennelijk wilde ze dat.' Ik schudde mijn hoofd. 'Ik begrijp werkelijk niet wat hij inbracht in het huwelijk. Geen geld, volgens hemzelf. En als hij moest werken was hij niet eens thuis.'

'En dat kan best het grootste deel van de tijd zijn geweest. Hij is in trek. Dikke kans dat hij de flat op doordeweekse dagen altijd gebruikt.' Hij ging op de grond liggen om onder het bed te gluren. 'Wat hebben we hier?'

Ik knielde naast hem neer, terwijl hij zich uitrekte om een rechthoekig houten kistje van ongeveer vijfenveertig bij dertig centimeter naar zich toe te trekken. 'Sieraden?'

'Wedden dat ze een kluis hebben.' Hij wipte het deksel open. Er lagen drie zilverkleurige objecten in het kistje, dat was bekleed met purperen zijde. Derwent tilde er een uit: een lang, ietwat gebogen object dat bezaaid was met op het oog willekeurig geplaatste knobbels. 'Een sculptuur.'

'Niet helemaal.' Het kostte me moeite om niet in lachen uit te barsten. Ik stak mijn hand uit naar het object en drukte op een knop aan de onderkant, waarna het zoemend tot leven kwam. Derwent hield het enkele ogenblikken niet-begrijpend vast en liet het toen vol afschuw vallen.

'Ga me niet vertellen dat het een soort dildo is.'

'Dat is precies wat het is. Dit zijn peperdure seksspeeltjes.'

Met een van walging vertrokken gezicht stroopte Derwent zijn handschoenen af, en hij haalde een paar nieuwe uit zijn zak. 'Je had me wel even kunnen waarschuwen.'

'Ik wist het niet zeker. Ik behoor nou niet echt tot de doelgroep voor zulke spullen. Ze kosten een vermogen. En ik heb zoiets niet nodig, dat spreekt voor zich.' Dit laatste voegde ik eraan toe om te voorkomen dat hij met een ongepaste opmerking uit de hoek zou komen.

Hij wees achterdochtig naar een kiezelvormig object. 'Hoe werkt dat ding?'

'Geen idee.'

'En dat daar ziet eruit als een eierklopper. Waar zou die ingestoken moeten worden?'

'Waar je maar zin in hebt, stel ik me zo voor. Dat is er toch de bedoeling van?'

'Pervers,' oordeelde Derwent.

'Dat is een beetje cru.' Aan weerskanten van het met purperen zijde beklede plateau stak een lintje uit. Ik verwijderde het plateau en ontdekte een verzameling boeken, dvd's en nog wat speeltjes. *'Fanny Hill.* De Marquis de Sade. *At Her Master's Pleasure.* Die laatste lijkt helemaal over *spanking* te gaan.'

Derwent had een boek opgepakt met op het omslag een enorme Viking die een schaars gekleed, zwijmelend meisje met rood haar vasthield. '"Met een wrede knie dwong Drogo haar dijen uit elkaar, zijn begeerte was onbedwingbaar, zijn mannelijkheid hard als het gevest van zijn ijzeren zwaard. Ze vocht om zich uit zijn greep te bevrijden, ook al was het haar diepste verlangen dat hij zich aan haar zou vergrijpen. Toen hij zijn hele lengte in haar stootte en haar geheimste plek schond, huiverde ze van extase, en haar lichaam verraadde haar op het moment van haar grootste schaamte." Kolere, zeg! Die Drogo moet nodig gearresteerd worden.'

'Tot een veroordeling zou het nooit komen. Moet je kijken wat ze aanheeft. Ze vroeg erom.'

'Ik begrijp helemaal niets van vrouwen. Hoe kun je nou opgewonden raken van verkrachting?'

'Dat geldt niet voor elke vrouw, hoor. En het is fantasie. Niet iedereen wil zijn of haar fantasie in het echt beleven.'

'Wat als Vita dat wel wilde en Kennford daar geen trek in had?'

'Dat zou de seksspeeltjes kunnen verklaren.'

'Wie zegt dat ze die in haar eentje gebruikte.' Hij bekeek de dvd's. *'Anal Attraction IV.* Die springt eruit. Want ja, die andere drie zijn een beetje saai.'

'Denk jij dat ze vreemdging?'

'Zit er dik in, als je de geruchten over Kennford tenminste gelooft. Ik betwijfel of hij de energie had om zich met zijn ijzeren mannelijkheid aan haar te vergrijpen, nadat hij de hele week had liggen wippen. En het ziet ernaar uit dat Vita geen gebrek aan libido had. Dus wat als ze iemand had gevonden die graag de verkrachter speelde? Iemand die van ruige seks hield, die het lekker vond om haar te slaan?'

'En wat als deze fictieve persoon zo opgezweept raakte dat hij besloot Vita en haar dochter te vermoorden?' Ik schudde mijn hoofd.

'Onwaarschijnlijk, hoor. En waarom Laura doden? Als de gedachte om Vita te vermoorden hem opwond, zou je toch denken dat het gebeurd zou zijn terwijl ze seks hadden, en niet op een zondagavond in de woonkamer. En dan die aanval op Kennford. Dat is allemaal niet in overeenstemming met een lustmoord.'

'Halfslachtig ook. Al dat geweld beneden en alleen een tik op het hoofd voor hem.' Derwent ging op zijn hurken zitten. 'Wat dacht je van dit scenario. Vita heeft een geheime minnaar. Laura ontdekt dat en wil weten wat er zo aantrekkelijk aan hem is. Ze begint in het geniep met hem te neuken. Kennford betrapt ze samen. Laura klapt uit de school over de relatie van haar moeder. Kennford gaat uit zijn dak, vermoordt haar, vermoordt zijn vrouw, ramt zijn hoofd tegen de spiegel in zijn slaapkamer om voor een alibi te zorgen en wacht tot de dochter uit het zwembad het huis in komt en de lijken ontdekt.'

'Als jij je minderjarige dochter in bed aantrof met een wildvreemde man, zou jij dan wachten tot hij was vertrokken voordat jij je gram haalde? Dan zouden we nóg een lijk hebben. Jouw theoretische minnaar zou logischerwijs als eerste de klos zijn geweest.'

'Misschien is Kennford een lafaard en was hij te bang om hem onder handen te nemen. Of misschien bezat hij voldoende zelfbeheersing om te wachten tot hij zijn plan ten uitvoer kon brengen.'

'Om zijn lievelingsdochter om te brengen omdat ze naar bed ging met de minnaar van haar moeder, en om zijn vrouw te vermoorden omdat ze een minnaar had, ook al is hij zelf een notoire vreemdganger?'

'Niemand heeft gezegd dat het logisch moest zijn.'

'Je zei net nog dat er misschien een plan achter zat,' voerde ik aan.

'En nu suggereer je weer dat hij in blinde woede en uit jaloezie handelde. Als hij de dader is, moet hij alles hebben uitgedacht en het juiste moment hebben afgewacht.'

'Oké. Dus misschien klopt het motief niet. Misschien wilde hij

Vita vermoorden en verwachtte hij niet dat Laura bij haar zou zijn.'

'Waarom wilde hij Vita dan vermoorden?'

'Omdat zij het zat was. Ze stond op het punt hem eruit te schoppen en iemand anders te zoeken, iemand die haar en haar vele miljoenen dankbaar was, en die zich vijf nachten per week in bed aan haar te buiten ging. Door een scheiding zou Kennfords levensstijl een optater krijgen, reken maar.'

Ik nam de kamer in ogenschouw, keek naar de kastdeuren die openstonden, naar het kistje waarvan de geheime inhoud op de grond lag, naar de vele dure middelen waarmee Vita had geprobeerd om de effecten van het ouder worden uit te stellen. 'Heel deze kamer laat zien dat ze niet gelukkig was. Ze stelde hoge eisen aan zichzelf en wilde haar echtgenoot niet kwijt. Maar tevreden was ze niet. Daar kun je weleens gelijk in hebben. Misschien had ze het gevoel dat ze alles had gedaan wat in haar vermogen lag en dat hij haar toch niet wilde geven wat ze nodig had.'

Voordat Derwent kon reageren, ging mijn mobieltje. 'Beetje laat om gebeld te worden.'

'Het is Rob.' Terwijl de telefoon nog overging liep ik naar de gang. Ik had in ieder geval de illusie van privacy als ik de kamer uit was. Ik leunde tegen de muur en nam op. Zoals altijd maakte het horen van zijn stem me blij.

'Nog aan het werk?'

'Ja, maar hopelijk niet lang meer.'

'Ik wou dat ik hetzelfde kon zeggen. Ik ben niet voor het ontbijt thuis. We zijn aan het posten bij die ramkrakers, en het ziet ernaar uit dat ze iets gepland hebben voor vannacht.'

'Je klinkt er vrolijk bij.'

'Je weet hoe ik ben. Altijd op mijn best wanneer ik achter in een bestelbus opgesloten zit en moet pissen in een fles.'

Op de achtergrond hoorde ik iemand een opmerking maken die ik niet echt verstond. Maar ik hoorde Rob lachen en toen dekte hij de telefoon af om erop te reageren.

'Leuk is dat,' zei ik vrij hard. *Hallo, jij was degene die mij belde... Dus het minste wat je kunt doen is je aandacht erbij houden.* 'Zoals ik net zei, ben ik nog aan het werk. En ik moet om acht uur alweer op het bureau zijn, dus waarschijnlijk zien we elkaar de komende ochtend niet.'

Ik wachtte tot hij zou vragen wat ik deed en waar ik was, maar in plaats daarvan zei hij: 'Nou, dan zien we elkaar wanneer we elkaar zien.'

'Zoals gewoonlijk.'

'Zo gaat het inderdaad een beetje, hè? We spreken elkaar nog, maatje.'

'Dag.' Ik verbrak de verbinding en keek naar de telefoon. Maatje? Ik had geen 'ik hou van je' of 'lieveling' verwacht, maar máátje?

Toen Derwent iets zei, stond hij zo dicht boven op me dat ik van schrik een meter de lucht in sprong. 'Als ik zo vrij mag zijn, het klinkt alsof Vita en jij heel wat gemeen hebben.'

'Nee, zo vrij mag je niet zijn, en je zit er helemaal naast,' snauwde ik.

'Je krijgt niet wat je wilt, toch? Hier. Wie weet helpt dit. Ik zal het tegen niemand zeggen.' Hij gaf me een boek. *Justine*, van de Marquis de Sade. De pagina's waren zacht en de rug zat vol vouwen van het lezen en herlezen. Het zag eruit alsof het een lievelingsboek van Vita was.

'Over zes uur moeten we vergaderen met de chef. Ik heb geen zin in jouw geintjes.' Ik sloeg het boek tegen zijn borst en hij pakte het automatisch vast. 'Als we hier klaar zijn, wil ik nu graag naar huis. Zo niet, dan stel ik voor dat we doorgaan.'

Derwent leek na te denken. Ik bedacht me dat hij me af en toe graag onder de neus mocht wrijven dat hij mijn superieur was. Bovendien genoot hij ervan me op mijn plaats te zetten. En hij kon met heel weinig slaap toe.

'We hebben dat mobieltje toch nog altijd niet gevonden?' Hij keek op zijn horloge en zuchtte. 'Jeetje. Het ziet ernaar uit dat we hier nog wel even zullen zijn.'

'Vind je echt dat we daar nu naar moeten zoeken?'

'Nee.' Hij gaf me een klopje op mijn schouder. 'Ik vind dat jíj ernaar moet zoeken. Hou me op de hoogte.'

4

'En Kennford was dus niet in staat jullie een lijst te geven van mensen die hem kwaad toewensen.' Aan het woord was Una Burt, Godleys nieuwste hoofdinspecteur. Ze was de eerste vrouw ooit in die functie. Haar smalle en hoekige gezicht deed denken aan het hoofd van een paard, tenminste, als dat paard zo bijziend was dat het een bril met jampotglazen nodig had. Dit bewees dat vrouwen niet mooi hoefden te zijn om in Godleys team te kunnen komen. Burt was uitzonderlijk goed in haar werk, en uiterst toegewijd. Derwent kon haar absoluut niet uitstaan. Ik kende haar niet goed genoeg om te weten of ik haar mocht, maar ik bewonderde haar – niet in het minst omdat ze zich doof hield voor de opmerkingen die er over haar werden gemaakt. De mildste die mij ter ore was gekomen luidde: 'Het schijnt dat Burt bij haar geboorte van het vrouwelijk geslacht was, maar als je haar ziet, zou je dat niet zeggen.' Ze was te intelligent om dergelijke hatelijkheden niet op te merken, maar ze had zichzelf de gezichtsuitdrukking aangeleerd van iemand die er geestelijk boven staat. En misschien was dat ook wel zo. Ze had fantastische prestaties geleverd in haar vorige baan bij een andere moordbrigade. Toen Godley ons meedeelde dat ze ons team kwam versterken was er gemopperd, niet alleen op onze eigen afdeling, maar ook daarbuiten. Godley kreeg de reputatie een stroper te zijn, en daar begonnen mensen van te balen. Dat er nieuw talent werd binnengehaald, maakte het voor de bestaande teamleden moeilijker om promotie te maken – en hoofdinspecteur Burt was onmiskenbaar heel erg goed. Zelf had zij ook alle reden om met Godley te willen samenwerken. Binnen de

Londense politie was er geen betere te vinden dan hij. Ze zou wel gek zijn geweest om zijn aanbod af te slaan.

Eén persoon had dolgraag gewild dat ze dat wel had gedaan, en die zat naast me geïrriteerd op zijn stoel heen en weer te schuiven. Hij leek uit te zijn op een aanvaring. Ik herkende de signalen en was blij dat ik mijn boosheid had weten in te houden tijdens het eindeloze doorzoeken van Kennfords huis én tijdens de ellendige rit terug in de beginnende ochtenddrukte. Er was net voldoende tijd overgebleven om thuis te douchen en me te verkleden voordat ik weer weg moest. Ook had ik de tijd gehad om te zien dat Rob niet thuis was geweest, en dat de melk zuur was geworden. Huiselijk geluk kon je het niet echt noemen. Dit was niet waar ik voor had getekend toen ik bij Rob was ingetrokken, had ik onderweg naar het station gedacht. Wat later stapte ik prikkelbaar en verkreukeld uit de hete, overvolle trein. In de briefingzaal was het ook benauwd en ik moest een geeuw onderdrukken, mijn kaakgewricht kraakte ervan. Ik was nog nooit in slaap gevallen tijdens een vergadering, maar voor alles was er een eerste keer. Een mens zou niet hondsmoe aan een moordonderzoek moeten beginnen. Ik had er wat voor gegeven om ergens rustig een dutje te kunnen doen – onder de tafel bijvoorbeeld.

'Hij wilde niet met ons over zijn vijanden praten en we waren niet echt in de positie om hem het mes op de keel te zetten. We zien hem vandaag op zijn kantoor. Of hij geeft ons daar zijn lijst van mogelijke verdachten, of we zoeken iemand die bereid is ons te vertellen wat Kennford niet wil dat wij weten.' Derwent probeerde dit verveeld te laten klinken, maar het kwam er eerder op nukkige toon uit. Hij wipte achterover op zijn stoel zodat die nog maar op twee poten stond.

'Maar waar ik benieuwd naar ben, is waarom hij jullie niet meteen alles wilde vertellen.' Hoofdinspecteur Burt speelde met haar balpen terwijl ze naar haar aantekeningen keek en niet naar Derwent, die nu met zijn tong langs de binnenkant van zijn wang ging. 'Rouwende familieleden werken in de regel mee. Tenzij ze iets te verbergen hebben.'

'Kennford is advocaat, vergeet dat niet,' merkte Godley op. 'Voorzichtig zijn met wat ze zeggen is hun tweede natuur.'

'Ik zou denken dat hij een aantal mogelijkheden voor ons had willen uitsluiten om ons te helpen bij het onderzoek.'

'En ik zou denken dat iemand die het op hem had gemunt er wel voor had gezorgd dat die klap op zijn hoofd raak was geweest.' Derwent snoof. 'Dat is er groot genoeg voor. Nog nooit zo'n arrogante kwast meegemaakt.'

'Kijk maar eens in de spiegel.' Dit werd op gedempte toon gezegd, maar Derwent hoorde het toch. Hij wierp Harry Maitland een woedende blik toe, maar dat deed hem helemaal niets. Colin Vale schoof zijn stoel een eindje weg bij die van Maitland.

'We kunnen Kennford uiteraard niet uitsluiten. En ik ben het met je eens dat de moordenaar hem een hardere klap had kunnen geven.' Burt tikte met de punt van haar balpen op haar notitieblok. 'Tenzij hij onder druk stond en in tijdnood kwam. Misschien besefte hij dat de andere dochter nog leefde en maakte hij dat hij wegkwam voordat zij hem betrapte.'

'Het is niet echt een meisje om bang van te worden,' zei Godley. 'Als de moordenaar haar tweelingzus en haar moeder tegelijkertijd aankon, denk ik niet dat Lydia hem voor een probleem gesteld zou hebben. Ik vind het heel vreemd dat Kennford niet is neergestoken, temeer omdat we het mes niet in het huis hebben aangetroffen. De moordenaar moet het bij zich hebben gehad toen hij Kennford aanviel. En ik begrijp niet waarom hij het niet heeft gebruikt. Vandaar dat ik me afvraag of we niet met twee daders te maken hebben.'

'Of met één. Philip Kennford zelf.' Geen van de mensen rond de tafel oogde erg geschokt, vond ik, toen Derwent de theorie uiteenzette die wij in de kleine uurtjes hadden besproken: Kennford die een aanval op zichzelf in scène zette met een kopstoot tegen de spiegel in zijn kamer. 'Hij kan van tevoren het glas hebben gebroken om de verwonding die hij zelf opliep te beperken. Ik heb geen buil op zijn achterhoofd gezien. Jullie wel?'

'Zijn haar is daar te dik voor.' Godley maakte een aantekening. 'We kunnen het ambulancepersoneel vragen wat hun indruk was toen ze hem onderzochten. Colin, kun jij ze achterhalen?'

Colin knikte stuurs, wat niets te betekenen had. Hij zag er altijd stuurs uit. Waarschijnlijk was het geen toeval dat hij altijd de ergste klussen kreeg, de stomvervelende routineonderdelen van een onderzoek, die gedaan moesten worden maar zelden interessante resultaten opleverden. Het was sneu voor hem dat hij goed was in zulk werk. Hij was nauwgezet en ijverig op een heel andere manier dan bijvoorbeeld Derwent.

'Hoe het ook zij, we hebben nog steeds die lijst van Kennford nodig.' Godley keek op de wandklok. 'Vanochtend heb ik de lijkschouwing van Vita en Laura.'

'Daar zijn wij ook bij.' Derwent sprak ook voor mij, besefte ik ontsteld. Ik had er heel wat voor gegeven als ik aan die autopsies kon ontsnappen.

'Goed. Laten we afspreken dat we Kennford vanmiddag zien op zijn kantoor. Ik wil erbij zijn. Ik wil hem laten merken dat we het serieus nemen.'

En goedmaken dat hij vannacht zijn zelfbeheersing verloor. Daarnaast was Godley zich er naar mijn idee bewust van dat hij zijn inspecteur moest beteugelen. Derwent zat grijnzend te wippen op zijn stoel. 'Ik zal ervoor zorgen dat Kennford wilde dat hij nooit ruzie met me had gezocht.'

'Ik denk dat Kennford ons niet alles vertelt wat hij weet, maar ik vind niet dat we de vergissing moeten begaan om ons op hem en hem alleen te concentreren.' Iedereen rond de tafel keek nu naar mij, de een wat geïnteresseerder dan de ander. 'We hebben twee slachtoffers die ieder het eigenlijke doelwit geweest kunnen zijn. We weten niet of een van hen of zij allebei het doelwit waren. Misschien had Laura gewoon pech en was Vita degene die moest sterven, of het was omgekeerd. Hoe het ook zij, we moeten over hen allebei zo veel mogelijk te weten komen.'

'Hebben jullie vannacht iets nuttigs gevonden?' vroeg Godley.

'Dat hangt ervan af wat u met "nuttig" bedoelt.' Derwent gaapte voordat hij verder sprak, en van de weeromstuit kraakte mijn eigen kaakgewricht ook. 'We hebben ontdekt dat Laura amateurporno heeft gemaakt met een nog niet geïdentificeerde man en dat haar moeder erg veel belangstelling had voor de professionele variant. Ze had een hele verzameling.'

'Hebben jullie ook dagboeken gevonden? Brieven?'

'Nee, maar we leven in de eenentwintigste eeuw, chef. We zochten naar mobiele telefoons en e-mails.'

Ik wachtte niet af of Derwents pedante opmerking Godley amuseerde of irriteerde en zei snel: 'Zonder resultaat. Laura moet een mobieltje hebben gehad, maar ik kon het niet vinden, terwijl ik toch het hele huis ondersteboven heb gehaald. Ik denk niet dat haar telefoon zich in het huis bevond. Die van Vita zat in haar handtas, uitgeschakeld. Geen idee wat de pincode is – we hebben tevergeefs alle voor de hand liggende mogelijkheden geprobeerd. Hij moet ontgrendeld worden, zodat we haar vrienden kunnen achterhalen om na te gaan of die iets weten over haar privéleven.'

'Computers?'

'Vita schijnt er geen gehad te hebben, maar dat zullen we navragen bij Kennford. Hij heeft een laptop, die hij van ons mocht meenemen omdat hij hem voor zijn werk nodig heeft. En hij is geen verdachte, officieel dan.'

'Nog niet,' merkte Derwent op.

'Ook de beide meisjes hadden laptops. We hebben die van Laura meegenomen en die wordt nu onderzocht.'

'Laura had de wereld aan elektronische gadgets. Haar kamer leek wel het magazijn van een elektronicazaak. Maar we hebben nog niets gevonden wat ons veel verder helpt. Let wel, we hebben haar e-mails nog niet kunnen inzien.'

'Dat is iets waarnaar ik Lydia vanochtend wil vragen,' zei ik. 'Wie weet kent ze het wachtwoord van haar zusje. Misschien weet ze ook waar Laura gisteravond eigenlijk zou zijn. Kennford zei dat hij in de veronderstelling verkeerde dat ze niet thuis was. Ik wil graag weten waar en met wie ze had afgesproken, en ook waarom ze haar plannen kennelijk veranderde.'

'Tieners zijn van nature wispelturig,' zei Maitland. 'En ik kan het weten, want ik heb er twee. Vertellen je nog niet de helft van wat ze uitspoken en komen nooit toe aan de meeste dingen die ze van plan waren te doen.'

'Het gaat me om een afwijking van het vaste patroon,' antwoordde ik. 'Iets anders. Iets onverwachts. Tot dusver is dit het enige vreemde waarvan we weten dat het zich voordeed. En al wil dat hele-

maal niet zeggen dat het verband houdt met de moord, toch vind ik dat we te weten moeten komen waar Laura naartoe zou gaan.'
'Misschien naar dat vriendje.' Derwent knipte met zijn vingers. 'Maar ze maakte het uit en ging naar huis. Dus vermoordde hij haar, en toen hij toch bezig was haar moeder ook. Zaak opgelost.'
Het was maar goed dat ik gewend was aan zijn sarcasme. 'Ik wil niet zeggen dat het zo eenvoudig ligt. Maar alles wat afwijkt van het gewone moet onderzocht worden.'
'Het is de moeite waard om erachteraan te gaan,' zei Godley. 'Weten we wie haar vriendje is?'
'Op de foto's is hij de heer van Gezichtsloos tot Anoniem, en ik durf te wedden dat Kennford er geen idee van had dat hij bestond.'
Derwent krabbelde iets in zijn notitieboekje. 'We zullen Lydia moeten vragen met wie haar zus heeft liggen neuken.'
In mijn hoofd begonnen de alarmbellen te rinkelen. Als Derwent haar op deze manier benaderde, konden we het schudden. 'Ik ga haar dat niet plompverloren vragen. Ze zal het me niet zomaar vertellen, ook al zou ze het weten.'
'Hoezo zou ze het niet weten? Het waren tweelingzusjes.'
'Dat wil nog niet zeggen dat ze erg vertrouwelijk met elkaar waren.' Ik keek naar Godley in plaats van naar Derwent, in de hoop dat hij zich ermee zou bemoeien. 'Toen we hun kamers doorzochten bleek die van Laura een puinhoop te zijn. Je kreeg er het gevoel dat ze van het leven genoot. En aan gadgets en ander speelgoed had ze inderdaad alles wat een tiener maar kon begeren. Lydia's kamer leek wel een kloostercel. Ik weet niet hoeveel ze met elkaar gemeen hadden, afgezien van hun DNA en de gedeelde ruimte in de baarmoeder, maar ze leidden absoluut ieder een ander leven.'
De hoofdinspecteur knikte. 'Afgaand op wat haar vader over haar zei, lijkt Lydia me verlegen. Josh, jij houdt je tijdens dat gesprek op de achtergrond. Nee, weet je wat, ga maar niet mee. Ik wil niet dat je dat meisje afschrikt en dat ze daarom misschien niets zegt. Maeve heeft meer kans om haar vertrouwen te winnen als zij alleen gaat.'
'Dus u houdt me er ook nu weer buiten.' De voorpoten van Derwents stoel landden met een doffe bons op het tapijt. 'Het is een belangrijk verhoor en u wilt Kerrigan er in haar eentje op afsturen?'

'Ze is meer dan bekwaam.'

Ik probeerde er meer dan bekwaam uit te zien. Una Burt bekeek me nadenkend maar niet afkeurend – meer alsof ik haar nooit eerder echt was opgevallen. Maitland had zijn armen over elkaar geslagen op zijn dikke buik en zat te grijnzen, helemaal klaar om van de voorstelling te gaan genieten. Colin oogde verveeld, maar hij was dan ook over het algemeen niet geïnteresseerd in menselijke interactie.

'Ze heeft onvoldoende ervaring en ze is verre van onfeilbaar.' Derwent gaf het niet zomaar op.

'Ik twijfel niet aan haar kunnen.'

'Nou, ik wel. Bovendien mist ze dan de lijkschouwingen.'

'Die gaan zonder haar ook wel door.'

Mijn gezicht gloeide. Het was al erg genoeg om bekritiseerd te worden ten overstaan van teamleden die hoger in rang waren dan ik, maar dat Derwent en Godley over mij zaten te bekvechten, dat was ronduit vernederend.

Godley deed de dop op zijn pen, op een manier die aangaf dat hij er verder niets meer over wilde horen. 'Jij kunt je later nuttig maken, Josh, wanneer we Kennford aanpakken.'

'Het staat me niet aan dat ze in haar eentje gaat. We kunnen het risico niet nemen dat het gesprek wordt verknald, daarvoor is het te belangrijk.'

'Hou erover op, Josh. Mijn besluit staat vast.'

Derwent opende zijn mond om door te discussiëren, maar ik was hem voor. 'Er is een andere mogelijkheid. Er zou iemand anders met me mee kunnen gaan.'

'Wie dan?' vroeg Derwent agressief.

'Liv Bowen lijkt me hier geschikt voor. Ze komt niet bedreigend over en kan goed luisteren.'

'Jij hebt niemand nodig om je hand vast te houden.' Godley klonk een beetje neerbuigend. Ik vroeg me af hoeveel van zijn vertrouwen voortkwam uit zijn vastbeslotenheid om geen duimbreed toe te geven in de confrontatie met Derwents scepsis.

'Het gaat niet om handjes vasthouden. U weet hoe nuttig het soms is om met zijn tweeën te zijn in plaats van alleen, tijdens het ondervragen van iemand die waarschijnlijk emotioneel wordt. Ik wil niet worden afgeleid doordat ik medelijden met haar heb. Ik zal tijd nodig hebben om na te denken over welke vragen ik haar stel, maar toch moet ze het gevoel krijgen dat we ons iets van haar en haar verdriet aantrekken. Het is minder intens als er twee zijn die kunnen reageren. Dat zal mij de gelegenheid geven om wat afstand te houden.'

'En zij kan erop toezien dat je alles vraagt wat gevraagd moet worden,' zei Derwent.

'Het zal niet de enige kans zijn die ze krijgt om met het meisje te praten, Josh. Als we terug moeten om haar nogmaals te ondervragen, zullen we dat doen.' Godley richtte zich vervolgens tot mij. 'Even voor de goede orde. Zelf denk ik niet dat het nodig is dat Liv meegaat, maar ik ben het niet helemaal met je oneens. Een-op-een-verhoren zijn nooit makkelijk, vooral niet wanneer je een kwetsbaar iemand tegenover je hebt.'

'We moeten het hebben over wat je van haar te weten wilt komen,' zei Una Burt. 'Wat is het belangrijkste?'

'Hoe het met haar zusje zat,' stelde ik voor.

'Ik ben meer geïnteresseerd in de relatieproblemen van haar ouders,' zei Derwent. 'Echtscheiding zou een motief voor Kennford kunnen zijn.'

Godley keek geamuseerd. 'Zit je nog steeds op die lijn, Josh? Zie maar wat je uit haar kunt krijgen, Maeve, maar zet haar niet te veel onder druk. In dit stadium wil ze misschien geen familiegeheimen prijsgeven, en haar moeder is net dood, vergeet dat niet. Ik verwacht niet dat ze ook maar iets negatiefs zal zeggen over het huwelijk van haar ouders of over haar moeder, totdat ze gewend raakt aan het idee dat die er niet meer is.'

'We zullen wel moeten weten wat ze gisteravond heeft gezien,' zei Maitland. 'Dat is het allerbelangrijkste.'

'En waarom zij niet dood is. Dat maakt haar naar mijn mening automatisch tot verdachte.'

Er speelde een glimlach om Godleys mond. 'Genadeloos als altijd, Josh. En toch verbaast het je dat ik niet wil dat je meegaat naar het verhoor. Maar je hebt gelijk. We moeten weten of ze bewust is gespaard of dat ze bij toeval op het juiste moment afwezig was.'

'Of dat zij had moeten sterven in plaats van Laura.' Una keek de tafel rond. Haar ogen knipperden achter haar dikke brillenglazen.

'Dat begrijp ik niet.' Het kostte Derwent vast heel wat moeite om dat te erkennen, dacht ik. Hij deed dit dan ook knarsetandend.

'Het was immers een eeneiige tweeling? En Laura zou niet thuis zijn.' Ze haalde haar schouders op. 'We weten helemaal niet zeker of Laura wel het doelwit was.'

Na afloop van de vergadering liep Derwent vlak achter me. Hij bracht zijn hoofd dicht bij het mijne zodat niemand kon horen wat hij tegen me zei. 'Goed gespeeld. Je wordt bedankt. Fijn hè, dat je even van me af bent.'

'Dat was niet mijn bedoeling.'

'Gelul. Je hebt het me betaald gezet. Je had er de pest over in dat je het huis vannacht goed moest doorzoeken en je hebt je gewroken door mij voor paal te zetten waar iedereen bij was.'

'Als jij voor paal stond waar iedereen bij was, dan kwam dat niet door mij.' Ik draaide me om en keek hem aan. Met een vriendelijk gezicht en op zachte toon zei ik: 'Ik ben niet zoals jij. Ik ben niet rancuneus. En als ik de pest in had gehad over die doorzoeking vannacht, dan zou ik je dat ter plekke hebben gezegd.'

'De beroemde Kerrigan-driftbui.' Hij leunde tegen de muur, zoals altijd net iets te dicht bij me om me er prettig bij te voelen. 'Ik wacht er nog steeds op.'

Dan kun je wachten tot je een ons weegt, dacht ik. 'Als het een teleurstelling voor je is dat je Lydia niet kunt ondervragen, dan spijt me dat voor je. Maar het was een besluit van Godley. En ik was het met je eens, voor wat het waard is, dat ik niet in mijn eentje met haar moet praten.'

'Ja, veel leuker als die lesbo met je meekomt.'

'Heb je het over mij?' Liv draaide zich om op haar stoel. Het was Derwent niet opgevallen dat ze vlak bij ons zat of het had hem niet kunnen schelen.

'Lijkt me wel, hè. Jij bent de enige pot in het team. Voor zover we weten.' Hij keek om en volgde met zijn blik hoofdinspecteur Burt, die met gebogen hoofd, in gedachten verzonken, door het vertrek liep.

'Mag ik vragen waarom ik ter sprake kwam?' Liv klonk eerder belangstellend dan beledigd. Ze had genoeg opmerkingen over haar geaardheid moeten aanhoren, en ze keek niet erg op van homofoob taalgebruik. Bovendien kende ik niemand die meer zelfbeheersing bezat dan Liv. Ik vermoedde dat er heel wat meer voor nodig was om haar van haar stuk te brengen dan Derwent die haar beledigde.

Iets – Una Burt misschien – had gemaakt dat de inspecteur zijn belangstelling voor ons gesprek verloor. Hij ging rechtop staan en rekte zich uit. 'Zorg ervoor dat je om twaalf uur terug bent op het bureau, Kerrigan. We gaan dan samen naar Kennfords kantoor.'

'Ik kan niet wachten.' Ik keek hem na terwijl hij wegliep. Zoals gewoonlijk leek hij zijn eigen plannetjes te hebben.

'Die is monter.'

'Zelfs nog meer dan anders.' Ik wreef in mijn ogen. 'We zijn vannacht niet erg aan slapen toegekomen.'

'O?' Liv wist een wereld van betekenis in dat ene woordje te leggen.

'Vanwege het werk uiteraard. Heb je gehoord van die moeder en dochter die zijn doodgestoken in Wimbledon?'

'Het gezin van Philip Kennford? Natuurlijk. Dat was aldoor op het nieuws.'

'Hun namen werden niet genoemd.'

Ze haalde haar schouders op. 'Het is algemeen bekend. Heel wat mensen vinden het heerlijk om te kunnen doorvertellen dat Philip Kennford erbij betrokken is. Geen populaire man.'

'Derwent en ik hebben de hele nacht dat huis overhoopgehaald en niks gevonden. Als jij vrij bent, kun je me dan helpen met het ondervragen van een getuige?'

'Hier?'

'In Twickenham. Ze is bij haar tante. Het gaat om de andere dochter. Ik vond het geen goed idee om haar hierheen te brengen. En Godley vond het geen goed idee om Derwent los te laten op iemand die zich allicht wat kwetsbaar voelt.'

'Terwijl ik, als vrouw, vanzelfsprekend zeer fijngevoelig ben.' Liv schoof haar stoel naar achteren, stond op van haar bureau en trok haar onberispelijke witte shirt recht. 'Alles wat me hiervandaan haalt, vind ik best. Het stinkt hier naar oksels.'

'Dat is mannenlucht,' zei rechercheur Ben Dornton met een ultramannelijk stemgeluid vanachter het bureau tegenover dat waar Liv had gezeten. 'Geen wonder dat jij het niet lekker vindt.'

'Dat is een lucht die zegt: "Ik doe niet aan deodorant ook al hebben we hier geen airconditioning",' zei ik. 'Geen onversneden testosteron of wat jij ook denkt dat het is.'

Hij vouwde zijn handen achter zijn hoofd om zijn oksels te luchten. 'Diep inademen, dames. Vers zweet is een bekend afrodisiacum. Jullie hoeven me niet te bedanken.'

'Ik ben niet overtuigd,' zei Liv, en ze kneep haar neus dicht.

'Jullie zullen dit luchtje nog missen als jullie weggaan.'

'Weggaan waarheen?' Als een grondeekhoorn op de prairie dook Peter Belcott op vanachter zijn computer. Belcott leed hevig aan het kleine-mannensyndroom en was verreweg mijn minst favoriete collega. Daarom gaf ik hem geen antwoord en keek ik zelfs niet naar hem. Ik mocht graag doen alsof hij er niet was, vooral omdat ik wist dat dit hem mateloos irriteerde.

'Naar een verhoor in de nieuwe zaak waaraan Maeve werkt.' Liv was bezig uit te loggen.

'Oké. Jij hebt dus iets boeienders gevonden dan de schietpartijen in de onderwereld. Logisch. Wat is er zo belangrijk aan wat drugshandelaars die worden vermoord? Waarom neem je eigenlijk de rest van de dag niet vrij? Ik weet zeker dat we het zonder jou ook wel af kunnen.'

'De chef heeft het goedgekeurd,' zei ik vermoeid. 'En aangezien bijna het hele team momenteel aan die schietpartijen werkt, betwijfel ik of het heel veel uitmaakt als Liv hier één ochtendje niet is.'

Het was rampzalig om Belcotts aandacht te trekken. 'Ja, en het is me opgevallen dat jij je in die nieuwe zaak hebt weten te wurmen. Ik hou jou al een poosje in de gaten, Kerrigan. Jij bent altijd de eerste keus van de chef. Hoe zou dat zo komen?'

'Omdat ik goed ben in mijn werk.'

'We zijn allemaal goed. Daarom zitten we hier. Wat ik wil weten is waarom jij zijn lievelingetje bent.'

Ik lachte. 'Belcott, jij bent te achterdochtig.'

'Ik heb erop gelet.' Zijn gezicht was rood aangelopen, wat hem niet flatteerde. 'Jij krijgt een speciale behandeling. Dus vraag ik me af of dat iets te maken kan hebben met het feit dat het huwelijk van de chef op springen staat. Kan bijna alleen maar komen doordat hij vreemdgaat.'

'Waar heb je het over?' Ik was oprecht verbaasd.

'Ik heb het over Godley die rondneukt. Het lijkt mij dat jij een voor de hand liggende verdachte bent. Er is geen andere verklaring voor die voorkeursbehandeling die jij aldoor krijgt.'

Dornton keek over zijn schouder naar het kantoor van Godley, waar de luxaflex omlaag was, en de deur dicht. 'Niet zo hard, verdomme. Hij hoort waarschijnlijk elk woord dat je zegt.'

'Kan mij wat schelen.' Belcott klonk uitdagend, wat hij met opzet deed om mij razend te krijgen.

'Mij kan het wel wat schelen,' zei ik. 'Ik neem aanstoot aan wat je suggereert. Het is ook niet voor het eerst dat je zo'n opmerking maakt – en die is op niets anders gebaseerd dan jouw overtuiging dat jij recht hebt op alles wat je wilt. En op de gedachte dat het de schuld is van een ander dat jij maar blijft voortmodderen als een doorsnee rechercheurtje.'

Belcott kon heel even niet uit zijn woorden komen. 'Trut,' zei hij ten slotte.

'Die ken ik. Het verbaast me niks dat jij niets originelers kon verzinnen.' Ik priemde een vinger naar hem. 'En als ik hoor dat jij dit tegen wie ook over mij zegt, dan geef ik je aan wegens laster. Ik zal je het leven zuur maken. En ik weet niet waar jij je ideeën over Godleys privéleven vandaan hebt, maar ik durf te wedden dat je er hartstikke naast zit.'

'Wat zou je anders moeten zeggen.'

'Ik zeg het omdat het waar is.'

'Sodemieter op, Prinsesje Perfect.' Belcott draaide zich op zijn hakken om en liep weg.

'Wat probeerde hij nou eigenlijk te zeggen over Godleys huwelijk?' vroeg ik aan Dornton.

'De chef heeft hier geslapen, in zijn kantoor. Vanwege de schietpartijen, zegt hij. Hij blijft liever hier voor het geval er zich weer een voordoet.'

'Dat is toch geen reden voor een samenzweringstheorie. Dat hij hier slaapt, wil echt niet zeggen dat hij dus wel een verhouding zal hebben. Ik ben niet op de hoogte van Godleys privéleven, maar ik weet dat het hele gezin net op vakantie is geweest. Dat doe je toch niet als je op het punt staat uit elkaar te gaan?'

'Omwille van het kind de boel bij elkaar houden,' zei Dornton alsof hij hier alles van wist.

'Zijn dochter is zestien. Die zou het wel overleven.'

Liv borstelde haar lange paardenstaart. 'Je moet toegeven dat het een beetje vreemd is dat hij hier bivakkeert. Zo ver hiervandaan woont hij niet.'

Dornton wisselde moeiteloos van mening, want hij zei begripvol: 'Dat doet er niet toe. Denk eens aan de ontwrichting van het gezinsleven. Hij komt en gaat op de raarste tijden. En hij probeert zijn gezin erbuiten te houden, nietwaar?'

'Daar heeft hij alle reden toe,' zei ik huiverend. 'Hij zit midden in een strijd op leven en dood tussen twee van de onaangenaamste criminelen die je maar kunt bedenken. John Skinner had er in het verleden geen enkele moeite mee om Godleys gezin te bedreigen, en nu hij levenslang zonder enige kans op vrijlating heeft gekregen, heeft hij minder te verliezen.'

'Hij heeft niets. Helemaal niets. En Godley was degene die hem voorgoed de bak in liet draaien, dus hij moet hem wel haten.' Dornton schudde zijn hoofd. 'Dus je vraagt je af waarom hij opnieuw een territoriumstrijd is begonnen tegen Ken Goldsworthy.'

'Omdat Goldsworthy die strijd wil aangaan,' opperde Liv. 'Hij weet dat hij bijna heeft gewonnen en Skinner weet niet van opgeven. De vorige keer maakte Goldsworthy geen schijn van kans om te winnen en daarom moest hij het doen met een hoekje van Hertfordshire, terwijl Skinner het grootste deel van Londen in handen kreeg. Maar toen was Skinner in Spanje en zat hij geen duimen te draaien in de gevangenis.'

'De laatste keer dat ik Ken Goldsworthy zag, zat hij mevrouw Skinner op te vrijen, weet je nog?' zei ik tegen Liv. 'Ik wed dat dit Skinner voldoende prikkelt om te blijven vechten. En omdat hij dat in ons district doet, wordt het Godleys probleem. Een extra stimulans dus.'

'Het draait om trots. En de macht der gewoonte.' Brigadier Maitland had het hele gesprek gevolgd. Nu leunde hij over Liv heen om een pen van haar bureau te pikken. 'Jij weet en ik weet dat Skinner het zou moeten opgeven en nu van zijn pensionering op staatskosten zou moeten genieten. Maar zich gewonnen geven was nooit zijn sterkste punt, dus hij gaat een gevecht niet uit de weg zolang hij nog één iemand aan het lijntje heeft.'

'En veel meer zullen het er niet zijn, naar ik heb begrepen,' zei ik.

'Inderdaad. Hij is een paar van zijn beste en slimste mannen kwijtgeraakt toen hij naar zijn dochter zocht.' Zijn dochter, die hem tot dermate roekeloos optreden had bewogen dat hij bij wijze van spreken zo de gevangenis in was gewandeld na jaren voortvluchtig te zijn geweest. Zijn dochter, die dood teruggevonden was, ondanks alles wat hij voor haar had opgeofferd. 'Nieuwe mensen rekruteren is niet eenvoudig wanneer je vastzit. Bepaald veel te bieden heeft hij niet. Kom voor me werken en ik garandeer je een snelle dood en geen aandeel in de winst, want die is er niet.'

'Maar als hij de strijd wint...'

Maitland haalde zijn schouders op. 'Dan krijgt hij de hele zwik. En omdat hij niet in de positie is om daarvan te kunnen genieten, is het kassa voor iedereen die zich aan zijn kant heeft geschaard. Vandaar de nieuwe overeenkomst.'

'Nieuwe overeenkomst?' Ik keek Liv vragend aan.

'Het laatste wat we hebben gehoord, is dat hij in zee is gegaan met een stel immigranten. We weten niet meer dan dat het om Oost-Europeanen zou gaan – een rekbaar begrip. Ze kunnen overal vandaan komen, van de Baltische staten tot aan Afghanistan. Zij zouden de laatste moord gepleegd hebben, op die twee knullen die achter de ijsbaan in Streatham waren gedumpt. We hebben ze niet in beeld tot dusver. Daarom kan ik je niet meer vertellen dan dit.'

'En gelukkig voor ons zijn ze evenmin in beeld bij Ken Goldsworthy. Vandaar dat we een paar nachten vrij hadden. Niet dat dit lang zal duren.' Tot besluit gaapte Dornton met wijd open mond.

'Je lijkt je niet al te druk te maken,' zei ik geamuseerd.

'Wat zou ik me druk maken om drugsdealers en ander uitschot die elkaar afmaken. Ik weet dat de schandaalpers schreeuwt dat we iets moeten doen, maar veel nuttige suggesties komen er niet van die kant.'

'Het draait toch allemaal om beeldvorming?' zei Liv. 'Van Godley moeten we de indruk wekken druk bezig te zijn, zodat de korpschef hem met rust laat. We kunnen van de ene plaats delict naar de andere jakkeren, maar uiteindelijk zijn we altijd te laat om iets nuttigs te kunnen doen. Tegen de tijd dat wij erachter zijn wie de laatste moord heeft gepleegd, ligt de dader al dood te bloeden op een trottoir ergens in Peckham of Tooting.'

'Niet zoals het hoort, maar wel effectief,' zei Dornton met een schouderophalen. 'Je kunt net zo goed iets nuttigers met je tijd doen, Liv.'

'Terwijl "Londen in chaos gedompeld" is.' Ik draaide de krant om die op Livs bureau lag, zodat Dornton de kop kon lezen. Hij snoof smalend.

'Hou toch op. Er zijn dertig of veertig mogelijke doelwitten voor Skinner en zijn jongens – en waarschijnlijk meer voor Goldsworthy nu die buitenlandse knapen meedoen. Er gaan weer doden vallen, en gauw ook, maar we kunnen er niks tegen beginnen.'

Liv knikte. 'Het moorden zou afgelopen zijn als John Skinner en Ken Goldsworthy hun territoria in een overeenkomst vastlegden.'

'Het klinkt doodeenvoudig wanneer je het zo stelt. Waarom hebben wij dat toch nog niet met ze geregeld?' Godley liep ons voorbij zonder Liv gelegenheid te geven om te reageren. Wat waarschijnlijk maar goed was ook, want ze kon van schaamte geen woord uitbrengen.

'Zoiets overkomt mij meestal,' zei ik zodra hij buiten gehoorafstand was.

'Dat is waar.' Ze grinnikte naar me en herstelde zich snel. 'Maar goed dat hij niet eerder voorbijgelopen kwam, hè?'

'Toen Belcott mij ervan beschuldigde dat ik met hem naar bed ging? Hij is de enige in dit team die als hij één en één bij elkaar optelt negenenzestig als uitkomst krijgt.'

'Er gaan meer praatjes in die trant dan jij denkt.' Dornton ving mijn blik. Mompelend dat hij aan het werk moest dook hij weer weg achter zijn computer.

'Nou, als jij iemand anders hetzelfde hoort zeggen, Ben, weet je wat je ze moet vertellen. Bovendien is de zaak-Kennford niet echt leuk. Als het aan Derwent lag, zouden we aan de bendemoorden werken.'

'Echt waar?'

'Echt waar. Vroeger werkte hij bij Godley in de taakeenheid die zich bezighoudt met de georganiseerde misdaad. Hij heeft de achtergrond en de ervaring, maar om de een of andere reden is hij niet bij jullie onderzoek betrokken. Hij voelt zich gepasseerd ten gunste van hoofdinspecteur Burt. Hij is er doodziek van dat hij het heeft moeten afleggen tegen een vrouw.'

'Is dát zijn probleem?' vroeg Liv gefascineerd.

'Volgens mij een van de vele.'

'En dat heeft hij jou allemaal verteld?' Dorntons wenkbrauwen zaten ter hoogte van zijn haarlijn.

'Nee,' zei ik met een minzame glimlach. 'Maar een vrouw weet zoiets.'

'Dus daarom ben jij nummer één bij de chef. Vrouwelijke intuïtie.'

'Klopt. Dat natuurlijke voordeel hebben wij nu eenmaal. Maak je geen zorgen. Er komt een dag dat jullie, mannen, dezelfde kansen krijgen als wij. Tot dan, ben ik bang, zullen jullie gewoon harder moeten werken dan wij om de erkenning te krijgen die jullie toekomt.'

'Heel grappig, Kerrigan.'

'Ik meen het serieus, hoor.'

'Je zou ook kunnen proberen iets aan je uiterlijk te doen. Wat meer verzorging. Doe iets met je haar,' opperde Liv. 'En ruim je bureau op.'

'Goed idee. Een vaasje bloemen zou zo'n verschil maken. Een mannelijke toets voegt zoveel toe aan de werkomgeving.'

Dornton keek me boos aan. 'Ik hoop dat jullie betere rechercheurs zijn dan komedianten. Ga alsjeblieft dat verhoor doen en laat mij met rust.'

'Ben zo terug,' zei Liv met een hoog, zangerig stemmetje. 'Probeer me maar niet te missen terwijl ik weg ben.'

'Ik tel de minuten af.'

De lach op mijn gezicht verdween toen ik naar de deur liep en me begon te concentreren op wat voor me lag. Ik was verantwoordelijk voor een verhoor dat heel belangrijk kon zijn bij de opsporing van de moordenaar van twee mensen, van wie een nog maar een kind was. In dat licht was gekonkel op het werk van ondergeschikt belang. Resultaat boeken, dat was het enige wat ertoe deed. Slaagde ik daar niet in, dan zou ik dat niemand anders dan mijzelf kunnen verwijten.

Dat er een rij mensen klaarstond om precies hetzelfde te doen, was geen opbeurende gedachte.

5

Wat Vita en haar zus verder ook gemeen hadden, beiden hadden in elk geval oog voor duur vastgoed. Het huis van Renee Fairfax was veel traditioneler dan het huis dat ik de nacht ervoor had doorzocht. Het was een vrijstaand, witgeschilderd Georgiaans huis met een enorme tuin die doorliep tot aan een prachtig stukje oever van de Theems. Glimmend gepoetste antieke meubels, zilveren snuisterijen en schilderijen in vergulde lijsten blonken me tegemoet in de vertrekken die ik vanuit de hal kon zien. Daar liet de huishoudster Liv en mij wachten terwijl ze Renee ging zoeken. Ik voelde me absoluut niet op mijn plaats en merkte aan Liv dat voor haar hetzelfde gold.

Liv had met belangstelling de omgeving in zich opgenomen. 'Wat denk jij dat meneer Fairfax voor de kost doet?'

'Om zich een huis als dit te kunnen veroorloven, zal hij wel sloten geld verdienen. Vergeleken met dit is het huis aan Endsleigh Drive eenvoudig.'

'Al te sjofel is het niet.' Liv streek met de neus van haar schoen langs de franje van het oosterse tapijt. 'Ik heb het gevoel dat ik op een filmset ben.'

'Ik begrijp wat je bedoelt.' Zelfs de bloemen waren perfect: grote vazen vol rode rozen, die op twee identieke halfronde tafels aan weerskanten van de hal stonden. Ik liep er naar een toe om hun zoete geur op te snuiven en zag twee minuscule druppels water op de tafel liggen. Ik veegde ze weg voordat ze een vlek op het vernis konden achterlaten. Toen ik me omdraaide om naar Liv terug te lopen, trok ze haar wenkbrauwen op.

'Wat zie jij er verbaasd uit.'

'Dat ben ik ook, geloof ik. Deze bloemen zijn vers. Ze zijn hier vanmorgen neergezet.'

'En?'

'Wat voor iemand neemt nou de moeite om verse bloemen in haar huis neer te zetten, nog geen etmaal na de brute moord op haar zus?'

'Misschien was het een idee van de huishoudster. Ongelooflijk dat ze personeel hebben. Ik dacht dat zoiets na de victoriaanse tijd was afgelopen.'

'Niet als je heel, heél rijk bent.'

'En dat zijn deze mensen absoluut. Waar denk jij dat het geld vandaan komt?'

'Geërfd, moet ik tot mijn spijt zeggen.' Zonder dat ik het merkte, was er vanuit het halfduister achter in de hal een vrouw verschenen. Renee, nam ik aan. Ze had rood haar en was zo mager dat het bijna eng was. Haar witte katoenen blouse en smalle roze jeans slobberden om haar lichaam. Ik probeerde me te herinneren wat ik zojuist over haar en haar familie had gezegd, en of dat beledigend of alleen maar speculatief was geweest.

Ze liep naar ons toe, het licht in. Uiterlijk leek ze in niets op haar zus, maar ze was op haar eigen manier aantrekkelijk. Een lang halssnoer van jaden kralen en gouden schakels was twee keer om haar hals gelegd en hing voor de helft in haar kraag. Het groen oogde donker tegen haar spierwitte huid. Haar schouderlange kastanjebruine haren waren onberispelijk in model geföhnd en ze had elegant gevormde wenkbrauwen boven kille groene ogen. Het was het typische voorkomen van een roodharige en naar mijn idee was het allemaal puur natuur, tot aan de donkere wenkbrauwen en wimpers toe. Het was jammer voor haar dat ze de tere huid had die in het algemeen bij rood haar hoort – jammer omdat die meedogenloos haar leeftijd verried. Vanuit haar ooghoeken verspreidden zich waaiertjes van rimpels en ook langs haar smalle mond liepen lijnen. Haar voorhoofd was glad en glanzend als zeep, waaraan ik de tekens van een dure botoxverslaving herkende. Haar stemgeluid had iets metaalachtigs, wat bijdroeg aan mijn onmiddellijke indruk dat ze hard als staal was.

'Ik ben rechercheur Maeve Kerrigan. Dit is rechercheur Liv Bowen.' Renee sloeg haar armen over elkaar toen ik mezelf voorstelde, waardoor ik iedere poging tot handen schudden achterwege liet. 'We onderzoeken de dood van uw zus en uw nichtje.'

Ik formuleerde het opzettelijk zonder omhaal om te kijken of dit een reactie zou losmaken, maar tevergeefs.

'Zoveel begreep ik al. Alleen zie ik niet helemaal hoe ik u behulpzaam kan zijn.'

Ze was te beheerst. Dit kon een manier zijn om haar verdriet te verbergen, maar misschien voelde ze ook werkelijk niets.

'Ik wil u graag wat vragen stellen, als dat kan.'

'Zoals?'

Het had geen zin om voorzichtig te beginnen. 'Is er naar uw weten iemand die uw zus wilde doden?'

'Absoluut niet.' Ze leek het idee alleen al beledigend te vinden. 'Deze hele situatie is volkomen belachelijk.'

Zo kon je het ook bekijken. 'Het moet een grote schok zijn.'

'Natuurlijk. Het is uiterst traumatiserend.' Renee oogde niet bijzonder getraumatiseerd, hoewel ze haar armen stijf over elkaar geslagen hield alsof ze het koud had, wat op zo'n hete dag onmogelijk was.

'Zag u uw zus veel? Sprak u haar vaak?'

'We spraken elkaar af en toe. Niet dagelijks. Gewoon regelmatig.' Ze schudde haar haren naar achteren. 'We stonden op goede voet met elkaar.'

Dit klonk tamelijk afstandelijk, maar ik liet het even voor wat het was. De waarheid over de betrekkingen tussen mensen kwam doorgaans toch wel boven water, of ze het nu wilden of niet.

'Zou u het hebben geweten als ze ergens over inzat?' vroeg Liv. 'Als ze bang was bijvoorbeeld?'

'Ik denk dat ze iets gezegd zou hebben als ze báng was, hoewel ik me niet kan voorstellen waarom dat zo zou zijn geweest. Maar wat betreft dat ergens over inzitten, nou ja, ze had legio dingen om zich zorgen over te maken.'

'Zoals?'

'Problemen binnen het gezin. Moeders maken zich altijd zorgen om hun kinderen. Sommige echtgenotes tobben over hun echtgenoot. Vita had daar alle reden toe.'

'Wat bedoelt u, mevrouw Fairfax?'

'Ik bedoel dat Philip geen goede echtgenoot was en dat het hebben van tienerdochters geen sinecure is. Vita had het niet gemakkelijk met die drie. Philip steunde haar nooit, want die was altijd weg, altijd zogenaamd aan het werk.' In dit laatste klonk bijtend sarcasme door.

'Hij schijnt het druk te hebben.'

'Vooral met vreemdgaan. Hij was Vita consequent ontrouw.'

Dit kwam overeen met wat Derwent over hem had gezegd. 'Was dat een recente ontwikkeling?'

Ze schudde haar hoofd. 'Hij is altijd zo geweest. Hij trouwde met haar om haar geld, zoals ik haar aldoor heb voorgehouden. Toen hij dat eenmaal had, moest hij verder niets van haar hebben. Ik hoop dat hij op uw lijst van verdachten staat, want ík zou hem voor geen cent vertrouwen.'

'Heeft hij haar ooit bedreigd, voor zover u weet? Is er ooit sprake geweest van geweld?'

'Nee.' Ze klonk alsof dat haar speet.

'Zou u het hebben geweten als er zich geweld had voorgedaan?' vroeg Liv. ' Slachtoffers van huiselijk geweld verbergen dit heel vaak, ook voor hun naaste omgeving.'

'Het enige waarmee hij ooit dreigde, was dat hij bij haar weg zou gaan.'

'En die kans greep ze niet met beide handen aan? Hij klinkt niet als het type mens dat je graag in je buurt houdt.'

'Ze geloofde in het huwelijk,' zei Renee kil. 'Ze geloofde in de gelofte die ze had afgelegd, ook al deed hij dat niet. En ze had het niet in zich om als alleenstaande ouder verder te gaan. Ze wist hem over te halen om te blijven.'

'Vond u dat een goed idee?'

'Zij moest zo nodig, dus het was haar probleem.' Nul warmte, nul begrip.

'Had Vita vijanden?'

Renee lachte. 'Ze was geen soappersonage.'

'Ook gewone mensen hebben vijanden, mevrouw Fairfax.'

'Mensen als Vita niet.'

'Soms wel,' volhardde ik. 'Rijkdom en privileges vrijwaren iemand niet van de afgunst van anderen. Integendeel zelfs.'

'Ik zal proberen dat te onthouden,' zei Renee op lijzige toon, en ik voelde dat ik bloosde.

Ik had er een enorme hekel aan als mensen me het gevoel gaven dat ik minder was dan zij, vanwege mijn accent of mijn baan of het feit dat ik zichtbaar onder de indruk was van mijn omgeving. Klasse deed er nog steeds toe. Alleen degenen die zich er sowieso nooit druk over hoefden te maken, dachten dat klasse geen punt was. Ik moest me inspannen om niet geïrriteerd te klinken.

'Kunt u iets bedenken, wat dan ook, wat ons behulpzaam zou kunnen zijn bij het vinden van de moordenaar van uw zus en uw nichtje?'

'Hard jullie best doen?' Ze trok haar wenkbrauwen op, maar toen schudde ze haar hoofd en werd voor mijn ogen bijna menselijk. 'Het spijt me. Ik kon het niet laten een flauwe opmerking te maken. Ik kan helemaal niets bedenken waaraan u iets hebt.'

'Ik begrijp het.' Vergevingsgezindheid was op zijn plaats. Ze verkeerde waarschijnlijk in shocktoestand. En ze had haar excuus aangeboden. Ik zou me welwillend opstellen, maar niet vriendelijk. 'Wat kunt u ons over Vita's vermogen vertellen? Hoeveel geld had ze?'

'Tot op het laatste pond zou ik het u niet kunnen zeggen. Maar ze bezat behoorlijk wat. Het werd oorspronkelijk verdiend met bankieren. Mijn grootvader was eigenaar van een bank. Hij verdiende een fortuin in het Verre Oosten, met belangen in rubber en mijnbouw.'

'Op een ethisch verantwoorde manier?' vroeg Liv met gefronste wenkbrauwen.

'We hebben het over de jaren dertig. Toen bekommerde niemand zich daarom.' Renee wekte niet de indruk dat zij daar achteraf om maalde. 'Indertijd was hij een van de rijkste mannen op aarde, maar na de oorlog waren zijn beleggingen veel minder waard. Mijn generatie erfde het laatste wat ervan over was – een paar miljoen.'

'Per persoon, veronderstel ik,' zei ik.

'Natuurlijk. Maar dat was alles. Ieder moest voor zich bepalen hoe het geld gebruikt zou worden om een eigen zaak te beginnen en daar een succes van te maken.'

'Dus Vita begon een galerie. Volgens meneer Kennford draaide die verlies.'

'Te riskant. Ze verspeelde er bijna haar erfenis mee.'

'En dat zal u niet gebeuren.'

'Ik investeer in het verleden. Ik handel in antiek. Ik ken de markt en mijn kopers weten dat ik alleen de allerbeste stukken aankoop, dus de risico's zijn gering.'

'En de winsten?' vroeg Liv.

'Ik bepaal de prijzen, ik bepaal de winst. Bovendien ben ik werkzaam als binnenhuisarchitect. Ik vind dus altijd wel een huis voor wat ik koop. Mijn risico is vrijwel nihil.'

'Maar Vita vond het niet erg om een gokje te wagen.'

'Ze kon impulsief zijn.' Renee keek hier afkeurend bij. 'Ze heeft nooit geleerd om eerst te denken en dan te doen.'

'Zijn er andere dingen waarvan u vindt dat we ze moeten weten?'

Ze schudde haar hoofd en ik keek naar Liv om te zien of zij nog vragen had. Die had ze niet.

'In dat geval moesten we nu maar met Lydia gaan praten.'

Renee werd weer hard en ontoegankelijk. 'Ik begrijp niet waarom u haar vandaag moet lastigvallen.'

'Gisteravond konden we haar geen verklaring laten afleggen, omdat haar een kalmerend middel was toegediend. Daarom is het des te belangrijker dat we zo snel mogelijk van haar horen wat er is gebeurd en wat ze heeft gezien.'

'Met mij wil ze er niet over praten. Ze wil helemaal nergens over praten. Die meid is zo goed als stom.'

Niet echt een fijne schouder om op uit te huilen, dacht ik. Renee Fairfax liep niet over van mededogen en vriendelijkheid. Ik zou mijn hart evenmin bij haar hebben uitgestort, maar ik moest dit tactvol zien te brengen.

'Soms is het makkelijker om met iemand te praten die je niet kent dan met een familielid. Lydia zal u niet van streek willen maken met haar relaas over wat haar moeder en zusje is overkomen. Zeker niet als u een nauwe band met hen had.' Ik zweeg even zodat Renee ons kon vertellen over de relatie met haar zus, maar de smalle mond bleef stevig gesloten. 'Wij hebben Vita of Laura nooit gekend, daarom zijn we neutraal. Lydia hoeft ons niet te beschermen tegen wat ze heeft gezien.'

'Wij zijn opgeleid om met jonge mensen te praten die in een moeilijke situatie verkeren,' vulde Liv me op uiterst vriendelijke toon aan, zacht en kalmerend. Ik probeerde me voor te stellen hoe Derwent die toon in zijn stem zou leggen – tevergeefs. Aan de andere kant zou Renee misschien wel knikkende knieën krijgen van zijn ruwe machomanier van spreken. Die aanpak had wellicht zijn eigen vreemde charme als je er niet aan gewend was zo bejegend te worden. Misschien had Godley een vergissing gemaakt door Derwent te verbieden met me mee te gaan. Tot nu toe hadden Liv en ik niet veel geluk gehad.

'Toch vind ik dat jullie haar met rust moeten laten. Het heeft volgens mij geen enkele zin om haar nu te ondervragen. Ze moet de gedachte dat haar moeder en zusje er niet meer zijn nog verwerken. Ik kan contact met u opnemen wanneer ze zich in staat voelt om erover te praten.'

'Dat is helaas niet mogelijk. Voor ons is het van groot belang dat ze nadenkt over wat ze heeft gezien nu het allemaal nog vers in haar geheugen ligt. En we zijn op zoek naar een zeer gewelddadige moordenaar, dus we kunnen ons niet de luxe permitteren om te wachten totdat Lydia het gevoel heeft dat ze ons wel te woord kan staan.' Ik wachtte af hoe Renee Fairfax zou reageren. Met een schouderophalen, zo bleek.

'Ik kan er niet bij zijn terwijl jullie met haar praten, als dat een tijdje gaat duren. Ik heb het veel te druk – over een halfuur heb ik een bespreking. Dus als er een voogd bij aanwezig moet zijn of een eh…'

'Dat is aan u. Als u moet werken en zij met ons wil praten in het bijzijn van een daartoe aangewezen volwassene, dan zullen we iemand moeten vinden. Maar dat is waarschijnlijk geen probleem.' Ik klonk zelfverzekerder dan ik me voelde. Ik moest dit gesprek voeren en teruggaan naar het bureau, voordat Derwent zijn geduld helemaal zou verliezen en me van de zaak zou halen. En dat hij dat zou doen als ik hem er reden voor gaf, daar twijfelde ik niet aan. Ik zat dus bepaald niet te wachten op uitstel vanwege een zoektocht naar een maatschappelijk werker die Lydia's hand zou komen vasthouden.

De gok werkte. Renees schouders zakten wat omlaag. 'Tja, als het per se moet. Ze is in de tuin. Ik heb haar na het ontbijt naar buiten gestuurd om een frisse neus te halen.' Ja, want een frisse neus zou de brute moord op haar halve familie wel wat verzachten. 'Prima. Dan kunnen we daar met haar praten.' Ik keek langs Renee heen, naar waar achter in de salon de openslaande deuren groenachtig glansden. 'Is dat de beste route naar de tuin?' Renee mocht dan aan de verliezende hand zijn, maar helemaal verslagen was ze nog niet. 'De beste route voor júllie om bij Lydia te komen' – de nadruk was subtiel maar zonder meer aanwezig – 'is weer naar buiten te gaan en het pad te volgen dat om het huis loopt. Ze zit bij de rivier in het theehuisje.' Haar slanke hand wapperde vaag in onbestemde richting. 'Het is niet te missen. Het is Chartwellgroen geschilderd.'

Ik had geen idee hoe dat eruit moest zien, maar dat zou ik om de dooie dood niet aan Renee laten merken. Ik knikte zelfverzekerd en liep naar de voordeur voordat ze nog andere redenen kon verzinnen waarom de ondervraging niet kon doorgaan.

Liv treuzelde even. 'En komt u met ons mee?'

'Ik zie jullie daar wel.'

Wat ze eigenlijk bedoelde, zo bleek, was dat zij door het huis zou lopen en een kortere weg zou nemen naar het theehuisje. Het was een aardig houten paviljoentje dat in een zachte blauwgroene tint was geschilderd. Het stond aan de rand van het water en had deels open zijkanten om te kunnen profiteren van het briesje vanaf de rivier. Tegen de tijd dat Liv en ik om het huis heen waren gesjouwd en ons een weg door het struikgewas hadden gebaand om het te vinden, had Renee al enkele minuten alleen met Lydia kunnen praten. Ik nam aan dat ze haar op het gesprek voorbereidde, maar haar lichaamstaal drukte een bepaalde spanning uit. Ze stond over haar nichtje heen gebogen, met haar armen nog altijd stevig over elkaar geslagen en haar hoofd vooruitgestoken als een roofvogel. Ze stond met haar rug naar ons toe, zodat ik haar gezicht niet kon zien en dus niet kon raden wat ze zei. Ik betwijfelde of het iets was wat ik als nuttig zou beschouwen. Lydia zat over een schetsboek gebogen. Ze arceerde een tekening – een fijne schets van de pioenrozen die met hangend kopje in een waterglas voor haar op de tafel stonden. Haar gezicht stond koppig. Ze was net zo bleek als de avond ervoor. Terwijl het halverwege de ochtend al tegen de dertig graden liep, droeg ze een voor haar tengere lichaam veel te ruim zwart shirt met lange mouwen die over haar handen hingen. Verder droeg ze jeans, eerder baggy dan skinny, en zware laarzen. Ik was niet meer thuis in de tienermode, maar ik wist vrij zeker dat grunge nog steeds uit was. De meeste jonge meisjes leken zo min mogelijk aan te hebben, vooral tijdens een hittegolf. Ik vroeg me met een ietwat onbehaaglijk gevoel af wat Lydia te verbergen had, waarna ik mezelf berispte omdat ik overhaast conclusies trok. Niets verplichtte een vijftienjarige zich te kleden als een stripper, alleen omdat veel van haar leeftijdgenoten dat leken te doen.

Bij het horen van onze voetstappen op de treden draaide Renee zich om en kondigde tamelijk overbodig aan: 'Daar zijn ze.'

Lydia keek niet op. Evenmin reageerde ze op onze begroeting. Ze bleef helemaal verdiept in haar tekening. Ik nam tegenover haar plaats op een bankje en Liv kwam naast me zitten. Renee streek neer op de balustrade en haalde een pakje Sobranies tevoorschijn. Haar hand trilde een beetje toen ze de zwarte sigaret met het goudkleurige mondstuk tussen haar bleke lippen stak. Ik wachtte tot ze hem met een sierlijke, zilveren aansteker had opgestoken voordat ik het woord nam.

'Bedankt, Lydia, dat je ons vandaag te woord wilt staan. Ik weet dat dit heel zwaar voor je is, dus we zullen proberen het kort te houden.'

Geen reactie.

'Wij hebben elkaar gisteravond al gezien. Ik ben rechercheur Kerrigan. Dit is rechercheur Bowen. Je mag ons Maeve en Liv noemen als je dat makkelijker vindt.' Weer kwam er geen reactie.

'Dat is een prachtige tekening. Je hebt veel talent.'

Langzaam en welbewust sloeg ze het blad van haar schetsboek om en verborg zo de bloemen die ze had getekend. Vervolgens begon ze lukraak grillige hoeken en donkere vierkanten te tekenen, en dat deed ze met grote vaardigheid.

'In je slaapkamer heb ik helemaal geen tekeningen gezien.'

Dat kwam me te staan op een korte woedende blik. *Jullie zijn in mijn kamer geweest en hebben in mijn spullen gesnuffeld.*

'Jouw kamer was kaal vergeleken met die van Laura.' Ze kromp ineen en ondersteunde haar hoofd met een hand, de palm tegen haar oor gedrukt om zich zo voor me af te sluiten. 'Hadden jullie veel gemeen, volgens jou?'

'Jullie zijn geobsedeerd door de verhouding tussen mensen,' merkte Renee op. Haar stem klonk hees en ze wuifde de sigaretten-rook, die Lydia's kant op dreef, weg. 'Dat is het enige wat ze mij hebben gevraagd, Lydia. Of je moeder en ik met elkaar konden opschieten.'

'Ons werk draait dan ook om mensen,' zei ik. 'Hoe ze waren. Hoe ze met anderen konden opschieten. Wie van ze hield. Wie een hekel aan ze had.'

'Wat maakt dat nou uit?' Lydia keek me weer aan, maar deze keer liet ze mijn blik niet los. Ze sprak rustig, maar haar toon had iets uitdagends, iets wat me aan haar vader deed denken.

'Als we een beeld krijgen van de manier waarop mensen leefden, dan kan dat ons iets vertellen over de reden van hun dood.'

'Denken jullie dat het Laura's schuld is wat er is gebeurd? Of mama's schuld?' Plotseling schoten haar ogen vol tranen.

'De enige die verantwoordelijk is voor het gebeurde, is degene die hen heeft gedood. Je moeder noch je zusje heeft er schuld aan. Dat meen ik echt.' Ik boog me naar Lydia toe. 'Maar om erachter te komen wie hen heeft vermoord, moeten we uitzoeken waarom ze zijn gestorven. Dus moeten we weten wat zich in hun levens afspeelde. We weten nog steeds niet wat er gisteravond is gebeurd, en we hebben jouw hulp nodig om dat uit te vinden.'

'Maar ik weet niets.'

'Je kunt ons vertellen wat je hebt gezien en gehoord.' Ze schudde op voorhand haar hoofd. 'Je denkt misschien dat je niets hebt gezien waar wij wat aan hebben, maar jij was daar en wij niet. Vertel ons gewoon wat er gisteren is gebeurd.'

'Begin maar bij het ontbijt,' stelde Liv voor.

Lydia glimlachte bijna. 'We hebben niet samen ontbeten.'

'Wat gebeurde er dan wel?'

'Papa stond vroeg op. Ik ook. Hij bakte worstjes en mama gaf hem op zijn kop toen ze beneden kwam, omdat hij de vuile pan op het fornuis had laten staan.'

'Wat deed jij terwijl hij stond te bakken?'

'Ik ging hardlopen.'

'Vóór het ontbijt?' Ik trok een gezicht. 'Zou ik niet kunnen.'

'Als je eenmaal bezig bent, is het niet zo erg.' Ze frunnikte aan haar mouwen en trok ze over haar handen. 'Ik vind het fijn om vroeg naar buiten te gaan.'

'Voordat het te heet wordt.'

'Ja. En het is lekker als er niet al te veel mensen rondlopen.'

'Je bent nogal sportief, hè? 's Morgens hardlopen, 's avonds zwemmen. Op jouw leeftijd lag ik de hele dag thuis televisie te kijken.' Het was een onschuldige opmerking van Liv, maar Lydia reageerde erop alsof ze een klap had gekregen. Ze duwde haar kin tegen haar borst en sloot zich voor ons af. Ik wierp Liv een waarschuwende blik toe. Lydia's tengere gestalte, de kleding waaronder ze haar lichaam verstopte, de uitzonderlijke netheid van haar kamer en dat fanatieke trainen van haar maakten me voorzichtig met opmerkingen over haar uiterlijk of haar dagelijkse activiteiten. Ze was zonder meer perfectionistisch, maar misschien wel meer dan dat. Intuïtief leek het me verstandig het onderwerp te laten rusten, om haar vertrouwen niet kwijt te raken.

'Goed, jij kwam terug van hardlopen toen je vader een uitbrander kreeg van je moeder. Hoe laat was dat?'

'Halfnegen, geloof ik. Ik draag geen horloge.'

'Waar was Laura?'

Een flauw lachje. 'In bed. Ze stond pas op tegen lunchtijd.'

'Deed ze dat altijd?'

'Wel op zondagen. Zaterdagavond was ze uit geweest; ze kwam pas na drieën thuis.'

'Waar was ze naartoe geweest?' Ik was nieuwsgierig, want Laura was te jong voor kroegen en clubs.

'Ze had met haar vriendinnen afgesproken.'

'Kun je me hun namen en adressen geven?'

Met zachte stem gaf ze me vijf namen. 'Hun adressen weet ik niet, maar ze wonen allemaal in Wimbledon of Kingston. Ze zitten bij ons op school.'

'Geen probleem. Ik kan hun adressen via de school achterhalen.' Ik tikte met mijn pen op mijn notitieboekje. 'En jongens? Had Laura een vriendje?'

'Nee.'

'Echt niet?'

'Nee.' Lydia keek me verbaasd aan, een en al onschuld. 'We mogen geen vriendje hebben. Pas als we zeventien zijn.'

Ik had niet kunnen zeggen of ze bewust loog of dat ze werkelijk niet wist wat haar zus had uitgespookt. Ik grinnikte. 'Dat klinkt mij in de oren als een door ouders opgelegde regel. En dat zijn regels die tieners gewoonlijk aan hun laars lappen. Het is immers makkelijk zat om ouders om de tuin te leiden als je dat wilt, nietwaar?'

Een heftig hoofdschudden. 'We zouden nooit iets achter hun rug om doen.'

'Weet je dat zeker?' In de auto had ik Liv bijgepraat over de foto's die we op Laura's camera hadden aangetroffen. Zij wist net zo goed als ik dat we niet het hele verhaal kregen. 'Is het mogelijk dat Laura verkering had en dat jij daar niets van wist?'

Lydia keek koppig. 'Echt niet. Ze had geen verkering.'

'Ze ging tot laat op stap. Met vriendinnen, zeg jij. Maar je weet niet of ze ook echt bij haar vriendinnen was, toch? Wie weet sprak ze af met een vriendje.'

'Nee hoor.'

'Lydia vertelt jullie net dat Laura geen vriendje had. Hou op haar te intimideren.'

Ik was Renees aanwezigheid bijna vergeten. 'Mijn excuses, mevrouw Fairfax.' Tegen Lydia zei ik: 'We proberen je niet te intimideren. We willen er alleen maar absoluut zeker van zijn dat we de waarheid weten over Laura's liefdesleven. Het zou van betekenis kunnen zijn.'

'Er valt niets te weten.' Lydia trok weer aan haar mouwen en friemelde aan een losse draad.

'Ik ben bang dat je ongelijk hebt.'

'Waarom zijn jullie er zo zeker van dat Laura een vriendje had?' wilde Renee weten.

Ik keek voorzichtig naar Lydia. Als zij echt geloofde wat ze ons vertelde, werd het nu tijd om enkele illusies door te prikken. 'We hebben dingen in Laura's kamer gevonden waaruit blijkt dat ze een relatie had.'

'Wat voor dingen?'

Ik aarzelde. 'De anticonceptiepil. Condooms.'

'Dat hoeft niets te betekenen,' snauwde Renee. 'Tieners krijgen de pil om allerlei redenen voorgeschreven. En condooms krijgen ze gratis uitgedeeld. Dat is toch zo, Lyd? Mijn jongens hadden er honderden in hun kamer liggen. Niet dat ze de kans kregen om ze te gebruiken. Wishful thinking, meer was het niet.'

Lydia was vuurrood geworden en staarde naar het gazon. Het was duidelijk dat ze veel liever ergens anders wilde zijn, ergens miljoenen kilometers verwijderd van ons gesprek.

'Er waren nog andere dingen, mevrouw Fairfax. Ik zal niet in detail treden, maar we zijn er absoluut van overtuigd dat Laura seksuele handelingen heeft verricht met één en mogelijk meerdere partners. We willen uiteraard dolgraag iedereen opsporen die een verhouding met haar had. Om die reden blijf ik doorvragen of Lydia namen kan noemen van jongens die mogelijk... nauw bevriend waren met Laura.' Een aardig eufemisme. Derwent zou waarschijnlijk iets hebben gezegd in de trant van: 'Iedereen die tot aan zijn ballen in haar heeft gezeten.'

'Ik wist daar niets van.' Lydia sprak zo zacht dat ik me moest inspannen om haar te verstaan. 'Eerlijk waar, ik wist het niet.'

'We kunnen met haar vriendinnen praten,' zei Liv. 'Dus zit er niet over in. Wie het ook was, we zullen hem vinden.'

'Ze was nog zo jong.' Renee klonk geschokt. 'Het is allemaal erg veranderd, hè?'

'Ik denk dat jongeren altijd al meer van zulke dingen hebben gedaan dan volwassenen graag willen geloven,' zei ik. 'Het verschil is dat je het nu kunt bewijzen, aangezien iedereen een digitale camera en toegang tot internet heeft.'

'Vita zou het verschrikkelijk hebben gevonden. Voor haar was Laura een engel.'

'Ze was minderjarig, maar zoals ik al zei, het is niet zo ongewoon. Als het om seks met wederzijds goedvinden ging en als haar partner ook minderjarig was, denk ik niet dat het naar hedendaagse maatstaven als een enorm probleem gezien zou worden.'

'Welke maatstaven?' Het geluid dat Renee hierbij maakte leek erg op verachtelijk snuiven. 'Ze had het van haar vader, van wie anders. Hij heeft de normen en waarden van een straatkat. De hypocrisie om het hebben van een vriendje te verbieden! Zelf verslijt hij de ene slet na de andere. Ik bedoel: dat is toch met twee maten meten? Geen wonder...' Ze zweeg abrupt.

'Geen wonder...?' zei ik aanmoedigend.

'Geen wonder dat ze dacht dat haar gedrag acceptabel was.'

Ik wist zeker dat dit niet was wat Renee had willen zeggen, maar aangezien Kennfords dochter tussen ons in zat, kon ik me voorstellen dat ze zichzelf een halt had toegeroepen.

'We hadden het net even over internet. Weet jij toevallig het wachtwoord van Laura's e-mailaccount?'

'Dat veranderde ze aldoor,' zei Lydia.

'Wat voor iets gebruikte ze dan meestal?'

'Kon van alles zijn. Ze verzamelde woorden van acht letters. Ze vond het grappig om een gek woord te hebben dat niemand ooit zou raden.'

Nog meer goed nieuws. 'Hield ze er een lijst van bij?' vroeg ik, enigszins wanhopig.

'Ja. Op haar mobiele telefoon.'

Van euforie naar wanhoop in twee ultrakorte zinnen. 'Over dat mobieltje van haar: we kunnen het niet vinden. Het leek niet in het huis te zijn.'

'Ze had het altijd bij zich.'

'Gisteravond niet. We hebben haar tas gevonden in de woonkamer...' Voor mijn geestesoog verscheen een beeld van Kev Cox die er met gehandschoende handen in aan het graven was. De tas had op de bank gelegen, dicht bij Laura op het moment dat haar keel werd doorgesneden, en er was heel wat slagaderlijk bloed op gespoten. Met bloed doordrenkt bruin leer werd afschuwelijk paarsig van kleur. Ik was blij dat Lydia mijn gedachten niet konden lezen. Ik maakte ik mijn zin af. '... en haar telefoon zat er niet in.'

'Als hij niet in haar tas zat, had ze haar mobieltje meestal in haar achterzak.'

'Ze zat op de bank. Kan ze het uit haar zak hebben gehaald om gemakkelijker te zitten?'

Een schouderophalen. 'Kan best, ja.'

'Lydia, het is belangrijk dat we haar telefoon vinden. Weet je het nummer?' We zouden de locatie ervan kunnen traceren via een driehoeksmeting met de dichtstbijzijnde gsm-masten.

'Ik heb het ergens opgeschreven.'

'Het staat waarschijnlijk in jouw eigen telefoon,' zei Liv. 'Ik kan niemands nummer nog onthouden omdat ik de hele tijd mijn mobieltje gebruik.'

'Ik heb er geen.'

'Echt niet? Dan ben je vast de enige tiener in heel Groot-Brittannië.'

'Ik hou er niet van.'

'Dat zullen je vriendinnen vast irritant vinden, als ze je te pakken willen krijgen.'

Ze keek weer naar beneden en gaf geen antwoord. Misschien was Lydia niet het soort meisje dat veel vriendinnen had.

Ik bekeek mijn lijst met vragen en slaakte een diepe zucht. Zeggen dat we niet opschoten was zacht uitgedrukt. Geen vriendje. Geen telefoon. Heel weinig informatie die we zelf al niet hadden.

Lydia moet aan mijn gezicht hebben afgelezen wat er door mijn hoofd ging. 'Het spijt me. Veel hebben jullie niet aan me.'

'Nee hoor, je helpt ons enorm. Je kunt ons alleen maar vertellen wat je weet.'

'Het zal wel.' Erg overtuigd klonk ze niet.

'Laten we teruggaan naar gisteren,' stelde ik voor.

'Ik heb de hele ochtend gelezen, in mijn kamer. Ik weet niet wat mama deed. Papa ging naar kantoor om wat stukken op te halen.'

'En toen?'

'Laura stond op. Ze maakte de lunch klaar en ik hielp: pasta met pesto en knoflookbrood. Maar het was veel te heet voor een zware maaltijd.' Lydia glimlachte flauw bij de herinnering. 'Niemand heeft zijn bord leeggegeten.'

'Hield Laura van koken?'

'Ze vond het heerlijk. Ze maakte mensen graag blij.'

'En daarna?'

'Ik heb opgeruimd. Mama ging weg om wat telefoontjes te plegen. Laura keek tv en ik ging terug naar mijn kamer. Papa werkte in zijn studeerkamer.'

Het ideale gezin. 'Was dat gebruikelijk in het weekend? Deden jullie niets samen?'

'Soms wel.' Ze trok een rimpel in haar voorhoofd en dacht diep na. 'Meestal gingen we dan winkelen, met mama of gewoon met zijn tweeën. Papa werkt gewoonlijk. En buiten de schoolvakanties om hebben we huiswerk.'

'Oké. Je doet het prima. Wat gebeurde er na het televisiekijken?'

'Laura verkleedde zich om uit te gaan. Papa en mama aten samen.' Ze schoof een beetje heen en weer op haar stoel. 'Ik had geen honger. Ik bleef in mijn kamer tot ik naar beneden kwam om te zwemmen.'

Ik boog iets naar voren, kon me niet inhouden. 'Waar ging Laura naartoe?'

'Naar haar beste vriendin. Millie Carberry,' voegde Lydia eraan toe, toen ze zag dat ik het lijstje met namen bekeek dat ze me al gegeven had. Ik zette een sterretje bij Millies naam.

'Was daar een speciale reden voor?'

'Laura zei dat ze samen naar de film zouden gaan. Millie is helemaal gek van Robert Pattinson, dus ze wilde zijn nieuwe film zien.'

'Maar ze gingen dus niet. Althans, Laura is niet gegaan.'

Lydia draaide voortdurend met haar rechterhand om haar linkeronderarm. 'Nee. Ze ging niet.'

'Wie wisten er dat Laura gisteravond niet thuis zou zijn?' vroeg Liv.

'Weet ik niet. Waarschijnlijk heeft ze het op haar Facebook-pagina gezet.'

'En ik wed dat ze populair is.' Ik werd er moedeloos van, voor de zoveelste keer.

'Ze heeft honderden vrienden.'

'Oké. En wie zouden er geweten hebben dat ze toch niet zou uitgaan?'

'Geen idee. Ze moet het op het allerlaatste moment hebben besloten. Ik heb haar niet meer gezien voordat ik naar het zwembad ging.

Ik ging ervan uit dat ze was weggegaan.' Lydia was nu wit, witter dan het tekenpapier dat voor haar lag. Op haar voorhoofd en haar bovenlip glinsterde een dun laagje zweet. Tijdens het gesprek was de temperatuur gestaag omhooggegaan. Ook leek het alsof het briesje vanaf de rivier was gaan liggen. Ik tilde mijn haar heel even uit mijn nek.

'Als het zo blijft, denk ik dat we vandaag een hitterecord gaan breken.'

'Ik haat dit weer,' zei Renee heftig. 'Van mij mag het gaan regenen.'

Lydia sloot haar ogen.

'Gaat het, Lydia? Wil je een glaasje water?'

'Het gaat prima.' Ze knipperde met haar oogleden. Ze leek me een beetje versuft. Het werd tijd om het gesprek af te ronden. Weer wrong ze met haar hand om haar onderarm; haar knokkels waren wit door de kracht waarmee ze draaide.

'Het spijt me dat ik doorvraag over Laura's plannen voor gisteravond. We moeten erachter zien te komen of zij het doelwit geweest kan zijn van de moordenaar.'

'U bedoelt of wij allemaal vermoord hadden moeten worden of alleen mama of Laura.' Haar lippen waren nu bloedeloos.

'Dat is ongeveer wat ik bedoel, ja.'

'Ze hebben papa verwond. Ze hebben mama en Laura vermoord. Mij hebben ze met rust gelaten. Is dat niet vreemd?'

'Niet vreemd. Wel interessant. Het zou van betekenis kunnen zijn, maar misschien ook niet.'

'Ik heb me erover verwonderd.' Ze had haar ogen weer gesloten. 'Ik heb erover nagedacht of ik daarbinnen had moeten zijn. Ik zie haar steeds voor me. En al dat bloed.'

'Het kan je helpen om met iemand te praten over wat je hebt gezien. Met een therapeut. Onze familierechercheur kan dat regelen.'

'Familierechercheur?' vroeg Renee.

'Een contactpersoon voor de familie.'

'O, die. Ik heb hem weggestuurd. Vreselijk mannetje.' Ze huiverde.

'Ik denk dat ze daar wel aan gewend zijn.' Het was weer tijd voor een diplomatiek antwoord. 'Ik zou hem maar bellen. Misschien kan hij helpen.'

Naast me slaakte Liv een gesmoorde kreet. Ik keek en kwam op hetzelfde moment in actie. Ik sprong naar voren en kon nog net voorkomen dat Lydia met haar hoofd op de grond smakte toen ze van haar stoel viel. Ik was me er slechts vaag van bewust dat Renee van de balustrade gleed om te komen helpen, want al mijn aandacht ging uit naar haar nichtje. Voordat Renee haar kon aanraken, greep Liv haar arm beet. 'Wacht.'

Lydia's ogen waren gesloten, maar ik zag haar borstkas op en neer gaan en onder mijn vingers voelde ik haar hart snel kloppen. 'Er moet een ambulance komen.'

'Ik zal bellen.' Liv staarde naar Lydia. 'Wat is dat?'

Ze doelde op een rode veeg op Lydia's knokige pols, waar haar mouw was opgekropen. Voorzichtig trok ik de stof weg van de huid van het meisje. Hij bleef eerst even plakken, maar kwam toen los. Ik schoof de mouw op tot aan haar elleboog. Er werd een lange, diepe snee in haar onderarm zichtbaar, die over de hele lengte bloedde. Ik keek er een paar tellen naar voordat ik registreerde dat mijn vinger-toppen nat waren.

'Jemig, haar mouw is doorweekt. Ze heeft zitten bloeden, de hele tijd dat we met elkaar spraken.'

Renee keek me beschuldigend aan. 'Maar ze was niet gewond, toch? Jullie zeiden dat zij niet gewond was.'

'Ik wist het niet. Niemand wist het. Ze heeft het aan niemand verteld.'

En als ze ons de waarheid had gezegd over de gebeurtenissen van gisteravond, zou ze helemaal niet gewond moeten zijn.

6

Renee vond het prima dat ik meeging in de ambulance met Lydia, prima om thuis te blijven terwijl Lydia met ons bij de spoedeisende hulp op behandeling wachtte, en prima dat Lydia voor de duur van een etmaal ter observatie werd opgenomen. Ze had kennelijk niet het gevoel dat zijzelf naar het ziekenhuis moest komen. Renee vond alles prima, zolang ze zich niet hoefde uit te sloven. Heel erg vond ik dat niet – het contact met de arts en verpleegkundigen werd een stuk gemakkelijker zonder dat er een familielid bij was. In afwezigheid van Renee waren ze bereid met mij te praten.

'Ze heeft zichzelf verwond. Vermoedelijk vanochtend.' De arts was jong, moe, graatmager en met zijn hoofd bij zijn administratie. Hij leunde op de inschrijfbalie waar Liv en ik hem hadden ingesloten.

'Weet u dat zeker? Kan het niet gisteravond zijn gebeurd?' Ik moest mezelf ervan weerhouden om het dossier waarin hij keek weg te grissen om verzekerd te zijn van zijn volledige aandacht.

'Niet waarschijnlijk. Haar verwonding ziet er recenter uit.' Hij haalde zijn schouders op. 'Vraag haar er zelf maar naar.'

'Ze is bewusteloos geweest vanaf het moment dat ze in elkaar zakte,' zei Liv.

'Misschien doet ze alsof. Naar mijn idee wil ze gewoon niet met u praten. Ze heeft met de verpleegkundigen gesproken en ze was bij bewustzijn toen ik bij haar kwam kijken, ook al was ze niet erg spraakzaam.' Hij keek niet op uit zijn dossier. Ik wist niet of hij opzettelijk bot deed of dat hij gewoon met zijn hoofd bij andere zaken was en het te druk had om diplomatiek te zijn.

'Dat zou natuurlijk zo kunnen zijn.' Een verzoenende toon leek me het beste. 'Ik begrijp dat u niet met zekerheid kunt zeggen wanneer het is gebeurd, maar waarom bent u er zo van overtuigd dat ze zichzelf heeft verwond? Daarover lijkt u geen enkele twijfel te hebben.'

'Nee, niet echt.'

'Het punt is: wij moeten zeker weten dat er geen sprake is van een verdedigingswond of iets wat ze tijdens een worsteling heeft opgelopen.' Ik bracht mijn hoofd dichter bij het zijne. 'Het gaat om een ernstige zaak. Moord. Ik moet weten of ze een verdachte is of niet.'

'Daar kan ik u niet bij helpen. Het enige wat ik kan zeggen is dat de littekens op haar armen en benen erop duiden dat ze een jarenlange geschiedenis van automutilatie heeft. Als ze betrokken is geweest bij iets als een moord, kan dit tot de zelfbeschadiging hebben geleid. Stress kan de oorzaak zijn.'

'Neem me niet kwalijk… Dus ze is geschokt door de moord op haar moeder en zusje, en daarom probeert ze haar polsen door te snijden. Is dat wat u zegt?' Liv oogde onthutst.

'Het zal niet haar bedoeling zijn geweest om zichzelf ernstig of blijvend te beschadigen. Automutilanten zeggen dikwijls dat het zichzelf snijden of brandwonden toebrengen hun psychisch verlichting geeft, alsof de fysieke pijn hun geestelijk lijden draaglijker of minder erg maakt. Het fenomeen komt vaak voor bij mensen die aan depressie lijden. En bij tienermeisjes.'

'En bij mensen met eetstoornissen?'

'Ook. Dat gaat vaak allemaal hand in hand.' Hij haalde zijn schouders op. 'Eerlijk gezegd heb ik de indruk dat ze een vrij ernstig geval is. Te oordelen naar het aantal littekens zou ik verbaasd zijn als dit de eerste keer is dat ze wordt opgenomen.'

'Maar u denkt niet dat ze uiteindelijk in het ziekenhuis wilde belanden?' zei ik. 'Het is geen schreeuw om hulp?'

'Ik ben eerder geneigd te denken dat ze het geheim wilde houden. Waarschijnlijk is ze onbedoeld te ver gegaan.' Hij sloeg het dossier dicht en opende het volgende op de stapel. 'Ze is flauwgevallen vanwege het bloedverlies. De snee is feitelijk niet zo ernstig, ook al is hij diep. Hij is tenminste schoon.'

'Wat heeft ze gebruikt? Een mes?'

'Nee. Eerder een scheermes. Waarschijnlijk een doodgewoon wegwerpmesje. Dat haal je zo uit elkaar.'

Ik dacht aan Vita's verwondingen en Laura's halswond. Die waren zeker niet met een scheermes toegebracht.

'Maar de snee was wel diep,' voerde Liv aan.

'Je kunt nog veel dieper snijden als je ertegen kunt, zelfs met een gewoon scheermesje.' Hij keek op van zijn dossier. 'Het schijnt een euforisch gevoel te geven. Je voelt de pijn niet. Je voelt helemaal niets.'

'Vandaar de aantrekkingskracht ervan?'

'Precies.' Hij keek me goedkeurend aan. Ik was er vrijwel van overtuigd dat we van dezelfde leeftijd waren, maar hij had al helemaal dat neerbuigende dat veel artsen hebben. 'Het is haar manier om met haar emoties om te gaan. Andere mensen drinken of gebruiken drugs. Zij snijdt zichzelf. Niet zo uitzonderlijk als je zou denken.'

'Als u het zegt.'

'De verwonding is op zich niet zo erg. Ik hou haar hier omdat ik denk dat het geen kwaad kan als er even op haar wordt gelet. Bovendien valt niet te zeggen hoeveel bloed ze heeft verloren, dus kunnen we maar beter het zekere voor het onzekere nemen.' Hij keek weer op van zijn dossier. 'Zei u dat haar moeder en zusje gisteren zijn vermoord?'

'In Wimbledon.'

'Shit zeg. Ik heb erover gehoord. Dat is zíj?' Hij haalde zijn schouders op. 'Niet echt verbazingwekkend dat ze niet op haar best is.'

'U zult nu begrijpen waarom we per se willen weten hoe en wanneer het letsel is ontstaan.'

'Uiteraard. Maar ik heb u verteld wat ik denk. U zult haar naar haar versie moeten vragen.'

'Mogen we nu met haar praten?'

Hij keek over zijn schouder naar het onderzoekkamertje waar ze lag. De gordijnen waren nog steeds dicht. 'Als daar nog tijd voor is voordat ze naar de afdeling wordt overgebracht. Ze gaat naar de jeugdafdeling en ik heb liever dat ze daar verder met rust wordt gelaten.'

Liv liep naar het kamertje, maar ik bleef staan. 'Denkt u dat ze het opnieuw zal doen?'

'Vermoedelijk wel. Ooit.'

'Moeten we ons zorgen maken over haar veiligheid? Moet haar vader zich daar zorgen over maken? Ik wil graag weten of ze voor haar eigen bestwil naar een gesloten afdeling moet.'

'Daar zou ik niet voor kiezen.'

'Het lijkt u beter om haar wat ruimte te geven.'

'Niet per se. Maar ik zou mijn ergste vijand nog niet op een gesloten psychiatrische afdeling zetten. Hoe slecht de zaken er in de echte wereld ook voor staan, het is er altijd nog beter dan daar.' Na een gemompeld 'Tot ziens' beende hij weg. De riem om zijn katoenen broek zat pijnlijk strak aangesnoerd om zijn dunne middel. Hij leeft op de toppen van zijn zenuwen, dacht ik, en hij is van nature wat kortaangebonden, maar hij heeft het hart op de juiste plaats. Ik zou wat hij had gezegd doorgeven aan Renee en aan Philip Kennford, en dan moesten zij maar beslissen wat het beste was voor Lydia. Ik was blij dat ik die beslissing niet hoefde te nemen.

In het onderzoekkamertje lag Lydia opgerold op haar zij met haar hoofd in het kussen begraven. Haar verbonden arm lag gestrekt naast haar. Liv stond bij het bed en schudde haar hoofd toen ik binnenkwam. Geen reactie.

Ik schudde aan Lydia's schouder, niet in de stemming om een weigering te accepteren. 'We weten dat je wakker bent geweest en hebt gepraat, Lydia. Geef ons vijf minuten en dan laten we je met rust. Dat beloof ik.'

Er verstreken tien lange seconden voordat ze zich op haar rug rolde en naar het plafond staarde, zonder een woord te zeggen.

'De dokter zegt dat je jezelf met opzet gesneden hebt. Klopt dat?'

Een hoofdknik.

'Wanneer? Gisteravond?'

'Nee.' Ik verstond haar amper.

'Vóór de moorden?'

'Nee.'

'Wanneer dan?'

'Vanochtend.'

'Voor het ontbijt?'

Een hoofdknik.

'Waarom, Lydia?'

Ik was niet echt verbaasd dat ik geen antwoord kreeg.

'De dokter zei dat hij dacht dat je dit al eens eerder had gedaan.'

Haar gezicht bleef onbeweeglijk. Als een masker.

'Wist je moeder dat je jezelf zulke dingen aandeed?' Heel even kreeg haar gezicht een smartelijke uitdrukking, waarna het weer een masker werd. Vreemd genoeg zag ze er nu meer uit als haar zusje, ondanks de afwezigheid van enige levendigheid. Ze leek veel mooier dan ik haar daarvoor had gevonden.

'En je vader? Wat moet ik tegen hem zeggen?' Weer veranderde haar gezicht. Deze keer was het geen verdriet of pijn, noch de hardheid die ik eerder in haar had waargenomen. Deze keer lag het dichter bij grote woede. Maar het kon evengoed haat zijn. En als ik al had gedacht dat ik haar blik verkeerd interpreteerde, werd de juistheid van mijn indruk bevestigd door wat ze zei.

'Het kan hem niet schelen.' Ze zei het duidelijk en plotseling met een veel krachtiger stemgeluid. Ze keek me recht aan en ik kreeg het koud van wat ik in haar ogen las: *Zeg maar tegen hem wat je wilt. Het kan hem toch geen bal schelen.*

Ik reed als een gek, alsof ik bij een achtervolging met hoge snelheid de voorste wagen bestuurde, legde de achthonderd meter tussen de plek waar ik had geparkeerd en het bureau rennend af – ondanks mijn hoge hakken en de hitte – en bereikte het bureau op tijd, maar dan ook nét. Derwent en Godley stonden al buiten om te vertrekken. Ze keken allebei ernstig, wat niet ongewoon was na een ochtend met Glen Hanshaw.

'Je hebt de voorstelling gemist.' Derwent leek niet onder de indruk.

'Ik zat vast in het ziekenhuis.' Hiervan was hij op de hoogte, want ik had erover gebeld. Ik kon niet op twee plaatsen tegelijk zijn. En al had ik kunnen kiezen, dan nog zou ik liever eindeloos op wachtkamerstoelen zitten en slechte thee drinken dan de lijkschouwingen bijwonen.

'Hoe gaat het met het meisje?' vroeg Godley.

'Ze is beschadigd.' Voor meer had ik de puf niet.

'Vertel het maar in de auto.'

'Zijn jullie nog iets nuttigs te weten gekomen?' Derwent klonk agressief; hij was nog steeds kwaad dat hij niet mee had gemogen.

'Dat hangt ervan af wat je bedoelt.' Ik moest hoognodig wat aan mijn conditie gaan doen. Ik was nog steeds een beetje buiten adem. 'Over de moorden zijn we niets wijzer geworden.'

'Dus we hebben nog steeds geen idee wie ze heeft gepleegd?'

'Geen flauw idee.'

'Dat is dan klote.'

Ik had het zelf niet beter kunnen verwoorden. 'Zijn jullie iets wijzer geworden bij de lijkschouwingen?'

'Ze zijn allebei gestorven aan bloedverlies als gevolg van meerdere verwondingen toegebracht met een steekwapen of steekwapens.'

'Kwam er nog iets uit wat we niet al wisten?'

'Het is bevestigd dat Laura geen maagd meer was, maar op grond van wat we op haar camera zagen hadden we daarvoor al bewijzen te over. Op haar wang zat een blauwe plek, die iets ouder was dan haar andere verwondingen – een dag misschien. Niet te zeggen hoe ze eraan kwam.' Derwent schudde zijn hoofd. 'Het is maar te hopen dat Kennford zich wat behulpzamer zal gaan opstellen. Momenteel hebben we niets.'

Het kantoor van Philip Kennford bevond zich in Unicorn Court, een smalle bestrate binnenplaats in de Inner Temple, vlak bij The Strand. Ik kreeg altijd het gevoel dat ik terugging in de tijd wanneer ik het terrein van The Temple betrad. Voor mij als buitenstaander leek het niet alsof de doolhof van binnenplaatsen, keienstraatjes en ommuurde tuinen veel was veranderd sinds de negentiende eeuw, afgezien van de auto's die overal geparkeerd stonden. Veel van de gebouwen dateerden uit een nog veel vroegere periode, wat de gefascineerde toeristen verklaarde die er met hun camera in de aanslag rondzwierven. Volgens het opschrift boven de poort was Unicorn Court gebouwd in 1732. Er stonden zes smalle gebouwen van rode baksteen. Elk daarvan bood onderdak aan een zelfstandig advocatenkantoor.

'Kennford zit hier,' zei Godley terwijl hij bij het derde gebouw bleef staan. Op een bordje aan de muur stond dat dit het kantoor was van Timothy Kent QC en Pelham Griggs QC, en daaronder stonden de namen van de advocaten die er werkten. 'Hier zit echt een stel toppleiters. Ze doen hoofdzakelijk misdaad, en als nevenactiviteit houden ze zich bezig met mensenrechten. Ik verwacht niet dat jullie met iemand van hier hebben gewerkt, maar wie weet zijn jullie bij de rechtbank weleens een van hen tegengekomen.' Wat zoveel wilde zeggen als: dit is het territorium van de tegenpartij. 'Josh, jij blijft je keurig gedragen. Ik wil Kennford de gelegenheid geven om mee te werken. Als jij hem in dit stadium nijdig maakt, heeft niemand daar iets aan.'

'Mij best.'

We marcheerden naar binnen en beklommen de smalle trap naar de eerste verdieping, waar zich een ultramoderne ontvangstbalie bevond waarachter een al even eigentijdse receptioniste zat. Ze bracht ons naar een benauwde kleine spreekkamer die werd gedomineerd door een stoffige schouw die groot genoeg was om er een os in te roosteren. Rond een lage tafel stonden vier leren fauteuils. Het was allemaal erg comfortabel en beschaafd en ver verwijderd van de minder prettige aspecten van het strafrecht. Het smalle raam bood uitzicht op een van de geheime tuinen van The Temple: een vierkant gazon ter grootte van een postzegel met eromheen struiken met witte bloemen en klimplanten. Ik opende het raam, liet de geur van pas gemaaid gras binnen en een zuchtje wind dat nauwelijks koeler was dan de lucht in het vertrek.

'Geef mij een sleutel naar die tuin, een ligstoel, een koud biertje en een radio die is afgestemd op het cricket en ik ben volmaakt gelukkig.' Derwent was naast me komen staan en keek naar het gazon beneden.

'Cricket, daar vind ik nou niks aan.'

'Waarom verbaast me dat niet?'

'Het duurt te lang. Het is gewoon niet spannend.'

Derwent week terug en greep theatraal naar zijn borst. 'Hoe kun je dat nou zeggen? Het is pure poëzie.'

'Tja, ik zou ook geen vier of vijf dagen achter elkaar naar poëzie willen luisteren.'

Ik schrok toen er op de deur werd geklopt. Toen ik me omdraaide, zag ik een man met zilvergrijs haar en lange ledematen, hoewel hij wel een buikje had. Hij had de hoogrode wangen en het voorkomen van iemand die wel een biertje lust. 'Welkom bij Three Unicorn. Ik ben Alan Reynolds, hoofd van het secretariaat.'

Naar ik begreep wilde dat zeggen dat hij de tent in wezen runde. Het secretariaat behandelde de opdrachten die binnenkwamen en de rekeningen die uitgingen – de zakelijke kant. Voor de medewerkers van het secretariaat bestonden geen geheimen. Ze wisten veel meer van hun strafpleiters dan die wellicht beseften of bereid waren toe te geven. De baan van hoofd secretariaat bij een groot kantoor was er een van grote betekenis – en daar was het salaris ook naar. Ook al kon Reynolds' krijtstreeppak zijn welvaartskilo's niet verhullen, het oogde alsof het peperduur was geweest, en zijn schoenen waren handgemaakt.

Godley was overeind gesprongen en schudde Reynolds de hand. 'Hoofdinspecteur Godley.' Daarna stelde hij ons voor. Mijn gezicht vertrok nog net niet van de pijn bij het ondergaan van de korte maar krachtige handdruk van de man. Wanneer hij zich bewoog, gaven zijn kleren vaag de geur van sigarenrook af. Iemand die van de goede dingen des levens geniet, dacht ik.

'U weet ongetwijfeld waarom we hier zijn,' zei Godley zodra de plichtplegingen achter de rug waren.

'Meneer Kennford komt zo bij u.' Reynolds ging in een van de leunstoelen zitten en sloeg zijn benen over elkaar. 'Een beroerde zaak.'

'Schokkend,' beaamde Godley. 'Hoe gaat het vandaag met meneer Kennford?'

'Hetzelfde als altijd, op het oog. Maar hij is er de man niet naar om te laten merken hoe hij zich voelt. Volgende week is hij in de Old Bailey voor een moord en momenteel heeft hij aandacht voor niets anders.'

'Je zou denken dat hij nu belangrijker dingen aan zijn hoofd heeft,' zei Derwent.

'Ik heb aangeboden om zijn agenda wat leger te maken. Hem tijd te geven om het gebeurde te verwerken. Maar hij is professioneel.'

De toon waarop Reynolds dit zei was eerder goedkeurend dan veroordelend. 'Hij is al maanden met die zaak bezig. Daar wil hij zich niet uit terugtrekken. En als hij wil werken, hou ik hem niet tegen.'

'Ik weet niet of ik zou willen dat hij mij verdedigde onder de gegeven omstandigheden. Hij zal er met zijn hoofd niet echt bij zijn.'

Reynolds zette zijn stekels op, wat ongetwijfeld Derwents bedoeling was geweest. 'Men wil hem omdat hij de allerbeste is. Zo eenvoudig ligt dat. Ik heb de hele ochtend advocaten aan de telefoon gehad die wilden weten of hij hun opdrachten nog kan uitvoeren. Ze waren bang dat hij ze zou teruggeven.'

'Dus hij is populair.'

'Hij wordt hooggeacht.'

'En sympathiek gevonden?'

Reynolds aarzelde. 'Hij heeft zo zijn bewonderaars. Een enkeling mag hem niet, maar daar heeft zijn werk niets mee te maken – een kwestie van botsende persoonlijkheden.'

'Wint hij altijd?' vroeg ik.

'Nee. Dat doet niemand. Het kan de allerbeste strafpleiter overkomen dat hij de jury niet aan zijn kant krijgt.'

'Maar hij is succesvol.'

'Zeer. Als ik hem iedere opdracht gaf die met zijn naam erop binnenkomt, zou hij alle dagen van het jaar in touw zijn. Maar hij is van de oude stempel. Bereidt zijn zaken graag voor. Hij leest zelfs alle stukken, wat je niet van alle strafpleiters kunt zeggen.'

Derwent keek weer uit het raam. Zonder zich om te draaien zei hij: 'Meneer Kennford heeft ons verteld dat hij vanwege zijn werk doodsbedreigingen had gekregen. Van wie zouden die afkomstig kunnen zijn?'

'Ik zou het niet weten,' zei Reynolds effen.

'Het is aannemelijk dat u wel van die bedreigingen wist.'

'Van sommige wel.'

'Dan kunt u ons ook vertellen waar ze vandaan kwamen.'

'Van sommige wel. Van andere weten we het niet. Kennford was betrokken bij een tribunaal in Noord-Ierland; er liep een onderzoek naar de betrokkenheid van het Britse leger bij paramilitaire doodseskaders. Hij trad op als advocaat voor het leger. Dat maakte hem niet populair bij de IRA. We kregen hier op kantoor bommeldingen, moesten het gebouw evacueren. Het bleek allemaal loos alarm te zijn, maar je moet zulke meldingen toch serieus nemen.'

'De Ieren zijn tot alles in staat,' sprak Derwent ernstig, zonder mijn kant op te kijken. Hij had in het leger gezeten en was enkele keren uitgezonden naar Noord-Ierland, wist ik. Hij had er echter nooit met mij over gesproken en hij liet Reynolds er evenmin iets van merken.

Het hoofd secretariaat stak een vermanende vinger op. 'Ik zeg niet dat ik iets tegen de Ieren heb. Maar als iemand je belt en vertelt dat er een lading semtex in het gebouw is verborgen, moet je wel luisteren. Vooral als de beller een Iers accent heeft.'

'Goed. Laten we alle Ierse terreurgroepen dan maar op onze lijst van verdachten zetten.' *Of misschien iedereen met een Ierse tongval.* Ik sprak waarschijnlijk op scherpere toon dan strikt noodzakelijk was. 'Wie verder nog?'

'Er was een meneer.' Reynolds sprak traag, alsof hij ons met tegenzin de bijzonderheden gaf. 'Het ging om een verkrachting. Van een minderjarige. Hij was leraar en het vermeende slachtoffer was een leerlinge van hem. Hij werd in hoger beroep vrijgesproken, maar helaas gaf hij meneer Kennford de schuld van zijn aanvankelijke veroordeling.'

'Zijn naam?' vroeg Godley.

'Christopher Blacker.'

De chef wierp mij een blik toe die zei: daar kun jij je in gaan verdiepen. 'Had het veel om het lijf?'

'We zijn er nooit mee naar de politie gegaan.'

Dat wilde op zich niets zeggen. Het zou Kennfords reputatie of die van zijn kantoor geen goed hebben gedaan als bekend werd dat een ontevreden cliënt het op hem gemunt had. Ik kon me voorstellen dat ze hadden besloten om een dergelijke kwestie zelf af te handelen.

'Nog anderen van wie we moeten weten?'

'De vader van een jonge vrouw die een aantal jaren geleden werd vermoord. Haar vriend kwam voor en werd vrijgesproken, en de vader vond dat dat niet had mogen gebeuren. Begrijpelijk. Hij meende dat meneer Kennford zich bij hem hoorde te verontschuldigen. Hij bekraste zijn auto. Toen is wel gerechtelijke actie ondernomen, maar hij bekende schuld en kreeg een voorwaardelijke straf voor opzettelijke vernieling. Gegeven de omstandigheden was dat een bevredigend vonnis. Meneer Kennford toonde erg veel begrip voor zijn situatie en legde een verklaring af waarin hij om clementie vroeg. Dus dat liep goed af.'

Behalve voor het dode meisje en haar bedroefde vader. 'Hebt u zijn naam voor ons?'

'Gerard Harman. De dochter heette Clara. De cliënt van meneer Kennford was de heer Harry Stokes.'

'Is er ooit iemand anders opgepakt?' vroeg Derwent als terloops.

'Voor de moord op Clara Harman? Niet voor zover ik weet.'

Met andere woorden: de politie had meteen de juiste man te pakken gehad, al was die dan vrijgesproken.

'Kennford had dus goed werk verricht, nietwaar?' Het sarcasme in Derwents toon kon niemand ontgaan. Ook Reynolds ontging het niet, maar hij bleef onverstoorbaar.

'Zo werkt het systeem nu eenmaal.'

'Natuurlijk, jullie bepalen de regels niet.'

'Precies. En de heer Stokes had er recht op dat meneer Kennford hem naar beste vermogen verdedigde.'

'Dat is wat ik niet begrijp. Waarom zou Kennford zijn tijd en energie steken in het verdedigen van zo'n stuk stront?'

'Omdat hij daar goed in is en omdat het moet gebeuren.'

'Rioolonderhoud moet ook gebeuren, maar ik zie hem nog niet in de rij staan om zich daarvoor vrijwillig aan te melden.'

'Ik denk niet dat hij van veel nut zou zijn in een riool,' zei Reynolds vriendelijk. 'Maar hij kent de weg in de rechtbank.'

'Het is de moeite waard om te onderzoeken waar meneer Harman gisteravond was.' Godley tikte met zijn pen op zijn notitieboekje. 'Kennfords dochter is vermoord. Als hij Kennford er de schuld van gaf dat de moordenaar van zijn dochter vrijuit ging, wilde hij hem mogelijk laten voelen hoe het is om een kind te verliezen.'

'En zijn vrouw dan?' vroeg Derwent.

'Onbedoeld slachtoffer. Zij was toevallig getuige van de moord.'

'Het is een mogelijkheid.' Derwent klonk niet overtuigd. 'We moeten hem maar natrekken.'

Reynolds maakte aanstalten om uit zijn stoel te komen. 'Meer kan ik op dit moment niet bedenken. Meneer Kennford schiet wellicht meer te binnen.'

Precies op dat moment zwaaide de deur open en verscheen Philip Kennford, zonder stropdas en met opgerolde hemdsmouwen. Zijn haar zat in de war alsof hij er met zijn handen in had gezeten. Hij oogde echter niet radeloos; eerder als iemand die zijn werk had moeten onderbreken en het dolgraag weer wilde oppakken.

'Neem me niet kwalijk dat ik u heb laten wachten. Alan, wat doe jij hier?'

'De politie alle hulp bieden die ik kan, meer niet, *sir*.' Hij grinnikte naar zijn vedette onder de QC's. Dat hij hem aansprak met 'sir' was traditie; hij deed het niet uit respect, maar ik had wel de indruk dat hij Kennford oprecht mocht.

'Mijn ergste fiasco's bespreken, zul je bedoelen. Ik dacht al dat er wel wat lijken uit de kast zouden komen rollen.'

'Dat valt wel mee.'

'Wie heb je genoemd? Blacker?'

'En Harman.'

'Die arme oude kerel.' Kennfords gezicht vertrok. 'Dat is nou zo'n geval waar je de politie het liefst buiten zou houden.'

'Zoals u hebt gedaan met meneer Blacker?' vroeg Godley.

'Voor één ontevreden cliënt ga je niet meteen het Londense politieapparaat inschakelen. Daar zult u het vast helemaal mee eens zijn, inspecteur.' Kennford keek Derwent met opgetrokken wenkbrauwen aan. Ik had het onaangename gevoel dat hij hem uitdaagde, ook al had Derwent tot dusver geen woord gezegd, vijandig of anderszins. De vorige avond had hij beslist indruk gemaakt. Misschien kwam het door Godleys waarschuwing dat Derwent niet onmiddellijk reageerde.

'Hoe voelt u zich vandaag, meneer Kennford?'

'Best. Een beetje hoofdpijn. Niets ernstigs.'

'Goed om dat te horen.' Derwent zweeg een ogenblik. 'Ik bedoelde eigenlijk te vragen hoe het met u gaat na uw zeer recente verlies.' Hij legde de nadruk op 'zeer recente', en hij hoefde er geen 'harteloze klootzak' aan toe te voegen, want dat klonk wel door in hoe hij het zei.

'Ik probeer er niet aan te denken.'

'Werkelijk? Ik zou verwachten dat u aan niets anders kon denken. Als ik in uw schoenen stond, zou ik proberen te bedenken wie het op mij of mijn gezin gemunt had. Ik zou me afvragen of ik iets had kunnen doen om ze te redden. Ik geloof niet dat ik in staat zou zijn om me op mijn werk te concentreren.'

'Is het echt nodig om u erop te wijzen dat onze karakters van elkaar verschillen? Zoals ik gisteravond al zei: ik laat het aan u over om uit te zoeken wie de moorden heeft gepleegd. Het is niet mijn vak om misdaden te onderzoeken. Ik bereid rechtszaken voor en verdedig mijn cliënten, dát is mijn vak. Dat is wat ik doe. Het leidt me af van de afgrijselijke dingen die ik het afgelopen etmaal heb doorstaan en ik voel me zo minder machteloos tegenover een kennelijk willekeurige geweldsdaad. En ik zal u wat vertellen: als ik mezelf toestond er goed over na te denken, denk ik niet dat ik voor mezelf kon instaan.'

Kennfords stem was hoger geworden en zijn accent zwaarder terwijl hij zijn preek afstak. En alsof hij geen andere uitlaatklep voor zijn emoties had, sloeg hij tot slot met zijn vuist op de rugleuning van de stoel waar hij het dichtste bij stond. Reynolds keek naar zijn handen, gegeneerd omdat de advocaat zijn zelfbeheersing had verloren. Een snelle blik om me heen leerde me dat Godley, Derwent en ik er alle drie met hetzelfde uitgestreken gezicht bij zaten. Wat zij ervan vonden, wist ik niet, maar ik bewonderde Kennfords vermogen om een grote scène uit zijn hoge hoed te toveren wanneer de situatie dat vereiste. Harteloze workaholic? Nee, gewoon te zeer kapot om de realiteit van zijn verlies aan te kunnen. Wat afschuwelijk van ons om iets anders te suggereren. Een jury zou ervan hebben genoten, maar Philip Kennford trad nu op voor een lastig publiek.

Reynolds veegde een denkbeeldig pluisje van zijn knie. 'Wilt u dat ik blijf, meneer Kennford?'

'Om ervoor te zorgen dat ik niets doms zeg?' Kennford schudde zijn hoofd. 'Nee, Alan. Je hebt wel wat beters te doen.'

Het hoofd secretariaat stond op en knikte naar Godley. 'Als er iets is waarmee ik kan helpen, schroom dan niet om het me te vragen.'

'Dank u zeer.' Godley wachtte tot de man het vertrek had verlaten. 'Neemt u plaats, meneer Kennford.'

Tot mijn verbazing ging Kennford in de lege stoel van Reynolds zitten. Misschien ging hij dan toch nog meewerken.

'Aangezien u niet hebt nagedacht over wat er gisteravond is gebeurd, neem ik aan dat u geen nieuwe kandidaten hebt voor onze lijst van verdachten.'

'Nee, dat klopt. Ik heb u verteld wat ik weet en Alan heeft u nog enkele namen gegeven, al denk ik dat u uw tijd verdoet als u achter iemand als die arme oude Harman aan gaat.'

'Hij heeft u immers bedreigd.'

'Met niets meer dan gebruikelijk is.' Kennford merkte dat we daar geen genoegen mee namen en sprak op lijzige toon verder. 'Hij beloofde me ontmaskering, schande, ondergang, bezoek van de vier ruiters van de Apocalyps, de zeven plagen van Egypte, en ga zo maar door.'

'Heeft hij destijds een van zijn bedreigingen in daden omgezet?'

'Nee. Althans, niet dat ik weet.'

'Schieten u meer namen te binnen?'

Kennford schudde zijn hoofd.

'We hebben ons tot nu toe gericht op mensen die u niet mogen, maar is er iemand die u zelf als vijand ziet?'

'Ik heb met niemand ruzie. Er zijn mensen die een probleem met míj hebben, maar zelf ik heb wel wat belangrijkers aan mijn hoofd dan bezig zijn met onrecht dat me is aangedaan.'

Ik kon me niet bedwingen. 'U zei dat uw ex-vrouw uw hele inkomen opstreek.'

'Dat is ook zo. Dat heeft de rechter besloten toen we scheidden. Ik kon daar niet al te veel tegen inbrengen, aangezien ze me terzijde had gestaan tijdens mijn rechtenstudie en mijn eerste jaren als advocaat, en ík was vreemdgegaan met een erg rijke vrouw. Vita,' voegde hij er voor de duidelijkheid aan toe. 'Ze had problemen met haar gezondheid en de rechter oordeelde dat zij het geld harder nodig had dan ik.'

'Staat u op goede voet met uw eerste vrouw?'

'Natuurlijk niet,' snauwde Kennford. 'We zijn niet voor niets gescheiden.'

'Ik dacht dat u uit elkaar was gegaan omdat u haar ontrouw was,' zei ik bot.

'We gingen uit elkaar omdat zij niet zo verstandig was een oogje dicht te knijpen.'

Anders dan Vita. Hoewel we dit allemaal dachten, zei niemand het.

'Wanneer hebt u haar voor het laatst gesproken?'

Hij wreef in zijn ogen. 'Vorig jaar. Ik betaal haar eens per kwartaal en niet maandelijks, omdat mijn inkomsten van maand tot maand variëren. Soms word ik betaald voor zaken die ik jaren geleden heb gedaan. Ik was laat met betalen en ze belde om te vragen waar het bleef. Het was een kort gesprek.'

'Plezierig?' vroeg ik met een stalen gezicht.

Kennford lachte. 'U hebt een goed gevoel voor humor.'

Gevoeligheid voor vrouwen was zijn tweede natuur. Hij kon het niet laten met me te flirten, net zomin als hij kon ophouden met ademhalen. Heel even dreigde ik voor zijn charme te vallen, tot me opeens het woord 'bimbohulpje' te binnen schoot.

'Hoe heet uw ex-vrouw?'

'Miranda Wentworth. Na de scheiding heeft ze haar meisjesnaam weer aangenomen.' Een grijns. 'Feitelijk is mijn naam het enige wat ze niet heeft gehouden.'

Gevoelig als hij was voor hoe anderen op hem reageerden, viel hem het uitblijven van een reactie kennelijk op, want hij verplaatste zijn aandacht naar Godley. 'Ik begrijp uw diepgaande belangstelling voor mij en ik heb er geen bezwaar tegen om uw vragen te beantwoorden, maar ik denk niet dat we daar ook maar iets mee zullen opschieten. Miranda pleegt geen moorden. Ze is uitermate verbitterd over hoe ons huwelijk strandde, maar ze zou zich niet afreageren op de meisjes. Bovendien begrijp ik niet waarom ze twintig jaar gewacht zou hebben om Vita aan te vallen. Naar mijn weten verkeert ze niet in goede gezondheid. Ze zou fysiek niet tot zo'n daad in staat zijn geweest. Ze heeft al zeker niet de lengte of de kracht om mij op mijn hoofd te slaan en tegen de spiegel te duwen.'

'Dat lijkt inderdaad onmogelijk,' beaamde Derwent.

Kennford had hem meteen door. 'U denkt alweer dat ik het zelf heb gedaan?'

'Het blijft een mogelijkheid tot we zeker weten dat u het niet was.'

'En daarom moet ik uw mobiele telefoon in beslag nemen,' zei Godley.

'Mijn god, dus ik sta inderdaad op uw lijst van mogelijke verdachten.' Kennford liet een gespannen lachje horen. 'Jullie baseren je onderzoek zuiver op waarschijnlijkheden, is het niet? Daar zit een zekere onvermijdelijkheid in. Bij moord binnen een gezin heeft de echtgenoot het natuurlijk gedaan, ongeacht wie hij is of hoe hij zich gedraagt. Ik neem aan dat jullie niet kunnen begrijpen wat ik hier vandaag doe. Ik hoor in een donkere kamer goedkope whisky te drinken en me niet te scheren, of weet ik veel wat ik volgens jullie zou moeten doen.'

'We verwachten niet dat iedereen hetzelfde reageert op dood binnen het gezin,' zei Godley rustig. 'De reden waarom u op de lijst van mogelijke verdachten staat, is niet dat we vinden dat u niet radeloos genoeg bent.'

'Wat is de reden dan wel?' vroeg Kennford met een strak gezicht van woede.

'U wordt verdacht omdat u ons niet lijkt te willen helpen bij het vinden van de mensen die uw vrouw en dochter hebben vermoord. In de loop van twee gesprekken hebt u ons zo min mogelijk over uw leven verteld. Uw hoofd secretariaat gaf ons gedurende een kort gesprek meer informatie dan u tot dusver hebt gedaan.' Godley zette de feiten voor hem uiteen en liet hem zien welke kaarten we in handen hadden. Ik sloeg Kennford gade, benieuwd of we aan de winnende hand waren. 'U wordt verdacht omdat u een zwak alibi hebt en daarbij een mogelijk motief om uw vrouw dood te wensen omdat uw huwelijk wankelde. U was thuis. U had de gelegenheid om haar te vermoorden en de middelen om u te ontdoen van het moordwapen voordat u de aanval op uzelf in scène zette. Laura werd geacht niet thuis te zijn, dus we kunnen het feit dat u voor haar dood geen motief hebt buiten beschouwing laten.'

'Daar zou ik in de rechtszaal geen spaan van heel laten. Het enige wat jullie hebben zijn veronderstellingen en gevolgtrekkingen daaruit. Waar is het bewijs?'

'Dat komt vanzelf, als onze veronderstellingen en gevolgtrekkingen juist zijn.' Godley haalde zijn schouders op. 'Zijn ze dat niet, dan hebt u niets om zich zorgen over te maken, want dan vinden we geen bewijs. Hoe dan ook heb ik uw mobiele telefoon nodig.'

Kennford haalde een zichtbaar veelgebruikte iPhone tevoorschijn en woog hem op zijn hand. 'Dit is mijn levenslijn, begrijpt u. Ik moet contact kunnen onderhouden met het secretariaat en mijn advocaten. Sinds ik stagiair was, heb ik bij de rechtbank niet meer in de rij hoeven staan om een openbare telefoon te gebruiken. En ik moet ook bij mijn e-mail kunnen.'

'Hebt u geen BlackBerry?'

'Ik doe alles op deze telefoon. Ik heb al genoeg aan mijn hoofd zonder dat ik duizend-en-één gadgets moet meeslepen.'

'En een privémobieltje?' vroeg Derwent.

'Voor de massa's vrouwen die me berichten sturen? Zodat ik die contacten geheim kan houden?'

'Dat zijn uw woorden.'

Kennford schudde zijn hoofd. 'Daar deed ik geen moeite voor.'

'Het kon u dus niet schelen of uw vrouw erachter kwam dat u vriendinnen had?' Ik kon het niet nalaten hem dit te vragen.

In plaats van boos te worden, lachte hij schaapachtig naar me. 'De praatjes over hoe ik achter de vrouwen aan zit zijn schromelijk overdreven. Ik wil u niet op het verkeerde been zetten. Er zijn wel andere vrouwen geweest, maar bij lange na niet zoveel als mensen beweren. Zoiets overkomt je, en het stelt uiteindelijk weinig voor.'

Derwent floot de eerste maten van 'I'm just a girl who can't say no'. Kennford negeerde hem.

'Als Vita er al lucht van kreeg, heeft ze dat niet met mij besproken. Ze wist dat mijn affaires geen bedreiging vormden voor ons huwelijk. Ik zou haar voor niemand verlaten hebben. Dat heb ik de vrouwen met wie ik naar bed ging ook altijd duidelijk gemaakt.'

'Lovenswaardig, hoor,' zei ik sarcastisch.

'Ik begrijp dat u uw telefoon nodig hebt. We gaan ons best doen om hem zo snel mogelijk aan u te retourneren.' Godley wachtte tot Kennford zijn telefoon op de salontafel neerlegde. Hij boog zich naar voren en schakelde hem uit. 'U ziet dat hij is uitgezet. Hij gaat pas weer aan bij het technisch onderzoek.'

'Zodat u me er niet in kunt luizen door zelf berichten te versturen.

Ik ben op de hoogte van de gebruikelijke procedure.' Kennford stond op en begon door het vertrek te ijsberen. 'Wat als het een poging tot inbraak was die verschrikkelijk ontspoorde? Hebt u die mogelijkheid overwogen?'

'Nee, want dat lijkt niet in overeenstemming met de feiten,' zei Derwent lijzig.

'Jawel,' hield Kennford vol. 'De daders drongen het huis binnen, kwamen oog in oog te staan met Vita en Laura, probeerden Vita onder bedreiging te dwingen hun te vertellen waar de kluis was – niet dat we er een hebben – en doodden Laura per ongeluk. Toen raakten ze in paniek en vermoordden Vita om geen getuige achter te laten. Ik ken criminelen, en de meesten zijn niet vreselijk slim. Wanneer hun plannen in de soep lopen, gedragen ze zich als vossen in een kippenhok.'

Derwent schudde zijn hoofd. 'We waren vanmorgen aanwezig bij de lijkschouwingen, kerel, en de wonden van je dochter waren echt niet per ongeluk veroorzaakt. Haar halswond was geen scheerwondje.'

Alle kleur was uit Kennfords gezicht weggetrokken. 'Nu al. Ze hebben ze nu al gedaan?'

'Hoe sneller we van de patholoog informatie krijgen over hoe een slachtoffer stierf, hoe beter voor het onderzoek,' legde Godley uit.

'Dat zal wel.' Hij klonk als verdoofd. 'Mijn arme, kleine Laura.'

'Wat dacht u van uw arme, kleine Lydia?' Ik sprak op scherpe toon, maar dat ging vanzelf. 'Ik ben de hele ochtend bij haar geweest.'

'Dat was vast heel boeiend voor u.'

'Ik ben wel een en ander te weten gekomen. Interesseert het u waar Lydia nu is?'

'In Twickenham?'

'In het ziekenhuis.'

Zijn aandacht was gewekt. 'Hoezo? Wat is er gebeurd?'

'Ze zakte in elkaar. Ze had een open wond die voor veel bloedverlies zorgde.'

'Een wond? Van gisteravond?'

'Nee. Van vanochtend.' Ik aarzelde. Ik wist niet of het beter was om het onderwerp omzichtig of onomwonden te benaderen. Ik koos voor een rechtstreekse benadering. 'Ze had zichzelf de wond toege-bracht. Wist u dat ze zichzelf geregeld verwondde?'

Hij zeeg neer op zijn stoel en leunde met zijn hoofd tegen de rug-leuning – zijn ogen gesloten. Dit bleek een uiting van irritatie te zijn. 'O, verdomme, spaar me! Ze moest weer zonodig de aandacht trek-ken, dus?'

'Meneer Kennford, Lydia's armen zaten onder de littekens. Ik heb ze gezien. De wond die maakte dat ze flauwviel was bijzonder diep, maar was beslist niet de eerste. De dokter die haar onderzocht bij de spoedeisende hulp vertelde me dat ze waarschijnlijk al jaren in zich-zelf snijdt. Hebt u haar ooit psychiatrisch laten onderzoeken?'

'We wisten zonder dat te doen ook wel dat er een steekje aan haar loszit, maar ja, in de loop der jaren is er inderdaad heel wat aandacht aan haar besteed.'

'Terwijl we wachtten tot de ambulance kwam, vertelde mevrouw Fairfax me dat er een aantal jaren geleden bij Lydia een eetstoornis is vastgesteld.'

'Gediagnosticeerd, voor een vermogen behandeld en ontslagen. Niet genezen, zoals u hebt gemerkt. Er werd beweerd dat het onder controle was. Maar dan moest je natuurlijk wel geloven dat ze een echt probleem had.'

'Ik leid hieruit af dat u dat niet vond.'

Kennford oogde verveeld. 'Ze moest afvallen. Ze volgde een dieet dat effectief was. Haar moeder raakte in paniek en ging met haar naar een specialist, die tot zijn grote genoegen de diagnose anorexia ner-vosa kon stellen. Vita was daar in haar hart dolblij mee, natuurlijk. Op haar tennisclub vinden de moeders het maar wat modieus als hun kind die kwaal heeft.'

'Het is een levensbedreigende stoornis,' zei ik fel. 'En die snee in Lydia's arm...'

'Ik ben bang dat ik daar niet in geïnteresseerd ben. Ze doet het zichzelf aan, dus verdient ze medelijden noch aandacht.'

'Denkt u niet dat ze altijd behoefte heeft gehad aan uw goedkeu-ring?' Ik vond het ongelooflijk hoe onbewogen hij was, zonder enig medeleven.

'Als dat zo is, dan heeft ze het compleet verkeerd aangepakt.'

'Laura was uw lievelingetje, nietwaar?' vroeg Derwent op scherpe toon. Hij staarde weer uit het raam en nam niet de moeite om zich om te draaien. 'Gold dit ook voor Vita?'

'Laura was een aantrekkelijker kind, meer de moeite waard. Dat vonden we allebei. Vita was er waarschijnlijk beter in om haar gevoelens voor de meisjes te verbergen. Ik zag de zin van veinzen niet in.'

'Als u die wel had ingezien, lag ze nu misschien niet in het ziekenhuis.' Ik schudde mijn hoofd. 'U bent een kille man. Een normale vader zou alles waarmee hij bezig was uit zijn handen hebben laten vallen om bij zijn kind te zijn wanneer ze hem nodig had.'

'Heeft ze me nodig dan? Ze heeft artsen en verpleegsters die voor haar lichamelijk welzijn zorgen. En die haar, neem ik aan, ook geestelijke bijstand verlenen. God, als ze opnieuw in een gekkenhuis belandt, komt ze in de problemen als ze zich bij universiteiten gaat inschrijven. Medicijnen studeren kan ze dan wel vergeten. Ze zal nooit door de psychologische test komen.'

'Hoe zit het met haar emotionele behoeften? En het feit dat ze nu alleen u nog heeft?'

'Lydia heeft lang geleden al geleerd dat haar vader een drukbezet man is die niet altijd naar sportdagen of toneelstukken op school kan komen. Daar heeft ze zich bij neergelegd, net als Laura. Vita was er altijd voor ze. Alleen omdat Vita er niet meer is, kan ik de manier waarop ik mijn leven leid niet veranderen.' Hij draaide zich om naar Godley. 'Jullie hebben allerlei ontoereikende redenen waarom ik Vita dood had willen hebben. Jullie hebben niet nagedacht over de vraag waarom ik haar nodig had. Ik zou mijn vrouw nooit hebben vermoord – ze was verdomme te nuttig. En als dat u schokt, juffrouw Wijsvinger…' hij richtte zich weer tot mij, '… dan zal dit u ook niet bevallen. Toen ik Vita leerde kennen, voelde ik me zelfs niet tot haar aangetrokken. Ze was te dik, ze had een slechte huid en ze was verschrikkelijk bijziend. Ik voelde me wél aangetrokken tot haar geld en het feit dat ze me verafgoodde.' Hij vertelde dit heel rustig, alsof het volkomen redelijk was. 'Ik wist niet waarom ze zo gek op me was. Toen raakte ze zwanger van de tweeling en ik besefte dat ze daar aldoor op uit was geweest. Wat kon ik anders doen dan erin meegaan? De baby's zouden een vader nodig hebben.' *En u kreeg tegelijk de be-*

schikking over al dat heerlijke geld, voegde ik er in stilte aan toe. 'Vita deed echt haar best. Ze wist dat ze iets aan haar uiterlijk moest doen, dus viel ze af en liet ze haar ogen en haar huid laseren. Ze wist ook dat ik niet de meest behulpzame vader van de wereld zou zijn. Ze begreep wat Miranda verkeerd had gedaan, en zij zou niet dezelfde fouten maken. Daarom deed ze er alles aan om mij het leven gemakkelijk te maken en goed voor de tweeling te zorgen. Ze stelde geen eisen aan me. Ze probeerde de perfecte echtgenote te zijn en wat mij betreft slaagde ze daarin.'

'Heel ontroerend allemaal,' merkte Derwent op. 'Maar door ons wordt u niet per uur betaald.'

'Ik zal ter zake komen. Ik had niets te winnen bij Vita's dood. Het enige wat ik eraan overhoud, is een hoop kopzorgen. Ik kan Lydia helaas niet eeuwig bij haar tante laten, en ze is duidelijk niet in staat om voor zichzelf te zorgen. Dus nu moet ik iemand zoeken die een oogje op haar kan houden, want anders kan ik mijn werk niet doen. Op haar leeftijd zou ze toch echt wat zelfstandiger moeten zijn.'

'Laura was wél zelfstandig, hè?' zei Derwent zacht. 'Daarom kon ze ook een vriendje hebben.'

'De meisjes hadden geen van beiden een vriendje.'

'Dat vertelde Lydia me ook,' zei ik. 'Maar Laura had er wel degelijk een.'

'Ze was geen maagd, meneer Kennford. Sterker nog: ze was een zeer ervaren jongedame, afgaand op de foto's die we van haar hebben gevonden. Ze spookte van alles uit.' Derwent genoot hiervan.

Weer was alle kleur uit Kennfords gezicht getrokken, maar deze keer was het woede en niet de schok die zijn huid deed verbleken. 'Waar hebben jullie het verdomme over?'

'Seks. Allerlei soorten seks. Allerlei standjes. Al die plaatjes bekijken was heel leerzaam voor me, dat kan ik u wel vertellen. Waarschijnlijk zou ik nu moeiteloos slagen voor het gynaecologie-examen.' Derwent ging tegen de vensterbank geleund staan. 'Verbazingwekkend om te bedenken dat ze zoveel ervaring had terwijl ze nog maar vijftien was.'

'Ik vermoord je!' Ik denk niet dat Kennford besefte wat hij had gezegd. Zijn handen waren tot vuisten gebald, ze trilden een beetje van de adrenaline die door zijn lichaam raasde.

'Ik vertel u alleen maar wat u niet hebt opgemerkt. Enig idee wie het vriendje was? Of misschien had ze wel meer vriendjes? Dat we alleen maar foto's van één heerschap hebben, wil niet zeggen dat er niet meer zijn geweest. Misschien had uw dochter een aardje naar haar vaartje.' Derwent lachte. 'Toen ik op school zat, noemden we zulke meisjes "plafondinspectrice". U weet wel, meestal plat op hun rug, de blik op het plafond gericht terwijl de een of ander op ze lag te bonken. Nu heten ze waarschijnlijk gewoon sletjes.'

'Hou op zo over haar te praten.' Kennford zette een stap in Derwents richting.

'Het is een gevoelig onderwerp,' erkende Derwent. 'Het is moeilijk voor u om in die termen aan uw dochter te denken. Vooral als u zichzelf hebt wijsgemaakt dat ze een onschuldig meisje was.'

'Josh.' Godley zei het zacht, zonder de scherpe ondertoon die Derwent in toom zou hebben gehouden. Het was zijn manier om aan Kennfords kant te blijven en zijn inspecteur het vuile werk te laten opknappen. En Derwent deed dat met plezier.

'Het komt vast een beetje als een schok. Maar volgens u stelt seks toch niet zoveel voor? Seks is toch iets wat je overkomt?' Hij wachtte een paar tellen. *Timing is alles, Maeve.* 'Blijkbaar overkwam het haar vaak.'

Kennford haalde uit om Derwent een vuistslag in het gezicht te geven. Derwent stapte opzij, greep Kennfords vuist beet terwijl die rakelings langs zijn hoofd schoot en benutte de stootkracht om Kennford om te draaien en diens hand omhoog te drukken tot tussen zijn schouderbladen. Ik slaakte een gil en sprong uit hun weg terwijl ze door het vertrek tolden. De laatste keer dat ik onbedoeld in een van Derwents knokpartijtjes verzeild was geraakt, was ik in het ziekenhuis beland. Dat wilde ik niet nog een keer meemaken. Derwent duwde Kennford hardhandig tegen de muur en bracht zijn mond dicht bij diens oor.

'Pas op voor dat raam daar, kerel. Ik wil er niet uit vallen, jij toch ook niet?'

Kennford antwoordde met een reeks nauwelijks verstaanbare krachttermen. 'Hufter' was een woord dat telkens terugkwam.

Derwent hield hem tegen de muur gedrukt. 'Kalm aan. Ik wil u niet arresteren wegens het bedreigen van een politiefunctionaris, maar ik doe het als het moet.'

'Die aanklacht zou geen standhouden bij de rechter,' bracht Kennford gesmoord uit.

'Dacht u dat?' Derwent schudde hem heen en weer, zoals een terriër met een net gevangen rat doet. 'U moet de juiste prioriteiten stellen, meneer Kennford. U vertelt ons aldoor net genoeg – of u vindt dat het net genoeg is. U bent niet eerlijk tegen ons geweest. Misschien weet u niet meer hoe dat in zijn werk gaat. Laat me het u uitleggen. Wat u ook probeert te verbergen: wij zullen erachter komen. Het enige wat ons interesseert is het vinden van degene die uw gezin dit heeft aangedaan. Ik vind het merkwaardig dat dit voor u niet belangrijk lijkt te zijn.' Hij rammelde Kennford opnieuw door elkaar. 'Onderschat ons vooral niet, ook al hebt u gedurende heel uw carrière een loopje genomen met smerissen. Denk niet dat wij idioten zijn. En denk ook maar niet dat u ongestraft tegen me kunt liegen, want ik ga door tot ik erachter ben waarover u liegt, en waarom. En het zal u berouwen, meneer Kennford. U zult wensen dat u er nooit mee was begonnen, maar tegen die tijd is het te laat.' Hij deed een stap naar achteren en liet zijn greep verslappen, zodat Kennford wat meer lucht kreeg. 'Vertel ons nu wat u weet en we vergeten dat dit is gebeurd.'

Kennford worstelde zich los en draaide zich naar Derwent om met een gezicht dat rood aangelopen was van razernij en gêne. Zonder dat ik het had gemerkt, was de kamerdeur weer opengegaan. We bleken publiek te hebben. In de deuropening stonden twee jonge mannen, juridisch medewerkers nam ik aan, en de receptioniste. Achter hen, gekleed in donkere pakken, stond een groepje advocaten, zowel mannen als vrouwen. Van alle gezichten was dezelfde mengeling van afschuw en vermaak af te lezen. Een echte vechtpartij, waarbij een van de belangrijkste advocaten van het kantoor betrokken was. Het verbaasde me dat niemand op de gedachte was gekomen om kaartjes te verkopen.

Kennford wierp hun een woedende blik toe en trok zijn overhemd recht. 'Ik heb geen begrip voor uw dreigementen,' zei hij tegen Derwent. 'Ik weet niet waarover u het hebt. Ik heb antwoord gegeven op uw vragen. Als mijn antwoorden u niet bevallen, moet u zich misschien afvragen of u de juiste vragen stelt.'

'Alles is altijd de schuld van iemand anders, hè?' Derwent schudde zijn hoofd. 'U hebt te veel tijd doorgebracht met criminelen, meneer Kennford.'

'Wat mijn gezin is overkomen is niet mijn schuld,' zei hij boos.

Buiten de kamer ontstond wat lichte beroering. Het bleek te gaan om Reynolds, het hoofd secretariaat, die zich een weg baande door de menigte. 'Alles in orde, meneer Kennford?'

De onderbreking gaf Kennford enkele seconden waarin hij zich kon herpakken – en grotendeels zijn ongedwongen houding van daarvoor aannam. 'Prima, Alan. Inspecteur Derwent deed een poging mij een reactie te ontlokken. En daarin is hij geslaagd,' zei hij met een flauwe glimlach, 'waarvoor mijn excuses.'

'Excuses zijn niet nodig; ik heb wel erger meegemaakt.' Derwent stak zijn handen in zijn zakken en oogde erg zelfvoldaan.

'Dat verbaast me niets.' Kennford draaide zich om naar Godley. 'Mag ik aannemen dat het gesprek nu ten einde is?'

'Voorlopig zijn we klaar.'

'In dat geval…' Hij draaide zich op zijn hakken om en gaf Derwent een vuistslag die hem languit op de grond deed belanden. Hij kreeg niet de tijd om zijn handen uit zijn zakken te halen en zijn val te breken. 'Die is omdat u mijn dochter hebt beledigd.'

Het kwam niet dikwijls voor dat Derwent kreeg wat hem toekwam, maar wanneer dat gebeurde, was het ontzettend vermakelijk om te zien.

7

Laat in de middag was ik terug in de flat en meteen zette ik alle ramen open om de boel wat te luchten. Ik eindigde in de slaapkamer, waar ik mijn schoenen uitschopte en mijn flodderige, gekreukte broekpak uitdeed en shorts en een topje aantrok. Terwijl ik mijn haar opbond in een paardenstaart leunde ik uit het raam om mijn nek te laten afkoelen. Deze kant van de flat keek uit op de straat. In de verte kon je Battersea Park zien, waarvan de boomtoppen net iets boven de daken uitstaken. Het park oogde als een oase van koele, groene schaduw, maar in werkelijkheid was het er bruin. Het gras was bijna tot stof vergaan en de bomen waren dermate uitgedroogd dat ze bladeren en takjes lieten vallen. Zelfs het water in het meer stond laag toen ik er voor het laatst was, en de eenden hadden een suïcidale indruk gemaakt.

Beneden op straat was het voor de verandering stil. De hitte had iedereen naar binnen gedreven. Zij die wel buiten waren, liepen langzaam en met het hoofd gebogen. Niet alleen de temperatuur was hoog, maar ook de luchtvochtigheid. Het was drukkend en het voelde alsof er onweer op komst was. In mijn verlangen naar regen speurde ik de hemel af naar wolken. Londen was niet berekend op lange periodes van hitte en het smeltende asfalt op de wegen getuigde hiervan. De nationale obsessie met het weer werd beeldend verwoord met een luchtfoto van 'St. James's Park Dustbowl' op de voorpagina van de *Evening Standard*.

'Wat had je 's zomers anders verwacht?' had Derwent gemopperd, terwijl hij de krant opvouwde en hem vol weerzin opzij gooide. 'Wat wil je dan?'

Ik had er niet op gereageerd. Ik verlangde naar de zilte geur van de Atlantische Oceaan, compleet met plensbuien die vanaf zee kwamen opzetten en alles en iedereen doorweekten. Ik verlangde naar ijskoude golven, in nevel gehulde bergen en af en toe een heerlijk zonnetje. Ik verlangde naar het westen van Ierland, waar ik de zomers van mijn kindertijd had doorgebracht, met in augustus een trui aan en knieën die blauw waren van de kou. Ik verlangde naar eindeloos lange dagen waarop de zon onvoorstelbaar laat achter de golven wegzakte. Londen lag een heel eind ten zuidoosten van waar ik me 's zomers thuis voelde. En op dit moment ontbeerde Londen aangename zaken als frisse lucht en een koele bries. Aan de andere kant: als ik in het westen van Ierland woonde, zou ik de regen waarschijnlijk binnen de kortste keren spuugzat zijn.

Met een zucht rukte ik me los van de schittering van de gloeiend hete daken. Ik moest iets drinken en de keuken was de koelste plek in de flat. Ik stond blootsvoets op de tegels en liet de koelkastdeur openstaan terwijl ik uit een literfles water dronk. Voor het eerst die dag voelde de temperatuur bijna aangenaam aan.

'Getto-airconditioning? Chic, hoor.'

Ik schrok en morste de laatste druppels op mijn hemdje. 'Hallo. Ken ik jou niet ergens van?'

Rob stond in de deuropening en leunde tegen de deurpost, en niet uit effectbejag, was mijn indruk. Hij zag er uitgeput uit en knipperde met zijn ogen van vermoeidheid. Het was zo lang geleden dat ik hem goed had bekeken dat het me onmiddellijk opviel dat hij magerder was geworden. Zijn spijkerbroek hing laag op zijn heupen.

'Is er nog meer water?'

'Liters.' Ik wierp hem een fles toe zonder van mijn plaats bij de koelkast te komen. Ik ging daar pas weg als het niet anders kon, en niet eerder.

Hij dronk de fles in een lange teug voor de helft leeg, waarna hij hem op tafel zette zodat hij zijn broekriem kon losmaken.

'Hé, wacht eens even.' Ik schudde vermanend met mijn vinger. 'Ik heb je in geen weken gezien, en nu we ons in dezelfde ruimte bevinden verwacht jij dat je me meteen kunt bespringen? Het spijt me, maar eerst zul je me mee uit eten moeten nemen.'

'Wees realistisch, Kerrigan.' Zijn sportschoenen en sokken gingen het eerste uit. Hij stapte uit zijn spijkerbroek, trok de riem eruit, haalde de zakken leeg en propte hem regelrecht in de wasmachine. 'Daar is het veel te heet voor. Niet dat je er niet leuk uitziet vandaag, als ik zo vrij mag zijn.'

'O, vast wel. Ik ben altijd op mijn voordeligst met een slaaptekort. Vooral als ik acht uur lang licht gepocheerd ben.'

Rob keek naar mijn vrijwel geheel blote benen. 'Ga je hardlopen?'

'Niet echt. Officieel is dit het minimum dat ik kan aanhebben terwijl ik toch nog voor gekleed kan doorgaan.'

'Wanneer slaat dit rotweer eens om?'

'Het schijnt halverwege de week nog warmer te worden. Niets wijst erop dat het voor het weekend omslaat.'

Zijn T-shirt ging zijn jeans achterna. 'Klote. Als jij denkt dat het buiten heet is, moet je eens in de laadruimte van een bestelbus gaan zitten. Dat is een mobiele sauna.'

Toen hij zich bukte om zijn sokken in de wasmachine te stoppen streek ik met mijn hand over zijn rug. Ik kon zijn ribben voelen. 'Geen wonder dat je er zo mager uitziet.'

'Niet doen. Dit is mijn vechtgewicht.' Hij dook opzij, weg van mij. 'Niet te dicht bij me komen. Ik stink.'

'Hmm. Lekker juist.' Ik moest inwendig lachen bij de gedachte aan Dornton en zijn mannengeur. Het hing absoluut van de man af. Hem kon ik moeiteloos weerstaan. Rob minder, zelfs niet in zijn huidige verslonsde staat. 'Wanneer heb jij eigenlijk voor het laatst gedoucht?' Ik wreef over de stoppels op zijn kin. 'Of je geschoren?'

'Douchen was gisterochtend. Scheren? Weet ik niet meer.' Hij grijnsde naar me. Zijn tanden oogden heel wit naast zijn donkere stoppels. 'Wat zou je ervan vinden als ik een baard liet staan?'

'Wat zou jij ervan vinden als je dat niet deed?'

'Toe nou. Het zou het leven stukken gemakkelijker maken.'

'Dat geldt misschien voor jou, maar ik heb geen zin in schaafplekjes van stoppels.'

'Alsof ik ooit de kans krijg om die jou te bezorgen.' Hij zei het luchtig, maar er zat een kern van waarheid in. Niet mijn schuld, en de zijne evenmin, maar het was voor geen van ons beiden goed. Ik legde mijn hoofd op mijn arm en sloeg hem gade terwijl hij bezig was in de keuken.

'Fijn om je te zien. Waarom ben je thuis?'

'De surveillance is mislukt.'

'Hoezo?'

Hij pakte de fles en dronk het restant van zijn water op voordat hij antwoordde. 'Laten we het nu niet over werk hebben. Althans, niet over mijn werk. Waarom ben jij hier? Is het niet wat vroeg voor jou om ermee te kappen?'

'Ik ben vroeg begonnen. Vannacht is het laat geworden. En we zijn een beetje vastgelopen.' Ik haalde mijn schouders op. 'Godley had andere dingen te doen en mijn ondervragingen zijn pas morgen. Dus zelfs Derwent kon niets bedenken om me aan het werk te houden.'

'Die schietpartij in Camberwell is vast een van die andere dingen van Godley.'

'Dus daar weet je van.'

'Bij de Met wordt over niets anders gepraat.' Rob trok rimpels in zijn voorhoofd. 'Ik wil niet vervelend doen, maar wordt het niet hoog tijd dat hij die kwestie oplost? Er vallen te veel doden, Maeve. Geen goede reclame voor ons.'

'Ik denk dat hij de zaak zou oplossen als hij dat kon.'

'Was ik maar niet weggegaan bij het team.'

'Omdat brigadier Langton vrede gesticht zou hebben tussen de drugshandelaars van Londen en die van de graafschappen rondom de stad?'

'Omdat brigadier Langton het heerlijk vindt om moordenaars op te sluiten,' zei hij rustig. 'En ik zou graag meer weten over wat er gaande is.'

'Ik ben er evenmin bij betrokken, dat weet je. Ik weet ongeveer net zoveel als jij.'

'Aan jou heb ik dus niks.' Hij trok aan mijn paardenstaart. Het toppunt van romantiek. En ik me maar zorgen maken dat samenwonen de dingen tussen ons zou veranderen.

Ik liet de koelkastdeur dichtvallen. 'Ik ga het goede voorbeeld geven en douchen. Anders koel ik nooit af.'

'Goed idee.' Hij nam mijn plaats in en deed de koelkastdeur weer open. 'Dit is niet bepaald goed voor het milieu en waarschijnlijk zullen we hierdoor belanden in de zesde cirkel van de een of andere ecologische hel, maar ik kan niets beters verzinnen.'

'Als ik dacht dat ik erin paste, zou ik erin klimmen en de deur dichttrekken.' Ik trok mijn topje over mijn hoofd uit. 'Ben zo terug.'

Ik stond pas enkele minuten onder de douche toen de deur een stukje openging.

'Ik heb iets beters verzonnen. Schuif eens op.'

'Deze douche is niet op twee mensen berekend.' Toch maakte ik plaats voor hem.

'Jemig, dat is koud.'

'Zo erg is het niet,' protesteerde ik. 'Het water is lauw. Jij bent gewoon heet.'

'Ja, schat. Wat je zegt.' Hij was druk in de weer met de zeep, en hij boende het zweet en het vuil van anderhalve dag weg. Ik drukte mezelf tegen de muur om hem de ruimte te geven. De tegels voelden koud aan tegen mijn rug. Hij spoelde het schuim op topsnelheid weg en liet het water van top tot teen over zich heen stromen. Weer onder de waterstraal vandaan schudde hij met zijn hoofd; de druppels vlogen alle kanten op. Ter bescherming sloeg ik mijn arm voor mijn gezicht.

'Ben je een hond of zo?'

'O, sorry. Het was niet mijn bedoeling om je nat te maken.'

'Dit is mijn douche. Jij wordt hier alleen maar getolereerd. Ik kan je eruit schoppen als je je niet weet te gedragen.'

'En hoe zou ik me dan moeten gedragen?' vroeg hij met die stem waarvan ik letterlijk slappe knieën kreeg, en hij kwam dichter bij me staan. Ik probeerde te doen alsof ik het niet opmerkte.

'De douche inpikken is verboden. Spetteren is verboden.'

'Is dit ook verboden?' Al pratend liet hij zijn handen over mijn huid glijden. Ik klemde me woordeloos aan hem vast. 'En dit?'

'Rob,' was het enige wat ik kon uitbrengen.

Hij kuste me zachtjes in mijn hals en bewoog omhoog naar mijn mond. Maar in plaats van me meteen echt te kussen hield hij op. 'Ik hoop maar niet dat je schaafplekjes van mijn stoppels zult krijgen.'

'Dat kan me helemaal niet schelen.' Ik wreef mijn wang tegen de zijne, voelde het rasperige van zijn baardstoppels. Ik vond het zelfs lekker.

'Ik zou niet willen dat die mooie huid wordt geschonden.'

'Ik kan wel wat hebben.' Om dit te bewijzen drukte ik me tegen zijn lichaam aan en kuste hem. Ik was bijna net zo lang als hij; fysiek pasten we bij elkaar. Hij voelde vertrouwd en toch was er ook een zekere vorm van vervreemding, een afstand tussen ons die daarvoor niet had bestaan. Ik maakte me van hem los om hem aan te kijken.

'Wat?'

'Niets. Alleen...'

'Is het alweer een poos geleden.' Zoals gewoonlijk zat hij op mijn golflengte. Soms was het eng hoe goed hij doorhad wat ik dacht. Hij grijnsde naar me. 'Maak je geen zorgen. Ik denk dat ik nog weet hoe het moet.'

'Weet je dan ook nog hoe het de vorige keer afliep toen we probeerden onder de douche te vrijen?'

Hij kromp ineen. 'Of ik dat nog weet? Ik loop nog steeds bij de chiropractor.'

'Het spijt me. Lange mensen lopen risico op natte tegels.'

'Lange mensen praten ook te veel.' Hij draaide de kraan dicht en tilde me op. Ik sloeg mijn benen om hem heen en klemde me aan hem vast toen hij me naar het bed droeg. Het kleine gedeelte van mijn hersens dat nog bezig was met praktische zaken besloot geen nodeloze aandacht te schenken aan het feit dat we allebei kletsnat waren. Dat de lakens nat werden deed er niet toe. Het was heet. Ze zouden opdrogen.

En dat was voorlopig mijn laatste duidelijke gedachte. Achteraf herinnerde ik me alleen beelden: de late middagzon die schuin de kamer binnenviel en een gouden glans creëerde. De witte gordijnen voor het raam die opbolden wanneer ze sporadisch een zuchtje wind vingen. Robs ogen, het blauwste blauw. De lijn van zijn kaak. Zijn wimpers, lang en donker wanneer hij zijn ogen sloot. Zijn handen. Zijn lichaam op het mijne.

En nog iets anders: de klank in zijn stem die ik nooit eerder had gehoord toen hij zei, alsof de woorden tegen zijn wil uit hem werden gewrongen: 'O, Maeve. Ik hou van je. Ik hou van je.'

Ik liet hem niet los en wist niet wat ik moest zeggen, behalve wat voor de hand lag. En dat voelde ik ook echt.

Maar ik zei het niet.

Vrijwel meteen nadat hij zich van me af liet rollen viel hij in slaap – een diepe slaap die ik niet wilde verstoren. Ik lag naast hem naar het plafond te staren, waar het licht bewoog en veranderde naarmate de zon verder naar de horizon zakte. Ik liet mijn ene hand op hem liggen, voelde zijn trage hartslag in de slaap. Hij voelde koel en rustig aan, en zijn gezicht had een vredige uitdrukking. Ik was moe, maar mijn geest gunde me geen rust. Ik bleef er maar over nadenken en telkens weer won de verwarring het van mijn blijheid. Waarom zei hij het juist nu? Was er een reden voor die mij was ontgaan? We hadden, op en af, acht maanden een relatie. Ik had nooit getwijfeld aan zijn gevoelens voor mij, maar van mij had hij ze echt niet hoeven uitspreken.

En nu had hij dat wel gedaan.

Alle eerdere keren dat ik dat zinnetje had gehoord, was het geweest omdat iemand iets goed te maken had – iets waarvan ik op dat moment al dan niet op de hoogte was geweest. Ik vertrouwde Rob; in elk geval dacht ik dat ik hem vertrouwde. Maar ik kon niet bedenken waarom hij het had gezegd, op die manier en juist nu. Onze relatie was waarschijnlijk wankeler dan ooit tevoren. Het maakte me – ik dacht even na of dit echt zo was – doodsbang.

Ik lag doodstil, bang om hem wakker te maken, en wachtte tot ik me beter ging voelen. En wachtte. En wachtte.

En de tijd verstreek.

'Hoe laat is het?' Hij was plotseling klaarwakker, steunde op een elleboog en was meteen alert.

'Tegen achten.'

Hij wreef over zijn gezicht. 'Sorry.'

'Je hoeft je niet te verontschuldigen. Je was kapot.'

'Toch was het niet netjes van me.'

Ik strekte mijn armen naar hem uit en trok zijn gezicht naar me toe zodat ik hem kon kussen. 'Ik stel je goede manieren op prijs, maar er zijn meer redenen waarom ik bij je blijf.'

'Fijn om te weten.' Zijn maag rommelde. 'Aan de ene kant zou ik het liefst de rest van mijn leven hier blijven liggen. Aan de andere kant moet ik echt iets eten.'

'Wat voor iets?'

'Geen hamburger of pizza. Ik kan geen fastfood meer zien.'

'Toen je voor de koelkast stond, is je wellicht opgevallen dat er vrijwel geen eten in huis is. Ik heb geen boodschappen gedaan,' zei ik verontschuldigend.

'Ik ook niet.' Hij kuste me opnieuw. 'Het is alweer even geleden, maar ik weet nog dat jij zei dat ik je mee uit eten moest nemen.'

'Dat was maar een grapje. Dat hoef je niet te doen.'

'Ik wil het graag.' Hij keek me lang aan en ik vroeg me met een huivering van angst af of hij zou beginnen over wat hij eerder had gezegd. 'Het zou ons goeddoen om uit te gaan, denk ik. Kunnen we eindelijk eens praten.'

Waarover? Belachelijk om zo nerveus te zijn. 'Prima,' zei ik opgewekt. 'Wil jij als eerste in de badkamer?'

Hij keek bedenkelijk. 'Hoelang heb jij nodig?'

'Niet lang,' loog ik.

'Oké.' Hij gooide het laken van zich af en zwaaide zijn benen uit bed. 'Ik zal een tafel boeken bij Torino's voor negen uur.'

Ik keek nogmaals op mijn horloge. 'Dan heb ik echt niet veel tijd.'

'Dat weet ik.' Hij hing iets achterover en kuste mijn schouder. 'Dus moest je maar opschieten.'

Drie kwartier later was ik zover, een bijna-record, in aanmerking genomen dat ik mijn haar had gewassen en me had opgetut. Ik droeg een gele katoenen jurk met een wijde rok, een kledingstuk dat volledig verschilde van wat een rechercheur bij de moordbrigade zou dragen. Het was een jurk die hooggehakte sandalen verdiende. Ik haalde ze dus tevoorschijn en berustte erin dat ik comfort opofferde voor mode. Alleen vrouwen zouden dat een goede ruil vinden, bedacht ik, terwijl ik ronddraaide voor de spiegel om mezelf te bekijken. Het zat hem inderdaad in de juiste schoenen, en Torino's was niet ver lopen. Of strompelen.

Rob zat te lezen toen ik hem kwam zeggen dat ik zover was. Hij had niet alleen schone jeans en een schoon overhemd aangetrokken, maar ook tijd gevonden voor een scheerbeurt. Hij zag er al met al veel meer uit als zichzelf. Hij wierp een snelle blik op me, maar keek vervolgens nog eens goed. 'Wow!' Hij stond op en kwam naar me toe gelopen. Hij legde een hand in mijn nek en trok me naar zich toe voor een kus. 'Ik meende trouwens wat ik eerder tegen je zei.'

'Wat bedoel je?' vroeg ik op scherpe toon.

'Dat je er vandaag geweldig uitziet.' Hij keek me verwonderd aan. 'Wat dacht je dat ik bedoelde?'

'Niets,' zei ik gemaakt achteloos en controleerde ondertussen of mijn schouderbandjes niet te zien waren. 'Klaar?'

'Al een halfuur.'

'Nou, wat doen we hier dan nog?'

'Niets.' Hij had nog steeds die enigszins verwonderde uitdrukking op zijn gezicht.

Het hele stuk naar Torino's kletste ik over niets. Torino's was een klein Italiaans restaurant op Battersea Square. Het was niet echt een plein – eerder een bestrate driehoek naast een verbazend drukke weg. Op een warme zomeravond stond het echter vol tafeltjes van naast elkaar liggende cafés en restaurants, en de snoeren met kleine lampjes die over het plein waren gespannen gaven het geheel een feeërieke uitstraling. Rob had een tafeltje buiten weten te reserveren. Ik ging glimlachend tegenover hem zitten. Voor het eerst die dag voelde ik me ontspannen. Wat maakte het uit dat hij tegen me had gezegd dat hij van me hield, op dat bepaalde moment, op die bepaalde manier? Of dat ik op mijn beurt niet hetzelfde tegen hem had gezegd? Hij kende me goed genoeg om te weten dat ik bang was om me te binden, pathologisch angstig om te veel voor iemand te gaan voelen en vervolgens gekwetst te worden. Vertrouwen was het probleem, niet liefde. Ik kon zelfs niet aan mezelf uitleggen waarom ik het zo moeilijk vond om mannen te vertrouwen – behalve dat ik dag in dag uit voldoende redenen zag om die vergissing niet te begaan. Zelfs Rob, die beter leek te zijn dan de rest – zeker beter dan mijn vorige vriend – maakte me nerveus. Vooral wanneer hij me verraste. Maar waarom moest ik ieder woord analyseren op tekenen van naderend onheil?

We waren bij elkaar en dat was het enige wat telde.

'Wat wil jij drinken?'

'Een heleboel.' Ik verdiepte me in het menu en keek weer op toen ik een champagnekurk hoorde knallen. 'Wat is dat nou?'

'Daar had ik nou gewoon zin in.'

'Serieus?'

Hij knikte. 'Drink op nu het nog koud is.'

Het had iets heerlijk frivools om zomaar champagne te drinken, vooral op een lege maag. Halverwege de eerste gang kreeg ik de slappe lach, en dat werd niet minder door Robs speculaties over de stellen die om ons heen zaten te eten.

'Die twee hebben ruzie gehad. Hun etentje loopt uit op bijleggen of scheiden, denk ik. Ja, dat wordt scheiden.' Het blondje drie tafels bij ons vandaan bette haar ogen en smeerde haar mascara uit. Haar disgenoot staarde naar zijn eten en zat duidelijk te wensen dat ze ergens waren waar ze meer privacy hadden. Zijn oren waren knalrood. 'O, daar gaat ze…'

Het blondje baande zich op onvaste benen een weg tussen de tafeltjes door.

'Misschien gaat ze alleen maar naar de wc.'

Rob schudde zijn hoofd. 'Ze gooide haar servet op haar bord. Die komt niet terug.'

Haar disgenoot wenkte de ober.

'Bestelt een dessert voor allebei,' giste ik.

'Vraagt om de rekening.'

'Verrek,' zei ik zacht, toen ik zag dat de ober de rekening uitprintte. 'Jij bent hier goed in.'

'Mensen zijn mensen.' Hij boog zich naar me toe en liet zijn stem dalen terwijl hij naar het tafeltje naast ons wees. 'Zij hebben nog geen seks gehad, maar hij is er vrijwel van overtuigd dat het vannacht gaat gebeuren.' Een nogal bekakt uitziende knul in een roze polo schonk wijn in voor zijn afspraakje, die een en al modieus warrig haar en lipgloss was. 'Ze zal hem niet al te dichtbij laten komen, maar wel alle signalen uitzenden dat het binnenkort gaat gebeuren. Hij gooit er nog minstens twee etentjes tegenaan voordat hij de hoop opgeeft.'

'Waarom zeg je dat, cynicus die je bent.'

'Hij is schriel, heeft praktisch geen kin, zijn zegelring is echt en hij draagt een roze polo zonder dat het een statement is. Hij is vast rijk. Zij daarentegen is niet alleen bemiddeld, maar ook best aantrekkelijk als je de make-up en het kapsel wegdenkt. Ze kan wel iets beters krijgen. Waarschijnlijk gaat ze alleen maar met hem uit om zo zijn vrienden te leren kennen.'

'En die daar?' Ik wees naar een wat ouder stel dat koffie dronk en over de tafel hand in hand zat.

'Getrouwd. Maar met andere mensen. Alleen vanavond kunnen ze samen zijn.'

'Wat schattig.'

'Vind je?' Rob schudde zijn hoofd. 'Ze kwetsen degenen van wie ze het meest horen te houden.'

'Alleen als die erachter komen.'

'Of die er nu achter komen of niet, het blijft verkeerd.' Zijn stemming sloeg om en het verbaasde me niet echt toen hij vervolgens zei: 'Hoe is het op je werk?'

'Dat heb je me al gevraagd.'

'Je zei dat jullie waren vastgelopen.'

Ik vertelde hem wat er die dag was voorgevallen met Lydia en aan het eind van ons gesprek met haar vader. 'Gek genoeg bleef Kennford niet wachten om te zien of het wel goed ging met Derwent.'

Rob bromde. 'Ik zou ook gemaakt hebben dat ik een paar kilometer bij hem vandaan kwam.'

'Hij nam het redelijk goed op. Hij hing een heel verhaal op: dat het geen eerlijk gevecht was geweest en dat Kennford hem had verrast.'

'Zeker omdat het nooit gebeurd zou zijn als hij op zijn hoede was geweest.'

'Nee, daarvoor kan hij veel te goed vechten.'

'Wat zou ik ervan genoten hebben om hem gevloerd te zien worden.' Rob klonk bijna dromerig toen hij zich dit voorstelde.

'Het was de kroon op mijn dag – en ook dat Godley Derwent verbood om Kennford te arresteren, omdat de aanval eerst en vooral zijn eigen schuld was. Maar wat nog beter was: de commotie trok de aandacht van iedereen in het kantoor en zodoende liep ik bij mijn vertrek een advocaat tegen het lijf die ik kende. Ik wist niet dat hij bij Kennford op het kantoor werkte, maar hij zit daar kennelijk al vanaf het moment dat hij zijn bevoegdheid heeft gehaald.'

'Hoe heet hij?'

'Kit Harries.'

'Die ken ik. Goeie vent.'

'Hij is een van de weinigen daar die zware misdrijven behandelen. Hij vertelde dat er weinig gegadigden voor zijn en dat hij daarom kan kiezen uit wat er binnenkomt. Hij maakt kans om benoemd te worden als officier van justitie bij de Old Bailey.'

'Super, zeg!'

'Ik hoop dat hij het wordt.' De officieren van justitie bij de Old Bailey traden op als eiser bij de behandeling van de meeste zware misdaden – moord, terrorisme, het grote werk. Kit, met zijn blonde haar, ronde gezicht en bedrieglijk jonge uiterlijk, leek een onwaarschijnlijke keuze om in deze zogeheten Treasury Counsel te worden benoemd. Hij was echter goed in zijn werk, wist ik uit ervaring, en ik mocht hem erg graag. 'Ik heb niet echt met hem kunnen praten onder het wakend oog van het hoofd secretariaat, maar hij liet vallen dat hij morgen in de Old Bailey is. Ik denk dat ik daar maar eens langsga om te kijken of hij inside-information over Kennford heeft.'

'Een uitstekende gedachte.'

'Dank je.' Ik viste een krieltje uit mijn salade. Ik prikte het aan mijn vork en bekeek het kritisch. 'Weet je, mijn moeder zou zeggen dat dit niet geschikt was voor menselijke consumptie.'

'Hoezo niet?'

'Volgens haar voer je zulke kleine aardappeltjes aan de varkens. Ze heeft niet echt geaccepteerd dat ze tegenwoordig als delicatesse worden beschouwd.'

'En aangezien we het over jouw moeder hebben, denk ik ook niet dat ze dat ooit zal doen. Eet lekker op, biggetje van me. Maar hou wel ruimte over voor een dessert.'

'Ik weet niet of dat er nog bij kan. Koffie wel.'

'Dan lig je straks wakker.'

'Daar zal dat ene kopje een hele klus aan hebben.' Ik gaapte. 'Sorry. Ik gaap niet uit verveling, maar van vermoeidheid.'

'Heb je eerder vanavond niet geslapen?'

Ik schudde mijn hoofd.

'Nu voel ik me helemaal een hork dat ik in slaap viel.'

'Je had het nodig.' Ik aarzelde voordat ik verder sprak. Iets waarschuwde me om heel voorzichtig te zijn. 'Alles goed op je werk?'

'Best.'

Eén woord, en dat was alles. Ik ploeterde voort. 'Ik vraag het alleen omdat je zo'n uitgeputte indruk maakt. Zo ken ik je eigenlijk niet. En ik heb toch wel vaker meegemaakt dat je het druk had.'

'Het is andersoortig werk. Veel posten en wachten. Dat is prima wanneer het succes heeft, maar als het de mist in gaat, heb je niet de voldoening te weten dat je de slechteriken hebt opgepakt. En vandaag was dus zo'n dag.'

'Klopte jullie informatie niet?'

'Er klopte niets aan de hele operatie.' Hij haalde zijn schouders op. 'Je weet hoe het gaat. De beste stuurlui staan aan wal. Maar als je de lakens uitdeelt, zie je de zaken niet altijd zo duidelijk.'

'Je chef heeft het verkeerd aangepakt?'

'Feitelijk wel. Koos het verkeerde moment uit om de verkeerde mensen te arresteren. We gaven onszelf bloot en eindigden met lege handen.'

Ik nam een slokje van mijn champagne. 'Hoe heet ze ook alweer?'

'Inspecteur Deborah Ormond.' Uit zijn zakelijke toon viel niets af te leiden.

'Is ze aardig?'

'Gaat wel.'

'Ze schijnt goed te zijn.'

'Maar niet vandaag.' Hij legde zijn vork en mes neer. 'Wilde je nou wel of geen dessert?'

'Nee.' Ik liet me niet met een kluitje in het riet sturen. 'Heb je er plezier in, Rob?'

'In het werk? Gaat wel.'

'Heb je er spijt van dat je uit het team bent gestapt?' Ik moest het weten. Het kwam hoofdzakelijk door mij dat hij was vertrokken. Ik had namelijk, overigens onbedoeld, laten merken dat we een stel waren. En allebei kenden we de regel: binnen Godleys team waren relaties niet toegestaan.

Rob wist waar ik op doelde. Hij keek me in de ogen toen hij over de tafel heen mijn hand pakte. 'Ik heb geen spijt van ons. Zelfs niet een heel klein beetje. Het komt wel goed met dat werk wanneer ik mijn draai heb gevonden.'

Dus het ging nu niet goed, ook al zei hij eerder van wel. Niettemin glimlachte ik – deed daar althans een poging toe – en ik mengde me in het gesprek met de ober over welk dessert de meeste calorieën bevatte. Nadat Rob iets met een bijna dodelijke hoeveelheid chocola had weggewerkt en ik een espresso had gedronken die voorlopig een eind maakte aan mijn gegaap, wandelden we terug naar de flat. We zeiden onderweg niet veel, maar Robs arm lag om mijn schouders en we liepen in hetzelfde ritme, in harmonie.

Tijdens het dessert had ik mezelf uit het hoofd gepraat dat ik me ongerust moest maken. Natuurlijk bracht het problemen met zich mee als je je draai moest vinden in een nieuw team. Daarbij was Rob nu brigadier en moest hij wennen aan de grotere verantwoordelijkheid die daarbij hoorde. Hij maakte veel uren en werkte op onregelmatige tijden, leefde op junkfood en kreeg te maken met een ander soort stress en frustratie dan waaraan hij gewend was. Logisch dat hij niet lekker in zijn vel zat. Verder wist hij dat ik het mezelf zou verwijten als hij niet gelukkig was. Hij wilde niet dat ik mezelf kwelde met dat gevoel – daar was hij te eerlijk en te aardig voor. Maar al met al was hij dus nogal terughoudend over zijn werk. Ik kon hem niet dwingen om te praten. Ik moest er gewoon voor hem zijn, besloot ik. Ik moest hem niet nog meer problemen bezorgen door te klagen dat ik hem nooit zag, of dat hij me niet vertrouwde, of over wat voor andere dingen ook die mijn achterdochtige geest me ingaf.

De flat was op de derde verdieping en zodoende hadden we de ramen open kunnen laten. Niettemin voelde de lucht er zwaar en klam aan, en er zoemde een mug in onze slaapkamer.

'Denk je dat het gaat regenen?'

'Dat lijkt me wel.' Precies op dat moment klonk er gerommel van de donder. 'Te ver weg.'

'Kilometers,' beaamde ik. 'Denk je dat we het raam dus kunnen openlaten?'

'Als we dat niet doen, leggen we het loodje.'

Ik maakte me gereed om naar bed te gaan, terwijl Rob vastberaden jacht maakte op de mug. Het insect had zich goed schuil weten te houden, maar maakte de fout om langs Rob te vliegen, die het te pakken kreeg.

'Ha! Moet je zien.' De mug was nog slechts een zwarte veeg op zijn handpalm.

'Mijn held.'

Hij ging liggen en knipte het licht uit. 'Heb ik toch nog iets gevangen vandaag.'

Ik was al aan het wegdoezelen. 'Goed zo.'

Hij lachte en legde zijn wang heel even tegen mijn hoofd aan. 'Ga maar lekker slapen.'

'Jij ook.'

'Binnen twee tellen.'

Maar terwijl ik in slaap viel, voelde ik dat hij nog steeds klaarwakker was. En om vier uur, toen de regen eindelijk kwam, stond hij al bij het raam voordat ik wakker genoeg was om me te herinneren dat het raam openstond.

'Alles goed?' vroeg ik slaapdronken.

'Kon niet beter.'

'Kom terug in bed.'

'Dadelijk. Ga maar weer slapen.'

Dat deed ik. Misschien kwam Rob inderdaad nog terug in bed, maar toen ik wakker werd, was ik alleen. Het was stil in de flat. Hij was al vertrokken.

8

Ik vatte post in de Old Bailey: mijn eigen versie van een surveillance. Ik lummelde wel een uur rond bij de ruimte waar de toga's hingen voordat ik een bekend rond gezicht zag opduiken. Kit Harries was in vol ornaat. Onder het lopen golfde zijn toga om hem heen, maar zijn pruik van paardenhaar lag boven op de stapel documenten en boeken die hij droeg. Net als de meeste wat jongere juristen zette hij hem altijd pas op het allerlaatste moment op zijn hoofd en liep hij er niet mee rond te paraderen. Ik kon me niet voorstellen dat ik voor mijn werk een pruik zou moeten opzetten, laat staan zo'n batmancape dragen. Ze gaven Kit echter een zekere waardigheid, die hij heel goed kon gebruiken. Hij moest ergens achter in de dertig zijn, maar zijn gezicht had de trekken van een alleraardigst koorknaapje.

'Meneer Harries.'

'Rechercheur Kerrigan.' Hij grijnsde. 'Waarom verbaast het me niet u hier aan te treffen?'

'Ik dacht dat we misschien een kop koffie zouden kunnen gaan drinken, als u tijd hebt. Het was gisteren nogal hectisch op uw kantoor en ik zou graag even in alle rust met u praten.'

'U wilt dat ik Philip door het slijk haal.'

'Dat klinkt erg negatief. Als er geen modder is, kan er ook niet mee worden gegooid.' Ik grinnikte. 'Maar mocht er sprake zijn van modder, dan hoor ik dat graag van iemand die ik vertrouw.'

'En dat ben ik?' Hij lachte. 'Met vleiende woorden kom je een heel eind, Maeve, maar ik denk niet dat het erg loyaal van me zou zijn als ik je alles over Philips privéleven uit de doeken zou doen.'

'Loyaliteit is iets wat je verdient, je hebt er niet zomaar recht op.'

'Wie zegt dat Philip mijn loyaliteit niet heeft verdiend?'

'Heeft hij dat dan?'

Met een geamuseerd gezicht schudde Kit zijn hoofd.

'Dit alles maakt me nog wantrouwiger,' zei ik. 'Als er niets te vertellen viel, zou je dat hebben gezegd.'

'Vakkundig gedaan. Als ik je nu niet vertel wat ik weet, maak ik de zaken erger voor hem. Maar vertel ik het je wel, dan beschaam ik zijn vertrouwen.'

'Heeft hij je gevraagd zijn geheimen te bewaren?'

'Niet specifiek.' Hij slaakte een diepe zucht. 'Weet je, niets wat ik weet is feitelijk een geheim, maar toch kan ik me voorstellen dat hij liever niet heeft dat ik er met jou over praat.'

'Om die reden heb ik jou eigenlijk nodig. Als hij meer bereidheid had getoond om ons te helpen, zou ik me stukken beter over hem voelen. Op dit moment heb ik zo mijn bedenkingen.'

'Ik betwijfel of die gerechtvaardigd zijn,' reageerde Kit onmiddellijk. 'Goed, wat relaties betreft is hij niet de meest fatsoenlijke man, maar dat is geen misdaad.'

'Toch zou informatie daarover me kunnen helpen om te begrijpen waarom zijn vrouw en dochter de dood vonden.'

'Ik kan het nog steeds niet geloven.' Kit zweeg even. Met neergeslagen ogen overwoog hij of hij me kon vertrouwen. Zijn opgewektheid – en daarmee de indruk die je van hem zou kunnen krijgen dat hij een lichtgewicht was – was verdwenen. Nu zag ik zijn lenige geest aan het werk. Maar toen hij opkeek, was dat weer met zijn guitige blik. 'Als ik inderdaad met je praat, is dat op voorwaarde van strikte vertrouwelijkheid. Als Kennford erachter komt, gebeurt mij misschien hetzelfde als je collega.'

'O, die had het verdiend. Het zat er al een hele tijd aan te komen.'

Kit was nog niet helemaal over de streep getrokken. Ik besloot nog één poging te wagen. 'Luister, ik vraag je niet om tegen hem te getuigen. Ik wil alleen de waarheid over hem weten. Momenteel moet ik afgaan op roddels, vooroordelen en intuïtie. Dat is onvoldoende en daarom heb ik je hulp nodig.'

Kit keek over zijn schouder om te zien of iemand ons kon horen.

Hij knikte een oudere advocaat toe die ons voorbij sjokte en mij openlijk nieuwsgierig aanstaarde. Ik had Kit met opzet aangesproken in een publiek deel van het gerechtsgebouw. Vrijwel iedereen die ons passeerde wist wie hij was en kon raden wat ik was. En ik zou niet weggaan voordat ik een duidelijk antwoord had – ja of nee.

'Goed. Ik kan nu niet met je praten. Over tien minuten heb ik een verzoek om vrijlating op borgtocht in een moordzaak en daarna volgt een bespreking met het OM over een andere zaak. Maar rond halfelf ben ik wel vrij.'

'Spreken we af in de kantine?'

'Daar zou ik je alleen ontmoeten als ik wilde dat de hele wereld ervan wist.' Hij dacht een ogenblik na. 'Ken je het New Bridge Café? Bij Blackfriars Station om de hoek. Bij de brug, vanzelfsprekend.'

'Ik vind het wel.'

'Dan zie ik je daar.'

En weg was hij. Ik moest anderhalf uur zien te doden en maakte daarom een grote zwerftocht door de City. Het was mijn soort omgeving niet – te veel mensen die te veel geld verdienden met niets anders dan papier schuiven. De Square Mile was bomvol zakenmensen en toeristen en ondanks de oude monumenten en kerken waarmee het hier vol stond, kreeg ik absoluut geen voeling met de geschiedenis van het gebied. Daarvoor waren er gewoonweg te veel glimmende kantoorgebouwen op een te beperkte ruimte gepropt.

Het was opnieuw een bloedhete dag en ik zette intuïtief koers naar het water en ging via de Millennium Bridge de rivier over. Onder mij stroomde de Theems traag voort bij laagtij. Het rook ziltig en ook naar iets onaangenaams wat opsteeg uit de drooggevallen modder aan de oevers. Vanaf het midden van de brug keek ik naar de schaduwen die zich onder het wateroppervlak verplaatsten, naamloze dingen die door het hart van Londen stroomden op hun stille tocht naar de zee. Het was niet ongebruikelijk dat de politie lijken aantrof in de rivier – drenkelingen, zelfmoordenaars of slachtoffers van moord. Iedere keer als ik van zo'n geval hoorde, moest ik onwillekeurig denken aan de lijken en de lichaamsdelen die eraan ontbraken en die via de immense trechtermonding de Noordzee in dreven zonder dat iemand van hun aanwezigheid had geweten.

Ik schrok op uit mijn gedachten toen er vlak bij me een meisje lachte. Ik had te lang in het water gekeken en was steeds verder over de brugleuning gaan hangen terwijl ik mezelf verloor in sombere gedachten. Helemaal duizelig ging ik rechtop staan. Ik keek omhoog naar de strakblauwe hemel en vervolgens weer naar het water. Er stond geen zuchtje wind, zelfs niet op de rivier, en de zon brandde meedogenloos op mijn hoofd. Op het wateroppervlak fonkelden lichtspetters in het kielzog van de motorbootjes die over de Theems voeren. Links van me poseerde een groep tieners voor een foto, met op de achtergrond de koepel van St Paul's Cathedral. Rechts van me was een gezin blijven staan om naar de boten te kijken. Het jongste gezinslid, een jochie van een jaar of twee, trappelde verrukt met zijn hakken tegen zijn wandelwagen. Deze mensen keken naar een andere stad, een andere wereld. Zelf zag ik de stad niet meer op die manier, als ik dat ooit al had gedaan. Ik trok mijn jasje uit, wel zo verstandig, en liep verder.

Op de zuidoever volgde ik het pad naar het Tate Modern, waar de Turbine Hall donker en heerlijk koel was. Er was een tijdelijke tentoonstelling van beeldhouwwerken die me niet echt aanspraken. Ik dwaalde door enkele zalen en stelde mezelf de vraag wat moderne kunst goed of slecht maakte. Vita had dat geweten, of had gedacht dat ze het wist, maar zowel haar man als haar zus deed neerbuigend over haar vermogen om talent te herkennen. Er was een zaal met wandtapijten die me deden denken aan dat in de hal bij de Kennfords. Het waren voor mij vreemde texturen en ik vond dat de kleuren met elkaar vloekten. Kennford had laten blijken geen hoge pet op te hebben van de kunstverzameling van zijn vrouw. Waarschijnlijk zou hij die verkopen zodra hij weer de beschikking had over zijn huis. Zou hij alles opnieuw inrichten naar zijn eigen traditionele smaak? Zou hij de moeite nemen? Ik vermoedde – misschien was dat gemeen van me – dat dit afhing van wat de volgende mevrouw Kennford van de huidige inrichting vond. Vermoedelijk stond ze al klaar in de coulissen, wat zijn problemen op het gebied van huishouding en opvoeding van een kind in één klap zou oplossen.

Het viel niet te ontkennen: ik was geen fan van Philip Kennford, ook al stond ik dan misschien even aan zijn kant toen hij Derwent vloerde. Ik kon niet met zekerheid zeggen of hij een moordenaar was, maar hoe meer ik van hem zag en hoe meer ik over hem hoorde, hoe overtuigder ik ervan raakte dat hij geen goed mens was.

'Hij is geen slecht mens.'

Dit was praktisch het eerste wat Kit Harries tegen me zei, nadat hij zich door het drukke café een weg had gebaand naar het tafeltje achterin, waar ik zat. Het New Bridge Café was een goedkope tent, zo ontdekte ik tot mijn grote plezier, vol bouwvakkers en steigerbouwers die hun derde ontbijt van de dag zaten te eten. Ik had thee besteld en die werd in een witte mok voor me neergezet met de melk er al in. De thee had de kleur van teakhout en smaakte alsof er minstens twaalf theezakjes in de pot zaten. Ik begon op mijn moeder te lijken, dacht ik, met dat thee bestellen op een hete dag. Toch had die iets verkwikkends, waarschijnlijk door de overdoses cafeïne en tannine.

Na die uitspraak zette Kit zijn tas naast onze tafel en ging hij zitten. Al had hij om zijn hals nu een gewone boord en stropdas en geen bef, toch viel hij in dat doodgewone cafeetje uit de toon. De al wat oudere Italiaanse serveerster reageerde echter opgetogen toen hij verscheen. Uit hoe ze hem begroette leidde ik af dat hij een vaste klant was. 'Hetzelfde als altijd, schat?'

'Waarom niet, Maria. Waarom niet.'

Zijn vaste bestelling bleek een sandwich van witbrood met bacon waar de ketchup af droop en een kop thee. Het werd al na enkele minuten geserveerd en hij viel erop aan alsof hij in geen maand eten had gezien.

'Niemand anders van ons kantoor zal hier komen.' Het was alsof hij mijn gedachten las. Voor hem en Rob scheen ik aan mijn pokerface te moeten werken. 'Een echte arbeiderstent.'

Ik moest de neiging bedwingen om 'sst!' tegen hem te zeggen. In plaats daarvan boog ik mijn hoofd en nam ik een slok thee. Zijn stem droeg buitengewoon ver – in zijn vak nuttig, maar hier niet ideaal. Een arbeider aan de tafel achter Kit had mij al een zeer veelzeggende blik toegeworpen, waarna hij zich weer in zijn krant verdiepte.

Heerlijk ongekunsteld praatte Kit verder, glashelder. 'Ze weten niet wat ze missen. Dit café is een juweel. Het heeft zo veel meer karakter dan de koffietentjes van die ketens, en het eten hier is ook beter.'

'Ik vind het hier leuk,' zei ik naar waarheid. Naar schatting was er sinds begin jaren zestig niets meer aan het interieur veranderd. De muren waren zachtgroen en hingen vol verbleekte kleurenfoto's van de Italiaanse Rivièra. Al waren de plafonnières beschadigd en zaten de tafelbladen vol kringen, het deed allemaal niets af aan de sfeer en het was er brandschoon. 'Hoe heb je het ontdekt?'

'Ik verzamel cafés, hoe bescheidener hoe beter. En dit ligt toevallig halverwege ons kantoor en de Old Bailey. Helemaal perfect.' Hij leunde op de tafel. 'Luister, ik wil best over Kennford praten, maar het is strikt vertrouwelijk. Je hebt niets van mij gehoord.'

'Kit wie?' Ik lachte breed naar hem.

'Precies.' Hij aarzelde. 'Wat voor dingen wil je weten?'

'Ik ben niet op zoek naar bewijs. Ik wil gewoon een beter beeld krijgen van wie hij is en wat hij doet.' Ik ging verder met zachtere stem. 'Onder ons gezegd: mijn inspecteur is ervan overtuigd dat hij de meest seksbeluste man op aarde is en dat hij alleen maar denkt met zijn pik. Zelf heb ik het idee dat hij een kil, gevoelloos mens is, en dat hij zich nooit had mogen voortplanten. Naar ik begrijp is hij een goede advocaat. En hij lijkt er niet al te happig op om ons te helpen bij het onderzoek naar wat er met zijn gezin is gebeurd.'

'Hij vertrouwt de politie niet. Dat ten eerste.'

'Waarom niet?'

'Hij heeft een paar zaken gedaan waarin hij in zijn pleidooi aanvoerde dat de politie geweld had gebruikt – en hij won. Als het waar was, waren die smerissen echte vuilakken. Als het niet waar was, zou iedere functionaris in de Met het op hem gemunt moeten hebben omdat hij hun reputatie heeft beschadigd.'

'Populair is hij niet,' gaf ik toe, met in mijn achterhoofd Derwents reactie op het bericht dat we in Kennfords huis waren. 'Maar hij is niet achterlijk. Hij moet weten dat Godley niet zo in elkaar zit. En hij is toch een slachtoffer?'

'Oké, hij is misschien paranoïde, maar het kan toch ook best zijn dat jullie hem te grazen willen nemen?' Er spoot ketchup uit de achterkant van Kits sandwich en dat maakte spatten op het bord, helderrode druppels die hij opveegde met een stukje brood. Ik werd onaangenaam verrast door de herinnering aan het witte tapijt in Kennfords huis en keek de andere kant op, blij dat ik niets te eten had besteld. Kit trok rimpels in zijn voorhoofd. 'Sorry. Het was niet mijn bedoeling om bot te zijn over je chef of jou. Kennford is gewoon op zijn hoede.'

'Wat Kennford van ons vindt, kan me niet schelen. Wat weet jij van zijn privéleven?'

'Dat is een onderwerp waar we uren over kunnen praten. Wil je weten wat ik weet of wat ik heb gehoord?'

'Allebei natuurlijk.'

'Hij is niet het type dat aan één vrouw vast wil zitten. Hij heeft een flat in Clerkenwell – wisten jullie dat?'

Ik knikte.

'Hij heeft daar waarschijnlijk iedere nacht van de week een andere jongedame. Dat weerhoudt ze ervan om hem te claimen, zegt hij. Let wel: dat werkt alleen zo als ze bereid zijn hem te delen. Zijn ze dat niet…' Kit floot veelbetekenend.

'Catfights op Middle Temple Lane?'

'En erger. Het probleem is dat ze het allemaal van elkaar weten. Hij is lui als het gaat om het zoeken naar nieuw talent. Momenteel zijn er ten minste vier junior-advocaten bij ons op kantoor die je alles over Kennfords seksuele kwaliteiten kunnen vertellen.'

'Hoe junior?'

'Eén stagiaire. De rest was al bevoegd.'

Verbaasd trok ik mijn wenkbrauwen op. 'Is dat niet tegen de regels? Naar bed gaan met een stagiaire?'

'Zeker weten.' Kit haalde zijn schouders op. 'Alan kneep een oogje dicht en de naamgevers van ons kantoor bemoeiden zich er niet of nauwelijks mee. Pelham Griggs heb ik dit jaar nog niet gezien.'

'En wat gebeurde er?'

'Haar begeleider nam Kennford terzijde en sprak hem erop aan. Het deed hem niets. Hij zei dat ze oud genoeg was om te weten wat ze deed, en dat zij er geen moeite mee scheen te hebben. Goddank was ze ouder dan de meeste stagiaires. Ze was al enkele jaren lerares geweest en had nu voor een ander beroep gekozen.' Kit stak het laatste stukje brood in zijn mond en kauwde even. 'Het was trouwens niet voor het eerst dat hij dit deed. Er zit een advocate in Lincoln's Inn, Jodie Finlay. Een prachtige vrouw, heel slim, werkt hard. Is tegenwoordig gespecialiseerd in zedenmisdrijven en doet haar werk heel goed, terwijl iedereen weet dat het niet gemakkelijk is. Kennford had een affaire met haar toen ze stagiaire was op Three Unicorn, een jaar of vijftien geleden. Zij was wél jong, ze kwam regelrecht van de universiteit en had geen rooie cent. Ze komt uit een gat in Cornwall en heeft met studiebeurzen haar huidige positie bereikt. Kennford wilde haar hebben zodra hij haar zag en gaf een fortuin uit om haar zover te krijgen dat ze met hem naar bed ging. Hij bestookte haar met cadeaus en bleef haar mee uit eten nemen totdat ze zich verplicht voelde iets terug te doen. Zo beschreef hij het overigens zelf tegenover mij. Hij koesterde geen enkele illusie over wat ze voor hem voelde. Het gaf hem een kick om haar in bed te krijgen nadat ze hem zo vaak had afgewezen. Zo'n type is hij. Hij kan een uitdaging niet weerstaan. En Jodie was een uitdaging, want al was ze jong en arm, ze was een pittig ding. Als je het mij vraagt was het hele gebeuren een machtsstrijd. Kennford riep zichzelf uit tot winnaar zodra hij met haar naar bed was geweest, min of meer tegen haar wil.'

De kok gooide iets in een koekenpan, waardoor er een gesis klonk als van duizend boze slangen. Plotseling leek het enkele graden warmer in het koffiehuis. Mijn haar plakte vochtig tegen mijn huid en ik verschoof op mijn stoel. Ik moest me inspannen om me te concentreren.

'Wacht eens, hij heeft haar toch niet verkracht?'

'Lieve hemel, nee. Zo lag het helemaal niet.' Kit zag er geschokt uit bij het idee alleen al. 'Hij zette haar dermate onder druk dat ze niet het gevoel had dat ze nog kon weigeren, maar hij dwong haar niet. Het bleef dus haar eigen keuze, maar ze maakte hem wel duidelijk dat het bij die ene keer zou blijven.'

'Ik stel me zo voor dat ze er spijt van had.'

'Meteen, denk ik. Het eerste wat hij deed was aan iedereen die hij kende vertellen dat het hem gelukt was haar in bed te krijgen en dat het niet de moeite waard was geweest.'

'Wat een heer.'

'Hij hield er niet van om afgewezen te worden,' zei Kit eenvoudig. 'Slecht voor zijn reputatie. Zij had om een herhaling moeten smeken, vond Kennford, maar daar had ze geen trek in. Hoe dan ook: ze had zo een aanstelling bij ons kunnen krijgen, maar ze solliciteerde niet. Ze wist niet hoe snel ze moest wegkomen en is bij een ander kantoor gaan werken.'

'Hoe weet jij dit allemaal? Het was waarschijnlijk voor jouw tijd?'

'De advocatuur is een klein wereldje. Ik heb beide kanten van het verhaal gehoord.' Hij gebaarde naar de serveerster dat hij nog een mok thee wilde. Ik hield de mijne vast. Naarmate ik dichter bij de bodem kwam leek de thee sterker te worden en de binnenkant van de mok was donkerbruin gevlekt. Ik hoopte maar dat mijn tanden inmiddels niet dezelfde kleur hadden. Ik vroeg de serveerster om water. Het was lauw en zat in een laag, stevig glas dat door alle krassen erop wel berijpt leek. Ik dronk het in één teug leeg.

'De eerste keer dat ik haar voor de rechtbank tegenover me trof, kwam Kennford me opzoeken om me te vertellen dat ik me niet door haar hoefde te laten intimideren. Hij zei dat ik maar moest onthouden dat ze zich als een hoer had gedragen.'

'Wat charmant.'

'Bepaald niet, en het hielp me trouwens ook niet veel. Zij won de zaak, geheel terecht. Een paar jaar later leerde ik haar beter kennen, toen we een grote zaak deden in Sheffield, waar we allebei verdedigden. Uiteindelijk dronken we op een avond samen een paar borrels en toen gaf ze me haar versie van het verhaal. Ze heeft het hem nooit vergeven, maar volgens mij is het echte probleem dat ze het zichzelf nooit heeft kunnen vergeven.' Kit keek verlegen. 'Ach, dit is maar wat psychologie van de koude grond.'

'Het lijkt mij een redelijke aanname.' Ik schudde mijn hoofd. 'Echt, die Kennford lijkt me een verachtelijke man.'

'In relaties absoluut. Hij is gewetenloos en doet waar hij zin in heeft. Als iemand zijn begeerte wekt, gaat hij erachteraan, ongeacht wie ze is en of ze een relatie heeft.'

'Of jong en kwetsbaar is.'

'Dat wekt zijn belangstelling alleen maar meer. En hij is ook gek op onbereikbare vrouwen. De wereld is vol gekrenkte echtgenoten die er door schade en schande achter zijn gekomen dat Kennford niet te vertrouwen was met hun vrouw.'

'Hoe gekrenkt? Kwaad genoeg om zich op hem te wreken?'

'Ik kan me van geen van hen voorstellen dat ze zijn vrouw en dochter wilden vermoorden, als dat is waar je op doelt. Het lijkt me logischer dat ze met een van hen, of met alle twee, naar bed hadden gewild. Je weet wel: oog om oog.'

'Ging Vita met andere mannen naar bed? Was dat haar manier om ermee om te gaan?'

'Geen idee. Ik kende haar niet. Ik heb haar een keer gezien bij de begrafenis van een voormalige naamgever van ons kantoor, maar meer niet. Kennford nam haar nooit mee naar feestjes op kantoor. Het risico op een scène was gigantisch groot. Hij zei dat ze niet geïnteresseerd was in zijn werk, en misschien was ze dat ook niet.' Kit haalde zijn schouders op. 'Mij boeide ze niet zo. Ze moet wel een beetje een voetveeg zijn geweest om zijn gedrag te pikken. Het is niet zo dat ze er niet van wist.'

'Hoe kom je daarbij?'

'Nou, het is haar een aantal keren verteld. Eén keer door iemand die ik ken, een tegendraads meisje met rood haar. Ze wilde Kennford betaald zetten dat hij een punt had gezet achter hun relatie, dus belde ze Vita en vertelde ze haar van de verhouding. Ze kon naar eigen zeggen niet langer leven met het bedrog, hoewel dit haar perfect was afgegaan tijdens de drie maanden dat ze het met elkaar deden.' Kits bekakte stemgeluid was uitermate geschikt voor het maken van hatelijke opmerkingen. Ik keek snel om me heen – ik bleek niet de enige in het café die aan zijn lippen hing.

'Ik begrijp dat het niets uithaalde.'

'Vita zei dat ze niet geïnteresseerd was in haar verhaal en legde de hoorn op de haak. Wie weet had het muisje een staartje, maar ik heb daar nooit iets over vernomen.'

'Je had het over een aantal keren. Er is dus nog iemand die Vita op de hoogte heeft gesteld?'

'Ja, een of andere gestoorde Litouwse.' Kit huiverde. 'Zelfs Philip zou toegeven dat zij een vergissing was. Hij had haar verdedigd toen ze terechtstond op beschuldiging van het witwassen van geld. Die zaak maakte deel uit van een veel groter proces tegen een bende, waarin zij eigenlijk een ondergeschikte rol speelde. Halverwege kreeg hij haar vrijgesproken wegens gebrek aan bewijs. Ze was bloedmooi – met een fantastisch figuur en een engelachtig gezicht.' Kit schudde zijn hoofd. 'Desondanks had hij afstand moeten houden.'

'Wat hij niet deed.'

'Nee. Hij begon een relatie met haar. Compleet onprofessioneel. Maar ja, hij was geen partij meer in de rechtszaak en zij evenmin, dus werkte hij niet voor haar. Hij weet zulke dingen altijd te rechtvaardigen, ook als ze moreel niet te verantwoorden zijn.'

'Maar je zei dat zij een vergissing was. Kwam hij erdoor in moeilijkheden?'

'Met haar wel. Ze was vastbesloten om hem zover te krijgen dat hij bij Vita wegging. Ze wilde een eerlijk mens worden en een Engelse strafpleiter strikken leek haar een prima manier om in haar onderhoud te voorzien. Dat is Kennfords versie,' voegde Kit eraan toe.

'En haar versie?'

'Ware liefde. Hij had haar gouden bergen beloofd. Ze trok in zijn flat en weigerde weer te vertrekken. Dus regelde hij een paar zware jongens om haar spullen én haarzelf er met harde hand uit te zetten. Dat zou allemaal goed zijn gegaan, als zij niet haar eigen legertje gangsters had gehad dat haar op haar wenken bediende. Ze braken in en sloegen de boel aan gort – ze veroorzaakten voor duizenden ponden schade. Het mag Kennford dan misschien gelukt zijn de ware toedracht te verbergen, toch moest hij Vita om geld vragen om de boel weer op te knappen. Toen ze de flat kwam inspecteren liep ze bij de voordeur Niele, zo heette de jongedame in kwestie, tegen het lijf. Niele deed meteen haar verhaal. En dit is dan het soort geluk dat Kennford heeft.' Kit schudde zijn hoofd bewonderend, ondanks zichzelf. 'Vita gaf Niele duidelijk te verstaan dat zij er niet over peinsde om bij Kennford weg te gaan en dat de details van de verhouding haar niet interesseerden. Zij verloste hem van Niele, terwijl hij dacht dat het hem nooit zou lukken haar van zich af te schudden. Had hij er maar aan gedacht om meteen Vita op haar af te sturen in plaats van die zware jongens, zei hij, want haar aanpak bleek effectiever.'

'Dat snap ik niet. Waarom zou Vita het vuile werk voor hem opknappen?'

'Om haar gezin te beschermen. Blijkbaar was ze zo'n type moeder. Vanwege haar verloor Kennford ook contact met zijn eerste dochter.'

Ik knipperde verbaasd met mijn ogen. 'Zijn wat?'

'Zijn eerste dochter. Uit zijn eerste huwelijk. Savannah.' Kit leunde achterover. 'Hoe kunnen jullie daar nou niet van weten?'

'Hij heeft haar niet genoemd. Hij heeft ons wel verteld over zijn eerste vrouw. Miranda, toch? Ik nam aan dat ze geen kinderen hadden.'

'Eentje maar. Maar wat voor een.'

'Hoe bedoel je?' vroeg ik geïntrigeerd.

'Savannah – oftewel Savannah Wentworth. Het model. Topmodel, moet ik eigenlijk zeggen, hoewel dat woord tegenwoordig gedevalueerd is. Ze staat voortdurend in de kranten en glossy tijdschriften. "Steel Savannahs stijl", dat soort dingen.'

'Ik lees eigenlijk geen glossy's,' zei ik verontschuldigend.

'Ik lees die van mijn vriendin en ik schaam me er niet voor.' Hij grinnikte. 'Maar zelfs al ken je haar niet van naam, haar gezicht zul je vast herkennen. Afgelopen kerst stond ze zo ongeveer op alle bussen in Londen. Reclame voor een heel duur merk parfum of make-up.'

Afgelopen kerst werd ik helemaal in beslag genomen door de jacht op een wrede seriemoordenaar. Advertenties op bussen stonden toen laag op het lijstje van zaken waarop ik moest letten. 'Er gaat geen belletje bij me rinkelen, maar dat wil niet veel zeggen.'

'Zodra je haar ziet, herken je haar,' hield Kit vol. 'Ze staat voortdurend op het omslag van tijdschriften.'

'Een van de tweeling had een stapel modebladen in haar kamer liggen,' zei ik. 'Het meisje dat het minst geïnteresseerd leek in mode. Misschien had ze die omdat ze meer over haar halfzus wilde weten.'

'Als dat de reden was, moest ze het daar waarschijnlijk mee doen. Kennford heeft al een tijdje geen contact meer met Savannah, vertelde hij me. Ik ben betrokken bij een stichting die aidswezen helpt. Ik wilde kijken of we Savannah konden vragen een dinerafspraak te doneren voor een veiling die we hielden. Niet via hem, liet hij me weten.'

'Wel een beetje harteloos.'

'Het was pas harteloos dat hij de boel in de steek liet toen Savannah negen of tien jaar was, en pas weer echt naar haar om begon te kijken toen ze het gemaakt had als fotomodel. Hij vond de glamour reuze opwindend. Hij ging naar Parijs om haar te zien tijdens de grote modeshows daar. Toen werd Vita jaloers en verbood ze het hem.'

'Jaloers? Omdat hij er weer door in contact kwam met zijn eerste vrouw?'

'Nee, zeker niet. Neem maar van mij aan dat Philip geen seconde spijt heeft gehad van zijn scheiding. Miranda had nogal veel noten op haar zang, ook al voor ze ziek werd. Ze is nooit tevreden. Philip was niet de beste echtgenoot van de wereld, dat zag hij ook zelf wel in, maar hij beging niet de vergissing om nogmaals met zo iemand te trouwen. Hij wilde iemand die hem op de eerste plaats stelde, en Vita was bereid dat te doen. Nee, Vita was niet jaloers vanwege zichzelf. Het ging haar erom dat de tweeling werd verwaarloosd als hij steeds op stap was in het buitenland.'

'Ze wilde niet dat de tweeling overschaduwd werd.'

'Modellen zouden ze niet worden. Toen ze jonger waren, zagen ze er een beetje vreemd uit. De een was dik en de ander broodmager. Ze leken allebei meer op hun moeder dan op Philip. Bovendien waren ze veel te klein van stuk.' Kit draaide zich om op zijn stoel, zodat hij de bouwvakker aan de tafel achter hem kon aanspreken. 'Neem me niet kwalijk, maar mag ik je krant even lenen?' Ik was ervan overtuigd dat hij nee zou zeggen, maar als gehypnotiseerd sloeg de man zijn krant dicht en overhandigde hem aan Kit. 'Je bent een echte heer,' zei die stralend.

'Waar ben je mee bezig?' siste ik hem toe.

Kit bladerde door de krant. 'Ik zoek de showbizpagina's. Ze staat er altijd in. Ja, hoor.' Hij tikte op de pagina toen hij de krant omdraaide zodat ik kon kijken. 'Dit is Savannah.'

Het was een kleurenfoto, maar een beetje onscherp, zoals dikwijls op krantenpapier. Het was een paparazzofoto van een lange, heel slanke jonge vrouw met donker haar en doordringende blauwe ogen. Haar mond stond open alsof ze iets tegen de fotograaf zei en midden in een woord was gekiekt, maar zelfs op een foto waarvoor ze niet had geposeerd was ze beeldschoon, met hoge jukbeenderen en fijne gelaatstrekken. Ze leek uitzonderlijk veel op haar vader.

'Ze lijkt sprekend op hem.'

'Precies. En hij is ijdel. Het was best dubbel voor hem om haar te zien triomferen vanwege haar uiterlijk. Enerzijds vindt hij dat ze meer gebruik zou moeten maken van haar hersens, want ze schijnt erg intelligent te zijn – zeker slim genoeg om naar de universiteit te gaan. Anderzijds vindt hij het geweldig dat ze goud geld verdient met haar knappe uiterlijk. En dat terwijl ze precies op hem lijkt.'

'Hij is wel vol van zichzelf, hè?'

'Zijn eigen grootste fan.' Kit lachte spottend. 'Overigens niet heel ongewoon in de advocatuur.'

'Ook niet heel ongewoon bij de Met.' Ik moest aan Derwent denken.

'Hij vertelde me een keer dat Savannah zijn lievelingskind was. Toen hij haar moeder verliet, liet hij ook haar in de steek. En dat was het enige wat hem speet aan die echtscheiding. Hij vond dat hij geen goede vader voor haar was geweest.'

'Dat verbaast me niet echt.' Naar mijn idee had hij ook Laura en Lydia tekortgedaan, hoewel hij gedurende hun hele jeugd eigenlijk aldoor in de buurt was geweest. 'Denk jij dat Vita de reden was dat het tussen hem en Savannah opnieuw spaak liep?'

'Dat zou kunnen. Maar ik denk dat er ook iets anders speelde. Dat zou je aan Philip moeten vragen. Of aan Savannah.'

Ik had het fotobijschrift gelezen, waarin de ontwerpers werden vermeld van de kleding die Savannah droeg, tot aan die van haar handtas en oorbellen toe. 'Er staat hier dat ze net terug is uit Zuid-Afrika, waar ze modellenwerk heeft gedaan.'

'Tja, ze heeft beslist geen hondenbaan.'

'Ik vraag me af of ze zondag alweer terug was,' zei ik binnensmonds, zonder dat het mijn bedoeling was geweest dat Kit hierop reageerde. Hij zag er geschokt uit.

'Je denkt toch niet dat zij erbij betrokken is?'

'Waarom niet?'

'Ze is te...'

'Mooi? Aantrekkelijk? Slank? Kom op, Kit, je weet wel beter. Ik zal haar moeten ondervragen. Waarschijnlijk zal ik bewakers voor de deur moeten neerzetten om te voorkomen dat mijn collega's binnenstormen om haar aan te gapen.' Ik vouwde de krant op en gaf hem terug aan Kit, die hem met een luid 'bedankt' over de tafel heen naar de bouwvakker toe schoof.

'En jij ook bedankt,' zei ik toen hij zich weer naar mij omdraaide. 'Dit gesprek was heel nuttig.'

'Echt? Ik hoop het.' Hij wreef in zijn gezicht. 'Hopelijk heb ik niets gezegd waardoor Philip in de problemen komt. Echt, hij is geen slecht mens, ook al is hij niet de beste vader van de wereld.'

'Of echtgenoot. Of geliefde.' Ik glimlachte om Kits bezorgdheid. 'Wees maar niet bang, ik ga hem heus niet arresteren omdat hij een klootzak is.'

'Weet je, nu we het zo over Philip hebben, komt hij me voor als een tragische figuur. Bijna shakespeareaans.'

'Ik zie niet in waarom.'

'Zijn lievelingsdochter praat niet met hem. Zijn tweede lievelingsdochter is dood. Zijn huwelijken lijken elk op hun eigen manier verschrikkelijk geweest te zijn. En in zijn liefdesleven volgt de ene catastrofe de andere op.'

'Dat doet hij zichzelf allemaal aan.'

'Zeker. Dat geldt voor de beste tragische helden.' Kit schoof zijn stoel naar achteren en stond op. 'Ik zal hem straks vragen of hij zin heeft om een borrel met me te gaan drinken. Om goed te maken dat ik hem tegenover jou heb verraden. Niet dat ik hem zal vertellen dat ik dat heb gedaan.'

'De belangrijkste informatie die je me hebt gegeven is dat hij nog een dochter heeft, en dat had hij ons zelf moeten vertellen.'

'Misschien dacht hij dat jullie dat wel wisten.'

'Of misschien wilde hij liever niet dat we erachter zouden komen.' Ik nam afscheid van Kit en keek hem na terwijl hij zeulend met zijn tas het koffiehuis verliet. Uit wat hij me had verteld kon ik opmaken dat Philip Kennford een bikkelharde figuur was. Ik vroeg me af of zijn oudste dochter meer dan alleen zijn uiterlijk van hem had geërfd.

9

Uit ervaring wist ik dat het altijd de moeite loonde om ex-vrouwen aan de tand te voelen. Die kenden degene in wie je was geïnteresseerd door en door en voelden gewoonlijk geen enkele loyaliteit jegens hem. Het enige waar je voor moest oppassen, was dat ze niet zo verbitterd waren dat je er niet op kon vertrouwen dat wat ze je vertelden ook klopte. Het hielp dat ik bereid was het ergste over Philip Kennford te geloven, want Miranda Wentworth bleek al even bereid om hem zwart te maken.

'Philips probleem is dat hij altijd denkt dat hij het beter weet. Hij kan zich niet voorstellen dat hij ongelijk zou kunnen hebben, en zijn eigen belangen hebben altijd voorrang, ook boven die van zijn kinderen. Hij wil altijd zijn zin hebben en hij kan zijn gulp niet dichthouden. Hij is dus een buitengewoon onbetrouwbare echtgenoot.'

'Zo hebt u het beleefd,' zei ik.

'O ja. Hij was ontzettend onbetrouwbaar. En Vita vond dat ook. Ik hoop niet dat hij heeft geprobeerd u een versie van zijn huwelijk te verkopen waarin het allemaal rozengeur en maneschijn was, want zo was het niet. Dat kan ik u verzekeren.'

Derwent, die naast me zat, mengde zich in het gesprek. 'Sorry, Miranda... mevrouw Wentworth bedoel ik.' Hij was al twee keer gecorrigeerd en opnieuw schoten haar blauwe porseleinachtige poppenogen vuur van irritatie. Het viel hem zwaar, wist ik, om te aanvaarden dat de beeldschone Savannah Wentworth de dochter was van Philip Kennford, en ook dat die erin was geslaagd om met geen woord over haar bestaan te reppen – onze inspanningen hem scherp te ondervragen ten spijt. Derwent was in zijn trots gekrenkt en zijn belangstelling was gewekt. Hij was een grote fan van Savannah, had hij me toevertrouwd toen ik hem vertelde wat ik te weten was gekomen.

Zich bewust van zijn verzwakte positie probeerde hij het nogmaals. 'Sorry dat ik u onderbreek, maar hoe kunt u nou weten hoe het ervoor stond in het huwelijk van uw ex-man? Afgaand op wat hij ons vertelde over uw huidige onderlinge relatie, zal hij niet geneigd zijn geweest om u in vertrouwen te nemen, toch?'

'Nee, hij niet. Dat deed hij nooit toen we nog getrouwd waren, dus waarom zou hij dat na de scheiding wel doen?'

'Dat is precies wat ik me afvroeg.'

'Vita heeft me erover verteld.'

'Vita nam u in vertrouwen?' Het lukte me niet om de verbazing in mijn stem te verbergen. 'Waarom zou zij met u over haar huwelijk praten, mevrouw Wentworth?'

'Omdat ik een van de weinige vrouwen op aarde ben die geen bedreiging voor haar vormen. Philip zou mij met geen vinger meer aanraken. Hij doet wat hij als een gepasseerd station beschouwt niet graag nog eens aan.' Ze streek de deken die over haar knieën was uitgespreid glad. 'Hij voelt zich niet aangetrokken tot mislukking, zwakte en een slechte gezondheid. Ik vertegenwoordig alle drie.'

Ze leed aan multiple sclerose, had ze ons vrijwel meteen na onze aankomst in haar flat in Hampstead verteld – om aan te geven waarom ze niet uit haar gemakkelijke stoel kon opstaan. De ziekte had zich geopenbaard rond de tijd dat haar huwelijk op de klippen liep, en ik kreeg de indruk dat ze Philip Kennford de schuld gaf van haar slechte gezondheidstoestand. 'De stress was niet bevorderlijk, volgens mijn specialist,' had ze gezegd toen haar verzorgster een blad voor haar op de tafel neerzette. 'De ziekte ontwikkelde zich er sneller door dan in het beginstadium wellicht had gehoeven. Maar sindsdien ben ik een paar keer in remissie geweest, dus het maakte misschien allemaal niet zoveel uit. Wilt u thee?'

Ze was niet het soort vrouw met wie je medelijden kon hebben; daarvoor was ze te wilskrachtig en te strijdvaardig. Ik had haar gadegeslagen toen ze met enorme inspanning in de weer was met de zware theepot en durfde haar mijn hulp niet aan te bieden. Philip Kennford, die haar had verlaten voor een rijke vrouw nadat er een progressieve ziekte bij haar was vastgesteld, daalde nog verder in mijn achting.

'Het lijkt me alleen wat vreemd dat Vita met u zou willen praten. En u met haar. Ik zou denken dat zij wel de laatste persoon zou zijn die u wilde kennen.'

'Omdat ze me mijn echtgenoot heeft afgepakt?' Miranda speelde de vermoorde onschuld. 'Maar het had een zekere bekoring, begrijpt u? Ik kreeg te zien hoe de schellen haar van de ogen vielen. Ze aanbad hem, verafgoodde hem. Hij kon geen kwaad bij haar doen. Dat is geen goede basis voor een huwelijk.'

'En u zat op de eerste rang,' zei Derwent. 'U hebt er vast van genoten.'

'In zekere zin wel. Maar het was ook sneu, want ze was ontzettend verliefd op hem. Ze was echt de wanhoop nabij. Dat moet wel, anders had ze niet bij mij aangeklopt, toch? Ze zei dat ze bij niemand haar verhaal kwijt kon. Er was niemand anders aan wie ze kon vertellen dat hij haar ontrouw was. Ze had geen vriendinnen, en de mensen die ze kennelijk in vertrouwen had genomen, waren niet erg meelevend of behulpzaam geweest. Volgens hen moest ze het maar accepteren en zich van de domme houden. In wezen zei ik dat ook, maar dan diplomatieker.'

'Wat verwachtte ze van u?'

'Dat ik haar zou vertellen wat ik verkeerd had gedaan, zodat zij die fouten kon vermijden.' De kuiltjes in Miranda's wangen toen ze glimlachte maakten haar enorm aantrekkelijk, waardoor je begreep dat een dochter van Philip Kennford en deze vrouw een grote kans had om de genetische loterij te winnen. 'Ze zei dat ze me wilde betalen voor mijn adviezen. Dat ze me wilde benaderen als een adviseur en niet als een vriendin of als iemand die ze kende. Ik gaf haar onmiddellijk te verstaan dat ik geen vriendinnen met haar wilde worden en dat aanvaardde ze.'

'Wat hebt u haar verder nog verteld?'

'Dat ze iets aan zichzelf moest doen. Ze zag er niet uit.' Miranda zei dit zonder emotie, bracht het als een feit. 'Ze was inmiddels bevallen van de tweeling en was veel te zwaar. Ze had geen tijd om te trainen, vertelde ze me, waarop ik lachte. "Dan maak je tijd," zei ik.'

'Is meneer Kennford zo oppervlakkig?'

'Natuurlijk.' Ze keek me met grote blauwe ogen aan. 'Schat, alle mannen zijn dat. Daarom moet je voor jezelf zorgen. Op je uiterlijk letten. Mooi verzorgde handen of een duur kapsel zullen de meeste mannen niet direct opvallen, maar geloof me, het tegenovergestelde valt ze meteen op.'

Miranda paste haar overtuiging in de praktijk toe, getuige haar in een halflang bobkapsel geknipte bruine haren en haar koraalrood gestifte, nog volle lippen. Haar nagels waren zachtroze gelakt, een kleur die paste bij haar vestje van kasjmier. Ze was slank; haar benen oogden smal onder de deken op haar schoot. Maar toen ik keek naar haar foto's van vroeger, die overal in de kamer stonden, zag ik dat ze niet alleen dun was vanwege haar slechte gezondheid. Ze was altijd slank geweest. De kamer waar we zaten was klein, maar fraai ingericht met antiek en kunstvoorwerpen. Het geheel zag er zowel duur als smaakvol uit. Het was moeilijk te zeggen of haar dochter het topmodel ervoor had betaald of dat de alimentatie die ze van Philip Kennford kreeg alles dekte. Al in een vroeg stadium hadden we vastgesteld dat Miranda Wentworth niet werkte en nooit gewerkt had. Ze was met Kennford getrouwd zodra ze van school af kwam, als een soort kindbruid.

'Dus u gaf haar advies over haar uiterlijk.'

'Ik zei haar dat ze haar geld aan zichzelf moest uitgeven en niet aan mensen die alleen maar hun gezond verstand gebruikten om haar te adviseren. Op gezette tijden een gezichtsbehandeling, massages, behoorlijke cosmetica die ze ook moest leren gebruiken. Het arme ding had het geprobeerd maar ze zag eruit als een clown, met een dikke laag rode lipstick en slecht aangebrachte nagellak.' Miranda keek zelfvoldaan naar haar eigen handen. 'Meer dan het goede voorbeeld geven kon ik niet, maar het hielp denk ik dat ik erg op mijn uiterlijk lette. Ik heb haar ook gezegd dat ze mensen moest leren kennen in haar directe omgeving. Ga bij de tennisclub en leer de echtgenotes kennen. Leg contacten zodat Philip mensen ontmoet van wie hij vindt dat ze zijn aandacht waard zijn. Hij is een verschrikkelijke snob. Ik gaf vroeger etentjes, zodat hij belangrijke mensen gastvrij kon ontvangen. We waren niet zo rijk dat ik zelf bevriend kon raken met de echtgenotes. Mensen kunnen zo negatief doen als ze denken dat je in de hogere kringen wilt doordringen.'

Dit laatste voegde ze eraan toe zonder dat het naar mijn idee ironisch bedoeld was. 'Denkt u dat Vita probeerde te worden zoals u?' vroeg ik.

'Natuurlijk. Philip en ik zijn lang bij elkaar geweest. Ik maakte hem gelukkig totdat zij verscheen.'

'Dus ze had zich eigenlijk superieur aan u kunnen voelen.'

Miranda lachte. 'Verre van. Ze haalde hem over om met haar naar bed te gaan – wat bij Philip nooit moeilijk was – had het geluk zwanger te raken, en ook nog eens van een tweeling om zich er dubbel van te verzekeren dat hij geïnteresseerd zou zijn. Ze was zo verstandig om hem te vertellen dat ze voldoende geld had om al zijn dromen werkelijkheid te laten worden. Ze bleef muurtjes rond hem optrekken met alle stenen en cement die ze kon vinden, maar toch voelde hij zich niet aan haar gebonden.'

'Kennelijk voelde hij zich evenmin gebonden aan u en uw dochter,' zei ik.

'We groeiden allebei over de pijn heen die dat bij ons veroorzaakte.' Ze keek me uitdagend aan. De huid rond haar ogen was zacht en rimpelloos, vermoedelijk omdat ze haar gezicht maar zelden niet in de plooi hield. Waarschijnlijk was het ook te danken aan dure plastische chirurgie. Ik had het gevoel dat een blik op haar toilettafel zou uitwijzen dat ze een verzameling crèmes en lotions had die niet onderdeed voor die van Vita.

'Dus u gaf Vita raad over haar uiterlijk. Waarover nog meer?'

'Ik heb haar gezegd dat ze hem met rust moest laten, hem zijn gang moest laten gaan. Ze liep het risico dat hij iemand zou tegenkomen die rijker was dan zij en hem zou verleiden. Zelf beging ik nooit de vergissing om hem aan banden te leggen, en daardoor hield ons huwelijk meer dan tien jaar stand.'

'U denkt dat geld steeds zijn motivatie was?' vroeg Derwent.

'Toen hij mij verliet wel.' De koraalrode mond verstrakte heel even. 'Begrijp me goed, ik zeg niet dat ik perfect was, maar ik wist wat

Philip wilde.' Ze telde zijn wensen af op haar vingers. 'Vrijheid. Een fatsoenlijke maaltijd op tafel. Geen huiselijke beslommeringen. Een vrouw met wie hij voor de dag kon komen wanneer hij dat wilde. En bij voorkeur een vrouw met de vaardigheden van een zeer ervaren hoer, zodat hij thuis dezelfde geneugten had als tijdens zijn slipper-tjes.'

Of ik het nu wilde of niet: wat ze suggereerde vond ik best schok-kend.

Derwent lachte. 'Was dat het geheim? Wat vunzigheid op zijn tijd?'

Ze oogde buitengewoon keurig. 'Het was zeker een poging waard. Natuurlijk was die arme Vita niet erg geïnteresseerd in seks. Liefde, ja, maar seks was niet haar ding, vertelde ze me. Dan kun je er maar beter je ding van maken, zei ik. Lees erover. Leer erover. Oefen. Be-nader seks als een project, zoals afslanken of leren tennissen.'

'Dat verklaart het kistje,' zei Derwent op gedempte toon tegen me. 'Huiswerk.'

'Wat hebt u haar verder geadviseerd?' Ik zei het lichtelijk ontdaan, zo klonk het zelfs in mijn eigen oren.

'Zorg ervoor dat je een dikke huid krijgt. Leer alles wat hij je geeft te accepteren en doe alsof je het leuk vindt. Ontdoe je van iedereen die een echte bedreiging lijkt, om wat voor reden dan ook. Ze had geld en dus macht.' Miranda haalde haar schouders op. 'Het was geen gelijke strijd toen Philip haar leerde kennen. Als Vita en ik eer-lijk met elkaar waren vergeleken, zou ik op alle fronten hebben ge-wonnen. Zelfs Philip heeft dat tegenover mij erkend. Het enige punt waarop zij mij versloeg, was haar banksaldo.'

'U had geen eigen geld?'

'Ik? Nee. En ik verdiende niets. Voor Philip is geld altijd belang-rijk geweest. Dus kon ik niet met Vita concurreren, en dat wist ik.' Weer haalde ze haar schouders op. 'Sommige mensen worden be-voorrecht geboren. En ze pakken wat ze kunnen krijgen, ongeacht van wie het is. Vita was zo iemand. Ze heeft nooit ervaren hoe het is om iets te willen en het niet te hebben. Daarom viel de gedachte Phi-lip kwijt te raken haar zo zwaar. Ik was eraan gewend om niet te krij-gen waar ik naar verlangde. En uiteraard was ik tegen de tijd dat hij ons verliet blij om hem te zien vertrekken. Hij was niet meer de man op wie ik verliefd was geworden.' Ze corrigeerde dit onmiddellijk. 'Of misschien was het eerder dat ik me daarvoor nooit had gerealiseerd hoe hij eigenlijk was. Hoe dan ook: ik wilde me niet aan hem vastklampen als hij zo graag wilde opstappen. Maar ik heb het hem moeilijk gemaakt. Ik heb hem voor de rechter gesleept en zoveel als ik kon van hem losgekregen. Daar had ik recht op.'

'Ik begrijp alleen nog niet waarom u Vita zou helpen,' zei ik. 'Zelf had ik haar misschien wel de verkeerde dingen aangeraden, om ook haar huwelijk te zien stranden.'

'Dat was niet in mijn belang.' Miranda leunde achterover in haar stoel. 'O, mijn eerste impuls was zeker om haar te vertellen dat ze uit mijn huis moest verdwijnen om nooit meer terug te komen. Ik vond haar verzoek erg brutaal, gezien de situatie. Maar toen bekeek ik het vanuit een ander gezichtspunt. Als hij bij haar zou blijven, zou zij alles betalen. Zo kon hij mij veel meer geld geven dan als hij zijn nieuwe gezin zelf zou moeten onderhouden. Ik hoefde me nergens zorgen over te maken. Als hij bij haar weg was gegaan, had hij naar de rechtbank kunnen stappen en van een andere rechter gedaan krijgen dat ik werd gekort.'

'Dat zou rampzalig zijn geweest, neem ik aan,' zei Derwent.

'Absoluut. Ik werd particulier behandeld voor de MS. Waarom zou ik me hebben moeten behelpen met de reguliere gezondheidszorg, terwijl Philip het zich kon permitteren om de allerbeste medische zorg te bekostigen. Savannah had bovendien dure hobby's en ik wilde niet dat ze die moest opgeven alleen omdat haar vader ons had laten zitten.'

'Dus Vita's geld kwam u ook goed van pas?'

Haar ogen vernauwden zich. 'U begrijpt dat misschien niet, maar ik was niet te trots om het aan te nemen.'

'Had u nog contact met haar, mevrouw Wentworth?'

Ze schudde haar hoofd. 'Ik heb haar in geen jaren gesproken. Dat wilde ik ook niet. Ze had van me gekregen wat ze nodig had. Vita was er niet de persoon naar om contact te houden toen ik niet meer nuttig voor haar was. Bovendien was ik niet geïnteresseerd in verhalen over haar gezinsleven. We namen zonder spijt afscheid van elkaar.'

'Dus u weet niet hoe hun relatie was ten tijde van haar dood.' Derwent klonk teleurgesteld.

'Nee, daar kan ik alleen maar naar raden. Philip zal niet zijn veranderd. Hoe een goede echtgenoot zich gedraagt, heeft hij nooit geweten. In plaats daarvan heeft Vita geleerd een perfecte echtgenote te zijn.'

'En hoe is hij als vader? Hoe was zijn relatie met Savannah toen zij opgroeide?' vroeg ik.

'Relatie?' Ze liet een lachje horen. 'Na zijn vertrek onderhield hij geen contact met haar – niet echt. Ik herinnerde hem aan haar verjaardag. Soms kocht ik zelfs de cadeaus en kopieerde ik zijn handschrift op een kaart. Maar ik kon niet doen alsof hij er was wanneer hij er niet was. Hij beloofde haar een dagje mee uit te nemen en verscheen doodleuk niet. Dan moest ik Vita en zijn kantoor bellen om erachter te komen of zijn telefoon was uitgeschakeld omdat hij in de rechtszaal was of omdat hij gewoon niet bereikbaar wilde zijn. Savannah raakte eraan gewend om teleurgesteld te worden.'

'Ze hebben tegenwoordig ook geen contact, toch?'

'Momenteel niet.' Ze leek op haar hoede en ik besefte dat ze niet bereid was om over Savannah te praten. Dat was ook wel logisch. Haar dochter was zo beroemd dat elk nieuw feit, hoe onbenullig ook, wereldwijd voor krantenkoppen kon zorgen.

'De reden waarom we dit vragen, mevrouw Wentworth, is dat Philip ons niets over Savannah heeft verteld toen het over zijn gezin ging.'

Ze trok haar wenkbrauwen op. 'Hebt u gevraagd of hij kinderen uit zijn vorige huwelijk had?'

'Nee,' erkende ik. 'Dat kwam niet in ons op.'

'Savannah is nooit dermate trots op hem geweest dat ze over hun familieband wilde opscheppen, kan ik u tot mijn grote plezier vertellen. Ze vindt het prima om een voorbeeld te zijn van wat je kunt bereiken, ook al ben je opgevoed door een alleenstaande moeder.'

Omringd door luxe, lag op mijn lippen. Maar bij nader inzien begreep ik best dat Savannah waarschijnlijk geen gemakkelijke jeugd had gehad, gelet op Miranda's ziekte en het feit dat ze kil en berekenend overkwam, en bepaald niet warm en moederlijk. Ik hoopte dat de dure hobby's Savannah zo nu en dan hadden afgeleid van de vreugdeloze levenshouding van haar moeder. Ze was een arm rijk meisje geweest.

'Dus Savannah keerde haar vader de rug toe, min of meer zoals hij haar ook had genegeerd,' zei ik.

'Ja.' Miranda permitteerde zichzelf een lichte frons. 'Nou ja, ze groeiden weer wat naar elkaar toe toen Savannah echt carrière begon te maken als model. Philip reisde naar de belangrijke Europese modeshows om haar op de catwalk te zien. Hij genoot van de aandacht die ze kreeg, en Savannah was natuurlijk volslagen verrast dat hij de moeite nam om te komen en haar te steunen, zonder dat iemand hem kende of van hem onder de indruk was. En toen maakte Vita daar een einde aan.'

'Daar hebt u zich vast aan gestoord.'

'Dat viel wel mee. Mij kon het niet schelen of Philip contact had met Savannah. Het stoorde me wel dat zij hem zo snel vergaf. En wat Vita betreft: ik was trots op haar,' zei Miranda effen. 'Ze had geluisterd naar wat ik haar had geleerd. Ontdoe je van de bedreiging. Eis dat alle aandacht naar jou en je gezin uitgaat. Sta hem nooit toe jou of je dochters te vergeten.'

Er stond een ingelijste foto van Savannah op een bijzettafeltje – een zwart-witfoto die onmiskenbaar gemaakt was tijdens een professionele fotosessie. Ik vroeg me af of het de keuze was van haar moeder om zo'n herkenbare maar onpersoonlijke afbeelding van haar dochter neer te zetten of dat Savannah het zelf zo wilde.

'U bent vast erg trots op haar,' zei ik.

'Ja.' Het klonk niet overtuigend. Er sprak iets van tegenzin uit, en dat begreep ik niet helemaal. Alsof er iets ongezegd bleef. 'Ze heeft veel succes. Ze was altijd erg intelligent, natuurlijk. Ze had kunnen worden wat ze maar wilde. Ze had meer gebruik kunnen maken van haar hersens.'

'Moeilijk hoor, om zo'n leven aan je voorbij te laten gaan,' zei Derwent dromerig. 'Reizen. Geld. Glamour.'

'Ja. Het klinkt allemaal prachtig.'

'Maar dat is het niet?' vroeg ik.

'Dat moet u Savannah vragen.'

'We proberen haar te pakken te krijgen, maar dat valt niet mee.'

'Wanneer u haar ziet, zeg haar dan maar dat haar moeder haar de groeten doet.' Er klonk iets kribbigs door in haar stem.

'U ziet haar niet vaak, begrijp ik,' zei Derwent.

'Niet vaak genoeg.' Haar lachje was nu aarzelend, wat me het gevoel gaf dat ik me had vergist. Domweg vanwege haar beheerste houding had ik haar gevoelens voor Savannah onderschat. 'Maar het zou nooit genoeg zijn, hoor. Ik mis haar sinds de dag dat ze het huis uit ging, een paar jaar geleden. Ik mis haar iedere dag.' Alsof ze besefte dat ze meer van haar ware gevoelens toonde dan haar gewoonte was, forceerde ze een glimlach. 'Het was eigenlijk ironisch dat Vita mij om hulp kwam vragen. Dat was ook het eerste wat ik zei toen ze contact zocht. Ik heb Philip nooit, helemaal nooit begrepen. De beslissingen die hij nam evenmin. Ik heb altijd gedacht dat hij verdriet gehad moet hebben om wat hij achterliet toen hij bij ons wegging, maar dat heeft hij me nooit laten merken. Maar ja, misschien weet hij niet hoe verdriet voelt.' Het lachje zat nog op zijn plaats en het maakte een kille, harde indruk. Er lag leedvermaak in omdat er nu eindelijk gerechtigheid was.

'Misschien weet hij dat nu wel.'

We lieten Miranda Wentworth achter in haar perfecte, doodse, kleine wereldje, in mijn geval met een gevoel van enorme opluchting. Derwent leek vastbesloten om van haar gecharmeerd te zijn.

'Prettige vrouw. Je ziet zo dat Savannah op haar lijkt.'

'Ze lijkt sprekend op haar vader.'

'Pure jaloezie, Kerrigan. Denk maar niet dat je met haar kunt concurreren. En dat hoeft ook niet.' Hij gaf een klopje op mijn knie. 'Het kan niemand wat schelen hoe jij eruitziet.'

'Je zit er echt compleet naast.' Ik keek hem woest aan. 'Het is een waarheid als een koe dat Savannah op haar vader lijkt. Zelfde bouw. Zelfde gelaatstrekken. Zelfde alles. Ze is zonder meer een heel aantrekkelijke vrouw, maar haar uiterlijk heeft ze van haar vader.'

'Jammer dat Miranda niet is hertrouwd. Waarschijnlijk was dat niet aan de orde. Ze had een opgroeiende dochter die ze moest opvoeden, en daarnaast had ze problemen met haar gezondheid.'

'Vergeet niet dat ze dan ook had kunnen fluiten naar haar riante alimentatie.'

'Geld is niet alles, Kerrigan.'

'Wel voor deze mensen. Ik begrijp dat niet. Volgens mij zijn ze er niet gelukkiger door geworden. Kennford heeft bijvoorbeeld een hekel aan zijn huis, afgaand op de inrichting van zijn werkkamer en het feit dat hij er niet is als het niet per se moet. Hij had geen goed huwelijk. Ik geloof trouwens niet dat zijn vorige beter was.'

'Waar gaan we nu heen?' Derwent, die achter het stuur zat, kwam een stukje omhoog uit zijn stoel omdat zijn broek knelde. 'Deze week heb ik mijn ballen zo lang in die rotauto laten koken dat mijn zwemmertjes waarschijnlijk zijn gepocheerd.'

'Ik wil het niet over de kwaliteit van jouw sperma hebben.' Ik schudde mijn hoofd. 'Is het echt nodig dat ik dat hardop zeg? Waarom zou ik geïnteresseerd zijn in jouw ballen?'

'Leef een beetje met me mee.' Derwent zat nog steeds met gestrekte benen tegen de rugleuning omhooggeduwd. 'Het kan niet goed zijn dat mijn bloedsomloop zo wordt afgekneld.'

'Sneu voor je.'

'Probeer dat eens met wat meer gevoel te zeggen.'

'Meer krijg je niet van me.' Ik wuifde mezelf koelte toe met het stadsplan. 'God, wat is het heet.'

'Het wordt almaar heter,' beaamde hij.

'Tja, we moeten terug naar Wimbledon, ben ik bang.'

Derwent kreunde. 'Het is er wel hoog. Wie weet is het daar koeler.'

'Was het maar waar.'

'En met wie gaan we daar praten?'

'Millie Carberry.'

'Wie?'

'Die naam heb ik van Lydia. Ze vertelde dat ze bij elkaar op school zitten en dat Millie een van Laura's beste vriendinnen was. Op de avond van haar dood zou ze eigenlijk bij Millie zijn. Ik dacht dat zij ons misschien iets kon vertellen over het geheime vriendje.'

'Het is een tiener. Die nemen hun zwijgplicht serieuzer dan leden van de maffia.'

'Je weet maar nooit. Misschien is ze in een behulpzame bui.'
Ik kreeg een meer dan sceptische blik als antwoord.

Derwent had zijn voorspelbare momenten. Zo wist ik dat hij zich moest inhouden om geen verhandeling af te steken over de jeugd van tegenwoordig toen Millie Carberry nog in bed bleek te liggen toen we om halftwee 's middags arriveerden bij het bijzonder fraaie vrijstaande huis in Wimbledon Village waar ze woonde. Ook merkte ik aan hem dat hij het allerliefst het petje van het hoofd gemept zou hebben van de jongen die gapend en met slaperige ogen de deur voor ons opendeed. Dit bleek Seth, Millies broer, te zijn. Hij had shorts en een T-shirt aan, maar ik kreeg de indruk dat hij zelf ook net uit bed was gekomen. Zijn kleren waren gekreukeld en klam van het zweet. Ook sloot ik niet uit dat hij stoned was. Hij verkeerde bepaald niet in het hier en nu. Ik snoof onopvallend. Toch rook ik in de gang niets anders dan de rode-rozengeur van een luchtverfrisser.

'Wie zei u ook alweer dat jullie waren?'

'Rechercheurs van de Metropolitan Police.' Derwent had onze namen al een keer genoemd; zijn geduld was nu wel genoeg op de proef gesteld.

'En jullie willen mijn zus spreken.'

'We hebben daar een afspraak voor gemaakt. Vanochtend heb ik je moeder gesproken,' zei ik. 'Zij heeft me gezegd dat Millie ons graag te woord zou staan.'

'Dat zal dan wel.' Seth gaapte. 'Ze is het zeker vergeten te zeggen.'

'Is je moeder hier?'

'Ze is op haar werk.'

'Wat doet ze voor de kost?' vroeg Derwent.

'Ze is bankier.' Hij bracht zijn handen omhoog, als om onze afschuw af te weren. 'Kijk mij er niet op aan. Ik leef alleen maar van wat het opbrengt.'

'Dat verklaart het mooie huis.'

'Als je van deze rommel houdt. Het is de Laura Ashley-catalogus van het najaar van 2010. Daar heb je bladzijde vierenzestig.' Hij wees naar binnen, naar de woonkamer.

'Heel grappig. Kun je Millie voor ons halen?' Het beetje geduld dat Derwent bezat, was nu op.

Seth liep naar de trap. 'Mills! Opstaan!'

Er kwam een gedempt antwoord van boven.

'Smerissen. Ze moeten jou hebben.'

Een bons, het geluid van rennende voeten en een angstig gezicht dat door de spijlen van de trap keek.

'Millie Carberry?' vroeg ik.

'O god. Hoe laat is het?' Ze streek haar haren uit haar gezicht, een warrige bos blonde krullen. 'Ik heb me verslapen.'

'Maar nu ben je wakker.' Ik vond het vermakelijk om te zien dat Derwent zowaar met zijn voet op de grond tikte. 'Kom naar beneden om met ons te praten.'

'Ik moet eerst mijn tanden poetsen.' Ze schoof wat ongemakkelijk heen en weer. 'Mag ik me nog even douchen?'

'Je krijgt vijf minuten. Dan komen we naar boven om met je te praten, of je nu klaar bent of niet.'

Millie rende weg, waarschijnlijk naar de badkamer, en toen Derwent en ik ons omdraaiden bleek haar broer verdwenen te zijn. Met een schouderophalen liep de inspecteur met mij in zijn kielzog naar een wel heel fraaie keuken: een en al marmeren werkbladen en kroonluchters. We zaten vijf minuten aan de keukentafel, toen nog eens vijf minuten, en luisterden naar doffe dreunen die erop leken te duiden dat er iets gebeurde.

'Wat zullen we doen?' vroeg ik toen Millie maar niet verscheen.

'We wachten.'

'Jij stelde haar anders een ultimatum. Dan moet je ook consequent zijn.'

'Ik haat pubers.' Hij kwam niet in beweging.

Toen Millie ten slotte in de keuken verscheen, droeg ze een trainingsbroek en een erg krap T-shirtje. Ze trok aldoor aan de zoom om te voorkomen dat het zou opkruipen en je haar blote buik zou kunnen zien. Ze was haar babyvet nog niet helemaal kwijt en ze was wat aan de mollige kant, met bolle wangen. Haar haren waren samengebonden in een slordige knot op haar achterhoofd. De loshangende lokken rond haar gezicht oogden ongekunsteld – dat effect had ongetwijfeld minstens tien van de twintig minuten gekost die wij hadden zitten wachten.

'Het spijt me echt. Ik heb me compleet verslapen. Mama heeft gezegd dat u zou komen. Zal ik een kop thee voor u zetten?'

Millies dure opvoeding sprak uit haar stem en haar manieren. Haar broer had al net zo *upper class* geklonken, maar hij had de wellevendheid van zich afgeschud.

'Nee, dank je,' antwoordde ik ook namens Derwent.

'Millie, weet je waarom we met je willen praten?'

Met houterige bewegingen van de zenuwen vulde ze toch de fluitketel. 'Ik neem aan vanwege Laura.'

'Inderdaad.'

'Onvoorstelbaar, zo erg.' Ze keek ons over de enorme ontbijtbar heen aan met ogen die groot waren van ontzetting. 'Maar ik kan u er helemaal niets over vertellen.'

'Dat is prima, Millie. We willen je alleen wat vragen stellen over Laura en hoe ze zich voor haar dood gedroeg.'

'O, oké. Als ik kan helpen.'

'Kom eens even zitten,' beval Derwent. 'Je staat zo ver bij ons vandaan.'

Ze kwam aan gesloft en ging op het uiterste puntje van een stoel zitten, ogenschijnlijk klaar om te vluchten.

'Wat was Laura voor meisje, Millie? Kun je ons een idee geven van haar karakter?'

'O. Nou, ze was leuk. Heel lief. Attent.' Ze keek ernstig van Derwent naar mij en weer terug.

'Heb je daar nog iets aan toe te voegen?'

Ze zette haar voeten op de zitting van de stoel. 'Eigenlijk niet.'

'Wij kregen de indruk dat ze ook iets rebels had,' zei ik vriendelijk. 'Dat weet ik niet…'

'Wist jij dat ze een vriendje had?' kwam Derwent ter zake.

'Nee. Dat mocht ze niet van haar ouders.'

'Toch had ze er een.'

Millie keek verbijsterd. 'Heeft ze me nooit verteld. Ik bedoel, dat wist ik niet.'

'Maar jij was haar beste vriendin. Dat vertelde Lydia ons. Je wist het vast wel.'

Ze schudde heftig van nee. 'Echt niet. Ik had er geen idee van.'

'Het is je vast weleens opgevallen dat ze ervandoor ging om hem te zien,' zei ik.

'Nee. Nooit.' Ze oogde gekwetst. 'Ik dacht dat ze huiswerk maakte.'

'Hadden jullie zondagavond eigenlijk een afspraak?'

'Zondag? Toen ze is doodgegaan? Nee.'

'Lydia heeft ons verteld dat jullie hadden afgesproken om naar de bioscoop te gaan. Naar een film met Robert Pattinson.'

Millie bloosde, waarschijnlijk bij het horen van de naam van de acteur, maar haar antwoord kwam meteen. 'Dat was zaterdag, en ze had afgezegd.'

'Volgens Lydia was het zondag.'

'Dan vergist ze zich.'

'Laura had iedereen laten weten dat ze met jou zou uitgaan. En jij wist daar niets van? Ben jij geen vrienden met haar op Facebook?'

'Ik mag niet op Facebook. Dat wil papa niet.'

'Dat staat tegenwoordig praktisch gelijk aan kindermishandeling, toch?' Derwent klonk sceptisch.

'Hij heeft in de *Daily Telegraph* een artikel gelezen over identiteitsfraude en daar flipte hij toen van.' Millie rolde met haar ogen. 'Op mijn computer thuis is Facebook geblokkeerd, maar op school gebruik ik het wel. Dus zo'n groot probleem is het niet. Alleen in de schoolvakanties loop ik veel mis. Ik moet dan naar de bibliotheek om te internetten. En alle computers daar zijn kleverig en het stinkt er naar pis.' Ze grinnikte ondeugend en Derwent smoorde zijn lach in een wel heel ongeloofwaardig kuchje.

'Maar jij weet helemaal zeker dat jullie op zaterdag zouden uitgaan?' vroeg ik voor de zekerheid.

'Ja, maar zij had afgezegd.'

'Deed ze dat vaak?'

'Ja.' Millie trok haar knieën stevig tegen haar borst. 'Ik vond het niet erg, hoor, maar ze veranderde afspraken nogal eens wanneer het haar uitkwam.'

'Dan gebruikte ze jou misschien als alibi om haar vriendje te kunnen ontmoeten,' bracht Derwent naar voren.

'O god. U hebt helemaal gelijk.' Ze bracht een voet omlaag en gaf een schop tegen de tafel.

'Wat is er, Millie?' Er was duidelijk iets wat ze kwijt wilde. Ik wierp Derwent een blik toe, waarop hij zich naar voren boog.

'Het beste wat je nu voor Laura kunt doen, het enige wat je kunt doen om haar te helpen, Millie, is ons de waarheid vertellen. Wat is er? Wat zouden wij moeten weten, volgens jou?'

Toen ze ten slotte antwoordde, sprak ze zo zacht dat we haar bijna niet verstonden. 'Ik weet dat Lydia heeft gezegd dat ik Laura's beste vriendin was, en waarschijnlijk was dat ook zo. Maar ze liet zich moeilijk kennen. Ik heb andere vriendinnen met wie ik eigenlijk meer deel. Maar Laura had die niet, dus ik begrijp wel wat Lydia bedoelt.'

'We moeten dus niet verbaasd zijn dat ze geheimen voor je had, is dat het?' vroeg ik. 'En dat je dat niet erg vond?'

'Het verbaast mij in elk geval niet, laat ik het zo zeggen.' Ze beet op haar lip. 'Laura hield dingen voor zich. Ze was niet erg mededeelzaam. Ik weet dat het thuis niet allemaal lekker liep, maar ze heeft me nooit echt verteld wat er speelde. Misschien was ze bang dat ik het ging rondvertellen op school, maar ik heb nooit een woord tegen iemand gezegd. Toch vertrouwde ze me niet.'

'Maar ze vertrouwde jou meer dan anderen.'

'Waarschijnlijk wel.' Millie ontweek onze blik. 'Alleen denk ik niet dat dat veel betekent.'

IO

Het was drie jaar geleden dat Christopher Blacker – achteraf en in hoger beroep – was vrijgesproken van het verkrachten van een leerlinge, maar het had net zo goed drie dagen geleden kunnen zijn. Niets was er in hem gedoofd: niet de brandende verontwaardiging over de onrechtvaardige behandeling die hij had gekregen, niet de woede over de slechte verdediging waardoor hij een jaar in de gevangenis had gezeten tot zijn vrijspraak in hoger beroep. En ook niet de angst, die in zijn ogen oplichtte toen hij de deur naar zijn flat net ver genoeg opendeed om ons binnen te laten. Het was begrijpelijk. Een veroordeling wegens verkrachting van een minderjarig meisje – ook al was die herroepen – was een zware last om mee te torsen.

De flat was een sjofel onderkomen dat uitkeek op een drukke weg in Acton en uit niet veel meer bestond dan een vierkante kamer met een smal gangetje en een piepkleine badkamer. Een studio kon je het niet echt noemen. In een hoek van de kamer was een afscheiding gemaakt voor een slaapkamertje. Toen ik er in het voorbijgaan een blik in wierp, zag ik een eenpersoonsbed en een rij haken aan de muur bij wijze van kledingkast. In die hoek stond een kartonnen doos die fungeerde als nachtkastje en als opbergruimte voor nog meer kleren – ondergoed en T-shirts, te oordelen naar de stapels die ik kon zien. Het deed me denken aan een gevangeniscel.

De rest van de flat was al niet veel beter. Het vloerkleed, met een patroon in rood en zwart, was oud en versleten. In het geïmproviseerde keukentje in een andere hoek bevonden zich een gootsteen, een koelkastje en een kookplaat in plaats van een fornuis. Er was ruimte voor een tweezitsbankje, waar Derwent zonder toestemming te vragen op onderuitzakte. Blacker ging aan de tafel bij het raam zitten, met zijn rug naar het licht. Ik vroeg me af of dat toevallig of opzettelijk was – een gewoonte die hij had aangenomen om voor politiefunctionarissen te verbergen wat hij voelde. Het maakte overigens niet zoveel uit. De vitrage voor het raam was donkergrijs van het vuil en liet weinig daglicht binnen. Derwent knipte de lamp aan die naast hem stond, wat de situatie marginaal verbeterde.

'Het is hier pikdonker. Hoe kunt u dat allemaal lezen?' Hij gebaarde met zijn hoofd naar de planken die aan één muur waren bevestigd. Ze stonden stampvol paperbacks. Ik las vluchtig wat er op de ruggen stond en zag dat de meeste tweedehands waren – oude uitgaven van klassieke non-fictieboeken, met ezelsoren en verschoten omslagen.

'Dat gaat best.' Hij werd wat losser. 'Met behulp van het wonder van de elektriciteit.'

'Doe het plafondlicht aan, Maeve,' commandeerde Derwent. Blacker protesteerde niet, dus drukte ik op de schakelaar. Het peertje scheen niet heel sterk, maar in het extra licht kon ik mijn notitieboekje zien, en ook dat het behang om het raam heen bobbelig was van het vocht. Ik nam Blacker nieuwsgierig op. Zijn magere lichaam had gebeefd van de stress toen hij ons binnenliet en dat had mijn eerste indruk van hem gekleurd. Nu zag ik dat hij aantrekkelijk was – of aantrekkelijk geweest zou zijn als hij niet zo broodmager was. Hij had donkere krullen die over zijn kraag hingen, zware rechte wenkbrauwen boven karamelkleurige ogen en een gevoelig ogende mond. Hij droeg jeans en een wit overhemd met opgerolde mouwen, waar dunne, donker behaarde onderarmen uitstaken. Zijn handen waren lang, met elegante, spits toelopende vingers.

'Kan ik hier gaan zitten?' Ik wees naar de andere stoel aan de tafel.

'Natuurlijk.' Blacker begon de papieren en boeken die in stapels voor me lagen met schokkerige, gehaaste bewegingen opzij te schuiven. Verborgen onder de laatste berg losse vellen stond een ontbijtkom, die ik hem aangaf zonder al te veel naar de inhoud te kijken. 'Sorry. Ik gebruik de tafel om aan te werken en om aan te eten. Soms op hetzelfde moment.'

'Geeft niks.' Ik legde mijn notitieboekje op de tafel, hoewel ik die ik het liefst eerst goed schoon geboend zou hebben. Er lag een hele verzameling oude kruimels naast mijn elleboog en toen ik op mijn notitieboekje leunde, hoorde ik eronder ook geknisper.

'Doorgaans is het hier niet zo'n rommel. Soms werk ik thuis, waardoor ik het netjes moet houden.' De woorden rolden op topsnelheid uit zijn mond. 'Maar momenteel heb ik geen leerlingen.'

'Leerlingen?' Derwents toon klonk uitdagend en ik wierp hem een waarschuwende blik toe. Blacker moest ons vertrouwen, niet dichtklappen. Officieel was hij geen verdachte. Als hij weigerde met ons te praten, was dat nog geen aanleiding om hem te arresteren. Sterker nog: als hij ons eruit schopte, stond hij in zijn recht. En totdat hij ons gebaarde binnen te komen had ik verwacht dat hij zou weigeren om ons te ontvangen.

'Ik geef nog steeds les. Maar niet op een school. Na wat er was gebeurd, lukte dat niet meer.' Hij klemde zijn handen samen tussen zijn knieën. 'Volgens de wet had het gekund. Ik heb het ook geprobeerd. Maar ik kon het gewoon niet meer.'

'Getraumatiseerd?' vroeg Derwent.

'U kunt daar gerust mee spotten als u wilt.' Blackers stem klonk gespannen. 'Waarschijnlijk vindt u het grappig. Maar ik kreeg flashbacks. Paniekaanvallen. Ik kon niet meer ademen, laat staan lesgeven.'

'U kon op school dus niet meer functioneren?' vroeg ik meelevend.

'Ik voel me niet lekker meer in grote groepen,' beaamde hij. 'In de lerarenkamer voelde ik me ongemakkelijk omdat ik dacht dat iedereen een oordeel over me had. Voor de klas was het nog erger. Iemand hoefde maar te fluisteren of ik raakte in paniek. Ik dacht dat ze wisten wat er was gebeurd.'

'Was dat ook zo?'

'Het was een andere school. In een ander deel van Londen. En met toestemming van de rector gebruikte ik niet mijn eigen naam, zodat zoeken op internet niemand wijzer gemaakt zou hebben.' Hij slikte. 'Ik wist dat het paranoia was, maar dat maakte het niet makkelijker. Ten slotte ging ik weg. Ik stapte op. De kinderen waren eerst best leuk, maar toen ze merkten dat ik geen orde kon houden, ging het van kwaad tot erger. Het was alsof ik iedere les werd geterroriseerd. Goddank heeft niemand lucht gekregen van de rechtszaak. Mijn leerlingen keerden zich alleen maar tegen me omdat ze zich verveelden en omdat ik een makkelijk doelwit was.'

'Wat deden ze dan?'

'Kletsen. Wanneer ik met mijn rug naar ze toe stond schreeuwden ze van alles. Ze gaven briefjes door. En schreven dingen op het bord voordat ik het lokaal in kwam. Op een keer brachten twee jongens, die elk aan een andere kant van het lokaal zaten, een rugbybal mee. De hele les gooiden ze hem heen en weer – over de hoofden van hun klasgenoten heen. Ik deed alsof ik het niet merkte. Ik kon een confrontatie niet aan.'

'Welk vak gaf u?' vroeg ik.

'Wis- en natuurkunde.' Hij grijnsde een gelijkmatig wit gebit bloot. Zijn gezicht was zo mager dat het effect meer doodshoofd was dan Hollywood, maar ooit was het wellicht dat laatste geweest. 'En wis- en natuurkunde zijn geen populaire vakken. De docenten liggen evenmin voor het oprapen, en dat was precies waarom ik de baan kreeg. Ik had ervaring en een goed getuigschrift van mijn oude school. Zodoende was de rectrix bereid om wat zij "kinderziekten" noemde over het hoofd te zien.' Bij die laatste zin trok Blacker een gezicht; ik veronderstelde dat dit het understatement van de eeuw was geweest. 'Vroeger hield ik van mijn werk, maar ik vond het nu niet erg om te vertrekken, al belandde ik maandenlang in de ziektewet vanwege een zenuwinzinking. De goede oude verzorgingsstaat schoot me te hulp met niet genoeg om van te leven – en niet lang genoeg om te kunnen herstellen.'

'Er kwam tenminste iets binnen.' Derwent klonk niet erg meelevend.

'Wel iets, ja, maar het viel niet mee om de eindjes aan elkaar te knopen. Maar nu gaat het me best voor de wind.' Hij glimlachte om de uitdrukking op mijn gezicht. 'In uw ogen mag het dan misschien niet veel zijn, maar deze flat heeft zelfs een badkamer die ik niet hoef te delen. Helemaal voor mij alleen.'

'U hebt het goed voor elkaar.' Derwent leunde naar voren, kneep zijn ogen tot spleetjes en was een en al aandacht. Op jacht. 'Vertel me eens wat meer over de leerlingen die u hier lesgeeft.'

'Bent u bezorgd om hun veiligheid? Bang dat ik ze misschien lastigval?' Blacker oogde op zijn hoede. In zijn keel zag ik een ader kloppen. 'Jullie zijn allemaal hetzelfde, hè? Waar rook is, is vuur.'

'Het is een redelijke vraag.'

'Het is een vraag die zegt dat u zich zorgen maakt over hun veiligheid,' zei Blacker geïrriteerd. 'U zou hem niet stellen als u dacht dat ik onschuldig was.'

'Het is een gewoonte,' zei ik. 'Inspecteur Derwent weet graag alles over iedereen.'

Blacker wierp me een blik toe waaruit bleek wat hij van die opmerking vond. *Onzin.* Maar het had hem toch even van Derwent afgeleid, lang genoeg om zijn kalmte terug te vinden. Hij richtte zijn blik op de muur net boven Derwents hoofd. 'Ik geef leerlingen hier thuis les, maar ik heb regels. De eerste en allerbelangrijkste is: nooit ofte nimmer meisjes. En geen leerlingen alleen – ze komen met zijn tweeën of ik kom bij ze thuis, en dan is er altijd een ouder bij de les aanwezig. Als een van de leerlingen niet komt opdagen, ga ik met de andere leerling naar de bibliotheek of naar een koffietentje in de buurt. We blijven voortdurend voor anderen zichtbaar. Ik maak van meet af aan duidelijk dat ik niet alleen met hen wil zijn.'

'Wekt dat geen wantrouwen bij de ouders?'

'Ze zijn vooral blij dat ik het van tevoren zeg. Ze willen niet paranoïde overkomen, maar ze zijn beschermend jegens hun kinderen. En terecht. Er lopen meer dan genoeg griezels rond.'

'En meer dan genoeg leerlingen die bijles nodig hebben?'

'Doorgaans geef ik les aan zes jongens. Wanneer de examens eraan komen, zijn het er natuurlijk meer. Daarnaast spijker ik jongens bij voor de toelatingsexamens van Oxford en Cambridge. Ik zet wel advertenties in lokale kranten, maar het overgrote deel van mijn werk krijg ik dankzij persoonlijke aanbevelingen. Ik ben een heel goede leraar en ik heb geen hekel aan lesgeven, zeker niet wanneer de jongens goede resultaten behalen. Ik verdien genoeg om van te leven. Wat wilde u verder weten?'

'Hebt u een vriendin?'

'Momenteel niet.'

'En sinds u bent voorgekomen?'

'Er zijn wel vrouwen geweest. Los-vast. Niets serieus.' Hij haalde met een gefrustreerd gebaar zijn hand door zijn haar. 'Vrouwen, inspecteur. Geen meisjes.'

'Ze was wel mooi.' Derwents opmerking leek onlogisch, maar Blacker noch ik had moeite om zijn gedachtegang te volgen.

'Isobel Sairey was veertien toen we zogenaamd een relatie hadden. Ik heb me niet meer tot een veertienjarige aangetrokken gevoeld sinds ik rond de vijftien jaar oud was. Ze was een mooi meisje – dat is ze waarschijnlijk nog steeds. Maar ik zag haar niet op die manier. Ze was gewoon een van mijn leerlingen. Als ik al eens aan haar dacht voordat ze met haar beschuldiging kwam, was dat omdat ik me afvroeg of ze het antwoord had begrepen nadat ze me een vraag had gesteld.'

'U moet zich ervan bewust zijn geweest dat uw aanwezigheid op een meisjesschool problemen kon veroorzaken. Een knappe, jonge vent als u te midden van al die tienermeisjes met hun gierende hormonen.'

'Ik was docent. Ik was daar niet om te dienen als onderwerp van hun verwarde emoties – of wat u ook suggereert.'

'Maar uiteindelijk was u dat wel, toch?'

'Ik had geen invloed op de gedachten van de meisjes, of op de manier waarop ze die uitten.' Blacker leek nu in zichzelf gekeerd. Zijn stem klonk zwakker, alsof hij zijn greep op het gesprek verloor.

'U kon er dus niets aan doen?'

'Nee, ik denk het niet.' De bruine ogen keken recht in die van Derwent. *Kijk maar, ik heb niets te verbergen.* 'Ik heb nooit over mijn privéleven gesproken. Ik heb geen van de meisjes ooit naar dat van hen gevraagd. Ik heb zelfs nooit gevraagd hoe hun weekend was, hoofdzakelijk omdat het me niet interesseerde. Ik beperkte me tot mijn werk. Ik was aardig wanneer de meisjes zich goed gedroegen tijdens de les en hun huiswerk maakten, maar ik ben nooit iemand geweest bij wie ze hun hart konden uitstorten. Zulke dingen liet ik over aan mijn vrouwelijke collega's, en ik prees mezelf gelukkig dat ik me daar niet mee bezig hoefde te houden.'

'Misschien had u zich er wel mee moeten bezighouden.'

'Ja, achteraf bezien was ik naïef. Ik heb geen zussen. Ik heb op een jongensschool gezeten. In die tijd, en ook daarna, heb ik vriendinnen gehad, maar ik heb me nooit gerealiseerd hoe overgevoelig tienermeisjes kunnen zijn. Ik heb simpelweg te weinig met ze te maken gehad.' Hij leunde achterover op zijn stoel. 'Als u verwacht dat ik verbitterd ben over wat Isobel Sairey me heeft aangedaan, moet ik u teleurstellen. Ze was jong en in de war, en ze begreep de consequenties van haar daden niet. Daar heb ik me al lang geleden mee verzoend. Wanneer ze ouder is, zal ze beseffen wat ze heeft gedaan, als ze dat inmiddels al niet doet. Ik zou niet graag in haar schoenen staan.'

'U verwijt haar niet dat u uw baan hebt moeten opgeven?' vroeg ik verbaasd.

'Niet echt. Ze was onschuldig. Er was niets kwaadaardigs aan wat ze zei of deed. Ze verloor heel snel de grond onder haar voeten. Ik denk dat ze graag met die hele toestand had willen stoppen, lang voordat de zaak voor de rechter kwam. Maar toen ze eenmaal in de gerechtelijke molen zat, moest die doordraaien en deed het er niet toe wat zij zelf had gewild. U kunt me geloven of niet, maar soms had ik met haar te doen.'

'Maar niet aldoor.'

'Nee. Soms kon ik haar wel vermoorden.' Hij lachte opnieuw naar me en ik zag zijn natuurlijke charme – de charme die ervoor had gezorgd dat een van zijn leerlingen hopeloos verliefd op hem was geworden. 'Niet letterlijk, uiteraard.'

'Uiteraard. En u zou niet menselijk zijn als u niet woest op haar was.'

'Ik moet bekennen dat ik niet al te vriendelijk over haar dacht toen ik mijn hypotheek niet meer kon betalen en er beslag werd gelegd op mijn flat. En toen ik werd veroordeeld, liet haar welzijn me koud. Ik maakte me drukker om dat van mezelf. En om de smartlap compleet te maken, werd ik toen ik in de nor zat gedumpt door mijn vriendin.'

Onwillekeurig raakte ik geamuseerd. 'En uw hond kwijnde weg en stierf?'

'Ik had geen hond. Jammer eigenlijk. Anders was de ellende helemaal niet meer te overzien geweest.'

'En u, in uw christelijke wijsheid, hebt het meisje haar zonden vergeven,' zei Derwent op lijzige toon.

'Ja, ik ben christen. En wat dan nog?'

Derwent grinnikte. 'Als ik het niet dacht. Bent u in de gevangenis bekeerd?'

'Ik was voor die tijd al belijdend christen. God maakte deel uit van mijn leven. In de gevangenis werd Hij wel belangrijker, maar het geloof was niet nieuw voor me.' Hij klonk niet opgelaten of gegeneerd terwijl hij erover sprak, eerder zakelijk. De meeste mensen die ik tegenkwam praatten makkelijker over seks dan over religie.

Zelf zou ik het niet zo bot hebben gezegd als Derwent. Wel verbaasde het me lichtelijk dat Christopher Blacker, jong als hij was en met zijn achtergrond, een zo sterk geloof had dat hij de minachting van Derwent kon trotseren. Opnieuw keek ik de kamer rond, op zoek naar eventuele aanwijzingen. Geen kruisen aan de muur, geen theologische boeken op de planken, afgezien van *Brieven uit de hel* van C.S. Lewis, maar dat stond naast de *Narnia*-boeken, dus was het niet zo gek dat ik dat eerder over het hoofd had gezien.

'Ik kan niet zeggen dat hetzelfde geluk mij ten deel is gevallen. Zelf ben ik atheïst,' zei Derwent. *En hij is er trots op*, voegde ik er in stilte aan toe. 'Misschien zit ik ernaast, maar ik dacht dat het geloof om vergiffenis draaide.'

'Dat is inderdaad een kernpunt.'

Derwent liet mij de voor de hand liggende vraag stellen. 'Waarom was u niet in staat om Philip Kennford te vergeven voor wat hij tijdens uw proces deed of naliet?'

'Ik ben belijdend christen. Ik zei niet dat ik een goed christen was.'

'Sjonge, en een komiek op de koop toe.'

Blacker zuchtte; hij had geen zin meer in geestigheden. 'Luister, het proces was een klassiek welles-nietesgebeuren. Ik had de waarheid aan mijn kant, en niet veel meer dan dat. Ik had schriftelijke verklaringen over mijn karakter en alle alibi's die ik bijeen kon schrapen. Maar Isobel was zo vaag over de details dat ik ze niet afdoende kon weerleggen. En gunstige verklaringen over je karakter zijn niks waard in een zaal vol mensen die al hebben besloten dat je een monster bent dat misbruik heeft gemaakt van een tienermeisje. Om nog maar te zwijgen van de schandaalpers. Lieve hemel. Die had me al schuldig verklaard voordat de jury dat deed.'

'Van wat ik erover gelezen heb was de aanklacht voornamelijk gebaseerd op haar beschuldiging,' zei ik, wetend dat Derwent niet de moeite had genomen om de betreffende kranten goed te bekijken. 'Er was niet veel bewijs om wat ze zei te staven.'

'Dat werkte helaas in mijn nadeel. Mij leek het simpel: als er geen bewijs was, wilde dat zeggen dat zij niet de waarheid sprak. Het was niet gebeurd, dus waren er geen getuigen en was er niets tegen me te vinden. De aanklager beweerde dat ik te slim was geweest om ook maar iets achter te laten – geen sms'jes, geen e-mails, niets wat boven water gehaald kon worden om in de rechtszaal te tonen. Dat ik haar nooit sms'jes of e-mails had gestuurd en dat er daarom niets te ontdekken viel, scheen niet in de jury op te komen.'

'Dus uiteindelijk was alles gebaseerd op haar leugens. Die moeten toch makkelijk te weerspreken zijn geweest.'

'Dat zou je denken, maar dat was niet zo. Ook de aanklager worstelde ermee, maar minder dan ik. Beide kanten liepen vast, want ze was heel vaag in wat ze beweerde. Er viel niets te bewijzen, niet voor haar en niet voor mij. Het was haar woord tegen het mijne. Een van ons tweeën moest dus liegen.'

'En uw advocaat dwong haar niet om haar relaas concreter te maken, zodat u kon bewijzen dat u op bepaalde momenten niet was waar zij beweerde dat u was?'

'Kennford zat op zijn reet en liet haar een sprookje vertellen. Hij scheen niet te vinden dat het zijn taak was om ertussen te komen.'

'Er zijn grenzen aan wat advocaten mogen doen,' zei ik. 'Het is niet zoals in Amerikaanse rechtbankseries waar de getuige om de paar seconden wordt onderbroken door de verdediging, om bezwaar te maken tegen het een of ander.'

'Dat weet ik. Inmiddels heb ik enige ervaring met het rechtssysteem in dit land.' Hij wreef over zijn gezicht. 'Toen hij haar ondervroeg had hij de gelegenheid om haar aan te pakken. Hij had haar verhaal met haar kunnen doornemen om te laten zien op welke punten het niet klopte. Maar hij nam de moeite niet.'

'Hebt u hem ernaar gevraagd?'

'Natuurlijk. Zodra we de rechtszaal verlieten bij de eerstvolgende pauze, zagen we elkaar in een spreekkamer. Hij vertelde me dat ik hem moest vertrouwen. Hij zei dat ik hem zijn werk moest laten doen; dan kwam ik vanzelf vrij. Volgens hem zou Isobel dichtklappen als hij haar onder druk zette, en voor de jury zou hij dan overkomen als een hufter. "De jury moet aan onze kant staan, meneer Blacker. Ze moeten ons eerlijke, fatsoenlijke kerels vinden. Heren, zo u wilt. En juffrouw Sairey hard aanpakken gaat ons daar niet bij helpen." Gelul.' Bij dit laatste woord klonk er onverholen woede door in zijn stem.

'U zei zelf dat ze onschuldig was. En kwetsbaar. Misschien had hij wel gelijk over wat de jury zou vinden van een harde aanpak.'

'Er zijn manieren om aan te tonen dat iemand liegt zonder dat je diegene er regelrecht van beschuldigt. Hij had haar vragen kunnen stellen die veelzeggend waren geweest voor de jury, zonder dat zij het zelf besefte. Hij hoefde haar niet in de pan te hakken, daar vroeg ik niet om. Dat het verstandig was om haar niet te erg van streek te maken begreep ik ook wel. Ik bedoel: iedereen stond aan haar kant, al voordat de zaak voor de rechter kwam. Ik was degene die mijn onschuld moest bewijzen; wat ze ook zeggen over dat je onschuldig bent tot het tegendeel is bewezen. Zij legde haar verklaring af per videoverbinding. De rechter moest haar continu vragen om luider te spreken, maar dat was geen aanstellerij van haar. Ze was echt, begrijpt u? Het was niet gespeeld; ze vroeg niet om aandacht. Ze schaamde zich dood over alles, wat haar verhaal alleen nog maar doeltreffender maakte. Of ze geloofde zelf wat ze zei, of ze durfde niet op haar verhaal terug te komen met haar ouders op de publieke tribune en de politie in de rechtszaal, want die zat op haar getuigenis te wachten om mij te kunnen opbergen. Zelfs ik, die wist dat ze niet de waarheid sprak, werd een paar keer bijna door haar in de luren gelegd.'

'Maar u weet zeker dat het geen kwade opzet was.'

'Vrijwel zeker. Er bestond geen aanleiding voor haar om mij kwaad te willen doen. Het ging niet om wraak omdat ik te streng voor haar geweest, want dat was niet het geval. Ik had nooit extra aandacht aan haar besteed. Toen er in een weekend twee politieagenten bij me aan de deur kwamen om me te vertellen waarvan ze me beschuldigde, wist ik aanvankelijk niet eens wie ze was.'

'Misschien was dat het probleem. Niemand wordt graag genegeerd.'

'Denkt u werkelijk dat ze me ervan zou beschuldigen een relatie met haar te hebben, alleen maar om mijn aandacht te trekken?'

'Het is mogelijk. Hebt u dat nooit overwogen?'

'Niet echt, nee. Het zou niet in me zijn opgekomen dat een tienermeisje tot zoiets in staat zou zijn.'

'Als deze baan je één ding leert, dan is het dat mensen tot alles in staat zijn.' Deze ene keer was Derwents bijtende cynisme op zijn plaats.

'Nou, tegen de tijd dat de zaak voorkwam, had ze mijn aandacht inmiddels wel getrokken, maar ik geloof niet dat ze daar veel plezier aan beleefde. Toen ze werd gehoord door de openbaar aanklager dacht ik een paar keer dat ze zou instorten, hoe aardig en voorzichtig hij ook was. Maar ze was op tijd over de zenuwen heen. Ze had een fantasie over ons tweeën gecreëerd, ongelooflijk gedetailleerd, en ze vond het heerlijk om erover te kunnen praten. Het was krankzinnig, de dingen waarvan ze beweerde dat we ze samen hadden gedaan. Wat ik zogenaamd tegen haar had gezegd. Volgens de aanklager kickte ik op mijn macht over haar. Ik had het verleidingsproces zogenaamd gerekt, waardoor er in haar verhaal maar twee of drie keer sprake was van echte seks. De rest was een en al handjes vasthouden en elkaar eeuwige liefde beloven. Ik weet niet waar ze het vandaan haalde – zuiver Bouquetreeks, het meeste ervan – maar ze bracht het overtuigend. Kennford liet haar gewoon praten. Zijn kruisverhoor was waardeloos. En Isobel had twee volslagen idiote vriendinnen, die haar verafgoodden. Ze waren bereid om te zweren dat Isobel de waarheid sprak. Ik denk dat zij het ook geloofden. Elke keer als ik de rechtszaal uit kwam en naar een verschrikkelijk kamertje ging, een veel te heet hok, moest ik aanhoren hoe mijn rechtskundig adviseur en Kennford vertelden wat een slechte indruk de getuige op de jury had gemaakt en dat het allemaal volgens plan liep. En ik wist het. Ik wist dat ze de boel aan het verprutsen waren en dat ik diep in de problemen zat.'

'Maar het haalde niets uit wanneer u hun dat probeerde te zeggen.'

'Nee. Zoals ik al zei: ze vertelden me gewoon dat ik niet wist waarover ik het had. Ik zie het nog voor me.' Hij keek voor zich uit, met een spottend lachje om zijn mond. 'Het was januari. Buiten hartstikke guur, iedere dag regen of natte sneeuw. Binnen was het nog erger. Iemand was vergeten om in dat kamertje de kerstversiering weg te halen, en er stak wat engelenhaar achter een schilderijtje dat er scheef aan de muur hing. Het irriteerde me. Maar het hielp ook.'

'Hoezo?'

'Iedere keer dat Kennford negeerde wat ik zei of me vertelde dat ik niet wist waarover ik het had en hem gewoon moest vertrouwen, keek ik strak naar het engelenhaar in plaats van naar hem. Ik had geen zin om naar zijn zelfvoldane gezicht te kijken. Ik concentreerde me op de versieringen; ik haatte ze, vooral dat plukje engelenhaar.' Hij lachte. 'Ik beloofde mezelf dat ik na afloop van het proces zou teruggaan om het te pakken en als aandenken te bewaren. Niet omdat ik herinneringen aan het proces wilde bewaren, maar omdat ik het van de muur wilde rukken en erop stampen, of wat dan ook, om stoom af te blazen.'

'Maar dat hebt u niet gedaan, neem ik aan.'

'Nee. Nadat ik schuldig was bevonden mocht ik de rechtszaal niet verlaten. De rechter veroordeelde me meteen. Hij zei dat hij tijdens het proces alle verklaringen over mijn karakter al had gehoord. Alles over mijn persoonlijke omstandigheden. Hij hoefde verder niets meer over mij te horen om te weten dat hij me de maximumstraf zou opleggen.'

'Maar Kennford zal toch gelegenheid gekregen hebben om te reageren. Er kan toch altijd voor strafvermindering worden gepleit?'

'Hij kon het nog hebben over het delict, maar niet over wat een geweldige vent ik was. Dat was nogal vervelend, want ik hield nog steeds vol dat ik het niet had gedaan. Dus hij voerde aan dat het meisje geen schade had ondervonden door haar ervaringen en dat mijn misdaad veel minder ernstig was dan een echte verkrachting, want ze was immers een gewillige – zij het naïeve – partij geweest. En ik zat daar mijn hoofd te schudden en zo hard als ik durfde "nee" te zeggen. Ten slotte vond de rechter het welletjes en kreeg ik een gevangenisstraf opgelegd.'

'Maar als Kennford de verklaringen omtrent uw karakter al tijdens het proces had gebruikt, kon hij daar niet veel meer aan toevoegen. Vooral omdat de rechter kennelijk bevooroordeeld was.'

'Het was waardeloos wat hij deed. Op zijn minst halfslachtig. Zijn junior vertelde me achteraf dat hij een ander proces had zitten voorbereiden tijdens de eindbetogen en niet goed oplette waar de zaak naartoe ging. Hij dacht dat we niet kónden verliezen.'

'Dat was dom van hem,' zei Derwent.

'U meent het.' De ironische toon waarop Blacker dit zei, evenaarde die van Derwent. De inspecteur grinnikte. Hij mocht Blacker, besefte ik. Wat belangrijker was: hij geloofde diens verhaal. Net als ik. Blacker had beter verdiend dan dit armzalige bestaan in een flatje waar hij sommen moest uitleggen aan rijke domkoppen en bevoorrechte hoogvliegers.

'En u hebt dus een jaar gezeten.'

'Ik kreeg vier jaar, wat inhield dat ik na twee jaar een verzoek tot voorwaardelijke vrijlating kon indienen. Dus feitelijk heb ik de helft uitgezeten van een straf die ik niet verdiende.'

'En zodra het vonnis was uitgesproken, tekende u beroep aan.'

'Zou u dat niet doen?' Hij lachte verbitterd. 'De gevangenis is geen geweldige omgeving voor mensen die wegens kindermisbruik zitten. Het feit dat ze al veertien was deed daar niets aan af. Ik ben bepaald geen vechtersbaas, maar ik heb mezelf wel een paar keer moeten verdedigen.'

'U zat toch niet op een gewone afdeling?'

'De gevangenissen zitten stampvol. Soms hebben ze geen keus.' Hij huiverde. 'Ik gaf trouwens toch de voorkeur aan gewone moordenaars en bankrovers boven de zedendelinquenten. De meesten van hen waren erger. Ronduit slecht. Ze hadden geen berouw.'

'De gevangenis heeft niet op iedereen een goede uitwerking.'

'De gevangenis is een plek om mensen weg te stoppen zodat de samenleving kan doen alsof ze niet bestaan. Punt uit. Maar het is ook een plek waar je de tijd krijgt om na te denken, en dat is wat ik heb gedaan.'

'Tot welke conclusie kwam u?'

'Dat ik zou vrijkomen. En dat gebeurde.'

'Op grond waarvan ging u in hoger beroep?' vroeg ik.

'Twee dingen. Eén was een opmerking die de rechter tijdens zijn recapitulatie maakte. Het hof van beroep was het ermee eens dat die opmerking partijdig was en dat de uitspraak van de jury erdoor beïnvloed kon zijn. Twee was mijn verdediging. Philip Kennford werd in de uitspraak berispt omdat hij mijn aanwijzingen had genegeerd. Ze noemden hem arrogant en uit de hoogte.'

'Opmerkzaam,' zei Derwent. 'En u kwam vrij.'

'Het OM besloot dat er geen nieuw proces kwam. Ik vermoed dat ze daar inmiddels wisten dat Isobel wellicht niet de sterkste getuige was. Haar familie maakte geen bezwaar tegen mijn invrijheidstelling, dus die heeft het vast geweten.' Zijn gezicht vertrok. 'Maar denkt u dat een van haar familieleden iets zou hebben gezegd als er niets aan mijn vonnis was veranderd? Het heeft me heel veel tijd gekost om te beseffen dat het niemand iets kon schelen. Ze wilden allemaal gewoon dat ze het konden vergeten – de politie, de juristen, de familie, Isobel. Iedereen. Met mij in de gevangenis konden ze doorgaan met hun leven. Mijn vrijlating maakte alles een stuk gecompliceerder.'

'Hebt u geprobeerd in contact te komen met Isobel?' vroeg ik.

'Nee. Nooit. Het liefst zie ik haar nooit meer. Maar ze weten dat ze me nu bij toeval kunnen tegenkomen. Ik ben terug in hun wereld, ook al leef ik vooral langs de zijlijn.'

Derwent klopte op zijn zakken. 'Ik moet hier toch ergens een viool hebben.'

'Ja, ik weet het. Heel pathetisch allemaal.' Hij schudde zijn haar naar achteren. 'Ik wilde het van me afzetten. Ik dacht dat ik weer gelukkig zou zijn zodra ik vrij was, maar dat was niet het geval. Ik voelde me slechter. Ik had nachtmerries: vreselijke, afschuwelijke nachtmerries die me nog steeds door het hoofd spoken. Ik woonde bij mijn ouders en ze hoorden me midden in de nacht gillen. Mijn moeder zei dat het net leek alsof ze weer een baby in huis hadden.'

'Waarover gingen die nachtmerries?'

'Dat ik terug moest. Dat het hoger beroep niets uithaalde. Dat ik achternagezeten werd en opeens weer in een gevangeniscel zat of dat ik daar wakker werd en besefte dat ik enkel in een droom vrij was geweest.' Ik zag dat hij zweette. Het was bedompt in de kamer, maar hij transpireerde van onrust – alleen al door het praten over zijn ervaring. Ik deed mijn werk graag, in de wetenschap dat de mensen die door mij achter de tralies belandden het verdienden om daar te zitten, maar Christopher Blacker was een ander geval. Ik vroeg me af hoe Kennford zo onverschillig had kunnen zijn. Door de fouten die hij had gemaakt was een onschuldig man veroordeeld tot jaren van diepe ellende.

'Wanneer hielden ze op? De nachtmerries, bedoel ik.'

Hij keek me aan met een vreemd glimlachje. 'Daar wacht ik nog steeds op. Maar na enkele maanden ging het beter. Het gebeurde niet meer elke nacht. Misschien nog om de nacht.' Een langzaam hoofdschudden. 'Maar dat wil niet zeggen dat ik ervan verlost was. Ik begon er overdag door geplaagd te worden. Dan liep ik op straat en opeens dacht ik aan het proces en aan Kennford. En als ik me dan weer bewust werd van de wereld, bleek ik op een bankje in het park in het niets te hebben zitten staren. Verloren tijd, noemde ik dat.' Weer zo'n eigenaardig lachje. 'Daar baalde ik stevig van, dat kan ik u verzekeren. Ik was immers degene die tijd te goed had vanwege dat jaar in de gevangenis.'

'Ik kan me uw verbittering voorstellen.' Derwent sprak zijn piepkleine voorraad empathie aan en haalde er een kruimeltje medeleven uit, wat des te aandoenlijker was vanwege het verrassingseffect. 'Kennford heeft u laten stikken.'

'Ik was meer dan verbitterd, hoor. Ik moest aldoor aan hem denken, aan zijn luizenleven, zijn carrière. Ik was gewoon een kleine misstap geweest: één minnetje tussen al zijn plussen. Hij was me vergeten zodra hij het gerechtsgebouw verliet. Hij had er een janboel van gemaakt, maar dat had geen gevolgen voor hem. Ik deed mijn werk goed, maar werd gestraft voor iets waaraan ik me niet schuldig had gemaakt. Ik kon er maar niet overheen komen. Ik werd omringd door mensen die me wilden helpen – vrienden en familie. Zelfs mijn ex-vriendin hing een tijdlang om me heen, totdat ik zei dat ze moest opdonderen. Ze voelden zich allemaal schuldig over wat me was overkomen, maar ze wisten niet hoe ze met me moesten praten. Ik kon ze niet helpen. Ik wist het zelf evenmin.'

'Hebt u hulp van een psycholoog gehad?' vroeg ik.

'Een paar sessies. Vergoed door de zorgverzekering – mijn huisarts had dat geregeld. Ik moest een paar maanden wachten, want ik was niet suïcidaal, dus ik had geen voorrang.'

'Heeft het wat geholpen, dat u naar iemand toe kon?'

'Ik was al door het ergste heen, denk ik.' Hij zag er wat onbeholpen uit. 'En ik had een manier gevonden om uiting te geven aan mijn gevoelens. Wat vast de reden is voor uw komst.'

'U hebt bedreigingen geuit tegen Philip Kennford. En zijn gezin.'

'En zijn hond en zijn auto en zijn huis. Noem maar op.'

Hij keek naar de vloer en lachte een beetje. 'Nu schaam ik me ervoor. Dat ik razend op zijn kantoor verscheen en eiste hem te spreken te krijgen. Ik zei dat ik er recht op had om hem betaald te zetten wat hij me had aangedaan. Goddank vatten ze het niet zo zwaar op dat ze de politie belden, anders was ik opnieuw in de nor beland.'

'Ze vertelden ons dat het niet ernstig genoeg was geweest om het bij de politie aan te geven.'

'Ik liep de ontvangstruimte binnen en joeg de receptioniste de stuipen op het lijf.'

'Die blonde. Met haar fraaie rondingen.' Derwent had oog voor vrouwelijk schoon en dat moest ik weten ook, keer op keer.

'Het was een brunette. Ze was jong. Ik betwijfel of ze daar nog werkt, na wat ik heb gedaan.' Hij legde zijn hoofd in zijn handen. 'Ik heb haar naderhand een bloemetje gestuurd, toen ik weer was bedaard. Maar prettig kan het niet voor haar zijn geweest dat ik voor haar balie stond te razen en uit mijn dak ging en bedreigingen uitte.'

'Dat was vast niet leuk. Hoe hebben ze u tot bedaren gebracht?'

'Een paar mensen die daar werkten zetten me in een stoel, terwijl een ouder iemand een groot glas whisky voor me inschonk en zei dat ik me moest beheersen. Ik dronk de whisky op, kreeg mezelf weer in de hand, maakte mijn excuses en vertrok. Ik wachtte op een klop op de deur, maar Kennford moet besloten hebben het door de vingers te zien.' Een sprankje humor. 'Dat was wel het minste wat hij kon doen.'

Derwent leunde voorover, zijn handen losjes gevouwen tussen zijn knieën. Hij zat erbij alsof hij op het punt stond om op te staan.

Dat was een van zijn technieken: de lastige vragen tot het laatst bewaren, wanneer mensen denken dat je klaar bent en zij er gemakkelijk van afgekomen zijn. 'Vertel eens wat u dacht toen u op het nieuws hoorde over Kennfords gezin?'

'Hoe bedoelt u wat ik dacht? Arme vrouw, arm kind. Ik wist aanvankelijk niet dat het om zijn gezin ging. Dat zeiden ze er niet bij.' Hij klonk verbijsterd.

'U dacht niet dat Kennford zijn verdiende loon had gekregen, zodra u wist wie de slachtoffers waren?'

'Dat zou een beetje hard zijn, vindt u niet? En onrechtvaardig tegenover zijn vrouw en dochter. Die hadden me niets misdaan.' Hij schudde zijn hoofd. 'Ik zou er niet veel tranen om gelaten hebben als Kennford iets was overkomen – en al helemaal niet als hij in de gevangenis was beland. Dat zou toch een mooi soort gerechtigheid zijn geweest? Maar zijn halve gezin is uitgemoord. Dat is meer dan wraak. Dat is monsterlijk.'

Derwent hees zich omhoog. Hij keek neer op Blacker en leek langer dan hij in werkelijkheid was. 'Ik denk dat we klaar zijn, Maeve.'

'Nog één vraag. Hebt u medelijden met hem?'

'Nee.' Het woord bleef een paar tellen in de lucht hangen voordat hij verder sprak. 'Maar hij laat me dan ook koud. Inmiddels.'

Dit was het eerste wat Christopher Blacker zei dat ik niet geloofde.

II

'Ik heb een leuke verrassing voor je.'

Doorgaans hield ik me niet bezig met Derwents gemoedsgesteld-
heid, maar toen ik onze ondervragingen voor die dag regelde vond ik
dat hij wel een pleziertje had verdiend. Hoewel zonneklaar was dat
hij Miranda Wentworth bewonderde, was ze een beetje te oud voor
hem. Jammer genoeg was het me niet gelukt om Savannah Wentworth te pakken te krijgen, maar na vijf steeds bozere telefoontjes beloofde haar agent me dat hij ervoor zou zorgen dat ze me belde. Ik
verwachtte er niet veel van. Nummer twee met stip op de lijst was
Niele Adamkuté.

Derwent bekeek de naam zonder enthousiasme. 'Wie is dat?'

'Ook een cliënt van Kennford.'

'Weer iemand die hij heeft laten stikken?'

'In zekere zin.'

'Hoe komt die vent verdomme aan een goede reputatie als het
hem te veel moeite is om zijn werk goed te doen?'

'Volgens mij heeft hij Adamkuté heel goed verdedigd. Maar wat er
vervolgens gebeurde lag gecompliceerder.'

'O.' Hier dacht Derwent enkele ogenblikken over na. 'Ik geef het
op. Waarvoor stond hij dan terecht?'

'Zíj stond terecht vanwege witwaspraktijken en ze ging vrijuit,
waarna Kennford zo vrij was om haar verleiden.'

'Die smeerlap.' Derwent klonk bewonderend – voor het eerst met
betrekking tot Kennford. 'Wat is het voor vrouw?'

'Als ik dat wist, zou ik je niet helemaal naar Poplar laten rijden om
daarachter te komen.'

'Je bent gek.' Derwent staarde uit het raam naar het verkeer dat alle wegen in het centrum van Londen verstopte. 'Dat is mijlenver weg.'

'Ze is het vast waard,' zei ik met een vertrouwen dat ik niet echt voelde; een vertrouwen dat sowieso weggeëbd zou zijn onder het niet-aflatende gemopper van Derwent terwijl we in de hitte door Londen kropen. Iedere auto en etalageruit verhevigde de schittering van het licht en voordat we ook maar een eindje opgeschoten waren, had ik al hoofdpijn van het door mijn wimpers turen. Ik vond een zonnebril in mijn tas en zette hem op. Ik daagde Derwent uit er de spot mee te drijven, en dat deed hij natuurlijk ook.

'Niet te geloven. Waar heb je dat afdankertje van Stevie Wonder weten te vinden?'

'Toevallig is dit een designbril.'

'Hoeveel heb je ervoor moeten dokken?'

'Honderdzeventig pond.'

Hij floot. 'Ze betalen jou te veel.'

'Ik vind hem mooi, oké?' Ik wist dat ik defensief klonk, maar ik kon er niets aan doen. 'Ik geef niet veel geld uit aan kleren.'

'Dat weet ik toch. Ik zie je bijna elke dag.'

Ik keek naar wat ik droeg. Een grijze broek en een witte blouse. Neutraal, onopvallend, niet duur, maar naar ik hoopte toch verzorgd. 'Ik zou wel gek wezen om veel geld uit te geven aan werkkleding. Een mens wil zich toch geen zorgen moeten maken over de stomerijrekening bij het rondstruinen op een plaats delict?'

'Daarom hoeft je outfit toch nog niet saai te zijn?'

'Ik vind saai niet erg. Ik wil niet opvallen in de massa.' Wat ik wilde was mensen observeren en niet de aandacht trekken.

'Jij zou heel wat moeite moeten doen om in de massa op te gaan,' merkte Derwent op.

'Omdat ik lang ben. Ja hoor, dat weet ik.'

'Je valt gewoon op.' Hij bekeek me van opzij en wendde snuivend zijn hoofd af. 'Sorry, maar ik kan je niet serieus nemen met die grote bril op. Het lijken wel vuilnisbakdeksels.'

'Groot is in,' zei ik rustig. 'En zoals ik al zei, geef ik niet veel uit aan accessoires. Zat mensen die ik ken zouden een aanbetaling op een huis kunnen doen als ze het geld dat ze hadden uitgegeven aan tassen en schoenen hadden gespaard.'

'En jij? Heb jij voldoende gespaard voor de aanbetaling op een huis?'

'Niet echt,' gaf ik toe, en ik dacht met enige spijt aan mijn verwaarloosde spaarrekening. 'Maar het klonk goed, of niet soms?'

'Het klonk als iets wat een AOW'er zou zeggen.'

'Klopt. Ik geloof dat ik het woord voor woord van mijn moeder heb gepikt.' Ik rilde. 'O god, ik begin op haar te lijken.'

'Alle vrouwen gaan uiteindelijk op hun moeder lijken. Om die reden heb ik in principe alleen seks met meiden die jonger zijn dan vijfentwintig. Voordat het misgaat met ze.'

'Wat een viespeuk ben jij, zeg. En dat wordt alleen maar erger naarmate je ouder wordt.'

'Waarschijnlijk verhoog ik de grens naar dertig jaar zodra ik vijfenveertig ben. Een leeftijdsverschil van twintig jaar valt nog wel te overbruggen, maar daarna wordt het vervelend. Dan blijf je uitleggen wie mensen zijn en waarom ze beroemd zijn.' Hij trok een gezicht. 'De eerste paar keren is dat lief. Daarna wordt het alleen maar sneu.'

'Ja, sneu is het woord waar ik ook aan dacht.' Ik keek hem belangstellend aan. 'Wil jij dan niet iemand met wie je een gesprek kunt voeren?'

'Praten is niet mijn prioriteit, Kerrigan.'

'Jij mag dan 's werelds geweldigste minnaar zijn, je kunt toch niet de hele tijd seks hebben? Je zult toch eens uit eten gaan. Of samen een lange afstand rijden naar een vakantieadres. Is dat allemaal niet prettiger met iemand die jouw humor snapt en die jouw culturele toespelingen begrijpt?'

'Eerlijk gezegd verveel ik me in de auto. Ik zet gewoon de radio aan.'

In gedachten telde ik af. Vijf... vier... drie... twee... Klik. Freddie Mercury's stem barstte los en vulde de auto.

'Heel grappig.'

'Ik zou jou de zender wel willen laten kiezen, maar ik ga niet naar troep luisteren. Klassieke nummers, die heb ik het liefst.'

'Wie zijn dit ook alweer?' Ik deed net of ik het niet wist. 'The Beatles?'

Er verscheen een klein glimlachje op zijn gezicht. 'Verdomde barbaar.'

Bekvechten met Derwent vormde een goede afleiding in het saaie verkeer. Toen we onze bestemming bijna hadden bereikt, waren we twintig minuten te vroeg voor onze afspraak. Derwent stopte voor een supermarktje. Hij ging ernaar binnen en kwam terug met een fles water en voor ons allebei een softijsje. Het mijne was in chocolade gedoopt.

'Waar is dat goed voor?'

'Jij hebt een leuke verrassing voor mij geregeld. Ineens bedacht ik me dat ik iets aardigs terug wilde doen.' Hij keek toe hoe ik de chocola probeerde te eten zonder dat er stukjes van op mijn decolleté vielen. 'En ik had het gevoel dat er waarschijnlijk wel wat interessants te zien zou zijn.'

'Hou toch op.'

'Doorgaan. Laat die tong werken. Ja, nu de onderkant. O ja, schatje, zo gaat-ie goed.' Hij stootte met zijn heupen omhoog.

'Ik laat dit echt niet door jou verpesten, hoor. En ieder woord dat jij zegt komt regelrecht in mijn officiële beschuldiging van seksuele intimidatie.'

'Dat dossier is ondertussen vast zo dik als een telefoonboek.' Hij klonk niet alsof hij erg onder de indruk was. Hij wist net zo goed als ik dat er geen aanklacht lag en dat er ook geen zou komen. Ik zat niet te wachten op de reputatie van een zeikwijf zonder humor. Hij maakte zulke opmerkingen omdat hij het leuk vond en ermee weg kon komen, én omdat hij een groot deel van de tijd werkelijk zo dacht. Hij zou er ook niet mee ophouden. Vandaar dat ik zijn grove opmerkingen zou blijven terugkaatsen en hij ze zou blijven maken. En ondertussen was er een ijsje om te eten. Ik probeerde dat zo onappetijtelijk mogelijk te doen.

Niele Adamkuté woonde in een smalle straat met rijtjeshuizen, vlak bij metrostation Canning Town. Het gebied had geprofiteerd van de ontwikkeling van Canary Wharf, de opeengepakte massa wolkenkrabbers midden in East End die de omringende wijken aantrekkelijk had gemaakt. Op werkdagen trokken mensen vanuit heel Londen naar dit zakencentrum om het gedurende de weekends links te laten liggen. Het merendeel van hen had nog nooit een voet gezet in het hart van Poplar of Limehouse, of een van de andere buurten waar de huizenprijzen omhooggeschoten waren in de verwachting van nieuwe rijkdom in dat deel van de stad. De recessie had voor een stevige neerwaartse impuls gezorgd op de huizenmarkt. Toch waren er nog een heleboel mensen die probeerden een fortuin te verdienen als projectontwikkelaar, door goedkope oude huizen te verbouwen tot blitse yuppenonderkomens. Shetland Street, waar Adamkuté woonde, verkeerde halverwege dit proces van stadsherstel, wat inhield dat de meeste huizen er niet op hun best uitzagen. Voor drie van de huizen stond een afvalcontainer op de weg. Een paar andere gingen schuil achter steigers en dekzeilen, en bij weer twee andere zaten halfnaakte bouwvakkers in het zonnetje op de stoep te roken. Huizen met keurig geverfd houtwerk en een onberispelijke voortuin stonden pal naast huizen die er onbewoond uitzagen, met donkere, vuile ramen en bergen afval in het tuintje. Dat van Adamkuté had alle kenmerken van een huurhuis: lelijk dubbelglas, overvolle vuilnisbakken voor de deur en een voortuin vol grind, de goedkope en onderhoudsvrije oplossing voor buitenruimte. Ik belde aan. In het huis, vaag zichtbaar door het matglas in de voordeur, liep iemand door de gang en rende de trap op.

'Goh. Aardig.'

'Ik heb de afspraak telefonisch met haar gemaakt. Ze weet dat we komen.' Ik deed een stap opzij om door het voorraam naar binnen te gluren en zag kale muren en een minimum aan meubilair. 'Ik geloof niet dat zij het was. Het leek me een man.'

'Mij ook. Maar ik heb geen hoge verwachtingen van juffrouw Adamkuté. Kennford zou nog een gat in de grond naaien als er niets anders voorhanden was.'

Op het moment dat hij dit zei, werd het donker achter de voordeur, alsof er aldoor iemand naast de deur had gestaan, onttrokken aan ons oog. Het kon niet anders of ze had gehoord wat Derwent zei. Maar toen Niele de deur opendeed, was er aan haar gezicht niets af te lezen. Ze keek mij aan.

'U bent rechercheur Kerrigan?'

'Ja. Dit is mijn collega…'

'Josh Derwent.' Hij schoot naar voren, met uitgestoken hand. 'Inspecteur Derwent.'

Zijn rang leek net zo weinig indruk op haar te maken als de hand die hij naar haar uitstak. Ze keek ernaar alsof ze niet begreep wat hij wilde en stapte vervolgens achteruit. 'Komt u binnen.'

'Bedankt dat we meteen bij u langs mochten komen,' bazelde Derwent, terwijl hij achter mij aan naar de woonkamer liep en Niele geduldig wachtte om de voordeur dicht te kunnen doen. Ik begreep zijn opwinding wel, want ze was alles wat ik over haar had gehoord en méér. Ze was een schoonheid: lang, superslank maar met een goed ontwikkelde boezem, elegant in een eenvoudige zwarte pantalon en een roomkleurige zijden blouse. Maar ze had meer dan een knap uiterlijk. Ze straalde een rust uit die opmerkelijk was, een gereserveerdheid die eerder intrigeerde dan afschrikte. Haar ogen waren ongelooflijk: groen en een tikje scheef onder gewelfde wenkbrauwen. Haar haren waren donker en glanzend. Het enige wat de volmaakte symmetrie van haar gelaatstrekken verstoorde, was een schoonheidsvlekje hoog op haar ene jukbeen – en dat gaf haar gezicht iets persoonlijks dat het anders misschien had gemist. Ik wist dat ze eenendertig was, maar als ik ernaar had moeten raden, had ik haar geen dag ouder dan vijfentwintig geschat. Naar mijn gevoel zou Derwent van zijn principe afwijken als hij dacht dat hij een kansje bij haar maakte. Haar Engels was goed: vrijwel accentloos en vloeiend. Ze bleef in de deuropening staan terwijl Derwent en ik plaatsnamen. Ik kon haar gezichtsuitdrukking niet duiden. Ze keek niet echt vijandig, maar beslist op haar hoede, besloot ik. De eerste woorden die ze sprak bevestigden mijn indruk.

'U bent hier omdat u wilt weten wat er tussen mij en Philip Kennford is gebeurd. Klopt dat?'

'Min of meer. We proberen een beeld te krijgen van zijn leven, en dat betekent dat we met mensen praten die hem kennen.' Ik aarzelde. 'En die zijn vrouw kenden.'

'Zijn vrouw? Die kende ik nauwelijks. Ik heb haar één keer ontmoet.' Heel even lag er een zweem van ironie op haar gezicht. 'We konden niet zo goed met elkaar opschieten.'

'Dat heb ik gehoord, ja.'

'En ik heb gehoord dat ze dood is.' Haar ogen vernauwden zich. 'Dat is toch waarom u hier eigenlijk bent? U hebt gehoord dat we ruzie hadden en wilt weten of ik verantwoordelijk ben voor de moord.'

'En? Bent u dat?' Ik was geamuseerd en een beetje verbaasd over haar directheid.

'Natuurlijk niet. Ik heb maanden geleden ruzie met haar gehad. Sindsdien heb ik Philip Kennford niet meer gezien en dat wil ik graag zo houden.' De mooie mond klapte dicht en werd een pruilmondje. Een andere omschrijving was er niet voor.

'U begrijpt hopelijk dat we u ernaar moeten vragen. We moeten de mensen opzoeken die een hekel hadden aan Vita Kennford en mogelijk een reden hadden om haar en haar dochter te doden. En u hebt een motief voor moord. Op de moeder althans, niet op de dochter.'

'Waarom zou ik tot nu gewacht hebben?'

'Misschien was u eerder niet in de gelegenheid. Misschien moest u de moord eerst plannen.'

'Wat viel er dan te plannen? Je kent mensen die zoiets voor hun rekening nemen of je kent ze niet.' Een veelzeggend schouderophalen. 'Ik ken ze natuurlijk niet.'

'Natuurlijk niet,' beaamde ik. Alle beschuldigingen waren halverwege haar proces ingetrokken, hield ik mezelf voor. Maar dat was wegens gebrek aan bewijs en een creatief pleidooi van Kennford – niet zozeer omdat ze onschuldig was. Ik zou mijn oordeel over haar nog even opschorten.

'En natuurlijk wilde ik haar niet dood. Maar als u op zoek bent naar mensen die een hekel aan haar hadden, zult u een lijst moeten maken van iedereen die haar heeft ontmoet. Ze was geen prettige vrouw.'

'Waar hebt u met haar kennisgemaakt?' vroeg Derwent, die Kits beschrijving van hun ontmoeting niet had meegekregen. Hij had een lage gemakkelijke stoel gekozen en zag er nu uit alsof hem dit speet, aangezien Niele niet was gaan zitten. Ze stond tegen de muur geleund en oogde als een model uit *Vogue*.

'In zijn flat in Clerkenwell. Ze smeet me eruit.'

'Woonde u daar?'

'Hij had me gevraagd om bij hem in te trekken,' zei ze met een licht schouderophalen. 'Ik had nooit ja moeten zeggen. Maar ik dacht dat het beter zou zijn dan een huis delen met anderen. En ook híj dacht dat het beter zou zijn dan een huis delen met anderen. Hier bij mij leek het alsof hij weer student was, zei hij, en die tijd had hij achter zich gelaten.'

'Hebt u veel huisgenoten?'

'Een paar.' Precies op dat moment klonken er voetstappen op de vloer boven mijn hoofd. 'Ze komen en gaan.'

'Wie zijn het dan?' vroeg Derwent.

'Wat kan u dat schelen?'

'Ik wil het gewoon graag weten.'

'Alles weten maakt niet gelukkig. Dat is toch de uitdrukking?'

'Ik ben nu eenmaal nieuwsgierig van aard.'

De licht ironische blik was terug in haar ogen. 'Het zijn mensen van thuis. Als je voor het eerst naar Groot-Brittannië komt, is dit een goede plek. Daarna vinden ze werk en vertrekken.'

'Maar u blijft hier?'

'Het is praktisch.'

'Het is een leuke buurt,' loog Derwent.

'Niet echt. Maar goed genoeg voor mij.'

'Hoezo?'

'Ik verwacht niet te veel.'

'Een jonge vrouw als u zou het beste mogen verwachten.'

Derwent keek meevoelend. Ik onderdrukte mijn braakneigingen om haar te kunnen vragen: 'Hoelang woont u hier al?'

'Drie jaar, af en aan.'

'Zo lang?' Ik was verbaasd. In een hoek van de kamer stonden stapels kartonnen dozen en de muren waren kaal. Het meubilair was een allegaartje en sowieso stond er niet veel. Het maakte een tijdelijke indruk. 'Het ziet er hier niet uit alsof er fatsoenlijk is uitgepakt.'

'Dat stoort me niet. Het interesseert me niet. Ik ben een groot deel van de tijd weg, aan het werk of naar vrienden.'

'Wat doet u voor de kost?'

'Ik ben administrateur.'

'Wat voor administrateur?'

'Een officemanager.'

'Van wat voor kantoor?'

'Momenteel heb ik geen werk. Ik ben op zoek naar een nieuwe baan.'

Dat is toevallig, dacht ik, en ik geloofde er geen woord van. Ze zou er nu achter komen dat ontwijkende antwoorden meer vragen opriepen. 'Waar hebt u het laatst gewerkt?'

'Die zaak ging failliet. Heel naar. Een heleboel mensen raakten werkloos.'

'Wat was het voor bedrijf?'

'Een Litouws bedrijf.'

'En het verkocht…' zei ik om haar aan te moedigen.

'Het vervoerde goederen door Europa. Vracht.' Ze oogde verveeld. 'Van die kant van het bedrijf weet ik niet veel. Ik hield me alleen met het kantoor bezig.'

'En hoe komt u rond, nu u geen inkomen hebt?'

'Ik heb spaargeld. En ik werk als uitzendkracht.'

'Via een uitzendbureau?'

'Het is onregelmatig werk. Nu en dan.'

'Wat doet u 's avonds? Ik kan me niet voorstellen dat u het fijn vindt om hier te zitten,' zei Derwent. Ik onderdrukte de neiging om hem een boze blik toe te werpen, want ik had niet het idee dat ik het hele verhaal had gehoord over waar ze had gewerkt en wat haar baan inhield. Als het aan mij had gelegen, was ze er niet zo gemakkelijk van afgekomen. Maar ja, ik had dan ook niet zoveel belangstelling voor haar sociale leven als Derwent.

'Ik doe waar ik zin in heb.' Ze liet haar blik door de kamer gaan. 'Maar u hebt gelijk. Ik blijf meestal niet hier. Ik ga liever uit.'

'Met een vriend?'

'Vaak wel ja, maar de laatste tijd niet.'

Ik dacht dat Derwent haar ter plekke mee uit zou vragen. Op het allerlaatste moment herinnerde hij zich echter wat we hier kwamen doen. 'Hoeveel mensen wonen hier?'

'Momenteel vijf.'

'Hoeveel mannen?'

'Wat kan u dat nou schelen?'

'Routinevraag. Hoeveel mannen?'

'Vier.'

'U bent de enige vrouw?'

'Ja. Maar dat vind ik niet erg.' Ik vroeg me af of ze het zou zeggen. Ik had het zinnetje geluidloos samen met haar kunnen uitspreken, maar dan zonder de bijbehorende sensuele beweging van haar lichaam. 'Ik heb altijd beter kunnen opschieten met mannen.'

'En ontstaan er ook romances?'

'Ik geef de voorkeur aan Engelse mannen.'

Derwent bloosde maar een heel klein beetje, dat moest ik hem nageven. 'Kunt u mij de namen geven van uw huisgenoten?'

'Dat kan ik best. Maar is dat nodig?'

'Het zal ons een beetje achterdochtig over hen maken als u het niet doet.'

'Aan uw achterdocht kan ik niets doen.' Ze veroorloofde zich een flauw glimlachje. 'Maar ik wil anderen niet in de problemen brengen.'

'Ze komen niet in de problemen. Ik wil alleen graag weten wie hier wonen.'

'Weer nieuwsgierig?'

'Dat hoort bij het vak.'

Ze schudde haar hoofd. 'Ik dacht dat dit over Philip Kennford ging.'

'Dat is ook zo.'

'Waarom vraagt u me dan naar de mensen met wie ik hier woon? Vraag me dan naar hem.'

We hadden een uitstekende reden om naar haar huisgenoten te vragen. Als een van hen ons kwaad wilde doen, konden we geen kant op in haar kleine voorkamer. Ik vond het niet prettig dat ik niet wist wie zich nog meer in het huis bevonden. Ik merkte dat hetzelfde voor Derwent gold. We waren op hun territorium, aan hun genade overgeleverd, en Niele Adamkuté had beslist criminelen gekend. Degenen die met haar hadden terechtgestaan waren veroordeeld. Maar ik was er vrijwel zeker van dat als degene die boven mijn hoofd liep te stampen geen strafblad had, dit alleen aan nalatigheid onzerzijds te wijten was.

Derwent zou haar onze overwegingen niet uit de doeken doen. In plaats daarvan lachte hij haar als een ondeugende jongen toe. 'Het zal wel de macht der gewoonte zijn, maar wij stellen graag vragen.'

'Vraag me dan naar Philip.'

'Daar komen we nog aan toe.'

'Ik wil nergens anders iets over kwijt.'

'Oké. Meneer Kennford. Vertelt u ons eens over hem.'

'Hij heeft misbruik van me gemaakt. Hij heeft me aan het lijntje gehouden.' Het zou overtuigender geklonken hebben als ze meer weg had van een slachtoffer. Niele Adamkuté leek me niet het type dat zich aan het lijntje liet houden.

'Wanneer was dat?'

'Vorig jaar. Negen… nee, tien maanden geleden.' Ze glimlachte in zichzelf. 'Ik had niet gedacht dat het alweer zo lang geleden was.'

'Hoe hebt u elkaar leren kennen?'

'Ik werd gearresteerd en beschuldigd van witwaspraktijken nadat ik een klus voor een vriend had gedaan. Het was niet meer dan een groot misverstand.'

'Natuurlijk.'

'Die vriend van mij vond het verschrikkelijk dat ik in de problemen zat vanwege het werk dat ik voor hem had gedaan. Daarom wilde hij niet dat ik pro Deo verdedigd zou worden. Hij regelde een heel goede advocaat voor me en die heeft Philip ingehuurd om mij te verdedigen voor de rechtbank, omdat hij een kei in dit soort zaken was.'

'Het is allemaal goed afgelopen, toch? U bent immers vrijgesproken,' zei ik.

Ze haalde haar schouders op. 'Er was geen bewijs. Dat was het enige wat hij hoefde zeggen: dat er geen bewijs was. Hij zat daar dagenlang in de rechtszaal terwijl de aanklacht werd voorgelezen en deed helemaal niets. Toen stond hij op en zei hij tegen de rechter dat ze me moesten vrijlaten, en daar stemde de rechter mee in. Philip ontving duizenden ponden en hij had er niets voor gedaan.'

'U hoefde hem niet zelf te betalen.'

Ze maakte een merkwaardig geluid dat pure minachting uitdrukte. 'Betalen moet je altijd, ook wanneer iemand iets voor je doet omdat hij zich ertoe verplicht voelt.'

'Dat klinkt nogal zwartgallig,' merkte Derwent op.

'Helemaal niet. Zo zit de wereld in elkaar.'

'U was dus niet onder de indruk van Kennfords werk, maar uiteindelijk kreeg u een verhouding met hem en verhuisde u naar zijn flat. Hoe kwam dat zo?'

'Ik was gewoon dom.' Ze keek ernstig. 'Ik was zo blij met de vrijspraak dat ik met hem uit eten ging. In een heel goed restaurant, heel chic. Er gaan een heleboel beroemdheden naartoe. Hollywoodsterren, niet die van de tv.'

Ik was me bewust van het subtiele onderscheid.

'En ik dronk toen een klein beetje te veel. Bovendien kan hij heel charmant zijn als hij wil, nietwaar?'

'En hij is welgesteld. En hij ziet er goed uit.'

'Zo aantrekkelijk is hij niet, hoor. Hij is best oud. Maar ja, hij deed alsof hij rijk was. Hij vroeg me mee te komen naar zijn flat, dan kon hij me laten zien waar hij woonde. Ik dacht dat het niet erg was als ik dat deed. Ik dacht dat het wel leuk zou zijn.' Ze keek Derwent opnieuw aan. 'Ik hou van plezier, snapt u.'

'Daar kan ik me iets bij voorstellen.' Zijn oren waren rood geworden.

'Zijn flat was heel mooi. Ik bracht er de nacht door.' Een licht schouderophalen. 'Dat was ook oké. Maar ik dacht niet dat het tot meer zou uitgroeien. Hij zei tegen me dat hij problemen kreeg als iemand erachter kwam. Maar volgens mij vond hij dat wel leuk.'

'Hij houdt wel van een beetje spanning. Ik geloof trouwens niet dat iemand al te veel redenen nodig heeft om bij u te willen zijn, als ik dat zo mag zeggen.' Hoffelijkheid, en dat uit Derwents mond. Ik stond paf, maar liet niets merken.

'U bent erg vriendelijk.' Haar ogen rustten een halve tel op mij en ik kreeg de indruk dat ze wilde dat ik er niet was. En waarschijnlijk was zij niet de enige. Ik leunde achterover op de bank. Ik ging echt nergens anders heen.

'U dacht dat het niets zou worden, maar dat gebeurde toch. Klopt dat?' vroeg Derwent.

'We begonnen elkaar te zien wanneer we maar konden. Hoofdzakelijk in zijn flat. Eén keer hier, omdat ik hem wilde laten zien hoe ik woonde.' Ze lachte, waarbij er volkomen onverwacht een kuiltje in haar wang verscheen. 'Ik wist dat hij het hier verschrikkelijk zou vinden. Bij die gelegenheid vroeg hij me ook of ik bij hem kwam wonen.'

'Wat u deed.'

'Maar ik had nee moeten zeggen. Hij vond het niet prettig dat ik daar de hele tijd was, toen hij me eenmaal een sleutel had gegeven. Hij zei dat het was alsof hij twee echtgenotes had.' Ze rolde met haar ogen.

'En hoe voelde u zich erbij?' vroeg ik.

'Ik vond het ook niet prettig. Ik ben graag onafhankelijk. Ik moest alles wat ik wilde doen eerst aan hem vragen. Ik moest er goed op letten dat niemand me zag, want er woonden vrienden van hem in datzelfde gebouw. Ik mocht de telefoon niet opnemen en de deur niet opendoen. Het leek net alsof ik was ontvoerd of zo. Ik moest continu verstoppertje spelen.' Ze huiverde. 'Dat was het me niet waard.'

'En wanneer kwam er een einde aan de verhouding?'

'Toen ik hem vertelde dat ik zwanger was.'

'Was dat waar?' vroeg Derwent.

'Zeker. Daarover zou ik niet liegen. Ik was zwanger van zijn kind. Ik zei hem dat hij moest besluiten wat hij ging doen. Hij kon van zijn vrouw scheiden en met mij trouwen, of hij kon me geld geven.'

'Om voor het kind te zorgen.' Derwent klonk vol begrip.

Haar gezicht kreeg een meewarige uitdrukking. 'Om voor mij te zorgen.'

'U bedoelt dat u het hebt laten weghalen.'

'Ik hou niet van kinderen. Ik zou het kind gekregen hebben als hij het graag had gewild, maar dat moest hij bewijzen door met me te trouwen. Zonder een huwelijk ging het niet door. Het was te gemakkelijk voor hem om te zeggen: ja, ik wil dat je het kind krijgt, ik zal ervan houden en voor jullie beiden zorgen. Want dan had hij er later gewoon vandoor kunnen gaan. En dan had ik met een baby gezeten, geen goed figuur meer, geen geld en niemand om voor mijn kind te zorgen.' Ze huiverde. 'Nee. Ik was wel dom, maar niet zo dom.'

'Wat zei Kennford ervan?'

'Hij zei dat hij niet van zijn vrouw kon scheiden. Hij kon zich dat niet permitteren omdat al het geld van haar was en hij er niets van kreeg als hij haar verliet. Hij zei ook dat hij mij niet kon betalen. Hij zei tegen me dat ik de baby moest krijgen en met een DNA-test moest laten vaststellen of het kind van hem was. Dan zou hij me een toelage voor het kind geven.' Ze snoof. 'Ik ging er niet mee akkoord.'

'U hebt de baby dus niet gekregen.'

'Nee, natuurlijk niet.' Ze keek Derwent aan alsof het idee volkomen krankzinnig was. 'Ik zei hem dat ik niet uit de flat zou vertrekken voordat hij me geld had gegeven voor een abortus en ter compensatie voor wat hij me had aangedaan. Deed hij dat niet, dan zou ik bij zijn vrouw aankloppen.'

'Hoe reageerde hij?'

'Hij lachte. Hij zei dat ze hem toch niet zou verlaten, zelfs al vertelde ik haar van onze verhouding. Hij liet me weten dat ik een week had om te vertrekken.' Ze sloeg haar armen over elkaar, wat het bijkomend voordeel had dat dit haar weelderige boezem opduwde. Maar op de een of andere manier had ik het idee dat ze wat Derwent betrof een heleboel aan charme had verloren. Als het om moeders en baby's ging, neigde hij naar sentimentaliteit, was me al eens opgevallen. En op haar zakelijke benadering knapte hij vast enorm af. 'Ik zei hem dat ik niet zou vertrekken zonder mijn geld en dat ik de baby niet kon laten weghalen, tenzij hij me betaalde. Vanzelfsprekend had ik de abortus al geregeld, maar dat wist hij niet.'

'Maar hij zat er niet mee dat hij nog een kind zou krijgen?' vroeg ik. 'Of was het va-banquepolitiek van hem?' Niele keek uitdrukkingsloos. Die term kende ze klaarblijkelijk niet. 'Ik bedoel: deed hij alsof het hem niet kon schelen of de baby zou worden geboren, zodat u hem niet kon chanteren? Terwijl het hem wel degelijk kon schelen?'

'Ik denk niet dat hij het erg vond dat er een baby kwam. Hij zei dat hij hoopte op een jongen, als het zijn kind was, omdat hij nog geen zoon had. En het wás van hem,' voegde ze eraan toe. 'Dat wist ik zeker. Maar ik wist ook zeker dat het niet geboren zou worden, dus deed het er niet toe.'

Ik moest aan Kennfords dochters denken en hoe onverschillig hij tegenover hen leek te staan. Ik vroeg me af of hij nog andere kinderen op de wereld had rondlopen. Hij was het type dat wel hield van de gedachte een heleboel nakomelingen te hebben; een echte alfaman die eropuit was zijn zaad te verspreiden. In het geval van Niele was het uiteindelijk in onvruchtbare grond terechtgekomen.

'Wat gebeurde er daarna?'

'Hij stuurde wat mannen naar de flat.' Ze leek gekrenkt. 'Ze propten al mijn spullen in zakken en smeten ze op straat. Ik moest er wel achteraan, anders was alles gestolen. Bovendien gooiden ze me eruit. Het was vernederend. Ik had nooit gedacht dat hij er zo'n toestand van zou maken, maar kennelijk kon het hem niet meer schelen.'

'En u hebt het hem betaald gezet,' zei ik. Ze leek op haar hoede.

'Maakt u zich geen zorgen, we zijn niet geïnteresseerd in de details. Die zaak is niet aangegeven bij de politie, dus valt er geen misdaad te onderzoeken.'

'Een paar vrienden schoten me te hulp. Ze waren kwaad over wat Philip me had aangedaan. Hoe hij zich had gedragen. Ze wisten waar ik had gewoond, dus gingen ze erheen en... hebben ze het niet zo aangenaam gemaakt voor hem.'

Op haar bevel, daarvan was ik vrijwel overtuigd. Ze gedroeg zich als een hulpeloos vrouwtje dat beschermd moest worden, maar ik geloofde niet in die 'vrienden' die haar te hulp schoten wanneer ze dat nodig had. Ze had wat Baltische kleerkasten opgetrommeld om het vuile werk voor haar op te knappen.

'En die hebben de boel kort en klein geslagen, begrijp ik.'

'Misschien. Ik heb de flat naderhand niet meer gezien.'

'Maar u bent er wel naartoe gegaan, want daar hebt u mevrouw Kennford ontmoet.'

'Toen was ik helemaal blij dat ik me had ontdaan van de baby. Stel je voor, de lafaard. Hij maakt een afspraak met me om naar hem toe te komen zodat hij me kan betalen. Met zijn vrouw spreekt hij daar op dezelfde tijd af en hij zegt haar dat ze haar chequeboekje moet meenemen om de reparaties te betalen. Zij en ik komen elkaar bij de voordeur tegen, maar hij laat zich niet zien. Hij wist dat zijn vrouw mij zou tegenkomen. Hij wist dat we zouden praten. Hij wist dat zij me het geld dat ik wilde hebben zou geven. Hij is een afschuwelijke, zwakke man. En als u wilt weten of hij zijn vrouw heeft vermoord, zeg ik nee. Hij zou er de moed niet voor hebben.' Ze besloot haar relaas met een stortvloed aan woorden in, naar ik aannam, het Litouws. Waarschijnlijk was het een scheldkanonnade, gelet op wat ze uitstraalde.

'Rustig maar.'

Ik vroeg me af of Derwent met deze twee woorden ooit een woedende vrouw had weten te kalmeren. Nu bleef in elk geval ieder effect uit.

'Hoezo rustig! Ik was ontzettend kwaad op hem en zij ook. Maar zij nam het toch voor hem op. Haar huwelijk was belangrijker, haar kinderen hadden hun vader nodig, enzovoort, enzovoort. En ze bood me twee, drie keer zoveel als waarom ik had gevraagd.'

'Wat kwamen jullie uiteindelijk overeen?'

'Dat ga ik niet zeggen. Maar het bedrag was in elk geval hoger dan ik had gehoopt.'

'Dat pakte dan goed voor u uit, hè? Was dit de eerste keer dat u iemand probeerde af te persen, of maakt chantage een vast onderdeel van uw inkomen uit?'

'Het was geen chantage. Het was een gift van haar aan mij.'

'U zei dat ze geen aangename vrouw was,' hielp ik haar herinneren. 'Daar stel ik me niet iemand bij voor die gul is zonder aanleiding.'

Ze trok een gezicht. 'Ze was gemeen. Ze noemde me een inhalige hoer. Ze gaf mij er de schuld van dat haar man een verhouding had, in plaats van dat ze eens nadacht over wat zij had moeten doen om hem gelukkig te maken. Ze was van meet af aan agressief, terwijl dat niet hoefde. Wat mij betrof moesten we tot een regeling komen, maar ik wilde met niemand ruzie. Ze wilde me weghouden bij haar man en haar gezin beschermen. Dat was haar een paar duizend pond waard. Ze zei tegen me dat dit voor haar een fooi was. Ze zou het niet eens missen, dus ik kon het gerust aannemen. Maar je zag aan haar dat ze me een verschrikkelijk mens vond omdat ik de baby wilde laten weghalen. En ze ging maar door over haar dochters. De tweeling, de tweeling, die mocht het niet weten over hun vader.' Ze lachte en klonk werkelijk geamuseerd. 'Moet je nagaan, als ik de zwangerschap niet had onderbroken, zou ik nu een baby hebben. Hier. Stel je eens voor! Ik had er niet meer aan gedacht tot u me vroeg hoelang het geleden was.'

'Mooi is dat,' zei Derwent bars. Zijn Litouwse roos had voor hem inmiddels alle fleur verloren.

'U kunt niet over mij oordelen. U weet niet wat u zou doen en u zult nooit in die situatie terechtkomen.' Ze keek mij aan. 'U ziet eruit alsof u uw carrière belangrijk vindt. Wat zou u doen als u zwanger werd?'

In paniek raken. Vloeken. Wegzakken in een negen maanden durende depressie. Mijn moeder bellen en de bezorging tegemoetzien van allerlei gebreide spullen. Alleen de gedachte al hield me 's nachts uit mijn slaap, maar ik was niet van zins Niele dit te vertellen. Bij wijze van antwoord glimlachte ik nietszeggend naar haar. Ik had nota genomen van haar steek onder water over carrièregericht zijn. Ik vermoedde dat ze bedoelde dat dit ten koste van mijn uiterlijk ging. Voor de tweede keer binnen een paar uur werd er commentaar geleverd op mijn persoonlijke stijl, en bepaald niet om mij een hart onder de riem te steken.

Toen Niele inzag dat ze geen antwoord zou krijgen, streek ze over haar buik, die zo plat was als een strijkplank. 'Ik ben zo blij dat ik die baby niet heb gekregen. Ik had er toen geen spijt van en nu evenmin.'

'Baas in eigen buik,' zei Derwent. 'We begrijpen het. Maar wat hebt u met het geld gedaan? Als Vita zo royaal was als u zegt, zou u toch naar iets aardigers dan dit hier hebben kunnen verhuizen.'

'Ik zei u toch al dat het me hier bevalt. Ik vind de voorzieningen prettig.'

'Welke voorzieningen?'

Ze deed de kamerdeur met een zwaai open en gaf een teken aan iemand die achter de deur had gestaan. 'Dit is Jurgis.'

Jurgis, zo bleek, was ruim boven de een meter tachtig lang en heel breed, en hij had handen als kolenschoppen. Hij zei niets, maar de uitdrukking in zijn kleine, donkere ogen sprak boekdelen. We waren niet langer welkom in Shetland Street, raadde ik.

'Een van uw vrienden?' vroeg Derwent toen hij ging staan. Dit maakte het verschil in grootte tussen de twee mannen alleen maar duidelijker.

'Een heel goede vriend.' Ze gaf hem een klopje op een reusachtige biceps. 'Zij zijn van de politie, Jurgis. Ze moeten nu opstappen.'

Hij kwam op Derwent af, die zich hier niet door liet intimideren. 'Mochten we nog vragen hebben, dan nemen we contact met u op.'

'Ik denk niet dat ik u kan helpen.' Ze ving mijn blik en zuchtte. 'Ik heb u de waarheid verteld. Ik heb Kennfords vrouw één keer ontmoet. Het was een kreng, maar ze heeft me afgekocht, en ze had meer ballen dan haar man. Dat is zeker. Ik heb haar niet vermoord. Ik geloof niet dat Philip haar vermoord heeft of kan hebben, zelfs al had hij dat gewild. Meer weet ik niet.'

Jurgis legde een hand op Derwents schouder en gaf hem een kneepje.

'Uitkijken, makker, anders arresteer ik je wegens mishandeling van een politiefunctionaris.' De druk werd vergroot, de reusachtige hand klemde zich om Derwents sleutelbeen. Hij liet dit heel even toe, waarna hij zich uit Jurgis' greep wrong. 'Ik meen wat ik zeg, juffrouw Adamkuté. Als het nodig is om nogmaals met u te praten, zullen we dat doen. Hier of op het bureau. U bent al eens gearresteerd. U kent de procedure. U kunt maar beter meewerken.' Hij legde zijn kaartje op de salontafel en tikte er twee keer nadrukkelijk op.

'Dat is wat ik heb gedaan.' Ze keek geamuseerd, maar ik begreep niet waarom ze zo zelfgenoegzaam glimlachte. 'Ik denk niet dat ik u weer zal zien, inspecteur Derwent.' Ze pakte het kaartje en las wat erop stond. 'Inspecteur Josh Derwent. Maar het was me een waar genoegen.'

'Dat was wederzijds,' zei Derwent automatisch, waarna hij blozend langs haar heen naar buiten, naar de auto liep. Hij zat al toen ik het portier aan de passagierskant bereikte. Zijn handen lagen om het stuur geklemd en hij staarde strak voor zich uit. 'Niets zeggen.'

'Geen woord.'

Hij waagde een blik op mij. 'Je begrijpt het toch zeker wel? Je zou er lesbisch van worden.'

'Van zijn levensdagen niet.' Ik gaf hem een klopje op zijn arm.

'Het geeft niet. Je deed het heel goed, voordat je op de anti-abortus-toer ging.'

'Mooi gezicht, maar een koud hart.' Hij schudde zijn hoofd. 'Kennford weet ze wel uit te kiezen.'

'En kennelijk schiet hij niet met losse flodders, met of zonder hulp van de blauwe pilletjes.'

'Denk jij dat ze Vita en Laura heeft laten vermoorden?'

'Als ze er profijt van had gehad, zou ze het vast hebben gedaan. Maar dat is volgens mij niet het geval.'

'Volgens mij ook niet.' Hij zuchtte. 'Als je me weer een keer blij wilt maken, boek dan gewoon een dagtochtje naar Disneyland Parijs voor ons. Die verrekte Jurgis gaf me toch al het gevoel alsof ik een van de zeven dwergen was. Kan ik net zo goed gaan zien of Sneeuwwitje in is voor een verzetje.'

'Ik geloof niet dat de dwergen en Sneeuwwitje zo'n soort relatie hadden.'

'In de film die ik heb gezien wel. Maar bij nader inzien denk ik niet dat die door Disney was gemaakt. En het was ook geen tekenfilm.'

Echt, het kostte Derwent nooit veel tijd om zich te herstellen na een tegenslag. Wat jammer was voor mij. Ik zette mijn zonnebril weer op en bereidde me voor op een lange rit terug.

12

Rob bleek eerder dan ik te zijn thuisgekomen van zijn werk. Hij lag met alleen zijn boxershort aan op de bank in de woonkamer en hief een hand ter begroeting toen ik in de deuropening bleef staan. 'Zo zien we elkaar nog eens.'

'Ik zou wel willen opstaan om je te begroeten, maar ik ben vastgeplakt aan de bank.'

'Reuze aantrekkelijk.' Ik boog me over hem heen en kuste hem vluchtig. 'Al lang thuis?'

'Een halfuurtje. Er staat bier in de koelkast als je met me wilt meedoen.'

'Ik hoef nog even geen alcohol, maar ik neem wat zodra ik me heb opgefrist.' Ik wierp een blik op de tv. 'Moeten we naar golf kijken?'

'Eventjes maar,' bedelde Rob.

'Best. Geniet ervan.' Ik liet hem lekker luieren en besloot dat ik me niet zou haasten met omkleden. Ik had niets met golf of cricket – onbegrijpelijk, tijdrovend en uitermate saai. Ik nam de tijd voor mijn warm-weerritueel: uitkleden, veel water drinken, douchen. In mijn eentje deze keer. Ik hield mezelf voor dat ik dat niet erg moest vinden en bijna slaagde ik erin om mezelf aan te praten dat ik het daadwerkelijk ook niet erg vond.

Het was eigenlijk wel prettig om wat tijd voor mezelf te hebben. Zo kon ik nadenken over de zaak en de mensen die ik had verhoord, en me afvragen wat ik over het hoofd gezien kon hebben. Naar mijn gevoel had ik niet veel vooruitgang geboekt. Het enige waar ik tot dusver achter was gekomen, was dat Philip Kennford bitter weinig moreel besef had. Dat betekende niet dat zijn vrouw en kind het hadden verdiend om te sterven. Er ontbrak iets, iets wat ik niet zag met betrekking tot het gezin van vóór de dubbele moord. De slachtoffers bleven onbekend voor me en hoe meer ik over hen te weten kwam, hoe minder ik hen voor mijn gevoel kende. Ik wilde nogmaals met Lydia praten, vooral over Laura. Maar het leek me een onmogelijke taak om door haar terughoudendheid heen te breken zonder haar uit haar wankele evenwicht te brengen. En ik kon haar moeilijk vragen wat iedereen zich afvroeg: waarom leef jij nog terwijl de anderen dood zijn?

Hoewel ik mijn bezigheden zo lang mogelijk had gerekt, was het golfen nog steeds niet afgelopen toen ik de woonkamer weer binnenkwam. Ik jongleerde met een open flesje bier, een glas water en een stapel post, en ik moest een soort kniebuiging maken voordat Rob het biertje kon redden. 'Is het spannend?'

'Ja. Wil je dat ik je uitleg wat er gebeurt?'

'Doe geen moeite.'

Hij grinnikte. 'Probeer het leuk te vinden. Wie weet ga je het dan begrijpen.'

'Ik heb alle kans gehad om het te gaan begrijpen. Tot nu toe heeft dat niets opgeleverd.' Ik plofte neer in een stoel en strekte mijn benen voor me uit.

Rob duwde zich op een elleboog omhoog. 'Wil je hier zitten? Ik kan ruimte maken.'

'Je ziet er veel te relaxed uit om van je plaats te komen. En ik heb geen zin om televisie te kijken.' Ik keek de post vluchtig door om te bepalen wat ervan ik wilde openmaken.

'Zeg niet dat ik het niet heb aangeboden.'

'Zal ik niet doen,' mompelde ik, zonder nog echt aandacht aan hem te schenken. Niet dat er zoveel interessants te lezen viel: een bankafschrift, een rekening voor mijn mobiele telefoon, een aanbieding voor een nieuwe creditcard met een griezelig hoge rentevoet, en een in een plastic hoesje verpakte catalogus van een bedrijf waarvan ik de naam niet herkende. Ik draaide het pakje om, keek naar het adresstrookje om te zien of het bestemd was voor iemand in een van de andere flats, maar het bleek aan mij geadresseerd. Ik scheurde het plastic open, trok de catalogus eruit en bladerde hem door.

'Heb jij me hiervoor opgegeven?'

'Wat is het?'

'Lingerie.' Ik keek hem met opgetrokken wenkbrauwen aan. 'Er zijn subtielere manieren om te laten doorschemeren dat ik wat meer moeite zou moeten doen.'

'Ik weet van niets.' Hij stak zijn hand uit. 'Laat eens zien.'

'Ik geloof niet dat dat een goed idee is. Straks wil je nog dat ik zulke troep ga kopen ook.' Mijn oog bleef rusten op een wel heel minieme string en ik vroeg me af hoe oncomfortabel die voor het model moest zijn geweest. Uit haar gezicht sprak eerder wanhoop dan wellust. Ze leek net een rollade die de oven in moest.

'Niet waarschijnlijk. Je kent me toch. Ik heb niets met lingerie. Die zit alleen maar in de weg.' Ik smeet hem de catalogus toe. Hij bladerde erin en het leek allemaal weinig indruk op hem te maken. 'Heb je die prijzen gezien? Wie had gedacht dat het zo duur was om er zo goedkoop uit te zien?'

'Bravo!' Ik legde mijn hoofd tegen de rugleuning, uitgeput. 'Ik begrijp niet hoe ze aan mijn naam komen. Als ik niets koop, zullen ze me waarschijnlijk niets meer sturen.'

'Misschien. Maar sta je eenmaal op een verzendlijst, dan kom je daar van je leven niet meer van af. Weet je zeker dat je dat ding niet hebt aangevraagd?'

'Absoluut. Als jij wilt dat ik me opdof met tepelkwastjes en jarretelles, moet je het vooral zeggen, maar vrijwillig zal ik het niet doen.'

'Wat een aanlokkelijk vooruitzicht.' Hij richtte zijn blik weer op de tv en ik zag zijn ogen groot worden. 'Ongelooflijk. Het is voorbij. Ik heb het gemist.'

'O jee.' Ik keek naar het beeldscherm zonder ook maar iemand te herkennen. 'Heeft je favoriet gewonnen?'

'Nee.' Hij ademde diep in en langzaam weer uit en glimlachte toen. 'Ach, het doet er niet toe. Wil je naar iets anders kijken?'

'Niet speciaal.' Ik keek naar hem terwijl hij zapte. 'Gek hoor. Het lijkt bijna alsof we mensen met gewone banen zijn, die zich ontspannen na een zware dag op kantoor.'

Hij pakte zijn telefoon en zwaaide ermee naar me. 'Afgezien van deze dingen. Feitelijk hebben we altijd dienst.'

'Dat is voor een deel wat jij leuk vindt aan ons werk. Je vindt het heerlijk om zo belangrijk te zijn.'

'Jij hebt me door.'

'Heb je zin om uit te gaan?' Ik was nog steeds bezig om mijn post door te werken. Als laatste was er een envelop met een getypt adresetiket. Ik scheurde hem open.

'Twee avonden achter elkaar? Nee, tenzij jij dat wel wilt. Ik weet niet of ik zoveel drukte aankan. Trouwens, ik moet het rustig aan doen. Morgenavond heb ik een borrel van mijn werk.'

'Om de band te versterken met je nieuwe team?'

'Reken maar.' Hij aarzelde. 'Wil je meekomen? Ze vinden het vast leuk om jou te leren kennen.'

De uitnodiging leek niet helemaal van harte te zijn. Er zat een ondertoon in die me de indruk gaf dat hij liever had dat ik nee zou zeggen. 'Ik wil je niet tot last zijn.'

'Doe niet zo mal. Hoezo, mij tot last zijn?' Hij staarde naar de televisie en keek me niet aan.

'Ik ken daar dan niemand behalve jou. Als het de bedoeling is dat jij met je nieuwe collega's praat, moet je mij er niet bij hebben.'

'Waarschijnlijk zou je helemaal niet lang bij mij staan. Zodra ze jou in de gaten hebben...'

'Staan ze in de rij om met mij te praten. Ja hoor.'

'Serieus. Ga met me mee. Als je tijd hebt.' Hij klonk inmiddels enthousiaster, maar ik weifelde nog steeds.

'Ik zal wel zien hoe laat ik klaar ben met werken. Waarschijnlijk wordt het een latertje. Waar gaan jullie heen?'

'Ergens vlak bij Tower Bridge. Ik laat het je morgen weten.'

Ik keerde de envelop om en liet de inhoud op mijn knie glijden. 'Verrek, wat is dit?'

Rob ging rechtop zitten om te zien waar ik het over had. 'Zijn dat foto's?'

'Ja. Van jou.' Ik stak er een omhoog. 'En een of ander blondje.'

'Dat is inspecteur Ormond.'

'Meen je dat nou?' Op de foto stond een voluptueuze vrouw met een laag uitgesneden topje aan. Ze lachte Rob toe terwijl ze beiden voor in een auto zaten. Rob lachte terug. Het zag er allemaal heel erg knus uit.

'Dat was toen we aan het posten waren. Wie heeft je dat gestuurd?'

Ik keek in de envelop. 'Geen briefje.'

'Wat zit er nog meer in?'

Er was nog een foto van hen tweeën in de auto, deze keer van opzij genomen. Het was onmiskenbaar het achterhoofd van Rob. Inspecteur Ormond keek hem aan, de lippen iets van elkaar, de ogen half geloken. 'Het lijkt alsof ze auditie doet voor een pornofilm.'

'Zou me dat even interessant geweest zijn.' Rob stak zijn hand uit voor de foto's. 'Wie is de afzender? Zonder gekheid.'

'Geen idee. De envelop was aan mij geadresseerd. Iemand wilde dat ik die foto's zag.'

Rob haalde zijn schouders op. 'Misschien een geintje. Een manier om me te verwelkomen in het team; zorgen dat ik thuis iets heb uit te leggen.'

'Wat je noemt een leuk geintje. Helemaal niet dus.' Ik streek de envelop glad. 'En trouwens, hoe weten ze hoe ik heet?'

'Misschien heb ik je naam laten vallen.' Hij grinnikte. 'Onze relatie is immers geen staatsgeheim meer. Ik vertel mensen weleens iets over je.'

'Hmm. Ben je klaar met de foto's?'

'Wil je ze echt terug hebben?' Hij trok zijn wenkbrauwen op.

'Ik wil ze best nog eens bekijken.'

'Oké.' Hij gaf ze terug. 'Maar als het aan mij lag, gingen ze de vuilnisbak in.'

'Wil je niet weten wie ze heeft gestuurd?'

'Daar kom ik morgen op het werk waarschijnlijk wel achter. Of iemand biecht het op in de pub, na een paar biertjes.' Hij schudde zijn hoofd. 'Heus, je hoeft je er niet druk over te maken.'

'Oké.' Ik schoof de foto's tussen de stapel enveloppen die ik apart had gelegd voor het oud papier. Ik kon het me verbeeld hebben, maar ik dacht dat Rob er ietwat opgelucht uitzag. Of ik was weer eens paranoia. Ik werd stil en liet hem rustig kijken naar een documentaire over diepzeeduiken die zijn aandacht leek te hebben. Het gesprek met Niele Adamkuté speelde door mijn hoofd, vooral het gedeelte waarin ze vertelde dat Kennford zijn belangstelling voor haar verloor zodra ze waren gaan samenwonen. Het was als een kiezeltje in mijn schoen: irritant en onmogelijk te negeren nu het er eenmaal zat. Rob was in vrijwel alle opzichten Kennfords tegenpool. Maar hij was een man, en mannen zaten niet graag aan iemand vast. Misschien was het een vergissing geweest om bij hem in te trekken. Het was in een opwelling gebeurd, als oplossing van het probleem dat ik had met een bijzonder vasthoudende stalker. Als dat niet had gespeeld, zou ik samenwonen niet zo snel hebben voorgesteld. De kans was groot dat ik het helemaal niet voorgesteld zou hebben.

In iedere relatie in mijn volwassen leven was ik degene geweest die de overhand had. Ik was degene die zich beklemd voelde, moeilijk vast te houden was en degene die besloot wanneer het over en uit was. Het was pijnlijk duidelijk, ook voor mijzelf, dat dit mijn manier was om mezelf te beschermen. Er was sprake van een abnormale angst dat ik meer om mijn vriend zou gaan geven dan hij om mij en dat ik vervolgens gekwetst zou worden. En met Rob bevond ik me op onbekend terrein. Voor het eerst had ik niet het gevoel dat ik de overhand had, en dat vond ik vreselijk. Er was iets wat Rob voor me verzweeg, dat wist ik zeker.

Daarbij kwam dat hij de avond ervoor had gezegd dat hij van me hield. En ik had dat niet tegen hem gezegd, hield ik mezelf voor. Mensen zeiden in het vuur van de hartstocht domme dingen, zoveel wist ik wel.

Mensen zeiden ook domme dingen wanneer ze in hun woonkamer televisiekeken, zo bewees ik een minuut later.

'Wat zou jij willen dat ik deed als ik zwanger zou raken?'

'Wat?' Hij rukte zijn blik los van de buis en keek me verbijsterd aan.

'Het kwam vandaag ter sprake. Als ik zwanger zou zijn. Per ongeluk, bedoel ik. Wat zou jij dan willen dat ik deed?'

Hij keek naar het glas water in mijn hand en trok zijn wenkbrauwen op. 'Is dit een hypothetische situatie, of is er iets wat je me wilt vertellen?'

'Absoluut hypothetisch. Echt.' Ik besefte dat ik bloosde en wilde maar dat ik niets had gezegd. 'Laat maar.'

'Jij bent erover begonnen. Je wilt vast een antwoord van me horen.'

'Eigenlijk wil ik er helemaal niet over nadenken. Het is mijn ergste nachtmerrie.'

'Goh. Ik zag jou wel als het moederlijke type.'

'Doe niet alsof je het leuk zou vinden.'

'Het is niet ondenkbaar,' verweerde Rob zich. 'Het zou ingewikkeld zijn, maar mensen spelen het klaar.'

'Niet met ons werk. Niet als beide ouders hun carrière belangrijk vinden.'

Rob kwam van de bank af en trok mij overeind, zodat hij zijn armen om me heen kon slaan. Ik stond er houterig bij met mijn armen langs mijn lichaam. 'Het heeft geen zin om je er zorgen over te maken voordat het aan de orde is.'

'Dat zeg je alleen maar omdat je er liever niet over nadenkt.'

'Ik wist niet dat jij je er zorgen over maakte.'

'Deed ik ook niet. Niet echt. Maar iemand die ik verhoorde stelde me de vraag en toen begon ik erover na te denken. Feitelijk zou de zorg voor de baby op mij neerkomen. Ik zou onmogelijk nog mijn werk kunnen doen.'

Rob fronste lichtelijk verbaasd. 'Ik denk niet dat het het einde van de wereld zou betekenen.' Hij liet me los, maar bleef staan waar hij stond en keek me aan. 'Waar gaat dit eigenlijk over?'

Zwijgend schudde ik mijn hoofd.

'Je hebt bindingsangst.' Zijn mond verstrakte, wat van irritatie of zelfs van teleurstelling kon zijn. 'Altijd op zoek naar de vluchtroutes, hè?'

Soms was zijn gave om gedachten te kunnen lezen lastig. 'Daar gaat het niet om.'

'Nee?' Hij klonk ronduit sceptisch, en met recht. Hij kwam veel te dicht bij wat ik echt voelde. 'Ik dacht dat je hier gelukkig was.'

'Ben ik ook.'

'En daarvan raak je in paniek omdat...'

Ik liet hem wachten op het antwoord totdat ik het zelf helder had. Ten slotte zei ik: 'Ik ben daar gewoon niet aan gewend. Ik ben niet gewend om aan de toekomst te denken.' *Of ik nou met of zonder jou ben.* 'Eerlijk gezegd weet ik niet wat ik wil.'

Ik zag aan hem dat hij innerlijk de afweging maakte of het verstandig was om me te dwingen meer te zeggen. Hij besloot het simpel te houden. 'Nou, wanneer je daaruit bent, hoor ik het graag.' Hij gaf me teder een kus. 'Ik zal er zijn.'

Ik was hem dankbaar dat hij dit zei, en ik wilde het wel geloven, maar toen hij de kamer uit liep, keek ik hem na met niets dan twijfel in mijn hoofd.

Met bovenmenselijke inspanning deden we alsof er niets was voorgevallen en al met al hadden we een aangename avond. Rob kookte, we keken naar nietszeggende televisieprogramma's en daarna gingen we gewoon naar bed. We schoven de hartstocht op de lange baan en kozen voor slaap. Een normale nacht voor normale mensen – voor ons een luxe.

Ergens raakte ik erdoor van slag. Een hele poos kon ik de slaap niet vatten. Het was ook bloedheet. Ik lag zo ver mogelijk bij Rob vandaan, want aan die extra lichaamswarmte had ik geen behoefte. Toen ik eindelijk wegdoezelde, sliep ik onrustig en werd ik geregeld wakker van geluiden beneden op straat. Het raam stond wijd open, maar er stond geen zuchtje wind, zelfs diep in de nacht niet. Nu en dan klonken er sirenes van het kruispunt vlakbij. De politiewagens en ambulances waren onderweg naar kroeggevechten, huiselijk en ander geweld, en alle overige ellende van een hete zomeravond in de stad. De hittegolf duurde al veel te lang. Het nieuwtje was eraf. Mensen raakten geprikkeld en er hing agressie in de lucht.

Het was bijna een opluchting toen ik midden in de nacht door het schelle geluid van een telefoon naast ons bed werd gewekt uit een droom waarin ik bergen strijkgoed wegwerkte in een hete ruimte vol stoom. Ik zat overeind voordat ik goed en wel besefte dat ik wakker was. Ik merkte dat Rob, naast mij, hetzelfde deed.

'Het is die van jou.'

'Weet ik,' snauwde ik, terwijl ik keek hoe laat het was. Het schermpje lichtte felblauw op in het donker van de slaapkamer en ik keek door mijn wimpers naar de naam van de beller. Waarom zou brigadier Maitland me om drie uur in de ochtend bellen? Ik schraapte mijn keel voordat ik opnam. 'Kerrigan.'

Zijn stem klonk luid en vrolijk. 'Sorry dat ik je wakker maak, maar je aanwezigheid is vereist. Weer een schietpartij.'

'Waar?' Ik krabbelde het adres op het blocnootje dat Rob me had aangereikt, en ik schreef erbij dat het vlak bij metrostation Clapham North was. 'Wie is er doodgeschoten?'

'Drie knullen. Weer jongens van Goldsworthy.'

Ik voelde mijn hartslag trager worden. 'Het spijt me, Harry. Ik werk niet aan die zaak.'

'Nu wel. Godley wil iedereen daar hebben. Alle hens aan dek.'

'Ik heb het druk met de Kennford-moorden,' voerde ik aan.

'Dat vertel je dan maar aan de chef, niet aan mij. Trouwens, die lijken zijn koud. Ze zijn oud nieuws. Maak dat je hierheen komt, nu deze nog vers zijn. Het bloed is nog nat.'

Ik werd misselijk en sloot mijn ogen, terwijl ik probeerde na te denken. 'Heeft iemand Derwent al gebeld?'

'Geen idee. Maar jij staat op mijn lijst en nu kan ik je doorstrepen. Tot zo.'

Ik staarde een halve tel naar de telefoon en zag dat het gesprek was beëindigd.

'Problemen?' Rob knipte zijn lamp aan.

'Drie jongens doodgeschoten in Clapham.'

'Meer van jullie bendemoorden?'

'Kennelijk.' Ik stapte uit bed en merkte dat ik een pijn had alsof ik de hele nacht op de grond had geslapen. Mijn gewrichten kraakten toen ik me uitrekte. 'God, ik ben hier te oud voor.'

'Je bent nog geen dertig.'

'Het voelt alsof ik honderd ben.' Ik opende en sloot verschillende laden, op zoek naar een schoon shirtje. 'Verdomme, ik moet echt eens wat wassen.'

'Ik zal een was draaien.'

'Jij hoeft mijn was niet te doen.'

'Ik ga niet naar de rivier om het allemaal te schrobben op een steen. Zoveel werk is het niet.'

Ik had iets gevonden wat er net mee door kon: een topje met geborduurde piepkleine vergeet-mij-nietjes langs de hals. Niet wat je noemt stoer, maar omdat ze te klein waren om echt op te vallen, kwam ik er waarschijnlijk wel mee weg. En het blauw paste goed bij de wallen onder mijn ogen, dus het geheel kon eigenlijk niet stuk. 'Doe het maar licht uit en ga weer slapen. Het is midden in de nacht.' 'Vind ik niet erg.' 'Ik wel. Je hebt je slaap nodig.' Ik raapte mijn spullen bij elkaar en liep ermee naar de badkamer. 'Wanneer ik terugkom wil ik gesnurk horen, oké?'

Er kwam geen antwoord, wat ik opvatte als instemming – geheel ten onrechte, zo bleek. Toen ik de badkamer weer uit kwam, met mijn schoenen in de hand om Rob niet wakker te maken, stond hij aangekleed in de gang.

'Wat ben jij van plan?'

'Ik dacht, ik geef je een lift. Dat bespaart jou de moeite om iemand te vinden die je wil oppikken, aangezien je geen eigen vervoer hebt.'

Mijn eigen auto, mijn geliefde Fiesta, was enkele maanden daarvoor een roemloze dood gestorven op de vluchtstrook van de M1, en ik was nog niet in de gelegenheid geweest hem te vervangen. Voor het werk kon ik de burgerauto's van het bureau gebruiken. Aangezien Clapham dichtbij was, had ik een taxi willen nemen. 'Ik red me wel.'

'Vooruit, Maeve. Laat mij je erheen rijden. Het is niet ver, het kost niet veel tijd.'

Ik wist niet of ik blij of wantrouwend moest zijn. 'Doe je dit alleen omdat je de moordbrigade mist? Wil je weer even voelen hoe het is om drie uur slaap te krijgen en daarna naar dode lichamen te moeten kijken?'

'Een beetje wel,' erkende hij. 'Is dat goed?'

'Ik zal je niet tegenhouden.' Ik lachte hem toe, plotseling blij met zijn gezelschap, blij om met hem te kunnen vertrekken in plaats van hem achter te laten.

Het was stil op de weg. De hemel was nog donker, de lucht zo warm dat ik mijn jasje niet aan hoefde te trekken. Het was laat in de nacht, nadat de doordeweekse drinkers hun gelal hadden gestaakt en voordat de eerste werkenden van huis gingen. Nu en dan schoot er een nachtbus voorbij, met niemand aan boord behalve de chauffeur, die nergens op de route hoefde te stoppen maar toch moest rijden. Ik zat naast Rob te kletsen en dacht ondertussen aan andere dingen. Ik dacht er met name aan dat het aldoor zoals nu had kunnen zijn, als we niet gedwongen waren geweest om onze gevoelens voor elkaar te bekennen, en als Rob om die reden het team niet had hoeven verlaten. Wij tweeën waren samen op genoeg plaatsen delict geweest om het als volkomen normaal te beschouwen dat hij achter het stuur zat. Het was ook stukken plezieriger dan ergens naartoe gaan met Derwent. Opnieuw vroeg ik me af of die op de hoogte was gesteld. Ik zou verwacht hebben dat de inspecteur me belde, niet Maitland. Ik wist dat Derwent ervan baalde dat hij zich niet mocht bemoeien met de bendeoorlog. Vermoedelijk was hij zo opgewonden over dit incident dat hij was vergeten mij te bellen. Of hij had geen zin gehad in het oponthoud van omrijden via Battersea om mij op te pikken. Of hij had gedacht dat ik er op eigen gelegenheid wel kwam. Wat had gekund: het was dicht bij huis. Toch zou het niet meegevallen zijn op dit uur, zoals Rob al had voorspeld.

Clapham North was een heel aardige wijk, niet zo fraai opgeknapt als sommige stukken aan de noordkant van het park, maar toch een populaire middenklasse-enclave. En iedereen had er een auto, maar geen plek om die te parkeren. De straten om de plek van de schietpartij heen waren afgezet met blauw-wit plasticlint. Binnen het kordon wedijverden politiewagens en ambulances met zwaailichten met burgerauto's van de politie om een plaatsje te vinden. Buiten het kordon hadden bewoners iedere denkbare plek aan weerskanten van de weg in beslag genomen. Rob parkeerde de auto half op het trottoir, op een plek waar dat absoluut niet was toegestaan.

'Op dit uur van de nacht denk ik dat ik het maar riskeer. Ik blijf niet lang.' Hij zette de kaart met 'politievoertuig' toch maar achter de voorruit en we liepen samen naar het lint.

We werden doorgelaten door een jonge, aantrekkelijke agente. Haar haren zaten in een strakke knot onder de rand van haar hoedje: een schoolvoorbeeld van het uniformreglement van de Metropolitan Police. Er zat een spleetje tussen haar voortanden, waardoor ze een heel klein beetje lispelde.

'U moet de straat uit lopen tot aan de tapijthandel en dan gaat u rechtsaf de steeg in die ernaast loopt. Ze zijn op het parkeerterrein achter de panden.'

'Bedankt.'

'Niets te danken, hoor,' zei ze, en toen ik nog even achteromkeek, zag ik dat ze Rob een geïnteresseerde blik toewierp. Ik hoefde niet naar hem te kijken. Hij was gewend aan dergelijke reacties van vrouwen en ik was eraan gewend dat hij ze negeerde. Toch kon ik het niet laten te luisteren wat er achter me gebeurde, maar hij volgde me zonder ook maar een moment te blijven stilstaan. Ik begreep niet waarover ik me zorgen maakte. Hij was heus niet zo stom om voor mijn ogen te flirten. Om me in te dekken vroeg ik: 'Ga je helemaal mee naar de plaats delict?'

'Wil je liever dat ik wegga?'

'Nee, natuurlijk niet.' Ik bleef stilstaan, want zodra we dichter bij de steeg kwamen, werd de kans groter dat we gestoord werden. 'Ik wilde het alleen weten.'

'Ik was het wel van plan, want ik wil Godley even aanschieten.'

'Waarover?'

Rob aarzelde heel even. 'Hij heeft een goed woordje voor me gedaan bij inspecteur Ormond. Ik dacht dat hij misschien heeft gehoord of ze tevreden is over mijn werk of niet.'

'Maak je je daar zorgen over?'

'Ontzettend. Ik leef op de toppen van mijn zenuwen.' Hij grinnikte naar me en zag er totaal onbekommerd uit.

'Goed dan.'

'Ik heb je toestemming toch wel?'

'Om zomaar te verschijnen op mijn plaats delict? Ja. Maar het doet me denken aan de tijd dat ik zeventien was en mijn vader me ophaalde uit de discotheek.'

'Heel je geloofwaardigheid bij de portiers naar de knoppen?'

'Daarvoor hoefde hij maar twee seconden met ze te babbelen,' zei ik. 'Mijn valse identiteitskaart heeft maar één keer gewerkt.'

'Nou, daar hoef je je nu geen zorgen over te maken. Ik ben degene die hier niet hoort te zijn, dus ik zal me op de achtergrond houden. Wijs me de weg maar, Kerrigan.'

Zo gezegd, zo gedaan. De rolgordijnen waren omlaag bij de huizen waar we voorbijkwamen. Kennelijk hadden de bewoners geen weet van alle opschudding of van de voertuigen van de hulpdiensten die door hun buurt reden. Het was niet moeilijk om de weg te vinden. Er waren maar zes winkels – een vreemd allegaartje halverwege de straat. Vermoedelijk maakten de bewoners goed gebruik van het supermarktje en de van zware luiken voorziene slijterij, maar ik vroeg me af hoe de meubelstoffeerder zijn hoofd boven water hield, om nog maar te zwijgen van het kleine reisagentschap en de lijstenmaker. De tapijthandel zag eruit alsof die bijna ter ziele was. De verf rond het raam bladderde enorm af. Toch was het bedrijf groot: het had een dubbele gevel en de steeg ernaast was breed genoeg voor bestelwagens.

Als ik al had getwijfeld over mijn route, vormde de aanwezigheid van hoofdinspecteur Burt aan het eind van de steeg een goede wegwijzer. Ze was aan het telefoneren, maar wuifde verbazend enthousiast naar ons.

'De nieuwe hoofdinspecteur?' fluisterde Rob in mijn oor.

'Hoe heb je dat zo snel gezien?'

'Jouw beschrijving van haar dekt de lading nog niet half.'

'Doe niet zo gemeen.' Om redenen die mijzelf ontgingen wilde ik hoofdinspecteur Burt beschermen, ook al was ze heel goed in staat om voor zichzelf te zorgen. Tenslotte had ze zich op het oog gemakkelijk en snel opgewerkt. Ik identificeerde me absoluut niet met haar alleen omdat ze een vrouw was. Misschien kwam het gewoonweg door het gevoel dat ze welwillend tegenover me stond, of in elk geval niet vijandig. Ze was voor me opgekomen tijdens de vergadering waarin Derwent eropuit was geweest om me voor schut te zetten. Daarom zou ik haar verdedigen wanneer ik kon.

De steeg was verbazingwekkend lang en niet goed verlicht, en de batterijen van mijn zaklantaarn begonnen het te begeven. Het terrein aan het einde van de steeg werd helder verlicht door booglampen die door lawaaiige generatoren van stroom werden voorzien. Vanwege het contrast zag ik nog slechter waar ik liep. Ik schuifelde voorzichtig door de steeg, blij dat er een tapijthandel naast lag en geen afhaalrestaurant. Maar toch: ik was nog niet over een gebroken melkfles heen gestapt die glinsterde in het schijnsel van mijn zaklantaarn, of ik stapte alweer op een opengebarsten plastic zak. Het ding stonk een uur in de wind. De smerige geur was sterker dan die van de dieselwalm uit de generatoren en de koolgeur uit vuilnisbakken waarvan de lucht doordrongen was.

'Gadver.'

'Nu geef ik je zéker geen lift terug.'

'Als je een echte heer was, zou jij voorop lopen.'

'Dat strookt niet met mijn rol op de achtergrond. Sorry.' Rob snoof. 'Wat is dat in vredesnaam?'

'Een gebraden kip, denk ik. In een ver verleden.' Ik schraapte het ergste van mijn schoen af aan een drempel – die van de achteruitgang van de tapijthandel. 'Weerzinwekkend. Geef mij maar een lekkere verse hondendrol.'

'Die liggen hier genoeg, als je er zin in hebt.'

'Uiteraard niet.' Ik rechtte mijn rug en streek mijn kleren glad om me schrap te zetten voor wat ik om de hoek zou aantreffen. Drie dodelijke slachtoffers van een bendeoorlog. Aangenaam zou het niet worden. 'Schiet op.'

'Strikt genomen hield jij ons op, maar goed.'

We gingen samen de hoek om en kwamen uit op een klein vierkant terrein, waar hoge muren stonden met bovenop glasscherven in cement. Op ieder vlak oppervlak hingen bordjes met 'Verboden te parkeren', maar daar had de chauffeur van de glimmende zwarte Range Rover die er stond zich niets van aangetrokken. Het had hem ook niet kunnen schelen wat er met de auto zou gebeuren, veronderstelde ik, anders zou hij niet hebben toegestaan dat iemand alle achterruiten van het voertuig eruit had geschoten. Het glas op de grond was zuiver zwart – zo zwaar getint waren de ruiten. En de bloedspatten erop waren hier en daar nog nat, zoals Maitland had beloofd.

Ik had geen idee wanneer de auto was ontdekt, maar iemand had zijn invloed uitgeoefend om iedere fatsoenlijke technisch rechercheur in Zuid-Londen ter plaatse te krijgen, naast vrijwel ons hele team. Die iemand was naar ik aannam Godley, die met zijn armen over elkaar geslagen de verrichtingen van de technisch rechercheurs gadesloeg. Hij droeg een grijs pak dat eruitzag alsof het net van de stomerij kwam: iedere vouw messcherp en zonder kreukels. Zijn das was perfect gestrikt, zijn overhemd spierwit. Zijn handen staken diep in zijn zakken en zijn gezichtsuitdrukking was somber. Hij keek op en zag ons, en heel even lichtte zijn gezicht op. Rob liep van me weg naar Godley toe. Hij schudde hem de hand en boog zich naar hem toe om iets te zeggen. Ik kon niet verstaan wat. Ik kreeg niet veel gelegenheid om daar wat te staan kijken, want Maitland stortte zich op me. 'Huis-aan-huis. We moeten alle panden af waar de auto op weg naar dit parkeerterrein langsgereden kan zijn. Het gaat om honderden omwonenden. Iemand moet iets gezien hebben of wat hebben gehoord.'

'En jij verwacht dat ze meewerken?'

'Niemand houdt van bendegeweld in zijn woonomgeving. Ze zullen hun plicht doen.'

'En niemand houdt ervan om geïntimideerd te worden – en dat is wat ze kunnen verwachten als ze bereid zijn om als getuige op te treden.'

'Dat moet je ze dan nu maar niet vertellen. Doe gewoon alsof we alles onder controle hebben.'

Ik gebaarde met mijn hoofd naar de auto. 'Wat is er gebeurd? Wat weten we?'

'Drie slachtoffers. Het is rond halftwee gebeurd; een exact tijdstip hebben we niet. De persoon die het meldde – uiteraard anoniem – zei dat hij even had gewacht voor het geval de schutters nog in de buurt waren. Hij had de auto de steeg in zien rijden en was in de buurt gebleven "voor het geval het dieven waren die een ramkraak op de winkel hadden gepland".' Maitlands dikke vingers tekenden de aanhalingstekens in de lucht. 'Sommige mensen kijken te veel televisie.'

'Maar hij had dus wel door dat het een misdrijf betrof,' bracht ik naar voren.

'Ja, maar toch hadden we niet veel aan hem. Hij had geen idee hoeveel mensen er in de auto zaten toen ze de steeg in reden. En geen idee hoeveel mensen er uit de steeg kwamen. Maar de man zei wel dat ze in een zilverkleurige sedan stapten en wegreden. Geen model, geen nummerbord, geen beschrijvingen, geen andere details.'

'Fantastisch.'

'Toen wij ter plekke kwamen om de boel te onderzoeken, troffen we twee doden aan op de achterbank en een in de kofferbak. De schutters hebben buiten de auto gestaan en door de ruiten geschoten – met geluiddempers, veronderstellen we, anders had de halve buurt het alarmnummer gebeld.'

'Wie zijn de slachtoffers?'

'Drie knapen die voor Ken Goldsworthy werkten. We hadden hun namen al – een van hen verdacht ik van betrokkenheid bij een moord in Catford.' Hij haalde zijn schouders op. 'Waarschijnlijk terecht.'

Dat was een schrale troost als we nooit bewijs zouden vinden en de zaak onopgelost zou blijven. 'Is de patholoog al geweest?'

'Die is onderweg. Maar kom even kijken. In afwachting van zijn komst hebben ze de buitenkant van de auto onderzocht, en ik denk dat ze daar nu mee klaar zijn.'

Ik volgde Maitland, want ik kon geen reden bedenken waarom ik niet in de auto zou hoeven kijken. De auto was doortrokken van bloed. Bloed dat ik kon ruiken toen ik dichterbij kwam, vermengd met een lucht die nog smeriger was.

'Dit is Lee Wright, minstens negentien jaar oud.' De lichtbundel uit Maitlands zaklantaarn streek over zijn gezicht: de mond stond open, de ogen waren uitdrukkingsloos. Hij zag er ontzettend jong uit. Hij zat in een hoek voorovergebogen, in elkaar gezakt maar op zijn plaats gehouden door een autogordel. 'Van hieraf zie je het niet, maar hun handen zijn gebonden.'

'Waarom hangt zijn broek op zijn enkels?'

'Dat is een oude truc. Voorkomt dat ze wegrennen, mochten ze zichzelf bevrijden. Ze hebben ook geen schoenen aan. Die liggen voorin, voor de passagiersstoel.' De stralenbundel gleed over vuile tenen en een bleke, eelterige huid. Het had allemaal iets aandoenlijks, iets intens menselijks. Hij was negentien jaar geweest en had tot over zijn oren in de drugshandel gezeten, maar toch was hij ook een mens geweest. Hij had een heel leven voor zich gehad.

'Aan de andere kant van de auto hebben we Curt Mason, helemaal uit Tottenham. Goldsworthy heeft aangepapt met een bende uit een van die wijken daar en jongens gerekruteerd om voor hem te werken. Veroordelingen wegens geweldpleging, drugshandel, diefstal en noem maar op. Drieëntwintig jaar oud.' Hij was groot en breedgebouwd, en hij had zwaar gespierde schouders. In het licht van de zaklantaarn glansde zijn huid als geboend ebbenhout. Ze hadden hem door het hoofd geschoten. De hele achterkant van de auto was bespat met stukjes van zijn hersenen en Lee Wrights haar aan Masons kant zat er vol mee.

'Ze zijn toch zeker niet op hetzelfde moment doodgeschoten? Te riskant voor de moordenaars.'

'Hangt af van de hoek.' Maitland deed een stap naar achteren en strekte zijn arm om het me te laten zien. 'Als je schuin achter je doelwit blijft staan en je schootsveld betrekkelijk smal houdt, hoeft je niets te overkomen. Ze konden immers nergens heen. Je hebt het niet over bewegende doelwitten. Ik zou zeggen twee schutters, geen drie, omdat ze de knul in de kofferbak tot het laatst bewaarden. Maar het is zeker mogelijk dat er twee tegelijkertijd schoten. Het trekt minder aandacht als het niet te lang duurt.'

'Berekenend, nietwaar? Een liquidatie.'

'Door beroeps gedaan. Geen persoonlijke motieven.' Maitland liep om de auto heen. 'Dit is Safraz Mahmood, twintig jaar oud, mocht meerijden in de kofferbak. Ze hebben hem tot het laatst bewaard, vermoed ik, want hij heeft zichzelf ondergepist en -gescheten terwijl hij op zijn dood wachtte. Hij heeft de kofferbak stevige opdonders verkocht in een poging zichzelf al schoppend te bevrijden. Maar deze wagens zijn net tanks – hij had geen schijn van kans.'

Ik bekeek hem. Hij lag opgekruld onder in de auto. Zijn ogen waren gesloten, op zijn gezicht lag een trieste uitdrukking. Aan één kant van de kofferbak waren allemaal voetafdrukken zichtbaar.

'Bij geen van hen een prop in de mond. Wat die andere twee gedaan hebben weet ik niet, maar hij heeft vast geschreeuwd,' mompelde ik vrijwel binnensmonds.

'Je weet dus wat je moet vragen bij het huis-aan-huisonderzoek. Geschreeuw, harde geluiden of gebonk, gegil, automotoren.' Hij ging het hele lijstje af. 'Alles wat ze hebben gezien of gehoord.'

'Goed.'

'Hier is jouw lijst met straten. Beide kanten van de weg, graag. Zowel woon- als zakenpanden.'

'Dit gaat de hele dag duren,' zei ik.

'Het gaat zo lang duren als nodig is.'

'Ik moet vanmiddag met Derwent verhoren afnemen in verband met de zaak-Kennford.'

'Dan moest je nu maar gauw beginnen.'

'Aardig dat je even langskomt, Kerrigan.' De stem achter me herkende ik meteen als die van Belcott. 'Nu al aan het mekkeren omdat je een taak toebedeeld krijgt?'

Ik negeerde hem. Tegen Maitland zei ik: 'Hoe laat beginnen we mensen wakker te kloppen?'

'Zes uur. Dan hebben we de grootste kans om ze te pakken te krijgen voordat ze naar hun werk gaan.'

'Wat moet ik ondertussen doen?'

'Hetzelfde als iedereen. Rondhangen en een beetje kletsen. Of slootwater drinken, als je zin hebt in koffie.'

'Je weet het wel te verkopen. Ik had mijn eigen koffie moeten meenemen.'

'Net zoals je je eigen gezelschap hebt meegenomen.' Belcott had mijn hint niet opgepikt, en nu pas merkte ik dat hij pal naast me stond en kwaad naar Rob keek. 'Wat doet híj hier?'

'Wat denk je dat hij hier aan het doen is? Kom op, Belcott. Gebruik je scherpe observatievermogen.'

Rob was nog steeds diep in gesprek met Godley; allebei keken ze ernstig.

'Ik vraag me af of hij vindt dat je het waard bent geweest.'

'Ik vraag me af waarom dat jou iets kan schelen.' Ik wist dat hij een verbitterd, giftig mannetje was, maar hij wist intuïtief op je grootste angsten in te spelen, hoe diep die ook verborgen waren.

'Wij zijn toch de verliezers? Jij hebt een vriend en wij zijn een goede smeris kwijt.'

'Ik wed dat jij wilde dat ík was vertrokken.'

'Daarover bestaat geen enkele twijfel. Helaas denkt de chef daar anders over. Maar ja, Langton kan ook niet wat jij kunt.'

Ik draaide me om en keek hem woedend aan. 'Voor de laatste keer: ik heb geen affaire met Godley. Rob is uit vrije wil vertrokken. Voor hem was het een promotie, en het gaat heel goed met hem. En nu sodemieter je verdomme op. En kom vooral niet terug.'

Maitland koos het perfecte moment om me het slechte nieuws te vertellen: 'O ja, Kerrigan, Belcott en jij vormen een team bij het huis-aan-huisonderzoek. Jullie trekken vandaag met elkaar op.'

'En denk maar niet dat je eronderuit komt,' siste Belcott in mijn oor. 'Jij doet ook maar eens iets voor de kost.'

Ik dacht dat mijn dag niet erger kon worden.

Maar dat bleek gebrek aan verbeeldingskracht te zijn.

13

Ik begon te wanhopen toen we vier uur achter elkaar bij mensen hadden aangebeld. Zoals altijd was het een frustrerende klus – eentonig, tijdrovend en teleurstellend. Incidenteel deed zich de opwindende gebeurtenis voor dat we werden uitgescholden voor hufters of dat ons werd gezegd op te donderen. Een jonge moeder barstte in tranen uit omdat Belcotts agressieve manier van aanbellen haar baby had gewekt. Een vrouw van middelbare leeftijd vroeg ons binnen omdat ze wilde vertellen wat zij had gezien. Ze maakte een kopje koffie voor ons met juspoeder en bleek, in de woorden van haar echtgenoot, totaal geschift te zijn. En dan waren er de gordijngluurders die ons eens goed opnamen om vervolgens te besluiten de deur niet open te doen, wat volgens mij te wijten was aan Belcott met zijn schrijfmap.

'Je ziet eruit als een Jehova's getuige. Geen wonder dat ze ons niet te woord willen staan.'

'Toch tellen ze als afgehandeld.' Hij duwde een in de haast uitgeprint pamfletje in de brievenbus ('MOORD – hebt u iets gezien of gehoord?') en krabbelde iets in zijn map. Hij was meer gericht op het afvinken van adressen dan op wat we probeerden te achterhalen, en dat vond ik ergerlijk. Maar toen we vier uur bezig waren deden mijn voeten zeer, voelde mijn gezicht pijnlijk aan van het innemend glimlachen en was mijn notitieboekje hoofdzakelijk leeg. De meeste buurtbewoners die ons te woord stonden stelden zich zo behulpzaam mogelijk op, maar feitelijk hadden we niets aan ze. De diepgewortelde neiging van mensen om niet betrokken te raken bij buren en om op straat geen oogcontact te maken, was de vloek van moord-onderzoek doen in Londen. Ik begreep die mentaliteit van de andere kant op kijken wel. Ik kende te veel gevallen waarin mensen de dood vonden of ernstig gewond raakten omdat ze de aandacht hadden getrokken van de verkeerde persoon. Toch vroeg ik me af hoe het in vredesnaam mogelijk was dat er om halftwee 's nachts drie mensen waren doodgeschoten in wat in wezen een woonwijk was, zonder dat iemand er iets van had gemerkt.

En over nergens iets van merken gesproken: het was mij ontgaan dat Rob was vertrokken. Toen ik een halfuur na onze aankomst om me heen keek, kwam ik erachter dat hij was verdwenen. Ik vond het tactvol van hem dat hij geen afscheid was komen nemen – tenslotte had ik gezegd dat hij zich op de achtergrond moest houden. Het zou bovendien commentaar ontlokt hebben aan de teamleden, die op het terrein bij elkaar stonden en er stuk voor stuk slaperig en verkreukeld uitzagen. Toch zou ik graag weten of hij van Godley had gekregen wat hij wilde – wat dat ook mocht zijn. Ik had hem een sms'je gestuurd dat onbeantwoord bleef. Vreemd was dit niet, want Rob haatte sms'en. Bovendien liep het toen tegen vijf uur, en ik hoopte eigenlijk dat hij sliep. Ik zou er zelf heel wat voor hebben gegeven om weer in mijn bed te liggen en ik was bij lange na niet de enige die trilde van vermoeidheid en te veel cafeïne. Het voortdurende gegaap werkte aanstekelijk. Alleen Godley zag er klaarwakker uit, geactiveerd door het tafereel voor zijn ogen. Hij sprak met de technisch rechercheurs, de patholoog, het ambulancepersoneel en, iets later, met enkele verslaggevers die ons al uren hadden belaagd. Hij moest er ook wel energiek uitzien, vertelde Maitland me op gedempte toon, want de pleuris zou weldra uitbreken. Er was genoeg informatie geweest om ons te waarschuwen dat deze schietpartij te gebeuren stond. Maar die hadden we desondanks niet weten te voorkomen.

'En dat is prima als het om een stelletje vuilakken gaat. Maar het is een kwestie van tijd voordat er onschuldige slachtoffers vallen. Een verdwaalde kogel gaat door een ruit of vliegt door de straat en raakt een toevallige passant. Of misschien zelfs wel een kind. In deze buurt zou het dan om een aardig, fatsoenlijk, doodgewoon iemand gaan. De pers zou door het dolle heen raken.' Maitland schudde langzaam zijn hoofd en tuitte zijn lippen alsof hij geluidloos floot. 'Ik zou niet graag de leiding hebben wanneer dat gebeurt.'

'Hij ziet er anders niet verontrust uit.' Ik sloeg Godley gade terwijl hij zich bukte om te luisteren naar een uitgeput ogende technisch rechercheur in een overall.

'Als hij paniekerig zou ogen, hadden we de poppen aan het dansen. Dan zouden we pas goed in de stront zitten. Hij moet nu gewoon de indruk wekken dat hij weet wat hij doet, maar geloof me, hij is ten einde raad. En we zijn inderdaad vastgelopen.'

Na al die vruchteloze gesprekken begon ik dat idee ook te krijgen. Weer een deur, weer een wezenloos gezicht en een hoofd dat ontkennend schudde. Ik daalde een trapje af en bedwong de neiging om op een trede te gaan zitten, mijn schoenen uit te trekken en over mijn voeten te wrijven. We bevonden ons aan de schaduwzijde van de straat, dus het was tenminste niet zo heet als aan de overkant. Toch droop Belcott van het zweet en zijn haren stonden in pieken overeind als de stekels van een egel.

'Hoeveel moeten we er nog?'

'De rest aan deze kant. Die aan de overkant. De volgende twee straten die kant uit. Dan zijn we klaar.'

In de victoriaanse tijd hadden ze beslist geweten hoe ze op een klein oppervlak heel veel huizen moesten bouwen, en in deze buurt waren de straten lang. Belcott had het gehad over honderden wooneenheden. We raakten steeds verder verwijderd van de plaats delict, en daarmee werd de kans kleiner dat iemand iets had gezien. Het lukte me niet om enig enthousiasme op te brengen voor mijn taak.

'Geweldig.'

'Heb je er lol in?'

'Meer dan jij je kunt voorstellen.' Ik keek langs hem heen naar een zilverkleurige Mercedes die langzaam onze richting uit kwam. 'Is dat Godleys auto niet?'

'Doe alsof je druk bezig bent.' Belcott haastte zich het trapje van het volgende huis op en belde aan, terwijl hij in diepe concentratie in zijn schrijfmap keek.

De auto minderde vaart toen hij ons naderde. In plaats van Belcotts voorbeeld te volgen, liep ik naar de stoeprand en zwaaide. De auto stopte en het raampje aan de bestuurderskant ging omlaag. Godley reed zelf en hij was alleen.

'Maeve. Jou zocht ik net. Hoe gaat het bij jullie?'

'Niet erg goed, helaas. Tot dusver hebben we weinig geluk gehad.'

'De anderen evenmin.' Hij haalde zijn schouders op. 'Het oude liedje, nietwaar? Waarschijnlijk is er iemand die wél iets heeft gezien wat van belang is, maar die zegt het niet, of kan dat niet, of beseft niet dat we het moeten weten.'

Achter de Mercedes kwam een bestelbus met een lawaaiige motor aanrijden. Godleys auto blokkeerde de doorgang, omdat er aan weerskanten van de weg auto's geparkeerd stonden en hij nergens aan de kant kon gaan staan. De chauffeur van het busje claxonneerde luid. Ik wierp hem een boze blik toe om aan te geven dat ik hem had gehoord. Zodra ik de andere kant op keek, loeide de claxon opnieuw. Godley keek in zijn achteruitkijkspiegel en trok een gezicht. 'Om het kort te maken: ik wil dat je Belcott de huis-aan-huisklus laat afmaken en met mij meekomt.'

De redding was nabij. 'Waar gaan we heen?'

'De Wandsworth-gevangenis. Stel Belcott op de hoogte. En doe het snel, anders wordt die bus nog in mijn kofferbak geparkeerd.'

Er waren aantrekkelijker bestemmingen, maar dat kon me niet schelen. Ik knikte en haastte me het trapje op waar Belcott in een langdurig gesprek was verwikkeld met een bejaarde man. Die verstond geen woord van wat Belcott zei, en wanneer de man dan eindelijk een vraag had begrepen, begreep Belcott zijn antwoorden niet. De zoveelste dialoog die niets zou opleveren.

Ik onderbrak Belcott in zijn gesprek. 'Ik ga. Godley heeft een klus voor me.'

'Wat?' Hij draaide zich om en keek eerst woedend naar de auto en toen naar mij. 'Waarom verbaast me dat niets?'

'Haal je niets in je hoofd, Belcott. Het is niet wat jij denkt.'

'Waar gaan jullie heen?'

'De gevangenis. Niet dat het jou wat aangaat.'

'Waarom dat?'

Als ik hem antwoord zou geven, zou ik moeten bekennen dat ik niet wist waarom we naar de gevangenis gingen, wie we daar gingen opzoeken of waarom ik mee moest. Onwetendheid was niet iets om over op te scheppen. Het was beter Belcott in de waan te laten dat ik opzettelijk informatie achterhield. Ik huppelde het trapje af. 'Succes met het onderzoek.'

Het zou hem uren kosten om de hele lijst met adressen af te werken en hij zou die tijd vullen met de meest smerige fantasieën over wat ik met Godley deed. Ik kon er niets aan doen dat hij zo slecht over me dacht. En ik kon het niet sneu voor hem vinden dat ik hem in de steek liet. Godleys auto had airconditioning en was comfortabel. Ik ging met een gelukzalige glimlach op de passagiersstoel zitten.

'Bij wie gaan we op bezoek?'

'Een oude bekende.' Godley liet de motor sneller lopen. 'Een heel oude bekende, mag ik wel zeggen.'

Achteraf had ik wel kunnen raden wie de chef bedoelde. Er was immers maar één persoon die precies wist wat er gaande was in Zuid-Londen. Die had het tenslotte allemaal zelf in gang gezet. Het ging om iemand die ik kende, en die Godley nog veel beter kende. De beruchte gangster, moordenaar en dief John Skinner, die een levenslange straf uitzat maar niet van zins was om stilletjes van het toneel te verdwijnen. Vooral niet omdat zijn aartsrivaal Ken Goldsworthy van zijn afwezigheid profiteerde. Dat ik niet zo vlug van begrip was, kwam misschien omdat Skinner, voor zover ik wist, onmiddellijk na zijn veroordeling enkele maanden daarvoor, vanuit Londen naar elders was overgebracht.

In de Londense gevangenissen was het passen en meten om de grote aantallen gevangenen te huisvesten – zowel de pas veroordeelde gedetineerden als degenen die in voorarrest zaten. Die laatsten moesten in de nabijheid zijn van de rechtbanken waar hun proces plaatsvond, maar dat legde een grote druk op de overvolle en verouderde instellingen. Daarom was het gebruikelijk om zo veel mogelijk veroordeelden naar uithoeken van het land te sturen, wanneer ze eenmaal gewend waren aan het idee dat ze niet naar huis gingen. Dit was iets wat hun familie en ook de gedetineerden zelf verdriet deed, maar hun straf bestond er deels uit dat ze geen zeggenschap hadden over waar ze belandden. Ik had wat dat betreft meer te doen met hun kinderen en hun partners. Die werden veroordeeld tot lange, frustrerende reizen, of ze konden helemaal niet op bezoek gaan. En dat terwijl zíj niets hadden misdaan.

Dit was echter niet van toepassing op John Skinner, die geen in leven zijnde kinderen had en niet op bezoek kon rekenen van zijn van hem vervreemde echtgenote. Toch kwam het goed uit dat hij terug was, en nog wel zo dicht bij de huidige plaats delict. Niet zo dichtbij waarschijnlijk dat hij de sirenes kon horen, en zeker niet de schoten, maar misschien wel dichtbij genoeg om het gevoel te hebben dat hij er een rol in speelde. We konden er zeker van zijn dat dat inderdaad zo was: hij zat er tot aan zijn nek in.

De Wandsworth-gevangenis was een van de Londense gevangenissen die uit de victoriaanse tijd stamden. En al zag je de ouderdom eraan af, toch kwam het instituut nog te goed van pas om het op te doeken. Het was de grootste gevangenis in de stad en een van de grootste in Europa. Het complex was gelegen op een heuvel in de voor het overige dure buurt die grensde aan de groene, lommerrijke pracht van het nabijgelegen park. Vanaf de weg was er vrij weinig van te zien, omdat het grootste deel van de gevangenis een enorm eind naar achteren doorliep. Grote bloembakken gaven wat fleur aan een naargeestig voorplein, dat werd gedomineerd door een zeer hoge poort met houten deuren die toegang gaf tot de gevangenis zelf. De muren waren grijs en vrijwel vensterloos, wat ze een sombere aanblik gaf, zelfs op een stralende zomerdag. Ik had daar nooit eerder een gevangene bezocht, maar de procedure was overal hetzelfde. Ik gaf mijn mobieltje af, samen met alles wat als een wapen gebruikt kon worden, ging door een veiligheidspoortje, werd nogmaals gefouilleerd en liep ten slotte achter Godley aan door een betegelde gang waar het naar schoollunches en bleekwater rook. De ontvangstruimte die we binnengingen was heel gewoontjes. Er bevond zich ook geen glazen wand tussen ons en de overzijde van de tafel, maar wel stond er een bewaker voor de deur, wat me er weer aan deed denken dat Skinner weinig te verliezen had.

Toen ik eenmaal wist wie we gingen bezoeken, had ik verder mijn mond gehouden tijdens de korte autorit en nagedacht over de paar keer dat ik Skinner had meegemaakt. Ook Godley had aan zwijgen de voorkeur gegeven. Hij had nauwkeurig en zeer geconcentreerd gereden, terwijl ik me naast hem zat af te vragen waarom hij mij mee had willen hebben, mij daarvoor had uitgekozen. Ik betwijfelde of de gangster zich mij zou herinneren.

Het tikken van de wandklok maakte me nerveus. Om de stilte te verbreken zei ik: 'Ik dacht dat Skinner in Lincolnshire zat.'

'Tot vorige week zat hij daar ook. Ik heb hem hiernaartoe laten brengen.'

'Waarom?'

'Allereerst omdat ik hem nu gemakkelijker kan spreken. En ik dacht dat een verhuizing de mogelijkheid tot contact met zijn helpers zou verstoren. Maar niet dus. Hij heeft een open verbinding met die handlangers van hem. Zelfs nu nog vertelt hij hun wat ze moeten doen.'

'Ik zie niet echt hoe we dat kunnen tegenhouden, tenzij hij in een isoleercel wordt opgeborgen – waar hij niet voor eeuwig kan blijven. En zodra hij eruit komt...'

'Gaat hij weer op de oude voet verder,' maakte Godley mijn zin af.

'Ik weet het.'

'Dus wat doen we hier? Gaan we een beroep doen op zijn betere ik?' Ik zei het voor de grap, maar aan het gezicht van de hoofdinspecteur las ik af dat dit precies was wat we gingen doen. Daarom kon ik maar beter terugkrabbelen, en snel ook.

'Heb jij betere ideeën?'

'Nee. Ik vind het wel een goed idee. Het is zeker het proberen waard.' Ik klonk als een eersteklas hielenlikker. 'Ik weet alleen niet of hij een betere ik heeft. Ik denk dat we het beste van hem hebben gezien toen zijn dochter werd vermist.'

'In de periode dat hij zich schuldig maakte aan marteling en moord? De meeste mensen zouden dat geen goed gedrag noemen.' Godley stak zijn handen in zijn zakken en ijsbeerde door het vertrek om iets van zijn nerveuze energie kwijt te raken. 'Ik wil gewoon dat hij het een halt toeroept. Het is zo zinloos. Al die jonge kerels die doodgaan, en waarvoor? Lijken brengen geen geld in het laatje, en het was John Skinner altijd uitsluitend om geld te doen.'

'Maar daar heeft hij nu niets meer aan. Hij kan het hier immers

niet uitgeven. En hij onderhoudt zijn vrouw niet, toch?'
'Ze zijn uit elkaar.'
'Dus hij kan er niet van genieten en zij gaat het niet voor hem uitgeven. Wat blijft er dan over? Trots, vermoed ik.'
'Dat is een goede invalshoek.' Godley hield op met ijsberen. 'Die kan ik misschien gebruiken.'

Ik bloosde tot in mijn haarwortels, maar ik kon het voor mezelf niet maken als ik met de eer voor die opmerking was gaan strijken. 'Tja, eigenlijk zei brigadier Maitland dat als eerste.'
'Niet tegen mij en niet op het juiste moment.' Hij glimlachte, wat hem absurd aantrekkelijk maakte, ondanks het afgrijselijke gevangenislicht. De verlichting leek erop gemaakt om wallen onder de ogen en dubbele kinnen te benadrukken. 'Ik wist dat er een goede reden was om jou mee te nemen.'

'Fijn,' wist ik uit te brengen, terwijl ik mijn verontwaardiging onderdrukte. Ik voelde me net een soort talisman, een amulet die Godley in een opwelling had besloten mee te nemen. Was dat het? Op de gok dat ik iets nuttigs zou zeggen? Ik ging op een van de vreselijk ongemakkelijke stoelen zitten wachten op Skinner en deed ondertussen mijn mond niet meer open.

Skinner was veranderd in de paar maanden dat hij vastzat. Dat was mijn eerste gedachte toen hij eindelijk verscheen. Het viel moeilijk te zeggen of dit toegeschreven moest worden aan de omgeving, aan het gevangenisuniform dat hij droeg in plaats van het pak van duizend pond, of aan het feit dat hij zijn in vrijwillige ballingschap in Spanje opgedane kleurtje kwijt was. Zijn indertijd halflange, staalgrijze haar was nu bijna tot op de hoofdhuid afgeschoren en vuilwit. Het korte kapsel flatteerde hem niet. Zijn gelaatstrekken leken minder geprononceerd; ze waren afgezwakt door de gedwongen inactiviteit. Zijn wangen waren pafferig en zijn kaaklijn was verslapt. Maar aan zijn ogen was niets veranderd – die waren halfdicht en deden denken aan die van een reptiel. Ik werd er eventjes erg zenuwachtig van toen zijn blik over me heen gleed en een seconde lang bleef hangen.

'Waaraan heb ik dit genoegen te danken?'
'Ik denk dat je dat wel weet, John. Ga zitten.' Godley stond nog,

maar toen Skinner ging zitten, deed hij dat ook.

'Eigenlijk niet. Maar ik begin te denken dat ik weet waarom ik ben overgeplaatst. Dat was vermoedelijk jouw idee.'

'Mijn excuses hiervoor.'

'Terug naar Londen. Terug naar de oude, vertrouwde Wandsworth-bajes.' Hij grinnikte met een krokodillenlachje. 'Je hebt me een gunst bewezen, Charlie. Ik ben weer in contact gekomen met wat oude makkers. Dit is beter dan vastzitten in de een of andere uithoek.'

'Doe nou niet alsof je het prettig vindt om hier te zitten.'

Hij haalde een schouder op. 'Het is me allemaal om het even, kerel. Ik ga waarheen ze me sturen.'

'Gezeglijk als altijd.'

'Dat wil ik nou ook weer niet beweren. Maar zoveel verschil is er niet tussen de ene of de andere nor.'

'Hoe flik je het hem, John? Hoe communiceer je met ze?' Er lag een ondertoon in Godleys stem die ik er nooit eerder in had gehoord, een soort wanhoop die hij verhulde door gemaakte jovialiteit. Mij hield hij er niet mee voor de gek, en op Skinner, die in lachen uitbarstte, had de geforceerde toon ook beslist niet de gewenste uitwerking.

'Dat zou jij wel graag willen weten, hè? Je maakt er echt geen einde aan door mij te laten overplaatsen. En meer zeg ik er niet over.'

'Hoe komt er wél een einde aan?'

'Dat weet ik niet. Heb je al arrestaties verricht? Misschien helpt dat.'

'We hebben een aantal aanknopingspunten die we onderzoeken.' Godley legde zichzelf het zwijgen op. 'Wat klets ik eigenlijk?' zei hij toen. 'Jij weet dat we achter de feiten aan lopen. Iedereen die ik zou willen arresteren, is al dood. Of zit in de gevangenis.'

'En dan kun je net zo goed dood zijn.' Hij klonk niet erg gekweld, maar het waren bittere woorden.

'Ik zal eerlijk tegen je zijn. Ik ben gekomen om te vragen of jij er een eind aan wilt maken.'

'Waaraan?'

'De oorlog. Tussen jou en Goldsworthy. Al die lijken door heel

Zuid-Londen heen. Gaat er een belletje rinkelen?'

'Ik weet wat je bedoelt, maar ik snap niet waarom jij denkt dat ik aan die toestanden een eind zou kunnen maken.' Op Skinners gezicht lag een uiterst geslepen uitdrukking. Ik besefte dat hij hiervan genoot. 'Omdat jij het allemaal in gang hebt gezet. Het zijn er te veel, John. Te veel jonge jongens.'

'Je weet dat ik daar niets aan kan doen. Ik zit vast.'

'Doe nou niet alsof je er niets mee te maken hebt. Jij wist eerder dan ik over die doden vanochtend vroeg, dat weet ik zeker.'

'Ik had gehoord dat er iets aan zat te komen.' Hij keek ook nu weer naar mij. 'Waar ken ik jou ook alweer van, liefje?'

Ik moest mijn keel schrapen voordat ik iets kon uitbrengen. 'Van het onderzoek naar de verdwijning van uw dochter.'

'Jij was erbij in de verhoorkamer. En daarvoor in de flat.' Hij knipte met zijn vingers. 'Nu weet ik het weer.'

Mijn nekharen stonden overeind. Ik probeerde er onbekommerd uit te zien. Doorgaans raakte ik niet geïntimideerd door criminelen, vooral niet als ze levenslang hadden. Maar Skinner had de welverdiende reputatie dat hij wraak nam op mensen die hem hadden gedwarsboomd. En hoofdinspecteur Godley behoorde tot die categorie.

'Hoe heet je, schat?' Skinners gezicht stond vriendelijk, maar in zijn ogen lag een kille uitdrukking.

'Laat haar met rust. Zij is niet belangrijk.' Nog voordat ik adem had kunnen halen, klonk Godleys stem als een zweepslag door het vertrek. Al had ik het gewild, ik zou Skinner niet hebben durven antwoorden.

'Maar ik wil graag meer over haar weten. Ze is vast goed, anders had je haar niet meegebracht. Of zit ze hier alleen maar mooi te zijn?'

'Ze is een nog onervaren lid van mijn team en allerminst van belang voor jou, nu of in de toekomst. Ik wilde iemand meenemen en toevallig was zij beschikbaar. Dat is alles.'

Met een neutrale uitdrukking op mijn gezicht sloeg ik Skinners reactie gade. Hij zag er niet bepaald overtuigd uit, maar ik zag dat zijn interesse afnam. Het was niets anders geweest dan een goedkope truc om de aandacht af te leiden van zijn eigen kwalijke praktijken. Maar de chef liet zich niet zo gemakkelijk afleiden.

'Drie doden vanochtend, John. Drie jonge jongens. Verschillende achtergronden, verschillende families.' Hij knipte met zijn vingers. 'Weg.'

'Heel tragisch. Zeker de verkeerde kant gekozen.'

'In deze rotzooi bestaat er niet zoiets als een goede kant. En er is geen winnaar. Jij wint er niets bij, en Ken ook niet.'

'Het gaat Ken anders voor de wind.'

'Dat betwijfel ik. Hij wil dolgraag dat dit is afgelopen. Heeft hij contact met je gezocht?'

'Dat heeft hij wel geprobeerd.' Skinner had een gepijnigde uitdrukking op zijn gezicht. 'Ik heb hem verteld wat ik jullie nu vertel. Ik kan er geen eind aan maken, en dat wil ik ook niet.'

Godley schudde zijn hoofd. 'Haat je hem echt zo erg?'

'Hij naait mijn vrouw, verdomme.'

'Dat is iets persoonlijks. Jij hebt het persoonlijke en het zakelijke in het verleden altijd van elkaar gescheiden.' Godley leunde over de tafel. 'Je begaat een grote fout, John. Die Oost-Europeanen die je hebt binnengehaald, moeten gestopt worden. Het wordt tijd dat je ze de laan uit stuurt.'

'Dat zie je verkeerd, Charlie. Ze zijn niet bij me in dienst. Ze freelancen maar wat. Zijn uit op hun winst.'

'Ze kunnen niet iedereen vermoorden die voor Goldsworthy werkt.'

'Maar als er genoeg worden vermoord, wil niemand nog voor hem werken.'

'Heb je ze daartoe opdracht gegeven?'

'Niet echt. Dat hebben ze zelf bedacht.' Hij rekte zich uit. 'Wat jij ook denkt, ik heb geen contact met ze. Ik neem de beslissingen niet. Misschien heb ik ze in een bepaalde richting gewezen, maar wat ze doen is hun eigen zaak.'

'Wie zijn het?'

'Niemand die jij kent.'

'Waar komen ze vandaan? We weten dat het Oost-Europeanen zijn. Volgens mijn bronnen komen ze uit een voormalige Sovjetstaat.'

'Jouw bronnen weten geen reet. Sorry voor mijn taalgebruik.'

'We komen er wel achter wie ze zijn. We zitten ze op de hielen.'

'Dat is het prettige aan ingehuurde krachten – ik hoef me niet druk om ze te maken. Krijg je ze te pakken, dan vind ik dat best. Dan hebben ze pech. Maar zolang je ze niet pakt, maken ze het Kenny – en jullie – knap lastig. Van mij mag het.'

'Het zijn ongeleide projectielen. Ze doen niet wat jij wilt. Ze trekken hun eigen plan.'

'Dat probeer ik je dus te vertellen. Je hebt gelijk: ze trekken hun eigen plan. En ze zullen pas ophouden als ze hebben wat ze willen: alles wat Ken heeft, en nog veel meer.'

Godley schudde zijn hoofd. 'Hier kunnen we niets mee, John. En jij kunt het niet laten voortduren. Je moet iets ondernemen. Jij bent dit begonnen, jij moet er een eind aan maken.'

'Ik kan je niet helpen.'

'Dat kun je wel.'

De twee mannen keken elkaar een ogenblik lang strak aan. Ten slotte keek Skinner weg.

'Je hebt me niet duidelijk gemaakt waarom ik de moeite zou moeten nemen. Wat levert het mij op?'

'Mijn eeuwige dankbaarheid.'

'En verder?'

'Er zit geen deal in, John. Ik kan niets aan je vonnis veranderen. Je hebt je schuldig gemaakt aan een paar bijzonder ernstige misdrijven en daarvan zul je de gevolgen moeten dragen. Ik kan je waarschijnlijk wel naar een modernere gevangenis overgeplaatst krijgen. Maar ik kan je niet garanderen dat het je daar zal bevallen.' Godley trok rimpels in zijn voorhoofd. 'Ik snap niets van de hele situatie, eerlijk gezegd. Ik kan niet begrijpen waarom jij alles weggeeft waarvoor je hebt gewerkt. Ik kan niet begrijpen waarom je het allemaal zomaar loslaat. Als jij je werk niet doet, en Ken kan het niet, dan gaat iemand anders daar zijn voordeel mee doen – of dat nu die Oost-Europeanen zijn of iemand anders. Ik heb er begrip voor dat je Goldsworthy haat. Ik begrijp ook dat je er niet veel belang bij hebt om geld te verdienen, want je kunt het toch niet uitgeven. Maar dat je vanaf een afstand toekijkt hoe je territorium brandt: daar zie ik de logica niet van in. En er heeft altijd logica gezeten in wat je deed, John. Dat hebben wij altijd met elkaar gemeen gehad.'

'Nou schiet ik vol.' Skinner veegde een denkbeeldige traan weg. 'Het is allemaal nog steeds logisch, Charlie, zelfs al zie jij het niet. Ik wil chaos. Ik wil strijd. Ik wil dat er doden vallen. Ik geef niet om het geld of de macht – dat heb ik nooit gedaan. Ik wil alleen maar dat mijn vijanden en hun maten verrekken, en mijn nieuwe bondgenoten hebben in dat opzicht uitstekend werk verricht.'

'Als jij het zegt. Maar het is tijd om het een halt toe te roepen.' Godley stond op en klopte op de deur. 'Je hoort nog van me, John. Maak ondertussen contact met ze. Zeg hun dat je van gedachten bent veranderd.'

'Ze luisteren niet zo goed.'

Godleys gezicht stond grimmig. 'Dan wordt het tijd dat ze dat leren. Zorg ervoor dat ze naar je luisteren.'

Onwillekeurig draaide ik me om om hem aan te kijken. Ik vroeg me af of ik het goed gehoord had. *Zorg ervoor dat ze naar je luisteren...* Het was iets wat ik zou verwachten te horen op de band van een afgeluisterd gesprek tussen criminelen.

'Jij bent de baas.' Weer dat glimlachje. Skinner had kennelijk een binnenpretje.

De hoofdinspecteur haalde adem alsof hij antwoord zou geven, maar klopte toen nogmaals op de deur, harder deze keer. We lieten Skinner zittend op zijn stoel achter, nog steeds met die vreemde glimlach op zijn gezicht.

Als het aan mij lag, zag ik hem nooit weer.

Godley had de auto geparkeerd onder een boom langs de weg tegenover de gevangenis, maar hij stond inmiddels niet meer in de schaduw. De zon had de temperatuur in de auto dermate opgedreven dat ik terugdeinsde toen ik het portier opende.

'We wachten even. Laat het portier open, dan kan er wat frisse lucht in.' Ik deed wat me werd gezegd en leunde met mijn ellebogen op het dak, maar niet langer dan een seconde. 'Au.'

'Voorzichtig. Brand je niet.' Hij was weer de oude: beschaafd en sympathiek. Ik weigerde om me in te laten pakken door zijn charme.

'Wat vroeg u hem nou te doen?'

'Je was erbij. Je hebt het gehoord.' Hij keek me recht in de ogen.

'En wat ik hoorde, stond me niet aan.'

'Waarom niet?'

'Het klonk alsof u degenen die verantwoordelijk zijn voor de moorden dood wilt hebben, als dat de enige manier is om ze tegen te houden.'

'Ik wil ze voor het gerecht brengen.'

'Met alle respect, maar dat is niet wat u tegen Skinner zei. U vroeg hem min of meer ze te laten ombrengen.'

'Met mensen als Skinner moet je de taal spreken die zij begrijpen. Hij is een moordenaar, geen jurist.'

'Dus u hebt niet gezegd dat ze vermoord moesten worden.' Ik klonk onzeker, zelfs in mijn eigen oren.

'Natuurlijk niet. Waarom zou ik?'

Ik wist het niet. Ik wilde er ook niet over nadenken. 'Wat denkt u dat hij zal doen?'

'Ze intimideren. Ze een lesje leren. Ze misschien overhalen het land te verlaten.' Hij glimlachte. 'Maak je geen zorgen, Maeve. Ik weet zeker dat die lieden niks zal overkomen.'

'Waarom wilde u dat ik erbij was?' Ik had de vraag eruit geflapt voordat ik me had kunnen afvragen of het wel verstandig was om hem te stellen.

Godley fronste zijn wenkbrauwen. 'Had je liever het huis-aan-huisonderzoek gedaan?'

'Nee, uiteraard niet. Maar ik begrijp niet waarom u me hierbij nodig had. Ik heb niets gezegd. Ik heb helemaal niets bijgedragen.'

'Dat is niet waar.'

'Ik ben geen klein kind. Ik hoef niet geprezen te worden wanneer ik het niet heb verdiend.'

'Je verdiende je plaats daar.'

'Hoezo?' wilde ik weten.

'Iemand moet voor me kunnen instaan. Iemand die kan zeggen dat ik niets onwettigs heb gedaan, dat ik niet heb gesuggereerd dat Skinners mannen iets moeten doen wat in strijd is met de wet.'

'U had een bandrecorder moeten meenemen.'

'Ik geef de voorkeur aan een mens.' Hij keek me oplettend aan; zijn ogen blonken helder en onschuldig in het zonlicht. 'Je kunt toch voor me instaan?'

'Ik kan zeggen wat ik heb gezien en gehoord.' Ik klonk terughoudend, maar dat ging vanzelf. 'En ik weet nog steeds niet waar dat op neerkwam.'

'Je zou haast denken dat je niet blij bent dat je mag meewerken aan deze zaak.' Ik zei niets en Godley glimlachte. 'Ik heb je hoog zitten, Maeve. Ik denk dat je het in je hebt om uit te blinken in het vak, wát anderen ook mogen zeggen.'

Dat laatste stak. 'Wat zeggen ze dan?'

Hij keek de andere kant op. 'Voor het geval je het niet hebt gemerkt: momenteel heb ik het nogal druk. Ik heb geen tijd om loopbaanadviezen te geven of roddels met je te delen, alleen maar omdat je je werk best goed doet.'

Best goed... au. Ik voelde me gegriefd door Godleys opmerking en was kwaad op hem omdat hij me had betrokken in zijn vete tegen Skinner – als daar tenminste sprake van was. Er speelde iets tussen hen wat me ontging. 'Nu we het toch over best goede krachten hebben: waarom werkt inspecteur Derwent niet aan deze zaak?'

'Hij heeft het druk.'

'We hebben het allemaal druk,' bracht ik naar voren. 'Maar Derwent is een van de weinigen in het team die ervaring hebben met bendemoorden. Hij had vanochtend op de plaats delict aanwezig moeten zijn.'

'Hij kan die stress niet gebruiken.' Godley klonk alsof hij er het laatste woord over had gezegd, maar ik hield vol.

'Hij vindt van wel. Hij denkt dat hij opzettelijk is gepasseerd.'

'Daarin heeft hij dan misschien gelijk.'

'Waarom? Waarom zou u dat doen?'

In plaats van me meteen antwoord te geven nam Godley plaats achter het stuur. Ik stapte aan mijn kant in en keek hem verwachtingsvol aan.

'Ik wilde hem er niet bij hebben, Maeve.'

'Waarom niet?'

'Voor zijn eigen bestwil.'

Afgaand op hoe zijn mond verstrakte, zou Godley geen woord meer over het onderwerp kwijt willen. Ik staarde nietsziend voor me uit door de voorruit, te beduusd om verder nog iets te vragen toen we wegreden.

Ik wist vrijwel zeker dat ik zojuist in de luren was gelegd, maar ik kon met geen mogelijkheid bedenken waarom.

14

'Eerlijk gezegd snap ik niet waarom je eigenlijk bent komen opdagen. Alsof ik het niet in mijn eentje afkan. Je ziet er trouwens beroerd uit.'

Derwent was in een pesthumeur en hij reageerde zich van nature altijd af op de eerste de beste persoon in zijn nabijheid, vooral als ik diegene was.

'Ik zie er beroerd uit omdat ik maar drie uur heb geslapen,' zei ik geduldig. 'En ik ben komen opdagen omdat ik Gerard Harman wil ontmoeten.'

'Vind je hem echt een aannemelijke verdachte? Een man van in de zestig? Een weduwnaar met een dode dochter die dankzij Philip Kennford nooit gerechtigheid heeft gekregen? Denk je dat hij in staat is twee mensen af te slachten?'

'Dat weet ik nog niet. Ik wil hem eerst ontmoeten.' We zaten in de auto voor Harmans huis, een kleine bungalow dicht bij Reigate die net niet ver genoeg van de M25 stond. Zelfs met de ramen dicht was constant verkeerslawaai te horen, en het bleef maar doordenderen, te hard om achtergrondruis te worden, hoelang we er ook zaten. 'Hij had alle reden om verbitterd te zijn. En Kennfords dochter vermoorden heeft een zekere gerechtigheid in zich, toch?'

'Het is al een oude man.' Derwent schudde zijn hoofd. 'Hoe woedend hij ook mag zijn, ik denk niet dat het hem zou lukken achter Vita aan te gaan en haar overhoop te steken nadat ze hem de moord op Laura had zien plegen.'

'Er zijn genoeg fitte en sterke mannen van in de zestig. Als hij actief is...'

'Onmogelijk. Dit loopt verdomme weer op niks uit.' Derwent trommelde op het stuur, duidelijk geïrriteerd.

'Jij zou liever ergens anders zijn.'

'Ik zou liever iets doen wat zin heeft, ja.' Hij wierp me even een blik toe. 'Jij had vanochtend tenminste wat te doen. En je werd ook nog eens betrokken bij het laatste geweldige idee van de chef, dat mij trouwens bullshit lijkt. Skinner vragen te stoppen met moorden is net zoiets als een vis vragen te stoppen met zwemmen.'

'Ik was er wel wat door verrast.'

'Ik was er wel wat door verrast,' herhaalde hij op een stompzinnig toontje. 'Nou, ik was wel verrast toen ik hoorde dat jij er überhaupt bij was.'

Hij was al prikkelbaar sinds ik hem op het bureau in zijn eentje aan de lunch had getroffen: vette afhaalhotdogs met uien. Het eten rook naar warm muntgeld. Door middel van geduldig en aanhoudend vragen kwam ik erachter dat hij die ochtend had moeten getuigen in de rechtbank van Southwark; ik had dus niets gemist in de zaak-Kennford. Toch maakte dat niet goed dat ik een oproep had gekregen om naar de plaats delict in North Clapham te komen, dat was overduidelijk. Het was bijna een opluchting dat hij bereid was erover te praten – hij had tot dusver halsstarrig geweigerd me iets te vragen en me alleen kwaad aangekeken; hij was zo onbehouwen als alleen Derwent kon zijn.

'Ik weet niet waarom Godley wilde dat ik erbij was. Ik weet niet waarom jij vanochtend niet bent gebeld om naar de plaats delict te komen. Het lijkt me dat juist jij de aangewezen persoon bent om op de bendemoorden te worden gezet, en het is vreemd dat dat niet gebeurt. Maar degene die je ernaar moet vragen, is de chef.'

Hij snoof. 'Briljante suggestie. Heb ik gedaan.'

'Wat zei hij?'

'Geen reet.'

'Echt waar? Tegen mij zei hij dat het voor je eigen bestwil was.' Ik had mijn tong wel willen afbijten zodra ik het had gezegd.

Derwent keek me aan, met een ondoorgrondelijke uitdrukking op zijn gezicht. 'Heb je hem ernaar gevraagd?'

'Even. Nadat we bij Skinner waren geweest.' Ik bleef heel stil zitten, met als uitgangspunt dat Derwent in wezen een dier was, wat betekende dat hij zou aanvallen als hij mijn nervositeit voelde. *Merk alsjeblieft niet hoe benauwd ik het krijg.*

'Het gaat jou verdomme toch niks aan?'

'Het gaat mij wel wat aan als de chef de middelen die tot zijn beschikking staan niet efficiënt gebruikt. En als jij buitenspel wordt gezet om redenen die ik niet begrijp.'

'Fijn hoor, dat het je dwarszit.'

'Hoor eens, je vindt het misschien maar niks, maar het zit me inderdaad dwars. Het is frustrerend om jou buitenspel te zien staan. De zaak-Kennford is nogal ongewoon, maar ieder lid van het team zou het onderzoek kunnen doen – en net zo goed als wij. Die drugsmoorden zijn anders. Jij hebt er al eerder mee te maken gehad. Het slaat nergens op dat je er niet bij betrokken bent.'

'Nou, je weet wel waarom dat is, toch? Ik ben niet damesachtig genoeg.' Derwents stem droop van het sarcasme. 'Una Burt is echter formeel gezien een vrouw, dus mag zij het onderzoek leiden als Godleys nummer twee.'

'Hij zit er zelf behoorlijk dicht op, mocht dat een troost zijn.'

'Niet echt, nee.' Derwent kalmeerde en zijn woede verflauwde tot verslagen teleurstelling, terwijl de vastgeketende hond in de tuin zichzelf stil blafte. 'Ik zou zoiets niet uit de tweede hand moeten horen, want ik hoor de rol te hebben die Burt heeft.'

Het zou verstandig zijn geweest om gewoon blij te zijn dat zijn humeur wat opklaarde. Ik had beslist niet iets moeten zeggen wat hem op de kast zou jagen. Maar op de een of andere manier kon ik het niet laten te zeggen wat voor de hand lag, hoewel ik wist dat dat problemen zou geven. Het was weer die onzinnige loyaliteit die ik naar Una Burt toe voelde, alleen omdat zij erin slaagde succesvol te zijn, zoals ik ook hoopte te worden.

'Maar hoofdinspecteur Burt is hoger in rang dan jij. Jullie zijn niet elkaars gelijke. Ze zou misschien toch Godleys rechterhand zijn geweest als je wel op die zaak zou zitten. Je zou aan haar verantwoording hebben moeten afleggen.'

'Denk je dat ik niet weet dat ze hoger in rang is? Ik weet hoe het is om bevelen te moeten opvolgen van mensen die ik niet mag en niet respecteer – ik heb lang genoeg in het leger gezeten, en daar had je volop achterlijke klootzakken die er lol in hadden me te kleineren.'

'Dat was vast moeilijk.'

'Ik ben erdoor geworden wie ik ben.'

'Klaarblijkelijk.'

'Wat bedoel je daar nou weer mee?'

'Helemaal niets,' zei ik vlug, want ik wilde hem niet laten weten wat ik dacht, namelijk: *geen wonder dat je zo'n lul bent.* 'Maar bij de politie is het anders. Jij hebt ook een leidinggevende functie, je bent geen soldaat. Je was zeker behoorlijk jong toen je in dienst ging?'

'Net achttien.'

'Ja, nou, je bent geen tiener meer. Ik denk niet dat hoofdinspecteur Burt de macht heeft je te intimideren en je te laten doen wat zij wil als je het niet met haar eens bent.'

'Dus?'

'Dus misschien wil Godley niet dat je met haar in conflict komt. Misschien wil hij jou bij haar vandaan houden om dat te voorkomen, en bedoelde hij dat toen hij zei dat je er voor je eigen bestwil buiten wordt gehouden.'

Hij schudde zijn hoofd, waarbij zijn baardstoppels langs de halsboord van zijn shirt schuurden. 'Het is een groot onderzoek. Er is genoeg te doen voor ons allebei. Meer dan genoeg. Ik zou haar niet hoeven zien, behalve bij briefings, en als het moet, kan ik best mijn bek houden.'

'Echt? Dat zou ik nooit hebben gedacht,' zei ik liefjes. Het was een gok, maar ik was in een overmoedige bui.

Derwent draaide zich weer naar me toe, met een kwaaie blik, maar die ging over in een grinnikende lach waar hij zelf van leek op te kijken. 'Oké. Ik geef toe dat ik die reputatie niet echt heb.'

'En je reputatie heb je met pijn en moeite verdiend.'

'Anderen hebben er meer pijn en moeite aan gehad. Ik vind het zelf niet erg om een zak te zijn.'

'Je zou zelfs kunnen zeggen dat het je heel natuurlijk afgaat.'

'Denk je echt dat hij dat bedoelde? Dat hij niet wil dat ik het met Burt aan de stok krijg?' Hij klonk gekwetst, zijn emoties bleven nu eens een keer niet verborgen.

'Het lijkt me wel een logische verklaring.'

'Er is geen andere.'

'Nee,' zei ik.

'Waarom ging hij langs bij Skinner? Wat wilde hij daarmee bereiken?'

'Ik weet het niet.'

'Waarom heeft hij jou meegenomen?'

'Dat weet ik ook niet.'

We zaten nog een minuutje in de auto en luisterden naar de vrachtwagens die achter elkaar door daverden, en een politiewagen die met gillende sirene ongezien langs raasde. Derwent rekte zich uit en keek op zijn horloge. 'Laten we ons er maar eens toe zetten.'

Ik keek hem vragend aan. 'Je verheugt je er niet op?'

'Niet bepaald.' Hij trok een gezicht. 'Rouwende ouders ondervragen is altijd zwaar.'

'Ze is acht jaar geleden doodgegaan.'

'Dat is het nou juist. Het maakt niet uit of het acht uur of achttien jaar geleden is. Ze blijven altijd in de rouw.'

Op het eerste gezicht leek Gerard Harman niet in diepe rouw te zijn. Maar wat voor ons misschien nog belangrijker was: hij was geen beverige oude man, maar ook geen buitengewoon fit type. Hij was lang en mager en had kort grijs haar. Zijn gezicht stond ernstig achter een bril met dikke glazen. Hij droeg een geruit overhemd met lange mouwen, de manchetten omgeslagen, van een soort grof katoen dat er zacht uitzag, maar veel te warm leek voor deze hete dag. Een groene ribbroek en bruine wandelschoenen maakten de look van *country gentleman* helemaal af.

'U bent erg laat. Ik dacht dat u niet meer zou komen. Ik stond op het punt met de hond te gaan wandelen.' Hij zwaaide met de riem alsof het een bewijsstuk was, en ik hoorde een krabbelend geluid dat uit de richting van de deur achter in de gang kwam.

'Het duurt niet lang.' Derwent had zijn voet al over de drempel gezet, achteloos, alsof hij gewoon graag zo stond. Ik wist dat hij zo wilde verhinderen dat Harman de deur voor onze neus zou dichtdoen.

'Komt u maar even binnen.' Harman had een ongewoon kleurloze stem, een monotoon geluid dat weinig verried, maar ik kreeg de indruk dat hij nerveus was. Hij draaide zich om en ging ons voor naar een kleine woonkamer aan de rechterkant, gevolgd door Derwent, die het aan mij overliet de deur dicht te doen. In de bungalow rook het schoon maar muf, alsof de ramen nooit open werden gedaan. Dat was waarschijnlijk ook zo – zelfs met de dubbele beglazing was het onmogelijk het lawaai van de weg te negeren. Het huis was al een tijd niet meer geschilderd of behangen, maar het zag er eerder haveloos uit dan ouderwets; de oorspronkelijke keuze voor behang en tapijt was neutraal genoeg geweest om tijdloos te zijn.

'Woont u hier alleen?' vroeg Derwent terwijl hij de kamer in zich opnam.

'Sinds mijn vrouw is overleden.'

'Wanneer was dat?'

'Volgende maand tien jaar geleden.'

'Dat is een hele tijd om alleen te zijn. Ik zou denken dat er genoeg ouwe vrijsters en weduwen voor u in de rij staan.'

'Daar ben ik niet in geïnteresseerd.' Het was onmogelijk te zien of hij zich beledigd voelde; hij knipperde zelfs niet sneller met zijn ogen. Hij keek mij aan. 'Gaat u zitten. Ik ben bang dat ik u niets te drinken kan aanbieden. Ik kan Pongo nu niet uit de keuken laten. Hij wordt niet meer rustig. Hij heeft de riem gezien.'

'Wat is het voor hond?'

'Voor het grootste deel een springerspaniël, maar niet helemaal. Ik heb hem uit een asiel in de buurt gehaald.'

'Springerspaniëls zijn leuke honden.'

Zijn gezicht klaarde op. 'Ja, vindt u ook niet?'

'Kunnen we deze bijeenkomst van de kennelclub beëindigen? Dan kunnen we u straks met rust laten.' Er lag een verveelde klank in Derwents stem.

'Natuurlijk.' Harman ging in een leunstoel zitten en legde zijn ene been over het andere, met behulp van beide handen. Hij zag dat ik keek. 'Ik heb een paar jaar geleden een lichte beroerte gehad. Dit is het enige wat ik eraan over heb gehouden.'

'Dan is het vast lastig voor u om Pongo in bedwang te houden.'

'Hij houdt meestal wel rekening met mijn tekortkomingen. Ik

heb een hond genomen zodat ik een reden zou hebben om te gaan wandelen. De fysiotherapeut hamerde erop dat ik beweging nodig had, maar zonder doel vond ik het vreselijk saai.'

'Wordt u belemmerd in uw doen en laten?' vroeg Derwent, en ik wist dat hij aan de plaats delict dacht, aan de omvergeworpen tafels en de manier waarop Vita achterna was gezeten. 'Ik heb u niet mank zien lopen.'

'Ik trek een beetje met mijn voet als ik moe ben, en er zit nooit veel kracht in dit been. Daarom heeft het wat hulp nodig als ik het over mijn andere been wil slaan.' Hij keek ernaar en klopte er lichtjes op. 'Het is eigenlijk niet zo erg. Een stuk beter dan hoe het eerst was.'

Nog geen conclusie mogelijk. Derwent dacht er kennelijk hetzelfde over. 'We zijn hier om over Philip Kennford te praten, zoals ik al zei toen ik belde.'

'Ja. Dat verbaasde me.' Hij duwde zijn bril omhoog tot zijn neusbrug. 'Het was een naam uit het verleden.'

'Geen naam die u graag hoort?'

'Ik heb er geen positieve gedachten bij.' Harmans blik ging naar een foto op de schoorsteenmantel, een foto van een lachend tienermeisje met een konijn in haar armen.

Net als Derwent had ik de foto al gezien toen we de kamer binnenkwamen en had ik het dode meisje herkend. Terwijl ik al wist wat het antwoord zou zijn, vroeg ik: 'Is dat uw dochter?'

'Ja. Dat is Clara.'

'Hoe oud was ze toen de foto werd genomen?'

'Zestien of zeventien.' Hij glimlachte flauw. 'Het was moeilijk om een goede foto van haar te vinden. Van haar alleen, bedoel ik. Ik heb er wat met haar moeder en een paar met mij, maar dit was de enige foto van haar alleen die goed genoeg was om in te lijsten. Natuurlijk zag ze er eigenlijk niet zo uit in de tijd dat ze stierf.'

'Ze was vierentwintig.'

'Ja. Nog jong. Ze had haar hele leven in feite nog voor zich.' Zijn ogen glinsterden achter zijn bril en een afschuwelijk moment lang dacht ik dat hij zou gaan huilen. 'Maar goed. Ze had de pech de verkeerde persoon tegen te komen en er was niets wat ik kon doen om haar te waarschuwen.'

'Hebt u dat geprobeerd?'

'Ik was bezorgd, dus heb ik geprobeerd met haar te praten, ja. Misschien zou ze haar moeder in vertrouwen hebben genomen, als die er nog was geweest. Maar ze wilde aan mij niet toegeven dat er iets mis was.' Hij maakte een gebaar met zijn handen dat op de een of andere manier totale hulpeloosheid uitdrukte. 'Ze was verliefd. Ze wilde niet horen wat haar ouweheer ervan vond. En eerlijk gezegd had ik geen idee wat hij precies voor iemand was. Als ik dat had geweten, had ik haar ontvoerd en opgesloten tot ze weer bij zinnen was gekomen.'

Derwent schraapte zijn keel alsof hij Harman ergens aan wilde herinneren. 'Harry Stokes is vrijgesproken.'

'Hij heeft haar drie keer het ziekenhuis in geslagen voor hij haar vermoordde.'

Deze grimmige opmerking was genoeg om Derwent tot zwijgen te brengen – geen geringe prestatie.

'Werd dat niet naar voren gebracht in de rechtszaak?' vroeg ik.

'Ze loog elke keer over de manier waarop ze gewond was geraakt als ze naar een dokter moest. Ze heeft nooit aangifte gedaan bij de politie.'

Harman schudde zijn hoofd, nog altijd vol ongeloof. 'Hij brak haar neus en ze zei dat ze was gestruikeld. Hij brak haar pols en ze zei dat ze van de trap was gevallen. Hij bezorgde haar een hersenschudding en ze vertelde de artsen dat ze nu eenmaal onhandig was.'

'Het komt vaker voor dat slachtoffers van huiselijk geweld net doen of het niet is gebeurd.'

Hij knikte. 'De aanklager liet daarover iemand van een blijf-van-mijn-lijfhuis getuigen. Ze zei dat er gemiddeld zesendertig geweldsincidenten nodig zijn voordat een slachtoffer aangifte doet. Misschien was Clara standvastiger of misschien was ze bang, maar ze was al twee jaar met hem samen en ze heeft nooit iemand de waarheid verteld.'

'Geen van haar vriendinnen?'

'Hij zorgde ervoor dat ze die niet meer had. Hij stond niet toe dat ze met hen praatte en ze mocht geen eigen telefoon hebben. Ze belde mij af en toe vanuit een telefooncel en vertelde me dan dat ze geen beltegoed had, maar hij had haar telefoon gewoon afgepakt. Eerst isoleerde hij haar. Daarna maakte hij haar afhankelijk van hem. En toen heeft hij haar vermoord.'

Ik had het dossier vluchtig doorgelezen, maar ik vroeg: 'Hoe is ze gestorven?'

'Ze is doodgebloed.'

Derwent kwam weer tot leven. 'Lijkt mij een duidelijk geval van moord. Hoe is hij daarmee weggekomen?'

'Goede vraag. Hij beweerde dat hij met vrienden uit was geweest en haar bij terugkomst aantrof in een plas bloed.' Een verkrampte slikbeweging. 'Hij is inderdaad uit geweest, maar ze was al dood.'

'Wat was z'n verhaal? Was ze gevallen en op een mes neergekomen?' Derwent, die zijn huiswerk nog minder goed had gedaan dan ik, was oprecht benieuwd.

'Zo vergezocht was het helaas niet. Ze hadden een glazen keukendeur en daar is ze doorheen gevallen.'

'Geen veiligheidsglas dus.'

'Die deur had er nooit geplaatst mogen worden, maar dat was de schuld van de huisbaas. Hij was een echte doe-het-zelver. Hij had het zelf zo gemaakt. Een glasplaat die te dun was voor dat doel in een lijst gelijmd, dus toen ze ertegenaan viel en het glas brak, staken er grote scherven omhoog. Er is een slagader in haar been doorgesneden. De patholoog zei dat het niet lang heeft geduurd voor ze dood was. Een minuut of twee.'

'U had de huisbaas moeten aanklagen.'

Harman keek Derwent met half toegeknepen ogen aan. 'Wat had dat voor zin gehad? Stokes had haar op een dag toch wel vermoord. Was het de deur niet geweest, dan wel iets anders.'

'Maar hij is niet veroordeeld. Ik neem aan dat niet bewezen kon worden dat het geen ongeluk was.'

'Dat kwam door Kennford. Die maakte een hoop heisa over het forensisch onderzoek – er was op de deur geen DNA aangetroffen, behalve van Clara. Maar ja, waarom zou dat er zijn geweest? Stokes hoefde de deur niet aan te raken om haar erdoor te duwen. Toch vond de jury het belangrijk. Ik zag ze knikken toen hij het in zijn slotpleidooi naar voren bracht. Te veel vertrouwen in hém en te weinig eigen inzicht.' Hij tikte tegen zijn voorhoofd met een vinger die lichtjes beefde. De stress van het gesprek was zichtbaar in het zweet dat op zijn voorhoofd parelde en in de spanning die door hem heen trok.

'Kennford deed gewoon zijn werk.' Derwent klonk alsof hij volledig aan de kant van de strafpleiter stond. Niemand had kunnen vermoeden hoe hij echt over hem dacht.

'Hij deed wat hij zegt dat zijn werk is. Maar het was heel wrang.' Harman ademde lang en beverig in, en slaakte toen een zucht. 'Weet u, hij geloofde niet dat Stokes onschuldig was. Dat zei hij min of meer toen ik hem eens tegen het lijf liep in een café dicht bij de rechtbank. Hij zei: "Iedereen heeft recht op een goede verdediging, meneer Harman, ongeacht wat diegene heeft gedaan of wat voor tuig het ook is." En toen moest hij lachen, en vroeg hij me om niemand te vertellen dat hij dat over zijn eigen cliënt had gezegd. Ik vroeg hem of hij dacht dat hij zou winnen en hij zei nee, de zaak van de aanklager was te sterk. Maar hij maakte er gehakt van. Erger nog, hij wekte de indruk dat Clara vaak dronken was, en labiel, en dat ze daarom haar baan had moeten opgeven. Ze was hotelreceptioniste, maar Stokes dwong haar ermee op te houden. Hij vond het maar niks dat ze met andere mannen praatte waar hij niet bij was. Hij vond het ook al niks dat ze haar eigen inkomen had. Haar die baan laten opgeven was nog een manier om haar te domineren.'

'Dat schijnt bij huiselijk geweld meer voor te komen,' zei ik meelevend.

'Ze sprak drie talen, moet u weten. Ze zou het ver hebben geschopt. Ze wilde uiteindelijk hotelmanager worden, maar ze vond het prima om onderaan te beginnen en het vak te leren. Zo iemand was ze – vond niet dat ze zomaar ergens recht op had. Ze was een lieve meid. Ze was vrij stil, maar had altijd veel vriendinnen, want ze was loyaal en zorgzaam, en ze sprak nooit kwaad over een ander. Kennford zei dat ze een einzelgänger was, en niet sociaal, en dat Stokes daarom met zijn vrienden uit was gegaan om wat te drinken.'

'Wat verklaarde waarom hij haar thuis had gelaten. Maar dat verklaart nog niet hoe ze door de deur is gevallen en waarom ze zich altijd maar bezeerde,' bracht ik naar voren.

'Ze zat onder de blauwe plekken toen ze stierf – allemaal in verschillende stadia van genezing, dus daar zat een verhaal achter; het was niet iets eenmaligs. De aanklager zei dat het bewees dat ze in een gevaarlijke omgeving leefde. Kennford zei dat ze onhandig was – dat ze ongelukjes over zich afriep door haar drankprobleem. En Clara dronk nóóit veel.'

'Had ze alcohol gedronken voor ze stierf?'

'Meer dan de toegestane hoeveelheid om te mogen rijden, maar dan ook maar nét. De patholoog schatte het op twee glazen wijn. Het was op een vrijdag en dan trokken ze altijd een fles open.'

Harman zweeg even en wrong gekweld zijn handen ineen. 'Ik had dat jaar voor de kerst een kistje rode wijn voor haar gekocht. Zo'n speciale aanbieding uit de krant, u weet wel. Ik dacht dat ze er wel blij mee zou zijn, want ze had wijn leren drinken toen ze een jaar in Frankrijk was. Kennford deed de jury geloven dat ze een onverbeterlijke alcoholist was die nauwelijks nog op haar benen had kunnen staan door de hoeveelheid die ze had gedronken. En hij wíst dat het niet waar was.' Harman wees naar de foto. 'Je kunt het daarop niet goed zien, maar ze was heel tenger. Als tiener had ze geturnd, en die bouw had ze nog steeds, klein en slank. Kennford suggereerde dat juist datgene wat haar zo kwetsbaar had gemaakt tegenover Stokes, haar dood was geworden – dat ze te klein was om de hoeveelheid alcohol die ze had gedronken aan te kunnen. Ik vond het weerzinwekkend.'

'Het moet erg moeilijk voor u zijn geweest om in de rechtszaal te zitten en dat aan te horen,' zei ik.

'Het was niet gemakkelijk, maar ik ging elke dag. Dat was ik haar in elk geval verschuldigd. Haar moeder zou ook gewild hebben dat ik erbij was. Ik ging voor hen allebei.' Harman deed zijn bril af en wreef over zijn ogen. 'Niet dat het veel heeft opgeleverd, moet ik toegeven.'

'Ik zie nog steeds niet wat Kennford anders heeft gedaan dan gewoon zijn werk,' zei Derwent, horkerig en dwars.

'U hebt gelijk. Hij deed zijn werk. Hoe hij het deed was wrang, maar dat is niet tegen de regels. Wat me dwarszat, was dat de consequenties hem niets deden. Hij heeft een schuldig man aan zijn vrijheid geholpen.'

'De jury heeft Stokes vrijgesproken. En u kunt niet zeker weten dat het niet echt een ongeluk was.'

'O nee?' Harman trok met zijn mond alsof hij licht geamuseerd was. 'Weet u waar Stokes nu is?'

Derwent keek me aan, maar ik wist het ook niet. 'Vertel het ons maar.'

'In de gevangenis.'

'Waarom?'

'Hij is veroordeeld voor poging tot moord op de vriendin die hij na Clara had. Hij heeft haar een schedelbreuk bezorgd. Ze blijft voor de rest van haar leven fysieke en mentale beperkingen houden.' Harmans stem klonk scherp. 'Ze was vroeger makelaar. Ze had haar eigen huis. Nu zit ze in een aanleunwoning zodat er vierentwintig uur per dag hulp aanwezig is, en waarschijnlijk kan ze nooit meer werken.'

'Oké. Dat is afschuwelijk.' Ik zag dat Derwent moeite moest doen om Harman niet te zeggen wat hij er echt van vond. Met de nodige wilskracht zei hij: 'Maar u kunt Kennford niet verantwoordelijk houden voor wat zijn cliënt heeft gedaan na afloop van de rechtszaak. Dat heeft Stokes op zijn geweten, niet zijn strafpleiter.'

'Dat is zo. Ik geef hem er niet de schuld van dat Stokes een moordenaar is. Maar ik haat hem wel omdat hij hem heeft geholpen vrij te komen zonder oog voor de gevolgen. En om de manier waarop hij dat heeft gedaan.'

'Haat is sterk uitgedrukt,' zei ik geschrokken.

'Niet sterk genoeg. Toen Kennford loog over wie Clara was en hoe ze leefde, was het alsof hij haar opnieuw vermoordde.'

Er viel een ongemakkelijke stilte in de kamer. Ik had het hart niet om nog meer vragen te stellen, en ook bij Derwent leek het killersinstinct te ontbreken. De hond blafte in de keuken en stortte zich weer op de deur met een massieve dreun, waarna het geluid verstomde. Ik vroeg me af of hij buiten westen was.

Harman schraapte zijn keel. 'Was dat het? Ik moet Pongo nu echt uitlaten. Hij wacht al een tijdje.'

Derwent keek me aan en ik schudde mijn hoofd. Zo beschroomd als hij maar kon zei hij: 'Ik kan het net zo goed vragen: wat hebt u met Kennfords auto gedaan?'

'Ik heb met een beitel een woord in de motorkap gekrast. Dat ging heel gemakkelijk. Hij parkeerde altijd in The Temple, dicht bij zijn kantoor. Het is een gebied waar het publiek overdag redelijk vrij kan komen en gaan. Ik had niets beters te doen toen de rechtszaak eenmaal voorbij was, dus heb ik hem een paar weken in de gaten gehouden om zeker te weten dat het echt zijn auto was – een groene Jaguar, een prachtig exemplaar – en toen ik daarvan overtuigd was, kocht ik een kaartje voor een concert in de Middle Temple Hall. Barokmuziek. Ik was natuurlijk niet van plan om te gaan. Met het kaartje kwam ik langs de bewaking en kreeg ik toegang tot het hele Temple-gebied toen het donker en min of meer verlaten was. Het duurde niet lang voor ik de auto had gevonden en het had gedaan.'

'Wat was het woord?'

'Leugenaar.' Harman haalde zijn schouders op. 'Kort maar krachtig.'

'Hoe wisten ze dat u het was?'

'Ik ben de volgende dag naar de politie gegaan om mezelf aan te geven.'

Weer een verzuurd lachje. 'Ze lieten me meteen weer gaan. Vandalisme is niet zo ernstig als ik dacht.'

'Waarom deed u dat? Ze hadden u nooit opgespoord als u niet door een beveiligingscamera was opgenomen.' Derwent klonk bijna teleurgesteld dat hij niet strijdbaarder was geweest.

'U denkt waarschijnlijk dat ik mezelf uit schuldgevoel heb aangegeven, maar dat was niet zo.' Harman keek naar zijn handen. 'Nadat ik het had gedaan ben ik een pub in gelopen en nam ik een glas whisky – sloeg het in één teug achterover – maar meer omdat ik vond dat ik in een shocktoestand behoorde te zijn dan omdat ik er echt eentje nodig had. Ik voelde me prima. Ik voelde me er natuurlijk niet beter door. Er was niets waardoor ik me beter zou voelen. Maar wat ik had gedaan, liet me gewoon koud. Daarvoor had ik zelfs nooit een parkeerboete gekregen, maar ik gedroeg me als een beroepscrimineel. Clara zou om me hebben moeten lachen.' Harman lachte zelf ook een beetje.

'Maar waarom ging u naar de politie?' vroeg ik.

'Nou, toen ik erover nadacht, besefte ik dat Kennford nooit zou weten waarom ik het had gedaan of wat ik ermee had bedoeld als hij niet wist wie het gedaan had. Daar nam ik gewoon geen genoegen mee. Hij moest begrijpen waarom het was gebeurd. Dus ging ik naar het politiebureau bij mij in de buurt en vertelde ik wat ik had gedaan. Ik heb schuld bekend. En die klootzak had het lef om de rechter te vragen mild over me te oordelen. Hij zei dat mijn emotionele toestand in aanmerking genomen moest worden. Ik zei dat ik geen speciale behandeling wilde, en al helemaal niet op zijn verzoek, maar misschien maakte het wel degelijk wat uit, ik weet het niet.' Hij deed zijn bril af en wreef over zijn ogen. 'Ik was blij dat ik niet naar de gevangenis hoefde, uiteindelijk. Ik had mijn punt gemaakt, dacht ik. Het stond in de kranten – een stukje human interest, werd me verteld. Dus hij werd in elk geval aan de schandpaal genageld.'

'Was u daar tevreden mee? Geen andere wraakgedachten?' vroeg Derwent.

'Natuurlijk was ik niet tevreden. Het voelde als een loos gebaar, en dat was het ook, maar ik kon niets bedenken wat op zou wegen tegen de manier waarop hij mij had beroofd van gerechtigheid voor mijn dochter. Om nog maar te zwijgen van die arme meid die Stokes daarna nog heeft verwond.'

'Heeft Kennford hem in die rechtszaak bijgestaan, weet u dat?'
'Nee. Hij doet liever alleen zaken die hij kan winnen.'

'Dus u denkt niet dat het was omdat hij zich rot voelde over de eerste keer dat hij hem had vertegenwoordigd,' zei ik.

'Ik wou dat dat zo was, maar nee, dat denk ik niet. Zelfs toen ik terechtstond, kon je merken dat hij Stokes al bijna was vergeten. Mijn dochter was in zijn beleving al verleden tijd. Hij zei naderhand tegen mij: "Ik hoop dat u dit achter u kunt laten en weer verder kunt." Die vent begreep niet dat ik Clara nooit achter me zou kunnen laten, of weer verder zou kunnen. Maar ik weet niet hoe hij die les zou kunnen leren. Behalve als iemand zijn eigen dochter zou vermoorden en hij zou voelen hoe dat is.'

Ik wierp Derwent een blik toe. Hij bleef heel stil zitten. Ik maakte daaruit op dat hij mij de honneurs liet waarnemen. 'Weet u waarom we u vandaag zijn komen opzoeken, meneer Harman?'

Hij keek verbaasd. 'Voor een soort nagesprek?'

'Nee. Dat is het niet.' Zo omzichtig als ik kon legde ik hem uit wat er was gebeurd met het gezin van Philip Kennford, en dat Harman zelf een van de bekende vijanden van de advocaat was. 'Het is vrij breed uitgemeten in de pers.'

'Ik kijk niet naar het nieuws en lees geen kranten, ziet u. Soms luister ik naar de radio, maar niet altijd. Ik raak erdoor van streek.'

'Dat kan ik begrijpen.'

Derwent had er genoeg van fijngevoelig te zijn. 'Waar was u zondagavond, meneer Harman? Laten we zeggen tussen zes uur en middernacht.'

'Ik was hier.'

'Alleen?'

'Op Pongo na.'

'Iemand gesproken? Buren gezien?'

'Nee. Het spijt me.'

'U hoeft u niet te verontschuldigen. Ik moet het gewoon vragen. Mij kan het niet schelen of u een alibi hebt.'

'Ik had geen idee dat ik dat nodig zou hebben.'

'Natuurlijk niet.'

'Maar die arme vrouw. Dat arme meisje.' De hond maakte een gesmoord geluid, een halfslachtig gejank, en Harman wendde zijn hoofd af om te luisteren. 'Ik moet nu echt opschieten, ben ik bang.'

'Is dat alles? Uw grootste vijand krijgt zijn verdiende loon en u maakt zich druk over het uitlaten van de hond?'

Harman richtte zijn lichte, waterige ogen op Derwent. 'Wat moet ik dan? Wilt u dat ik het ga vieren? Of ga zitten treuren?'

'Ik verwachtte eigenlijk wel een reactie.'

'Daar is het te laat voor.' Harman schudde zijn hoofd terwijl hij zijn handen op de leuningen van zijn stoel legde, klaar om zich omhoog te duwen. 'Daar is het veel te laat voor.'

'Wat is er met uw arm gebeurd?' vroeg ik op scherpe toon. Door de beweging die hij had gemaakt was zijn mouw omhoog gekropen, zodat de manchet over een knokige pols gleed en een lange ontstoken snee in Harmans huid onthulde. Hij keek ernaar of hij die nooit eerder had gezien.

'Braamstruiken. In de tuin. Ik heb ze gesnoeid. Hoezo?'

'Mag ik eens kijken?'

Hij deed de knoopjes van zijn mouw los en schoof de boord een eindje omhoog. De schram was lang, paarsrood, en hij werd geflankeerd door twee andere, hoger op zijn arm.

'Dat ziet er niet best uit,' merkte Derwent op. 'Wanneer is dat gebeurd?'

'Zondag.' Hij trok zijn mouw naar beneden en liet hem losjes om zijn hand hangen. 'Nou, als dat echt alles is wat ik voor u kan doen – ik moet nu weg.'

'U hebt ons heel goed geholpen,' mompelde ik automatisch, met mijn gedachten ergens anders. 'Dank u dat u tijd voor ons hebt gemaakt.'

Derwent voegde er nog een ietwat verstrooid 'dank u wel' aan toe terwijl we naar de deur liepen. Met zijn tweeën stapten we naar buiten, en als één man liepen we om het huis heen om naar de tuin te kijken, die netjes en ordelijk was zonder erg aanlokkelijk te zijn. Er stonden hoge heesters rondom een stuk gazon dat zo glad was als een biljartlaken. We liepen zwijgend terug naar de auto. Ik wachtte tot Derwent zijn deur had dichtgetrokken.

'Ik heb geen braamstruik gezien.'

'Zelfs geen plekje waar er een had kunnen groeien.'

'Wat dacht jij dat het voor schrammen waren?'

'Ze kunnen wel overal door veroorzaakt zijn.'

'Ik heb weleens uithalen van vingernagels gezien die er zo uitzagen. Die parallelle lijnen.'

'Denk je dan dat hij heeft gelogen?'

'Ik heb geen idee,' zei ik naar waarheid.

We keken hoe Harman de deur uit ging met een hond die sprong en tolde van opwinding. Hij liep naar de weg zonder ons te groeten, hoewel hij ons daar wel moest hebben zien zitten. Hij trok lichtjes met één been; als ik er niet op had gelet, zou het me misschien niet eens zijn opgevallen.

'We moeten zijn medische achtergrond natrekken,' zei ik. 'Om uit te zoeken of hij echt een beroerte heeft gehad, of dat hij dat heeft verzonnen om ons te laten denken dat hij de moorden niet heeft kunnen plegen.'

'Wat een klotezaak.' Derwent schudde zijn hoofd. 'Ik zou zo graag in elk geval één persoon van de lijst willen schrappen, weet je?'

'Maar waarom zou hij dat zeggen over het vermoorden van Kennfords dochter als hij het zelf gedaan heeft?'

'Om ons op een dwaalspoor te brengen? Wie weet. Wat kan het goddomme schelen?'

'Vond je hem aardig?' Ik wist eigenlijk niet waarom ik het vroeg, maar ik wilde het weten.

'Als mens? Ja.' Derwent klonk alsof hij er zelf van stond te kijken. 'Hij leek me een goeie ouwe kerel. Waarschijnlijk eenzaam. Houdt van zijn hond.'

'Die hond is alles wat hij heeft.'

'Kennford heeft tenminste nog een dochter over.'

'Twee, als je Savannah meerekent.'

'Dat is waar.' Bij die gedachte fleurde Derwent op. 'Is het gelukt haar te pakken te krijgen?'

'Nog niet. Haar impresario belooft me steeds dat ze contact met me zal opnemen.'

'Balen.' Derwent staarde door de voorruit, opnieuw chagrijnig.

'Weet je wat het is? Niet een van onze huidige verdachten is een serieuze kandidaat. Geen van hen lijkt woedend genoeg om iemand te vermoorden, laat staan een tienermeisje en een weerloze vrouw.' Ik rekte me uit om de spanning in mijn schouderspieren te verlichten. 'We hebben een lijst van zogenaamde vijanden van Kennford, maar waar het op neerkomt, is dat het bij hen allemaal draait om wrok rondom de uitoefening van zijn beroep.'

'En onze lieftallige Litouwse? Zij had contact met behoorlijk ongure types die hun hand er niet voor omdraaien iemand een lesje te leren door hun naaste familie koud te maken, om de meest banale redenen. Ik heb verhalen over die Litouwers gehoord waarvan je haren rechtovereind gaan staan.' Hij bekeek me even. 'Dat neem ik terug. Misschien gaan jouw haren er wel van hangen.'

'Heel grappig. Je hebt gelijk, Adamkuté zou een huurmoord hebben kunnen regelen, waarschijnlijk zonder haar huis te hoeven verlaten. Ik zie alleen niet in waarom ze dat zou willen. Ik kreeg de indruk dat ze blij was dat haar relatie met Kennford verleden tijd was. Ze is er niet slechter van geworden.'

Derwent keek me meewarig aan. 'Je denkt toch niet dat we van ook maar één van deze mensen het hele verhaal horen? Je kunt moeilijk verwachten dat ze ons zeggen wat ze echt vinden wanneer wij een moordzaak onderzoeken en zij mogelijk verdachte zijn.'

'Harman wist niet eens van de moorden.'

'Dat zei hij.' Hij schudde verwonderd zijn hoofd. 'Jij bent echt wel een beetje van gisteren, hè?'

'Nee, maar ik geloofde hem.'

'Omdat hij zo open en eerlijk was? Gódsamme.'

'Hoor eens even, ik voel het vrij goed aan wanneer iemand tegen me liegt, oké? En bij het merendeel van wat Gerard Harman zei, kreeg ik dat gevoel niet. Wat me dwarszit, is dat we ons vooral hebben gericht op Philip Kennford omdat hij een voor de hand liggend doelwit is en we ons kunnen voorstellen dat iemand woedend genoeg op hem is om hem kwaad te willen doen, waarschijnlijk omdat we zelf bevooroordeeld zijn als het om hem gaat. We hebben nog niets over Vita ontdekt behalve dat ze zakelijk ingesteld en rijk was, en kennelijk van ruige seks hield. Of niet, als je gelooft wat Miranda Wentworth zegt. En wat Laura betreft zijn we helemaal aan de oppervlakte gebleven. Ze kunnen allebei het echte doelwit geweest zijn, zoals ik de hele tijd al heb gezegd.'

'Denk je echt dat dit niet met Kennford te maken heeft?'

'Nee. Ik bedoel, ik denk dat hij wel een rol speelt. Ik zie alleen niet in hoe.'

'Volgens mij is het waarschijnlijker dat Kennford in zijn beroepspraktijk de verkeerde persoon is tegengekomen, dan dat een rijke, saaie huisvrouw verzeild is geraakt in een relatie met een moordlustige maniak.'

'Een relatie die zo geheim was dat niemand ervan wist.'

'Had ze vriendinnen? Iemand die ze in vertrouwen kon nemen?'

'Die heb ik dan nog niet kunnen traceren. Kennissen van de tennisclub tellen niet mee. Ik heb het geprobeerd,' zei ik weifelend, me bewust van Derwents fronsende blik. 'Ik heb er gisteren een paar uur aan besteed. Ik heb een aantal van haar telefooncontacten gesproken, maar die waren niet met haar bevriend. Ze had geen hobby's, ze zat niet in een leesgroep of andere club, behalve tennis en de sportschool, ze ging niet uit. Ze ging totaal op in haar gezin.' Ik aarzelde even. 'Ik weet dat je hem niet mag, maar ik zie nog steeds geen motief voor Kennford om zijn vrouw te vermoorden, snap je. Ik heb het idee dat hij de waarheid vertelde – hij had meer aan haar toen ze nog leefde.'

'Tenzij ze van hem wilde scheiden.'

'Dat kan. Maar waarom zou ze? Ze had korte metten gemaakt met zijn zwangere Litouwse minnares – daarmee blijft er weinig over wat zij zou beschouwen als reden voor een breuk.'

'Iets wat met de kinderen te maken had,' merkte Derwent wijs op. 'Dat zou de doorslag kunnen geven.'

'Daarom denk ik dat we ons op de tweeling moeten richten.' Ik fronste. 'Daar is iets mee aan de hand, hoor. Iets waar we nog niet de vinger op kunnen leggen. Laura was de favoriet en Lydia een geboren slachtoffer, maar Laura stierf en Lydia bleef ongedeerd. Ik wou dat ik een betere verstandhouding had met Lydia of haar tante. Het zou echt helpen als ik nog eens met haar kon praten en haar vertrouwen kon wekken.'

'Wat weten we over Laura? Wat vermoeden we?'

'Dat we helemaal niets over haar weten. Haar vriendinnen hebben ons niet veel verder geholpen. Je was aanwezig bij het gesprek met Millie Carberry en geen van de andere gesprekken heeft iets beters opgeleverd.'

'Wie heeft de rest van die gesprekken gedaan?'

'Liv heeft de lijst afgewerkt die Lydia ons heeft gegeven. Veel van die meiden waren op vakantie, dus het heeft even geduurd om ze te pakken te krijgen. Geen van hen wist iets of wilde toegeven dat ze iets wist.'

'Dus Laura heeft gelogen?'

'Daar hebben we niets aan. We wisten al dat ze loog dat ze geen vriendje had. We weten alleen dat ze zou uitgaan, dat ze een reden had verzonnen om uit te gaan, en dat ze uiteindelijk thuis is gebleven en is vermoord. We hebben haar telefoon nog steeds niet, en we hebben ook geen idee wie haar vriendje was.'

'Oké. Nou, dat is iets waar we in kunnen duiken. We moeten maar weer met Lydia gaan praten. Ik ga deze keer wel mee. Misschien dat het helpt.'

De moed zonk me in de schoenen. 'Probeer haar alsjeblieft niet de stuipen op het lijf te jagen om haar aan het praten te krijgen. Ze is kwetsbaar, hoor.'

'Ik kan heel gevoelig zijn.'

Ik trok mijn wenkbrauwen op. 'Dat is een talent dat je goed verborgen houdt.'

'Ik heb iets vaderlijks. Tieners vinden dat geruststellend.'

'Ten eerste ben je hoe oud ook alweer? Vijfendertig?'

'Zesendertig.'

'Nog niet toe aan een burgerlijk gezinsleventje, lijkt me. Je bent amper oud genoeg om haar vader te kunnen zijn.'

'Ik ben vroeg begonnen.'

Daar reageerde ik maar niet op. 'Ten tweede heb je nog nooit in je leven iemand gerustgesteld. Jij moet het hebben van je vermogen mensen zozeer van hun stuk te brengen dat ze je alles vertellen om maar van je af te zijn. Ten derde...'

Voor ik verder kon gaan, ging mijn mobieltje af in mijn broekzak, en toen ik het tevoorschijn haalde, zag ik meteen dat het telefoontje afkomstig was van een geheim nummer.

'Hallo?'

'Rechercheur Kerrigan? Met Savannah Wentworth.' Haar stem klonk zacht maar duidelijk. 'Ik heb begrepen dat u mij wilt spreken.'

Ik hield mijn aandacht bij het maken van een afspraak voor een gesprek later op de middag, maar ik moest wel glimlachen om de gelukzalige uitdrukking op Derwents gezicht toen hij begreep wie ik aan de lijn had: wat een geweldig vooruitzicht.

15

Het wonderlijke lopende vuurtje dat in alle politiebureaus een bekend fenomeen schijnt te zijn, had er op het moment dat Savannah Wentworth het gebouw betrad al voor gezorgd dat iedereen wist dat ze zou komen, en waarom. Op de terugweg had Derwent nog genoeg tijd gehad om naar de kapper te gaan. Ik vond dat hij er voor de knipbeurt beter had uitgezien – de korte versie maakte het lastig om zijn flaporen te negeren – maar ik wilde me er niet mee bemoeien. Dat hij Savannah zou ontmoeten was sinds tijden het enige waardoor hij werd opgevrolijkt, en een blije Derwent was in alle opzichten een leukere Derwent. Zelf werd ik niet gegrepen door de hysterie die op iedereen vat leek te hebben. Ik zag werkelijk niet in waarom ik onder de indruk zou moeten zijn van het vooruitzicht dat ik iemand zou ontmoeten die vooral beroemd was omdat ze er goed uitzag in designkleding – of zonder. Toch genoot ik wel van alle opschudding. Derwent en ik kregen zo ongeveer een staande ovatie toen we de afdeling op liepen.

'O god, o god, o god.' Liv sprintte naar mijn bureau en begon op en neer te springen. 'Besef je wel dat zij gewoon mijn ideale vrouw is? Ik bedoel, ik heb haar altijd al in levenden lijve willen zien. Ze kan er in het echt onmogelijk zo goed uitzien, toch? Of misschien toch wel. O god. Wat zou ze aanhebben, denk je?'

'Kleren.' Ik keek mijn brievenbakje door. 'Denk je dat je je kunt beheersen, Liv? Je gedraagt je namelijk als een malloot.'

'O, kom op nou. Je moet toegeven dat we hier niet vaak iemand zien die ook maar een klein beetje glamour heeft. Dit is opwíndend.'

'Het is routíne. Ze helpt bij een moordonderzoek. En ook nog eens niet van harte.'

'Ze zal wel wat beters te doen hebben dan naar dit gribusgebouw te komen. Heb je iemand nodig die aantekeningen maakt?'

'Ik denk dat we ons wel redden.'

'Maeve.' Godley stond in de deuropening van zijn kantoor. 'Ik wil je even spreken.'

Ik liep naar hem toe, met die huivering van spanning die je voelt als je niet weet of je op je kop gaat krijgen of niet.

'Waar hebben we dit enorme spektakel aan te danken?'

'Savannah Wentworth is Philip Kennfords dochter, van zijn eerste vrouw. Hij heeft ons dat zelf niet verteld, maar ik ben erachter gekomen via een van zijn collega's. Ze had een afspraak in de stad, dus ik heb geregeld dat ze met ons komt praten.'

'Denk je nou echt dat zij iets te maken heeft met de dood van haar halfzusje?' Godleys stem klonk scherp.

'Ik weet het niet, chef.'

'Het lijkt niet waarschijnlijk, of wel?'

'Nogmaals, ik weet het niet tot ik met haar gesproken heb.' Ik had het gevoel dat ik op een klein stuk rots in open zee stond en dat elke golf er een stukje van wegsloeg.

'Ik vind het niet prettig dat er zoveel aandacht op het team wordt gericht.' Hij liep naar het raam en keek naar buiten. 'Wist je dat er fotografen aan de overkant staan?'

'Iemand moet ze een tip hebben gegeven. Misschien heeft zij dat zelf wel gedaan.'

'Dat betwijfel ik.' Hij zuchtte. 'Er was vast een discretere manier geweest om haar te spreken te krijgen.'

'Hier met ons afspreken was Savannahs idee, chef. Ze woont op het platteland van Sussex als ze in Engeland is, dus leek het logischer om haar hier te ontvangen, aangezien ze wel met ons wilde praten nu ze toch in Londen was.'

'Zorg dat ze hier snel weer weg is, Maeve. We trekken al genoeg media-aandacht vanwege die schietpartijen. Ik haal liever niet de voorpagina van alle roddelbladen in het land omdat Savannah Wentworth toevallig familie is van een stel moordslachtoffers.'

'Ik heb er geen belang bij het te rekken, chef.'

Er werd op Godleys deur geklopt door Derwent, die leek te tintelen van opwinding. 'Kerrigan, ze is er.'

Het was niet nodig te vragen wie hij bedoelde. Ik liet hem achter bij Godley, die ook hém wel zo'n fijne peptalk zou geven, en hoopte dat hij een beetje zou zijn gekalmeerd tegen de tijd dat hij de door mij gereserveerde verhoorkamer had bereikt. Die was op de begane grond en had geen ramen – vermoedelijk niet helemaal wat Savannah Wentworth gewend was, maar ze moest het er maar mee doen. Ik liep stampend de trap af, vervuld van ergernis. Godley moest mij gewoon hebben. Er was geen reden om me een uitbrander te geven voor het regelen van een standaardgesprek op een standaardmanier. Ik was er vrij zeker van dat hij me op mijn plaats wilde zetten omdat ik had gevraagd waarom Derwent buiten het andere onderzoek werd gehouden. En het was nog ergerlijker dat Derwent zelf me daar in de verste verte niet dankbaar voor was geweest. In een slecht humeur kwam ik de receptie binnen, waar het ongebruikelijk vol bleek te zijn. Het duurde een moment, maar toen viel mijn oog op een zeer lange, zeer slanke donkerharige vrouw die met haar rug naar me toe stond in het zitgedeelte.

'Savannah Wentworth?'

Ze draaide zich om en glimlachte. 'Nee. Ik ben Zoe Prowse.' Ze was van gemengd ras en buitengewoon knap om te zien, met een lichtbruine huid en opvallend lichtblauwe ogen. Ze had wat sproetjes op haar neus, waarin een piercing prijkte, en een wit, gelijkmatig gebit. Ze had ook een hele rij ringetjes over haar ene oor, en haar haar was aan die kant in horizontale strepen geschoren.

'Ik ben Savannah.' Ik had haar eerst niet opgemerkt omdat Zoe haar uitstekend uit het zicht had weten te houden, besefte ik. Ik was niet de enige in de ontvangstruimte die naar haar op zoek was, ook al was ik de enige met een goede reden om haar in het vizier te willen krijgen. Ze stond op, en dat opstaan leek een eeuwigheid te duren, tot ze boven iedereen uittorende. Tegenover haar voelde ik me een dwerg. Ik was eraan gewend langer te zijn dan de meeste vrouwen – en mannen, trouwens – maar Savannah en haar begeleidster staken vele centimeters boven me uit. Beiden droegen ze vrijetijdskleding, jeans en platte sandalen, maar Savannah liet haar outfit eruitzien alsof die rechtstreeks uit een tijdschrift afkomstig was. Haar stijl was veel meer doorsnee dan die van Zoe – één gaatje in elk oor, onberispelijk gekapt haar – maar ik bleef haar maar aanstaren omdat ze ook in het echt perfect was, met die hoekige schoonheid die iets buitenaards heeft. Ze was uitzonderlijk slank en haar huid lag strak over jukbeenderen die sterk geprononceerd waren, maar dat paste bij haar. Ze had helemaal geen make-up op en haar huid was volmaakt, haar teint delicaat. Ze leek inderdaad op haar vader, maar zijn gelaatstrekken waren bij haar verfijnd en opmerkelijk mooi gemaakt door de een of andere genetische kronkel. Ik bedacht me dat het waarschijnlijk onmogelijk zou zijn om een slechte foto van haar te nemen, en dat was vermoedelijk de reden waarom ze zo'n ster was.

Ik herinnerde mezelf eraan waarom ik daar überhaupt stond, hield op haar aan te gapen en stelde mezelf voor, me ervan bewust dat iedereen in de receptieruimte zijn best deed ons af te luisteren. Ik had een diva verwacht, maar hier stond een serieuze jonge vrouw die een beetje gespannen overkwam en stond te friemelen aan de boorden van haar lange mouwen.

'Het spijt me dat het even heeft geduurd om dit te regelen. Ik weet dat het belangrijk is. De afgelopen dagen heb ik het heel druk gehad.'

'We willen alleen maar even praten,' hoorde ik mezelf zeggen, met de bedoeling haar gerust te stellen. 'Maakt u zich geen zorgen.'

'Mag Zoe erbij zijn? Ik denk dat ze heel goed kan helpen.'

'Dat lijkt me geen enkel probleem.' Als ze haar assistente nodig had om haar te herinneren aan data en tijdstippen, verbaasde me dat niets. De levensstijl van een celebrity was vast verwarrend. Ik ging hen voor naar de verhoorkamer en merkte toen ik de deur opende meteen op dat het er naar aftershave stonk. Er was geen superspeurhond voor nodig om de bron op te sporen: een zenuwachtige inspecteur Derwent, die zijn rechterhand droog veegde aan zijn broek voordat hij hem naar Savannah uitstak.

'Mevrouw Wentworth. Aangenaam kennis te maken.' Hij pompte haar hand enthousiast op en neer terwijl zij iets mompelde wat 'dank u wel' zou kunnen betekenen en in een van de smoezelige plastic stoelen neerzonk. Zoe ging onopgemerkt achter haar in een hoek zitten. Ze was er waarschijnlijk aan gewend om genegeerd te worden in het gezelschap van Savannah.

'Fijn dat u vandaag naar ons toe hebt willen komen.' Derwent gooide nog steeds al zijn charmes in de strijd.

'Het leek me het beste om het snel achter de rug te hebben, aangezien ik vanmiddag vrij was. Ik ben moeilijk te bereiken. Ik reis veel.'

'Dat hoort bij uw werk, nietwaar?'

'Ja. Niet dat ik daar nou zo blij mee ben, hoor.' Ze sloeg het ene lange been over het andere en schommelde met haar voet. 'Maar soms heeft het wel wat. Ik ben net terug uit Zuid-Afrika. Het is daar prachtig.'

'Wanneer bent u teruggekomen?'

'Afgelopen zaterdag.' Ze keek over haar schouder naar Zoe, die bevestigend knikte. 'Ik ben maandag de hele dag bezig geweest met een fotoshoot. Sindsdien heb ik veel besprekingen gehad, maar soms ook even niets. Het is maar goed dat ik niet op reis hoefde, gezien wat er is gebeurd met Vita en Laura. U zou me nooit te pakken hebben gekregen.'

'Wanneer hebt u het gehoord?' vroeg Derwent.

'Mijn moeder belde me maandag zodra zij het gehoord had.' Savannah beet op haar lip en zag er breekbaar en bedroefd uit. Ik wist dat modellenwerk voor een groot deel draaide om het spelen van een rol, en ik vroeg me af hoe diep haar gevoelens voor beiden eigenlijk waren. 'Het was echt een schok. Ik bedoel, ik kende Laura niet zo goed, maar ik heb haar en haar zusje zien opgroeien, met tussenpozen. En Vita – zij was niet mijn favoriete persoon op deze wereld, maar ik wenste haar geen kwaad toe.'

'Wanneer hebt u ze voor het laatst gezien?'

'Een paar jaar geleden misschien? Ik ben er niet helemaal zeker van.'

'Naar ik heb begrepen was Vita de reden waarom het misging tussen u en uw vader,' zei ik. Dat Derwent zich hoffelijk gedroeg was tot op zekere hoogte vermakelijk, maar we konden Savannah niet laten gaan zonder meer te achterhalen over haar relatie met Kennfords tweede gezin, ook al zou ze er misschien kwaad om worden.

Maar kwaadheid leek niet haar voornaamste emotie te zijn. De uitdrukking op Savannahs gezicht veranderde van de ene op de andere seconde; de droefheid maakte plaats voor spottende geamuseerdheid. 'Van wie hebt u dat?'

'Roddelcircuit,' gaf ik toe.

'Nou, uw bron had het wat dit betreft dan niet bij het rechte eind. Ik bedoel, ik ben er zeker van dat ze er bepaald niet om heeft zitten treuren, maar ik geloof niet dat ze zich erg druk maakte om de echte reden waarom papa niet meer met me wilde praten. Ik denk dat het geheel zijn eigen keuze was, te oordelen naar zijn reactie.'

'Wat was de reden dan wel?' wilde Derwent weten.

'Het mag niet bekend worden buiten deze vier muren.'

'Dat garandeer ik u.' Het klonk beslist alsof hij het meende, en op dat moment was dat waarschijnlijk ook zo. Hij zou veel hebben beloofd om het ware verhaal achter Philip Kennford te weten te komen.

Savannah keek weer naar Zoe, waarvoor ze zich moest omdraaien in haar stoel. Zoe knikte met een neutraal gezicht.

'Papa kon met geen mogelijkheid accepteren dat ik op vrouwen val en niet op mannen.'

'Daarmee zegt u...'

'Daarmee zeg ik dat ik het met vrouwen doe. Ik ben lesbienne. Een pot.' Savannah was luider gaan spreken en Zoe boog zich voorover in haar stoel om een hand op haar schouder te leggen. Het model legde haar eigen hand er even overheen en liet toen weer los. 'Sorry. Ik zou niet moeten schreeuwen.'

'Dat wist ik niet.' Ik zou bijna medelijden kunnen hebben met Derwent, wiens gezicht verstard leek in een soort ongemakkelijke glimlach.

Aangezien hij niet in staat leek iets te zeggen, nam ik het over. 'Dat is een goed bewaard geheim, nietwaar?'

'Het gaat niemand iets aan.' Savannah sprak op bijtende toon, en voor het eerst zag ik in haar iets van haar vaders persoonlijkheid terug.

'Wie weet ervan?'

'U beiden. Mijn ouders. Zoe. Mijn impresario. Verder niemand.'

Ze aarzelde. 'Ik vermoed trouwens wel dat papa het aan Vita heeft verteld, maar ik heb hem gevraagd het niemand anders te vertellen.'

'Waarom? Denkt u dat het slecht zou zijn voor uw reputatie?'

'Nee. Daar ga ik tenminste niet van uit. Mijn impresario is er toevallig achter gekomen – het is niet zo dat ik het haar ben gaan vertellen om te kijken wat ze ervan vond. Ze zat er niet mee, maar ze vond het prima er met niemand over te praten.'

Derwent ging met zijn rug tegen de leuning van zijn stoel zitten en wist zijn evenwicht weer een beetje te hervinden. 'Ik zie niet in waarom u er in deze tijd een groot geheim van zou moeten maken. Mensen zijn aan zulke dingen gewend. Het zou nauwelijks een schandaal opleveren.'

'Ik vond het gewoon niet nodig om het aan Jan en alleman mee te delen. Er zijn dingen die beter privé kunnen blijven. En mijn werk draait volledig om mijn uiterlijk. Mensen kunnen van mij maken wat ze willen. Hoe minder ze weten over wie ik werkelijk ben, hoe intrigerender ik voor ze word. Ik geef geen interviews. Ik geef geen quotes aan tijdschriften. Ik hou mijn persoonlijke leven voor mezelf. Zo gaan mensen af op het beeld in plaats van de werkelijkheid, en dat werkt in mijn geval goed.'

'Hebben uw fans geen recht op de waarheid?'

De blauwe ogen waren ijskoud. 'Alleen het feit dat ik in de schijnwerpers de kost verdien, wil niet zeggen dat iedereen er recht op heeft alles over mijn privéleven te weten.' Ze keek me aan. 'Ik durf te wedden dat u op uw werk niet aan iedereen vertelt wat u achter gesloten deuren doet.'

Derwent kwam ertussen voordat ik de kans kreeg te antwoorden. 'Dat hoeft ze niet te doen. Iedereen is al op de hoogte.'

Ik keek hem boos aan. 'Binnen het team zijn er geen geheimen, maar het zou leuk zijn als die er soms wel waren.' Tegen Savannah zei ik: 'Ik snap wat u bedoelt.'

'Nou dan.' Ze keek van mij naar Derwent en weer terug; ze begreep van ons alle twee niet goed wat we nou wilden zeggen. 'Wat er is gebeurd tussen papa en mij is dat ik vorig jaar tegenover hem uit de kast ben gekomen. En plotseling was hij er niet meer zo happig op om te lopen opscheppen dat ik zijn favoriete dochter was. Eigenlijk was het ironisch, want je zou denken dat onze voorliefde voor vrouwen iets zou zijn wat we gemeen hebben.'

Er klonk een intense pijn door in haar stem, maar ze zou liever doodvallen dan dat toegeven.

'Hij is er nogal open over,' zei ik.

'Heeft hij het al bij u geprobeerd? Nee? Dat komt nog wel.' Ze rolde met haar ogen. 'Niemand blijft buiten schot. Hij heeft een keer een lerares van me zitten versieren, op een ouderavond, waar mijn moeder bij was. Dat viel niet echt goed. Moeders van andere kinderen op feestjes en schoolconcerten. Toen ik ouder werd ook vriendinnen van me. Tieners, bedoel ik. Het is walgelijk, als je erover nadenkt.'

'Heeft hij ooit iets gedaan? Iets met een minderjarige geprobeerd?' vroeg Derwent.

'Niets illegaals. Maar hij maakte opmerkingen. U weet wel. "Jij bent een prachtige jongedame geworden, degene die jou krijgt, is een geluksvogel." Dat soort dingen. Hij vond dat hij zich dan charmant gedroeg.' Ze rilde. 'Dat soort dingen hoor je veel in het modellenwereldje, als je jong bent. Vooral van opdrachtgevers en fotografen. Je raakt eraan gewend, maar het is nooit leuk. Ik zou het zelf niet prettig hebben gevonden en ik weet zeker dat het mijn vriendinnen kwaad maakte. Hij is gewoon een ouwe viespeuk, als het erop aan komt.'

'Mist u hem?' vroeg ik.

Er viel een lange stilte. 'Ik mis degene die ik dacht dat hij was. Niets heeft me zo teleurgesteld als zijn weigering me te respecteren zoals ik ben. Ik heb hem altijd genomen zoals hij was. Ik geloofde in onvoorwaardelijke liefde, hoe kwaad ik ook was over de dingen die hij had gedaan. Ik probeerde altijd het goede in hem te zien. Ik accepteerde het feit dat hij een rokkenjager was en dat geen vrouw veilig was voor hem. Ik vergaf hem dat hij mijn moeder had verlaten, ook al kon ze ontzettend moeilijk zijn in mijn tienerjaren.' Savannahs ogen vulden zich met tranen, die ze weer weg knipperde. 'Sorry.'

'Het is nergens voor nodig u te verontschuldigen. Dit is vast moeilijk voor u,' zei ik vriendelijk.

'Het zijn allemaal oude koeien.' Ze snufte een paar keer voordat Zoe weer vooroverleunde, nu met een tissue. 'Ik kwam Zoe vorig jaar tegen en werd verliefd op haar, en papa kon daar niet mee omgaan. Hij wilde haar niet eens ontmoeten toen ik hem dat vroeg. En Zoe keek er erg naar uit om hem te leren kennen.'

Ik keek naar Zoe, die een neutrale uitdrukking op haar gezicht had. Het was meestal niet de vriendin of de vriend, homo of hetero, die zich druk maakte over wat de ouders van de partner zouden denken. Ik had het vermoeden dat het de hele tijd Savannah zelf was die ermee bezig was geweest.

'En toch heb ik nergens spijt van.' Ze snoot haar neus krachtig, waarbij ze er op de een of andere manier in slaagde er elegant uit te zien, en niet als een snotterig hoopje ellende, zoals bij mij het geval geweest zou zijn. 'Hij leek niet te begrijpen dat het mij niet uitmaakt dat Zoe een vrouw is. Wat ze was kon me niet schelen. Ik ben verliefd geworden op de persoon, niet op haar geslacht. Je kunt niet sturen op wie je verliefd wordt. Het gaat om een geestelijke en spirituele band, niet een lichamelijke. En Zoe en ik zijn voor elkaar gemaakt. We zijn soulmates. Toen we elkaar voor het eerst tegenkwamen, was het alsof ik in een spiegel keek en Zoe terug zag kijken. We hadden zoveel gemeen, idioot gewoon. Ik had mezelf niet kunnen beletten verliefd op haar te worden, zelfs al had ik dat gewild.'

Derwents gezicht stond onverholen sceptisch. Ik haastte me iets te vragen voordat hij iets lulligs kon zeggen. 'Was uw vader gechoqueerd, denkt u?'

'Eerder afwijzend. Ik heb vroeger namelijk vriendjes gehad. Ik had niet gedacht dat ik me ooit tot een vrouw aangetrokken zou voelen.' Ze schudde haar hoofd. 'Nog steeds niet. Ik voel me altijd een bedrieger als ik zeg dat ik lesbisch ben, en daarom wil ik niet dat er veel ophef over wordt gemaakt, of dat ik een etiket krijg opgeplakt. Ik hou gewoon van Zoe.'

Zoe zelf maakte een afwezige indruk, alsof ze niet meer luisterde. Ik vroeg me af wat ze vond van wat Savannah zojuist had gezegd. Haar seksuele geaardheid ging mij niets aan, maar ik vond het vreemd dat ze zich er ongemakkelijk bij leek te voelen, ondanks de kwaadheid op haar vader. Savannah leek te willen zeggen dat ze Zoe

niet eens als vrouwelijk zag, wat op mij bijna als een belediging overkwam. Deze vrouw was de vrouwelijkheid zelve, ondanks de pier-
cings en het geometrische kapsel. Ik kon me niet voorstellen hoe het
was om je aangetrokken te voelen tot iemand van hetzelfde geslacht,
maar ik dacht aan Rob en het fysieke effect dat zijn nabijheid opriep
– de opwinding die maakte dat mijn knieën knikten en mijn hart
stilstond, en die in de maanden waarin we samen waren nog niet was
verminderd – en dat kon ik niet los zien van de emotionele kant van
onze relatie. Het was zeker niet onbelangrijk voor me. Ik vroeg me af
of Savannah Wentworth zo defensief en geheimzinnig over haar liefdesleven was gaan doen door de heftigheid van haar vaders reactie, of
dat ze sowieso geneigd was haar privéleven af te schermen.

'Hoe reageerde uw moeder toen u het haar vertelde?' vroeg ik.

'Voorspelbaar. Geen kleinkinderen, wat jammer voor mij.' Savannah grijnsde. 'Ten eerste had ik voor die tijd ook niet bepaald naar een
kind verlangd. Ten tweede zou je denken dat ze nog nooit van sper-
madonoren had gehoord. Het is geen onoverkomelijke belemme-
ring.'

'Maar ze was niet zo van streek als uw vader.'

'Het ligt anders, denk ik. Ze bleef tamelijk onbewogen. Ik neem
aan dat ze denkt dat het een fase is en dat ik er wel overheen zal groei-
en. Trouwens, ze is te veel met zichzelf bezig, verdiept in haar eigen
wereldje, om de energie te hebben over mij na te denken. Híj vond
het maar niets dat ik de mannen de rug toekeerde. Hij was er altijd
trots op als mannen mij aantrekkelijk vonden – iets wat ik niet eens
ga proberen te ontleden, want persoonlijk denk ik dat hij om verschillende redenen jaren therapie nodig heeft, en dat alleen een professional dat specifieke trekje kan begrijpen. Ook, maar dat weet ik
niet zeker, kan het zijn dat hij bang was dat ik een slechte invloed zou
hebben op de tweeling. Ze van het rechte pad af zou lokken.' Ze rolde met haar ogen. 'Hij is belachelijk streng voor ze. Ik heb nooit de
regels opgelegd gekregen waar zij aan moeten gehoorzamen. Geen
vriendjes, geen noemenswaardig sociaal leven. Ik zou hevig hebben
geprotesteerd als hij bij mij met van dat gezeik was aangekomen.'

'Waarom heeft hij dat niet gedaan, denkt u?' vroeg Derwent.

'Hij woonde niet meer bij ons toe ik in mijn rebelse fase zat. Hij was al samen met Vita, en de tweeling was nog heel jong. Hij kreeg er gewoon niet de kans toe. Of het kon hem in beide gevallen niet schelen, en dan kwam de strenge opvoeding dus van Vita.'

'Vertel me eens iets over Vita. Wat was ze voor iemand?'

'De ijskoningin. Ze gaf nergens om, behalve om buitengewoon oncomfortabele designmeubels en de tweeling. Ze vond mij niet leuk. Te veel concurrentie voor haar meisjes. Zoals ik al zei: ik denk niet dat ze iets te maken had met het feit dat papa niet meer met me wilde praten, maar ik denk ook niet dat ze er rouwig om was.'

'Ze zorgde ervoor dat hij niet meer naar je modeshows kwam, heb ik gehoord.'

Savannah trok een wenkbrauw op. 'Zelfde roddelbron als daarnet?'

'Nou, ja,' gaf ik toe.

'Die slaat deze keer dan de plank niet mis. Ze vond het niet fijn dat hij van huis was zonder goede reden, en dat zijn haar eigen woorden. Ik begon op mijn zestiende de shows van de Europese Fashion Weeks – dus Londen, Parijs en Milaan – te doen. Ik was eigenlijk nog een kind. Mijn impresariaat zorgde prima voor me, maar het betekende veel dat er iemand tussen de toeschouwers zat die speciaal was gekomen om mij te zien. Hij nam me dan mee uit eten en vertelde me hoe geweldig ik het had gedaan.' Ze zag er nu kwetsbaar uit, haar onderlip trilde. 'Dat was nou net wat mij een gevoel van geborgenheid gaf, dat ik wist dat hij er was, in het publiek en na afloop. En zo lang had ik hem nou ook weer niet meegemaakt. Het was of ik hem voor het eerst ontmoette toen hij voor het eerst opdaagde. Ik weet nog dat ik dacht: ik vind hem echt leuk. Hij is mijn vader en hij is ontzettend cool.' Ze keek opgelaten. 'Ik was jong, zoals ik al zei. Te jong om me ervoor te schamen dat mijn vader mij door heel Europa volgde om zo te proberen mooie jonge vrouwen in bed te krijgen.'

'Was dat de reden waarom hij er vaak bij was?' vroeg Derwent.

'O, dat weet ik niet. Het kan zijn dat ik cynisch ben. Ik denk dat hij er echt een kick van kreeg me in de spotlights te zien. Het was daarbij toevallig zo dat hij gebruik kon maken van waar ik was, en de mensen met wie ik in contact kwam. Hij was dol op de aandacht die hij kreeg in restaurants en clubs als hij er met twee of drie meiden verscheen, het maakte niet uit dat een van hen zijn dochter was.'

Derwent schudde zijn hoofd. Bijna tegen zichzelf zei hij: 'Hoe meer ik over hem hoor, hoe liever ik de kans zou krijgen om hem een flinke klap te verkopen.'

Ze lachte. 'U kunt beter niet te veel naar mij luisteren. Hij valt eigenlijk best mee. Ik ben gewoon een verbitterd afdankertje. Dat er voor mij geen ruimte was lag niet aan één, maar aan twee spelbrekers.'

'Had u een hekel aan de tweeling?' vroeg ik.

'Zeker. Enorm, in het begin. Ik heb maanden lopen mokken nadat ze waren geboren. Maar ze waren heel schattig en wisten mijn hart te veroveren. Het waren net kleine aapjes toen ze klein waren. Met lieve kleine kreukelgezichtjes. Moeilijk voor te stellen als je eraan denkt hoe oud ze nu zijn. Of waren.' Ze keek verslagen. 'Ik kan echt niet geloven dat Laura dood is. En van wat ik erover heb gelezen klinkt het of ze op een afschuwelijke manier is gestorven.'

'Er is geen goede manier om te sterven als je vijftien bent.' Derwent had gelijk, maar dat maakte het niet minder hardvochtig. 'Waar was u zondagavond, mevrouw Wentworth?'

'Thuis, en dat is ergens in een uithoek van een uithoek in Sussex. Ik was aan het bijkomen na een tijd van huis geweest te zijn. Ik heb die nacht veertien uur geslapen. Ik moet kapot zijn geweest.'

'Was u alleen?'

'Zoe was er.' Ze keerde zich naar haar om. 'Maar jij was het grootste deel van de tijd aan het werk.' Tegen mij zei ze: 'Zoe ontwerpt sieraden. Ze heeft een atelier bij het huis, aan de andere kant van wat vroeger het stalerf was.'

'Dus ze was niet bij u,' zei Derwent streng.

'Ik was dertig meter van haar vandaan.' Zoe's stem klonk niet hard, maar wel beslist. 'Savannah is op zondagavond niet weggeweest. Dan zou ik de auto hebben gehoord.'

'Die kan ze niet gemist hebben. En ik zou de auto nodig hebben gehad om ergens heen te gaan. Het is echt in de rimboe. Het is aan het eind van een kilometers lange onverharde weg. Geen mens zou vermoeden dat er een huis staat; je moet het weten, als u snapt wat ik bedoel.'

'Klinkt ideaal,' merkte ik op.

'Dat is het ook. Eigenlijk te groot voor ons tweeën, maar het bevalt ons prima.'

'Ik zou denken dat het voor u noodzakelijk is om wat dichter bij het centrum van Londen te wonen.'

'Niet echt. De M25 is veertig minuten bij ons vandaan. Goed te doen. En als ik vroeg moet beginnen, logeer ik altijd in een hotel in de stad.'

'Prettig geregeld,' zei Derwent.

'Een van de voordeeltjes van mijn werk. Maar het is net als met beroepsvoetballers: het is niet voor eeuwig. Ik moet er zo veel mogelijk van profiteren nu ik nog aan de top sta.'

'Dan moeten we u maar niet langer ophouden.' Derwent keek me aan. 'Heb jij nog iets? Nee? Dank u dat u tijd voor ons hebt gemaakt, mevrouw Wentworth. En mevrouw eh…'

'Prowse,' zei Zoe. 'Zoe Prowse.'

Savannah legde haar handen op de tafel en haar vingertoppen maakten een geluidloze roffel op het hout. 'Moet u horen, er is iets wat ik u wilde vragen voor we gaan.'

'Brand maar los.'

'Over Lydia.' De vingers trommelden. 'Hoe gaat het met haar?'

'Het gaat wel,' zei ik, wat min of meer klopte.

'Dat vraag ik me af. Ik vraag me af of ze het allemaal aankan.' Savannahs ogen waren strak op mij gericht en ik had het idee dat ze de waarheid van mijn gezicht kon aflezen.

'Ze worstelt er wel mee. Maar ik geloof dat ze het al moeilijk had voordat de moorden hadden plaatsgevonden. De situatie is er niet beter op geworden.'

'Nee, en uw ondervragingen zullen ook niet hebben geholpen, stel ik me zo voor.'

'We hebben ons best gedaan tactvol te zijn,' zei ik snel.

'Het beste wat u kunt doen is haar met rust laten.'

'Ik ben bang dat dat niet mogelijk is. Nog niet. We moeten nog een keer met haar praten over wat er is gebeurd.'

'Waarom?' wilde Savannah weten.

'Omdat er niemand anders is die ons kan vertellen wat we willen weten over Laura en haar moeder.'

'En papa dan?'

'Hij heeft ons zo goed geholpen als hij kon.'

'Dus hij leeft nog steeds in zijn eigen wereld, begrijp ik. Geen flauw benul hoe zijn kinderen in elkaar zitten. Heel kenmerkend.'

'Hij zou niet de eerste vader van tieners zijn die geen idee heeft van wat er zich in hun leven afspeelt.'

'Dat zal wel niet.' Savannah begroef haar nagel in een scheur in het tafelblad en bewoog hem heen en weer. 'Waar is ze?'

'In Twickenham, bij haar tante. De zus van Vita.'

'Renee? Dat is een kutwijf.' Die heftigheid verraste me; mijn mond viel open en bleef zo een fractie van een seconde te lang staan.

'Ze is erg behulpzaam geweest.'

'Praat me er niet van.' Savannah bleef driftig in de tafel wroeten. 'Ze is afschuwelijk. Arme Lydia.'

'U hebt die Renee dus ontmoet,' zei Derwent. 'Dat genoegen heb ik nog niet gehad.'

'Ze is koudbloedig, net een hagedis. Wat heeft papa zich in zijn hoofd gehaald?'

'Hij heeft momenteel geen voogdij over Lydia,' zei ik.

'Omdat hij een verdachte is? Jezus. Wat een puinhoop.' Ze trommelde weer met haar vingers, nu in een hoog tempo. 'Hoor eens, ik wil Lydia wel meenemen. Ik wil haar uit Londen weghalen, weg van alles wat haar herinnert aan haar moeder en zusje. Ze heeft ruimte nodig om haar verlies te verwerken, en ze heeft tijd nodig, en ze heeft het nodig afstand te nemen van deze verschrikkelijke toestand.'

'Daar hebt u vast gelijk in. Maar…'

'Maar wat? Zo moeilijk is het niet.' Savannah keek me boos aan. 'Ze is mijn halfzusje. Bel haar. Vraag haar wat ze wil. Vraag Renee of ze het erg vindt om haar over te dragen – ik geef u op een briefje dat het haar geen zak kan schelen.'

'En uw vader dan? Wat zal hij ervan zeggen?'

'Ik weet het niet en het interesseert me niet. Het gaat hier niet om hem.' Ze keek naar Derwent. 'Alstublieft. Vraag het ze gewoon. Vraag het eerst aan Lydia en dan aan Renee. Ik weet zeker dat ze zich er allebei in kunnen vinden.' Nu was ze meer de veeleisende diva die ik had verwacht, maar ze was nog steeds charmant, nog steeds aangenaam in haar manier van doen. Normaal gesproken zou dat voor Derwent geen enkel verschil hebben gemaakt.

'Dat zouden we kunnen doen,' zei hij langzaam.

'Waar wacht u dan op? Toe nou. Ik heb een alibi.' Ze giechelde alleraantrekkelijkst en ondeugend, zodat Derwent een glimlach op zijn gezicht kreeg. 'Bij mij is ze veilig, echt waar. En gelukkig, voor zover dat kan in deze omstandigheden.'

'We hebben gewoon het gevoel dat we hulp kunnen bieden,' zei Zoe zacht. 'Als ze op een plek is waar ze zich veilig voelt, wordt ze misschien wat toegankelijker.'

'Dat is waar,' zei ik, en ik keek Derwent aan. Ik had weleens slechtere ideeën gehoord.

'We zullen het haar en haar tante vragen. Maar ik beloof niks. Ik ga niet proberen om een van beiden te overtuigen als het antwoord nee is.'

'Dat zou ik ook niet van u vragen.' Savannah sloeg haar benen weer over elkaar en leunde achterover in haar stoel. 'We wachten hier wel terwijl u ze belt.'

'Wat, nu?'

'Liever vandaag dan morgen.'

Derwent stond als verdoofd op en liep naar de deur. Ik volgde hem, want zodra zijn hersens weer zouden gaan werken, zou hij natuurlijk beseffen dat hij het telefoonnummer of adres van Renee niet had. Hij zweeg het hele eind terug naar de recherchekamer, wat ik best vond, aangezien ik al lopend probeerde haar gegevens uit mijn notitieboekje over te schrijven. Vlak voor de deur stond hij stil. 'Waar ben ik mee bezig?'

'Met wat die mooie dame je heeft opgedragen.' Ik gaf hem het papiertje waarop ik Renees gegevens had geschreven en klopte hem bemoedigend op de arm. 'Ik zou maar opschieten. Laat haar vooral niet te lang wachten.'

'Godsamme.' Hij zei het met minder overtuiging dan anders. 'Ik heb het gevoel alsof ik door een Ferrari ben overreden.'

'Maar het was de moeite waard er zo dichtbij geweest te zijn, toch? Nou, onthoud dat je tegen niemand iets zegt over wat we zojuist hebben gehoord.' Ik hield de deur voor hem open.

'Maak je geen zorgen. Ik zou het niet eens kunnen als ik het zou willen.' Terwijl hij wegliep, hoorde ik hem mompelen, in alle ernst: 'Sommige dingen zijn gewoon te tragisch om hardop te zeggen.'

16

'En dat,' merkte Derwent op, 'is nou precies waar we behoefte aan hebben.'

'Dat' was Philip Kennford, die met opeengeklemde kaken over de afdeling beende, op weg naar Godleys kantoor. Ik zakte een stukje naar beneden in mijn stoel, waarbij ik me niet helemaal achter het computerscherm verstopte, maar beslist probeerde zijn aandacht niet te trekken. Derwent was nog minder subtiel: hij dook onder het bureau tegenover dat van mij alsof hij iets had laten vallen. Ik rolde mijn stoel naar achteren zodat ik hem kon zien.

'Blijf je daar tot hij weer weg is?'

'Als het moet.'

'Ik weet dat hij je heeft geslagen, maar ik had niet gedacht dat je bang voor hem zou zijn.'

'Ben ik ook niet.' Derwent wees op zijn horloge. 'Het is bijna acht uur. Ik ben moe, ik ben het papierwerk zat en ik heb honger. Ik heb geen trek in een scheldpartij met die eikel daarbinnen.'

'Of nog een knokpartij.'

'Wat er de vorige keer is gebeurd, is het woord "knokpartij" volgens mij niet waard. Hij haalde naar me uit toen ik niet keek.'

'Het was niet eerlijk.'

'Nee.' Derwent kneep zijn ogen argwanend samen. 'Lach je me nou uit?'

'Zeker niet. Ik zou niet durven. Ook al zit je ineengedoken naast de prullenbak.'

'Zodra ik tevoorschijn kom, ben ik de pineut.'

'Je bent paranoïde.' Ik keek in de richting van Godleys kantoor. 'De deur is dicht. Je zou je uit de voeten kunnen maken nu hij nog daarbinnen is.'

'Waarom heb je dat niet eerder gezegd?' Derwent kroop achterwaarts onder het bureau vandaan en klopte zijn knieën af. 'Jezus, wat is het daaronder smerig.'

'Die schoonmakers van tegenwoordig…'

'Geef hun niet de schuld, schat. Het zijn jouw kruimels.'

'Ik eet niet aan mijn bureau,' zei ik waardig. 'De laatste die hier wat heeft zitten eten ben jij. Ik hoef geen forensisch specialist te zijn om te weten dat daar de restjes van jouw hotdog liggen.'

Hij tuurde naar de grond. 'Je zou weleens gelijk kunnen hebben.'

'Ik weet het zeker. Ik heb je die kruimels zien morsen.'

Derwent pakte zijn jasje en zwaaide het over zijn schouder, met zijn vinger in het lusje. De mouwen van zijn overhemd waren opgerold, zijn stropdas zat in een broekzak gepropt. Hij leek wel een figurant uit een B-versie van *Miami Vice*. 'Oké dan. Werken is voor losers. Ik ben er de rest van de dag niet.'

Godleys timing was feilloos. 'Josh? Kom even binnen. Jij ook, Maeve.'

Derwent liet zijn schouders hangen. 'O shit. Ik wist dat dit zou gebeuren.'

'Kom op. Tijd voor de revanche.' Ik liep voor hem uit naar Godleys kantoor; ik wilde het maar liever achter de rug hebben. De chef had vermoeid geklonken, maar niet kwaad, en dat beschouwde ik als een goed teken. Het kon heel goed zijn dat hij zijn ergernis over mij al had afgereageerd toen hij me eerder vandaag op mijn kop had gegeven vanwege Savannah, overigens niet geheel terecht. Ik baalde wel van mezelf dat ik het me aantrok, maar ik kon niet doen alsof het me niks deed dat ik op Godleys zwarte lijst stond. Ik wilde dat hij me respecteerde als lid van het team, en me niet zag als een mooie manier om de diversiteit in zijn team te waarborgen. Maar op sommige dagen leek dat een nutteloos streven. Het had er alle schijn van dat vandaag zo'n dag was.

Zodra ik de drempel over stapte, voelde ik al wat voor sfeer er in de kamer hing. Kennford stond met fronsende blik bij Godleys prikbord. Hij wierp me een vluchtige blik toe en begon weer de close-ups van dode gangsters te bekijken. Hij was formeler gekleed dan gewoonlijk, alsof hij van de rechtbank kwam, hoewel hij zo te zien niet al uren in deze kleding rondliep. De pasvorm van zijn zwarte krijtstreeppak gaf hem een perfecte V-vormige rug en liet zijn lengte goed uitkomen. Die is eropuit indruk te maken, concludeerde ik, en ik vroeg me af wat hij te melden had.

'Neem plaats, Maeve. Josh, schiet eens op.' Godley was al achter zijn bureau gaan zitten. Derwent nam ruim de tijd om het kantoor binnen te komen en deed overdreven zachtjes de deur achter zich dicht. Het was niet bepaald zo dat er nog veel mensen waren die gestoord konden worden; het gebouw was aan het eind van de dag al leeggelopen.

Godley leunde op zijn bureau en bedekte zijn gezicht met gespreide vingers, dus kon ik alleen maar raden hoe hij keek. 'De heer Kennford is hier omdat hij een officiële klacht tegen jullie wil indienen.'

'En waar gaat het precies om?' wilde Derwent weten, terwijl hij als een tegendraadse puber in de stoel naast mij neerplofte.

'Het gaat erom dat mijn dochter straks in een omgeving terechtkomt die niet geschikt voor haar is.' Kennford draaide zich om en keek Derwent kwaad aan. Zijn handen hadden zich tot vuisten gebald, zag ik. Ik zag ook dat ik me tussen beide mannen in bevond. Ik wilde dat ik een andere plek had uitgekozen om te gaan zitten. 'Wie bent u om zulke beslissingen voor haar te nemen?'

'Ik heb geen beslissingen voor haar genomen. En rechercheur Kerrigan ook niet. Uw andere dochter vroeg of ze Lydia onderdak mocht bieden. Ik heb simpelweg contact opgenomen met uw schoonzus en het aanbod overgebracht.'

'Ik neem aan dat ze er niet lang over hoefde na te denken.'

'Nou, ze zei dat Lydia het zelf moest weten. Ze zei dat het haar niet uitmaakte.'

Ze had heel wat meer gezegd, wist ik toevallig. Ze had zich omstandig uitgelaten over de druk die op haar gezin rustte met Lydia daar in huis, de constante overlast van de media, het ongemak van Lydia's vervoer wanneer haar snijwonden in het ziekenhuis verzorgd moesten worden, en de frustratie over de tijd die het kostte een ander adres voor Lydia te vinden. Ze was een drukbezette vrouw en Lydia had meer nodig dan zij haar kon geven. Het was moeilijk te begrijpen waarom Lydia bij haar tante beter af zou zijn dan bij haar halfzus, maar ik wilde graag horen hoe Kennford dat zou rechtvaardigen.

'Ja, waarom zouden we het niet aan een zichzelf verwondend, diepbedroefd vijftienjarig meisje overlaten om te beslissen waar ze naartoe gaat en wat er met haar gebeurt?' Kennford ging met zijn handen door zijn haar. 'Waarom ben ik de enige die dit als een probleem ziet?'

'Misschien omdat u de enige bent die niet veel op heeft met haar halfzus.' Het was niet mijn bedoeling geweest vinnig te klinken, maar Kennford keek me woedend aan.

'U weet niet waar u het over hebt.'

'Ik weet dat Savannah haar de gelegenheid heeft geboden om aan haar dagelijkse routine te ontsnappen, en dat is waarschijnlijk wat ze nodig heeft. Ik weet dat Lydia er snel mee instemde. Ik weet zeker dat Lydia een hoop liefde en aandacht nodig heeft na wat er met haar is gebeurd. Hebt u overigens nog kans gezien haar op te zoeken in het ziekenhuis? Of had u het te druk?' Ik was te kwaad op Kennford om me af te vragen of wat ik zei wel gepast was.

'Ze was al uit het ziekenhuis ontslagen voordat ik de kans kreeg. Ik was in de rechtbank.'

'Ze is er tot de volgende dag gebleven. De rechtbank gaat dicht om vier uur 's middags.'

'Ooit gehoord van bezoekuren?'

'Die hadden voor u niet gegolden. U bent haar vader.'

'Nou, dat wist ik niet.'

'Omdat u geen moeite hebt gedaan om erachter te komen.'

'Zo is het wel genoeg, Maeve.' Godleys stem klonk ijl van vermoeidheid.

'O ja?' Ik wees met mijn duim in Kennfords richting. 'Hij is hiernaartoe gekomen om erover te klagen dat we een onderkomen voor Lydia hebben gevonden, en zelf heeft hij niet eens de moeite genomen om naar haar toe te gaan nadat ik hem had verteld over haar verwondingen. Ik vind dat niet oké. U wel?'

'Oké of niet, meneer Kennford is hier omdat hij zich oprecht zorgen maakt over de veiligheid van zijn dochter.'

'Wat voor zorgen?' Ik keek Kennford weer aan. 'Denkt u dat Savannah iets met de moorden te maken heeft gehad?'

'Dat heb ik niet gezegd,' snauwde hij.

'Als u zich zorgen maakt over haar eventuele betrokkenheid, zult u ons toch moeten vertellen waarom.' Ik vouwde mijn armen over elkaar. 'U hebt ons in het duister laten tasten, meneer Kennford. U hebt ons niet eens verteld over uw andere dochter. U weet meer dan u deed voorkomen. Als u werkelijk denkt dat Lydia in gevaar is, moet u nu openheid van zaken geven.'

'Ze had een alibi.' Derwent geeuwde uitvoerig nadat hij dit had gezegd, zonder de moeite te nemen zijn hand voor de mond te doen.

'Wie?' vroeg Godley.

'Savannah. Ze was thuis met haar partner.'

Ik keek naar Kennfords gezicht en zag zijn oogleden trillen bij dat laatste woord. 'Gaat het u daarom? Bent u bang dat ze van Lydia ook een…'

'Hé,' onderbrak Derwent me op afkeurende toon. 'Je weet best dat we daar niet over mogen praten.'

'Ik ben er zeker van dat hoofdinspecteur Godley het niemand anders zal vertellen.'

'Zo komen die dingen toch altijd uit. Je belooft iets niet te zeggen, maar dan vertel je het aan iemand die je vertrouwt, en die vertelt het weer aan iemand anders, en voor je het weet is het algemeen bekend.'

'Zou iemand me willen vertellen waar dit over gaat?' zei Godley op een toon die deed vermoeden dat zijn geduld bijna op was.

'Meneer Kennford heeft een probleem met de seksuele geaardheid van zijn oudste dochter. Savannah heeft een vriendin. Maar dat is een geheim.' Derwent legde zijn vinger tegen zijn lippen.

'Ik heb er geen probleem mee.' Kennfords stem klonk gepijnigd.

'U bent een enorme homofoob, meneer Kennford. Maar dat is prima, hoor. Ik zou ook niet blij wezen als mijn prachtige dochter een beffertje bleek te zijn.'

'In godsnaam, moet u nou echt zulke grove woorden in de mond nemen?'

'Dat doe ik niet in Zijn naam,' zei Derwent plechtig. 'Ik vind het gewoon leuk.'

Kennford keek Godley weer aan. 'Hoor eens, ik doe een beroep op u als vader. Ik wil niet dat Lydia bij haar halfzus is. Ik wil niet op de redenen ingaan, maar ik geloof niet dat het een goede omgeving voor haar is. Ik wil dat u dit een halt toeroept voordat het nog verder gaat.'

Godley schudde zijn hoofd. 'Het is een familiekwestie, meneer Kennford. We moeten weten waar Lydia is en dat ze daar veilig is, maar afgezien daarvan houden we ons niet bezig met haar leven. Wij zijn van de politie, geen maatschappelijk werkers. Als u reden hebt om aan te nemen dat mevrouw Wentworth een bedreiging vormt voor uw dochter, vertel ons dat dan. Als u kunt bewijzen dat mevrouw Wentworth iets te maken heeft gehad met de moord op uw andere dochter en uw vrouw, dan zeg ik nóg maar eens dat ik hoop dat u ons dat vertelt. Maar u kunt niet van ons verwachten dat we ons mengen in een familievete.'

'Dat doet u wel als het u goed uitkomt, heb ik gemerkt.' Kennford draaide zich om en staarde weer naar het prikbord. Ik had de indruk dat hij het niet echt zag. 'Wat raadt u me nu aan?'

'Praat met Lydia. Bespreek uw zorgen met haar, als u dat wilt.' Godley ondersteunde zijn hoofd met zijn hand alsof hij het niet langer rechtop kon houden. 'Waar verblijft u momenteel, meneer Kennford? Nog steeds in The Temple?'

'Nee. Bij een kennis.'

'Is het een geschikte plek voor uw dochter?'

Hij weifelde, maar koos voor de waarheid. 'Niet echt. Ze zouden er geen van beiden vrolijk van worden. Het is toevallig een vrouwelijke kennis.'

'Een goede kennis?' Het kon niet zo zijn dat Derwent een antwoord verwachtte, en dat kreeg hij ook niet, tenzij je de opengesperde neusgaten van Kennford als zodanig interpreteerde.

'Nou, aangezien u haar zelf geen veilig thuis kunt bieden,' zei Godley vriendelijk, 'is het misschien wel het beste dat ze bij een familielid is. Iemand die qua leeftijd dichter bij haar staat dan haar tante.'

'Denkt u dat?'

'Zolang er niets is wat wijst op het tegendeel, ja.'

'Wie is die kennis bij wie u verblijft?' wilde Derwent weten.

'Niet iemand die u kent.'

'Misschien een van uw voormalige cliënten?'

Kennford verstijfde. 'Wat bedoelt u daarmee?'

'Wij, rechercheur Kerrigan en ik, hebben een interessant gesprek gevoerd met een van uw ex-vriendinnen. Ene mevrouw…'

'Adamkuté,' vulde ik aan. Derwent kon of wilde niet op haar naam komen, zelfs niet om het genoegen te smaken aan Kennford te onthullen dat we van haar wisten.

'Niele?' Kennford leek even flink van zijn stuk gebracht en probeerde vervolgens te glimlachen. 'Waar hebt u die opgeduikeld?'

'Dat gaat u niet aan.' Derwent fronste zijn wenkbrauwen en krabde eens aan zijn hoofd, met een quasibedenkelijke blik. 'Zegt u eens, het was niet echt ethisch wat u met haar hebt gedaan, toch?'

'Het was een privékwestie. Er is niets gebeurd zolang ze mijn cliënt nog was. Het enige punt van belang is hoe we elkaar hebben ontmoet, maar heel veel mensen krijgen een relatie met iemand die ze in de werksfeer leren kennen.'

'U hebt verdomd veel geluk gehad dat ze nooit een officiële aanklacht tegen u heeft ingediend.' Derwent keek me aan. 'Had jij het gevoel dat ze nog steeds een tikje pissig was, Maeve? Want ik kreeg de indruk dat ze maar een klein beetje aangespoord hoefde te worden om er alsnog werk van te maken.'

'Daar zou je weleens gelijk in kunnen hebben.'

'Denk je dat we misschien weer eens bij haar langs moeten gaan om met haar te praten? Misschien eens nagaan hoe ze zich voelt sinds wij alles weer hebben opgerakeld?'

'U kunt spelletjes met me spelen wat u wilt, maar u kunt niet doen alsof Niele geen crimineel is. Niemand zal ook maar iets geloven van wat ze zegt.' Kennford had een kleur gekregen.

'Ho eens even, meneer Kennford. Niks crimineel. Alle aanklachten tegen haar zijn ingetrokken, toch? Dankzij uw briljante verdediging, naar het schijnt.'

'En het feit dat ze mensen afperst? Hoe zou dat vallen?'

Derwent trok zijn schouders op. 'Zegt u het maar. Hebt u haar destijds aangegeven?'

'Nee.'

'Hebt u haar zelf ook geld gegeven?'

Er trilde een spiertje in Kennfords kaak terwijl hij zijn kiezen op elkaar klemde. 'Vita heeft haar betaald.'

Derwent schudde mismoedig zijn hoofd. 'Maar Vita is niet meer zo'n geweldige getuige, hè? Niele kan beweren dat ze het geld als een gift heeft gekregen. Het is waarschijnlijk een verweer waar u best wat mee zou kunnen, als u haar advocaat was.'

'Ze is verslaafd aan drugs. Wist u dat? En ze gaat met de verkeerde mensen om. Zware criminelen, bedoel ik. Lieden die geweld gebruiken zoals dat daar.' Hij wees naar het prikbord met foto's dat achter hem hing, een symfonie van grijs en rood. Van een afstandje vervaagden de foto's tot één beeld. Bloed op straat zag er vaak hetzelfde uit, ongeacht wie het had vergoten.

'Dat ze een junkie was en zich met boevenbendes inliet – dat heeft u er allemaal niet van weerhouden haar suf te neuken,' merkte Derwent op.

'Dat was stom van me, dat geef ik toe. Maar afgezien van die beoordelingsfout heb ik niets verkeerd gedaan. Het was met wederzijds goedvinden en er kwam een einde aan. Ze doet er precies zo redelijk over als te verwachten valt, gezien het feit dat ik haar heb gedumpt. Zeg nou niet dat u in haar verhaal bent getrapt van "hij heeft me gebruikt", want dat is bullshit.'

'Ze is wel zwanger geworden, toch?' Derwent zoog door zijn tanden lucht naar binnen. 'Ik zou denken dat u voorzichtiger geweest zou zijn, met het oog op alles wat u over haar achtergrond wist en zo.'

'Een ongeluk zit in een klein hoekje.'

'En zo'n ongelukje brengt een medisch rapport voort dat haar zaak zal versterken.'

'Ze heeft geen DNA-test gedaan.'

'Hoe weet u dat?' Derwent liet zijn zogenaamd joviale houding varen. 'Luister goed, meneer Kennford. U komt hiernaartoe en dreigt een formele klacht tegen ons in te dienen terwijl we gewoon ons werk doen. Dan kunt u dus dezelfde bejegening verwachten. Wilt u hiermee doorgaan, doe dat dan gerust. Maar dan ga ik persoonlijk langs bij uw lieftallige Litouwse en blijf ik bij haar terwijl ze haar brief aan de Orde van Advocaten schrijft, om haar te helpen met de spelling van alle lange woorden. En al geloof ik zelf misschien niet dat u haar gebruikt hebt, ik denk dat ze de Orde daar wel van weet te overtuigen.'

'U bent een húfter.' Kennford beefde van woede.

'Nee, meneer Kennford, ik ben een smeris die probeert te achterhalen wie uw vrouw en dochter heeft vermoord, en ik doe mijn best om me niet te laten ontmoedigen door uw ronduit ergerlijke gedrag. Zij hebben recht op antwoorden, en Lydia ook.'

'En waar heb ik recht op?'

'O, meneer Kennford. U verdient uw geld met vragen stellen. U zou beter moeten weten.' Derwent schudde zijn hoofd en grijnsde breeduit. 'Ik kan het u wel gaan vertellen, maar dan zitten we hier om middernacht nog.'

'Was dit alles, meneer Kennford?' Godley was net zo wellevend als altijd, uiterst beleefd, in tegenstelling tot zijn inspecteur. 'Of is er nog iets anders waarover u ons wilde spreken?'

'Er is wel één ding.' Hij stak zijn hand in zijn jasje en nam er een envelop uit, die hij over de tafel in de richting van Godley smeet. 'Ik wil dat u een praatje gaat maken met deze lul.'

'Wat is dat?' Derwent rekte zich uit om er een blik op te werpen.

'Een condoleancekaart.' Kennfords kaken waren op elkaar geklemd. 'Die zat vanochtend bij de post.'

'Op welk adres? Uw huis?' vroeg Godley.

'Op kantoor.'

Godley opende de kaart om hem te lezen, zodat ik de afbeelding op de voorkant kon zien: een witte lelie die tegen een kruis leunde. 'Met oprechte deelneming' stond erboven, in een boog van zilveren cursieve letters. Het geheel was bepaald niet smaakvol te noemen. '"Mijn innige deelneming met uw verlies. Jezus zal voor hen zorgen, en Hij zal ook voor u zorgen, als u Hem toelaat in uw hart. Misschien is dit een gelegenheid voor u om tot Hem te komen. Ik hoop dat u het geluk zult vinden. C. Blacker." Weet u wie dat is?'

'Ja, en dat zou u ook moeten weten,' snauwde Kennford.

'Christopher Blacker,' legde ik uit, niet echt verrast dat de chef zijn naam was vergeten. 'Hij was ontevreden over het werk van meneer Kennford, die hem heeft vertegenwoordigd nadat hij was aangeklaagd wegens verkrachting. We hebben hem gisteren gesproken.'

'En hem vermoedelijk verteld wat er is gebeurd. Zodat ik van die belerende shit moet pikken.' Kennford wees ernaar met een trillende vinger. 'Zeg hem dat hij me goddomme met rust moet laten.'

'Neem het anders gewoon voor wat het is, kerel. Vergiffenis, mede mogelijk gemaakt door Clinton's Cards.' Derwent trok de kaart uit de handen van de hoofdinspecteur, zodat hij hem zelf kon lezen. 'Zou hij het serieus bedoelen of u in de zeik nemen? Hij heeft ons verteld dat hij christen is. Misschien meent hij het wel echt.'

'Het kan me niet schelen of hij het echt meent of niet. Ik beschouw het als getreiter. Ik wil niets met hem te maken hebben en ik zou het op prijs stellen als u hem dat laat weten.'

'Ik zal met hem praten,' zei Derwent, die niet de indruk maakte dat hij het erg urgent vond. Maar ik vermoedde dat dat effectbejag was – het zat hem vast meer dwars dan hij aan Kennford liet blijken. Ik zat er zelf ook mee. Er was iets aan de hand met die Chris Blacker; iets met stille wateren en diepe gronden. Kennford een kaart sturen was in mijn beleving een passief-agressieve daad, maar wel een waarmee hij bewust de aandacht naar zich toe trok, en dat kon niet de bedoeling zijn als hij de moordenaar was.

Aan de andere kant was Blacker beslist slim genoeg om een paar staaltjes dubbele bluf weg te geven.

'Mag ik deze houden?' vroeg Derwent, en hij wapperde met de kaart.

'Het maakt me niet uit wat u ermee doet. Ik hoef hem in elk geval niet te hebben.' Kennford zag er geërgerd uit. 'Hoor eens, gaat u mijn dochter nu helpen of niet?'

'U hebt ons geen reden gegeven om haar wensen te negeren. Voor zover wij weten gaat ze naar een veilige plek waar ze ook graag wil zijn.'

Kennford vloekte binnensmonds, maar zei niets.

'Luister nou, meneer Kennford, ik wil niet dat het welzijn van Lydia op het spel komt te staan. Ik vraag u nog eens of er een specifieke reden is waarom ze niet bij uw andere dochter zou kunnen logeren.'

Het was even stil voordat Kennford zijn hoofd schudde.

'Dan is er verder niets wat ik kan doen.'

De advocaat keek ons om de beurt aan, maar weer met die nietsziende blik die me de indruk gaf dat hij er niet helemaal bij was. Met waardige tred liep hij naar de deur en verliet hij het kantoor.

'Dank u voor uw tijd,' riep Derwent hem na. 'Kom vooral nog eens langs, wanneer u maar wilt.'

'Josh, moet ik je nu echt zeggen dat je hem niet op stang mag jagen?' Godley slaakte een zucht. 'Hoor eens, jullie twee, ik hoop dat jullie weten wat je doet. Is Lydia veilig daar waar ze naartoe gaat?'

'Voor zover ik weet wel,' zei ik. 'Als Savannah toneelspeelt, doet ze dat verdomde goed. Ik dacht dat ze oprecht en eerlijk was.'

'Ik ook. En u weet dat ik nooit denk dat iemand eerlijk is,' voegde Derwent eraan toe.

'We hebben trouwens aangeboden Lydia morgen naar Savannahs huis te brengen, dus dan krijgen we de kans om te zien hoe die twee met elkaar overweg kunnen.'

'Waarom hebben jullie besloten dat te doen?' vroeg Godley.

'Voornamelijk om een kijkje te kunnen nemen rond het huis van Savannah Wentworth,' gaf ik toe. 'Maar ook zodat we in de auto met Lydia kunnen praten. Ik dacht dat de druk wat minder zou zijn als ze ons niet hoeft aan te kijken, en dat ze daardoor misschien wat meer los zou laten.'

'Denk je dat ze jullie meer te vertellen heeft?'

'Daar ben ik zeker van.'

Derwent gaapte opnieuw. 'Waar zou hij mee in zijn maag zitten?'

'Kennford? Geen idee. Maar we kunnen zijn zorgen niet serieus nemen tot hij bereid is met ons te praten.' Godley schudde zijn hoofd. 'Als hij meteen al meer over Lydia's veiligheid had ingezeten, zou ik nu misschien wat meer begrip tonen. Maar hij nam niet eens de moeite om haar op te zoeken in het ziekenhuis. Dat kan ik niet begrijpen.'

'Als het uw dochter was geweest, had u zich nergens door laten weerhouden.'

Godley gaf geen antwoord, maar zijn gezicht kreeg een harde uitdrukking, en ik herinnerde me dat zijn dochter tot de verboden onderwerpen behoorde. Derwent besefte kennelijk dat hij een fout had gemaakt, want hij ging verder over iets anders. 'Ik bel Blacker wel. Om hem te vertellen dat hij zich met zijn eigen zaken moet bemoeien.'

'Vind je het vreemd dat hij die kaart heeft gestuurd?' vroeg Godley.

'Nogal, ja. U niet dan?' Derwent schoof de kaart in een plastic zakje en hield dat voorzichtig vast. 'Er is niet zo zorgvuldig omgesprongen met dit bewijsstuk als wenselijk is, maar ik zal het aan Kev Cox geven. Eens kijken of hij het kan gebruiken om te vergelijken met het materiaal dat hij uit het huis in Wimbledon heeft gehaald.'

'Goed idee.'

'Er is nog een mogelijke reden waarom Kennford hier is komen opdagen om tegen ons tekeer te gaan,' zei ik.

'Wat dan?' vroeg Godley.

'Om uit te vissen wat we tot nu toe te weten zijn gekomen. Om ons op een dwaalspoor te brengen, voor het geval we op de goede weg waren. Om ons in verwarring te brengen en ons Savannah te laten wantrouwen in plaats van hem.'

'Wantrouwen jullie hem nog steeds?'

'Ik zou niet weten waarom niet.' Derwent tikte met de rand van het plastic zakje op het bureau en dacht erover na. 'En niet alleen omdat ik niet veel op heb met het werk dat hij doet. Ik mocht hem meteen al niet.'

'Jij mag niemand,' merkte ik op.

'Klopt. Maar ik weet het wanneer iemand me probeert te belazeren. En dat heeft hij voortdurend gedaan, van het begin af aan.' Hij wees met zijn duim in de richting die Kennford uit was gegaan. 'Geloof me, we kennen nog maar de helft van het verhaal. En als we de rest te horen krijgen, neem dat maar van mij aan, dan hebben we de zaak rond.'

Ik heb geen idee hoe het kwam, maar uiteindelijk vroeg ik Derwent of hij zin had mee te gaan om wat te drinken. Het had iets te maken met de manier waarop hij zat te treuzelen aan zijn bureau en doelloos door wat mappen bladerde. Ik kreeg de indruk dat hij eigenlijk niets had om naartoe te gaan na het verlaten van het bureau, ondanks zijn eerdere haast om weg te komen. Of ik daar nu gelijk in had of niet, hij had al gezegd dat hij mee zou gaan voordat ik mijn ietwat onhandige uitnodiging kon afmaken.

'Ik weet helemaal niet of het een leuke pub is,' zei ik nog toen we halverwege richting London Bridge in een volgepakte metro zaten. 'Of hoe het gezelschap zal zijn. Ik heb er nog niet eerder iemand ontmoet.'

'Het zijn de nieuwe collega's van Rob, toch? Ik ken wel wat jongens van de Flying Squad. Zit maar niet over mij in. Je hoeft m'n handje niet vast te houden.'

'Echt niet.' Ik hoefde niet eens te doen alsof ik het idee verschrikkelijk vond.

Derwent liet een zware arm rond mijn schouders vallen. 'En jij hoeft ook geen muurbloempje te zijn. Blijf jij maar bij je ome Josh, dan zorg ik ervoor dat je het leuk zult hebben.'

'Jij hoeft er heus niet voor te zorgen dat ik het leuk zal hebben.' Ik gebruikte het geschommel van het treinstel, dat over een hobbelig stuk spoor ratelde, om onder zijn arm uit te komen. 'Ik vond gewoon dat je wel een drankje verdiende, dat is alles. Het zijn een paar zware dagen geweest.'

'En dan weet je de helft nog niet.'

'Ik hoef geen bijzonderheden te weten over je privéleven. Laat dat vooral duidelijk zijn.'

'Natuurlijk ben je nieuwsgierig. Waarom ook niet? Nu je zo nauw met me samenwerkt, vraag je je vast af en toe wel af wat er in mijn hoofd omgaat. Aan wie ik denk. Wat ik 's avonds zoal doe, als we niet samen zijn.'

'Nee, eigenlijk niet.' We reden een station binnen en ik keek even om te zien waar we waren. 'Waterloo. O, shit, het perron staat helemaal vol.'

'Dat wordt dringen.' Terwijl Derwent het zei, begon een grote stroom mensen zich langs ons te wurmen op weg naar de deuren. Ik draaide mijn hoofd opzij, hevig in verlegenheid gebracht toen de inspecteur zich tegen me aan drukte. 'Het is niets persoonlijks, Kerrigan.'

'Natuurlijk niet.'

'Toch heb ik in de metro wel ergere dingen meegemaakt.'

'Ik weet niet of dat ook voor mij geldt.' Ik vertikte het om oogcontact met hem te maken op een afstand van vijftien centimeter, ook al voelde ik dat hij van opzij naar mijn gezicht staarde. Achter hem werd het treinstel steeds voller. De passagiers die hadden staan wachten dromden naar binnen, ook al klonken er al piepjes om te melden dat de deuren op het punt stonden te sluiten. Derwent barstte in lachen uit en bewoog iets terug toen de deuren eindelijk dichtschoven en een perron vol verongelijkte gezichten achterlieten.

'Je had jezelf moeten zien kijken. Eén brok ellende.'

'Het is hier zo ongeveer vijftig graden en ik sta noodgedwongen lijf aan lijf met mijn meerdere. Waarom ben je überhaupt verbaasd dat ik me ellendig voel?'

'O, dat ben ik niet echt. Het moet wel een marteling voor je zijn om zo dicht bij me te staan.'

'Dat is het ook,' zei ik gemeend. 'Maar niet op de manier die jij denkt, daar ben ik vrij zeker van.'

'Er altijd maar tegen aan het vechten, hè?'

'En dat blijf ik doen.'

'Tja, je wilt natuurlijk niet de naam krijgen dat je met je collega's het bed in duikt.'

'Dat is dan ook de enige reden waarom ik niet in de verleiding kom, kan ik je zeggen.'

Derwent grijnsde, want hij wist heel goed dat ik er niet over piekerde iets met hem te beginnen. 'Oké. Nou, laten we blij zijn dat we niet op het bureau zitten en dat we die klotezaak even achter ons kunnen laten. Het eerste rondje is van mij.'

Hij was een man van zijn woord en vocht zich een weg naar de bar toen we uiteindelijk uit de ondergrondse waren gekomen en de drukke pub hadden gevonden. Op straat stond het vol dronken figuren die te hard praatten en rookten alsof hun leven ervan afhing. Binnen was het nog warmer, maar het ontbreken van de rooklucht was prettig. Ik kon me maar amper voorstellen hoe het hier geweest moest zijn in de tijd voor het rookverbod. Ik drong me door de mensenmassa heen om te gaan staan op wat het enige vrije plekje in de hele bar leek te zijn, en ik checkte mijn telefoon. Terwijl ik mijn berichten las, landde er een groot, beslagen glas gin op de plank naast mij, met tinkelende ijsblokjes. Er volgde een flesje.

'Tonic. Zelf toe te voegen. Ik zou maar zo weinig bijschenken als je kunt verdragen, en dan maar zien wat de avond brengt.'

'Geweldig advies.' Na die reis had ik verschrikkelijke dorst; ik schonk het hele flesje leeg in het glas en klokte het in één keer achterover. Ik kwam naar adem snakkend weer boven. 'Was dat een dubbele?'

'Jazeker.' Derwent gaf me nog een glas, dat hij onder zijn arm had gestopt. 'Hier heb je er nog eentje.'

'Ik ben liever niet stomdronken als ik Robs collega's ontmoet, dank je vriendelijk.'

'Ook best.' Derwent had voor zichzelf een biertje in de aanslag als opvolger van het glas in zijn hand. 'Zijn ze er al?'

'Rob heeft me net een sms'je gestuurd. Ze schijnen in de achterkamer te zijn. Ik heb helemaal geen zin me daarnaartoe te worstelen. Ik heb gemeld dat we hier wachten tot het wat minder druk is.' Ik keek rond. 'Dit zijn na-het-werk-borrelaars. Die krijgen nu trek, en hier wordt geen eten geserveerd. Ik neem aan dat het over een halfuur al heel wat beter is.'

Het was een vrij kleine pub, een vreemde combinatie van zuiplokaal en hippe bar. Ik vermoedde dat de boel onlangs heringericht was, en dat de kleine kandelaars, blauwfluwelen muurbanken en houten vloer nieuw waren. De grote mahoniehouten bar was dat duidelijk niet, met al die deuken en krassen van generaties drinkers. Aan beide kanten van het vertrek hingen spiegels, die de weerspiegeling van een massa opeengepropte, luidkeels schreeuwende mensen verdubbelden. Ik rekte me uit om de ruimte achter te kunnen zien, en ik kreeg vaag de indruk dat het daar nog drukker was dan in ons gedeelte. Ik zag Rob nergens.

'Hoe laat waren ze hier?'

'Een uur geleden.'

'Uitstekend. Dan zijn ze vast al lekker aangeschoten. Niemand zal er nog aan denken discreet te zijn.' Derwent pakte zijn tweede glas. 'Kom op. Ik zou mijn tijd kunnen verdoen door met jou te praten, maar er wacht roddelpraat. Wie niet waagt, die niet wint.'

'Ga jij maar voor,' drong ik aan.

'Verlegen?'

'Nee, maar jij bent breder dan ik en mensen gaan voor jou waarschijnlijk sneller opzij.'

'Juist. Volg me maar op de voet.'

Ik deed wat hij zei en bleef vlak achter hem lopen terwijl hij zich een weg baande door de menigte, waarbij hij een reeks wankelende en geërgerde drinkers achter zich liet. Toen hij de deuropening naar de achterkamer had bereikt, stopte hij abrupt, zodat ik tegen hem aan botste. Ik leunde naar voren en zei in zijn oor: 'Wat is er? Zie je ze niet?'

In plaats van te antwoorden draaide hij zich om, en het was alsof er een knop was omgegaan in zijn hoofd. De joviale collega was verdwenen; hij was weer die nogal norse superieur die me altijd zo onzeker maakte. 'Hoor eens, ik heb tot nu toe een oogje toegeknepen, maar ik kan het niet langer door de vingers zien. Dit is onprofessioneel gedrag en dat had ik niet van je verwacht.'

'Hè?'

'Het getuigt van weinig verantwoordelijkheidsgevoel om uit drinken te gaan nu we midden in een grote zaak zitten. Twee zaken, als je de situatie met die bendes meerekent. Het kan zijn dat ik daar nog op word gezet, en ik wil niet dat de zaak-Kennford wordt vergeten, ook al maak jij je kennelijk niet druk over het feit dat we een dubbele moord moeten oplossen.'

'Waar heb je het over?' Ik keek hem verbijsterd aan.

'Het valt me gewoon tegen hoe onprofessioneel je bent.'

'Onprofessioneel?' herhaalde ik verdwaasd.

'Je kunt op je werk niet op je best zijn als je moe bent en een kater hebt.'

'Nee, maar ik was ook niet van plan er een latertje van te maken.' *En jij was degene die dubbele gins had gehaald...*

'Je moest maar eens opstappen.' Hij kwam naar voren, zodat ik een pas naar achteren moest zetten. 'Wij allebei. Het beste wat je kunt doen is teruggaan naar kantoor en de verslagen van de verhoren nog eens lezen. Ik wil dat daarover morgenochtend een rapport op mijn bureau ligt – met alles wat je dwarszit, alle belangrijke punten waarvan je vindt dat we ons er opnieuw in moeten verdiepen.'

'Ik begrijp het niet. Wat is er aan de hand, Josh?'

'Je moet het zelf weten. Als je wilt bewijzen dat je je baan serieus neemt, vertrek je nu. Zo niet...' hij haalde zijn schouders op. 'Dan weet ik waar ik met je aan toe ben.'

Waarschijnlijk was het de gin die maakte dat alles maar langzaam tot me doordrong. Derwent had me weg gemanoeuvreerd van de achterkamer terwijl hij aan het praten was, maar ik was langer dan hij en ik had er over zijn schouder nog steeds zicht op.

Het gevolg was dat ik mijn vriend zag zitten in de hoek van het vertrek, met zijn rug naar me toe. Achter hem stond een blonde vrouw met een zandloperfiguur dat werd geflatteerd door een strakke rok en blouse. Zonder dat iemand aan de tafel het kon zien, gleed ze met haar hand langs zijn nek en schouder naar beneden, in een gebaar waar vertrouwde genegenheid en intimiteit uit sprak. Ik was er vrij zeker van dat ik haar herkende van de foto's die ik de vorige avond had gezien. Robs oren waren rood en terwijl ik keek, leunde hij naar voren zodat zijn ellebogen op zijn knieën rustten en hij van haar af bewoog.

Maar ja, hij wist dat ik ook in de pub was. En hoeveel plezier hij achter mijn rug om ook mocht hebben, hij zou toch liever niet worden betrapt.

Derwent had mijn gezichtsuitdrukking kennelijk zien veranderen. Hij waagde een blik over zijn schouder en keek me toen weer aan. 'Ah. Je hebt ze gezien.'

'Inderdaad.'

'Het was een poging waard.'

'Om Rob uit de problemen te houden? Tof van je. Tja, ik neem aan dat het zo werkt, hè. Jullie kerels spelen onder één hoedje en proberen ons voor de gek te houden. Wij zijn tenslotte maar domme mokkels. We mogen verwachten dat we zo worden behandeld.'

'Dat was niet mijn bedoeling.' Derwent schudde zijn hoofd. 'O shit. Ik moest maar eens gaan. Wat ben jij van plan?'

'Ik weet het niet precies. In elk geval mijn territorium afbakenen, verdomme.'

'Maar ga geen stennis schoppen.'

'Waarom niet?'

Op Derwents gezicht stond een mij onbekende blik, een blik die ik langzaam herkende als medeleven. 'Nou, als ik me niet vergis, is Blondie namelijk Robs chef. Dus jij mag dan de officiële vriendin zijn, maar je bent niet in het voordeel, lijkt me. En waar ze ook op uit is, misschien moet je in zijn belang op je tong bijten. Als je echt om hem geeft, bedoel ik.'

Ik dacht dat dat het laatste was wat hij te zeggen had, maar ik had het mis. Er volgde nog een trap na terwijl hij in de richting van de deur wegliep. 'Je hebt weinig keus, hè? Zijn carrière naar de bliksem helpen of je relatie vaarwel zeggen. Het is zwaar klote om in jouw schoenen te staan, Kerrigan, dat is zeker.'

Ik had echt dolgraag gewild dat ik het niet met hem eens was.

Als ik niet had gezien wat Derwent voor mij verborgen had willen houden, had ik misschien niet opgemerkt dat er iets vreemds gaande was, en dat was bepaald niet geruststellend. Rob draaide zijn hoofd om en zag mij ongeveer twee seconden nadat Derwent in de menigte was opgegaan, dus had ik geen andere mogelijkheid dan glimlachend door de achterkamer naar hem toe te lopen en me in zijn armen te laten sluiten voor een kus die smaakte naar koud bier en die veel langer duurde dan ik had verwacht.

'Dat is een warm welkom,' zei ik, toen het me lukte wat te zeggen.

'Ik heb je gemist.'

Ja hoor, dacht ik, terwijl ik in zijn ogen keek en alleen maar oprechtheid zag. *Of dit is jouw manier om je chef te waarschuwen dat ze zich moet inhouden omdat je huidige vriendin net is gearriveerd.* 'Ik heb je vanochtend nog gezien.'

'Dat is heel lang geleden.'

Daar had hij geen ongelijk in. Ik had het gevoel dat ik al dagen op was. Ik was prikkelbaar door slaapgebrek en had daardoor enorm zin om ruzie te maken, maar ik dwong mezelf ertoe netjes met hem te praten over mijn dag, en die van hem, en over wat ik had gemist doordat ik nogal laat in de pub was verschenen. Ik was er vrij zeker van dat hem was ontgaan dat er iets aan de hand was toen hij aanstalten maakte me aan zijn collega's voor te stellen. Alsof de duvel ermee speelde was Deborah Ormond de eerste persoon die we tegenkwamen toen hij me naar de tafel in de hoek leidde. Ze draaide zich om en keek me aan met een spottende, roodgestifte glimlach die ik wel van haar gezicht had willen meppen.

'En wie hebben we hier?'

'Dit is Maeve, mijn vriendin. Ze werkt voor de moordbrigade van Charles Godley.'

'Dus jij bent de reden waarom Rob is vertrokken en zich bij ons heeft aangesloten.'

'Een van de redenen,' beaamde ik.

'Dan geloof ik dat ik je moet bedanken.'

'Dat is niet nodig.' Ik glimlachte flauwtjes. 'Rob heeft zelf besloten dat hij zou weggaan.'

'Hij weet wat hij wil,' zei ze met een snelle blik op hem die ik niet helemaal kon plaatsen. Zijn gezicht stond neutraal, zag ik, dus daar had ik niets aan. Ik slikte de harde brok van kwaadheid weg die mijn keel dreigde dicht te snoeren en gaf haar gelijk met een lachje dat klonk alsof ik een compleet leeghoofd was.

'Nou, ik moest jullie maar niet te lang in beslag nemen.' Ze liet het klinken als het excuus dat het ook was. Ik wist wat ze bedoelde. *Dit gesprek verveelt me en jij bent gewoon te stumperig voor woorden.*

'Inderdaad,' zei Rob luchtig. 'Je moet nog met veel mensen kennismaken, Maeve. Ze zijn nieuwsgierig naar je.'

'Vertel me dan maar eens wat je al over me gezegd hebt.' Ik glimlachte weer naar hem en negeerde inspecteur Ormond toen ze een stap voor ons opzij ging, maar ik was me er scherp van bewust dat ze me van top tot teen bekeek, en dat ze ongetwijfeld niet onder de indruk was van wat ze zag. Ik had haar prachtige highlights en dure kapsel al gezien, om nog maar te zwijgen van het feit dat er genoeg knoopjes aan haar blouse los waren om meer dan een vleugje van het kant daaronder te showen. Ik had gezien dat ze mooi was, en nog steeds heel aantrekkelijk, maar ook dat ze kraaienpootjes rond haar ogen had, en lijnen om haar mond. Op de een of andere manier bood dat me minder troost dan had gekund. Ze was ouder dan ik, oké, maar zij had daardoor dus ook ervaring en zelfvertrouwen. Misschien wilde Rob wel iets anders. Misschien hoopte hij dat ik daarachter zou komen, zodat ik de wenk ter harte zou nemen en hem zijn vrijheid zou teruggeven. En misschien waren die foto's wel bedoeld geweest om me een tip te geven.

Ik maakte kennis met vijf of zes van zijn nieuwe collega's en praatte met ze zonder ook maar één naam of iets van wat ze zeiden te onthouden. Ik dronk nog een gin-tonic en lachte om grapjes die ik niet had gehoord of begrepen, en iedereen leek te denken dat ik heel charmant was. Telkens als ik naar inspecteur Ormond keek, was ze druk met iemand in gesprek of keek ze op haar telefoon. We maakten geen moment oogcontact, maar ik kreeg toch de indruk dat ze me in de gaten hield. En Rob liet me geen seconde los. Hij hield steeds een hand op mijn onderrug of legde hem om mijn middel, iets wat hij anders nooit deed.

'Nog eentje?' Een brigadier met een rechthoekig gezicht wees naar mijn glas en ik realiseerde me dat het leeg was.

'Nee. Ik ga ervandoor.'

'Echt?' Rob klonk verbaasd. 'Nu al?'

'Ik weet het. Maar ik heb gisternacht zo kort geslapen.' Ik gaapte en hoefde eigenlijk niet eens te doen alsof ik moe was. 'Als ik blijf drinken, val ik om.'

'Des te meer drank voor jou, dus,' zei de brigadier luid lachend.

'Serieus, ik knijp ertussenuit. Ik heb morgen een lange dag voor de boeg.'

'Ik ga met je mee.' Rob zette zijn biertje neer.

'Doe niet zo gek. Je hebt het hier gezellig. Je hoeft me niet naar huis te brengen.' Ik gaf een liefhebbend kneepje in zijn arm. 'Blijf maar.'

'Maar ik vind het niet erg.' Hij fronste zijn wenkbrauwen.

Ik deed nog meer moeite om over te komen alsof ik me nergens druk om maakte, behalve om mijn gebrek aan slaap, en begon zachter te praten. 'Je wilt toch niet de naam krijgen dat je onder de plak zit? Wat zullen de jongens zeggen als je nu weggaat?'

'Wat maakt dat uit?' Hij haalde zijn schouders op. 'Met dat soort dingen heb ik me nooit beziggehouden.'

'Nou ja, het is een nieuw team. Met nieuwe regels. En ik wil niet dat je voor mij je reputatie op het spel zet. Ik voel me al schuldig genoeg.'

'Ik zeg toch steeds dat het mijn eigen keuze is om te gaan?' Hij klonk geïrriteerd, en dat was goed. Dan was de kans dat hij me alleen zou laten gaan veel groter, en ik wilde niets liever dan alleen zijn om te kunnen nadenken. Niet om te piekeren, beloofde ik mezelf. Alleen om het bewijsmateriaal op een rijtje te zetten en na te gaan of ik paranoïde was.

'Dat weet ik. Maar ik zit er toch over in. Hoewel je nieuwe collega's heel aardig zijn.'

'Daar ben ik nog niet zo zeker van.' Hij grijnsde. 'Weet je zeker dat je niet wilt dat ik met je meega?'

'Absoluut. Ik heb van alles te doen en jij hebt plezier.' Ik boog me naar hem toe en gaf hem een kus, waarbij ik de neiging weerstond om halverwege rond te kijken om te checken of inspecteur Ormond ook keek. 'Probeer te achterhalen wie me die foto's heeft gestuurd, als je dat nog niet hebt gedaan.'

'Doe ik.'

'Ik zie je later.'

Hij hield mijn hand nog steeds vast toen ik wegliep, maar ik trok me los en keek niet om. Eenmaal buiten voor de pub, in de frisse lucht, begon ik spijt te krijgen dat ik hem bij Deborah Ormond had achtergelaten. Ik twijfelde er niet aan dat ze met hem over mij zou praten. Dat ze waarschijnlijk iets neerbuigends zou zeggen. Dat leek haar heel natuurlijk af te gaan. Ik dook de warme, benauwde ondergrondse in en vond nu wél een zitplaats, stapte gedachteloos over en kwam pisnijdig weer boven voor het stukje lopen naar de flat. Ze was een heel aantrekkelijke vrouw, als je hield van het door de wol geverfde type. Misschien was het voor hem wel een machtskwestie, naar bed gaan met een oudere vrouw. Haar laten sidderen van genot. Haar de adem benemen. Ik sloeg mijn armen om me heen en vocht tegen de tranen die ik eigenlijk helemaal niet wilde laten, en toen ik in onze straat was aangekomen, kon ik me niet herinneren hoe ik daar was beland. Ik ging het gebouw binnen en bleef bij de brievenbussen stilstaan om onze post eruit te halen. Er gleed alweer een dikke, glossy catalogus in een plastic hoesje uit. Die verdomde mailinglijsten ook, dacht ik, en ik liep de trap op met drie treden tegelijk.

Het ergerlijke van alles was dat ik niet had willen geloven dat Rob net zo was als alle anderen. Ik had willen geloven dat hij meende wat hij zei, en ik had gedacht dat het mijn probleem was dat ik niet kon aannemen dat hij van me hield. Dat was de onzekerheid die zich had opgebouwd na jaren van ervaring met teleurstellende, liegende of bedriegende mannen. Of alle drie in één.

'Negeer het slechte gevoel nooit. Doe nooit of alles oké is.' Ik zei het hardop toen ik mezelf binnenliet en de deur achter me dicht smeet. Het was prima om je te richten op wat er goed ging, maar dan hoefde je nog niet te negeren wat er slecht ging. En daarmee was ik heus geen pessimist, zei ik tegen mezelf, terwijl ik mijn tas neerzette. Daarmee was het heus niet onmogelijk om van me te houden. Daarmee was ik alleen zwaarder op de hand en wijzer dan anderen.

Ik begon de post door te nemen en luisterde tegelijkertijd naar de voicemailberichten. Twee van mijn moeder met haar gebruikelijke licht verkapte gezeur; een van een oude vriendin, Aisling, om me te laten weten dat ze zowel verloofd als zwanger was. Ik wachtte even terwijl ik bezig was een grote envelop open te scheuren die aan mij geadresseerd was. Het leek zakelijke post te zijn, met een getypt en gecodeerd etiket, maar er stond geen bedrijfsnaam op de envelop.

'… en ik weet dat het de omgekeerde wereld is, maar ik kan echt niet zeggen dat ik er spijt van heb. We zijn gewoon zo gelukkig.'

Zo klonk ze ook. Ik probeerde er geen cynische gedachten bij te hebben – ik was oprecht blij voor haar – maar ik besloot haar pas over een paar dagen terug te bellen. Het leek me beter om even te wachten tot de dingen tot rust waren gekomen. En dat zou vast gebeuren, hoe dan ook.

Ik hield de envelop op zijn kant om de inhoud op de keukentafel te laten vallen. 'Shit.'

Met de achterkant van een potlood spreidde ik alles uit en doorzocht ik de stapel glad fotopapier, zodat ik elke opname goed kon zien, afgebeeld in zwart-wit. Het werd er niet beter op toen ik de boel nader inspecteerde. Het was eigenlijk veel erger dan ik had gedacht.

En ik had geen idee wat ik moest doen.

17

'Je kunt me niet zo in spanning laten.'

'Ik wil er niet over praten.' Sinds Derwent op het werk was gearriveerd, voerden we steeds weer hetzelfde gesprek. Na veertig minuten in de auto in de ochtendspits begon dat echt op mijn zenuwen te werken.

'Je moet het gewoon kwijt. Erover praten met iemand die objectief naar je luistert.'

'Als ik dat wilde, zocht ik wel iemand die beter luistert dan jij.'

Derwent trok een gekwetst gezicht. 'Wie luistert er nou beter dan ik?'

'Bijna iedereen?'

Hij dacht er even over na. 'Daar zit wat in.'

Wat ik de vorige avond in elk geval had besloten, was dat ik Derwent niet meer aan zijn neus zou hangen dan strikt noodzakelijk was.

We waren op weg naar Twickenham, maar plotseling week Derwent uit naar de overkant van de weg en stopte hij bij een McDonald's.

'Wat doen we hier?' vroeg ik boven het lawaai van de toeter van een vrachtwagen uit. Derwent had bij zijn manoeuvre niet zoveel afstand in acht genomen als de verkeersregels – of het gezond verstand – voorschreven.

'Ik heb honger. En ik wil koffie.'

'Je kunt het ook van de positieve kant bekijken,' zei ik nors. 'In elk geval betekent je tactvolle actie dat je er vroeg in lag en dat je geen kater hebt.'

'En jij dan?' De autosleutels rinkelden terwijl Derwent ze uit het contact trok, alsof ik hem daar zomaar achter zou laten en weg zou rijden als hij ze niet bij zich stak voordat hij uit de auto stapte. Het was een aanlokkelijk idee, nu ik er zo over nadacht. 'Kom op nou. Ik wil alles weten. Je ziet er moe uit. Hoe laat ben je weggegaan?'

'Dat gaat je niks aan.' Ik zag er moe uit omdat ik gisteravond niet in slaap had kunnen komen, maar dat kwam niet omdat ik me zorgen had gemaakt over wat Rob aan het uitspoken was. Ik zat met veel grotere problemen, maar ik was niet van plan die met Derwent te bespreken. Of met wie dan ook, totdat ik had bedacht wat me te doen stond. Zelfs erover nadenken bezorgde me een koude rilling, een vaag en angstig voorgevoel dat over mijn huid blies als een kille wind over water.

'Je hebt geen kater.' Hij snoof even. 'Bij zulk weer als vandaag valt de geur van drankzweet de volgende ochtend niet te verbergen.'

'Ik ben niet erg lang gebleven,' gaf ik toe.

'Was het niet leuk?'

'Niet echt.'

'Heb je je vriendje nog de pub uit weten te werken, of heb je hem daar achtergelaten?'

'Ik ben alleen naar huis gegaan. Dat wilde ik zelf.'

'Jaja.'

'Echt waar. Ik wilde zijn avond niet verpesten.'

'Dat leek je juist wél van plan toen ik wegging.'

Ik schudde mijn hoofd. 'Niet op die manier. Ik wilde niet dat hij vroeg zou weggaan, want ik wilde niet dat zijn nieuwe team zou denken dat ik bezitterig en bazig was.'

'Nee, want zo ben jij niet.'

Ik wist niet of hij het meende of dat hij het sarcastisch bedoelde, maar bij Derwent kon je altijd het beste van sarcasme uitgaan. 'Ik wil er echt niet over praten, oké?'

'Oké. Ik snap het.' Hij deed zijn deur open. 'Je hebt me niet verteld dat hij met Debbie Ormond samenwerkte.'

'Ik had niet gedacht dat dat jou iets zou zeggen.'

'O, dat had me heel veel gezegd, neem dat maar van me aan.'

Ik wist dat hij expres raadselachtig deed om me te jennen, maar ik moest het gewoon vragen. 'Ken je haar dan?'

'Of ik haar ken? Beter dan de meeste mensen, toevallig. Ik ken haar inderdaad heel goed.' Hij grijnsde zijn tanden bloot, met zijn wenkbrauwen veelbetekenend opgetrokken, en was de auto al uit voordat ik hem verder kon uithoren. Hij slenterde de McDonald's binnen, deed er een eeuwigheid over het menu te bestuderen, maakte bij het afrekenen een babbeltje met de tiener achter de kassa en stond op weg naar buiten even stil om de koppen te lezen van een weggegooide krant. Ik werd geen greintje milder gestemd door het feit dat hij bij de auto terugkwam met twee bekers koffie op elkaar in zijn ene hand en een papieren zak in de andere.

'Croissantjes?' vroeg hij.

'Ik heb geen honger.'

'Koffie?'

Die nam ik van hem aan zonder dankjewel te zeggen.

'Zit niet te mokken, Kerrigan. Het is niets voor jou om de boodschapper de schuld te geven.'

'Dat zou ik ook niet doen als die boodschapper daadwerkelijk informatie overbracht in plaats van maar wat te zwetsen.'

Alweer die grijns. 'Dat werkte je wel op de zenuwen, hè?'

'Dat was je bedoeling ook.' Ik nam een slokje van mijn koffie, die nog veel te heet was om te drinken, en brandde het puntje van mijn tong. 'Au.'

'Toe nou. Jij wilt informatie over Debbie Ormond en ik wil weten of de vlam in de pan is geslagen nadat ik ben weggegaan. Eerlijk oversteken.' Hij keek me eens goed aan. 'Geen schrammen of blauwe plekken te zien, dus neem ik aan dat het niet op geweld is uitgelopen.'

Ik negeerde hem. 'Nog even en we zijn bij het huis van Renee Fairfax. Ik ben niet van plan erover te praten waar Lydia bij is.'

'Zou ik ook niet verwachten. Ze is tenslotte minderjarig, en ik wil niet dat Philip Kennford me gaat betichten van een poging haar op het slechte pad te brengen door in haar aanwezigheid de smerige zaakjes van volwassenen te bespreken.'

Ik aarzelde. Ik wilde echt weten wat hij over inspecteur Ormond wist. 'Je kunt de verkorte versie krijgen, oké?'

'Ik wil de details horen, Kerrigan. Ik kan wel een stukje omrijden.' Hij hield zijn beker omhoog. 'Sowieso moet ik dit opdrinken voordat ik oog in oog kom te staan met Renee, dus we kunnen net zo goed de tijd nemen. Ze verwachten ons pas over een halfuur.'

'En ik durf te wedden dat Renee net zo boos zou worden als we een halfuur te vroeg zijn in plaats van te laat.' Ik slaakte een zucht. 'Luister, laten we hier blijven om te ontbijten en dan vertel ik het je allemaal. Maar jij eerst.'

'Je bedoelt dat je de vunzige details wilt horen over mijn korte affaire met Debs?'

'Ja, voor de verandering. Maar niet al te gedetailleerd, als je het niet erg vindt.'

'Niets waar je moeder van zou gaan blozen. Oké. Gaat lukken. Het eten, alsjeblieft.'

Ik gaf hem de zak. 'Je mag ze allebei hebben.'

'Niet goed voor me. Maar ik ga nog vijftien kilometer hardlopen, dus dan verbrand ik ze wel weer.'

'Ik begrijp niet hoe je in deze hitte kunt hardlopen.'

'Je merkt er niets van als je genoeg vaart maakt en uit de zon blijft. Als je stilstaat, moet je uitkijken. Dan raak je zomaar oververhit.' Hij knipte met zijn vingers.

Als ik met iemand anders in de auto had gezeten, had ik misschien een scherpe opmerking gemaakt over hoe het leven in elkaar steekt – je denkt dat het allemaal goed gaat zolang je het te druk hebt om erover te prakkiseren, maar zodra je erover gaat nadenken, blijkt het in feite op een ramp neer te komen. Al met al was het maar goed dat ik met Derwent zat opgescheept, want hem zou mijn nieuwste levensfilosofie geen moer interesseren.

'Vertel eens wat over Deborah Ormond.'

'Nou, ze heette Debbie toen ik met haar omging.' Hij keek eens goed naar de chocoladecroissant die hij aan het opeten was. 'Volgens mij is deze oudbakken, hoor.'

'Wat sneu voor je. Wanneer heb je Debbie leren kennen?'

'Mijn eerste aanstelling na de opleiding, in Kentish Town. We zijn van dezelfde leeftijd en allebei ongeveer even lang bij de politie. Zij hoorde bij de lichting voor die van mij op het Hendon.'

'En?' zei ik. Derwent leek meer zin te hebben in zijn ontbijt dan in praten.

'En ik heb een paar keer een wip met haar gemaakt. Of eigenlijk zij met mij. Ik had niets meer in te brengen toen ze eenmaal haar zinnen op mij had gezet.'

Het lukte me om geen spier te vertrekken, hoewel die woorden me staken. 'Het klinkt niet alsof je eronder geleden hebt.'

'Ik was in die tijd een jonge jongen en zo geil als de neten, dus vond ik het prima om door Debbie gebruikt en misbruikt te worden. Ze had iets met openbare ruimten, weet ik nog – de achterbank van de auto als het donker genoeg was, of een kantoor op het bureau met een stoel onder de deurkruk geklemd.' Hij grijnsde. 'Ze nam graag risico's, die Debbie, en daar had ik geen bezwaar tegen. Maar ze lustte er dus wel pap van, en als ik niet beschikbaar was, belde ze de volgende persoon op haar lijstje, of degene die daaronder stond. Het maakte haar niet echt uit met wie ze het deed. Ik weet dat ze een huwelijk kapot heeft gemaakt toen ik daar nog werkte, van een brigadier wiens vrouw net een tweeling had gekregen. Zonder zich ergens wat van aan te trekken ging ze gewoon met hem naar bed, ondanks zijn thuissituatie.'

'Ik heb een hekel aan zulke mensen.'

Hij haalde zijn schouders op. 'Ik heb haar ernaar gevraagd. Volgens haar was ze eigen baas en kon ze doen waar ze zin in had. Het was aan de mannen om nee te zeggen. Ze dwong niemand met haar naar bed te gaan. Niet dat je veel keus had als zij zin in je had.'

'Hier voel ik me niet bepaald beter door,' merkte ik op.

'Wacht even, ik herinner me nog meer, als zij het inderdaad was.' Hij dacht even na. 'Ja, dat was Debbie. Ze was superlenig en kon de gekste houdingen aannemen. Als een soort kunstje dat je op een feestje laat zien. Dat kan ze allemaal vast nog steeds, ook al is ze in de loop der jaren wel een beetje aangekomen.'

'Ze wordt een dagje ouder,' zei ik kribbig. 'En ze mag dan fit zijn, ze heeft beslist niet altijd trouw oogcrème gesmeerd.'

'Ze is altijd dol op de zon geweest. Ze ging op vakantie naar nudistenoorden zodat ze egaal bruin werd.' Hij slaakte een zucht. 'Weet je, ik heb jaren niet aan haar gedacht, maar zij neukte echt de sterren van de hemel.'

'Alweer te veel details. Hoe liep het uiteindelijk af?'

Derwent nam een slokje van zijn koffie en verborg een glimlach achter de rand van de beker. 'Ik weet niet of ik dit wel wil bekennen.'

'Ik zal het niemand vertellen.'

'Ze werd me wat te intens. Een beetje te veeleisend.'

Ik trok mijn wenkbrauwen op. 'Ze klinkt niet als het type dat zich wil binden.'

'Nee, dat niet. Het draaide allemaal om de seks. Ze wilde steeds weer iets nieuws proberen of ze verhoogde de inzet door meer risico te nemen. Toen ze begon aan te dringen op een triootje met haar en nog een collega, hield ik het voor gezien.'

'Dat is niets voor jou. Ik zou hebben gedacht dat het een droom was die uitkwam. Tenzij die andere collega een man was.'

Derwent bloosde. 'Ik bedoel, ik ben net zo ruimdenkend als ieder ander. Maar ik práátte niet eens graag met die vent.'

'Jij bent in de verste verte niet ruimdenkend.' Ik grijnsde naar hem. 'Ik ben een beetje verbaasd dat je het niet hebt geprobeerd.'

'Lazer toch op.' Hij had nog steeds een kleur.

'Ik bedoel eigenlijk dat het niet heel ongebruikelijk is, toch? Twee mannen en een vrouw? Dat zou toch niet betekenen dat je homo was of zo?'

De ironie in mijn stem ontging Derwent volledig. 'Ja, maar we zouden niet alleen haar een beurt geven. Ze wilde toekijken. Hoe wij het samen deden.'

'O.'

'Ja.'

'Schat van een vrouw, zo te horen.'

'Ze was woest dat ik haar dumpte.' Derwent schudde zijn hoofd. 'Ik moest uiteindelijk een overplaatsing aanvragen.'

'Je bent ervandoor gegaan?'

'Zo snel als mijn beentjes me konden dragen. Waarom denk je dat ik marathons ben gaan lopen?' Hij grijnsde. 'Eerlijk gezegd heb ik haar sindsdien niet meer gezien. De Met is groot genoeg om iemand te kunnen vermijden. Ik had niet gehoord dat ze inmiddels bij de Flying Squad zat. Ik vraag me af sinds wanneer.'

'Ik geloof dat Rob heeft gezegd dat ze nieuw is. Ze moet haar draai nog vinden.'

'Hoe doet ze het?'

'Eerlijk? Niet zo best.' Ik vertelde hem over de surveillance die fout was gelopen. 'Ik geloof dat ze het even behoorlijk met haar gehad hebben.'

'Ja, en het lijkt erop dat ze nog niet heeft afgeleerd het bed in te duiken met de mensen met wie ze samenwerkt.' Hij zag de blik op mijn gezicht. 'Sorry, Kerrigan. Ik bedoelde niet…'

'Rob? O jawel. Maar ik denk niet dat ze met elkaar naar bed zijn geweest.'

In plaats van antwoord te geven nam Derwent een slokje van zijn koffie.

'Oké, je hoeft me niet te geloven.'

'Wat heeft hij erover gezegd?'

Het was nu mijn beurt om me te concentreren op drinken in plaats van praten.

'Zeg me nou niet dat je hem er niet naar hebt gevraagd.'

'Ik wacht op het juiste moment.'

'En dat was gisteravond niet?'

'Absoluut niet.' Hij was om vier uur thuisgekomen. Toen was ik er al vrij zeker van geweest dat ik helemaal geen slaap zou krijgen. Ik deed net of ik in coma lag en toen ik vanochtend vroeg was weggegaan, lag hij zelf met zijn gezicht in het kussen. 'Er deed zich gewoon geen goede gelegenheid voor.'

'En waarom denk je dan dat hij haar hete poesje niet verwent?'

Ik huiverde. 'Dat is een walgelijke uitdrukking, maar als je het echt wilt weten: omdat ik gewoon niet denk dat hij dat zou doen.'

Derwent snoof. 'Te veel een man van eer?'

'Te eerlijk.' Ik kromp ineen onder de blik op Derwents gezicht. 'Zo is hij, nou goed? Hij is altijd helemaal open geweest tegenover mij. Hij is niet het type dat spelletjes speelt. Bovendien vestigde hij erg de aandacht op mijn aanwezigheid. Het kan niemand zijn ontgaan dat wij een stel zijn.'

'Een poging om Debbie zover te krijgen zich terug te trekken zolang jij er was.'

'Of een poging om haar te laten zien dat hij een serieuze relatie heeft en gewoon niet in haar geïnteresseerd is.'

'Je zult met hem moeten praten om daarachter te komen, niet-waar?'

'Hmm.' Ik keek er niet naar uit. 'Maar het is wel aannemelijk. Er zit hem al iets dwars vanaf het moment dat hij daar is begonnen. Stel dat Debbie al vanaf het begin achter hem aan heeft gezeten?'

'Lijkt me waarschijnlijk. Het is een knappe gozer, objectief ge-zien.'

'Heb ik wel altijd gevonden.' Ik kon het niet laten. 'Dus jij en Debbie hebben nog steeds dezelfde smaak als het om mannen gaat.'

'Nu ga je enorm over de schreef, Kerrigan.' Hij keek kwaad, zon-der ook maar een beetje geamuseerd te zijn. En zoals zo vaak met Derwent duurde het niet lang voor hij wraak nam. 'Maar het is lastig voor hem. Want Debs accepteerde een afwijzing nooit zomaar. Als ze eenmaal haar zinnen op iemand had gezet, bond ze niet in. En Rob is nog maar net bij de Flying Squad, dus hij staat niet te springen om een overplaatsing, toch? Het ziet ernaar uit dat hij zich terughou-dend zal moeten opstellen totdat ze er genoeg van heeft en hem met rust laat, of dat hij moet toegeven.'

'Voor wat het waard is: ik word niet blij van optie twee.'

'Voor wat het waard is: ik denk niet dat Debbie blij zal worden van optie één. Het zijn boeiende tijden, Kerrigan. Hou me op de hoogte, oké?'

Met sint-juttemis en niet eerder, beloofde ik mezelf, maar Der-went kreeg alleen een glimlach van me.

Nog nooit had ik iemand er zo happig op gezien om ergens weg te ko-men, behalve uit de gevangenis. Lydia zat in de hal van het huis van haar tante op ons te wachten, en uit alles bleek dat ze daar al uren was.

'Ik ben er klaar voor.' Ze stond op en gooide een tas over haar schouder die veel te zwaar voor haar leek. 'Gaan we?'

'Ik zou graag eerst even met mevrouw Fairfax willen spreken, als ze er is.' Derwent keek de huishoudster vragend aan, maar Lydia gaf antwoord.

'Waarschijnlijk heeft ze het druk.'

'Toch zeker niet te druk om afscheid van je te nemen?' Derwent liet zich weer van zijn charmantste kant zien; ik had eigenlijk liever dat hij die moeite niet deed.

'Ik denk niet dat ze beschikbaar is,' mompelde de huishoudster.

'Wat wil dat zeggen? Is ze er wel?'

'Mevrouw Fairfax is aan het werk.'

'Nou, zeg haar dan maar dat het tijd is voor een theepauze.'

'Er is een klant bij haar.'

'Hoezo, is ze soms sm-meesteres?' Hij zag de uitdrukking op mijn gezicht. 'Sorry.'

'Dat zou ze waarschijnlijk best kunnen zijn als ze dat zou willen.' Lydia keek ons aan met een strak, gereserveerd glimlachje toen we ons omdraaiden en haar aanstaarden.

'Jij zou niet eens moeten weten wat dat woord betekent,' zei Derwent.

'Ik ben vijftien, geen vijf.'

Ook leek ze zichzelf weer helemaal in de hand te hebben. Ik begon te denken dat ik Derwent had moeten meenemen voor het oorspronkelijke gesprek, zoals hij zelf had gewild. Lydia tikte met haar voet op de grond. 'Hoor eens, gaan we nou? Ik wil niet te laat komen.'

'Nog niet, lieverd. Maar we kunnen je tas al wel vast in de auto leggen.' Hij keek de huishoudster aan. 'Luister, schat, ik wil mevrouw Fairfax spreken. Ga jij haar maar halen, dan ben ik over vijf minuten terug.'

De huishoudster deed haar mond open om te protesteren, maar sloot hem weer omdat ze inzag dat Derwent niet van plan was zich schappelijk op te stellen. Ik benijdde haar niet. Ik zou geen van beiden tegen me in het harnas willen jagen.

Bij de auto maakte Lydia aanstalten achter in te stappen.

'Je mag voorin zitten.'

Ze keek eerst mij en toen Derwent aan. 'En jullie dan?'

'Ik rijd. Inspecteur Derwent gaat op de achterbank zitten.'

Dat hadden we onderweg naar het huis afgesproken, omdat we dachten dat Lydia eerder met mij zou praten en dat het gemakkelijker zou zijn om te voorkomen dat ze afhaakte wanneer ze naast mij zou zitten.

'Ik zit graag op de achterbank,' legde Derwent uit. 'Daar kan ik mijn administratie bijwerken.'

'Slapen, bedoelt hij,' zei ik, en ik kreeg een flauw lachje van Lydia. Ik keek langs haar heen. 'Daar heb je mevrouw Fairfax.'

'Heel fijn.' Derwent klonk zelfverzekerder dan eigenlijk het geval zou moeten zijn, gezien de uitdrukking op haar gezicht. Ze droeg vandaag een grijze broek en een zwart shirt van zijdeachtig materiaal dat om haar slanke lichaam deinde, en haar armen waren streng over elkaar gevouwen. Ze stond in de deuropening te kijken.

'Ik denk niet dat ze hierheen komt,' zei ik timide.

'Dan gaan wij naar haar toe.'

Ik keerde me om naar Lydia en zag dat ze in de auto was verdwenen als een schildpad die zich in zijn schild terugtrok. Ik boog naar voren. 'Gaat het? Vind je het goed om even te wachten terwijl wij met je tante praten?'

Een knikje.

'Wil je afscheid nemen?'

Ze schudde haar hoofd.

'Gaat het wel goed, Lydia?'

'Ik wil alleen maar weg.' Haar stem klonk zacht, bijna fluisterend.

'Nog even en we gaan.'

We hadden veel meer tijd nodig dan ik had verwacht, hoewel Renee niet bereid was lang met ons te praten en Derwent zo weinig mogelijk van haar tijd in beslag wilde nemen toen hij eenmaal een minuutje of twee aan haar kenmerkende charme was blootgesteld.

'Daar zijn we van af,' zei Renee. 'Ze heeft ons alleen maar last bezorgd.'

'Dat getuigt van weinig mededogen, mevrouw Fairfax. Ze is toch een slachtoffer?'

'Dat weet ik nog zo net niet. Wat ik wél weet, is dat we ons allerlei ongewenste aandacht hebben moeten laten welgevallen sinds haar komst. Besprekingen die zijn verstoord. Ik moest met haar naar het ziekenhuis om haar hechtingen opnieuw te laten doen – wist u dat? Ze heeft een antieke kussensloop verruïneerd met bloed voor ze me vertelde dat ze hulp nodig had. En niemand heeft ook maar enige moeite gedaan om erachter te komen wat die vreemde man hier dinsdagavond in onze tuin te zoeken had.'

'Wat voor vreemde man?' Derwent leek van zijn stuk gebracht.

Ze snoof. 'Typerend, hoor. Ze hebben het jullie niet eens verteld. Ik zag daar een vreemde man.' Ze wees met een lange, magere vinger in de richting van de rivier. 'Laat op de avond. Hij hield zich schuil.'

'Wat bedoelt u daarmee?'

'Hij was in het zwart gekleed. Verstopte zich achter struiken. Bespiedde het huis.'

'Hebt u de politie gebeld?'

'Natuurlijk.'

'En toen?'

'Veertig minuten later verscheen er een politieauto, nadat ik hun werk al voor ze had gedaan.'

'Wat hebt u dan gedaan?' vroeg ik geschrokken.

'Ik ben naar buiten gegaan met een zaklamp om die man te laten zien dat we wisten dat hij er was. Hij rende weg.'

'Dat was dapper van u,' zei Derwent. 'Gezien wat er nog niet zo lang geleden met uw zus en nichtje is gebeurd.'

'Ik ga me niet verstoppen in mijn eigen huis. Als iemand zich ophoudt op mijn terrein, heeft diegene wat uit te leggen.'

'Probeerde hij niet eerst met u te praten?'

'Nee. Hij ging er als een haas vandoor.'

Ik keek Derwent aan. 'Misschien een journalist?'

'Zou kunnen. Had hij een fotocamera bij zich?'

'Ik heb hem niet gefouilleerd. Ik dacht dat dat eerder uw taak was.'

'Maar de politie die kwam heeft hem niet gevonden, neem ik aan.'

'Toen was hij allang weg.'

'Ik heb een signalement nodig,' zei Derwent, die mij opscheepte met de taak het op te schrijven. Renee wist niet veel bijzonderheden te produceren. Donkere kleren. Leeftijd tussen de twintig en dertig, dacht ze. Gemiddelde lengte. Donker haar. Blank.

'En dan bedoel ik wit,' zei ze. 'Heel licht.'

'Hoe laat was het?' vroeg ik.

'Tien uur. Halfelf. Rond die tijd.'

'Dan was het al vrij donker.'

'Ja, en?'

'De huidskleur kan in de schemering moeilijk te zien zijn.' Dat was mijn diplomatieke manier om te zeggen dat haar voornaamste herinnering aan die geheimzinnige man ons niet per se zou helpen hem op te sporen. 'Kunt u zich zijn kapsel nog voor de geest halen? Of zijn gelaatstrekken? Of wat hij aanhad?'

'Ik heb u alles verteld wat ik weet. Ik heb hem niet echt goed gezien.'

'En sindsdien heeft hij zich niet weer vertoond?' vroeg Derwent voor de zekerheid.

'Gelukkig niet, nee.'

Ik keek Derwent veelbetekenend aan. Het zou onze moordenaar kunnen zijn. Het zou ook niets kunnen zijn. Hoe dan ook, we konden de man met geen mogelijkheid vinden op basis van wat we tot dusver te horen hadden gekregen.

Renee keek langs ons heen naar de auto. 'Ik wil niet te hard klinken, maar ik zou willen dat deze hele ellende aan ons voorbij was gegaan. Ik begrijp niet waarom Philip dacht dat ik de juiste persoon zou zijn om voor Lydia te zorgen.'

'Ik denk dat hij ten einde raad was,' zei Derwent, met meer oog voor de waarheid dan voor goede manieren.

'En dat is hij nog steeds, als hij haar aan zijn andere dochter toevertrouwt.' Renee schudde haar hoofd. 'Zíj is pas van slechte invloed.'

'Wat bedoelt u daarmee?' vroeg ik.

'Vita heeft me verteld over haar en haar... neigingen. Weerzinwekkend. Maar ja, wat kun je anders verwachten met zo'n vader?'

'Dat is wat u een paar dagen geleden op het punt stond te zeggen.' Het had me dwarsgezeten. 'U hield zich in, maar u wilde zeggen dat ze een lesbienne was, nietwaar? Dat wilde u niet doen waar Lydia bij was.'

'Ik wilde niet over haar praten waar het meisje bij was. Vita vroeg me wat ik van Savannah vond, en ik heb haar heel duidelijk gemaakt dat ik van mening was dat ze ver uit de buurt van de tweeling gehouden moest worden. Zelfs al voor ze had meegedeeld dat ze lesbisch was.' Ze schudde haar onberispelijke haar van het gladde witte voorhoofd naar achteren. 'Niet iemand die als goed voorbeeld voor tieners kan dienen.'

'Ze is heel mooi en heel succesvol,' merkte Derwent op.

'Ze is een akelige lellebel. Ik heb haar een keer bij Vita ontmoet. Ze maakte geen beste indruk op me.' Ze snoof. 'Philip ging erop vooruit toen hij Vita leerde kennen. Miranda had geen klasse en haar dochter ook niet. Ik heb tegen Vita gezegd dat die haar meisjes zou meesleuren in de goot, en gelukkig luisterde ze naar me.'

'U hebt de verwijdering tussen Philip Kennford en zijn dochter veroorzaakt,' zei ik.

'Inderdaad, dat was mijn positieve invloed.'

'Zou je kunnen zeggen dat u nogal een snob bent?' vroeg Derwent met een stalen gezicht.

'Val dood, meneer de rechercheur. Val toch dood.'

'Weet u wel dat er mensen zijn die graag zouden betalen om uitgescholden te worden door bekakte mokkels? Daar zou u flink mee kunnen verdienen. Telefoonseks, bedoel ik. Niet meteen nee zeggen, probeer het eerst eens uit – het is in elk geval schoon werk.'

Haar wangen behielden hun kleur, maar haar lippen waren opeengeperst alsof ze met moeite een stortvloed van woorden binnenhield.

'Ik maak maar een grapje.' Hij veegde het zweet van zijn voorhoofd met de rug van zijn hand en bracht daarmee bij Renee een blik van walging teweeg. 'Hebt u uw zus ooit goede raad gegeven?'

'Ik heb haar gezegd dat ze zich verre moest houden van Philips bastaardkind.'

'De baby van die Litouwse,' zei Derwent. 'Ze heeft haar toch afgekocht.'

'Kwam ze uit Litouwen? Ik dacht dat ze zwart was, maar dat heb ik dan vast verkeerd begrepen.' Eventjes oogde Renee onzeker. 'Ik ben bang dat ik het niet meer weet. Die meid dook vorig jaar op. Vita vroeg me wat ze moest doen. Ik zei: negeren, ontkennen en afwijzen tot ze weggaat.'

'Wist Philip ervan?'

'Ik heb tegen Vita gezegd dat ze er verstandig aan zou doen niets te zeggen. Je weet nooit wanneer een man domme dingen doet vanwege een kind, hoe dat er ook uitziet. Zij had het zelf al moeilijk genoeg gehad hem ertoe te brengen haar en de meisjes te erkennen.'

'Dat verklaart het hardlopen, de gezichtscrèmes en seksspeeltjes,' zei Derwent. 'Om zijn aandacht te krijgen.'

Als Renee in staat was geweest diep te fronsen, had ze dat nu gedaan. 'Ik denk liever niet na over dat aspect van het leven van mijn zus.'

'De seks?'

'Absoluut.' Ze keek koeltjes. 'Het is ook uw zaak niet.'

'Alles is onze zaak.' Derwent zei het op spottende toon, maar er zat een kern van waarheid in.

'Nou, mijn zaak draait om luxe, en luxe betekent ook dat je niet hoeft te wachten. Dus als jullie klaar zijn: er wachten klanten op mij.'

'Tijd om te gaan.' Hij nam een denkbeeldige pet van zijn hoofd. 'Dank u voor uw inbreng, mevrouw Fairfax. U hebt ons zeer geholpen.'

Ik denk dat ze graag had gezegd dat hij haar rug op kon, maar niet het risico wilde lopen dat hij dat kinky zou vinden. Ze nam genoegen met het slaan met de deur, zo hard ze kon. Derwent staarde ernaar. 'Dat ging best goed, volgens mij.'

'Beter dan de vorige keer dat ik haar heb ontmoet, geloof het of niet.'

'Dat komt omdat jij je charme niet gebruikt, Kerrigan.'

'En met charme bedoel je dat je iemand vertelt dat ze een bloeiende carrière zou kunnen opbouwen met telefoonseks?'

'Dat vond ze heerlijk.' Hij schudde zijn hoofd. 'Ik wist wel dat ik er van het begin af aan bij betrokken had moeten zijn. Let maar eens op hoe Lydia voor me valt.'

'Ongetwijfeld als een blok.' Ik las het signalement nog eens door. 'Wat is jouw idee over die man?'

'Die donkerharige vreemdeling? Ik zet mijn geld op de media of een waanidee.'

'Ik waag echt geen gokje met jou.'

'Ik heb het geluk aan mijn kant.'

'Je zou valsspelen.' Ik aarzelde. 'Het is dus niets om ons zorgen over te maken.'

'Waarschijnlijk niet.' Hij haalde zijn schouders op. 'Hoe wil je hem opsporen, Kerrigan? Al had hij in de tuin aan zijn nagels staan peuteren met een kapmes, dan nog zouden we hem eerst moeten vinden om met hem te kunnen praten, en die angstaanjagende Renee heeft hem weggejaagd.'

'Het is de moeite waard om te checken wat de dienstdoende agenten die avond te horen hebben gekregen. Misschien weten zij meer bijzonderheden.'

'Ja, dat is ook een manier om je tijd te verdoen.'

'Het signalement zei jou niets?'

Er verschenen rimpels op Derwents voorhoofd terwijl hij erover nadacht. 'Er zijn niet veel aanknopingspunten. Het is de klassieke donkere vreemdeling.'

'Het is een signalement dat tamelijk goed bij Christopher Blacker past, dacht ik.'

'Verrek. Je hebt gelijk.'

'Ja, het zou de moeite waard kunnen zijn om haar een foto van meneer Blacker te laten zien.'

'Ook al heeft ze hem niet goed gezien.'

'Nou ja, je weet nooit of haar weer iets te binnen schiet bij een foto.'

'Jij denkt dat we meer belangstelling zouden moeten tonen voor Christopher Blacker, nietwaar?'

'Dat wil ik liever niet denken,' zei ik eerlijk. 'Ik vond hem aardig, of dat dacht ik tenminste. Hij was erg charmant.'

'Maar dat was misschien de opzet. Jou inpalmen, net doen of hij zich niet druk maakt over zijn leven dat in duigen valt, en plannen smeden om dat van Philip Kennford te verwoesten.'

'Ik had het zelf niet beter kunnen verwoorden.'

'Ik geloof dat we meneer Blacker maar weer eens een bezoekje moeten brengen. Gewoon om even goeiedag te zeggen.'

'We hebben geen bewijs,' merkte ik op. 'Nog geen haartje dat erop wijst dat hij hier is geweest. Niets wat hem in verband brengt met de plaats delict. En als je hem zonder bewijs gaat ondervragen, waarschuw je hem alleen maar dat hij voorzichtiger moet zijn.'

Derwent wreef in zijn ogen. 'Oké. Ik zal hem laten volgen. Hem een paar dagen in de gaten laten houden. Ik betwijfel of ik toestemming krijg voor langere tijd zonder dat we enig bewijs tegen hem hebben.'

'We zouden het kunnen proberen met een huiszoekingsbevel. Zijn flat doorzoeken, kijken of er iets verdachts te vinden is.'

'Zoals een reusachtig mes? Heel graag, maar dan komt hij er net zo goed achter dat we in hem geïnteresseerd zijn.' Derwent slaakte een zucht. 'Laat hem nog een tijdje in onwetendheid, Kerrigan. Laat hem denken dat we hem vergeten zijn. Als hij over de schreef gaat, zijn we er klaar voor.'

We liepen over het grind naar de auto, waar Lydia op ons wachtte.

'Die Renee. Wat een takkewijf.' Hij zei het tegen mij, maar Lydia hoorde het en er gleed een glimlach over haar gezicht. Hij boog voorover. 'Klaar voor vertrek?'

'Helemaal.'

'Dan gaan we ervandoor.'

Dat was gemakkelijker gezegd dan gedaan. Het verkeer op weg naar de M25 was een ramp, omdat er in verband met wegwerkzaamheden twee banen gesloten waren, met een chaos als gevolg. Derwent sliep al voordat we erdoorheen waren, met zijn hoofd achterover en onophoudelijk snurkend. Ik keek Lydia van opzij aan. 'Zie je? Ik zei al dat hij zou gaan pitten.'

'Doet hij dat altijd?'

'Wat, slapen in de auto? Nee. Maar dat is vooral omdat hij meestal rijdt.'

'Waarom rijdt hij nu dan niet?'

Omdat ik hoopte dat je mij in vertrouwen zou nemen. 'Omdat hij moe is, neem ik aan.'

'O.' Ze keek door de ruit naar een stationwagen die was volgeladen met vakantiespullen: koffers, emmertjes en schepjes, en fietsen achterop. Er zaten drie kinderen op de achterbank. Ik had al naar binnen gekeken om te controleren of ze allemaal hun gordel om hadden. Macht der gewoonte.

'Zouden ze op de heenweg of op de terugweg zijn?' vroeg Lydia.

'Op de heenweg, zo te zien.'

'Waar zie je dat aan?'

'De auto ziet er nog vrij netjes uit, dus hebben ze tijd gehad om alles rustig in te pakken. En ze zien er allemaal tevreden uit.' Het kind dat het dichtst bij ons zat, draaide zich om en zag dat we naar hen keken. Hij stak zijn tong uit. 'Schattig hoor.'

Lydia lachte en zwaaide naar hem. 'Ons verdiende loon. We hadden ze niet moeten bespioneren.'

'Dat is het enige leuke aan een verkeersopstopping. Je kunt eens goed in andermans leven neuzen.'

'Dat is uw werk, hè?'

Ik keek haar verbaasd aan. 'Eigenlijk wel, ja. Dat, en proberen ervoor te zorgen dat mensen die iets slechts hebben gedaan daarvoor worden gestraft.'

Ze keek uit het raam naar buiten, van mij weg. 'Wat zou er gebeuren met degene die Laura en mama heeft vermoord, als jullie die te pakken krijgen?'

'Die zou naar de gevangenis gaan.'

'Lang?'

'Mogelijk voor altijd.' Ik aarzelde. 'Het zou afhangen van de omstandigheden.'

'Hoe bedoelt u?'

'Hoe oud iemand is. Waarom iemand het heeft gedaan.'

'Of die er een goede reden voor had?' Haar stem klonk weifelend.

'Nee. Meer of diegene ziek was en daarom zo heeft gehandeld. Dan zou die persoon misschien naar een kliniek gaan in plaats van de gevangenis.'

Ze knikte en keek weer naar buiten. Ze had haar haren die ochtend gewassen en ze waaiden op in de wind toen we de drukte voorbij waren en wat sneller gingen rijden. Ze wapperden rond haar gezicht, dus kon ik haar niet goed zien.

'Lydia, weet jij wie Laura en je moeder heeft vermoord?'

'Nee.' Het antwoord kwam direct.

'En Laura's vriendje?'

'Wat is daarmee?'

'Weet je hoe hij heet?'

'Ik heb al gezegd van niet.'

'Ja, maar dat is een paar dagen geleden. Ik dacht dat je het je nu misschien weer zou herinneren.'

'Hoe zou ik het me kunnen herinneren als ik nooit iets over hem heb geweten?'

'Tja, daar zit wel wat in.'

'U gelooft me niet, hè?'

Ik haalde mijn schouders op. 'Het zou me niet verbazen als je meer weet dan je tegenover ons loslaat. Het zou me al helemaal niet verbazen als je Laura probeert te beschermen. Het is alleen frustrerend voor ons omdat we echt met hem moeten praten, om uit te sluiten dat hij het heeft gedaan.'

'Denkt u dat hij ze vermoord zou kunnen hebben?'

'Dat weet ik niet, maar ik weet wel dat ik die mogelijkheid moet openhouden totdat we met hem hebben gepraat. Mensen doen soms rare dingen uit liefde. We weten dat Laura iemand zou ontmoeten op de avond dat ze overleed, maar wie dat was, heeft ze geheimgehouden voor haar vriendinnen. Misschien was hij het wel.'

'Misschien.'

'Als we Laura's telefoon hadden, zouden we hem mogelijk kunnen opsporen.'

Ze zei niets.

'Die hebben we nog steeds niet gevonden, Lydia. We proberen ook nog steeds toegang te krijgen tot Laura's e-mails. Op dit moment weten we eigenlijk niets over haar.'

'Ik weet niet wat u van me wilt.' Ik moest moeite doen om haar boven de motor uit te horen.

'Praat met ons, Lydia. Heb vertrouwen in ons. Daarmee kun je Laura of haar nagedachtenis geen schade toebrengen. Het beste wat je kunt doen, is ons helpen haar moordenaar te vinden.'

'Dat zou ik doen als ik het kon.' Haar handen lagen ineengewrongen op haar schoot en ik voelde me vreselijk: ik zat haar eigenlijk onder druk te zetten.

'Denk er gewoon eens over na.'

Ze gaf geen antwoord en ik richtte mijn aandacht op het autorijden, waarbij ik zoveel vaart maakte als redelijkerwijs mogelijk was. Toen ze begon te praten, was dat zo zacht dat ik het bijna niet hoorde. 'Laura was kwaad op mama.'

'Waarom dan?'

'Ze was kwaad over iets wat mama vorige week had gedaan.'

'Wat voor iets?'

'Weet ik niet precies.'

'Hoe weet je het dan?'

'Ik hoorde haar afgelopen donderdag met iemand praten aan de telefoon. Ik stond in de badkamer tussen onze slaapkamers mijn tanden te poetsen. Ik denk dat ze niet wist dat ik daar was.'

'Wat zei ze?'

'Dat weet ik niet precies meer. Iets van: "Dat is echt typisch mama. Niet te geloven dat ze je niet eens met hem wil laten praten."'

'Nog iets anders?'

'Ze zei dat mama er sowieso niets mee te maken had en dat zij het wel zou proberen te regelen. En toen zei ze "zondagavond".'

'Weet je dat zeker?'

'Heel zeker. Want toen ze later zei dat ze uit zou gaan, nam ik aan dat er een verband was.'

'Denk je dat ze dat gesprek misschien met haar vriendje voerde?'

'Ik weet het niet.' Lydia plukte aan een droog velletje naast haar duimnagel. 'Misschien wel. Ze zei: "Ik wil je heel graag zien." Het kan zijn dat hij het was.'

'Kan het zijn dat Laura hem aan je ouders wilde voorstellen en eerst maar eens met je moeder over hem heeft gesproken om te polsen wat voor reactie ze zou krijgen? Is dat waarschijnlijk?'

'Misschien. Laura praatte makkelijker met mama dan met papa, hoewel ze uiteindelijk vaak tegen elkaar begonnen te schreeuwen.'

'Dus het was niet ongebruikelijk dat ze kwaad op haar was.'

Lydia schudde haar hoofd. 'Niet op deze manier. Ze praatte eigenlijk niet meer tegen mama na dat telefoontje. Tot de avond dat ze doodging, bedoel ik. Laura was eerder iemand die schreeuwde en met dingen gooide, dus het was vreemd.'

'Wat vond je moeder ervan?'

'Ze probeerde met haar te praten. Ze vroeg mij wat er aan de hand was, maar dat wist ik niet.'

'Heb je het aan Laura gevraagd?'

'Nee. Ik wist dat ze het me niet zou vertellen. Ze had graag geheimen. Zij had altijd de leiding en ik volgde haar gewoon. Of niet.'

'Er wordt altijd gezegd dat tweelingen zo close zijn.'

'Dat waren wij eigenlijk niet. We hadden niet veel gemeen. Maar ik hield van haar en zij hield van mij.' Lydia slikte. 'Ik denk dat ze me probeerde te beschermen, snapt u. Ik denk dat ze niet wilde dat ik wist waardoor ze van streek was, zodat ik er ook bij betrokken zou raken. Ze probeerde altijd voor me te zorgen. Alsof ze twee jaar ouder was dan ik, in plaats van twee minuten.'

'Was zij meestal volwassener dan jij?'

'Ik denk het wel.' Lydia keek weer uit haar raam, met haar hoofd weggedraaid. 'Ze had haast met volwassen worden, zei mama altijd. Ze kon niet wachten tot ze uit huis zou gaan. Ze vond dat papa zichzelf voor de gek hield, zoals hij greep op ons wilde houden.'

'Dat verklaart haar rebelse gedrag. Dat ze een vriendje had, bedoel ik.'

'Dat, en alles wat ze verder maar kon bedenken.' Lydia klonk af en toe veel ouder dan ze was, streng en afkeurend als een oude ongetrouwde tante. 'Ze zette ze altijd onder druk. Ze zocht manieren om ze te provoceren – om ze uit te dagen. Het maakte niet uit hoe. Ze vond het leuk om ze kwaad te maken.'

'Klinkt gezellig.'

Lydia huiverde. 'Ik had er een hekel aan. Als we uit eten waren, als we met de auto ergens naartoe reden: altijd hetzelfde liedje. Ze begon ruzie te maken om te kijken wat er zou gebeuren. Mama zei dat ze dat van papa had, maar die zei weer dat het niet zijn schuld was.'

'En jij wilde alleen maar met rust worden gelaten.'

'Precies.' Lydia keek me verbaasd aan. 'Hoe kunt u dat nou weten?'

'Die indruk kreeg ik gewoon.'

'Nou, zo was het inderdaad.'

Dus Laura had iets – of iemand – gevonden om haar ouders mee te kwellen. En Lydia had niet willen weten wat het was. Knarsetandend deed ik mijn best mijn frustratie niet te laten blijken. Ten eerste had dat geen zin; die mogelijkheid was verloren gegaan. Bovendien, als ze wat nieuwsgieriger was geweest, had het er dik in gezeten dat we nu ook Lydia's dood in onderzoek zouden hebben. We zwegen allebei weer, een zwijgen dat alleen werd onderbroken door zacht gesnurk van de achterbank, tot we van de snelweg af gingen en terechtkwamen in een wirwar van kronkelende landweggetjes. Derwent werd wakker met een snorkend geluid. 'Waar zijn we?'

'Goeie vraag.' Ik ging langzamer rijden om over een steile boog-brug heen te komen. 'Als jij je tomtom niet had gemold, hadden we misschien enig idee.'

'Je hebt geen tomtom nodig als je een kaart hebt.' Derwent graai-de naar de wegenatlas die hij op de hoedenplank had liggen.

'Ik betwijfel ten zeerste of deze weg op jouw kaart staat. Ik heb geen naam gezien. Bovendien moet je om te beginnen weten waar je bent. En we zijn verdwaald.'

'Heeft Savannah u geen routebeschrijving gegeven?' vroeg Lydia.

'Daar is volgens mij geen touw aan vast te knopen.' Ik gaf haar het vel papier waar de instructies op waren gekrabbeld.

'Ga rechts bij het witte hek,' las ze voor. 'Neem daarna de tweede links, bij de bruine koe.'

Derwent keek al vrolijker. 'Is dat een pub? Dat zijn altijd goede oriëntatiepunten. We kunnen er een paar pummels uit de buurt vra-gen ons de weg te wijzen.'

'Ik geloof dat ze echt een koe bedoelt,' zei ik.

'Wat? Dat is belachelijk.'

'Nou, dat is wat er staat.'

'Heb je haar telefoonnummer?'

Ik had mijn telefoon tussen mijn hoofd en schouder geklemd ter-wijl ik reed. 'Ik krijg haar voicemail.'

'Nou, zeg maar dat ze een idioot wijf is.'

'Hou je kop,' snauwde ik vlak voor de piep. Ik liet een kort be-richtje achter en vroeg of ze wilde terugbellen.

'Waarom heb je niet gezegd dat we verdwaald zijn?'

'Omdat dat niet zo zou moeten zijn. Als jij je tomtom niet naar de knoppen had geholpen…'

'Je moet niet afhankelijk zijn van je tomtom. Die dingen zijn er namelijk niet altijd geweest, hoor.'

'Nou, ik had er geen nodig gehad als mijn kaartlezer niet achterin had liggen slapen.' Ik reed een inrit op en stopte. 'Kom, laat me die kaart even zien. Ik zal kijken of ik wat oriëntatiepunten herken.'

De atlas zeilde tussen de twee voorstoelen door en kwam met een klap neer op het dashboard, als een gewonde vogel. Ik had mijn mond al geopend voor een sneer tegen Derwent toen ik een zacht ge-jammer hoorde vanaf de stoel naast mij.

'Lydia? Gaat het wel?'

'Ik snap niet waarom jullie zo akelig tegen elkaar doen.' Het kwam eruit met een snik.

'We doen niet echt akelig.'

'Klopt.' Derwent wierp zich als een overenthousiaste labrador tussen ons in. 'Het is eigenlijk een teken van genegenheid.'

'Zo ver zou ik ook weer niet willen gaan.' Ik hield mijn hoofd schuin zodat ik langs hem heen kon kijken. 'Maar serieus, het is niet zo dat we echt kwaad op elkaar zijn. We balen er gewoon een beetje van dat we verdwaald zijn.'

Lydia knikte en droogde haar tranen. 'Het spijt me.'

'Je hoeft je nergens voor te verontschuldigen, lieverd.' Derwent woelde even door haar haren en schoof terug op de achterbank. 'Heb je al iets, Kerrigan?'

Ik bladerde de atlas door om te kijken waar we de snelweg hadden verlaten, maar ik was het spoor bijna meteen bijster. 'Helemaal niets. We kunnen gewoon door blijven rijden.'

'Uw telefoon heeft wel ontvangst, toch?' zei Lydia. 'Want dan kunt u die gebruiken om erachter te komen waar we zijn.'

'Briljant,' riep ik uit, en ik duwde erop met mijn vinger. 'O, maar geen bereik.'

'Ik kijk wel of het hiermee lukt.' Ze rommelde in haar tas en haal-de een telefoon tevoorschijn, die ze aandeed. Het duurde even tot de netwerkverbinding tot stand kwam terwijl ik naar die telefoon zat te staren, en ook naar haar, en me afvroeg of ik iets zou zeggen. Een blik op een ernstige Derwent in de achteruitkijkspiegel gaf de doorslag.

'Lydia… Ik dacht dat je geen telefoon had.'

Ze keek me schuldbewust aan. 'Ik gebruik hem niet.'

'Maar die telefoon is van jou?'

Een zwijgend knikje.

'Je zei dat je niet van mobieltjes hield.'

'Ik bel niemand. Nooit. Ik heb hem alleen voor noodgevallen.' Ze was knalrood. 'Ik weet mijn eigen nummer niet eens. Ik heb hem ge-woon om het alarmnummer te bellen en om te kunnen zien waar ik ben als ik verdwaal. Mama wilde dat ik er eentje had. Er staan zelfs geen contacten in. Kijk maar.' Ze keerde de telefoon naar me toe, zodat ik kon zien dat hij leeg was.

'Dat is een mooie telefoon voor alleen noodgevallen,' merkte ik op. Het was een super-de-luxe Samsung.

'Nou, dit is toch zeker wel een noodgeval, Kerrigan? Laat dat kind met rust.' Derwent had zijn armen over de achterbank uitgespreid, in een buitengewoon ontspannen houding.

'Daar heb je helemaal gelijk in. Ik zal mijn mond houden en op aanwijzingen wachten.' Ik klonk te opgewekt. Ik keek weer in het spiegeltje en zag in Derwents ogen de uitdrukking waarvan ik wist dat die ook in die van mij lag.

Argwaan.

18

Het was Zoe die ons tegemoetkwam toen we eindelijk arriveerden –
Zoe met een brede glimlach en een warm welkom voor het halfzusje
van haar vriendin. Een intimiderend landhek hield de auto tegen,
zodat we met draaiende motor stonden te wachten op het hobbelige
pad dat naar het huis voerde, maar door de vijf planken van het hek
heen zag ik vaag een groepje oude gebouwen van verweerde rode bakstenen, met afbladderend verfwerk en een oneffen dak met een heleboel scheve dakpannen. Ik kreeg vooral het gevoel dat ik op een huiselijke plek was. Er stonden roze bloemen in de bloembakken, en
rode geraniums tierden welig in een oude melkbus naast de deur. Zoe
stapte over een dikke kat die op het stoepje lag te soezen terwijl ze
naar ons toe kwam om het hek open te maken. Ze liep naar de auto en
keek door het raampje. 'Sav ligt te slapen, geloof het of niet. Kom
erin, dan maak ik haar wakker.'

'Het is al bijna middag.' Derwent straalde een en al afkeuring uit.

'Ja, en?' Ze haalde haar schouders op. 'Ze heeft geen reden om op
te staan. Ze is vandaag vrij en de rest van de week is ze elke dag vroeg
begonnen.'

'Met zo'n baan heb je maar mazzel.'

'Ja, nou, de reden dat ze die mazzel heeft, is dat ze uniek is.' Zoe
keek nog steeds Lydia aan. 'Wil je eerst een rondleiding of wil je graag
meteen je kamer zien?'

'Liever de rondleiding.'

Ze keek kwaad in de richting van de achterbank. 'Ik had het niet
tegen u.'

'Weet ik.' Derwent verspilde niets van zijn charme aan haar. Niet dat hij daar überhaupt veel van had, maar ik kon zijn gedachten vrij gemakkelijk lezen, en het leek me dat ook Zoe daar geen moeite mee had. *Het heeft geen zin om aardig te zijn tegen een pot, toch?* 'Maar nu u toch het aanbiedt.'

'Ja, maar dat is niet het geval.' Zonder zich van de wijs te laten brengen, hield ze voet bij stuk.

'Luister, we moeten de boel hier inspecteren. Om er zeker van te zijn dat Lydia in een veilige omgeving terechtkomt.'

'U lijkt in niets op de maatschappelijk werkers zoals ik ze wel heb meegemaakt.'

'Goh? Zijn dat er dan veel?'

'Een paar.' Ze knipperde met haar oogleden en ik kreeg sterk het idee dat ze er spijt van had dat ze het gesprek deze kant op had laten gaan. 'Oké. Het kan geen kwaad u rond te leiden. Misschien kunt u Lydia's vader dan vertellen dat het hier niet het toppunt van losbandigheid is, of wat hij er ook van lijkt te denken.'

'O, daar weet u dus van?' Ik grijnsde. 'We hebben wat onverwacht gezeur over ons heen gekregen.'

'Ik weet het. We zijn jullie dankbaar.' Ze liep terug en hield het hek open. Ik reed voorzichtig het erf op en stopte bij de voordeur, dicht bij een heel mooie zilverkleurige Audi die daar geparkeerd stond. Het erf was een bestraat vierkant stuk grond waar hier en daar onkruid omhoogschoot. Het was omgeven door stallen, maar alle deuren waren dicht en het rook er niet naar paarden.

'Dit is een hengstenfokkerij geweest,' legde Zoe uit. 'Het is al tien jaar lang niet meer als zodanig in gebruik.'

Derwent had zich van de achterbank gewurmd en rekte zich uit. 'Typisch. Geen enkele mannelijke inbreng.'

'Zei u iets?' Zoe's stem stond op scherp. Ik onderdrukte een glimlach en vond het leuk te zien dat Lydia hetzelfde deed.

'Ga door.' Derwent maakte een hooghartig handgebaar. 'Waar is dat atelier van u?'

Ze wees naar de andere kant van het erf, recht tegenover het huis. 'Het was vroeger een duiventil. Savannah heeft het als verrassing voor mij laten verbouwen.'

'Waar is de deur?'

'Op de hoek. Die groene. Maar daar kunt u niet heen,' ging ze snel verder.

Derwent was al halverwege het erf. 'Waarom niet?'

'Omdat het privé is. Bovendien valt er niets te zien. Het is gewoon een vertrek met een tekentafel en wat kisten.'

'Ik ben niet geïnteresseerd in wat er in dat vertrek staat. Ik ben geïnteresseerd in het uitzicht.'

'Savannahs alibi?' Ze perste haar lippen strak op elkaar. 'Prima. Ga uw gang.'

Dat liet Derwent zich geen twee keer zeggen. Hij haastte zich door de deur en holde de trap op.

Ik keek Zoe aan. 'Maakt u uw eigen werk niet zelf?'

'Soms. De eenvoudige dingen lukken me wel. Maar in het algemeen ontwerp ik dingen en laat ik ze door anderen maken. Ik ben goed in tekenen en concepten. Maar ik ben geen geweldige zilversmid.' Ze haalde haar schouders op. 'Het is altijd gunstig om je beperkingen te kennen.'

'Het is vast ook gunstig dat u en Savannah een relatie hebben. Ik durf te wedden dat dat gratis reclame oplevert.'

'Savannah draagt wel stukken van mij, maar ook heel veel andere dingen.' Ze glimlachte stralend naar Lydia. 'Draag jij sieraden?'

'Niet zo vaak.'

'Je zou roze toermalijn moeten dragen. Dat zou je prachtig staan.'

Lydia keek verlegen naar beneden, terwijl Derwent weer terug kwam lopen. Hij haalde zijn schouders naar me op. Er viel nog geen conclusie te trekken.

'Zijn er nog meer buitengebouwen of is dit alles?' vroeg ik.

'Er is een garage aan de andere kant van het huis. En een schuur. We maken er niet veel gebruik van.'

'Laat u uw auto hier altijd staan?'

'Meestal wel.' Ze keek alsof ze was vergeten dat die er stond. 'Tja, het is het makkelijkst.'

'Laat me de garage eens zien,' zei Derwent op dwingende toon.

'Waarom?'

'Omdat ik het vraag. En voor mijn doen vraag ik het netjes.' Hij veegde het zweet weg dat onder zijn haargrens parelde. 'Kom op, maak er nou geen toestand van. Daar is het verdomme te heet voor.'

'Prima.' Zoe liep met lange, nijdige passen naar de zijkant van het huis. Voor het eerst zag ik een zwarte bordercollie die zich dicht bij ons in de schaduw schuilhield.

'Stoort hij zich niet aan de kat?'

'Wie? Beckett? Nee. Ze negeren elkaar. De kat krijgt geregeld kittens en ze is chagrijnig als ze krols is, als ze zwanger is en als ze een nestje heeft. Dus dat is eigenlijk altijd. Ze heeft hem geleerd haar met rust te laten.'

De hond liep achter ons aan met de massa en het gewicht van een roetvlok, waarbij hij zijn neus regelmatig aflikte met een lange roze tong. Ik stak mijn hand naar hem uit en knipte met mijn vingers, maar hij reageerde niet.

'Houdt hij van mensen?'

'Niet erg. Ik heb hem uit een asiel gehaald. Hij heeft niet zo'n beste start gehad.'

'Is het uw hond?'

'Ja. Savannah houdt niet zo van honden, maar ze vindt het fijn dat ik gezelschap heb als zij op reis is.'

'Hij lijkt op Mollie.' Het was praktisch voor het eerst dat Lydia iets had gezegd. 'De hond van papa.'

'Die is zwart-wit, toch?' zei ik.

'Ja. Maar haar kop heeft dezelfde vorm.'

'Jij moet wel een kunstenares zijn,' zei Zoe. 'Dat zoiets je opvalt, bedoel ik.'

'Ze maakt fantastische tekeningen.' Ik besefte dat ik klonk als een trotse moeder en nam een beetje gas terug. 'Ik vind ze in elk geval goed.'

'Het is maar een hobby,' mompelde Lydia.

'Zo ben ik ook begonnen. En nu leef ik van mijn hobby.'

'Daarvan, en van het vozen met een topmodel dat miljoenen waard is.' Derwent wond er geen doekjes om. Ik keek even naar Lydia om te zien of ze van haar stuk was gebracht, maar haar gezicht stond bestudeerd neutraal. 'Ga me nou niet vertellen dat u zich in uw eentje zo'n huis zou kunnen veroorloven.'

'Waarschijnlijk niet,' zei Zoe kalm.

'Ontwierp u al sieraden voordat u Savannah had ontmoet?' vroeg ik.

'Niet beroepsmatig.'

'Wat deed u dan?'

'Van alles. Ik heb als serveerster gewerkt. En een paar seizoenen als skilerares in Zwitserland. Ik heb ook een tijdje een koksopleiding gevolgd.' Ze haalde haar schouders op. 'Wat er maar op mijn pad kwam, eigenlijk. Ik had me nog nergens op toegelegd.'

'Hebt u een universitaire studie gedaan?'

'Dat kon ik me niet veroorloven.'

'Nu zou het wel kunnen,' merkte Derwent op. 'Uw vriendin kan die betalen.'

'Dat zou ze misschien ook wel willen doen, maar ik zou het geld niet aannemen.' Zoe keek hem kwaad aan. 'Hou op met suggereren dat ik een relatie met Savannah heb om van haar te profiteren.'

'Een redelijke veronderstelling.'

'Nee hoor. Helemaal niet redelijk.'

Ze had ons een stukje van het huis weg geleid, naar een pad dat naar een groepje gebouwen slingerde. We liepen door lang gras, met tjirpende krekels aan beide kanten, terwijl de zon fel op mijn hoofd scheen. Onzichtbare beestjes met een heleboel pootjes kropen over mijn nek en onder mijn broekspijpen. Allemaal verbeelding, zei ik streng tegen mezelf.

'De garage. Op uw verzoek.' Zoe maakte een zwierig gebaar.

Het was een ouderwetse houten constructie, een schuur met een raam boven de deur en met dakramen rondom. Gebouwd in de begintijd van de auto: om het plaatje af te maken zou er eigenlijk een T-Ford in het midden geparkeerd moeten staan. De deur was open, zodat meteen duidelijk werd dat er niets te vinden was behalve een zich uitbreidende olievlek. Er hingen planken aan de muren, vol blikken benzine, koelvloeistof en olie. Het was logisch dat ze die spullen moesten hebben om kleine problemen met de auto te verhelpen; het zou een eind lopen zijn om bij de dichtstbijzijnde garage te komen. Verder leek het erop dat het hoog tijd was om iets te doen aan de oorzaak van die plas op de vloer. Derwent ging naar binnen, hurkte ernaast en haalde er een vinger door.

'Die is nog vers. Hebben jullie een lekkageprobleem?'

'Af en toe.'

'Het is een vrij grote plas. U parkeert de auto hier vast geregeld.'

'Ja. Dat heb ik gezegd, toch?'

'U zei dat u hem meestal op het erf parkeerde. Maar het lijkt of deze garage veel wordt gebruikt.'

'Nou, het is waarschijnlijk half om half.' Haar stem klonk geïrriteerd. 'Ik zie niet in wat het probleem is.'

'Waar was de auto zondagavond?'

'Dat weet ik niet meer.'

'Want als hij hier geparkeerd stond, zou u niets hebben gehoord als hij wegreed, toch? Niet vanaf de andere kant van het huis.'

'Nou, als ik heb gezegd dat hij op het erf stond, dan was dat zo.'

'Maar u weet het niet zeker.'

'Ik weet het wel zeker.' Ze stond in de zon en hief een hand omhoog om haar ogen te beschermen. Met als bijkomend voordeel dat ze haar gezichtsuitdrukking kon verbergen.

'U zei net dat u het niet meer wist,' zei Derwent.

'Ik heb me vergist.'

'Wanneer? Gisteren, toen u ons vertelde dat de auto op het erf stond, of vandaag?'

'Vandaag.'

'U snapt toch wel dat dit belangrijk is? U weet waarom ik ernaar vraag.'

'Natuurlijk.'

'U bent Savannahs alibi.'

'Dat begrijp ik.' Zoe keek neer op Derwent, een behoorlijk eind, gezien haar lengte. 'Als u mij vraagt of ik denk dat Savannah naar Londen is gegaan om Vita en Laura te vermoorden, is het antwoord beslist nee.'

'Ik vraag u waar de auto stond.'

'Op het erf.'

'Zeker weten?'

'Ja.'

'Geen twijfel mogelijk?'

'Geen enkele.'

'Oké. Dat wilde ik even helder hebben.'

'Ik ben blij dat ik u heb kunnen helpen.' Ze trok haar wenkbrauwen op. 'Hebt u genoeg gezien?'

'U zei dat er nog een schuur was,' merkte ik op.

'Een oude, achter de garage. We gebruiken hem niet. Het dak komt naar beneden. En verder is er alleen nog het huis.'

We draaiden ons alle vier om. Wat we zagen was een lang, laag pand waarvan sommige gedeelten duidelijk ouder waren dan andere, hoewel er niets te zien was wat je echt nieuw kon noemen. De bakstenen hadden honderden tinten rood, de ramen waren klein en laag, en willekeurig over het huis verdeeld. De kant waar we stonden was meer beschut dan het erf, en er stonden acht of negen kleine bomen achter het huis, met onrijpe appels die felgroen afstaken tegen de bladeren.

'Wat mooi.' Ik had het niet hardop willen zeggen, maar Zoe glimlachte naar me.

'Dat vinden wij ook.'

'Het ziet er niet uit als een huis waar iemand die rijk is zou willen wonen.' Derwent leek niet onder de indruk.

'Dat ligt dan aan uw gebrek aan verbeeldingskracht. Het is ideaal voor Sav. Ze brengt al haar tijd door in steden of vliegtuigen. Dit is precies het tegenovergestelde. Niemand ziet wat ze aanheeft. Geen van de buren kan het wat schelen dat ze beroemd is. Ze kan zich hier echt ontspannen.'

'Een goede manier om haar helemaal voor uzelf te houden, hè?'

'Ik hoef Savannah niet bij de rest van de wereld vandaan te houden om er zeker van te zijn wat ze voor me voelt.' Zoe zei het zachtjes, maar vol overtuiging.

'Kunnen we nu naar binnen?' vroeg Lydia.

'Natuurlijk. Ik weet niet eens wat we hierbuiten nog doen. Kom maar mee.' Zoe liep met grote passen terug over het pad, waarbij haar lange benen door het gras maaiden. Lydia liep op een drafje achter haar aan, als een jack russell. Ze zag er voor de verandering precies zo oud uit als ze was. Ik volgde in een langzamer tempo en hoorde dat

Derwent achter me binnensmonds liep te vloeken. Het had de hitte kunnen zijn die hem dwarszat, maar ik had het gevoel dat het eerder om Zoe ging.

Bij een piepend gekras van metaal op metaal keek ik op naar een van de ramen onder de dakrand, dat openzwaaide. Savannah leunde eruit en wuifde. Haar haren staken alle kanten op en ze droeg een wit hemdje zonder beha eronder. Ze lachte en zag er zonder meer betoverend uit. 'Lydia! Je bent gekomen! Je bent er!'

'Opmerkzaam type, hè?'

Ik keek om naar Derwent. 'Verbitterd?'

'Waarover?'

'Haar gebrek aan belangstelling voor mannen?'

'Maakt me geen reet uit. Ik zit meer met het niet-bestaande alibi.' Hij wees vaag in de richting van het erf. 'Ik ga onder die auto kijken voor we weggaan. Ik wed om een lapdance dat er geen olievlek onder ligt, of waar dan ook op het erf. Die auto wordt nooit ergens anders geparkeerd dan in de garage, behalve vandaag, want ze wisten dat wij zouden komen. Wat we hebben gezien, was één grote show.'

'Waar ik nog mee zit, is de vraag wie er een lapdance zou moeten doen voor wie.'

'Verbeeld je maar niks, Kerrigan. Als ik gelijk heb, betaal jij een professional om voor mij een lapdance te doen.'

'En als je ongelijk hebt?'

'Dan zullen we allebei van een ongestoorde nachtrust genieten, nietwaar?' Hij schudde zijn hoofd en met malende kaken beet hij een stuk kauwgom kapot. 'Ik wou dat ik wist wat Philip Kennford ons maar niet vertelt. Ik wou dat ik er zeker van kon zijn dat het de juiste beslissing is om Lydia hier achter te laten. Maar iets zit me ontzettend dwars.'

Het tweetal voor ons had het huis al bereikt en Lydia stond vlak naast de achterdeur toen Zoe hem opendeed. Haar armen waren om haar tengere lichaam geslagen, alsof ze het koud had. Het verblindende licht van de zon maakte het onmogelijk om daarbinnen iets te zien toen de deur openzwaaide. Zoe verdween in de donkerte zonder ons een blik waardig te gunnen, en na een moment van aarzeling volgde Lydia, ineens compleet buiten beeld alsof ze voor altijd was opgeslokt. Ik wilde dat het niet als een slecht voorteken voelde.

Ik had er de pest aan als Derwent gelijk had.

Wat we aantroffen in de boerderij was een eigenaardig aantrekkelijk allegaartje van sjofel chique vintage spullen en absolute rommel, verschoten chintz en vazen vol wilde bloemen. De vloeren waren van hout, de muren hadden eikenhouten lambriseringen of waren in een crèmekleur geverfd, en waar de plafonds niet waren voorzien van lage, donkere balken, hadden ze de hüttenkäse-achtige klonterigheid van onvervalst oud pleisterwerk. Voor de ramen hing ouderwets linnen met kant – oude lakens en tafellakens waar gordijnen van waren gemaakt – en de kleden op de vloer waren handgemaakt, en ongetwijfeld peperduur. De keuken bevond zich in het hart van het huis: een grote ruimte met een enorme geboende tafel in het midden en een ongelooflijk aantal koperen pannen aan de muur. Dit had een vermogen gekost, dacht ik, terwijl ik keek naar het voortreffelijke timmerwerk dat oude planken en kasten imiteerde, en naar de dubbele verzonken gootsteen. Voorspelbaar genoeg stond er een AGA-fornuis, rood en glanzend als in een showroom. Een van de muren werd in beslag genomen door een zitje bij een open haard, met aan beide kanten een bank met een houten frame, en Zoe gebaarde dat we daar konden gaan zitten. Ze liep naar een bijkeuken waar een Amerikaanse koelkast stond te brommen.

'Zelfgemaakte limonade?'

'Dat klinkt goed,' zei ik, en ik negeerde een kwade blik van Derwent.

'Komt eraan.'

De koelkast rammelde terwijl er ijsblokjes in een kan vielen; het landelijke leven in al zijn pastorale glorie was tot op zekere hoogte kennelijk prima, maar er was geen reden om de kleine luxe dingetjes van het moderne leven op te geven. Ik bedacht me dat ik mijn telefoon maar eens moest checken en het verbaasde me niet dat ik volledig bereik had, en meteen ook wifi. We waren niet zo heel ver van de beschaafde wereld verwijderd.

'Hebben jullie dit allemaal zelf gedaan?' vroeg ik toen Zoe met een dienblad terugkwam.

'Nee. De vorige eigenaar.' Ze keek rond. 'Ik zou het geduld niet hebben om antiekwinkels en veilingen af te lopen voor al dat koperen spul, maar zij vond het geweldig. Ze deed een cursus binnenhuisarchitectuur en dit huis was haar etalage.'

'En Savannah kocht het met alles erop en eraan.'

'Ze vond het mooi. Ze zou zelf ook geen tijd hebben gehad om alles bij elkaar te zoeken, maar het beviel haar wel.' Zoe grijnsde. 'Het is heel anders dan haar andere huizen.'

'Waar woont ze nog meer?'

'New York en Parijs. En er staat een villa in Saint Lucia. Ze had ook een huis in Chelsea, maar dat heeft ze verkocht toen we dit huis vonden.'

'Alle luxe die er maar te koop is.' Derwents stem klonk verbitterd.

'Ze investeert in onroerend goed in het hogere segment. Dit is het enige huis dat ze heeft gekocht omdat ze er verliefd op was.'

'Ik dacht eerder omdat ze voor u was gevallen en dat jullie privacy nodig hadden, zodat niemand erachter zou komen.'

Zoe kreeg een kleur op haar wangen. 'Waarschijnlijk is dat ook zo. In zekere zin.'

'Zit het u nooit dwars dat ze wil doen alsof u niet bestaat?'

'Het hoort erbij.' Ze hield zich bezig met het inschenken van troebele limonade in hoge glazen, en concentreerde zich met meer zorg op haar taak dan misschien strikt noodzakelijk was.

'Wel wat anders dan waar jij woont, hè, Lydia?' zei Derwent.

Het meisje knikte, terwijl ze het allemaal in zich opnam met grote, ronde ogen, die nog wijder open gingen staan bij het getrippel van blote voeten op een krakende houten trap. De deur zwaaide open en Savannah kwam de ruimte in wervelen, nu gekleed in een gebloemde jurk maar nog steeds met ongekamde haren.

'Het spijt me zo dat ik nog in bed lag. Ik heb Zoe gevraagd me wakker te maken bij jullie aankomst.' Ze sloeg haar armen om haar halfzusje heen en gaf haar een korte knuffel. 'Ik ben zo blij dat je er bent, lieverd. We zullen proberen het je naar de zin te maken.'

'Ik heb niets nodig.' Er lag een zweem van opkomende paniek in Lydia's stem. Ze had haar gezicht afgewend, maar ik kon zien dat ze bloosde. Ik dacht aan de stapel tijdschriften in haar kamer en vroeg me af of ze die had verzameld omdat Savannah erin stond. Het was vast niet gemakkelijk om je grote heldin te ontmoeten, ook al was ze familie van je.

'Nou, we zullen ervoor zorgen dat het prettig voor je is om hier te logeren. Heb je je kamer al gezien?'

Zoe gaf antwoord. 'We zijn nog maar net binnen. Ik heb even gewacht met Lydia naar boven brengen.'

'Gewacht, waarop dan?' Savannahs blik viel op Derwent en mij. 'O. U bent er nog.'

'Trekt u zich maar niets van mij aan.' Derwent zag er min of meer uit alsof hij had postgevat in zijn hoek. Hij sloeg zijn limonade achterover en liet een goedkeurende boer, die de lucht rondom hem meteen bezoedelde met bijtende citroen. 'Verfrissend.'

'Fijn dat u het lekker vond.' Zoe zette haar glas op het dienblad alsof ze er niet aan moest denken nog een slokje te nemen na het optreden van Derwent. 'Sav, je kunt Lydia nu haar kamer laten zien, lijkt me.'

Het model klapte in haar handen. 'Oké dan! Kom maar mee.'

Al was de uitnodiging eigenlijk niet aan mij gericht, toch volgde ik ze de keuken uit, op de gok dat Savannah te aardig was om me te zeggen dat ik niet welkom was. Ze nam ons mee de smalle, krakende trap op, naar een lange overloop die over de hele lengte van het huis liep, met aan de ene kant ramen die uitkeken op de kleine boomgaard, en aan de andere kant slaapkamers. Het raam waarin ik haar had gezien was nog open, met gordijnen die zachtjes wiegden in een zwak briesje dat niet sterk genoeg was om de lucht te laten afkoelen. Het was er bijna ondraaglijk benauwd. Aan het schuine dak kon je zien dat we in het bovenste gedeelte van het huis waren.

'Sorry dat het zo heet is. Geen airco, maar je kunt je raam 's nachts openlaten.'

'Ik vind warm weer niet erg.' Lydia's stem klonk als gefluister.

'Dat verklaart hoe je het uithoudt in je zwarte kleren. En ook nog met lange mouwen. Je meent het echt, hè?' Lydia keek met een ongelukkig gezicht naar de grond. De oudste van de twee liet een arm om de schouders van haar zusje vallen en drukte haar even tegen zich aan. 'Als je van dat gothic uiterlijk af wilt, laat je het me maar weten.

Ik heb allerlei spullen als je iets wilt lenen. Te lang voor jou, maar daar vinden we wel wat op.'

'Dat hoeft niet.'

Ik dacht dat Savannah zou gaan aandringen, maar ze keek haar even aan met een bedenkelijke blik en praatte verder. 'Jij krijgt de achterste kamer, want die is het mooist. Wacht maar tot je het uitzicht ziet.'

Ze liep verder over de gang en wees naar haar eigen kamer toen we erlangs kwamen. Door de openstaande deur was een enorm hemelbed te zien, dat onopgemaakt was. Er lag een hoge stapel kleren op een stoel bij het raam en een gammele tafel stond vol met allerlei make-upspullen. 'Zoe vindt me verschrikkelijk omdat ik mijn troep nooit opruim.'

'Doet zij het voor u?' vroeg ik.

'Ze is mijn vriendin, niet mijn slavin.' Daar was weer dat vleugje misprijzen dat me aan haar vader deed denken.

'Ik dacht dat ze uw assistente was.'

'Ze doet de administratie.' Savannah haalde haar schouders op. 'Het is belastingtechnisch gewoon gunstig als ik haar in dienst heb en een salaris betaal. Dat betekent niet dat ik haar uitbuit.'

'Maar zij runt hier het huishouden.'

'Dat is wel zo, ja.' Ze opende de deur aan het eind van de gang en deed een stap naar achteren. 'Ga maar kijken, Lydia.'

Ik liet hen beiden voorgaan. Lydia liep schoorvoetend. Een breed bed met stapels kussens nam een groot deel van de ruimte in beslag. Het stond tegenover het raam, dat groot was en een schitterend uitzicht over de velden en lage beboste heuvels in de verte omlijstte. Om het raam optimaal te benutten stond er een bad op pootjes voor. Het leek me heerlijk om erin te liggen en te staren naar de zonsondergang, bij voorkeur nippend van een koud glas wijn. Savannah wachtte op Lydia's reactie. 'Er is ook een badkamer. Hier zijn een wc en douche.' Ze deed een deur in de hoek open en knipte het licht aan. 'Je hoeft het bad niet te gebruiken als je dat niet fijn vindt.'

'Het is mooi.' Lydia's stem klonk zacht, maar ik dacht dat ze er wel mee ingenomen was. Ze schraapte haar keel. 'Laura had het prachtig gevonden. Ze wilde altijd graag zo'n bad.'

'Ik ook. Daarom viel ik op dit huis.'

'Waarom is dit dan niet uw kamer?' vroeg ik, oprecht benieuwd.

'Omdat de andere een inloopkast heeft en een grote badkamer aan de andere kant, en ik te verwend ben om genoegen te nemen met een piepkleine ladekast als dat niet nodig is.' Ze haalde haar schouders op. 'Tja, af en toe voldoe ik aan het stereotype.'

'Ik ga mijn spullen halen.' Lydia was al halverwege de deur uit. 'Ik wil alles gaan uitpakken.'

'Er is geen haast bij.' Savannah zat op de rand van het bed. 'Maar als je het fijn vindt, is het prima.'

'Ik wil het graag.'

Lydia deed me denken aan een huisdier dat net een nieuw baasje heeft gekregen, dat bevestiging zoekt dat ze echt mag blijven en wil laten zien hoe dankbaar ze is, zonder dat in woorden te kunnen uitdrukken. Ik luisterde hoe ze wegliep over de gang, met een zacht sisgeluid van haar hand die langs de muur gleed. Toen ik hoorde dat ze onder aan de trap was, liep ik naar Savannah en keek haar aan.

'Hoeveel weet u over Lydia's… problemen?'

'Wat bedoelt u? De moorden?'

'Nee. Hoewel die de situatie geen goed zullen doen.' In het kort vertelde ik over de eetstoornis en de zelfbeschadiging, voortdurend met één oor open om te horen of Lydia alweer terugkwam. Savannahs ogen schoten vol terwijl ze luisterde. 'Die arme kleine stakker. Dan is het nog onverstandiger dat papa haar bij Renee heeft ondergebracht.'

'Uw vader voelt niet erg met haar mee. Hij heeft het idee dat ze haar ellende zelf heeft veroorzaakt.'

'Echt iets voor hem.'

'Lydia heeft veel steun nodig, en die heeft ze tot nu toe niet echt gekregen.'

'Dat is wel duidelijk.' Savannah, die er beeldschoon maar verstrooid uitzag, keek van me af in de richting van het uitzicht.

'U beseft wel dat het een grote verantwoordelijkheid is om voor haar te zorgen.' Ik voelde hoe ik mijn zelfbeheersing aan het verliezen was. 'Als dit alleen een manier is om uw vader een hak te zetten, kunt u me dat beter nu vertellen, zodat ik een ander onderkomen voor Lydia kan zoeken. U moet haar serieus de zorg willen geven die ze nodig heeft.'

'Doe niet zo betuttelend,' beet Savannah me toe.

'Dat doe ik niet. Het is alleen zo…'

'Denkt u dat ik niet heel veel eetstoornissen heb gezien in mijn beroep? En snijwonden? Brandwonden zelfs?' Savannah stond op en ijsbeerde door de kamer. 'Het is niet bepaald een onbekend verschijnsel. Modellen zijn niet de meest stabiele mensen.'

'Ik had niet gedacht dat zelfbeschadiging tot de mogelijkheden behoorde, als je lichaam je werk is.'

'Je kunt altijd wel een plek vinden om jezelf te verwonden waar niemand het ziet. Tussen de tenen is een klassieker. Binnen in de mond. De genitaliën zelfs.'

'Het klinkt alsof u er veel van weet. Meer dan ik, moet ik toegeven. Hoe zit het met u? Hebt u het ooit geprobeerd?'

'Ik?' Ze lachte. 'Nee. Daarvoor lijk ik te veel op mijn vader. Ik doe niet aan zelfbeschadiging. Ik beschadig gewoon andere mensen.'

'Wat bedoelt u daarmee?'

Ze haalde haar schouders op. 'In mijn hoofd klonk het goed.'

'Kom op nou, Savannah,' snauwde ik. 'Wat bedoelde je?'

'Gewoon dat Zoe het niet makkelijk heeft. En de vriend met wie ik het heb uitgemaakt om mijn leven met haar te kunnen delen – hij was er bepaald niet blij mee.' Ze zuchtte. 'Ik probeer niemand pijn te doen, maar ik lijk op mijn vader. Ik gebruik mensen en ik ben me ervan bewust, maar ik kan er niet mee ophouden.'

'Het valt vast niet mee. Om er zo uit te zien, bedoel ik.'

'Waarom?'

'Omdat mensen het je naar de zin willen maken. Of omdat ze willen dat je voldoet aan het fantasiebeeld dat ze van je hebben.'

'Dat is het. Ze hebben bepaalde verwachtingen.' Savannah fronste. 'Hoe wist je dat?'

Ik aarzelde. 'Laten we het er maar op houden dat ik de nodige ervaring heb met ongewilde aandacht.'

'Ongewilde aandacht? Ik betwijfel echt of je daar ervaring mee hebt. Ik heb alleen al het afgelopen jaar tien of twaalf stalkers gehad. Ik werd echt serieus bestookt en de politie moest eraan te pas komen.'

'Dat spijt me voor je.' Ik ging de strijd niet met haar aan, al had ik het kunnen proberen.

'Dat hoort er nu eenmaal bij, zoals ik al zei.' Ze lachte vreugdeloos. 'Daarom zou ik eigenlijk wel normaal willen zijn. Een gewone baan hebben, er zelfs gewoon uitzien. Zodat ik zulke dingen niet zou hoeven meemaken.'

'Het spijt me dat ik het je moet zeggen, maar er zijn genoeg gewone mensen die ook worden lastiggevallen. En de meesten van hen hebben niet de middelen die jij hebt. Ze kunnen het zich niet veroorloven om zich op een landelijke prachtplek te verbergen met hun geheime vriendin.'

'Dat was mijn idee niet, hoor. Zoe kwam ermee.'

'Echt waar?' Die indruk had ik niet gekregen.

'Luister, ik ben opgegroeid zonder de voorkant van een koe te kunnen onderscheiden van de achterkant. Ik heb nooit op het platteland gewoond. Ik kan er maar niet aan wennen hoe rustig het hier is, of hoe ver je moet rijden om een pak melk te halen. Dit is totaal niet mijn soort huis, maar ik vind het fijn. Het maakt haar gelukkig. En dat maakt mij weer gelukkig.' Ze schudde haar hoofd. 'Hoe kwamen we op dit onderwerp?'

'Ik wilde je ervan doordringen dat je Lydia in de gaten moet houden.' Ik deed de deur open om te kijken of ze nog steeds beneden was.

'Haar uit de buurt van scherpe messen houden, bedoel je?' Savannah beet op haar lip. 'O god. Dat klinkt alsof ik denk dat zij de moorden heeft gepleegd. Dat is natuurlijk niet zo.'

'Natuurlijk niet,' beaamde ik.

'Maar ze kan het toch ook helemaal niet hebben gedaan? Ik bedoel, de verwondingen die ze had – die kwamen niet van een gevecht.'

'Dat geloof ik ook niet,' zei ik voorzichtig. Het intrigeerde me dat Savannah ermee zat. 'Waarom vraag je dat? Ben je bang dat ze erbij betrokken is?'

Savannah schoof rusteloos heen en weer. 'Ik weet het niet. Niet echt. Ik bedoel, ze is nog maar een kind. Maar Zoe zei iets wat me erover aan het denken heeft gezet. En nu je zegt dat ze een ernstige snee in haar arm had, word ik daar een tikje nerveus van. Ik dacht: ik vraag het toch maar.'

'Het verbaast me een beetje dat je daar niet over hebt nagedacht voordat je haar vroeg bij jullie te komen logeren.'

'Nou, dat heb ik dus niet gedaan.'

'Is ze nog steeds welkom? Want als je wilt dat we haar weer meenemen...'

'Nee! Ik wil haar hier graag hebben. Echt.' Savannah zat weer heen en weer te schuiven. 'Bovendien, wat is het alternatief? Terug naar Renee?'

'Waarschijnlijk.'

'Geen sprake van.'

'Wat heb je tegen haar?' vroeg ik nieuwsgierig.

'Ze kent geen warmte. Geen zorgzaamheid. Het enige waar ze zich mee bezighoudt, is haar reputatie. En haar dierbare familie. Zij was degene die Vita zover kreeg tegen papa te zeggen dat hij met me moest breken.'

'Hoe weet je dat?'

'Dat heeft hij me verteld. Ik heb haar maar één keer ontmoet. Ik vond haar een valse heks, en ik had gelijk. Ik heb papa namelijk een keer gevraagd waarom Vita bij hem bleef. Hij vertelde me dat ze een paar jaar geleden wilde scheiden, maar er op aanraden van Renee van afzag. Renee had tegen haar gezegd dat ze een keuze had gemaakt en dat ze daarmee moest leren leven. Zoiets zou ik niet van mijn oudere zus willen horen, als ik er een had.'

'Ik ook niet. Ik heb me inderdaad afgevraagd waarom Vita nog getrouwd was.'

'Volgens mij was het voor haar een soort obsessie geworden. En ze bleef getrouwd vanwege de meisjes. Maar het kwam vooral door Renee, die haar een schuldgevoel aanpraatte en vond dat ze door dik en dun bij papa moest blijven. Zij gaf hem in feite een vrijbrief om te doen wat hij wilde, en daar deed hij zijn voordeel mee. Je zou haast denken dat ze hem leuk vond of zo.'

'Die indruk kreeg ik niet.'

'Misschien heeft hij een keer een wip met haar gemaakt en haar vervolgens nooit meer gebeld.' Savannahs ogen verwijdden zich. 'Zeg, je denkt toch niet...'

'Lydia komt er weer aan.' Ik maakte met oprechte spijt een eind aan het gesprek, maar er waren dingen die Lydia niet over haar ouders hoefde te horen, en het was toch allemaal pure speculatie. Te oordelen naar het gestommel, gebonk en binnensmondse gevloek had ze Derwent als kruier weten te strikken.

'U hebt een lift nodig.' Hij duwde de deur open met zijn schouder en gooide de tas op het bed, waarbij hij Savannah net miste. 'Dit is trouwens wel te gek.'

'Bedankt. Ik zou denken dat het wat te meisjesachtig voor u zou zijn.'

'En ik zou denken dat het wat te meisjesachtig voor ú zou zijn.' Hij keerde zich om. 'Waar is de tv?'

'Geen tv.'

'U zou daar een klein plasmascherm moeten plaatsen.' Hij wees naar een stuk muur dicht bij het bad. 'In het bad met een koud biertje zitten kijken hoe Manchester United wordt ingemaakt – dan zou ik vrolijk sterven.'

'Dat sterven van u lijkt me prima. Het kan me niet schelen hoe.' Savannah deed geen moeite meer haar gevoelens ten opzichte van Derwent te verbergen. 'Is er nog iets wat ik voor u beiden kan doen of bent u nu bereid ons met rust te laten?'

'Niemand die me nog hier houdt.' Hij keek me aan. 'Ben je klaar, Kerrigan?'

'Dat denk ik wel.'

Derwent en ik namen afscheid van hen met verschillende gradaties van beleefdheid. Toen hij het verhaal van Zoe over de auto nog eens controleerde, deed Derwent geen poging subtiel te werk te gaan. Ik zat op de passagiersstoel te wachten terwijl hij languit op de grond lag en elke centimeter afzocht met zijn zaklantaarn. Zoe en Savannah keken zonder iets te zeggen toe. Lydia was naar het hek gelopen, in gezelschap van de hond, die zich helemaal over haar leek te hebben ontfermd. Toen Derwent uiteindelijk in de auto stapte, was er pure triomf van zijn gezicht af te lezen. 'Niets.'

'En dat is goed nieuws.'

'Nou, objectief gezien niet.' Hij had het fatsoen om er een beetje beschaamd bij te kijken. 'Het betekent dat Lydia misschien gevaar loopt.'

'Maar het belangrijkste is dat jij gelijk had.'

'Dat is wel wat ik bedoel, ja.'

'Jij wint het echt van alle mannen.'

'Eindelijk geef je het toe.' Hij startte de motor en reed voorzichtig naar voren, waarbij hij Lydia de tijd gaf het hek te openen. 'Ik wist dat ik je zover zou krijgen.'

'Maar als je denkt dat ze liegen…'

'Het spreekt voor zich dat ik haar onmiddellijk weer mee terug zou nemen als ik dacht dat ze in gevaar was. Maar ik zie het niet. Ik denk dat deze dames dachten dat ze een alibi nodig hadden en dat ze er daarom een in elkaar hebben gedraaid, gewoon om ons gerust te stellen. Het aanwezige bewijs zegt dat ze erover liegen, maar dat wil nog niet zeggen dat die wandelende paspop een moordenaar is.'

'Hou toch op.' Ik legde mijn hand op Derwents arm. 'Stop nog even.'

Hij remde vlak naast Lydia, die daardoor in een stofwolk gehuld werd. 'Oeps.'

Ik draaide mijn raampje naar beneden en gaf de hoestende tiener een kaartje. 'Sorry van al dat stof. Ik wilde je alleen vragen om mijn nummer in je telefoon te zetten, aangezien je er toch een hebt.'

'Oké.'

'Je weet neem ik aan wel hoe je iemand aan de contacten moet toevoegen.'

'Daar kom ik wel achter.'

'En maak er gebruik van als het nodig is.'

Ze knikte. 'Bedankt.'

'Je weet hoe je me kunt bereiken.'

Ze rende terug naar het hek en sloot het achter zich, zodat we weer buiten stonden. Naast mij zette Derwent de auto in de juiste versnelling.

'Die telefoon was interessant. Had jij gedacht dat ze zo zou kunnen liegen?'

Ik hoefde er niet over na te denken. 'Eigenlijk wel.'

'Hoezo?'

'Omdat het in de familie lijkt te zitten.'

Derwent bromde instemmend. De auto hobbelde langzaam over

het pad terwijl ik het huis in de spiegel kleiner zag worden en nadacht over bedrog, en wantrouwen, en familiegeheimen, en of er eigenlijk wel iemand was die wilde dat we deze zaak zouden oplossen.

19

'Oké, wat is er mis?' Liv plofte neer op de rand van mijn bureau.

'Wil je even uitkijken? Die zijn belangrijk.' Ik trok een bundel formulieren onder haar achterwerk vandaan.

'Schei toch uit. Het is niks voor jou om lullig te doen over papierwerk. Wat is er aan de hand?'

'Niets.'

'Je zit al twintig minuten voor je uit te staren.'

'Ik dacht na.'

'Kijk daar, een klein plasje kwijl.' Ze wees ernaar. 'Hersenactiviteit van bijna nul, zou ik zeggen. Wat is er aan de hand?'

Ik legde mijn gezicht in mijn handen en kreunde. 'Wat eigenlijk niet.'

'Werk of privé?'

'Allebei.'

'Is het erg?'

'Kan niet erger.'

'Ik had je eigenlijk willen opvrolijken door je te trakteren op een blikje fris uit de automaat. Maar dit klinkt wat ernstiger.'

'Daar heb je geen ongelijk in.' Ik keek hoe laat het was. 'Te vroeg om naar de pub te gaan, helaas. Dat wordt de automaat.'

Het enige grote voordeel van dat apparaat was dat het in een kleine nis stond, twee verdiepingen lager dan de recherchekamer. Dat, plus het feit dat de koeling zo lawaaiig was als een booreiland, maakte het mogelijk er een privégesprek te voeren zonder dat het al te veel de aandacht trok, als je het tenminste kort hield. We haastten ons eensgezind in stilzwijgen naar beneden, en Liv nam de honneurs waar. Er kletterden twee blikjes omlaag in de automaat en ze viste ze eruit.

'Vertel op.'

Ik haalde diep adem. 'Rob heeft misschien een affaire met zijn chef, Derwent en ik hebben mogelijk net een hoofdgetuige in gevaar gebracht, en gisteravond is er iets heel, heel ergs gebeurd.'

Liv knipperde snel met haar ogen. 'Dus de eerste twee dingen gelden niet als heel, heel erg?'

'Niet in vergelijking met het derde.' Ik trok het lipje van het blikje los, nam een slokje sinas en kromp ineen van de zoete smaak.

'Jezus, wat is dit smerig.'

'Dat is het enige wat er nog is. Niet te geloven dat ze dat apparaat nog niet hebben bijgevuld. Alsof we niet midden in een hittegolf zitten of zo.' Liv had haar blikje nog niet opengemaakt en hield het ter verkoeling tegen haar nek. 'Begin dan maar met het derde, hoewel ik vrij zeker weet dat je wat Rob betreft ongelijk hebt.'

'Ik wou dat dat zo was.' Ik kneep in het blikje, waardoor het dunne metaal een beetje indeukte. 'Herinner je je Chris Swain nog?'

'Je bedoelt die griezel van een stalker Chris Swain? Je bedoelt die vent die in jouw portiek woonde en filmde hoe jij en Rob...'

'Seks hadden. Ja. En praat niet zo hard.'

Een man die ik niet kende liep naar ons toe, in gedachten verzonken en met een handvol munten, maar dat ik hem niet kende, wilde niet zeggen dat ik zomaar kon aannemen dat hij mij ook niet kende. We zwegen terwijl hij op zijn beurt zag hoe weinig er te kiezen viel en duidelijk teleurgesteld dan ook maar voor sinas koos. Toen hij de hoek om verdween, keek ik Liv weer aan. 'Swain is buiten beeld geweest sinds Belcott en Vale die bedrading in mijn oude flat hebben gevonden. Hij was verdwenen voordat ze de kans kregen hem te verhoren.'

'Dat weet ik nog. Ze hebben behoorlijk intensief naar hem gezocht.'

'Ja, Colin Vale doet alleen maar zulke klussen en Belcott was gewoon waanzinnig nieuwsgierig. Ze hebben er absoluut veel tijd in gestoken, maar ze hebben nergens een spoor van hem gevonden –

zijn paspoort is sindsdien niet gebruikt, hetzelfde geldt voor zijn creditcards, en met de rekeningen die op zijn naam stonden is ook niets gebeurd. Het ligt niet voor de hand dat hij zich zo erg schaamde dat hij zelfmoord heeft gepleegd, en dat we het lichaam vervolgens niet hebben gevonden.'

'Hij stond op het punt om ondergronds te gaan, hè?'

'Hij had alles al gepland.' Ik dronk wat en kreeg er spijt van toen de sinas omhoog mijn neusholte in bruiste. 'In ieder geval begon ik te denken dat hij voor altijd verdwenen was.'

Livs ogen stonden wijd open. 'Hij is toch niet opgedoken?'

'Niet in hoogsteigen persoon.'

'Hoe dan?'

'Ik krijg thuis al een tijdje rare dingen met de post. Catalogi met lingerie, dat soort dingen. Ik dacht dat ik op zo'n louche mailinglijst was terechtgekomen.'

'Dat komt voor. Het is een beetje vreemd, maar het komt voor.'

'Ja, inderdaad. Maar er waren ook foto's van Rob en zijn chef. Niet dat ze daarop iets bijzonders aan het doen waren,' zei ik snel, toen ik zag hoe ze keek. 'Het zag er alleen iets amicaler uit dan je zou verwachten. Rob wuifde het weg als een flauwe grap, maar hij heeft er waarschijnlijk niet bij stilgestaan dat het het werk van Chris Swain kon zijn. Het kwartje zou bij mij ook niet zijn gevallen als ik geen envelop bij de post had gevonden toen ik gisteravond laat thuiskwam.'

'Van hem?'

'Dat ligt denk ik voor de hand.'

'Wat zat erin?'

Ik zette het blikje naast de automaat neer, want ik werd plotseling misselijk. 'Foto's.'

'Van jou, neem ik aan.'

'De meeste wel. En van andere mensen. Foto's van mij aan het werk in Clapham eergisternacht op de plaats delict. Foto's van mij en Rob die zijn genomen op straat, en met een telelens die onze flat in kijkt. Hij had Rob verwijderd, Liv. Ik bedoel daadwerkelijk zijn gezicht eruit geknipt.'

Ze keek bezorgd. 'Wat griezelig.'

'Het is meer dan griezelig, toch? Het is een bedreiging.'

'Of hij wilde alleen maar even Rob uitwissen en zichzelf op zijn plaats zien. Ik neem aan dat hij intieme momenten heeft vastgelegd. Je weet wel, zodat hij zijn eigen gezicht erin kon plakken.'

'Er zat een briefje bij.'

'Wat stond erop?'

'"Jij bent meer waard. Als je dat niet begrijpt, laat ik je de waarheid over hem zien. Ben je nog steeds niet zo verstandig om hem te dumpen, dan gaat hij eraan."'

'Stond dat er letterlijk?'

'Om de een of andere reden is het in mijn hoofd blijven hangen,' zei ik droog.

Ze schudde haar hoofd. 'Maeve, het is het niet waard je er druk over te maken. Hij is zo'n idioot die steeds op de vlucht is en zich verstopt. Een gluurder. Hij gaat echt niemand iets aandoen. Koop een paar goede rolgordijnen en probeer Rob over te halen niet meer in zijn blootje rond te lopen.'

'Swain is niet de enige over wie ik me druk moet maken, en hij betekent op zich al ellende genoeg. Herinner je je die website die hij bijhield? Daar kwamen massa's freaks op af die zonder meer zijn vuile werk voor hem zouden opknappen.'

'Rob kan wel voor zichzelf zorgen.'

'Is dat zo?' Ik kromp ineen. 'Ik weet het niet. En ik weet trouwens niet eens of ik wil dat hij het risico neemt, als hij me bedriegt.'

'Je bedriegt? Dat geloof je toch niet echt?' Livs stem klonk beslist. 'Je laat wat een vreemde zegt toch niet zwaarder wegen dan wat Rob zegt? Een vreemde die ook nog eens zeer nare bijbedoelingen heeft? Je kunt hem niet laten bepalen wat er met jou gebeurt. Dat is het hele punt, nietwaar? Je speelt hem alleen maar in de kaart als je weggaat bij Rob.'

'En als hij nou wél iets met zijn chef heeft?'

'Nou, nu weet ik helemaal zeker dat je de kluts kwijt bent. Waar heb je het over? Hoe kan hij nou een affaire met iemand hebben?'

Ik vertelde haar wat ik had gezien en wat Derwent had gezegd over inspecteur Deborah Ormond. Liv reageerde meteen. 'Praat dan met hem.'

'Maar…'

'Je weet best dat je geen conclusies mag trekken zonder dat je weet wat er eigenlijk gaande is.'

Ik wreef met mijn handpalmen over mijn ogen. 'Ik denk gewoon dat het misschien het beste is om het voor gezien te houden. Er gewoon een streep onder te zetten en verder te gaan.'

'Dat zou niet voor het eerst zijn, hè?' Liv trok haar wenkbrauwen op. 'Dat is jouw gebruikelijke uitweg, begrijp ik.'

Ik schudde mijn hoofd. 'Het is te snel gegaan. We zijn gaan samenwonen omdat ik onderdak nodig had, en vervolgens verloor hij door mij zijn baan.'

'Niet door jou. Godley kwam erachter dat jullie een relatie hadden doordat Swain je bespioneerde, niet omdat jij iets verkeerd had gedaan. En Rob heeft ervoor gekozen te vertrekken. Jij stond ook al op het punt weg te gaan, herinner ik me.'

'Maar Rob was degene die uiteindelijk ging. Hij is niet het type om me eruit te schoppen, zelfs niet als hij voor iemand anders is gevallen. Hij wacht tot ik merk dat er iets niet goed zit en mijn conclusies trek.'

'Dat lijkt me niets voor Rob.'

'Waarom zou hij me anders uitnodigen om naar de pub te komen terwijl hij wist dat Deborah Ormond er ook zou zijn? Waarom zou ze anders voor mijn ogen met hem staan flikflooien? Iemand probeerde mij iets duidelijk te maken.'

'En het is niet in je opgekomen dat Rob misschien aan inspecteur Ormond wilde laten zien dat hij bezet is? Haar wilde laten weten dat hij al een prachtige vriendin heeft en dus niet beschikbaar is?'

'Het is mogelijk dat het zijn manier was om haar af te wijzen.' Ik gaf het met tegenzin toe.

'Is het ook mogelijk dat de foto's en het briefje zijn gestuurd door iemand anders dan Chris Swain?'

'Wie anders zou die moeite doen?'

'Een bepaalde nymfomane inspecteur die je van je stuk probeert te brengen? Iemand die een grap met je wil uithalen?' Liv bracht haar hoofd naar achteren om haar blikje te legen. 'Voor wat het waard is: ik denk dat je er hartstikke naast zit. Je maakt van een mug een olifant.'

'Wat Chris Swain betreft of Rob?'

'Allebei,' zei ze resoluut.

Ik keek hoe laat het was. 'We kunnen maar beter teruggaan. Bedankt voor je steun, trouwens.'

'Ik steun je heus wel. Ik denk alleen dat je niet in paniek moet raken.' Maar Livs ogen stonden ongerust. Bovendien deed ze het effect van haar zorgvuldige nonchalance teniet met haar volgende vraag. 'Heb ik gelijk als ik denk dat je niets tegen Godley wilt zeggen over de brief en de foto's?'

'Inderdaad, geen sprake van.'

'Je moet het zo veel mogelijk mensen vertellen. Een hoop ophef maken. Het laten onderzoeken. Degene die het leuk vindt jou van streek te maken afschrikken, en tegelijkertijd een beetje gerustgesteld worden. Je moet het in elk geval aan Derwent vertellen, want hij is degene die het grootste deel van de tijd bij je is. De kans is het grootst dat hij iemand ziet rondhangen als Swain je tijdens je werk volgt.'

Ik schudde mijn hoofd. 'Ik wil tegen niemand iets zeggen tot ik meer weet. Als jij gelijk hebt, en ik ongelijk, is het niets om me zorgen over te maken. En als ik gelijk heb...'

'Dan kan het te laat zijn op het moment je daarachter komt.'

'Dat is niet wat je daarnet zei.'

'Ik probeerde je gerust te stellen, zodat je niet van streek zou raken.'

Ik duwde de deur naar het trappenhuis open. 'Weet je, Liv, als je weer eens denkt dat ik opgevrolijkt moet worden, doe dan geen moeite.'

Ze sloeg geërgerd haar armen over elkaar. 'Leuk hoor.'

'Ik had geen behoefte aan een preek,' merkte ik op.

'Die wilde ik je ook helemaal niet geven.'

'Zo klonk het anders wel.'

'Het verbaast me dat je überhaupt nog iets kunt horen met die stem in je hoofd die je vertelt dat jij altijd gelijk hebt.'

'Dames, dames, alsjeblieft.' Ben Dornton holde ons voorbij de trap op. 'Het heeft geen zin om hier ruzie te maken, waar niemand jullie kan zien. Kom mee naar de recherchekamer, zodat we een wedje kunnen maken wie er gaat winnen.'

343

'Rot toch op,' zei ik.

'Het gaat je niks aan,' riep Liv achter zijn wegrennende rug aan.

'Gekibbel tussen geliefden?' weerklonk het in het trappenhuis.

'Absoluut niet,' zei ik, waarop Liv me nijdig aankeek.

'Verbeeld je maar niks.'

'Dat zei Derwent ook al. Voor de goede orde: ik denk dat jullie je geen van beiden tot mij aangetrokken voelen. Helpt dat?'

'Zeer.'

Ik leunde tegen de muur en was ineens doodop. 'O shit, Liv. Jij kunt er ook niets aan doen.'

'Nee, inderdaad.' Ze zag er nog steeds geërgerd uit, maar wel minder. 'Ik vind nog steeds dat je met Godley moet praten, maar begin met Rob. Is hij thuis?'

'Hij komt aan het eind van de middag terug.'

'Perfect. Zeg tegen de chef dat je hoofdpijn hebt en dat je vroeger naar huis gaat.'

'Geen woord van gelogen. Maar ik denk niet dat hij al te meelevend zal zijn.'

'Waar heb je het over? Hij is weg van je.'

'Niet meer. Ik heb een slechte beurt gemaakt.'

'Hoe dat zo?'

'Ik kwam voor Derwent op. Ik weet het, dat klinkt onwaarschijnlijk.'

Ze lachte. 'Zeg me nou niet dat je hem aardig begint te vinden.'

'Aardig onuitstaanbaar, ja.' Ik zuchtte. 'Wanneer leer ik nou eens een keer dat het niet altijd goed is om iets goeds te doen?'

'Als het in je grafsteen gebeiteld staat.' Ze klopte even op mijn schouder. 'Kom op. Laten we de jongens teleurstellen door weer vriendschap te sluiten, zodat we geen moddergevecht nodig hebben om ons conflict op te lossen, of wat Dornton ook maar in gedachten had.'

'Ik hoef niet te weten wat Dornton in gedachten had, dank je feestelijk.' Desondanks volgde ik haar de trap op, en ik voelde me tegelijkertijd beter en slechter. Ze had het niet weggelachen en dat zat me dwars. Maar wat me nog meer dwarszat, was dat ik niet wist of ik Rob wel kon vertrouwen.

Ik wist dat er iemand in de flat was zodra ik de deur openduwde. Er hing iets in de lucht, iets wat te subtiel was om een geluid te zijn. Ik bleef op de drempel staan en luisterde, met alle zintuigen op scherp. Het reizen van het werk naar huis had al stress genoeg opgeleverd; ik kon het niet laten om telkens om me heen te kijken als de trein stopte en er mensen in- of uitstapten. En toen ik van het metrostation naar de flat liep, merkte ik dat ik een omweg nam, met veel hoeken waar ik kon stilstaan en rondkijken of iemand me volgde. Ik verafschuwde mijn paranoia; ik verafschuwde het feit dat die gerechtvaardigd was.

In de flat vroeg ik me net af waar mijn busje traangas was (in mijn locker op het werk, helaas) toen de badkamerdeur openging. Ik wist dat het Rob zou zijn, maar mijn hart maakte toch een sprongetje, en de blik op mijn gezicht moet het tegenovergestelde van blij zijn geweest, want hij bleef ongeveer een meter van me vandaan stilstaan.

'Wat is er?'

'Niets.' Ik glimlachte geforceerd. 'Het gaat prima.'

'Waarom sta je daar zo?' Hij stak zijn hand uit en trok me met zachte hand de flat in. 'Ik dacht al dat ik je sleutel in het slot hoorde, maar je kwam niet binnen.'

'Ik probeerde erachter te komen of je thuis was of niet.'

'Thuis, maar ik ga zo weg. Ik was van plan te gaan hardlopen in het park, maar dat had je waarschijnlijk al geraden.'

'Ja, ik zie wat je aanhebt.' Ik zette mijn spullen neer. Ik probeerde wat haren die op mijn voorhoofd plakten eraf te blazen. 'Jij liever dan ik. Het is bloedheet.'

'Ik ben het binnen zitten beu. Bovendien vond ik het vandaag niet eens zo heel heet. En als ik aan het lopen ben, merk ik er niets van.'

'Alleen als je stilstaat, zegt Derwent.'

'Zegt hij dat? Nou, hij kan het weten.'

'Je moet veel water drinken. En niet in de zon hardlopen.'

'Ik blijf onder de bomen. Schaduw te over. Bovendien is het al vrij laat; de zon brandt volgens mij niet te sterk meer rond dit tijdstip.' Hij schudde verbaasd zijn hoofd. 'Wat is er aan de hand, Maeve? Je staat te praten alsof je op de automatische piloot bent gezet of zo. Is er iets gebeurd op het werk?'

'Nee. Niet op het werk.' Ik wist niet hoe ik moest beginnen over alles wat er speelde, maar ik was plotseling zonder reden kwaad op hem.

'Lekker mededeelzaam.' Hij liep de woonkamer in en ik volgde hem en keek toe hoe hij op de rand van de bank de veters van zijn sportschoenen strikte. 'Ga je me nog vertellen wat er is?'

'Ik hoopte eigenlijk dat jij daarmee zou beginnen.'

Hij draaide zich fronsend om en keek me aan. 'Wat bedoel je?'

'Doet dit je ergens aan denken?' Ik leunde naar voren en begon met mijn hand over zijn rug te glijden met de speciale Deborah Ormond-techniek.

'Laat dat.' Hij boog van me weg. 'Wat doe je nou?'

'Je leek het wel prettig te vinden toen je chef het deed. Ik dacht dat ik ook maar eens een poging moest wagen. Als er nog iets anders is wat ze voor je doet en wat je mij wilt laten proberen, vraag je het maar gewoon, hoor.'

Hij stond op. 'Heb je het over inspecteur Ormond?'

'Een en dezelfde. Ik zag haar met je flikflooien in de pub.'

'Gisteravond heb je er niets over gezegd.'

'Daar kreeg ik de kans niet voor. Ik wilde er niet over beginnen waar zij bij was.'

'Dat had je misschien wel moeten doen. Dan had ze je hetzelfde kunnen vertellen als ik nu. Je hebt het bij het verkeerde eind.' Zijn ogen stonden waakzaam.

'Is dat zo? Derwent kreeg dezelfde indruk. Hij heeft haar ook gezien.' Ik lachte. 'Je moet wel denken dat ik blind ben, of dom, of allebei. Dacht je nou echt dat ik niet zou merken dat er iets gaande was?'

'Er is niets gaande.'

'Gelul.'

'Ik zweer het je.'

'Ik weet wat ik heb gezien, en niet alleen ik, ook Derwent, dus je kunt niet beweren dat we ons allebei vergisten. Ik snap alleen niet waarom je probeert het te ontkennen.'

Hij ging met zijn handen door zijn haar. 'Luister nou, het zag er alleen maar zo uit.'

'Eindelijk komen we ergens. Je bent dus bereid toe te geven dat er iets te zien viel.'

346

'Ik ben helemaal niet bereid wat dan ook toe te geven,' viel hij tegen me uit. 'Maar wat ik wél wil zeggen is dat inspecteur Ormond al behoorlijk wat op had gisteravond. Ze is al tamelijk aanhalerig als ze nuchter is, en als ze bezopen is, wordt ze ronduit handtastelijk.'

'Ik heb met haar gepraat, weet je nog. Ze was niet bezopen. Ze was beslist nuchter.'

Hij lachte. 'Echt, dat was ze niet.'

'Nou, kennelijk ken ik haar niet zo goed als jij. Maar ik heb haar niet met dubbele tong horen praten en ze leek er geen enkele moeite mee te hebben zich ergens op te concentreren.' Ik deed mijn schoenen uit en liep boos onze slaapkamer in. Over mijn schouder heen zei ik: 'Ik heb haar ook niemand anders zien aanraken in de tijd dat ik er was.'

'Misschien heb je niet goed gekeken.'

'Nogmaals: ik ben niet blind en ook niet dom.' Ik kleedde me om, trok de kleren van me af en schoot snel aan wat er maar voor het grijpen lag, zonder al te veel aandacht voor de juiste kledingcombinatie.

'Maar wel koppig.'

Ik draaide me om. 'Hoor eens, waarom zou je het ontkennen? Je bent betrapt, Rob. Je had haar zeker niet geïnstrueerd dat ze je met rust moest laten als ik er was, en anders kon het je zeker niet schelen dat ik zou beseffen wat je allemaal uitspookt. Ik had iets meer eerlijkheid en hoffelijkheid verwacht, maar ik kan je verzekeren dat ik niet zal instorten als je me gewoon de waarheid vertelt. Ik kan het wel hebben.'

'Het staat voor jou al helemaal vast, hè?' Hij ging op het voeteneind van het bed zitten. 'Je hebt geen idee wat er aan de hand is.'

'Nou, vertel op dan.' Ik leunde tegen de muur. 'Kom op, Rob. Ik weet dat er iets speelt sinds je aan je nieuwe baan bent begonnen. Je bent jezelf niet. Ik dacht dat je het gewoon lastig vond om je draai te vinden, maar er is meer, hè?'

'Dat was het gedeeltelijk.' Hij sloeg langzaam zijn ogen naar me op. 'Wat heb je dan gemerkt?'

'Om te beginnen slaap je slecht.'

'Niemand slaapt goed met dit weer.'

'Schei toch uit, Rob. Je bent niet veel thuis geweest, maar als je er wel was, had je bepaald niet veel te melden over je werk. Minder dan ik zou verwachten als je het naar je zin had gehad, in ieder geval. Ik dacht dat het kwam omdat je niet wilde dat ik me schuldig zou voelen over jouw gedwongen vertrek uit Godleys team, maar ik zat er gigantisch naast, hè?'

'Het ging niet om het werk. Of niet helemaal.'

'Het ging om haar.'

'Het ging om inspecteur Ormond.'

'Je mag wel Debbie zeggen, hoor. Ik neem aan dat ze door haar vriendjes graag zo genoemd wil worden.'

'Ik noem haar geen Debbie.' Hij zei het op vlakke toon. 'Waar heb je dat gehoord?'

'Derwent. Hij is haar ex.'

'Een van de velen naar ik heb begrepen. Wel toevallig, trouwens.'

'Niet echt. Het lijkt erop dat ze zich stort op iedereen met wie ze werkt – dat is altijd al zo geweest. En ze gaat lang genoeg mee om er al aardig wat te hebben afgewerkt in de Met.'

Hij zuchtte. 'Luister nou, ik wilde het je niet vertellen omdat ik niet wilde dat je je zorgen zou maken, en omdat ik niet wilde dat je vanwege mij overstuur zou raken. En ik wilde er ook niets over zeggen voor het geval jij zou denken dat het iets te betekenen had. Maar vanaf het moment dat we allebei bij deze brigade kwamen, heeft ze haar best gedaan me het leven zuur te maken. Ze heeft een slechte reputatie omdat ze mensen voortrekt en omdat ze afgeeft op iedereen die niet doet wat zij wil. En ik was niet bereid te doen wat zij wilde.'

'Want ze wilde jou.'

'Daar komt het wel op neer. Vanaf de eerste dag dat ze me zag. En voordat je overhaaste conclusies trekt: dat kwam niet door iets wat ik heb gedaan of gezegd. En ik was niet van plan me naar haar te schikken.'

'Sjonge, wat prijzenswaardig.'

Hij stond op. 'Ik hoef er geen medaille voor te hebben. Ik had je er helemaal niet over willen vertellen, weet je nog?'

'Tot je betrapt werd.'

'Als ik me echt had willen inspannen om jullie twee uit elkaar te houden, had ik wel een reden bedacht om je gisteravond uit de pub weg te houden.'

'Ik vroeg me al af waarom je dat niet had gedaan.'

'Omdat ik niets te verbergen heb.'

'Dus dat verbergen van het een en ander was gewoon om alvast te oefenen.'

'Wees niet zo'n kreng.'

Ik trok mijn wenkbrauwen op. 'Het is niets voor jou om zo te schelden.'

'Het is niets voor jou om zo onredelijk te doen.' Zijn blik was zo hard als graniet. 'Serieus nou, Maeve, doe even normaal. Je weet dat ik niet heb gelogen over iets belangrijks. Je weet dat ik een goede reden had om het voor me te houden, en niet omdat ik de rokkenjager wilde uithangen.'

'Die goede reden was dus dat je er niet op vertrouwde dat ik geen stennis zou schoppen.'

'Nou? Je hebt het tegendeel niet bewezen.'

'Geweldig, verdomme.' Ik maakte aanstalten de kamer uit te lopen en hij ging voor me staan.

'Ga nou niet weg. Ga er niet zomaar vandoor. Dit is te belangrijk.'

'Het is inderdááád belangrijk. Je moet me als een volwassene gaan behandelen. Als je gelijke zelfs.'

'Zo zie ik je ook.'

'Zo ga je anders niet met me om. Jij bent altijd degene geweest die zich gedroeg alsof hij de touwtjes in handen had. Zelfs zeggen dat je van me hield – dat was jouw manier om me af te leiden van wat er eigenlijk aan de hand was.'

'Wat ben jij cynisch.' Hij keek fronsend op me neer. 'Wat is er nog meer? Wat vertel je me niet?'

'Het gaat nu niet over mij.'

'Wat is er toch?'

'Niets.' Nu was het mijn beurt om in de verdediging te schieten.

'Bij jou is het nooit niets.' Hij keek me nog steeds strak aan. 'Er speelt meer dan jouw overtrokken reactie op inspecteur Ormond. Je zit nog met iets anders.'

'O, hou toch eens op met die telepathie. Er is niets meer dan het simpele feit dat jij me niet genoeg vertrouwde om me te vertellen dat je problemen op je werk had. En volgens mij is dat geen basis voor een relatie.'

'Om zoiets maak je het niet met me uit,' zei Rob zacht. 'Doe nou niet of dit reden genoeg is.'

'Het klinkt mij als genoeg reden in de oren.'

'Begrijp me niet verkeerd, dit gesprek is nog niet afgelopen, maar ik zie het nut er niet van in er nu mee verder te gaan. Ik ga naar buiten en ik ga hardlopen tot ik niet langer het gevoel heb dat ik je wil vermoorden. Doe wat je wilt, maar mijn voorstel is dat we in het park afspreken – laten we zeggen over een uur bij het café aan het meer – zodat we hier als twee redelijke mensen over kunnen praten. Deze plek doet kennelijk geen van ons beiden goed.'

Het was een prima voorstel, beter dan hij zelf wist. Ik stond op het punt te vragen of we ergens anders naartoe konden gaan om te praten. Als mijn stalker zijn gebruikelijke werkwijze aanhield, was er afluister- of zelfs videoapparatuur in de flat aanwezig, en ik wilde Chris Swain niet te veel laten weten, als ik dat enigszins kon vermijden. Wat ik wilde was dat hij dacht dat Rob en ik uit elkaar waren, en het begon erop te lijken dat het daar inderdaad van zou komen. Ik wou alleen dat ik er blij om kon zijn. Het was voor Robs bestwil, zei ik tegen mezelf, en ik dwong mezelf door te zetten.

'Oké. Ik zie je daar. Dan krijg je zelfs een flesje water van me. Maar ik denk niet dat ik er in een andere omgeving anders over zal denken.'

'We zien wel.' Hij pakte zijn sleutels en zijn telefoon, en keek hoe laat het was. 'Goed dan. Over ongeveer een uur. Ik zie je daar.'

Ik hoorde hoe hij wegging en kromp ineen toen hij de deur dicht smeet. Hij hield zijn emoties zo goed onder controle dat alleen daaruit bleek hoe erg hij van de kook was.

Ik had het nog nooit zo moeilijk gevonden om te doen wat juist was.

20

Ook al genoot ik niet echt van de wandeling door het park, ik zag wel dat het een prachtige omgeving was. Battersea Park was geknipt voor de lange warme zomeravond, met kinderen die speelden onder de grote platanen en buurtbewoners die hand in hand flaneerden over lanen met beuken aan weerszijden. Overal waren honden, in allerlei soorten en maten, van rashond tot bastaard, en meestal vol stoute streken. De meeste leken al in het meer te zijn geweest, en sommige baasjes zagen er zelf ook behoorlijk vochtig uit.

Het park was ontworpen als wandelgebied, en daar maakte ik gebruik van op weg naar het café. Het meer was omgeven door een weelderige beplanting en er lagen eilandjes in die zo te zien bestonden uit bosterrein. Ik nam de tijd om rustig rond te lopen en zag tieners bekvechten in gehuurde roeiboten terwijl de eenden toekeken vanaf de oever en zich er wijselijk buiten hielden. Romantische champagnepicknicks leken in de mode te zijn; bijna overal op de bankjes zaten verliefde koppels. Ik vroeg me af hoeveel er bij elkaar zouden blijven op de lange termijn. Ik vroeg me af hoeveel er tegen elkaar logen. Ik was – begrijpelijk genoeg – niet echt in de stemming voor tortelduifjes.

Ik liep over een boogbrug voor voetgangers naar een van de eilandjes in het meer en vond eindelijk een vrij bankje, precies tegenover het café. Daarachter staken de grote, op tafelpoten lijkende schoorstenen van Battersea Power Station omhoog tegen de heiige hemel, een teken dat Londen met al zijn vervuiling niet al te ver weg was, ondanks de bomen en het gras die me omringden. Rob was nergens te zien. Die zwoegde vermoedelijk voort over zijn gebruikelijke route langs de rand van het park. Het pad grensde aan één kant aan de Theems en het zou daar lekker joggen zijn rond deze tijd van de avond, dacht ik, met de meeste kans op een briesje. Op het meer was in elk geval geen zuchtje wind te bekennen. Boven me hingen de bladeren slap, en het gras was bruin gevlekt waar de zon het had verschroeid tijdens de lange zomerdagen. Libellen en mugjes glinsterden boven het wateroppervlak en ik keek ernaar en dacht aan de zaak-Kennford, en aan Rob, en aan de vraag of een glas wijn straks zou helpen bij ons gesprek.

Het was druk in het café; buiten waren de meeste tafeltjes bezet. Het geroezemoes was hoorbaar op de plek waar ik zat en de ondergaande zon wierp een gouden licht over het tafereel, waardoor iedereen er tien keer mooier en stralender uitzag dan eigenlijk zou moeten. Een zomer in Londen op zijn best, zou je kunnen zeggen, als je geen bezwaar had tegen de hitte of die overdag kon vermijden. Dat was een van de grote nadelen van bij de politie werken, dat we altijd op pad moesten, weer of geen weer. Lijken leken nooit op te duiken op gewone dagen aan het begin van je dienst, als het licht was en er tijd genoeg was om de zaak af te wikkelen. Moord was geen gemakkelijk specialisme, maar ik werd me er steeds meer van bewust dat ik niets anders wilde. Ik was gewaarschuwd door oudere rechercheurs in het team toen ik erbij kwam, dat dit het professionele equivalent was van een heroïneverslaving. 'Het is een hartverscheurend vak en je raakt er alles door kwijt wat je waardeert in je persoonlijke leven, maar je zult er niet mee kunnen ophouden.' Typische overdrijving van de oude garde, had ik op dat moment gedacht. Nu was ik daar niet meer zo zeker van.

Er kwam een hardloper langs – het was Rob niet. Er volgden er nog twee, vrouwen die samen hardliepen, pratend over bruiloften. Een van hen was slank met smalle heupen; de andere vrouw was uitgesproken peervormig en buiten adem, maar ze ploeterde sportief mee. Een personal trainer, dacht ik, met een sterk gemotiveerde bruid die nog wel wat werk voor de boeg had. Er snelde een fietser langs, een schim in groen-witte lycra en met een grote aerodynamische zonnebril. Zijn wielen zoemden als de insecten in het lage struikgewas. Toen nog een hardloper, die mager was en hevig transpireerde. Ver weg op de oever zag ik een figuur in blauwe shorts en een donker shirt. Het zou Rob kunnen zijn, en ik kneep mijn ogen tot spleetjes terwijl ik keek hoe zijn armen en benen in een gelijkmatig maar snel ritme bewogen, zo constant als de zuigers van een motorfiets. Hij liep zijn woede eraf, bedacht ik me. Dus zou hij veel vaart maken.

Een prikkeling aan de onderkant van mijn schedel zorgde ervoor dat ik om me heen keek; het was dat gevoel bekeken te worden waarvan ik had geleerd het serieus te nemen. Hoe het werkte, wist ik niet, maar ik had het te vaak bij het rechte eind gehad om van een loos alarm uit te gaan. Eerst zag ik niemand. Er lag een dakloze man tussen de struiken achter me, een bundel in donkere wollen kleding die ik niet had gezien voordat ik was gaan zitten. Hij was waarschijnlijk de reden waarom er niemand op het bankje had gezeten, maar hij lag ver genoeg van me vandaan om hem te kunnen negeren, en bovendien sliep hij. Ik liet mijn blik door de bomen en struiken om me heen gaan. Ik voelde me belachelijk, maar ik voelde ook mijn hart bonzen in mijn keel. Ik haalde voorzichtig mijn mobieltje uit de zak van mijn spijkerbroek, voor het geval dat. Rechts was er niets, daar was ik zeker van. Ik draaide mijn hoofd om en keek naar links, heel achteloos, alsof ik alleen maar het landschap in me opnam.

Hij stond op de brug, zo'n vijftig meter van me vandaan, en hij had een fototoestel bij zich. De fietser die daarnet langs me was gereden, anoniem met zijn zonnebril en helm. Nu ik hem weer zag, wist ik wie hij was, zelfs zonder dat ik zijn gezicht kon zien. Hij had een dikke baard laten staan, maar ik herkende het zandkleurige haar en de smalle gestalte. Hij had zich nu verraden met de lens die recht op me gericht was. Van deze afstand kon ik het geklik terwijl hij foto's nam niet horen, maar ik twijfelde er niet aan dat hij meer deed dan alleen door de lens kijken. Ik draaide mijn hoofd weer weg, keek strak naar mijn telefoon, ging door de contacten heen en koos een naam.

Neem alsjeblieft op.

Hij ging over.

Alsjeblieft.

Nog eens dat lange belgeluid. Nog twee keer en ik zou zijn voicemail krijgen.

Misschien zou hij niet opnemen. Misschien was hij nog steeds te kwaad of vroeg hij zich af waarom ik hem tien minuten voor we hadden afgesproken lastigviel.

En hij ging weer over.

Misschien zou hij zijn telefoon niet horen. Misschien had ik iemand anders moeten bellen.

'Hallo?'

'Rob?' Ik kon de paniek niet uit mijn stem houden.

'Maeve? Wat is er mis?' Zijn ademhaling klonk zwaar.

'Het is Chris Swain, Rob. Hij kijkt naar me. Hij is hier.'

'Waar?'

'Op de brug naar het eilandje in het meer,' begon ik te zeggen, maar halverwege mijn zin keek ik die kant op en zag ik dat de brug leeg was. 'Shit. Hij is weg.'

'Wat heeft hij aan?'

Ik beschreef Swain en zijn fiets zo goed mogelijk.

'Ik kijk wel of ik hem de pas af kan snijden. Weet je welke kant hij op is gegaan?'

'Nee.' Ik was gaan staan en liep naar voren, naar de waterkant. 'Waar ben je?'

'Vlak bij het café. Ik kan je zien.'

'Zwaai even,' zei ik, en ik zocht de oever af. 'O, oké. Ik heb je in beeld.' Hij liep driftig op en neer, duidelijk vol ongeduld om in actie te komen, ondanks de kalmte in zijn stem.

'Goed om je heen kijken. Naar de paden kijken. Als hij op de fiets is, is hij snel, maar kan hij niet overal in het park komen. Kijk naar de openingen tussen de bomen.'

Ik deed wat hij zei en rekte me uit om alles goed te kunnen zien. Een korte flits van wit en groen trok mijn aandacht en ik tuurde over het water tot mijn ogen er pijn van deden.

'Oké. Ik zie hem. Hij komt nu naar je toe, rechts van je. Hij gaat snel.'

'Op dit pad?'

'Het pad achter je, denk ik.' Ik keek hoe Rob de kortste weg nam, dwars door een bloembed en met een paar sprongen over wat hekjes. Hij had opgehangen, wat niet zo gek was – hij zou al zijn energie nodig hebben voor de achtervolging. En hij wás al moe, bedacht ik met een ellendig gevoel.

En stel dat hij Chris Swain te pakken zou krijgen, wat kon hij dan doen? Met hem vechten? Rob was niet gewapend, en het zat er dik in dat Swain wel een wapen bij zich had. Ik had er al spijt van dat ik Rob erbij had betrokken. Ik had het alarmnummer moeten bellen, maar het was voor mij niet vanzelfsprekend om als een doodgewone burger om hulp te vragen. En toch, midden in een park, kilometers van mijn radio en uitrusting, was dat precies wat ik was. En Rob ook. Ik toetste het nummer in en legde uit wie ik was, waar ik was en waarom ik dringend hulp nodig had. Zonder gêne noemde ik Godleys naam om het bericht kracht bij te zetten. De telefonist verzekerde me ervan dat mijn oproep prioriteit zou krijgen.

Nu ik de hulptroepen had ingeschakeld, zat er voor mij niet veel anders op dan bij mijn bankje te blijven staan en op mijn onderlip te bijten, terwijl ik wachtte tot de telefoon zou gaan. Ik wilde er pas vandaan wanneer ik iets van Rob of iemand anders had gehoord. Overal om me heen bleven de mensen praten en hardlopen en lachen, alsof er helemaal niets bijzonders aan de hand was, en mijn zenuwen waren tot het uiterste gespannen. Toen mijn telefoon begon te trillen, nam ik onmiddellijk op.

'Ik ben hem kwijt.' Ik kon hem nauwelijks verstaan.

'Met jou alles in orde?'

'Prima. Ik ben kwaad.'

'Heb je hem gezien?'

'Ja.'

'Heeft hij jou gezien?'

'Waarschijnlijk wel.' Hij haalde een paar keer diep adem. 'Ik had hem bijna.'

'O, Rob. Welke kant ging hij op?'

'Naar een van de uitgangen. Hij is weg.'

'Ik laat het wel aan de controlekamer weten.'

'Hoeft niet. Heb net contact gehad met een patrouillewagen. Ze gaan erachteraan.'

'O, goed zo,' zei ik onbeholpen.

'Waar ben je?'

'Nog op het eiland. Ik stond te wachten tot ik zou horen wat er was gebeurd. Ik kan nu naar je toe komen.'

'Bij de Rosary Gate.'

En alweer had ik een telefoon zonder verbinding in mijn hand. Ik begon op een sukkeldrafje over het pad te hollen, in de richting van de brug waar ik Chris had gezien, en zigzagde om de andere voetgangers heen. Er was geen haast bij, maar ik wilde Rob zien, om zeker te weten dat het echt goed met hem ging. Als hem iets overkomen was... Maar dat was niet zo. Aan de andere kant van de brug liep ik over het gras tussen de picknickers en dwars door een voetbalpartijtje heen, met een gemompeld excuus aan de dichtstbijzijnde spelers. Mijn sandalen hadden dunne leren zolen die niet ideaal waren om op te rennen en ik moest uitkijken dat ik niet uitgleed.

Mijn telefoon ging weer.

'Kerrigan.'

'Je hoeft je niet te haasten. Je mist niets.'

De stem klonk spottend, zelfverzekerder dan ik me herinnerde, maar was wel meteen herkenbaar. Ik bleef staan. 'Chris?'

'Je wist dat ik het was.' Hij klonk oprecht verheugd.

'Gek genoeg kan ik me je heel goed herinneren.' Ik draaide me langzaam om en probeerde hem te ontdekken tussen de groepjes mensen, want ik wist dat hij daar ergens moest zijn. 'Ik ga ervan uit dat je me kunt zien.'

'Dat klopt.'

'Waarom zie ik jou dan niet?'

'Je kijkt niet de goede kant op, neem ik aan. Dat is een veelvoorkomend probleem bij jou en je collega's.'

'We doen ons best.'

'Het is één klungelige wanprestatie, Maeve. Die bankrekeningen en die sporen op de computer, bedoel ik. Niets wat ik niet kan ontlopen. Daar hoef je geen groot licht voor te zijn.'

'Het spijt me dat te horen.' Ik voelde het zweet over mijn rug naar beneden druppelen. Ze zouden de uitgangen van het park niet in de gaten houden. Ze dachten dat hij al weg was. Er waren te veel ingangen en plekjes waar hij er weer in had kunnen duiken. Dit was tot nu toe de beste kans om hem in het nauw te drijven en daar stond ik dan, door mijn telefoon met hem te praten. Ik begon in de richting van de Rosary Gate te lopen.

'Heb je de foto's gekregen die ik je heb gestuurd?'

'Ik dacht al dat het jouw werk was.' Ik slikte. 'Je moet ermee ophouden, Chris. Het is niet eerlijk.'

'Nee, wat niet eerlijk is, is dat ik mijn baan en mijn website kwijt ben. Wat niet eerlijk is, is dat ik mijn huis heb moeten verlaten omdat jij besloot je makkers het hele pand te laten doorzoeken. Alleen omdat je politieagent bent, denk je dat je recht hebt op een speciale behandeling.'

'Je had me bespioneerd. En iedereen heeft recht op privacy.'

'Zoiets bestaat helemaal niet.'

'Jij steekt je neus graag in andermans zaken, maar je vindt het niks als jij degene bent naar wie onderzoek wordt verricht. Daar heb je net over zitten klagen. Probeer een beetje consequenter te zijn, Chris.'

'Je daagt me toch niet uit, hè Maeve?' Hij maakte een afkeurend geluidje. 'Dat kun je beter niet doen. Je weet niet waar ik toe in staat ben.'

'Nee, dat weet ik niet.' Ik stond te trillen, meer van de adrenaline dan van angst. 'Ik weet alleen dat jij vast van plan bent om mijn leven tot een hel te maken.'

'Helemaal niet. Ik wil gewoon niet dat je je tijd verspilt aan iemand die jou niet waard is.'

'Rob heeft hier niets mee te maken,' zei ik snel. 'Dit is iets tussen jou en mij.'

'Was het maar waar. Maar hij is hier, hè? Hij sjouwt hier rond op zoek naar mij, die primitieve held van je. Ik moet niets van hem hebben, Maeve, en ik vind het ook maar niets dat je nog steeds bij hem bent. Ik dacht dat ik je had laten zien hoe hij was.'

'Ik heb de foto's gezien. Ze waren op surveillance.'

'Heeft hij je dat verteld?'

'Luister, je hoeft je niet met hem bezig te houden. Dat heb ik al gezegd. We gaan uit elkaar.'

'Ga je verder met je leven? Is er alweer een nieuwe kandidaat?'

'Nee.' Ik zei het zo krachtig als ik kon.

'Ik geloof je niet. Meiden zoals jij hebben altijd weer de volgende klaarstaan. Je bent niet graag alleen, hè? Je wilt graag dat er iemand voor je zorgt.' Er sloop een klaaglijke ondertoon in zijn stem. 'Ik zou ook voor je kunnen zorgen, hoor.'

'Vergeet het maar. Nooit.'

'Zeg nooit nooit, Maeve.'

'Je bent mijn type niet.'

'Je weet gewoon niet wat voor type bij je past. Je hebt iemand nodig die er altijd voor je is. Iemand die toegewijd is. Ik ben je al trouw sinds het moment dat ik je zag. Ik heb nauwelijks nog naar andere vrouwen gekeken. In tegenstelling tot die waardeloze klootzak waar je mee gaat.'

'Ik heb je al gezegd dat je hem uit je hoofd kunt zetten. Hij is verleden tijd.'

'Binnenkort wel, ja.'

Ik voelde dat mijn maag zich omkeerde. 'Wat bedoel je daarmee?'

'Daar kom je nog wel achter.' Hij lachte even. 'Ik moet ophangen, Maeve. Ik kan maar beter niet te lang in de buurt blijven. Uiteindelijk komt iemand erachter dat ik hier ben of lukt het je een boodschap over te brengen aan een van de agenten die naar me op zoek zijn, en dan begint de jachtpartij pas echt.'

'Ze zijn inderdaad al naar je op zoek,' zei ik.

'Ze zoeken op de verkeerde plaats naar de verkeerde persoon. Ik heb de fiets en de kleding al weggedaan. Het spijt me dat je me zo hebt moeten zien. Het was niet de meest aantrekkelijke uitrusting, maar wel geschikt voor wat ik van plan was. Je zou me nu niet herkennen, dat kan ik je wel vertellen.'

'Ben je dichtbij?'

Hij grinnikte. 'Je hebt geen idee.'

Ik kon het niet laten weer om me heen te kijken. Geen tactiek en koele observatie meer, ik was nu echt doodsbang, meer nog dan anders omdat het niet alleen om mezelf ging.

'Laat me alsjeblieft met rust, Chris. Dit verdien ik niet.'

'Je mag best smeken, hoor. Ik vind het heerlijk als vrouwen dat doen. Je belooft vast van alles als je in de penarie zit. Geen enkele moraal, als het erop aankomt. Geen enkele moed.' Hij zuchtte opgewekt. 'Ik neem nog wel contact op, Maeve. Waarschuw dat neukmaatje van je maar dat hij moet uitkijken.'

'Luister naar me, Chris,' zei ik op dringende toon. 'We zijn uit elkaar. Ik ga bij hem weg.'

'Dat is mooi. Maar ik moet hem nog een lesje leren.' Zijn stem klonk geamuseerd. 'Het is te laat, Maeve. Ik vind het aardig van je dat je hem probeert te redden, maar je kunt niets meer voor hem doen. Helemaal niets.'

'Chris, alsjeblieft.' Mijn keel was dichtgeschroefd door ingehouden tranen, vooral van woede en frustratie. 'Laat het gewoon los.'

'Nu niet en nooit niet. Ik blijf bij je tot het einde, Maeve. Tot het einde.'

Ik deed mijn mond open om tegen te sputteren, maar het was te laat. Het gesprek was afgelopen. Hij was weg.

Ik hoefde me geen zorgen te maken over Rob – ik had per slot van rekening met hem gesproken, en ik wist dat het goed met hem ging en dat hij een behoorlijk aantal politieagenten in zijn buurt had – maar ik liet me leiden door mijn gevoel en bleef rennen tot ik hem zag. Toen vertraagde ik mijn pas, deels door de steek in mijn zij, die me naar lucht deed happen, en deels omdat ik niet wist wat ik tegen hem moest zeggen. Hij was in gesprek met een agent in uniform en stond met zijn rug naar me toe, dus had ik ruim de tijd om een eerste zin te bedenken. Maar toen hij zich omdraaide kon ik alleen nog maar naar adem snakken vanwege het bloed dat langs de zijkant van zijn hoofd liep, vanuit een snee boven zijn oor.

'Wat heeft hij met je gedaan?'

'Het ziet er erger uit dan het is.'

'Laat me eens kijken.'

'Niet doen.' Hij trok zijn hoofd geïrriteerd weg. 'Het is niets ernstigs.'

'Het ziet er wel ernstig uit.'

'Ik ga me maar eens opfrissen. Agent Michaels wil met je praten.' Hij liep weg zonder verder nog iets te zeggen en ik keek hem na tot de agent verontschuldigend zijn keel schraapte.

'Ik hoef eigenlijk alleen maar uw verklaring op te tekenen, zodat ik een verslag kan maken.'

'Natuurlijk.' Ik beantwoordde zijn vragen automatisch en gaf wat uitleg over de voorgeschiedenis die er tussen mij en Chris Swain bestond, om duidelijk te maken waarom ik zo had gereageerd toen hij op een openbare plaats opdook.

'Heeft hij u of iemand anders bedreigd?'

'Specifiek bedreigd? Nee.' Er was in elk geval niets wat ik tegen hem kon gebruiken.

De agent was eindeloos beleefd, maar ik merkte dat de hele situatie hem boven de pet ging. Het voelde als een opluchting toen het gesprek werd beëindigd, ook al was het alternatief Rob, die met zijn armen over elkaar heen op een bankje zat met een grimmige uitdrukking op zijn gezicht. Hij had een forse pleister aangenomen van een van de agenten, maar weigerde zich verder medisch te laten verzorgen. Ik ging bij hem staan.

'Lijkt het je niet verstandig om een verpleegkundige te laten komen om je even te onderzoeken?'

'Ik ben niet buiten bewustzijn geweest en de wond is niet heel diep. Ik bloedde alleen erg. Het ziet er al beter uit nu ik het heb schoongemaakt.'

'Dat zal dan wel.'

'Echt, het gaat prima.'

'Wat is er gebeurd?'

'Dat zou ik aan jou moeten vragen.' Hij keek me boos aan. 'Wanneer had je me willen vertellen dat Swain terug was?'

'Ik had het zelf nog maar net ontdekt.'

'Wat, vandaag?'

'Gisteren,' gaf ik toe. 'Toen ik gisteravond thuiskwam. Maar ik wist niet zeker of hij het was.'

'Vertel maar op.'

Ik vertelde hem over de foto's van ons tweeën, waar zijn gezicht uit was geknipt, en dat ik dacht dat Swain me had opgegeven voor de catalogi die ik had ontvangen. 'Waarschijnlijk heeft hij ook die foto's van jou en Deborah Ormond gestuurd.'

'En vermoedelijk was hij teleurgesteld over je reactie.'

'Ik denk dat hij had gehoopt dat ik met slaande deuren was vertrokken.'

'Ik had het hem gemakkelijker moeten maken door Ormond haar hitsigheid op me te laten botvieren.'

'Dat zou wel geholpen hebben.'

Hij keek strak voor zich uit. 'Daarnet, in de flat – ik wist dat er meer aan de hand was. Ik wist dat je niet zomaar alles wat we hebben zou weggooien omdat inspecteur Ormond je irriteerde.'

'Hou jezelf niet voor de gek. Dit gaat niet over Chris Swain.'

'Dat is dan jammer. Als je wilt dat we uit elkaar gaan, had ik gehoopt dat je daar een goede reden voor zou hebben.'

'Ik wil helemaal niet dat we uit elkaar gaan.' Terwijl ik het zei, realiseerde ik me dat het waar was. 'De reden waarom ik zo kwaad op je ben, is dat je me niet genoeg vertrouwde om me te vertellen over je problemen. Je wilde niet dat ik ervan wist.'

'Nee, dat klopt. Ik wilde niet dat je je zorgen zou maken.'

'En als het andersom was, en ik zou het jou niet vertellen, hoe zou je je dan voelen?'

'Dat weet ik niet.'

'Jawel, dat weet je best, want je bent witheet dat ik niets tegen je heb gezegd over Chris. En ik wist pas gisteravond dat hij terug was. Jij zit al maanden in je eentje in je maag met die Deborah Ormond-kwestie, en dat je daar niet met me over kon praten, geeft me eerlijk gezegd een rotgevoel.'

'Ik probeerde je te beschermen.'

'Dus kon ik er niet voor je zijn. Je dacht dat ik het niet zou begrijpen.' Ik schudde mijn hoofd en probeerde de tranen terug te dringen voordat hij ze zou zien. 'Je hebt geen hoge dunk van me, hè?'

'Maeve.'

'Nee, Rob. Probeer me nou niet wijs te maken dat ik ongelijk heb. Het beste wat we kunnen doen is ieder onze eigen weg gaan en blij zijn dat we nu hebben ontdekt dat we niet voor elkaar bestemd zijn.'

'Daar ben ik het niet mee eens.'

'Waarmee precies niet? Want Chris Swain is gewelddadig, in de war en ontzettend kwaad op je, dus je zou je als de gesmeerde bliksem uit de voeten moeten maken, alleen al daarom.'

'Ik ben niet het type dat wegloopt.' Hij staarde uit over het park in de verte. 'Niet van jou.'

'Dat is denk ik wel een geruststelling.'

Hij stak zijn hand uit zonder me aan te kijken en een ogenblik later legde ik mijn hand in die van hem. Hij zei niets, hield alleen mijn hand vast, en het gevoel van zijn handpalm tegen die van mij bood meer troost dan met woorden mogelijk was geweest. We zaten nog steeds zo toen er een Mercedes door de ingang reed en een paar meter van ons vandaan stopte.

'Dat belooft weinig goeds,' merkte Rob op, toen de chauffeur en passagier uitstapten en de deuren dichtsloegen.

'Het verbaast me niet dat de hoofdinspecteur hier is. Het verbaast me wel van die ander,' kon ik nog net mompelen voordat ze dichtbij genoeg waren om het te horen.

'Wat is er verdomme aan de hand?' Godley was razend en Derwent zag er niet veel rustiger uit.

'Het spijt me,' begon ik te zeggen.

'Spijt, daar koop ik niets voor. Je wordt weer lastiggevallen door Chris Swain – ja toch? En pas wanneer hij in levenden lijve opduikt – niet eerder – besluit je de politie in te lichten, hoewel je weet dat er een arrestatiebevel voor hem klaarligt en dat leden van mijn team de opdracht hadden hem te vinden. Elke ontwikkeling in deze zaak had hoe dan ook onder mijn aandacht gebracht moeten worden.'

'Het ging allemaal zo snel,' zei ik.

'Ze heeft het zelfs mij niet verteld, laat dat een troost zijn.' Rob stond op en schudde eerst Godleys hand en toen die van Derwent. 'Goed jullie weer te zien.'

'Ik kan me wel prettiger omstandigheden voorstellen,' zei Godley ernstig.

'Wat is er met jou gebeurd?' Derwent keek naar de pleister op Robs hoofd.

'Ik was wat te langzaam en ik wilde te veel. Ik probeerde hem van zijn fiets te trekken en hij duwde me met gestrekte arm tegen een boom.'

'Au.'

'Die boom heeft de schade veroorzaakt,' zei Rob snel. 'Niet hij. Hij had gewoon geluk.'

'Hij heeft al twee keer geluk gehad, en dat maakt me pisnijdig.'

Godley keek mij weer aan. 'Je zult nu echt je mond moeten opendoen, rechercheur Kerrigan. Me vertellen wat ik nog niet weet. Als ik nog eens een telefoontje van de dienstdoende commissaris krijg met de mededeling dat een lid van mijn team in de problemen zit, zou het fijn zijn om te weten wat er speelt.'

'Het spijt me dat ik niets heb gezegd. Ik wilde geen drukte maken om niks.'

'Wat is er gebeurd?'

Ik beschreef de gebeurtenissen van de afgelopen paar dagen, en de foto's, en ik eindigde met het telefoontje van Swain.

'Hoe komt hij aan je nummer?' vroeg Rob.

'Geen idee. Ik heb het hem niet gegeven.'

Godley schudde zijn hoofd. 'Dat soort dingen achterhaalt hij nog in zijn slaap. Daar verbaas ik me niet over. Het verbaast me wel dat hij zich zo in de kaart laat kijken.'

'Misschien heeft hij er genoeg van zich te verschuilen,' zei ik.

'Misschien vond hij dat jij er te gelukkig uitzag,' bracht Derwent naar voren. 'Toen hij je had gevonden, bedoel ik.'

'Of hij vond dat het de moeite waard was om je te laten weten wat er gaande was tussen mij en mijn nieuwe chef.' Rob ving Godleys blik op. 'En dat is trouwens niets.'

'Ik begin te begrijpen waarom je mij eergisternacht om een referentie hebt gevraagd.'

Ik draaide me om en keek Rob met opgetrokken wenkbrauwen aan. 'Een referentie? Ga je ergens anders heen?'

'Ik denk na over de mogelijkheden,' zei hij neutraal.

'Ik ken Debbie Ormond van vroeger, kerel, en ik begrijp dat je een ontsnappingsroute nodig hebt. Je hebt er vast een lief ding voor over om uit haar klauwen te ontsnappen.' Derwent stak zijn handen in zijn zakken, met zijn voeten ver uit elkaar om te laten zien hoeveel ruimte zijn ballen nodig hadden om lucht te krijgen. 'Het zal misschien ook gewoon noodzakelijk zijn. Als ze eenmaal haar zinnen op je heeft gezet, kun je het wel schudden.'

'Tot nu toe is het me gelukt de nodige afstand te bewaren. Swain heeft er op de een of andere manier lucht van gekregen – hij heeft foto's van mij en inspecteur Ormond genomen die op het randje van suggestief waren. Ik ging ervan uit dat een van mijn collega's een flauwe grap met me uithaalde.'

'En dat geloofde ik ook,' legde ik uit. 'Ik had geen reden om aan te nemen dat ze door iemand anders waren gestuurd. Pas gisteravond, toen ik de andere foto's kreeg – met die uitgeknipte gezichten – begon ik er anders over te denken.'

Godley keek me streng aan. 'Toch had je er iets over moeten zeggen.'

'In elk geval tegen een van ons,' zei Rob. 'In plaats van het zelf proberen uit te zoeken.'

'Je hebt zelfs niets tegen mij gezegd.' Derwent klonk oprecht gekwetst.

'Ik probeer mijn privéleven buiten ons dagelijks werk te houden.' Afgezien van het feit dat Derwent nog altijd de laatste persoon was die ik in vertrouwen zou nemen. Ik sloeg mijn armen stevig om me heen want ik had het koud, ondanks de warme avond. 'Ik weet dat ik het anders had moeten doen, maar ik had van alles aan mijn hoofd. Bovendien heeft het team het momenteel druk met de bendemoorden en de zaak-Kennford.'

'Dus?' Er lag een kille blik in Godleys ogen. Het was niet erg handig geweest om het onderzoek naar de bendes ter sprake te brengen. Ik ging snel verder.

'Dus ik begrijp dat ik het verkeerd heb aangepakt, maar wat ik nu vooral wil weten, is wat ik moet doen. Hij heeft Rob bedreigd, ook al was het geen specifiek dreigement waar we iets mee kunnen. Hij weet waar we wonen. Hij weet waar Rob werkt. Het lijkt me vrij duidelijk dat hij meer zelfvertrouwen heeft dan de laatste keer dat ik met hem te maken had. Toen was ik niet bang voor hem – woest omdat mijn privacy was geschonden en kwaad dat Rob het team moest verlaten, dat wel, maar ik was niet bang.'

'Dat je nu bang bent is volgens mij een stap in de goede richting.' Rob sloeg een arm om mijn schouders. 'Je zet je eigen veiligheid te gemakkelijk op het spel.'

'O, en jij bent bereid om voortaan op je hoede te zijn? Je dagelijks leven te veranderen? Wil jij soms weer naar een ander deel van Londen verhuizen en opnieuw beginnen?'

'Als het moet, doe ik dat.'

'En wanneer zou je dat dan doen? Want ik heb gehoord hoe hij over je praatte. Hij is bepaald geen fan van je. En als hij bereid is plotseling op te duiken om mij duidelijk te maken dat er iets speelt tussen jou en inspecteur Ormond, is hij dus ook bereid risico's te nemen om je voorgoed uit de weg te ruimen.'

'Je hebt hem toch verteld dat je bij Rob weggaat?' Derwent keek hem indringend aan. 'Misschien moet je leren een tijdje niet met je genegenheid te koop te lopen, voor het geval hij haar gelooft.'

Met tegenzin haalde Rob zijn arm weer weg. 'Hij zei dat het hem niet uitmaakt of we bij elkaar zijn.'

'Hij heeft van alles gezegd. Misschien helpt het.' Ik keek hem smekend aan. 'Ik zou het mezelf nooit vergeven als er vanwege mij iets met je zou gebeuren.'

'Er gebeurt heus niets.'

'Toch is het niet verstandig om jezelf in gevaar te brengen. Ik wil dat jullie geen van beiden nog in die flat blijven wonen.' Godley keek Rob aan. 'Ik ben je chef niet meer, maar ik wil graag dat je mijn advies opvolgt en de komende nachten in een hotel slaapt. Geef hem niet de gelegenheid om je aan te vallen.'

'Ik vind het niks om naar zijn pijpen te dansen.'

'Nou, ik vind het niks om achteraf met de gevolgen te zitten als er zich een drama voordoet, dus ik wil dat je veiligheidsmaatregelen neemt. Nieuwe sloten. Verdiep je in een alarmsysteem, als je dat nog niet hebt. Ik raad je aan er een te nemen met een knop voor als je persoonlijk wordt aangevallen. Als je tenminste per se in die flat wilt blijven wonen.'

'Het bevalt me daar goed,' zei Rob op milde toon. 'Jou toch ook, Maeve?'

'Het is een leuke flat.' En ik deed geen toezeggingen over ons verdere verblijf daar. 'Maar ik vind het wel een goed idee om er een tijdje weg te blijven. En te bedenken wat we moeten doen. Misschien wordt Swain ondertussen wel gepakt.'

'We doen ons best.' Godley keek van Rob naar mij. 'Jullie moeten dit serieus nemen. Denk niet dat jullie onaantastbaar zijn omdat jullie bij de politie werken. Jullie bloed vloeit net als dat van ieder ander.'

Rob knikte. 'Ik snap wat u bedoelt. Maar weet u, ik zou heel graag de kans krijgen om met Chris Swain te praten.'

'Praten?' Derwent keek hem sceptisch aan. 'Ik denk niet dat er veel gepraat zal worden.'

'Niet echt, nee, als het aan mij ligt.' Zijn gezichtsuitdrukking was in tegenspraak met die kalm uitgesproken woorden; ik had Rob nog nooit zo gevaarlijk zien kijken.

'Laten we het daar nou niet over hebben.'

'Prima. Zoals je al zei hebben we ook andere dingen waar we ons mee bezig moeten houden.' Godley glimlachte flauwtjes naar me. Ik zag dat hij het me nog niet helemaal had vergeven.

'Zijn er nog ontwikkelingen rond die drugsgerelateerde schietpartijen, chef?' vroeg Rob.

'Nog niks tot nu toe.'

'Dat komt nog wel,' zei Derwent hulpvaardig. 'Die brand is nog niet geblust.'

'Dank je voor je waardevolle kijk op de zaak.' Godley keek me aan. 'Lukt het jullie om vanavond iets te regelen?'

Ik knikte.

'Goed. Nou, dan ga ik maar eens terug. Wil je meerijden, Josh?'

'Waarom niet.' Hij ving mijn blik op en besefte kennelijk dat ik me afvroeg waarom hij überhaupt was meegekomen. 'Ik zat in de recherchekamer toen de chef zijn kantoor uit kwam stormen en zei dat je in de problemen zat. Ik dacht: laat ik maar meegaan, voor het geval het spannend wordt.'

'Het spijt me dat ik je teleurgesteld heb.'

'Geeft niks.' Hij begon naar de auto te lopen en draaide zich toen om. 'Ik ben blij dat het goed met je gaat, hoor.'

'Heel aandoenlijk.' Maar ik was hem dankbaar dat hij me te hulp was komen snellen, ook al was hij niet bepaald mijn sprookjesprins.

Ik keek Godley weer aan. 'Dank u dat u bent gekomen. Het spijt me dat ik er een zootje van heb gemaakt.'

'Ik begrijp wel hoe dat is gekomen. Maar laat het niet nog eens gebeuren, alsjeblieft.'

'Absoluut niet.'

De telefoon in mijn hand kwam weer tot leven en ik onderdrukte een kreet toen ik op het schermpje keek. Ik herkende het nummer niet. Ik was me vaag bewust van Rob, die zich vooroverboog om het te zien, van Godley, die na een paar stappen stilstond, en van Derwent, met één voet in de auto en één op de straat, allemaal verstard als levende standbeelden.

'Neem verdomme op.' Natuurlijk was het Derwent die dat zei, maar ik had dat ook even nodig. Ik deed wat hij me opdroeg.

'Kerrigan.'

De stem aan de andere kant van de lijn was zacht – zo zacht dat ik nauwelijks kon verstaan wat er gezegd werd. 'Alstublieft... alstublíéft...'

'Met wie spreek ik? Hallo?'

'Alstublieft.' Het was maar nauwelijks gefluister. 'Help ons.'

'Lydia?' Ik keek of Derwent zijn aandacht erbij had, en dat was het geval: elke lijn in zijn gezicht drukte bezorgdheid uit. 'Lydia, ben jij het?'

'Ja.'

De haartjes op mijn armen stonden rechtovereind. 'Wat is er gebeurd? Wat is er aan de hand?'

Stilte. Een stilte die eeuwig leek te duren. Toen sprak ze drie woorden, maar die zeiden meer dan genoeg.

'Hij is hier...'

21

Onze eerste neiging was onmiddellijk te hulp te snellen, maar de werkelijkheid zat anders in elkaar. Het was de politie van Sussex die in actie kwam na Lydia's noodkreet, niet wij. Godley reed ons terug naar het bureau, waar we een auto konden ophalen. Hij weigerde vriendelijk maar beslist ons naar Sussex te brengen toen hij eenmaal wist dat de situatie onder controle was. Wél reed hij op topsnelheid om het goed te maken en deed hij manhaftig zijn best om elk rood licht tussen Battersea Park en het politiebureau te negeren.

'Ik wil er wel graag levend aankomen, chef.'

'Niet zeuren, Josh.' Godley keek me aan via de achteruitkijkspiegel. 'Gaat het, Maeve?'

'Ja hoor.' De overtuiging ontbrak en dat merkte hij meteen.

'Je hoeft je geen zorgen te maken over Lydia's veiligheid.'

'Ik maak me geen zorgen om haar. Nou, eigenlijk wel, maar alleen omdat ik denk dat ze tot nu toe niet eerlijk tegen ons is geweest.'

'Maak je je zorgen over Chris Swain?'

'Een beetje,' gaf ik toe. En over Rob, maar ik was niet van plan dat te zeggen. Hij was naar de flat teruggegaan om tassen voor ons in te pakken; hij had gezegd dat hij me zou laten weten waar we de nacht konden doorbrengen. Ik zou me dan bij hem kunnen voegen als ik nog op tijd terugkwam uit Sussex. Maar dat ging waarschijnlijk niet lukken.

'Wat weten we over degene die is aangehouden?'

Ik herhaalde wat ik van iemand van de recherche in Sussex te horen had gekregen toen ik had gebeld. 'Hij is negentien. Hij heet Seth Carberry.'

Derwent draaide zich om in zijn stoel en keek me aan. 'Wie is dat?'

'De broer van Laura's beste vriendin. Hij liet ons binnen toen we haar gingen verhoren, weet je nog?'

'Niet precies meer,' zei Derwent knorrig. 'Wat deed hij daar in Sussex?'

'Uit wat Lydia heeft gezegd leid ik af dat we op het punt staan de identiteit te bevestigen van de jongen op Laura's fototoestel.'

'Het mysterieuze vriendje.' Godleys handen klemden zich nog steviger om het stuur en zijn knokkels kleurden wit. Ik kon raden wat er in hem omging voordat hij het zei. 'Als ik erachter kwam dat mijn dochter zulke dingen deed, zou ik niet voor mezelf instaan.'

'Dat is een goede reden om Philip Kennford er niet over in te lichten.' Derwent zuchtte. 'Het zou allemaal zoveel logischer zijn als het vriendje en het meisje de slachtoffers waren geweest, en als Kennford het had gedaan. Waarom zou Carberry zijn vriendinnetje en haar moeder willen vermoorden?'

'En waarom hangt hij nu rond in de buurt van haar zusje?' voegde ik toe.

'Hoe wist hij waar hij haar kon vinden?' vroeg Godley.

'Goede vraag. We hebben haar vandaag naar Sussex gebracht. Niemand kon weten dat ze daar was behalve haar vader, haar tante en de beide dames, en ik kan me niet voorstellen dat een van hen hem zou hebben verteld waar ze was.'

'Het kan niet zo zijn dat iemand jullie gevolgd heeft, neem ik aan.'

Daar kon ik wel antwoord op geven. 'Absoluut niet. Je rijdt er over een onverharde weg van anderhalve kilometer lang, en alles wat er beweegt laat een stofwolk achter. Het landschap is er vlak en we waren verdwaald, dus zijn we een paar keer omgekeerd. We zijn zeker niet gevolgd.'

'Nou, dat is dan jullie eerste vraag aan hem.'

'De tweede vraag is of hij onlangs nog in Twickenham is geweest,' zei ik.

'Die vreemdeling waar Renee het over had?' Derwent knikte. 'Daar zit wat in.'

'Als hij haar in Twickenham al had gevonden, hebben Savannah en Zoe er niets mee te maken. Die wisten niet dat zij daar was tot wij ze daarvan op de hoogte brachten.'

'Het ligt voor de hand dat Lydia zelf degene is die hem heeft verteld waar ze was.'

'Ze was doodsbang,' merkte ik op. 'Ze was echt op het hysterische af toen ze me belde.'

'Dat wil niet zeggen dat ze hem niet naar zich toe heeft gelokt.' Derwent draaide zich weer om en keek me aan. 'Ze staat graag in de belangstelling, toch? Niet eten, zichzelf beschadigen – dat zijn allemaal manieren om de aandacht van mensen op haarzelf te vestigen in plaats van op haar zusje. Dat ze jou in paniek opbelde, past in het plaatje. Ze moet hebben geweten dat wij haar niet direct konden helpen. Ze had het alarmnummer moeten bellen en niet jou. En dat ze zich door hem laat volgen, past in datzelfde plaatje. Zo treedt ze in de voetsporen van haar zusje en neemt ze haar plaats in. En voor de verandering is ook zij eens een keer populair.'

'Ik zeg niet dat je het bij het verkeerde eind hebt, maar jij hebt haar niet gesproken. Ze klonk oprecht bang.'

'We zullen zien.'

'Prima.' Ik keek uit het raampje naar straten die me vertrouwd waren, maar ik nam ze niet echt waar. Wel stelde ik vast dat we er bijna waren. Bijna in mezelf zei ik: 'Er is nog een reden waarom ze zou kunnen doen alsof.'

'Ga door,' zei Godley.

'Als haar medeplichtige net was gesnapt, kan het zijn dat Lydia duidelijk wilde laten blijken dat zij niets met hem te maken heeft. Er is geen betere manier om zich van hem te distantiëren.'

'Denk je dat ze hebben samengewerkt?' vroeg Derwent.

'Ik weet het niet. Ik kan me niet voorstellen dat Lydia haar moeder en zusje zou vermoorden, maar we weten niet zeker dat ze dat niet gedaan heeft. Of dat ze het niet allemaal heeft gepland.' Ik trok aan een nagel met een rafelig randje waar ik me plotseling aan stoorde. 'Ik bedoel, zij heeft het overleefd. Zij is helemaal buiten schot gebleven. Zelfs Philip Kennford heeft een lichte hersenschudding overgehouden aan de gebeurtenissen van afgelopen zondagavond. We hebben haar met fluwelen handschoenen aangepakt vanwege al haar problemen, maar zoals je zegt wijzen die allemaal één kant op – haar hang naar aandacht. Dit is zo ongeveer de beste manier om ervoor te zorgen dat ze bij haar vader op nummer één komt te staan, nietwaar?'

'Omdat ze nu de enige is?' Derwent schudde zijn hoofd. 'Wat ben jij cynisch.'

'Dat heb ik eerder gehoord.'

'Geloof je echt dat Lydia iets met de moorden te maken heeft?' vroeg Godley.

'Ik sluit het niet uit, dat is alles.'

'Dan doe ik dat ook niet,' zei Derwent. 'Niet als de beroemde intuïtie van Kerrigan zegt dat ik wantrouwig moet zijn.'

'Ze heeft al eerder gelijk gehad.' Godley reed de binnenplaats op en hield stil naast Derwents auto. 'Hebben jullie nog iets uit het kantoor nodig voor jullie gaan?'

'Waarschijnlijk wel, maar ik zou niet weten wat.'

'Geen zorgen, Kerrigan. We doen het wel met wat we hebben.' Derwent klonk bijna vriendelijk, dacht ik, totaal niet op mijn hoede. Maar dat relaxte gevoel was een vergissing, zoals gewoonlijk. 'Alles wat je nodig hebt is een notitieboekje en een potlood, zodat je aantekeningen voor me kunt maken. Ik durf te wedden dat zelfs de rechercheafdeling van Sussex die wel ergens kan opduikelen.'

Ze hadden Seth Carberry naar het politiebureau gebracht dat het dichtst bij Savannah Wentworths huis lag, ergens in een klein dorp met een paar winkels. Derwent zat de hele rit te speculeren over de vraag of het gebouw een rieten dak zou hebben en of er meer dan één cel zou zijn, en hij was tot mijn genoegen verbijsterd te ontdekken dat het een buitengewoon modern gebouw was, dat wemelde van de telefoonmasten en waar de nieuwste bmw-patrouillewagens voor de deur stonden.

'Ik zou zeggen dat ze zich inderdaad wel een potloodje kunnen veroorloven,' merkte ik op, waarop ik een kwade blik kreeg.

'Dit is gewoon schone schijn. De plaatselijke bevolking geruststellen met een flitsende uitstraling. Laat je niet voor de gek houden. Het zijn allemaal boerenpummels.'

'Doe niet zo flauw. We zijn nog steeds niet ver van Londen.'

'Deze smerissen hadden allemaal bij de Met gewild. Wacht maar.

Wij krijgen een ongelooflijke lading bagger over ons heen, gewoon omdat zij in onze schoenen zouden willen staan.'

'Dat krijgen we zeker als je met zo'n houding naar binnen gaat.' Ik keek hem nieuwsgierig aan. 'Denk je nou echt dat iedere politieagent ter wereld het liefst bij de Met zou willen werken?'

'Waarom niet? Het is het beste korps dat er is. Met de beste middelen. En de beste misdaden.'

'Daar kun je over twisten.'

'En de vrouwelijke agenten zijn er het best in vorm.' Hij grijnsde. 'Ik maak maar een grapje. De politiehonden zijn er het best in vorm, wilde ik eigenlijk zeggen.'

'Jij zult nooit veranderen.'

'Laten we hopen van niet.' Hij stapte uit de auto, rekte zich even uit en beende vervolgens het gebouw in met het gewichtige air van de politieman uit Londen die de inboorlingen hier weleens wat zou laten zien. Ik volgde in een langzamer tempo en wilde dat ik daar met iemand anders was. Met wie dan ook. Of zelfs in mijn eentje. Hij was op zijn best een blok aan mijn been, en eigenlijk altijd een ellendeling, en ik begon me af te vragen of ik niet beter af zou zijn met een andere partner. Hoofdinspecteur Burt, bijvoorbeeld. Zij maakte een verstandige, aardige en professionele indruk. Derwent viel in geen van die categorieën.

Op het moment dat ik binnenkwam, stond Derwent tegen de balie geleund en deed hij zijn uiterste best om de receptioniste in te palmen. Ze was heel jong en had lang en steil blond haar, en ze liet een mond vol metaal zien als ze glimlachte of praatte. Ik had zo'n voorgevoel dat die glimlach zou verflauwen naarmate ze langer met Derwent te maken had.

'Jullie hebben het meestal vast niet zo druk op donderdagavond. Het is nu een komen en gaan van mensen.'

'Het is ongeveer net als anders.'

'Echt waar? Zelfs met lelijke tronies over de vloer als die van ons van de Met?' Hij sprak de laatste twee woorden wat langzamer uit om ze extra nadruk te geven. Opmerkelijk genoeg leken ze haar geen ontzag in te boezemen.

'Er komen hier agenten van overal en nergens.'

'Uit Londen?'

'Zelfs uit het buitenland.' Ze keek hem met grote ogen aan en deed net alsof ze zwaar onder de indruk was. Niet zo snel geïmponeerd als ze lijkt, dacht ik, en ik had haar wel een applausje willen geven. Maar ik ging toch maar bij Derwent aan de balie staan en liet mijn politiepenning zien.

'Weet u of Lydia Kennford hier is?'

Het antwoord klonk achter me. 'Ze is in een van onze verhoorkamers.'

Het was een gedrongen man met een verweerd, vierkant gezicht, van middelbare leeftijd, maar met een bos krulhaar die aan een jongere man leek toe te behoren. Daardoor was er iets merkwaardig tegenstrijdigs aan zijn uiterlijk.

'Brigadier Saunders. Barry Saunders.' Hij schudde me de hand met een korte maar buitengewoon pijnlijke kneep. Ik keek gefascineerd toe hoe Derwent zijn uiterste best deed niet te reageren toen het zijn beurt was. 'Ik heb u aan de telefoon gehad, denk ik, als u tenminste inspecteur Kerrigan bent.'

Ik had zijn stem met het lichte plaatselijke accent al herkend. 'Inderdaad, dat klopt. Fijn dat u ons gerust kon stellen over Lydia's veiligheid.'

'We waren er snel bij. Hij had niet veel kans om meer te doen dan door de ramen kijken. En toen heeft een van de jongedames van de boerderij hem overmeesterd en vastgebonden. Hij lag als een pakketje te wachten op de dienstdoende agenten.'

'Was dat Zoe?' vroeg ik. Ik kon me niet voorstellen dat Savannah iemand in het nekvel zou grijpen.

'Inderdaad. Zoe Prowse. Leuke meid.'

'Ik durf te wedden dat meneer Carberry het daar niet mee eens is.' Ik zag dat Derwent stond te popelen om de andere rechercheur te vertellen dat Zoe lesbisch was, en dus helemaal niet zo'n leuke meid. Ik had medelijden met degene die hem zijn diversiteitstraining had gegeven. Hem kon je niks bijbrengen over het respecteren van de levensstijl, het ras of de seksuele voorkeur van anderen. Ik ging er maar van uit dat Barry Saunders iets minder bevooroordeeld was.

'Hij zegt dat haar reactie overdreven was.' Hij trok een gezicht. 'Ik

kan niet zeggen dat ik het met hem eens ben. Drie jonge vrouwen, kilometers van de bewoonde wereld, en dan zo'n joch dat daar zomaar
rond het huis sluipt. Hij had zijn auto ook nog eens ver weg geparkeerd. Wilde dus niet dat iemand wist dat hij er was, zou ik zeggen.
Tot hij er klaar voor was, tenminste.'

'Hebt u hem gefouilleerd?' wilde Derwent weten. 'En is de auto
doorzocht?'

'Natuurlijk.' Saunders liet dat antwoord even in de lucht hangen
voordat hij bijdraaide. 'Hij droeg geen wapens bij zich, maar er lag
wel een mes in de auto.'

'Wat voor mes?' Derwents stem was een octaaf gestegen, naar een
hysterisch niveau, binnen één enkele zin. En wij moesten nog wel
doorgaan voor koelbloedige rechercheurs van de ontzagwekkende
Metropolitan Police.

Saunders leek het wel vermakelijk te vinden. 'Een kleintje. Met
een lemmet van ongeveer vijf centimeter. Het zat in een gereed-
schapsset in de kofferbak. Het maakte deel uit van een multitool –
schroevendraaier, combinatietang, schaar, dat soort spul. Hij zegt
dat hij nooit had gezien dat er een mes bij zat.'

'Niets wereldschokkends, dus.' Beteuterd was te zwak uitgedrukt
om Derwents reactie te beschrijven.

'Ik zou er maar niet al te opgewonden van raken, nee. Zoals ik al
zei, stond de auto niet dicht bij het huis – op twintig minuten lopen,
dus als hij het mes had willen gebruiken, zou je denken dat hij het bij
zich zou hebben gehad.'

'We nemen het toch mee. Om het te laten checken door ons forensisch team. U hebt waarschijnlijk geen toegang tot een politielab,
toch?'

'Wij maken gebruik van een particulier lab. Alleen voor de zwaar-
ste misdrijven, vanwege de kosten. Dit komt vermoedelijk niet in
aanmerking, aangezien de jongen niet daadwerkelijk het huis is bin-
nengedrongen.' Er lag een trekje om Saunders' mond dat me de indruk gaf dat hij Derwent niet geheel serieus nam – gelukkig maar,
want als hij het type was geweest dat zich gauw beledigd voelde, liepen we ernstig het risico eruit gegooid te worden. 'Maar u mag gerust
alle tests laten uitvoeren die u wilt. Bekijkt u eerst maar even de rest

van zijn spullen voordat u met hem gaat praten. Misschien valt u iets op wat iemand als ik zou missen, aangezien ik de zaak niet ken.'

Ik kwam ertussen voordat Derwent de kans kreeg nog iets ondiplomatieks te zeggen. 'Wat we eigenlijk graag willen is eerst met Lydia praten, en dan met Seth Carberry.'

'Ze wacht al op u.'

'U hebt haar toch niet gearresteerd?' vroeg Derwent.

Saunders keek oprecht verbaasd. 'Waarom zou ik? Rechercheur Kerrigan zei dat u met haar wilde praten, dus heb ik haar verzocht mee te komen en op u te wachten. Het lijkt me een aardig kind.'

'Is ze alleen?' vroeg ik.

'Ik geloof dat haar halfzus haar gezelschap houdt.'

Ik keek Derwent aan. 'Is Savannah wel de geschikte volwassene om haar bij te staan? Want ik kan me niet voorstellen dat Renee vanavond nog komt opdraven, en het lijkt me beter om haar vader er niet bij te betrekken.'

'Het lukt zo ook wel. Lydia geeft ons alleen wat nieuwe inzichten, toch? We benaderen haar niet als verdachte. Op dit moment.'

'Waarvan zou u haar dan kunnen verdenken? Als ik dat tenminste mag vragen.' Saunders' brede gezicht had een verbijsterde uitdrukking. 'Ze lijkt me een meisje dat geen vlieg kwaad doet.'

'We weten het niet. Misschien is het niets.' Derwent kneep zijn ogen tot spleetjes en ging iets zachter praten om de rechercheur te imponeren. 'Misschien is het moord.'

'Echt?' Saunders haalde zijn schouders op. 'Onze-Lieve-Heer heeft rare kostgangers, nietwaar?'

Dat was niet de reactie waar Derwent op had gehoopt, maar hij deed het er maar mee. Hij liep met grote stappen de gang in. 'Laten we in elk geval naar haar toe gaan.'

'Het is deze kant op, hoor,' riep Saunders hem na, en wees in de andere richting. 'Maar als u een omweg wilt maken, hou ik u niet tegen. Misschien doen jullie het zo wel bij de Met. Daar heb ik natuurlijk geen weet van.'

Het was de tweede keer dat ik Savannah in een politiebureau zag, en voor de tweede keer viel het me op hoe ze een groezelige omgeving wist te ontstijgen. Met haar slanke gestalte, gekleed in een kaki korte broek en een wit hemdje, en met haar haren samengebonden in een paardenstaart, stond ze tegen de muur geleund toen we binnenkwamen. Lydia zat aan de tafel met haar hoofd tussen haar armen gelegen, en Savannah legde een vinger op haar lippen. 'Ze slaapt.'

'Jammer dan. We zullen haar wakker moeten maken.'

'Geef haar nog even. Ze is bekaf.' Savannah ging rechtop staan, met haar gewicht op de zijkant van haar voet, en stak haar handen in haar zakken. Ze zag eruit als een jong veulen en ik ging er al helemaal van uit dat Derwent zou meegaan in alles wat ze vroeg. Tot mijn verbazing trok hij met een ruk een stoel onder de tafel vandaan, zodat de poten luid over de betegelde vloer schraapten. Ik keek hem nijdig aan, maar het was al te laat: Lydia had haar hoofd opgetild en staarde ons slaperig aan.

'Hoe gaat het met je?' vroeg ik.

'Wel goed.' Ze fluisterde. Haar gezicht was bleek, haar ogen waren rood en ik vroeg me af of ze had gehuild, of dat ze er gewoon altijd zo uitzag als ze plotseling werd gewekt.

'Laat haar even wakker worden.' Savannahs stem klonk scherp. 'En begin niet met het verhoor tot ze er klaar voor is.'

'Er is helemaal geen sprake van een verhoor. We willen gewoon meer weten over wat er vanavond is gebeurd.' Ik zei het net zo goed voor Derwent als voor Lydia. Hij moest blijven beseffen dat we geen bewijs tegen Lydia hadden – niets wat een reden zou kunnen zijn om haar te arresteren. Zonder bewijs waren we afhankelijk van haar medewerking, en hoewel ik Lydia er niet voor aanzag verontwaardigd het politiebureau uit te stormen, kon ik me beslist voorstellen dat Savannah dat wel zou doen.

'Dan moeten jullie met hém gaan praten. Die halve gek. Die om ons huis heen sloop en ons de stuipen op het lijf heeft gejaagd.'

'Ik kreeg de indruk dat Zoe hem behoorlijk effectief heeft aangepakt.'

Savannahs gezicht klaarde op. 'Ze heeft hem de schrik van zijn leven bezorgd. Ik geloof dat hij niet eens een poging heeft gedaan zich tegen haar te verzetten. Op het moment dat hij doorhad dat hij gesnapt was, lag hij al op zijn buik, met zijn handen vastgebonden op zijn rug.'

'Dus ze is niet gewond geraakt?'

'Helemaal niet. Maar we vonden het allebei beter dat ik met Lydia naar het bureau zou gaan, zodat ze een familielid bij zich zou hebben. Voor de morele steun.' Ze keek langs ons heen. 'Komt papa ook?'

'We hebben hem nog niet van de gebeurtenissen van vanavond op de hoogte gebracht. We wilden zelf eerst weten wat er is gebeurd voordat we hem erbij zouden betrekken.' Ik keek Lydia aan. 'Had je hem er graag bij willen hebben?'

'Het maakt niet uit.'

'Ze had graag gewild dat hij zou laten zien dat hij om haar gaf, denk ik.' Savannahs mond kon onmogelijk een dunne streep vormen, maar op dit ogenblik scheelde het niet veel.

'Ik zal contact met hem opnemen zodra we hier klaar zijn. Waarschijnlijk morgen, als het in dit tempo doorgaat. Het is tenslotte al laat.' Ik glimlachte naar Lydia, die een klein beetje minder bleek zag. 'Heb je trek in iets, Lydia? Iets te drinken of te eten?'

'Nee. Ik wil gewoon terug om uit te kunnen rusten.'

'We zullen proberen je niet lang op te houden.' Derwent boog zich over de tafel en zette haar zo een beetje onder druk. 'Maar je zult nu wel je mond moeten opendoen, nietwaar?'

'Hoe bedoelt u?'

'Hoe wist hij waar je was? En niet alleen deze keer. Ook toen je nog in Londen was.' Derwent tikte met een vinger op de tafel, min of meer onder de neus van het meisje. Ze leunde naar achteren om afstand van hem te nemen. 'Je moet wel contact met hem hebben gehad, Lydia. Je hebt hem verteld waar hij je kon vinden.'

Haar gezicht betrok en een paar minuten lang was er niets te horen behalve haar snikken. Na een poosje ging Savannah naast haar staan en klopte ze haar wat onhandig op de schouder. Misschien hielp het; in elk geval wist Lydia zich weer te beheersen en veegde ze haar tranen af met haar mouw.

'Oké. Dat is waar.' Ze was amper hoorbaar.

'Je hebt dus al die tijd contact gehad met die Seth Carberry.'

'Hij heeft contact opgenomen met mij.'

'Hoe dan?'

'Via Laura's telefoon.'

'Die had jij dus,' zei ik zacht. Ze knikte. 'Waar is hij nu?' Ik had het nog niet gezien, maar Lydia had een tas op haar schoot, een kleine schoudertas. Ze deed hem open, haalde een iPhone tevoorschijn en schoof die over de tafel naar me toe.

'Het wachtwoord is één-twee-drie-vijf.'

'Dank je.' Ik schakelde hem uit zonder er verder naar te kijken.

'Willen jullie niet zien wat erop staat?' vroeg Savannah.

'Jawel, maar hij moet worden onderzocht door de technische dienst.' Ik haalde mijn schouders op. 'Daar hebben ze niet graag dat wij met bewijsstukken in de weer gaan. Ik ben geen expert. Ik kan iets belangrijks over het hoofd zien.'

'Of iets toevoegen. Ze is niet te vertrouwen.' Derwent grijnsde naar me. 'Grapje.'

'Wat wilde Seth van je? En wat wilde jij van hem?' vroeg ik Lydia, zonder aandacht aan Derwent te schenken.

Ze keek vol afschuw. 'Ik wilde níéts van hem.'

'Je hebt hem laten weten waar hij je kon vinden.'

'Omdat u wilde weten wie hij was. U vroeg me of ik u kon helpen, en dat heb ik gedaan. Ik dacht dat ik er goed aan deed.'

'Je had ons de telefoon moeten geven, zodat wij hem konden opsporen. Je had jezelf wel in gevaar kunnen brengen.'

'Ik dacht dat ik hem aan het praten kon krijgen. Dat wilde hij. Over Laura praten.'

'En met jou verdergaan waar hij met haar geëindigd was?' vroeg Derwent.

Lydia bloosde tot aan haar haarwortels. 'Nee. Helemaal niet.'

'Hadden ze nog een relatie toen Laura doodging?' vroeg ik.

'Ze had het uitgemaakt, zei hij. Ze had tegen hem gezegd dat ze het te druk had om hem te blijven zien. Ze kon haar tijd beter gebruiken. Ze had geen zin meer om stiekem te doen.'

Ik fronste. 'Dat klinkt niet alsof ze hem wilde voorstellen aan jullie ouders, hè?'

'Niet echt, nee.'

'Had je al contact met hem voordat Laura stierf? Kende je hem toen al?' vroeg ik.

'Nee. Ik had hem nog nooit ontmoet. Ik heb hem deze week twee keer gesproken, over de telefoon. Dat is alles.' Ze klonk resoluut en de blik in haar ogen was onschuldig. Daar ging mijn theorie dat ze onder één hoedje speelden.

'Heeft hij je nog meer over Laura verteld, of over hun verhouding?'

'Nee. Hij wilde me alleen zien om over haar te praten.' Haar gezicht begon weer te betrekken. 'Hij zei dat hij haar miste. En ik mis haar ook.'

'Natuurlijk mis je haar.' Savannah sloeg haar armen om de hals van haar zusje. 'Kunnen we hier nou mee ophouden?'

'Best.' Derwent keek Lydia streng aan. 'Maar jij moet vanaf nu eerlijk tegen ons zijn, jongedame. Is er nog iets wat je ons niet hebt verteld?'

In plaats van te antwoorden wierp Lydia een blik omhoog naar Savannah. Ze leek op het punt te staan iets te zeggen, maar schudde in plaats daarvan haar hoofd.

'Oké dan.' Hij leunde naar haar toe en streek haar even onder de kin. 'Dat was het dan, meisje. Maar probeer niet ons werk voor ons te doen, hè. Daar worden we voor betaald. En ga nu dan maar naar huis en haal je geen problemen meer op de hals.'

Ze knikte en keek naar hem op alsof hij het absolute einde was. Het was fijn te zien dat er iemand bestond die Derwent net zo geweldig vond als hij zichzelf, al kon ik me niet indenken waarom. Hij was een zeer onwaarschijnlijke vaderfiguur. Aan de andere kant leek Philip Kennford me ook niet ideaal. Vergeleken met hem was Derwent misschien zelfs in het voordeel.

Ze hadden Seth Carberry laten wachten in een cel in het souterrain van het politiebureau – geen prettige plek, vandaar dat hij alle mogelijke medewerking verleende toen hij in de verhoorkamer verscheen. Dat wilde echter nog niet zeggen dat die medewerking van hem nou zoveel voorstelde. Ik had geen idee wat ik had moeten verwachten van Laura's geheime vriendje, maar dit in elk geval niet. Carberry was klein en pezig, en zijn huid was spierwit, alsof hij nooit in het daglicht kwam. Hij had weerbarstig zwart haar, dikke wenkbrauwen en een joekel van een neus waar hij zich nog niet helemaal aan leek te hebben aangepast, maar zijn ogen hadden iets hypnotiserends en waren buitengewoon donker – zozeer dat het me moeite kostte zijn pupillen te zien. Ik had hem eerder gezien bij hem thuis, en daar was me niets bijzonders aan hem opgevallen, maar nu ik naar hem keek zonder zijn petje, wist ik zeker dat ik hem ook ergens anders al eens had gezien, al kon ik me maar niet herinneren wanneer. Dat zat me dwars. Het zat ergens in mijn achterhoofd, net als een vergeten naam. Ik probeerde er niet over na te denken, waardoor ik natuurlijk juist nergens anders meer aan kon denken. Ik herkende hem niet van de foto's op Laura's camera, want daarin had hij nou niet echt de hoofdrol gespeeld. Hij was een driehoekige torso geweest, een platte buik met een smal spoortje haar over het midden, een gedeelte van een dijbeen in de hoek van een opname. Ik had me hem ouder voorgesteld, niet in de laatste plaats omdat Laura een mooi en vlot meisje was geweest, en ik dus verwachtte dat ze iemand zou hebben gevonden die haar waard was. Seth Carberry kwam niet eens in de buurt. Dat leek bij hemzelf niet te zijn opgekomen. Hij had de natuurlijke arrogantie van een kemphaan en hij keek Derwent en mij vanachter zijn knokige neus met een en dezelfde onverschillige blik aan. Hij droeg een grijs T-shirt met duidelijke zweetplekken onder de oksels en een spijkerbroek die hem minstens één maat te groot was, en heel vuile sportsokken. Ik was geneigd door zijn smoezelige voorkomen heen te kijken: politiebureaus waren niet de meest smetteloze gebouwen. Aan de andere kant was het al de tweede keer dat ik hem zo slonzig had gezien. Tienermode, nam ik aan, en ik was blij dat de mannen die ik gewoonlijk tegenkwam wisten hoe ze moesten omgaan met een wasmachine en douche.

'Waar gaat dit over? Waarom willen jullie met mij praten? Ik dacht dat ik gedonder had met de plaatselijke politie, niet de Met.'

'Ga zitten.' Derwent wees naar de stoel tegenover ons en prutste vervolgens wat aan de opnameapparatuur. 'Je weet best waar dit over gaat, toch? Namelijk dat je bij het huis van mevrouw Savannah Wentworth bent opgedoken, waar je liep rond te sluipen, en de vraag of dat te maken heeft met de zaak die we onderzoeken. De moord op Vita en Laura Kennford.' Hij sprak de officiële inleiding uit met het oog op de opname, inclusief het feit dat de jongen had afgezien van zijn recht op de aanwezigheid van een advocaat. Daaruit maakten we geen van beiden op dat hij onschuldig was – hij was hooguit naïef – maar het maakte de boel wel gemakkelijker. 'Seth Carberry, je bent gearresteerd voor een poging tot inbraak op het terrein van mevrouw Savannah Wentworth op Godetts Farm in Sussex, op donderdag de negentiende augustus om acht uur 's avonds. Wat was je van plan?'

'Niets. Ik wist niet eens dat het haar huis was.'

'Wat deed je daar?'

'Ik wilde Lydia zien. Om erachter te komen wat er met Laura is gebeurd, naast wat er in de krant staat en op tv wordt gezegd. Ze zei dat ze me zou ontmoeten, maar toen ik aankwam, was ze er niet.'

'En je werd overrompeld door Zoe.'

'Heet ze zo? We zijn niet aan elkaar voorgesteld. Ik kreeg de kans niet om uit te leggen dat ik daar op uitnodiging was.' Hij fronste. 'Ik was eigenlijk ook niet echt aan het rondsluipen. Het was nog licht. Als ik me had willen verstoppen, was ik wel 's avonds laat gekomen.'

'Is dat wat je anders altijd doet?' vroeg ik.

Hij schoof heen en weer op zijn stoel. 'Ik doe dit soort dingen normaal gesproken niet.'

'Maar je bent wel naar het huis van Laura's tante in Twickenham gegaan, om te proberen Lydia te spreken te krijgen. En je bent weggerend toen iemand naar je riep om te vragen wat je daar kwam doen.'

'Ja.' Ook al was het met tegenzin, hij gaf het wel toe. Ik wierp Derwent een blik toe, en hij kneep als reactie zijn ogen een beetje dicht. Het was dus niet Christopher Blacker geweest in die tuin. En toch voelde ik me wat hem betrof nog niet gerustgesteld.

'Je wilde haar ook toen dus geen kwaad doen,' zei Derwent.

'Ik wilde alleen met haar praten, zoals ik al zei. En ik dacht dat ze mij ook wilde zien. Die indruk had ze me gegeven.'

'Heb jij contact met haar opgenomen of zij met jou?'

'Zij met mij. Ik schrok me kapot toen ik een bericht van Laura's telefoon kreeg, maar ik had al vrij snel door hoe het zat.'

'Had je Lydia al eens eerder ontmoet?'

'Shit, nee. Ze is compleet gestoord, toch? Ze gaat bijna nooit uit. Ze heeft geen vrienden. Mijn zusje had me over haar verteld, dus ik zat niet te wachten op een kennismaking. Maar Laura wilde ook helemaal niet dat ik Lydia zou leren kennen, dus maakte het niet uit.'

'Laura wilde jou geheimhouden. Waarom eigenlijk?' vroeg ik.

'Daar had ze zo haar redenen voor, neem ik aan. En het kon me niet schelen. Ik stond er niet om te springen dat iedereen van ons zou weten, want ze was veel jonger dan ik. Dat zou mijn reputatie geen goed hebben gedaan, laat ik het zo zeggen.'

'Maar nu Laura dood is, wil je wel met Lydia praten.'

'Zoals ik al zei ben ik nieuwsgierig naar wat er is gebeurd. Ik wil weten hoe ze is overleden.' Hij haalde zijn schouders op. 'Dat is toch niet zo raar?'

'Je bent op de avond van Laura's dood naar het huis van de Kennfords in Wimbledon gegaan.' Het had even geduurd, maar ik had hem eindelijk weten te plaatsen. De jongen met het honkbalpetje.

'Hoe weet u dat?' Hij keek me aan alsof ik helderziend was. Naast me deed Derwent hetzelfde.

'Je stond in de menigte bij het hek toen we aankwamen. Je keek hoe de politieagenten kwamen en gingen.'

'Daar is niets verdachts aan.'

'Dat maken wij wel uit, vriend,' zei Derwent. 'Wat deed je daar?'

'Ik was naar haar huis gekomen om haar te zien – om met haar te praten, niet omdat ik dacht dat er iets met haar gebeurd was. We zouden elkaar zondagavond zien. Die afspraak stond al tijden, en toen zei ze zomaar af.'

'Was je daar boos over?'

'Ja, eigenlijk wel.' Zijn donkere ogen keken me aan. 'Ik was namelijk jarig. Ik had veel moeite gedaan om er voor ons een leuke avond van te maken – ik had het huis van een vriend geleend, zodat we niet gestoord zouden worden, en ik had champagne gekocht voor een soort picknickmaaltijd. Ik was pisnijdig toen ze afzei.'

'Pisnijdig genoeg om je op haar af te reageren?' vroeg Derwent.

'Wat bedoelt u daarmee?' Hij wreef onrustig met zijn handen over zijn knieën, alsof hij iets aan de spijkerstof wilde afvegen. 'Genoeg om haar te vermoorden? Natuurlijk niet.'

'Heb je ruzie met haar gemaakt?' vroeg ik.

'Ja, we hebben ruzie gehad.'

'Wat voor ruzie?'

'Zo erg dat het daarna uit was tussen ons.' Hij keek me meewarig aan, nog altijd arrogant.

'Is er fysiek contact geweest?' vroeg Derwent.

'Ik geloof dat ik de vraag niet begrijp.'

Derwent stond op, zelfs voor mij onverwacht, en leunde over de tafel. 'Dan begrijp je dit vast wel. Ik vraag je of je Laura hebt geslagen toen je ruzie met haar had, of wanneer dan ook. Ik vraag je of je ooit losse handjes hebt gehad, op een gewelddadige manier.'

Seth was op zijn hoede. 'Waarom vraagt u dat?'

'Ze had kneuzingen in haar gezicht. Die zijn aangetroffen bij de lijkschouwing. Ze waren van ongeveer een dag voor haar dood, dus dat klopt qua tijdstip. Was jij het?'

'Ik wil niet in de problemen komen.'

'Je zit al in de problemen,' merkte ik op. 'Vertel.'

Hij haalde zijn schouders op. 'Ik heb haar een kleine tik verkocht.'

'Een kleine tik,' herhaalde Derwent, en hij ging heel langzaam zitten. Ik kon aan hem zien dat hij het liefst dwars over de tafel naar de jongen zou uithalen. 'Vertel maar op.'

'Er valt niks te vertellen. Ik heb haar geslagen.' Hij deed een klap met vlakke hand na. 'Pets.'

'Waarom?'

'Omdat ze me tegen de haren in had gestreken. Ze zei dat ze het wilde uitmaken. Ze wilde blijkbaar meer dan ik te bieden had.' Hij lachte. 'Ze vond zichzelf heel wat, die Laura.'

'Je hebt haar geslagen omdat ze jullie relatie verbrak.' Ik deed niet eens een poging om de afkeer van mijn gezicht te houden. 'Het lijkt erop dat ze de juiste beslissing had genomen.'

'Ze zou echt wel teruggekomen zijn.'

'Waarom zeg je dat?' vroeg ik.

'Omdat het zo is. Het was nog niet voorbij.'

'Het klinkt anders wel alsof het voorbij was. Hoelang hadden jullie al iets met elkaar?'

'Zeven weken.'

'Zo kort nog maar?' Derwent gleed met zijn handen langs zijn gezicht alsof hij wilde voelen of hij zich alweer moest scheren. 'Godsamme, ik dacht dat het een grootse liefdesaffaire was.'

'Zeven weken is lang als je een tiener bent,' zei ik tegen Derwent.

Seth reageerde gepikeerd. 'Ik ben bijna twintig.'

'En dat is nog zoiets,' zei Derwent zacht. 'Wat moest jij met een meisje van vijftien?'

'Ze was een vriendin van mijn zusje. Dat weet u toch. Ze kwam bij ons thuis om aan een project te werken en we raakten aan de praat.'

'En jij zag je kans schoon. Met een meisje dat zo oud was als je zusje.' Derwents stem gaf pure weerzin weer, maar ik was er vrij zeker van dat hij deed alsof. Hij zou zonder aarzelen hetzelfde hebben gedaan en het hebben betiteld als kat in het bakkie.

'Zij was degene die achter mij aan zat, hoor. Ik had het niet bij haar geprobeerd als ze niet zo met me had zitten flirten. Ik vond haar wel mooi, maar ze was jong en onervaren. Eerst wist ze totaal niet wat ze deed en dat was wel schattig.' Hij glimlachte naar me op een manier die mijn maag deed omdraaien van walging. 'Zo onschuldig nog – dan wil je ze gewoon leren wat ze moeten doen. En dat kan dan ook. Ze doen alles wat je zegt.'

'Ze was nog maar vijftien.'

'Ze gedroeg zich niet als een vijftienjarige.'

'Dat weet ik. We hebben de foto's gezien.' Derwent zei waar het op stond.

'O.' Hij werd een beetje rood en was zich duidelijk bewust van wat we hadden gezien.

'Dat ben jij dus, samen met haar op die foto's. Op haar toestel.'

'Waarschijnlijk wel. Tenzij ze het ook nog met iemand anders deed. Ik zou ze moeten zien om er zeker van te zijn.'

Ik keek Derwent aan, wetende dat hij tegen me in zou gaan. 'We hebben geen afdrukken meegenomen.'

'We kunnen ervoor zorgen dat je ze te zien krijgt. Om te bevestigen dat jij het bent op de foto's.'

'Volgens mij ben jij het wel,' zei ik, en ik wilde dat ik het niet had gezegd, want Seths mondhoeken krulden omhoog in een lachje.

'Wat vond u ervan?'

Ik keek hem grimmig aan. 'Ik vond het afbeeldingen van een minderjarig meisje dat seks had met iemand die oud genoeg was om beter te weten.'

'Maar wel behoorlijk sexy. Dat kunt u niet ontkennen.'

'Behoorlijk illegaal is eerder wat er in me opkwam.' Hij kromp een beetje ineen en was voor het eerst zichtbaar gespannen. Ik deed er een schepje bovenop. 'Wat heb je ermee gedaan? Heb je ze op internet gezet?'

'Nee. Helemaal niet. Ze waren alleen voor eigen gebruik.'

'Door jou?'

'Door Laura. Het was haar idee.'

Derwent snoof. 'De vijftienjarige maagd wilde haar eerste ervaringen in de wereld van de schunnige seks vastleggen, is dat wat je zegt?'

'Zo ongeveer wel.'

'Sorry, maar ik geloof er niets van.'

'Het is waar. Laura had een lijstje van dingen die ze wilde doen. Ze keek veel naar porno.'

'En hoe had ze daar dan aan moeten komen? Ze was niet oud genoeg om dat soort spul te kopen.'

'Eh, gewoon gratis, overal op internet te zien?' Er lag een vernietigende klank in Seths stem, alsof hij niet kon geloven hoe erg Derwent in het stenen tijdperk was blijven hangen.

'Keken jullie er samen naar?' vroeg ik.

'Soms. Als we tijd hadden. Ik ben zelf meer van de actie.' Hij glimlachte weer en dacht kennelijk dat hij charmant overkwam, maar zijn doodse blik was al afstotelijk genoeg, nog los van zijn weerzinwekkende persoonlijkheid. 'Laura was de grote liefhebber.'

'Waarom?'

'Ze had op haar dertiende thuis bij haar ouders een collectie gevonden en toen is ze ermee begonnen. Ze werd er nieuwsgierig door. En toen ik haar leerde kennen, wilde ze alleen maar alles doen wat ze ooit gezien had. Ze kende de theorie. Het was tijd voor de praktijk. En ik wilde daar best aan meewerken, als ik kon.'

'Je moet wel hebben gedacht dat al je dromen waren uitgekomen,' zei Derwent droogjes.

'Het was wel leuk. Soms werd het een beetje saai.' Hij legde een voet op de andere knie. 'Ze kreeg er een kick van om na afloop over haar ouders te praten. Dan zei ze bijvoorbeeld: "Wat zouden ze zeggen als ze konden zien wat ik net heb gedaan?" Het leek allemaal te gaan om hun afkeuring, snapt u?'

'Het was dus belangrijk voor haar om opstandig te zijn.' Ik dacht aan wat Lydia me had verteld: dat Laura vaak ruzie zocht met haar moeder en vader.

'Zo kwam ze de dag door. Ze zei dat haar moeder haar altijd op de huid zat, dat haar vader er nooit was en aan de lopende band vreemdging, en dat haar zusje niet helemaal goed snik was. Ik denk dat ze eenzaam was. Het was niet echt een fijn gezin, zei ze. Ze was op zoek naar iets beters.'

'En toen kwam ze bij jou terecht.' Derwent schudde zijn hoofd. 'Arme Laura.'

'Bij mij of iemand anders.'

'Gaat het nu weer over de vraag of jij wel of niet degene op de foto's bent?' vroeg ik. 'Want het zou me verbazen als jij het niet bent.'

'Nou, dank u wel.' Hij ging met een hand door zijn haar. 'Ze had ook iets met iemand anders.'

'Hoe weet je dat?' vroeg Derwent.

'Ik heb op haar telefoon berichten van hem gezien.'

'O ja?'

'Ze kreeg sms'jes van iemand en daar was ze dan helemaal blij mee – ze bleef haar telefoon maar pakken om te checken of hij haar wat had gestuurd.'

'Heb je ontdekt wie hij was? Heb je een naam?'

'Nee. Er stond niks onder. Het had iedereen kunnen zijn.'

'Maar het was wel iemand die je kende?'

'Zij zei van niet. Ze zei dat ik belachelijk deed. Maar ik heb de berichten gelezen. Aldoor maar "ik denk altijd aan je" en "ik moet je zien" en "we maken ze wel duidelijk dat we bij elkaar horen" – dat soort dingen.'

'Concurrentie dus,' merkte Derwent op.

'Dat dacht ik ook. Eerlijk gezegd hebben we daar vrijdag ook ruzie over gehad. Haar reactie toen ik ernaar vroeg schoot me in het verkeerde keelgat. Ze vond het grappig.'

'Ik durf te wedden dat het lachen haar verging nadat je haar die klap had gegeven,' zei ik met een zuinige glimlach.

'Ja. Ja, dat klopt. Eh, dat was het eigenlijk. Dat was de laatste keer dat ik haar gesproken heb. Ik heb haar zondag gezien, maar niet met haar gepraat – ze liep door de buurt en had iemand aan de telefoon. Ze heeft mij niet gezien.'

'En je ging zondag naar haar huis omdat je dacht dat je met haar zou kunnen praten,' zei ik.

'Ik ging erheen omdat ik dacht dat hij er zou zijn.'

'Haar vader?' Ik wist het even niet meer.

'Nee. Die vent met wie ze contact had. In een van die berichtjes leek het alsof hij die avond naar haar huis zou komen. Ik dacht dat ze hem wilde voorstellen aan haar ouders en dat maakte het allemaal nog erger, omdat ze tegen mij had gezegd dat ze hun nooit iets over mij zou vertellen, dat haar vader me maar niks zou vinden en dat haar moeder te wantrouwig zou zijn om aardig te doen.' Hij schudde zijn hoofd, nog steeds gekwetst. 'Ik wilde weten waarom hij beter was dan ik. Ik ga in oktober goddomme naar Cambridge. Ik ben niet zo'n jongen die ouders niet zien zitten.'

'O nee, jij bent echt de ideale schoonzoon,' zei Derwent. 'Wat ga je studeren?'

'Rechten.'

'Misschien moet je wat anders gaan doen, jongen. Een veroordeling voor huisvredebreuk is niet bevorderlijk voor je carrière.'

'Dat was al in me opgekomen.' Zijn kaken waren opeengeklemd.

'Ik begin te snappen waarom je wilde kennismaken met Philip Kennford,' zei ik.

'Ja, dat ligt voor de hand. Toen ik haar voor het eerst ontmoette, dacht ik dat Laura een nuttige connectie zou zijn. Ik dacht dat ze me in contact zou kunnen brengen met haar vader, zodat ik bij hem werkervaring op kon doen. Daarom was ik in eerste instantie geïnteresseerd. Maar ze heeft me van begin tot eind alleen maar narigheid bezorgd.' Het joch was een arrogante klootzak, maar ik zag dat hij meende wat hij vervolgens zei: 'O god, had ik haar maar nooit leren kennen.'

22

De deur van de hotelkamer was van het type dat onmogelijk zachtjes geopend kon worden: de sleutelkaart zoemde en klikte toen ik hem in het slot schoof. Om de deurknop om te draaien was brute kracht nodig. Ik glipte zo stilletjes mogelijk naar binnen en probeerde de deur achter me te sluiten zonder dat hij dichtsloeg, maar dat bleek ook al niet te kunnen. Bij het geritsel vanuit het bed achter me kromp ik ineen. Betrapt.

'Hoe laat is het wel niet?'

'Zo laat dat ik in bed zou moeten liggen.' Ik was bijna blij dat hij wakker was geworden; het was geruststellend om te horen dat zijn stem normaal klonk, nu er verder niets meer normaal was. Zonder het licht aan te doen begon ik me uit te kleden. 'Heb je een pyjama voor me meegenomen?'

'Heb je die dan nodig?' gaapte Rob. 'Er moet wel ergens eentje zijn. Ik heb er zelf geen aan.'

'En mijn tandenborstel?'

'In de badkamer.'

Het was een kleine badkamer en de verlichting maakte me jaren ouder dan ik was. Ik poetste mijn tanden snel en met mijn ogen dicht. Mijn hele lichaam deed pijn. We waren om één uur 's nachts klaar geweest met de ondervraging van Seth. Derwent had vervolgens de hele weg terug geklaagd – terug naar het grote, zielloze keten-hotel vlak bij de drukste rotonde van Wandsworth, waar 'het ontbrekende lid van Take That', zoals hij het uitdrukte, op mij wachtte. Het had Derwent kennelijk dwarsgezeten dat Rob hardloopkleding had gedragen. Hardlopen, dat was zijn terrein. Zoals Rob daar had gestaan in shorts en een sporthemd, dat was alleen maar aandachttrekkerij geweest. Ik had hem laten raaskallen, blij dat ik mocht meerijden en met mijn gedachten nog bij de verhoren die we net achter de rug hadden. Ik maakte me zorgen om Lydia. Ik walgde van Seth Carberry. Ik kon geen touw vastknopen aan de zaak-Kennford. En ik had totaal geen ideeën meer over.

De airconditioning stond voluit aan toen ik de badkamer uit kwam in een T-shirt en onderbroekje. 'Dit is geloof ik de eerste keer dat ik het koud heb sinds het zo heet is.'

'Heerlijk, hè?' Hij mompelde het in zijn kussen, alweer half in slaap. 'Ik ben je stalker bijna dankbaar voor de gelegenheid eens in alle luxe te slapen.'

'Praat me alsjeblieft niet van hem.' Ik stapte het bed in en had al meteen last van de straatlantaarns die de kamer in schenen en van het rode schijnsel van het standbylichtje op de televisie. De vermoeidheid was weg en ik probeerde een paar rusteloze minuten lekker te gaan liggen.

'Wat is er?'

'Het kussen is te zacht.' Chagrijnig stompte ik erop, ging op mijn rug liggen en staarde naar het plafond. 'De airconditioning is te lawaaiig.'

'Dit is maar tijdelijk. Morgen vinden we wel een ander logeeradres.' Hij gaapte. 'Ga nou maar slapen.'

'Dat kan ik niet.'

'Natuurlijk wel.'

'Wat haat ik dit.' Er gleed een traan vanuit mijn ooghoek in mijn haar. Ik snufte en snufte nog eens. 'Het spijt me zo.'

Hij rolde naar me toe. 'Doe niet zo gek. Het is niet jouw schuld.'

'Jij zou het werk moeten doen waar je van houdt, en fijn in je eigen flat moeten zitten in plaats van in zo'n stom budgethotel. En het is allemaal wél mijn schuld, als je erover nadenkt. Als jij niets met mij zou hebben…'

'Geen gepraat meer over schuld.' Hij zei het op zachte toon. 'Ik heb altijd zelf mijn beslissingen genomen, Maeve. En een daarvan was dat jij een beetje gedoe wel waard bent.' Het bleef even stil. 'Maar misschien krijg ik er wel een keer genoeg van dat jij onze relatie steeds om onzinnige redenen wilt verbreken.'

'Ik dacht dat ik er goed aan deed.' Er voegde zich nog een traan bij de vorige.

'Dat denk je altijd.'

'Het is niet dat ik niet om je geef.'

'Dat weet ik.'

Onwillekeurig moest ik lachen. 'O, is dat zo?'

'Het is gewoon zo dat je niet graag afhankelijk bent van een ander. Voor wat dan ook.'

'Niet waar.'

'Je denkt dat je te gehard bent om mij nodig te hebben.' Hij kwam een stukje overeind op zijn elleboog en grijnsde naar me. 'Maar dat is niet zo. Het is te laat. Je zit aan me vast.'

'Ik kan elk moment de deur uit stappen.'

'Echt niet.'

'Jij bent behoorlijk van jezelf overtuigd, hè?'

'Ja, zeer.' Hij boog naar me toe zodat hij me een kus kon geven. 'Volledig.'

'Verwaande kwast.' Ik aarzelde. 'We moeten praten.'

'Waarover precies?'

'Vertrouwen?'

'O, daarover.'

'Ja, daarover.' Ik deed zijn vervelde stem na en hij moest erom lachen. Maar ik wachtte, want ik wilde een serieus antwoord.

'Ik heb een fout gemaakt,' gaf hij toe. 'Ik dacht dat ik die hele situatie met inspecteur Ormond wel kon afhandelen zonder jou erbij te betrekken. Ik dacht dat ik haar wel op afstand kon houden en dat haar belangstelling voor mij dan wel zou afnemen. Maar zo zit ze niet echt in elkaar.'

'Je had het me moeten vertellen.'

'Dat weet ik. Het spijt me.'

'Ik zou er echt geen heisa om gemaakt hebben.'

'Juist ja. Maar dat heb je dus wel gedaan.'

'Alleen omdat ik boos op je was dat je niet eerlijk tegen me was geweest.'

'Ik durfde niet eerlijk te zijn. Ik was bang dat je bij me weg zou gaan.' Hij liet zijn hand over mijn been glijden. 'Ik zou je te erg missen.'

'Dat geloof ik graag.' Ik pakte zijn hand en gaf die aan hem terug.

'Dit is het dus voor nu?'

'Ik moet echt gaan slapen.'

'Ik ook.' Even later kroop zijn hand terug naar mijn knie. Deze keer liet ik hem daar liggen. En een eindje verder kruipen. En liggen. En weer een eindje verder kruipen.

'Wat doe je?'

'Niets.'

'O? Seks maakt niet alles goed, hoor.'

'Weet ik. Maar het is een prettig tijdverdrijf.'

'Dat is scrabble ook.'

'Jammer dat we geen spel bij ons hebben.' Hij boog zich naar me toe en kuste me nog eens. 'We zullen iets anders moeten verzinnen.'

Ik bezweek soms erg snel voor hem, echt waar, maar uiteindelijk beleefde ik er zelf ook het nodige plezier aan. En na afloop viel ik vrij probleemloos in slaap, dus dat was ook goed. Het had allemaal veel erger kunnen zijn.

En het werd bijna meteen weer erger, alsof het onontkoombaar was. Niet veel uren later – het bleek nog geen zes uur te zijn – zaten we allebei tegelijkertijd rechtop in bed omdat er een telefoon ging. Ik werd vaker op deze manier gewekt dan ik eigenlijk wilde weten.

'Waar ligt dat ding?'

'Op de grond.'

'Die van mij dus.' Ik liet me van het bed glijden en doorzocht de kleren die ik eerder die nacht uit had gedaan. Ik schudde ze uit. Rob draaide zich kreunend om en begroef zich in het kussen, precies wat ik ook graag zou doen. De telefoon ging nog steeds en trilde tegen de vloer en uiteindelijk zag ik hem onder het bed liggen, want het schermpje lichtte op.

'Wat moet je?' Ik zei het voordat ik opnam, want ik was niet moedig genoeg om Derwent met die woorden goedemorgen te zeggen, dus nam ik genoegen met een neutraal: 'Kerrigan.'

'Heb ik je wakker gemaakt?' Zijn stem klonk hard en ik kromp ineen.

'Natuurlijk.' Mijn stem was schor: de airconditioning had mijn stembanden uitgedroogd.

'Dat is dan klote. Geen slaap meer voorlopig. Spring je nest uit en kom naar me toe. Er is werk aan de winkel.'

'Wat voor werk?' Ik wreef in mijn ogen en probeerde niet in de telefoon te gapen.

'We hebben een uitnodiging gekregen voor een plaats delict.'

'Wat wil dat zeggen?' De vermoeidheid maakte plaats voor de oude vertrouwde spanning die door mijn lichaam stroomde.

'Dat wil zeggen dat een van onze getuigen net dood is gevonden.'

De straat zag er niet veel beter uit met al die politieauto's in plaats van busjes van bouwbedrijven. Binnensmonds vloekend parkeerde Derwent ergens aan het eind. Ik besloot hem niet te plagen met de afstand die we moesten lopen. Vanaf het moment dat hij me had opgepikt was hij al in een slecht humeur, en het zag er niet naar uit dat het snel zou opklaren. Zelf was ik ook niet bepaald in de stemming om te lachen.

We waren buiten ons gebied en we kenden geen van beiden ook maar iemand van de plaatselijke rechercheafdeling, dus duurde het even voor we alle afzettingen voorbij waren en het huis konden binnen-lopen. In de gang viel het me op hoe weinig er veranderd was, hoe bekend het me allemaal nog voorkwam van ons vorige bezoek, met dezelfde jas die in de hoek hing en dezelfde stapel ongeopende reclamepost in de hoek bij de deur. Toen begonnen de verschillen door te dringen. Er hing een geur in de lucht die er eerder niet was geweest en die ik herkende van andere moordgevallen: vooral de geur van bloed. Boven klonken geluiden – van de vele voeten die er rondliepen – en er waren medewerkers van de forensische dienst in overalls aan het werk in de woonkamer. Dit was een grote zaak en er werd niet beknibbeld op mankracht. Ik stond naast Derwent en wachtte tot we te horen kregen waar we naartoe moesten. We hadden papieren hoesjes om onze schoenen, maar dat betekende nog niet dat we zomaar door het huis konden of mochten lopen. Iedereen die langs ons liep, leek wel wat beters te doen te hebben dan met ons te praten.

'Kan ik u helpen?' Het was een politieman in een donkerblauw pak, een vrij jonge man met dunner wordend haar en een bril met een zwaar montuur. Hij kwam met snelle pas de trap af. Ik voelde intuïtief dat ik hem niet zou mogen – er was iets in de klank van zijn stem en zijn stijve houding wat hem een volwassen versie van het lievelingetje van de juf maakte.

'Inspecteur Josh Derwent.' Derwent ging voor me staan, wat zijn gebruikelijke methode was – het was niets voor hem om zich verdienstelijk te maken door mij voor te stellen. Ik deed een stap opzij zodat ik zichtbaar bleef.

'Ah. We hebben uw visitekaartje gevonden.'

'Klopt, ik dacht al dat ik daarom dat telefoontje kreeg.'

'We dachten dat u ons misschien zou kunnen helpen. Wat bijzonderheden voor ons zou hebben. Ik ben brigadier Bradbury. Andy Bradbury.' Hij hield zijn in handschoenen gestoken handen omhoog. 'Ik heb lijken onderzocht. Laten we maar geen handen schudden.'

'Om de dooie dood niet.' Derwent keek niet alsof het hem erg speet.

Bradbury keek me aan. 'En u bent?'

'Rechercheur Maeve Kerrigan.'

'Hebben we u hier nodig?' Hij trok zijn wenkbrauwen op naar Derwent. 'U had geen versterking hoeven meenemen.'

Derwent sloeg zijn armen over elkaar. 'Luister, kerel, als zij weg moet, ben ik ook weg.'

'Dat is niet nodig. Ik wilde alleen weten of er een reden was voor haar aanwezigheid, meer niet. We moeten hier niet te veel mensen hebben rondlopen.'

'Nou, ze was er ook bij toen ik hier de laatste keer was, dus ze weet wat ik weet, en misschien wel meer.'

'Oké. Oké. Nou, dan zal het wel goed zijn,' galmde Bradbury.

Ik voelde een vreemde warme gloed doordat Derwent me verdedigde – en de wetenschap dat hij al snel iets akeligs zou doen of zeggen om me weer tegen hem in het harnas te jagen, maakte het feit dat hij voor me opkwam nog vertederender. Ik knipoogde naar hem toen Bradbury zich omkeerde en het deed me genoegen dat hij eerst verrast keek en vervolgens glunderde.

'Er is flink huisgehouden, zei u aan de telefoon. Over hoeveel lijken hebben we het?'

'Vijf.' Bradbury wees naar de woonkamer. 'Eén daar. Drie boven, in hun bed. Die van jullie in de keuken.' Hij pakte zijn notitieboekje en bladerde erdoorheen. 'Hoe heet ze ook alweer?'

'Adamkuté. Niele Adamkuté.' Ik had op het punt gestaan het te zeggen, maar Derwent was me voor; hij had dus op zeker moment toch haar naam in zijn hoofd geprent.

'Hoe zijn ze vermoord?' vroeg ik.

'Neergeschoten. Er is een demper gebruikt, neem ik aan, want geen van de buren heeft iets gehoord. De slachtoffers werden ook verrast, zo te zien. Heel professioneel gedaan. Ze waren al dood voordat ze doorhadden wat er gebeurde.'

'Woonden ze hier allemaal?'

'Voor zover we kunnen nagaan wel. We proberen ze te identificeren, maar sommigen van hen hebben twee of drie paspoorten, dus dat valt niet mee.'

'Zijn er wapens gevonden?' vroeg Derwent.

'Ja. Messen, diverse pistolen, een hele lading munitie, een stuk of wat geweren. En geld. En amfetaminen in grote hoeveelheden, in zakjes, klaar voor de handel. En dan nog wat vermoedelijk gestolen gouden sieraden in een paar weekendtassen onder een bed.' Hij grijnsde. 'Niemand zal een traan laten om dit zootje.'

'Als u het zegt.' Derwents kaak stond gespannen. Net als ik leek hij het moeilijk te hebben met het feit dat Niele dood was. Ze had zo taai geleken, zo onverzettelijk, en het zou niets uit mogen maken dat ze mooi was, maar dat deed het toch. 'We hebben maar twee van de bewoners ontmoet, dus kan ik u niet helpen de anderen te identificeren, maar we zullen u vertellen wat we kunnen.'

'Kom sowieso maar even kijken.' Hij drong zich langs ons en ging de woonkamer binnen. 'Kan ik deze politiemensen het slachtoffer hier laten zien?'

'Ga je gang. Hij is nog niet verplaatst.' De forensisch medewerker die het dichtst bij ons stond had een baard, was gezet en had afhangende ogen die eruitzagen alsof hij in zijn leven al te veel had gezien. En dan vooral te veel Andy Bradbury.

'Hij sliep, zo te zien. De tv was hier aan toen de eerste agenten arriveerden.' Hij stond nog steeds aan: er was een honkbalwedstrijd vanuit Japan te zien. Een nichezender, veronderstelde ik. Ertegenover, op de bank, lag een forsgebouwde man die ik met enige moeite herkende als Jurgis. Zijn gezicht was uit vorm getrokken door de schade die aan zijn hoofd was aangericht. De achterkant van zijn schedel was min of meer verdwenen. Bloed en hersenmassa waren op de kartonnen dozen te zien die ik bij ons vorige bezoek had opgemerkt, en een van de forensisch medewerkers legde zorgvuldig elk stukje weefsel en elk botsplintertje vast.

'Dat is onze vriend Jurgis, toch?' zei Derwent tegen mij.

'Zou ik ook zeggen.' Ik keek Bradbury aan. 'We weten alleen zijn voornaam, ben ik bang. Hebt u een identiteitsbewijs van hem gevonden?'

'Er lag een paspoort van ene... Jurgis Jankauskas.' Hij las het weer voor uit zijn notitieboekje, dat er steeds verfomfaaider uit ging zien.

'Dat zal dan wel kloppen,' zei Derwent. 'Ze zal geen reden hebben gehad om een valse naam voor hem te gebruiken toen ze met ons praatte, toch?'

'Waarschijnlijk niet. Maar je weet nooit.'

'Het lijkt erop dat ze van alles deden wat niet door de beugel kan. Misschien was het voor haar wel heel gewoon om te liegen,' opperde Bradbury. 'Vooral omdat ze wist dat jullie smerissen waren.'

'Dat zou kunnen.' Derwent keek geërgerd. Hij had Niele leuk gevonden, meer dan hij wilde toegeven, en Bradbury maakte geen goede beurt bij de inspecteur door haar een leugenachtige crimineel te noemen. Ook al had hij gelijk.

Ik ging snel verder: 'Die naam lijkt in elk geval een goed uitgangspunt. Er is veel schade aangericht, hè? Wat voor munitie hebben ze gebruikt?'

'Hollowpoint.'

'Dat liegt er dus niet om.'

'Nee, zeker niet.' Bradbury boog voorover en wees met zijn pen naar wat het gehemelte van Jurgis' mond was geweest. 'Hij lag met zijn mond open. De loop van het geweer bevond zich ongeveer waar mijn pen is – waarschijnlijk iets dichterbij. Nog even de trekker overhalen…' – hij bootste het na – 'en het schot was gegarandeerd dodelijk.'

'Is dat wat de patoloog heeft gezegd?' vroeg Derwent.

'Eh, ja. Dat klopt.' Hij leek een beetje teleurgesteld te zijn dat hij moest erkennen dat hij het niet zelf had bedacht.

'Denkt u dat hij het eerste slachtoffer is geweest?'

'Waarschijnlijk niet. Ik ben geneigd te denken dat die dame van jullie het eerst aan de beurt was. Ze zijn via de achterdeur binnengekomen.'

'En zij was in de keuken?'

'Ze zat aan de tafel, zo te zien.' Hij liep terug naar de gang, zonder te wachten of wij zouden volgen. Derwent stond even stil om mij voor te laten gaan, wat ongebruikelijk galant van hem was. Ik maakte niet de vergissing meelevend te kijken, maar zelf verheugde ik me er ook niet op het lichaam van Niele te zien – niet nadat ik had aanschouwd wat er met haar potige vriend was gebeurd – en met slepende tred liep ik door de gang. De keuken was net zo deprimerend en naargeestig als de rest van het huis, met goedkope witte kastjes en verouderde apparatuur. Een paar van de deurtjes waren beschadigd, waardoor het spaanplaatmateriaal onder het fineer zichtbaar was. Niet de beste kwaliteit. Ook was er bepaald niet zorgvuldig mee omgegaan. Er lagen kruimels op alle werkvlakken, de vloer zat vol vlekken en de afvalbak in de hoek was overvol. In de gootsteen stonden stapels potten en pannen te weken in koud, vettig water, en de kookplaat van het fornuis was een slagveld van aangekoekte en verbrande etensresten.

'Is dit nou echt hoe meestercriminelen wonen?' zei ik over mijn schouder tegen Derwent. Maar Bradbury antwoordde: 'Dit waren onderknuppels. Die knappen het vuile werk op en sturen het geld naar waar ze vandaan komen. Ik durf te wedden dat deze lieden allemaal een mooi huis in Litouwen hadden. Ze gaan hier een aantal jaren aan de slag en leiden daarna een luxeleventje.'

'U lijkt er alles over te weten,' zei Derwent.

'Ik heb me een tijdje verdiept in de georganiseerde misdaad. Die bezorgde ons een hoop problemen.' Bradbury schudde zijn hoofd en wees naar beneden, naar de vloer. 'Dit is jullie getuige, toch?'

Ze lag languit op haar zij achter de tafel, waar ze gevallen was, met haar benen gebogen. Haar gezicht was nog helemaal gaaf, maar nu ze dood was, had ze de griezelige perfectie en de kleurloze teint van een paspop. Haar ogen waren open en staarden in het niets.

'Is ze onderzocht door de patholoog?' vroeg Derwent.

'Ja, maar hij heeft haar weer neergelegd zoals hij haar had aangetroffen. Hij heeft altijd het overdreven idee dat hij alles zo intact mogelijk moet laten.'

'Uitstekend.' Derwent ging op zijn hurken zitten, met zijn blik strak gericht op Nieles lichaam, dat was gehuld in een tricot broek en een hemdje met spaghettibandjes. Ze had Uggs aan haar voeten en ik dacht bij mezelf dat ze vast liever was gestorven met elegantere schoenen, als ze de kans had gekregen zich voor de gelegenheid te kleden. 'Zíj sliep dus niet.'

'Daarom denken we dat zij als eerste is gedood.'

'Ze zat haar nagels te lakken.' Ik had het flesje zonder dop al zien staan, plus de watjes en remover, met daarnaast een nagelvijltje en polijstblokje. Grondig, nauwkeurig, perfectionistisch: het paste allemaal bij de indruk die ik van haar gekregen had. Ik keek naar haar handen en zag dat ze halverwege het eerste laagje was geweest, in een felle tint fuchsiaroze. De ongelakte nagels waren inmiddels dofblauw. 'Stond de tv hier ook aan?'

'De radio. Iemand heeft hem uitgedaan na onze komst. Afgrijselijke herrie – een of andere piratenzender met Oost-Europese popmuziek.'

'Misschien had ze heimwee,' opperde ik. Er reageerde niemand. 'Hoe laat denkt u dat het is gebeurd?'

'Laat. Tussen middernacht en twee uur, denken we.'

'Ze ging dus laat naar bed.' Derwent hield zijn blik nog steeds op haar gericht.

'Daar lijkt het wel op. De andere slachtoffers sliepen allemaal al.' Bradbury haalde zijn schouders op. 'We weten dat ze om middernacht nog leefden, want een van de buren heeft geklaagd over de plaats waar een van de mannen had geparkeerd – de auto van die man stond helemaal ingebouwd en hij moest ermee weg.'

'En hoe komt u aan die periode van twee uur?'

'Van de patholoog.'

'Is dat alles?' Derwent was duidelijk niet onder de indruk. 'Zo specifiek kunnen ze gewoonlijk niet zijn. Het lijkt mij gelul.'

'Mij niet.' Bradbury ging resoluut tegen hem in. 'Hij gaat uit van de feiten. Voornamelijk de lichaamstemperatuur.'

'Ik heb altijd te horen gekregen dat die onbetrouwbaar is, vooral met dit soort weer.' Ik wist dat Derwent aan Glen Hanshaw dacht, die net zolang bleef aarzelen over het tijdstip van overlijden totdat wij er genoeg van kregen ernaar te vragen.

'Nou, er is ook nog het feit dat we de tip hebben ontvangen van een anonieme persoon die om vier uur belde en zei dat ze al een paar uur dood waren, dus dat bevestigt ons vermoeden.'

'Is dat hoe u erachter kwam? Door een telefoontje? Dan is er dus iemand die wilde dat u van de moorden op de hoogte was.' Ik keek Derwent aan. 'Dat is niet gebruikelijk, toch?'

'Niet bij een professionele afrekening. Maar misschien wilden ze de boodschap naar buiten brengen. Al deze lui op deze manier koud maken – dat is nogal extreem.'

'Maar wat voor boodschap dan?'

'Een waarschuwing aan iemand anders, misschien. Dat er met de grote jongens niet te spotten valt.' Derwent zuchtte. 'Wapens, drugs en gestolen goud. Van al die glamour zou je verdomme bijna over je nek gaan. Wat een ellende.'

Ik hurkte naast hem om het lichaam van Niele beter te bekijken.

'In de borstkas geschoten?'

Bradbury knikte. 'Eén schot.'

'Geen missers.' Derwents gezicht had een harde uitdrukking. 'Professionele schutters. Ze heeft het kwastje nog vast. Ze heeft nauwelijks de tijd gehad om op te kijken. Ze moeten haar hebben neergeknald zodra de deur open was.'

'Dan heeft ze tenminste niet geweten wat haar overkwam. Ze is waarschijnlijk niet bang geweest.'

'Die meid zou nergens bang voor zijn geweest.' Derwent draaide zijn hoofd schuin opzij en wierp een lange blik op haar. Toen stond hij op. 'Het is zonde, dat kan ik wel zeggen. Waar hebt u mijn kaartje gevonden?'

'In haar kamer. Wilt u er even rondkijken?'

'Dat kan geen kwaad.'

'De andere drie lichamen liggen ook boven.' Bradbury liep met grote, montere passen de keuken uit. 'U kunt er even naar kijken voordat u haar kamer inspecteert.'

'Moet dat?' mompelde Derwent. Hardop zei hij: 'Dat lijkt me niet nodig, kerel. We hebben met niemand anders kennisgemaakt toen we hier waren.'

Bradbury liet zich niet gemakkelijk van zijn idee afbrengen. 'Waarschijnlijk toch een kijkje waard. Je weet maar nooit.'

Derwent en ik keken elkaar somber aan. We sjokten door de gang, de trap op en langs nog drie taferelen met lijken in verschillende stadia van naakt en half aangekleed, plus een groot aantal politieagenten en forensisch onderzoekers, van wie er niet één erg blij leek te zijn om Bradbury te zien. De eerste dode had in een eenpersoonsbed liggen slapen dat het grootste deel van zijn kleine kamer in beslag nam. De kogel was net achter zijn linkeroor zijn hoofd binnengegaan en had zich in het matras geboord. Het was benauwd in het kamertje en het raam werd voor de helft geblokkeerd door een kast van triplex. Het behang was bijna helemaal bedekt met foto's van naakte vrouwen; voor een deel waren ze uit tijdschriften gescheurd en voor een deel waren het advertenties die de dubieuze verlokkingen van de lokale prostituees aanprezen – van die foldertjes die je weleens in telefooncellen zag.

'Goedkoop ingericht,' merkte Derwent op.

'Zo stel ik me jouw flat ook ongeveer voor.'

'O, dank je wel.' Hij nam het schouwspel in zich op.

'Hoe komt het dat je er geen genoeg van kunt krijgen naar tieten te kijken?'

'Op den duur wel, hoor.'

'Moet u niet even naar het lijk kijken?' Bradbury klonk alsof hij het zat was. In plaats daarvan keek Derwent naar Bradbury, met een lange blik waarvan ik ineen zou krimpen. En opnieuw mengde ik me erin om de vrede te bewaren.

'Deze man heb ik niet eerder gezien.'

'Ik ook niet,' beaamde Derwent.

'De volgende dan.'

De kamer was groter en de man erin ook: het was een reus in vergelijking waarmee zelfs Jurgis een tenger type was. Twee schoten: een in de buik, een in de borst.

'Onnodig. Eentje was genoeg geweest.' Bradbury schudde zijn hoofd, alsof hij het zonde van de kogel vond.

'Ik zou het risico niet willen nemen dat hij nog zou opkrabbelen, u wel?' Derwent boog voorover om het gezicht van de man te bekijken. Hij was gestorven met een frons, met diepe groeven in zijn voorhoofd. Zijn gezicht was pafferig en somber. 'Komt me niet bekend voor.'

'Mij ook niet.'

'Er lagen vuurwapens onder zijn bed.'

'Als ik een wapen had, zou ik dat ook door hem laten beheren. Beter dan een kluisje.' Derwent draaide zich om en bekeek de kamer. 'Geen sporen van diefstal.'

'Nee. Wij hebben hier zelf alles binnenstebuiten gekeerd. Het is simpelweg een geval van huurmoord. Of ze hebben gevonden wat ze zochten zonder iets overhoop te hoeven halen.'

'Voor wat het waard is: ik gok op de eerste optie,' zei ik.

'Nou, daar ga ik niet blind in mee, als u het niet erg vindt. Ik wacht toch maar af wat de meer ervaren politiemensen ervan vinden.'

Bradbury was hard op weg een van minst favoriete collega's te worden, en hij had toch echt de nodige concurrentie. Ik liep bij het bed vandaan. 'Ze hebben gedaan wat ze plan waren, op effectieve wijze, en ervoor gezorgd dat u er snel achter bent gekomen. Daarna hebben ze vast en zeker de media ingeseind.'

'Die kwamen kort nadat wij waren gearriveerd,' gaf hij toe.

'Ik zou me best gemanipuleerd voelen als ik u was. U ruimt gewoon andermans rotzooi op.' Bradbury deed zijn mond open om te protesteren, maar ik trok mijn wenkbrauwen op. 'De volgende?'

De patholoog bleek nog met het laatste slachtoffer bezig te zijn, dus mochten we alleen maar een blik naar binnen werpen. We smeerden 'm snel weer nadat we hadden aangegeven dat we de man in kwestie nog nooit hadden gezien. Hij was jong en blond, en hij droeg een kruis aan een gouden ketting om zijn hals. Op het moment dat er een eind aan zijn leven kwam, lag hij naakt te slapen. Hij had iets kwetsbaars, iets wat me deed denken aan de jongens die waren gestorven in die Range Rover in Clapham. Ik schudde mijn hoofd en draaide me om.

'Wat is er?' vroeg Derwent.

'Hij is te jong om dood te zijn vanwege een conflict waar hij waarschijnlijk niets mee te maken had.'

'Laat je niet van de wijs brengen door zijn knappe gezicht. Hij was vermoedelijk een gewelddadige hufter.'

'Dat wil je in elk geval graag geloven.'

'Inderdaad. Ik zou willen dat alle moordslachtoffers criminelen waren. Dat zou dit werk wel wat makkelijker maken.'

'Vind je het zwaar?'

'Vandaag wel, ja.' Derwent zag er uitgeput uit, vond ik. Zijn ogen waren opgezet door slaapgebrek. 'En de rondleiding door die klotegids maakt het er niet beter op.'

Bradbury was blijven hangen in de kamer achter ons om de patholoog een paar vragen over het vijfde slachtoffer te stellen, waarop hij ultrakorte antwoorden kreeg. Hij voegde zich bij ons in de gang.

'Klaar voor de kamer van Niele?'

'Al ongeveer een halfuur.' Derwent draaide zijn hoofd rond boven zijn schouders om zijn nek te rekken. 'Ik zei al dat de rest tijdverspilling zou zijn.'

'Je weet maar nooit.'

'Wat een lulkoek. Ik wist het van tevoren al. Krijgen jullie hier soms per uur betaald of zo?'

'Het kan geen kwaad om grondig te werk te gaan.' Bradbury wees langs Derwent. 'Daar is de kamer van jullie getuige.'

'Eindelijk.' Derwent stormde door de deuropening en bleef stilstaan. 'Hoe gaat-ie, chef?'

'Josh.' Ik herkende de stem van Godley voor ik hem zag. Hij stond voorovergebogen boven een open la met wat T-shirts in zijn gehandschoende handen. De kamer was keurig schoon, maar in geen enkel opzicht luxueus. Het smalle bed had een ijzeren frame en de muren waren kaal en witgeverfd. Het was de soberheid ten top. Ik herinnerde me dat Kennford het had omschreven als een studentenkamer, en ik was geneigd het met hem eens te zijn.

Derwent leek niets anders te hebben opgemerkt dan de aanwezigheid van de hoofdinspecteur. 'Wat doet u hier? Hoe wist u er überhaupt van?'

'Het lijkt weer om bendemoorden te gaan. Ik ben er uiteraard over geïnformeerd met het oog op het andere onderzoek.'

'Wie heeft u geïnformeerd?'

Godley fronste. 'Ik zie niet in wat dat uitmaakt, Josh.'

'Sorry, we zijn nog niet aan elkaar voorgesteld.' De brigadier drong zich langs mij. 'Andy Bradbury. En ik weet natuurlijk wel wie u bent.'

'Mooi.' Godley keek hem aan zonder enig enthousiasme. 'Hebt u de leiding in deze zaak?'

'Ik ga over de plaatsen delict. Ik ben hier om ervoor te zorgen dat alles op de juiste manier wordt aangepakt.'

'Dat klinkt als een prachtige en belangrijke taak. Laat ons u alstublieft niet van uw werk houden.' Godley glimlachte vriendelijk, maar hij was niet van plan de andere politieman te laten blijven, en dat wist Bradbury ook. Hij mompelde iets over kijken bij de patholoog en verliet het vertrek zonder mij of Derwent nog een blik waardig te keuren.

'Godzijdank, die is weg. Ik durf te wedden dat ze hem hier inderdaad de plaats delict laten beheren. Ik zou hem de leiding geven over het tellen van de paperclips als ik met hem moest werken.' Derwent rekte zich als een stokstaartje uit om te kunnen zien wat Godley aan het doen was. 'Wat hebt u daar?'

'Niet veel. Ik ben gewoon de kamer aan het doorzoeken.'

'Waar bent u naar op zoek?'

'Van alles en nog wat.' Godley besefte kennelijk dat zijn reactie niet strookte met de goede manieren waar hij om bekendstond. 'Voornamelijk een telefoon.'

'Ligt die niet beneden?' Ik fronste en probeerde me te herinneren wat er op de tafel had gelegen. Het was net een parodie op zo'n spelletje waarbij je in je geheugen grifte wat er werd uitgestald en later moest zeggen wat er was weggehaald. Ik wist zeker dat de telefoon naast het nagellakflesje op de keukentafel had gelegen.

'Daar lag er een. Maar niet de goede.'

'Hebt u hulp nodig?' vroeg ik.

'Ga je gang.'

Ik begon het bed te doorzoeken: ik tilde de kussens en het dekbed op om te kijken of het mobieltje misschien op een logische plaats verborgen lag. Derwent bleef even naar ons staan kijken en verliet de kamer toen zonder nog iets te zeggen. Ik hoorde hem naar beneden lopen en vroeg me af wat hij ging doen. Achter me was Godley nu bezig met de kledingkast en het openmaken van tassen.

'Gaat het om een zakelijke telefoon of zo?'

'Zou kunnen.'

'Weet u wat voor model?'

'Geen idee.'

Ik schoof mijn handen onder het matras en gleed ermee van de ene naar de andere kant. Hij zou dicht bij de rand liggen, dacht ik, met in mijn achterhoofd Nieles goed verzorgde nagels. Ze zou niet willen graven elke keer dat er gebeld werd. Aan het voeteneinde van het bed voelde ik iets van metaal en ik trok het er voorzichtig onder vandaan.

'Bingo.'

'Gevonden?' Godley stak zijn hand uit. 'Goed gedaan. Geef maar aan mij.'

'Moet hij niet in een zakje?' Ik keek naar hem op. 'Het is een bewijsstuk, toch?'

'Ik moet even iets controleren. Er zeker van zijn dat het de juiste is.' Zijn hand was nog steeds uitgestoken en ik zag geen manier om nee te zeggen zonder mijn verdere carrière onherstelbare schade toe te brengen. Ik legde de telefoon in zijn handpalm en keek toe hoe hij op de knopjes drukte. 'Geen wachtwoord. Heel fijn.'

Toen draaide hij zich van me af en hield de telefoon met zijn lichaam uit mijn gezichtsveld. Ik keek langs hem heen naar de spiegel die aan de muur hing en zag hoe hij door de menu's heen ging. Hij was op zoek naar de adressen, zo bleek, en ik voelde mijn ogen groot worden toen hij de lijst met contacten checkte en er twee verwijderde. Of hij nou mijn baas was of niet, er was geen sprake van dat ik hem er niet op zou aanspreken.

'Dat hoort toch niet zo? U zou niets met die telefoon moeten doen.'

'Maak je geen zorgen, Maeve. Het is oké zo.' Hij stopte het mobieltje terug waar ik het had gevonden.

'Laat u het daar liggen? Waarom doen we er verder niets mee? Het is een bewijsstuk.'

'We laten het daar gewoon liggen voor Bradbury's team. Die raken nog gedeprimeerd als ze niets vinden.' Hij legde zijn hand onder mijn arm en leidde me de kamer uit, in de richting van de trap. 'Goed werk, Maeve.'

'Vindt u dat?' Ik trok mezelf los. 'We waren nog helemaal niet klaar, toch? Ik had nog niet in het nachtkastje gekeken.'

'Laat dat maar aan Bradbury over,' zei Godley weer. 'Zo is het voldoende. Bovendien moet ik weg.'

Ik had hem heel graag willen vragen wat hij nu precies had gedaan en waarom, maar ik wist dat ik geen bevredigend antwoord zou krijgen. Onderweg naar buiten haalden we Derwent op, en samen keken we hoe Godley vertrok. De Mercedes stond dubbel geparkeerd, alsof Godley te veel haast had gehad om een geschikte plek te vinden. Hij knikte naar ons voordat hij wegreed en ik kreeg de indruk dat hij in zijn nopjes was met de werkzaamheden die hij deze ochtend had verricht.

'Wij moeten ook maar eens gaan.' Derwents gezicht was uitdrukkingsloos.

Ik trok mijn wenkbrauwen op. 'Is dat alles?'

'Wat wil je nog meer dan?'

Ik zwaaide met mijn hand in de richting waarheen Godleys auto was gereden. 'Dat was toch raar? Niet gebruikelijk, bedoel ik.'

'Ik zou het niet weten.'

'Wat denk jij…'

Hij onderbrak me. 'Vraag het me maar niet. Praat er niet meer over. Het is niet gebeurd.'

'Wat is er niet gebeurd?'

'Dat weet ik niet. En jij weet het ook niet.' Driftig op zijn kauw-gom kauwend liep hij weg, en geen van de journalisten buiten de laatste afzetting was stom of wanhopig genoeg om een poging te wagen hem te spreken te krijgen.

23

De rit terug naar het bureau was ronduit beroerd en werd nog onaangenamer door het ochtendverkeer. Het oponthoud hinderde me minder dan anders misschien het geval zou zijn geweest, en hetzelfde gold voor de stille woede die afstraalde van degene in de stoel naast me. Ik had niets anders te doen dan kaartlezen, dus kon ik ongestoord uitrusten, half in slaap, terwijl de zon de auto binnenstroomde. Ik leed aan chronisch slaapgebrek en functioneerde bij lange na niet op mijn best, en ik ging ervan uit dat Derwent in dezelfde staat verkeerde. We stopten om te tanken nadat we in iets minder dan een uur slechts anderhalve kilometer waren opgeschoten, en Derwent kwam terug naar de auto met een potje aspirines.

'Wat een kutding, die veiligheidsdop.' Hij zat ermee te worstelen en draaide er onhandig aan, met veel kracht.

'Geef maar even.' Ik kreeg de dop er bij mijn eerste poging af omdat ik het potje eerst had bekeken en had uitgevonden hoe ik het moest doen. 'Hoeveel wil je er hebben?'

'Wat is de maximale dosering?'

'Geen idee.'

'Lees het etiket dan. En verdubbel de hoeveelheid.' Hij startte de auto en reed het terrein van het tankstation af via de oprit in plaats van de afrit. De traditionele stortvloed van toeters en scheldkanonnades volgde.

'Als je ooit nog eens genoeg hebt van je werk bij de politie, kun je zo als illegale taxichauffeur aan de slag. Daar ben je geknipt voor.'

'Mooi niet. Ik heb een hekel aan de geur van die kleine luchtverfrissers die eruitzien als kerstboompjes, en ik heb de pest aan dronken mensen als ik nuchter ben.'

'Ach, je hoeft toch niet nuchter te zijn als je rijdt? Ik ben er zeker van dat de meesten al een stuk of twee glazen op hebben voor ze aan hun werkdag beginnen.' Ik nam de gebruiksaanwijzing door. 'Het lijkt me niet veilig om de dosering te verdubbelen. Hoofdpijn?'

'Nee dank je, heb ik al.'

'Plus een geweldig gevoel voor humor.'

'Zo ben ik nou eenmaal. Grappig, slim en aantrekkelijk. Al die eigenschappen verenigd in één man: het is gewoon niet eerlijk.'

'Maar daar lijk je niet mee te zitten.' Ik gaf hem twee pillen en een flesje water. 'Drink maar helemaal leeg. Je bent waarschijnlijk uitgedroogd.'

'Ik heb geen kater,' snauwde hij.

'Dat zeg ik ook niet. Het is een warme dag.' Ik keek hem nieuwsgierig aan. 'Heb je nog wat gedronken gisteravond toen je thuiskwam?'

'Eén glas.'

'Daar was het wel wat laat voor.'

'Ik slaap er beter door. Jij hebt vast je eigen manier gevonden om je te ontspannen, toch? Er gaat niets boven slapen in een vreemd bed voor een beetje van dattum.'

Ik voelde mezelf blozen, hoewel ik heel graag wilde dat zijn opmerking me koud zou laten. 'Sorry. Je zit er hartstikke naast.'

'O ja? Ik dacht het niet.'

'Ik moet eigenlijk Philip Kennford bellen.' Ik zei het min of meer voor de vuist weg om van onderwerp te veranderen. 'Ik heb Lydia en Savannah beloofd dat ik hem zou laten weten wat er gisteravond is gebeurd.'

Derwent kreunde. 'Hou hem erbuiten. Hij zal me alleen maar weer op mijn flikker geven om het een of ander. Eerlijk gezegd zal die belofte me worst wezen.'

'We moeten hem ook spreken over Niele.'

'Ik steek nog liever mijn kont in een wespennest.'

'Het kan zijn dat hij iets weet.'

'Waarover precies?'

'Waarom ze dood is.' Ik haalde mijn schouders op. 'Hoe weten we of hij geen aannemelijke verdachte is?'

'Er is geen verband.' Derwent fronste zijn voorhoofd. 'Niemand is gek genoeg om vijf mensen koud te maken om op die manier iemand de mond te snoeren die haar zegje al bij de politie heeft gedaan. Als Niele het enige doelwit was geweest, zou alleen zij zijn omgebracht. Er was geen reden om iemand anders te vermoorden, want ze lagen allemaal keurig netjes in bed te maffen. Trouwens, ik heb even gebabbeld met een van de andere rechercheurs toen jij nog boven was met Godley. Het schijnt dat Nieles huis het hoofdkwartier was van de Oost-Europeanen die door Skinner werden ingehuurd om zijn smerige klusjes op te knappen.'

'Dat meen je niet.'

'Jazeker wel. Daarom was Godley erbij betrokken.'

'Je bedoelt dat die mannen de jongens in Clapham hebben vermoord?'

'Ik zou het niet weten. Ik ben niet bij het onderzoek betrokken, weet je nog?' Hij bond weer wat in. 'Waarschijnlijk wel. Ze gaan de kogels met elkaar vergelijken. De wapens zijn van het juiste kaliber, dus dat is een goed begin.'

'Dus door wie zijn ze dan vermoord? De jongens van Ken Goldsworthy?'

'Als hij zulke gehaaide figuren in zijn team heeft. Maar dat betwijfel ik.' Er stonden rimpels in Derwents voorhoofd. 'Het had iets bekends, die plaats delict. Zulke moorden heb ik eerder gezien. Kil, zakelijk, emotieloos. Geen enkel teken van spanning, ook al stonden er vijf op de rol. Ik ben eens naar een plaats delict in Shepherd's Bush geweest die er net zo uitzag – doelgerichte schoten, geen geknoei. Toen waren er drie doden.'

'Hebben jullie de dader gepakt?'

'We konden er geen zaak van maken, maar ik wist vrij zeker wie het gedaan had.'

'En dat was?'

'Iemand die met John Skinner samenwerkte. Een man die Larch heette. Zijn voornaam was Tony. Zo iemand die eruitziet als een moordenaar – die vent had felle, ijsblauwe ogen met een strakke blik.

Hij had zich kaalgeschoren, om te vermijden dat hij haren achterliet op plaatsen delict, dacht ik altijd, maar ook omdat het hem het uiterlijk van een keiharde klootzak gaf. Hij was geen grote man, maar hij joeg me ontzettend veel angst aan. Toen Skinner naar Spanje verhuisde, ging ook Larch weg uit Engeland. Hij heeft een tijdje in Zuid-Amerika gezeten, daarna de Caraïben, en vervolgens zijn we het spoor bijster geraakt. Hij deed geen foute dingen, dus hadden we ook eigenlijk geen reden meer om hem te blijven volgen – jammer, want hij had een goede smaak als het ging om vakantiebestemmingen.'

'Denk je dat het de moeite waard is om na te gaan of hij terug in het land is?'

'Waarschijnlijk wel. Maar het is mijn zaak niet, weet je nog? Trouwens, waarom zou een van John Skinners mannen diens nieuwe partners in crime uitschakelen? Ik zie hem niet de zaakjes van Goldsworthy opknappen.'

'Misschien omdat Skinner ze niet meer in de hand had en zelfs hij zich daar zorgen over maakte.'

'Het kan John Skinner niet schelen wat er met zijn imperium gebeurt. Het kan hem niet schelen of er het komende jaar elke dag een schietpartij plaatsvindt. Hij zit voor lange tijd in de gevangenis. Zijn beste mogelijkheid om vrij te komen is het krijgen van een dodelijke ziekte. Dan kan hij uit humane overwegingen worden vrijgelaten om in een relatief prettige omgeving te sterven.' Derwent haalde zijn schouders op. 'Ik kan me niemand voorstellen die het meer verdient. Ik zal geen traan om hem laten.'

'Het zal hem vast moeite kosten om het allemaal op te geven. Hij heeft zijn leven lang hard gewerkt – aan de verkeerde kant van de wet, maar hij blijft toch een zakenman, als puntje bij paaltje komt. Ik begreep sowieso al niet waarom hij het gevecht had overgedragen aan die Oost-Europeanen.'

'Omdat het de enige schurken waren die nog genadelozer waren dan zijn eigen jongens, vermoed ik.'

'En vervolgens heeft hij zich bedacht?'

'Of iemand anders heeft hem op het idee gebracht.'

'Wie dan bijvoorbeeld?' begon ik te zeggen, maar ik wist het al.

Mijn chef. Hoofdinspecteur Charles Godley, een man die boven alle verdenking stond, een man die niet te koop was, zou iedereen zeggen. Ik moest me al erg vergissen als ik niet hém de suggestie had horen doen die de dood van Niele Adamkuté tot gevolg had gehad. En nog geen halfuur geleden had ik hem ongewild geholpen met het vernietigen van bewijs, want wat er op haar telefoon had gestaan was belangrijk voor hem, anders was hij niet op de plaats delict opgedoken om die informatie te wissen. Ik kon er nu even helemaal niets mee. Dus zette ik het uit mijn hoofd met een bijna lichamelijke inspanning.

'Maar goed, Kennford dus. Zal ik hem bellen?'

'Doe maar niet.'

'Dan gaat Lydia zich afvragen waarom hij niet genoeg om haar geeft om contact met haar op te nemen.'

Derwent snoof verontwaardigd. 'Er is sowieso geen garantie dat hij er iets mee doet.'

'Maar toch.'

'Nee. En dat is een bevel.'

Ik begreep dat het geen zin had om Derwent tegen te spreken, aangezien hij zijn besluit al genomen had, maar ik was er niet blij mee, en toen we bij het bureau aankwamen en daar Philip Kennford aantroffen, was ik opgelucht.

'Inspecteur Derwent.' Hij had zitten wachten in de receptieruimte, met zijn blik op de deur, en toen we naar binnen liepen, sprong hij op als een duveltje uit een doosje. Uit pure verbazing bleef Derwent even stilstaan en vervolgens liep hij verder naar de lift.

'Sorry, meneer Kennford. Ik heb nu geen tijd om met u te praten.'

'Loop niet van me weg.'

Derwent draaide zich om, maar bleef achterwaarts doorlopen. 'Ik moet echt gaan.'

'U weet niet eens waarom ik hier ben.' Er klonk wanhoop door in Kennfords stem, een spanning die ik nog niet eerder had gehoord. Ik keek hem nieuwsgierig aan en merkte op dat hij roodomrande ogen had en bleek zag van vermoeidheid. 'Ik moet met u praten.'

Derwent was misschien niet de meest gevoelige persoon op aarde, maar zelfs hij kon horen dat Kennford in de problemen zat. Hij aarzelde een ogenblik en knikte toen. 'Ik heb wel een paar minuten. Zeg het maar.'

'Hier?' Kennford keek om zich heen. 'Zo?'

'Ik kan proberen een verhoorkamer te vinden waar we ongestoord met meneer Kennford kunnen praten,' opperde ik.

Derwent keek me nijdig aan. 'Wat een goed idee.' Tegen Kennford zei hij: 'Komt u maar mee naar de recherchekamer. Maar ik meen wat ik zei. Ik heb vanochtend niet veel tijd.'

De advocaat volgde ons de lift in. 'Ik hoorde dat u op een grote plaats delict in Poplar was. Dat zei uw collega toen ik belde.'

'Dat klopt.' Derwent gooide een kauwgompje in zijn mond.

'Wie waren de slachtoffers?'

'Waarom vraagt u dat?'

'Dat weet u best.'

Het leek wel of de lift extra langzaam ging. Derwent kauwde op zijn kauwgom. Kennford wachtte. Hij wist hoe het werkte met vragen stellen, en hij liet de stilte groeien tot Derwent er niet langer tegen kon.

'Het spijt me, maar het was Niele. En de mannen met wie ze het huis deelde. Vijf lijken.'

'Hoe?'

'Ze zijn doodgeschoten.'

'Heeft ze geleden?'

'Het lijkt erop dat ze meteen dood was. Ze heeft nauwelijks tijd gehad om te reageren.'

'Dat is tenminste nog iets.'

'Ja, een hele troost.' Derwent gaf zijn sarcasme ruim baan.

Kennford schudde zijn hoofd. 'Wie zijn billen brandt, moet op de blaren zitten.'

'Hoe bedoelt u?'

De deuren van de lift gingen open en Kennford volgde ons de gang op. 'Ik bedoel dat ze tot aan haar nek in de georganiseerde misdaad zat in de tijd dat ik met haar omging. Ik neem aan dat er niets veranderd was.'

'Kennelijk niet.'

'Arme Niele.' Zijn spontane grafschrift had iets plichtmatigs, iets ongevoeligs, en dat stak me.

'Ze had de moeder van uw kind kunnen zijn.'

'Nee, zij niet. Ze heeft het weg laten halen zodra ze kon.' Hij keek me aan. 'Bovendien zou ik niets met het kind te maken hebben gehad.'

'Zou het u niets hebben kunnen schelen?'

Hij schudde zijn hoofd.

'Het zou u niet uitmaken dat iemand die u op de wereld had helpen zetten het maar moest zien te redden?'

'Ze had tegen me gezegd dat ze aan de pil was. Ik heb haar op haar woord geloofd. Ik wilde geen kind meer en het lag niet aan mij dat zij een fout maakte en zwanger werd. Ik kan alleen verantwoordelijkheid nemen voor dingen die daadwerkelijk mijn schuld zijn.'

'Het moet heerlijk zijn om zo weinig schuldgevoelens te hebben.'

'Er is anders genoeg waar ik wél schuldig aan ben.' De schaduw was terug op zijn gezicht. 'Luister, het kost niet veel tijd, maar ik moet u wat dingen vertellen die ik eerder had moeten zeggen.'

'Daar kijk echt ik van op.' Derwent hield de deur voor hem open. 'Gaat u zitten, meneer Kennford, dan laat ik rechercheur Kerrigan een verhoorkamer voor ons versieren.'

Ik draaide me om met de bedoeling te doen wat me gezegd werd, en vervolgens zag ik Godley in de vergaderkamer met Kev, die druk zat te praten, plus een heel mooie forensisch rechercheur die ik herkende uit het huis van Kennford. Godley keek min of meer op hetzelfde moment op en gebaarde dat ik die kant op moest komen. Hij leunde opzij om te kijken of Derwent aan zijn bureau zat. Hij zag Philip Kennford naast hem zitten en fronste. Vervolgens stak hij twee vingers op en gebaarde hij opnieuw. *Jullie allebei, hierheen, nu.*

Aangezien Kennford niet hoefde te weten waar we naartoe gingen, boog ik voorover en mompelde in Derwents oor dat we moesten komen, en voor de verandering sputterde hij niet tegen.

'Wat is er aan de hand?' vroeg ik terwijl ik de deur van de vergaderkamer achter me dichtdeed, zodat Kennford ons niet kon horen.

'Kev heeft wat voorlopige resultaten uit het huis van Philip Kennford waarvan hij ons op de hoogte wil brengen.'

'Dankzij deze briljante onderzoeker hier.'

'Caitriona Bennett.' Ze schudde mij en Derwent de hand. Ze was iets jonger dan ik, en klein en tenger. Ze had een blond bobkapsel en een lichte, met sproeten bedekte huid waarop een blos snel zichtbaar zou zijn. Met een naam als Caitriona had ze waarschijnlijk een Ierse vader of moeder, of beide ouders waren Iers, maar het leek me niet het juiste moment om ernaar te vragen. 'Ik heb niets briljants gedaan, hoor.'

'Ik vind van wel.' Kev liep over van trots. 'Kijk maar eens.' Hij overhandigde me een bewijsenvelop van bruin papier met een plastic venster, zodat ik kon zien dat er iets kleins van zilver in zat.

'Wat is dat?'

'Het wordt een hangeroogje genoemd.'

Ik vouwde de envelop om het beter te kunnen zien: een driehoekje van metaal met een soort lusje erboven. Het hele dingetje was niet meer dan vijf millimeter groot. Er was een delicaat patroontje in gegraveerd. 'Waar wordt het voor gebruikt?'

'Het is een onderdeel van een sieraad. Je kunt het aan een hangertje vastmaken. En dat hang je dan aan een ketting. Dit exemplaar is van platina, wat vrij ongebruikelijk is. Het is bedoeld voor dure designsieraden. Een specialistisch item.'

'Dat is het! Het kwam me al vaag bekend voor.' Het was vreemd hoe onherkenbaar het was buiten de normale context. Ik keek op. 'Iets wat je gebruikt om sieraden te maken dus?'

'Inderdaad. Maar het wordt nog interessanter,' zei Kev. 'Vertel ze maar eens waar je het hebt gevonden.'

'Het lag op de trap naar de eerste verdieping van Endsleigh Drive, in een voetafdruk.' Ik herinnerde me dat ze op de trap aan het werk was toen wij op de plaats delict kwamen kijken: ze nam elke centimeter van de tree waar ze bezig was nauwkeurig onder de loep. 'Als ik het zo bekijk, denk ik dat het vast is gaan zitten in het profiel van een laars, samen met wat modder – we hebben op dezelfde plek wat opgedroogde aarde gevonden. Kalkachtige grond. We zijn het monster nu aan het analyseren om het gebied waar de grond vandaan zou kunnen komen nader te bepalen.'

'Is Sussex een mogelijkheid?' vroeg Derwent.

'Ik ben geen deskundige op het gebied van aarde.' En ze was niet van plan er een slag naar te slaan. Ik wist dat Derwent dacht aan de grote kalkhellingen van de South Downs, en ik wist ook waarom.

'Eerlijk gezegd is dat nog niet het meest opwindende eraan. Vertel ze eens over het DNA.' Kev schommelde heen en weer op het voorste gedeelte van zijn voeten.

'We hebben wat huidcellen gevonden aan de binnenkant van het lusje. We kunnen er momenteel nog slechts een gedeeltelijk profiel mee maken, maar daar wordt aan gewerkt. Het heeft ons een paar dagen gekost om te komen waar we nu zijn, maar de aanvankelijke resultaten laten zien dat het DNA toebehoort aan iemand die verwant is aan Laura Kennford. Maar het is niet haar moeder. Een halfzus of -broer.'

'Als wij voor DNA van een halfzus kunnen zorgen, kan dat dan worden vergeleken met wat jullie hebben?'

'Dat zou ideaal zijn.'

Derwent keek me aan. 'Wij kennen een halfzus, nietwaar?'

'En ze woont samen met een sieradenontwerpster.'

'En ze was haar vaders lieveling voordat die vervelende nieuwe vrouw van hem ertussen kwam.'

'En misschien wilde haar vader haar wel beschermen.'

'Tijd voor een praatje met meneer Kennford, denk ik, aangezien hij toch aanwezig is,' zei Godley. 'En deze keer geen gelul meer. Ik wil hem best arresteren wegens een poging de rechtsgang te belemmeren, als zijn geheugen daardoor wordt opgefrist.'

Kennford had zowaar heel weinig aanmoediging nodig om ons te vertellen wat hij wist, al helemaal nadat Caitriona verslag had gedaan van de vondst van het hangeroogje en waar dat op leek te wijzen. Zijn gezicht vertrok en ik dacht bij mezelf dat dit de eerste keer was dat ik bij hem een eerlijke emotie bespeurde.

'Wat kon ik doen? Ik hou van Savannah. Ik wilde niet geloven dat zij er iets mee te maken had.'

'Maar waarom dacht u het toch?' vroeg ik.

'Ik zag haar. In de spiegel. Voordat ze me neersloeg.' Er viel een korte, veelzeggende stilte. 'Niet zo goed. Niet goed genoeg om zeker te weten dat zij het was.'

'U moet er vrij zeker van zijn geweest, anders had u niet de moeite gedaan tegen ons te liegen.'

'Ik heb alleen een glimp van haar opgevangen. Eigenlijk alleen haar arm, en ze had handschoenen aan. Ik was er niet zeker van, maar hoe meer ik erover nadacht, hoe meer ik ervan overtuigd raakte dat zij het was. Het was haar manier van bewegen, en haar lengte, en haar slanke figuur. Ik ga uit van mijn intuïtie, maar ik denk niet dat ik het bij het verkeerde eind had. Ik ken haar namelijk goed.'

'Niet zo goed als in de tijd voordat u haar liet vallen.'

'Daarin heb ik een fout gemaakt. Ik had me tegen Vita moeten verzetten.' Hij begon weer te snikken. 'Mijn arme kleine Savannah.'

'En die arme kleine Laura dan? En Vita?'

Hij knikte. 'Ik heb verkeerd gehandeld. Daar hebben zij de prijs voor betaald. Vita heeft het over zichzelf afgeroepen, maar Laura was een onschuldige toeschouwer.'

'Misschien niet alleen een toeschouwer.' Ik keek Derwent aan. 'De berichten die Seth Carberry op Laura's telefoon had gezien – "ik moet je zien", dat soort dingen – zouden afkomstig kunnen zijn geweest van Savannah. In plaats van een vriendje.'

'Daar ziet het wel naar uit.'

Ik keek Kennford weer aan en zei: 'Stel dat Laura er genoeg van had dat ze bij haar zus werd weggehouden en probeerde een ontmoeting tussen Savannah, u en Vita te regelen, om jullie voor het blok te zetten? Savannah had daar gebruik van kunnen maken om het huis binnen te komen en uw gezin aan te vallen.'

'De helft ervan.'

'Omdat Lydia in het zwembad was, buiten zicht. En Laura zou eigenlijk de deur uit zijn, toch? Misschien dacht Savannah dat Laura Lydia was, en misschien was Laura degene die het had moeten overleven.'

'Of misschien zocht ze Lydia toen ze u tegen het lijf liep.' Er stonden diepe rimpels van bezorgdheid in Derwents voorhoofd. 'En ze bleef niet zoeken nadat ze u had neergeslagen, want ze kon niet het risico nemen in de buurt te blijven tot u zou bijkomen. U zou niet meer zo makkelijk aan te vallen zijn als u op uw hoede was.'

'Ze heeft me niet verwond. Niet echt. Ze houdt van me.'

'Wel een raar soort liefde, als u het mij vraagt.' Derwent kauwde snel. 'Wat doen we nu met Lydia? Het kan niet anders dan dat ze gevaar loopt.'

'Daarom probeerde ik te voorkomen dat u haar bij Savannah zou laten logeren.'

'Het had misschien geholpen als u eerlijk tegen ons was geweest,' zei Godley streng. 'Het ziet er nu naar uit dat een tienermeisje in huis woont bij degene die haar nog geen week geleden wilde vermoorden.'

'Dat was een van de redenen waarom ik ervan overtuigd raakte dat ik gelijk had. Savannah was zo vastbesloten haar in huis te nemen. Ik weet dat ze een hekel heeft aan Renee – dat heeft iedereen – maar ze heeft nooit eerder belangstelling gehad voor Lydia.' Kennford slaakte een zucht. 'Ik kan haar niet langer beschermen.'

'Daar hoeft u zich niet rot over te voelen, hoor,' zei Derwent, met een stem die droop van het sarcasme. 'We waren er uiteindelijk ook wel zonder u uitgekomen.'

Godley keek Derwent aan. 'Wat wil je nu doen, Josh? Haar laten ophalen door de recherche van Sussex?'

'Ik heb liever dat we het zelf doen. Als we haar verrassen, bekent ze misschien wel meteen.' Derwent tikte met een vinger tegen zijn lippen. 'Kerrigan zou Lydia kunnen bellen. Om te vragen of het goed met haar gaat na gisteravond. Misschien kan ze proberen om haar gedurende de ochtend het huis uit te krijgen, zodat we ons over haar geen zorgen hoeven maken. Als je erachter kunt komen waar Savannah dan waarschijnlijk uithangt, des te beter.'

'Oké.'

'We gaan dus zelf naar Sussex om Savannah te arresteren.'

'Ik ga mee.' Kennford was opgestaan.

Godley schudde zijn hoofd. 'Dat lijkt me geen goed idee.'

'Het is een waardeloos kutidee.' Derwent keek Caitriona even aan. 'Sorry voor het taalgebruik, schat.'

'Ik heb wel ergere dingen gehoord.'

'Het is geen slecht idee,' hield Kennford vol. 'Ik kan u misschien helpen die bekentenis te krijgen. Ze zal niet verwachten dat ik daar opduik.' Hij keek Godley smekend aan. 'Alstublieft. Ik heb haar zo vaak in de steek gelaten. Het minste wat ik kan doen is er voor haar zijn. Haar laten zien dat ik haar niet vergeten ben, dat ik wel om haar geef.'

'En ervoor zorgen dat het goed gaat met Lydia.' Derwents stem klonk zo droog als de Sahara.

'Natuurlijk. Dat heeft prioriteit.'

Derwent boog zich voorover en sprak Kennford recht in zijn gezicht toe. 'U zette Savannah op de eerste plaats, meneer Kennford. U verkoos de moordenaar boven het onschuldige meisje, ook al wist u dat Lydia in gevaar was. U hebt met het leven van uw dochter gespeeld, en verdomd veel geluk gehad dat u nog niet verloren hebt. Dus ik weet niet hoe u naar Sussex wilt gaan, maar u rijdt in geen geval met mij mee. Als ik nog één minuut in uw gezelschap moet verkeren, ga ik over mijn nek.'

'Mijn auto staat buiten geparkeerd.'

Godley had een gepijnigde uitdrukking op zijn gezicht. 'In dat geval kan ik u niet tegenhouden, maar u moet wel met ons samen die kant op rijden. Ik wil niet dat u daar als eerste bent. U zou ons ernstig in de problemen kunnen brengen.'

'Ik denk dat ik wel zo wijs ben me niet te mengen in een politieoptreden,' zei Kennford stijfjes. 'Ik doe wat me gezegd wordt.'

'Eens moet de eerste keer zijn, nietwaar.' Derwent liep het vertrek uit voordat Kennford kon reageren. Hij liet een ongemakkelijke stilte en de geur van foute aftershave achter. Zijn aftocht deed niet onder voor die van een heuse diva.

Zonder verder tijd te verspillen belde ik naar de boerderij. Ik kreeg Zoe aan de lijn, die me vertelde dat Savannah nog in bed lag. Lydia zat aan een laat ontbijt, maar kwam met plezier even aan de telefoon, en met nóg meer plezier vertelde ze me over het vooruitzicht van een dagje shoppen met Zoe.

'Ze neemt me mee uit om nieuwe kleren te kopen. Ik heb niet genoeg ingepakt toen ik thuis wegging.'

'Dat is begrijpelijk. Je stond onder druk. Maar shoppen lijkt me een goed idee. Het is goed om af en toe het huis uit te komen.'

'Ik zal Zoe vertellen dat u dat hebt gezegd. Het is precies wat zij ook al tegen me zei.'

'Een verstandige vrouw.'

'Ik zal haar ook vertellen dat u dat gezegd hebt.'

'Je vader wil je graag komen opzoeken, trouwens. Hij heeft gevraagd hoe het met je gaat.'

'Echt waar?'

'Hij maakte zich behoorlijk veel zorgen om je.'

'Vertel hem maar dat het best goed met me gaat. Maar ik wil hem wel graag zien. Op de boerderij rondleiden. Hij zal de hond ook heel leuk vinden.'

Ze klonk als een gewone tiener, dacht ik met pijn in mijn hart toen ik ophing. Voor het eerst leek ze lekker in haar vel te zitten. En wij zouden haar wereld weer op zijn kop zetten, want we móésten wel, we hadden geen andere keus.

Maar dat maakte het er nog niet eenvoudiger op.

Wij reden voorop naar de boerderij, Derwent, Liv en ik in één auto, gevolgd door Godley en Ben Dornton in de Mercedes, en Kennford achter hen. Het was beter om met een groep te komen: zo hadden we wat extra spierkracht in de vorm van Dornton, en nog een vrouwelijke agent voor het geval Savannah moest worden gefouilleerd of bewaakt – en ik dat om de een of andere reden niet zou kunnen doen. Het hek was open toen we het huis naderden.

'Wat wil je doen?' vroeg ik aan Derwent. 'Gewoon naar binnen rijden?'

'Ja. We kunnen op het erf parkeren.' Dat was de langste zin die hij gesproken had sinds we uit Londen waren vertrokken.

'Het is maar goed dat het hek open is. Het lijkt erop dat Zoe en Lydia het open hebben laten staan toen ze weggingen.'

'Zou kunnen.'

'Zou Savannah nog steeds in bed liggen?'

'Het huis ziet er gesloten uit,' zei Liv toen Derwent nog geen antwoord had gegeven nadat hij de auto had geparkeerd.

'Daarboven zijn de gordijnen dicht.' Ik hield mijn hand boven mijn ogen en tuurde omhoog naar het huis. 'Dat is de slaapkamer van Savannah, volgens mij.'

De tweede auto stopte achter die van ons, en daarna de derde. De drie mannen stapten uit.

'Hoe gaan we het aanpakken?' vroeg Godley aan Derwent, die zijn schouders ophaalde.

'Op de deur kloppen. En dan zien wat er gebeurt.'

'Gaat het wel goed met je, Josh?'

Hij gaf niet meteen antwoord, en toen hij dat wel deed, keek hij daarbij niet om zich heen. 'Ik hou gewoon mijn mond tot ik iets te zeggen heb.'

'Ik ga wel eerst.' Kennford liep met grote passen naar de voordeur.

'Het spijt me, maar dat is niet zoals het hoort.' Godley keek me aan. 'Is er een achterdeur?'

Ik knikte.

'Neem Dornton mee. Ga langs die kant om het huis heen. Als je gewoon binnen kunt lopen, doe je dat. We zien jullie binnen dan wel.'

'Oké.' Ik rende om het huis heen over het pad dat we hadden genomen toen Zoe ons had rondgeleid.

Dornton liep achter me te puffen. 'Je bent niet goed wijs. Het is te warm om hard te lopen.'

Ik negeerde hem. Ik was gespannen, en te zenuwachtig om gewoon te lopen. Maar het was drukkend heet – daar had hij gelijk in – en toen we om de hoek van het huis liepen, floot hij even.

'Moet je die lucht zien.'

De hemel was donkergrijs en zo zwaar als lood. De zon scheen nog en de heuvels schitterden in groene en mosterdgele tinten. Het gras van de boomgaard was bijna compleet verdord en mijn schoenen zaten onder het stof.

'Zou het gaan regenen, denk je?' Dornton keek gefascineerd omhoog naar de wolken.

'Waarom heb je het over het weer als we hier zijn om een moordenaar te arresteren?' siste ik.

'Weet ik niet.'

'Probeer je nou even een paar minuten te concentreren, oké?'

'Jaja, goed hoor. Maak je niet zo druk.' Hij zag er beledigd uit. 'Ik zei alleen maar dat het misschien wel gaat regenen.'

'Geweldig. Als het werk bij de politie niet jouw ding is, waarom laat je je dan niet omscholen tot meteoroloog?' We waren inmiddels bij de achterdeur, die zwartgeverfd was en er indrukwekkend massief uitzag.

'Omdat ik op de middelbare school niets bakte van de exacte vakken.' Hij slaakte een hartstochtelijke zucht. 'Ik zou het fantastisch hebben gevonden.'

'Kraam jij altijd zulke nonsens uit als je onder spanning staat?' Ik spande me in om te horen of de anderen al in het huis waren; ik dacht het niet. Ik duwde met één hand tegen de deur om hem uit te proberen, en op de een of andere manier was ik niet verbaasd dat hij openzwaaide.

'Niet eens vergrendeld. Ze zijn niet erg bezig met hun veiligheid, hè?' zei Dornton.

'Ik had gedacht van wel. Maar we zijn hier op het platteland.'

'Gaan we naar binnen?'

Ik aarzelde en probeerde een beslissing te nemen. Aan de ene kant zouden we Godley binnen ontmoeten. Aan de andere kant was er vanuit het huis geen geluid te horen, wat kon betekenen dat het ze niet was gelukt om zich toegang te verschaffen. Terwijl ik daar stond, maakte ik een sprongetje van schrik door een donderend gebeuk.

'Ze proberen haar nog steeds zover te krijgen dat ze opendoet.'

'Laten we naar binnen gaan en kijken of we er wat vaart achter kunnen zetten.' Ik ging voorop. 'De voordeur is daar, via de keuken. Laat jij de anderen maar binnen.'

'Waar ga jij naartoe?'

'Naar boven.' Ik wees. 'Het zou me verbazen als ze nog steeds slaapt met dat kabaal. Ik denk dat het huis leeg is, maar voor de zekerheid kijk ik boven even.'

'Wees voorzichtig.'

'Stuur Derwent maar naar boven als je hem binnenlaat. Hij kent de weg.'

Ik was blij dat ik van Dornton af was en ik was er vrij zeker van dat ik geen gevaar liep. Het had geen enkele zin om de trap stilletjes op te gaan, want elke tree had zijn eigen kraak- of knapgeluidje. De trap klonk als een oud orgel dat werd bespeeld door een talentloze jichtpatiënt en ik racete dus maar zo snel als ik kon naar boven, met mijn hoofd omhoog om er zeker van te zijn dat niemand me opwachtte, zoals je in horrorfilms vaak ziet. De gang was leeg en deze keer waren de ramen helemaal dicht. Het was er bedompt en ongelooflijk heet; ik voelde het zweet langs mijn rug druppelen. Er ging ook nooit iets volgens plan. Savannah was vast gewoon opgestaan en gaan shoppen met Lydia en Zoe. Dat was de logische verklaring. Er was geen reden om te denken dat er iets aan de hand was alleen omdat het stil was in huis, afgezien van het geluid van de anderen, die zachtjes pratend door de kamers beneden liepen.

Ik deed een standaard doorzoeking, volgens de routine, en controleerde elke kamer die aan de gang grensde. Ik had niet opgemerkt dat Savannahs deur op een kier stond, en toen ik ernaartoe liep, klonk er gekraak vanuit de kamer. Mijn hart stond even stil.

Het begon weer te kloppen toen een mistroostige snuit door de opening naar me keek.

'Kom maar hier, jochie.' Ik probeerde me te herinneren hoe de hond heette. Het was iets met boeken, dacht ik. Ik knipte met mijn vingers. 'Kom maar hier, Beckett.'

De hond hijgde en likte over zijn neus. Ik wist nog dat hij zenuwachtig werd van vreemden. Hij liet een jankgeluidje horen.

'Als jij niet naar buiten komt, mag ik dan naar binnen?'

Toen ik dichterbij kwam, liep hij achteruit, weg van de deur, maar zijn nekharen lagen plat en hij hield zijn staart stevig tussen zijn achterpoten. Hij zag er niet erg bedreigend uit, dus besloot ik het risico te nemen. Het was halfdonker in de kamer, de gordijnen waren nog dicht. Toen ik door de deur naar binnen kwam, zeeg Beckett met zijn kop op zijn poten neer in de hoek, met een schuldige blik, maar daar had hij geen reden voor. Hij was beslist niet verantwoordelijk voor wat er in die kamer was gebeurd, dat zag ik in één oogopslag.

Ik wist niet wie de keel van Savannah Wentworth had doorgesneden, maar ik was er vrij zeker van dat het een mens was geweest, al was het alleen maar in de formele zin van het woord.

24

'Ik wil haar zien.'

'Dat lijkt me geen goed idee.'

'Ik moet me haar herinneren zoals ze was, niet zoals ze er nu bij ligt, is dat het? Spaar me dat fijngevoelige gezever. Ze is mijn dochter; ik wil haar zien.'

Ik blies het haar van mijn voorhoofd, tenminste, ik deed een poging. Het was zo warm dat het op verschillende plaatsen zat vastgeplakt. Wat ontzettend typerend weer dat ik de taak had om me met Philip Kennford bezig te houden, om hem te kalmeren en te voorkomen dat hij de plaats delict binnen zou stormen waar de anderen nu onderzoek deden. Vrouwenwerk, zo noemden ze het als ze dachten dat er niemand luisterde. Thee zetten en handjes vasthouden. Er kwam meer kijken bij de functie van een familierechercheur dan dat – en er waren genoeg mannelijke agenten die er goed in waren – maar ik had nooit de nodige cursussen gevolgd, dus was ik niet bevoegd. Ik zag het nut er niet van in mezelf een zorgzame rol op te leggen als het niet echt noodzakelijk was.

'Dit is een moordonderzoek, meneer Kennford. De enige mensen die nu boven horen te zijn, zijn de rechercheurs en de patholoog, zodra hij arriveert. Iemand anders die de kamer binnenkomt, kan de plaats delict vervuilen.' Ik kon er niets aan doen, ik voelde steeds meer irritatie opborrelen. 'En dat weet u net zo goed als ik.'

'Omdat ik het heb gebruikt om moordenaars vrij te pleiten.' Hij lachte ruw. 'Allejezus, dat krijg ik nu dan wel onder mijn neus gewreven. Ik zal me voortaan inzetten voor de invoering van de doodstraf.

Ik doe nooit meer een moordzaak, behalve als vertegenwoordiger van het slachtoffer.'

'Is dat uw kijk op wat er is gebeurd? Dat het de bedoeling is uw carrière te beïnvloeden?'

'Ik weet het niet. Misschien wel. Dat is helemaal niet zo onlogisch.' Hij liep gejaagd heen en weer als een dier in een te kleine kooi. Ik stond onder aan de trap met mijn armen over elkaar, met een strenge uitdrukking op mijn gezicht, althans, dat hoopte ik.

'Luister, je kunt vast wel iets voor me regelen. Laat me bij haar. Ik moet haar officieel identificeren, toch? Ik ben haar naaste familielid.'

'Er zal een formele identificatie plaatsvinden, dat klopt, maar niet hier en niet nu.' Ik keek hem nieuwsgierig aan. 'Waarom is dit zo belangrijk voor u? Het is echt geen prettige aanblik.'

'Ik weet het niet. Om afscheid te nemen. Misschien om te kunnen geloven dat ze er niet meer is.' Hij haalde zijn schouders een paar keer op, een beweging die overging in een krampachtig trillen dat hij niet helemaal in bedwang leek te hebben. 'O shit. Het spijt me, maar ik denk gewoon dat het beter zou zijn als ik haar zou zien.'

'Moet je niet willen, man.' Derwent kwam achter me de trap af. 'We hebben het hier niet over een schrammetje.'

'Ik wil weten wat er is gebeurd. Is ze op dezelfde manier gedood als Laura? Is het net zo'n wond?'

Ik hoefde er niet over na te denken; ik had beide al met elkaar vergeleken. Laura's hals was tot aan het bot doorgesneden, en dat was in dit geval anders. Toch hield ik een slag om de arm. 'We moeten afwachten wat de patholoog zegt, maar de snee is niet zo diep.'

'En niet zo lang.' Derwent, die achter me stond, tilde mijn kin omhoog en haalde zijn vinger langs mijn keel. 'Laura's wond liep van oor tot oor. Die van Savannah is meer een steek in de halsslagader.' Er rustten twee vingers op mijn halsader, die iets harder duwden dan nodig was, dacht ik bij mezelf. 'Het mes is van de ene naar de andere kant gegaan om het gat te verbreden, maar het is niet zozeer een snee als wel een steek, als u begrijpt wat ik bedoel.'

'O god.' Kennford trok wit weg.

'U vroeg zelf naar de bijzonderheden.' Hij liet me los. 'Wil je nog even naar boven, Kerrigan? Je hebt niet veel kans gehad om alles goed te bekijken.'

Ik ging, niet omdat ik nou zo nodig nog eens Savannahs dode lichaam wilde aanschouwen, maar omdat ik bij Philip Kennford vandaan wilde, en ook bij Derwent. Mijn hals tintelde waar hij me had aangeraakt, en niet op een fijne manier – meer alsof ik net in aanraking was gekomen met een bosje brandnetels. Derwent ging weer eens op de provocerende toer door mij naar boven te laten gaan terwijl de man die voor zijn neus stond letterlijk trilde van de wens hetzelfde te doen, maar daar beleefde Derwent vast plezier aan. Hij zou er ook plezier aan beleven Kennford beneden te houden, dacht ik. En hij zou er veel beter in zijn dan ik.

Savannahs kamer leek erg vol toen ik er weer naar binnen ging: Godley stond over het bed gebogen en bekeek haar met starende blik; Liv en Dornton stonden een flink eind naar achteren, met hun gehandschoende handen gekruist voor zich.

'Maeve. Wat doe jij hier?'

'Derwent heeft me weer naar boven gestuurd.' Ik liep door de kamer naar het voeteneinde van het bed en keek hoe de zaklamp van Godley over de keel van de dode vrouw speelde. Haar ogen waren gesloten en haar tanden waren op haar onderlip geklemd; haar laatste foto's zouden niet zo mooi zijn als gewoonlijk. In het licht van de zaklamp zag ik dat Derwent de waarheid had gesproken over haar verwonding. Het bloed was langs beide kanten van haar hals gevloeid. Er lag een plasje onder haar hoofd en het matras was op die plek doorweekt. Ze had naakt liggen slapen en het laken was om haar middel gedraaid. Haar ongeklede romp had iets kwetsbaars, iets pijnlijk skeletachtigs dat liet zien hoe dun ze eigenlijk was nu ze niet meer vol elan en elegantie door het leven ging. 'Wat denkt u?'

'Ik denk dat het kortgeleden is gebeurd. Ze is nog warm.'

Ik keek op mijn horloge; we waren er nu bijna twintig minuten, niet langer. 'De achterdeur was niet op slot. Het kan een insluiper zijn geweest.'

'Ja, dat kan.' Godley zuchtte. 'Glen komt zo snel mogelijk hiernaartoe en ik heb ook Kev Cox gevraagd te komen. We kunnen maar het beste hetzelfde team hierop zetten, want ik vermoed dat we te maken hebben met dezelfde moordenaar.'

'Maar is dat wel zo? Het type verwonding is anders. Waarschijnlijk is er ook een ander mes gebruikt.'

'Ik mag hopen dat er geen twee moordenaars rondlopen die het gemunt hebben op leden van de familie Kennford, als je het goedvindt.' Hij klonk enorm geërgerd en ik liep beduusd weg van het bed om de aangrenzende badkamer te bekijken, zodat ik iets te doen had wat me bij hem vandaan hield. Op de glazen wanden van de douchecabine zag ik waterdruppels en ik opende de deur een stukje, waarbij ik met mijn pen aan de knop trok. Ik werd begroet door warme lucht met de geur van bloemen. Ik bekeek de tegels en ging op mijn hurken zitten om de douchebak te bestuderen.

'Iets gevonden?' Derwent stond over me heen gebogen.

'Misschien.' Ik wees. 'Dat is bloed, toch?'

Er liep een waterig straaltje langs een tegel in de hoek over de rand de douchebak in, waar het oploste en verdween. Het was nauwelijks waarneembaar en eerder lichtroze dan rood.

'Je zou weleens gelijk kunnen hebben. Goed gezien, speurneus.'

'Dan mogen we aannemen dat de moordenaar heeft gedoucht.'

'Zit er dik in.'

'En zich heeft verkleed.'

'Of het klusje naakt heeft geklaard en zich naderhand heeft aangekleed. Makkelijker om jezelf schoon te krijgen. En er zijn erbij die het gevoel van bloed op hun huid heerlijk vinden, vooral als het vers is.'

'Dat is weerzinwekkend.'

'Dat heb je met moordenaars.' Hij ging rechtop staan. 'We moeten weten hoe laat Lydia en Zoe zijn weggegaan.'

'En waar ze naartoe gingen.' Ik wreef met de achterkant van één gehandschoende hand over mijn voorhoofd, want in de drukkende, vochtige warmte van de badkamer begon ik weer te zweten. 'Ze heeft het alleen over shoppen gehad, maar dat kan in een winkelcentrum buiten de bebouwde kom zijn, in het dichtstbijzijnde plaatsje of in een grote plaats. Ik heb er niet naar gevraagd.'

'Bel haar dan.' Dornton boog voorover de badkamer in om zich bij ons te voegen.

'Heb ik gedaan. Ze neemt niet op.'

'Ik vind het maar niks dat we niet weten waar ze is.' Derwent zag er bezorgd uit.

'Ik ook niet.'

'Heb je de rest van het huis geïnspecteerd?'

'Dat heb ik gedaan.' Opnieuw Dornton. 'Er is geen teken van leven. Wat was haar kamer ook alweer?'

'Die aan het eind van de gang.'

'Een onopgemaakt bed, maar verder netjes.'

'Dat klinkt zoals het hoort.' Derwent knikte. 'Ze was thuis ook een pietje-precies.'

Ik ging op mijn hurken zitten. 'Maar kun je je haar bed nog voor de geest halen? Keurig ingestopte hoeken en je kon een tennisbal laten stuiteren op de sprei, zo strak zat die. Dat ze haar bed niet heeft opgemaakt, klinkt niet zoals het hoort.'

'Misschien had ze haast om op pad te gaan.'

Ik stond op en wurmde me langs Derwent, voorzichtig om geen oppervlakken aan te raken. 'Het klonk niet alsof ze haast hadden toen ik belde. Lydia zat net aan het ontbijt.'

'We hebben beneden in de gootsteen borden gevonden,' zei Derwent, terwijl hij door de gang achter me aan liep.

'Dus ze hebben ontbeten en niet opgeruimd. Dat zou natuurlijk kunnen.' Ik ging Lydia's kamer binnen en fronste toen ik het verkreukelde beddengoed zag. De kussens lagen grotendeels op de vloer en het dekbed was half van het bed gegleden. Ik keek in de badkamer. 'Haar tandenborstel is nat.' Er hing een vaag bittere geur in de kamer, waarvan ik de bron in de wc vond. Het water zag er troebel uit, alsof er kleine deeltjes in dreven. 'Ik denk dat het ontbijt hier is terechtgekomen, maar dat moet Kev maar bevestigen.'

'Zit je nu echt aan de wc te snuffelen?' Derwent keek toe met een blik vol afkeer.

'Ik probeer na te gaan wat er vanochtend is gebeurd. Ze kwam boven, heeft overgegeven en haar tanden gepoetst. Klaar om te gaan shoppen.' Ik liep terug naar de slaapkamer. 'Er is iets voorgevallen. Ze is gestoord in haar bezigheden. Kijk eens naar de kussens. Ze was haar bed aan het opmaken toen iets haar onderbrak.'

'Dit is haar tas, toch?' Derwent hield hem omhoog. 'Die zou ze nodig hebben gehad bij het shoppen.'

'Dat zou je wel denken.' Ik keek hem ongerust aan. 'Wat is hier gebeurd?'

'Ik weet het niet. Maar Zoe's auto stond niet op het erf.' Hij haalde zijn schouders op. 'Niets om ons al te druk over te maken, toch? Het heeft Lydia waarschijnlijk wat meer tijd gekost om haar havermoutpap uit te braken dan ze had gedacht.'

'En haar tas?'

'Die is best zwaar. Misschien had ze ook een kleinere of heeft ze alleen haar portemonnee meegenomen of zo.'

'Ze is een tiener. Ze had vast al haar spulletjes mee willen hebben.'

Derwent rommelde in de tas. 'Verrek. Hier is haar portemonnee.' Hij keek erin. 'Pinpas. Geld. Haar telefoon. Oké, dat is wel een beetje vreemd.'

'Meer dan een beetje, lijkt me.' Ik liep de gang weer op en tuurde door een van de tegenoverliggende ramen. Er stonden te veel bomen tussen mij en de garage om zeker te zijn van wat ik zag. 'Ik kan niet in de garage kijken, maar ik denk dat de deuren open zijn.'

'Jij zou ze ook openlaten als je weg zou gaan.'

'Ja.' Met een ongeruste blik bleef ik ernaar staan kijken. 'We moeten ook om het huis heen zoeken.'

'Dornton en Liv zijn op het erf bezig.'

'Laten wij dan achter gaan kijken.'

'En nagaan of de auto weg is.'

'Precies.'

Derwent zei geen woord toen we door het huis liepen en de achterdeur uit stapten. Het was ongelooflijk heet en de lucht knisperde van spanning terwijl de wolken zich boven ons samenpakten, zwaar van de regen. Ik had al hoofdpijn; een strakke band om mijn voorhoofd waar geen pijnstiller tegen zou helpen. Het was angst – angst en het niet weten wat we over het hoofd hadden gezien. Savannah was onze verdachte en Savannah was dood. Wat betekende dat er twee moordenaars waren of dat we het bij het verkeerde eind hadden gehad. 'Maar het DNA-profiel kwam overeen.'

'Wat zei je?' wilde Derwent weten.

'Ik dacht even hardop.' Ik liep voor hem uit over het pad naar de garage, dat meer platgetreden was dan de vorige keer dat we er liepen. Er bewoog iets in het gras naast het pad, iets vrij groots, en ik bleef stilstaan.

'Wat nu weer?'

'Niets. Het is de hond maar.' Mijn hart klopte in mijn keel; dat was de tweede keer dat Beckett me angst had aangejaagd. Hij maakte er geen geheim van dat hij er was: hij stiefelde door de begroeiing in hetzelfde tempo als wij en keek af en toe op boven de pluimen van het wilde gras om er zeker van te zijn dat we er nog waren. Een eindje voor ons klepperde de garagedeur.

Derwent lachte ongemakkelijk naar me toen ik omkeek.

'Het is de wind maar.'

'Je hebt vast gelijk.' Er stond een briesje, maar het was hete lucht die totaal niet verfrissend aanvoelde. 'Dornton denkt dat er onweer op komst is.'

'O, denkt hij dat?' Derwent wist precies hetzelfde gebrek aan belangstelling in zijn stem te leggen als ik een poosje geleden had gedaan. Ik bloosde en concentreerde me op de laatste stappen aan het eind van het pad. De deur klepperde weer toen we bij de zijkant van de garage aankwamen. Die was leeg.

'Ze zijn weg.'

'Godzijdank.' Derwent klonk alsof hij het meende.

'Ze heeft dat probleem met die olie nog steeds niet opgelost.' Ik wees naar de vloer, waar de plas groter was geworden.

'Het stinkt hier.' Derwent fronste. 'Naar benzine.'

'Ze hadden een blik op de plank staan. Waarschijnlijk was de tank bijna leeg.'

'Ik zou geen benzine in mijn garage willen hebben. Niet als die van hout was.'

'Ik had niet gedacht dat jij zo'n veiligheid-voor-allestype was.'

'Gewoon gezond verstand.' Hij liep achteruit. 'Zei ze niet dat er nog een gebouw was?'

'Een schuur. Hierachter.'

'Ik ga er even kijken.'

De deur klepperde weer. Ik keek hoe de vergrendeling werkte en dat bleek heel eenvoudig te zijn: een metalen pen die in een opening in de grond schoof. Het zou Zoe misschien slecht van pas komen dat ze de deur bij terugkomst weer zou moeten openmaken, maar ze zou wel andere dingen aan haar hoofd hebben, dacht ik. Ze zou de auto's op het erf zien en weten dat er iets was gebeurd, zelfs voordat iemand haar het nieuws zou vertellen. Ik hoopte maar dat ik het niet zou zijn.

Nu de deur vastzat, liep ik doelloos de garage in en wachtte tot Derwent terug zou zijn. De spullen op de planken moesten wel zijn achtergelaten door de vorige eigenaar of degene daarvoor; er waren heel bijzondere dingen bij. Ik bleef even hangen bij een tang die eruitzag als een middeleeuws martelwerktuig maar waarschijnlijk een instrument van een dierenarts was. Daarnaast zag ik een rol prikkeldraad, en daarnaast een blik met verf die waarschijnlijk niet meer bruikbaar was. Op het deksel zat een korst opgedroogde verf en de zijkant van het blik vertoonde roestige strepen. Aan de stijl van het logo te zien dateerde de verf uit de jaren zestig. Zuinigheid was tot daaraan toe, dacht ik, maar je kon het hamsteren ook overdrijven. Ik ging verder met de achtermuur van de garage, waar vooral gereedschap en auto-onderdelen te zien waren. En toen stond ik stil, met mijn hoofd schuin om te luisteren.

Derwent zei iets. Het raam boven mijn hoofd was kapot, wat verklaarde waarom ik hem kon horen terwijl hij nog steeds in de schuur leek te zijn. Hij klonk rustig, vriendelijk zelfs, maar ik hoorde geen antwoord.

Hij zei weer iets.

Er was iemand bij hem in de schuur. Of het was de hond. Beckett was verdwenen toen we bij de garage waren aangekomen, met zijn neus dicht tegen de grond. Ik was niet van plan me voor de derde keer van mijn stuk te laten brengen door die trouwhartige bordercollie.

Maar het was niets voor Derwent om tegen een dier te praten.

En het kon geen kwaad een kijkje te nemen om te zien wat hij aan het doen was.

Toen ik de garage uit kwam, zag ik de anderen aan de achterkant van het huis staan, met de koppen bij elkaar. Ik zwaaide en Godley maakte zich los uit de groep. Hij hield zijn hand boven zijn ogen om te kijken wat ik aan het doen was. Ik wees naar de zijkant van de garage en hij knikte. Ze waren waarschijnlijk klaar met de eerste doorzoeking van het huis. Ze stonden natuurlijk te wachten op Glen Hanshaw, of op Zoe. Het huis zou verboden terrein zijn tot de technisch rechercheurs ermee klaar waren. Wij hadden er al genoeg in rondgebanjerd, dacht ik, terwijl ik me door de brandnetels en het hoge fluitenkruid worstelde om bij de schuurdeur te komen. Ik was er niet aan gewend om als eerste rechercheur na een moord ter plaatse te zijn. De specialistische teams waren er beter in – de geüniformeerde agenten die reageerden op telefoontjes naar het alarmnummer, of die op pad gingen als iemand bijvoorbeeld zijn oudere buurman of buurvrouw wekenlang niet had gezien en zich zorgen maakte, omdat er misschien wel iets mis was, aangezien de tv dag en nacht aan stond...

Derwent klonk heel rustig. Ik probeerde zachtjes te lopen. Ik wilde de hond niet laten schrikken. Of Derwent. Of verklappen dat ik hem had horen zeggen: 'Het is oké. Echt, er is niets aan de hand. Je zit niet in de knoei. Alles komt goed.' Hij was een sentimentele sukkel onder al die grootspraak, zoals ik altijd al had vermoed. Ik glimlachte een beetje toen ik de schuur in liep. Het was er donker en het zag er behoorlijk verwaarloosd uit. Het dak bestond op sommige plaatsen uit niets anders dan kale dakspanten en de ruimte was overgenomen door duiven. De geur van oud stro en vocht was penetrant.

En er kwam een andere geur doorheen.

Benzine.

Het was eenvoudig na te gaan waar die lucht vandaan kwam toen mijn ogen eenmaal aan het donker gewend waren – eenvoudig en huiveringwekkend. Derwent stond met zijn gezicht naar me toe en leunde tegen een houten schot dat op de een of andere manier bestand was tegen zijn gewicht. Hij had zijn armen over elkaar gevouwen en het ene been over het andere gekruist, in een volledig ontspannen houding. De spanning was alleen zichtbaar rond zijn ogen. Hij keek me niet aan omdat hij zijn aandacht had gericht op de persoon die tussen ons in stond, maar hij tilde zijn wijsvinger een heel klein eindje op. *Wacht.*

Lydia had iets nietigs in haar veel te grote T-shirt en tot op de grond vallende rok – ze verdronk in het zwart. Daarop zag je het bloed niet dat in strepen over haar armen liep, maar er zou beslist bloed op te vinden zijn door de forensische recherche als die haar kleren zou onderzoeken. Ik had meer oog voor het feit dat ze doorweekt was, en niet met water. Haar haren waren kletsnat en er sijpelden druppels uit de punten. In haar ene hand had ze losjes het benzineblik vast; het bungelde langs haar zij. In haar andere hand had ze een roze plastic aansteker, die ze stevig vasthield in haar bevende vuist. Ik kon niet zien of haar duim op het wieltje lag, klaar om de vlam te laten ontbranden. Ik kon niet zien hoeveel gevaar ze liep. Veel, dacht ik, en ik schoof opzij om te voorkomen dat ik met het tegenlicht achter me een schaduw over de vuile vloer zou werpen die mijn aanwezigheid zou verraden. Ze liep heel veel gevaar.

'Je wilt toch geen domme dingen doen? Het is al een zware dag geweest. Het wordt tijd om een douche te nemen. Om helemaal schoon te worden.' Hij sprak met een zachte, kalmerende stem die bijna hypnotiserend was, en wat hij zei deed er veel minder toe dan de toon waarop. De enige reactie die hij kreeg, was een gesmoorde snik die nauwelijks hoorbaar was.

'Is er iets wat we voor je kunnen doen? Iets waardoor je je wat beter zou voelen?'

Een nauwelijks waarneembaar hoofdschudden. Haar tanden klapperden, een zacht geratel dat ik kon horen boven het gefladder en gekoer van de vogels in de dakspanten uit. Ik had haar nog nooit met korte mouwen gezien, en de littekens op haar armen waren verschrikkelijk. Ze had er jaren over gedaan om die krassen te maken, en ze varieerden van parelachtig wit tot een ontstoken rood dat van recente datum moest zijn. Het bloed op haar huid was streperig en vlekkerig vanwege de benzine, maar ik wist vrij zeker dat ze zelf niet bloedde, en ik wist ook vrij zeker van wie het bloed dan wel afkomstig was.

Ik deed een stap naar voren, en toen nog één. Derwent bleef troostend praten, ietsje luider, om te voorkomen dat ze me zou horen terwijl ik haar naderde. Ik had mijn blik op haar rechterhand gericht. Ik stond in dubio over wat ik moest doen. Als ik zou proberen haar beet te pakken en als haar duim op het wieltje lag, zou ze door de schok per ongeluk een vlammetje kunnen maken wanneer ze haar hand dichtkneep. Als ze de aansteker zou laten vallen kon er ook een vonk ontstaan – en één vonk zou al genoeg zijn. Het was de benzinedamp die zou ontsteken, herinnerde ik me, niet de vloeistof zelf. Lydia was omgeven door een wolk van damp, en ik zou binnen het bereik ervan zijn als de boel vlam zou vatten. En die wolk was uiterst instabiel. Je mocht niet eens een mobiele telefoon gebruiken bij een benzine-pomp, niet dat ook maar iemand zich daar ooit wat van aantrok. Hoe vaak bracht een mobieltje bij gebruik een vonkje voort? Niet vaak, was mijn ervaring. Die van mij stond aan en zat in mijn zak. Die van Derwent stond ook aan.

Ik wilde niet verbranden.

Ik kwam nog wat dichterbij en probeerde de vloer uit met mijn teen voor ik het riskeerde mijn hele gewicht erop te zetten. De vloer bestond uit houten planken, kurkdroog en vol gaten. De hele tent zou in een oogwenk samen met haar in vlammen opgaan. Oud stro. Oud hout. Een windvlaag door de open deur zou lucht omhoog naar het kapotte dak laten wervelen, als een natuurlijke schoorsteen voor vuur dat zou branden tot er geen benzine meer over was, tot alles tot as was vergaan. Ze zouden nog wel onze botten vinden. Het was ver-rassend moeilijk om menselijke lichamen te verbranden tot ze uit-eenvielen.

Het benzineblik glipte uit haar handen en kletterde op de vloer, iets wat haar net zozeer verraste als mij. Derwent kwam instinctief naar voren en bleef toen stilstaan met zijn handen omhoog toen ze haar samengebalde vuist waarschuwend in de lucht hield.

'Lydia, er is niks aan de hand. Ik weet dat je bent geschrokken, maar het was alleen maar dat blik.'

'Het was leeg.' Het waren de eerste woorden die ik haar tot nu toe had horen zeggen en er lag een doodse klank in haar stem.

'Geef de aansteker aan mij, Lydia. Je hebt hem niet nodig. Dit is niet de oplossing.' Hij kwam een stap dichter naar haar toe.

'Blijf staan.' Ze wees naar hem met een trillende vinger. 'Kom niet dichter bij me.'

'Het is al goed.'

'Het is níét goed. Het komt nooit meer goed.' Vanochtend aan de telefoon had ze geklonken als een tienermeisje, giechelend van plezier over haar plannen voor die dag, maar nu was ze net een kind. Haar stem klonk hoog, verdrietig en ergens ook afstandelijk, alsof ze al ergens anders was, op een plaats waar we haar niet konden bereiken.

Als ik mijn hand naar haar zou uitstrekken, kon ik haar arm aanraken.

Ik wist niet wat ik moest doen.

'Vertel maar wat er vanochtend is gebeurd,' gebood Derwent.

Na een snik bleef ze maar schudden met haar hoofd, zodat ik een fijne nevel van benzine over me heen kreeg. Dat vond ik akelig en ik huiverde een beetje. Het liefst wilde ik mijn shirtje uitdoen en mijn huid droog vegen. Het was de ergste manier om te sterven, had ik gehoord. Ongelooflijk pijnlijk – en dat was dan als je snel doodging. Soms gingen mensen pas weken later dood, na een onvoorstelbare lijdensweg. Mensen die een brand overleefden, hadden vreselijke littekens. Ik probeerde er niet over na te denken. Ze hield de aansteker alleen maar in haar vuist, en ook nog losjes. Ze had het blik laten vallen. Ze was zwak. Ik was snel en sterk, en ik was in het voordeel omdat ik haar kon verrassen.

Ik keek Derwent aan en zag hoe hij enigszins van houding veranderde, klaar om in actie te komen. Ik keek weer naar Lydia's hand. Ik was er bijna zeker van dat het goed zou komen.

Bijna.

Ik weet niet of ik het had gekund als ik de geluiden van buiten niet had gehoord, de hulptroepen die verdomme precies op het verkeerde moment opdoken. Als ze zomaar binnen zouden lopen, zou Lydia zich omdraaien en kwaad zijn. Kwaad genoeg om de boel in brand te steken? Ik was niet van plan de proef op de som te nemen.

Ik greep haar pols alsof ik een giftige slang neerdrukte en hield die vast op leven en dood; met mijn andere hand probeerde ik de aansteker uit haar vingers te peuteren. Een seconde later lagen Derwents armen om die van haar. Hij drukte ze tegen haar lichaam, zodat ze geen weerstand kon bieden. Haar hand klemde zich instinctief om de aansteker heen, maar hij was klein en glibberig, en terwijl we worstelden, gleed hij uit haar greep en viel hij op de vloer. Zonder na te denken schopte ik ertegenaan, waardoor hij tot in de schaduw bij de deur vloog.

'Voorzichtig,' zei Derwent op scherpe toon. 'Doe dat niet nog eens.'

'Sorry. Ik probeer het ding hier alleen maar weg te krijgen.'

'Het had kunnen ontploffen toen het op de vloer viel en vervolgens schop je ertegen? Jezus.' Dit werd allemaal gezegd boven Lydia's hoofd; het meisje lag slap in Derwents armen. Ze huilde hevig en haar lichaam schokte met elke snik die ze uitstootte.

'Stil maar. Het komt allemaal goed.' Derwent streek over haar haren met een hand die hij op de een of andere manier vrij had weten te maken.

'Niet waar. Jullie weten niet wat ik heb gedaan.'

'Dat weten we wel, Lydia. We zijn in het huis geweest.'

'En ik ook.' Haar vader had na jaren van training in het spreken in grote ruimten een bijzonder diepe stem, en hij sprak zijn zinnen uit als een shakespeareaanse acteur die tijdens zijn laatste voorstelling alles gaf. 'Waar ben je mee bezig, Lydia? Wat heb je gedaan?'

'Papa?' Ze had zich in Derwents armen omgedraaid om hem te kunnen zien. Hij stond naast Godley en Liv, met Dornton achter hem, en allemaal hadden ze dezelfde geschokte uitdrukking op hun gezicht. Ik kon me niet voorstellen hoe we eruitzagen. Waarschijnlijk doodsbang. Er zat totaal geen kleur op Derwents wangen.

'Laten we het daar nu even niet over hebben.' Godley legde zijn hand op Kennfords arm. 'Laten we ons daar later over buigen. Lydia's veiligheid heeft nu voorrang.'

'Uitzoeken wat er is gebeurd, heeft dat geen voorrang?' Hij keek zijn dochter weer aan. 'Waarom heb je het gedaan, Lydia? Wat was de reden? Je moet er een reden voor hebben gehad.'

Ze begon weer te huilen. Ze draaide haar gezicht naar Derwents hals en bleef zo staan, met haar hoofd op zijn schouder, alsof ze te zwak was om het rechtop te houden. Hij legde zijn hand op haar haren om haar te kalmeren. Tegen Kennford zei hij: 'Kappen nu. Dit is niet het moment. We komen er later wel achter.'

'Ik wil haar troosten.' Kennford stapte naar voren. 'Ze is mijn dochter.'

'En u hebt zich nooit als haar vader gedragen,' siste Derwent. Hij hield haar nog steeds stevig vast, maar nu om haar te ondersteunen, niet meer om haar in bedwang te houden.

'En toch ben ik nog altijd haar vader. Ze is mijn dochter, wat ze ook gedaan heeft.' Kennford klonk of hij op het punt stond hysterisch te worden. 'Ik hou van haar. Dat heb ik misschien niet goed laten zien, maar ik hou wel van haar. Ondanks al haar fouten is ze alles wat ik nog heb, en ik laat haar nu niet in de steek.'

'Wat zei u daar?' Zoe stond achter het groepje in de deuropening met haar ogen wijd opengesperd. Ze had tassen uit de supermarkt in haar ene hand; haar autosleutels had ze in haar andere hand. 'Wat is er gebeurd?'

Ik liep naar voren met mijn hand uitgestoken. 'Zoe, ik ben bang dat ik slecht nieuws heb.'

'Wat zei hij daarnet?' Ze richtte haar aandacht weer op Kennford. 'Waar ging het over? Wie is alles wat u nog hebt?'

Hij gebaarde naar Lydia en Zoe zag haar. Ze sloeg haar hand voor haar mond. 'O god. Wat ben je aan het doen?'

'U zou haar moeten vragen wat ze gedaan hééft.' Kennfords stem klonk ruw. 'Dan begrijpt u het wel.'

'Ik weet niet… waarom…' Ze keek ons aan. 'Ik dacht… Ruik ik benzíne?'

'Lydia heeft een zelfmoordpoging gedaan.' Dat was Derwent, zoals gebruikelijk zonder omwegen. 'We hebben haar op tijd kunnen tegenhouden.'

'Heb je geprobeerd jezelf in brand te steken?' Ze keek naar de aansteker naast haar voet. 'Hiermee?'

'We hebben haar ontwapend.' Derwent klonk bijna opgewekt. 'Niets meer om over in te zitten. Ze is nu veilig.' Hij schudde haar even heen en weer. 'Je bent nu veilig.'

'Zoe, ik moet je vertellen wat er is gebeurd.' Ik legde mijn hand op haar arm, die stijf aanvoelde. 'Het gaat om Savannah. Het spijt me zo.'

Ze keek me niet aan. Ze staarde naar Lydia. Ik wist niet eens of ze me gehoord had. Ik deed nog een poging. 'Savannah is dood, Zoe.'

Lydia draaide zich om in Derwents armen. 'Dat weet ze.'

Ik voelde een siddering door Zoe heen gaan. Een schok.

'Wat bedoel je?'

'Ze was erbij.'

Zoe begon haar hoofd te schudden. 'Nee, Lydia. Dat is niet waar.' Tegen mij zei ze: 'Ik weet niet waarom ze liegt. Tenzij ze mij de schuld wil geven.'

'De schuld geven? Ik denk niet…'

'Wat heb je gedaan?' wilde Zoe weten, en ze negeerde me opnieuw. 'Wat heb je gedaan?'

'Dat weet je.' Lydia's gezicht was verwrongen en de tranen begonnen weer te stromen.

'Denk je dat je het ons kunt vertellen?' zei ik vriendelijk. 'Doe maar rustig aan.'

Derwent legde zijn hand op haar schouder. 'Toe maar. Je voelt je vast beter als je het hebt opgebiecht.'

Met het hoge kinderstemmetje waarmee ze al eerder had gesproken, zei Lydia: 'Alles was fijn vanochtend. We hadden plezier. Toen was ik in mijn kamer en kwam Zoe me halen. Ze zei dat ze tegen de politie had gelogen omdat Savannah dat aan haar had gevraagd. Ze zei dat Savannah mama en Laura had vermoord. Ze zei dat ik wraak moest nemen. Dat ik hun dat verschuldigd was. Ze zei dat Laura dat zou hebben gedaan als zij was blijven leven en ik dood was.'

Zoe deed een stap in de richting van Lydia en ik stak mijn hand uit om haar tegen te houden. Ik was afgeleid door Lydia's verhaal, maar ik had genoeg oog voor wat Zoe aan het doen was om te zien dat ze zich bukte. Ik keek om terwijl ze rechtop ging staan.

En de aansteker lag niet meer op de vloer.

Ik dacht niet eens na toen ik naar voren stapte; ik aarzelde in elk geval niet. Ik sloeg tegen haar hand toen ze die opstak, zo hard als ik kon, van onderaf zodat de aansteker omhoog vloog, naar buiten in de openlucht. Tollend verdween hij in het gras. Ik hoorde Derwent vloeken en vaag hoorde ik een uitroep van Philip Kennford, en van Ben Dornton, die naar buiten ging om de aansteker te zoeken.

'Wat dacht je daar in hemelsnaam mee te bereiken?' wilde ik weten.

'Ik had geen kwaad in de zin.' Zoe keek me woest aan. 'Dat was een overdreven reactie.'

'Je raakte in paniek. Je wilde niet dat Lydia zou zeggen wat ze op het punt stond te zeggen.' Ik keek weer naar het meisje. 'Toe maar, Lydia. Vertel maar wat er is gebeurd.'

Lydia had haar ogen stijf dichtgedaan en ze hield ze gesloten terwijl ze verderging. Ik wist niet eens of ze wel iets van de onderbreking had gemerkt. 'Ze nam me mee naar de kamer en liet me zien waar ik het mes moest steken, maar ik kon het niet, dus stak zij eerst en liet ze het mij ook doen. Ik dacht dat Savannah wel wakker zou worden, maar dat gebeurde niet. Ze stierf gewoon. Zoe ging onder de douche en trok andere kleren aan, maar ik ben bij Savannah gebleven. Ik dacht dat ik haar eigenlijk had moeten haten, maar dat kon ik niet. Ze was zo aardig tegen me. Ik begreep niet hoe ze mama en Laura had kunnen vermoorden, maar ik wist niet wat ik anders moest geloven.'

Kennford zei iets binnensmonds, iets wat ik niet goed kon verstaan. Zijn gezicht was lijkbleek.

'Toen zei Zoe dat ik er goed aan had gedaan, maar dat niemand anders het zou begrijpen en dat zij de schuld zou krijgen als iemand wist dat zij erbij was geweest. Ze zei dat ik moest zeggen dat Savannah alles gisteravond had opgebiecht en dat ik haar vanochtend in haar slaap had vermoord. En toen omhelsde Zoe me en ging ze weg.'

'Waarom heb je geprobeerd zelfmoord te plegen?' vroeg Derwent op zachte toon.

'Ik was bang dat ik naar de gevangenis moest. En ik was heel verdrietig om Savannah.' Ze legde haar handen over haar gezicht. 'Toen ik haar eenmaal had vermoord, was ik geen haar beter dan zij. Ik had de benzine in de garage zien staan en ik wist dat er in de keuken een aansteker lag. Ik heb hem meegenomen en de benzine gepakt, en toen ben ik hierheen gegaan. Ik wilde het doen, maar ik durfde niet.' Het hoge stemmetje brak en haperde. 'Ik wilde me opofferen. Ik wilde alles weer goedmaken. Maar ik kon het niet.'

'Dit is totale flauwekul.' De stem van Zoe klonk gespannen en schokkend hard na Lydia's hakkelende verslag. 'Het kan niet zo zijn dat jullie haar geloven. Ze heeft haar familie vermoord, ze heeft mijn vriendin vermoord en nu probeert ze mij ervoor te laten opdraaien. Kijk dan naar haar. Ze is hartstikke gek.'

Ik keek inderdaad naar Lydia, die klappertandde. Haar haren lagen verward om haar hoofd en haar ogen stonden wild. Ze had op mijn lijstje van verdachten gestaan, maar ik had nooit echt geloofd dat ze tot moorden in staat was. Nu was ik daar niet meer zo zeker van.

'Het is tijd om de waarheid te vertellen, Lydia.' Haar vaders stem klonk streng. 'Niet weer zomaar een verhaal.'

'Ik vertel de waarheid.' De overtuiging ontbrak en boven haar hoofd lag er een grimmige blik in Derwents ogen.

Zoe bracht haar handen naar haar gezicht. 'Ik geloof niet dat Savannah dood is. Hoe kan ze nou dood zijn?'

'Dus u was er niet bij,' zei Godley. 'Lydia liegt.'

'Natuurlijk was ik er niet bij.' Ze liet haar handen zakken en keek me weer kwaad aan. Haar wimpers plakten aan elkaar van de tranen. 'Ik wist hier niets van tot ik terugkwam. Ik kan niet geloven dat u zelfs maar bereid bent te geloven dat ik erbij betrokken zou kunnen zijn.'

Ik hield nog steeds haar arm vast. 'Luister, we moeten het allemaal grondig uitzoeken. Het bewijsmateriaal bestuderen.'

'Dat zal uitwijzen dat zij haar heeft vermoord en dat ik er niet bij was.' Zoe stond te beven. 'Wat een nachtmerrie. Hoe heeft dit kunnen gebeuren?'

'Hou óp met liegen,' schreeuwde Lydia. 'Zeg dat ik het niet verzonnen heb. Zég het!'

Zoe schudde haar hoofd. 'Het is een verzinsel. Het is krankzinnig. Zij is krankzinnig. Ik wist wel dat we haar niet in huis hadden moeten nemen.' Ze keek Philip Kennford smekend aan. 'Ik weet dat ze uw dochter is, maar u kunt niet alles wat ze zegt voor waar aannemen. Ze probeert me erin te luizen. Ze is door en door slecht.'

'Nee,' zei Lydia met schorre stem. 'Nee.'

Zoe spreidde haar handen uit. 'Waarom zou ik Savannah willen vermoorden? Waarom zou dat ook maar bij me opkomen? Het slaat nergens op.'

En toen ging mijn telefoon. Ik keek Liv aan en ze kwam naar voren om mijn plaats naast Zoe in te nemen terwijl ik wegliep. Buiten, waar de lucht vrij was van benzinedampen, ademde ik twee keer diep in terwijl ik mijn telefoon uit mijn broekzak haalde. 'Kerrigan.'

'Met Colin Vale.' Ik zou de nasale stem van mijn collega meteen hebben herkend, maar hij was zo iemand die zichzelf bekendmaakte; ik had nog mazzel dat hij zijn rang en het nummer van zijn politiepenning er niet bij vermeldde. 'De DNA-resultaten van de zaak-Kennford zijn terug van de forensische dienst en we hebben een match gevonden.'

Mijn hart maakte een sprongetje. 'Ga verder. Is het Savannah Wentworth?'

'Nou nee. Het gaat om Hannah Clarke, die momenteel... even kijken... zesentwintig jaar oud moet zijn.'

'Wie?' Ik schudde verbijsterd mijn hoofd. 'Ik heb geen idee wie dat is.'

'Ze is een aantal keren veroordeeld voor winkeldiefstal, beroving, dat soort dingen. De meeste veroordelingen zijn van een paar jaar geleden.'

'Is er ook een persoonsbeschrijving?' Ik luisterde terwijl hij iets van een paar jaar geleden voorlas; dat zou nu achterhaald zijn. 'Opvallende kenmerken? Littekens?'

'Op haar linkerbovenarm zit een litteken van zo'n tweeënhalve centimeter lang in de vorm van een traan.'

'Daar kan ik wat mee.'

'Serieus?'

'Misschien wel.' Ik aarzelde. 'Is er bevestigd dat die Hannah Clarke verwant is aan Laura Kennford?'

Het onweer rommelde over de heuvels en ik hoorde Colins antwoord nog maar net. 'Dezelfde vader, kennelijk.'

'Dezelfde vader,' herhaalde ik. 'Jezus.'

'Begint het je al te dagen?'

'Min of meer.' Ik bedankte hem en hing op, waarna ik terugliep naar de schuurdeur. Zoe stond nog steeds naast Liv, maar met haar armen over elkaar.

'Mag ik je linkerbovenarm even zien, alsjeblieft?'

'Waarom dat?' Ze legde er beschermend een hand overheen.

'Ik moet kijken of je er een litteken hebt.' Ik was me ervan bewust dat iedereen ons gesprek volgde. 'Ik wil graag weten of je een dochter van Philip Kennford bent.'

Iedereen begon door elkaar heen te praten; ik zag dat Kennford protesteerde, dat Zoe hysterisch lachte en boven alles uit hoorde ik Derwents stem. 'Dat is toch ziek, goddomme. Het zou betekenen dat ze met haar zus de koffer in dook. Besef je dat wel?'

Ik negeerde alles, trok haar vingers van haar arm en hield haar hand vast met alle kracht die ik in me had. Ze was lang, en ook sterk, en ze wilde me van zich afslaan, maar ze moet hebben geweten dat ze deze strijd niet kon winnen.

Halverwege haar linkerbiceps was een lichtgekleurd litteken te zien in de vorm van een traan. Het was ongeveer tweeënhalve centimeter lang. Onmiskenbaar. Niet te verbergen.

En ze hield op met lachen.

Ik schraapte mijn keel. 'Zoe Prowse, alias Hannah Clarke, je staat onder arrest voor de moord op Vita Kennford en Laura Kennford, en de moord op Savannah Wentworth. Je hebt het recht om te zwijgen. Indien je geen gebruikmaakt van dit recht, kan en zal alles wat je zegt tegen je worden gebruikt in een rechtszaak. Begrijp je dat?'

Geen antwoord.

Maar dat had ik eigenlijk ook niet verwacht.

25

'Het mooie van DNA is dat zelfs het domste jurylid het kan begrijpen.'

Met een ijzige blik zat Zoe naar de muur van de verhoorkamer te staren. Het was dezelfde verhoorkamer die we hadden gebruikt om Lydia en Seth Carberry te ondervragen, ons meteen beschikbaar gesteld door de politie van Sussex, en we zaten er nu al een uur.

'Je kunt niet ontkennen dat Philip Kennford je vader is, Zoe. Daar staat het, zwart op wit.' Ik schoof het vel papier over de tafel naar haar toe. 'Eerlijk gezegd ben ik niet zo goed in het interpreteren van wetenschappelijke informatie, maar dat hoef ik in de rechtbank ook niet. Daar komen deskundigen aan het woord. Die kunnen bewijzen dat je met de familie Kennford verwant bent. Of in elk geval met Philip.'

Niets.

'Wil je niet dat hij weet wie je bent? Wil je niet dat hij je erkent?' Ik boog me naar haar toe. 'Is dat niet waar het allemaal om draaide?'

Er gleed een zweem van irritatie over haar gezicht.

'Je wilde dat hij je zou erkennen, maar je kreeg geen voet tussen de deur.'

Derwent had een stoel omgedraaid en was er schrijlings op gaan zitten. 'We hebben een praatje gemaakt met Vita's zus Renee. Zij had het erover dat een van Philip Kennfords buitenechtelijke kinderen vorig jaar was opgedoken, maar we wisten niet dat ze een volwassene bedoelde. We gingen ervan uit dat ze het over een jong kind had. Maar het ging over jou, nietwaar?'

'En Vita wilde liever niets met je te maken hebben. Het enige wat ze wilde was haar gezin beschermen en jou buiten haar comfortabele wereldje houden.' Ik bladerde door mijn mapje met notities over Zoe, dat ik haastig had samengesteld uit informatie van verschillende officiële bronnen. Ik kon nog steeds niet aan haar denken als Hannah, ook al was dat haar echte naam. 'Je hebt niet bepaald een bevoorrechte jeugd gehad, hè? Langdurig bij pleeggezinnen gewoond. Veel problemen met de politie, het maatschappelijk werk. En op je twaalfde overleed je moeder.'

Een fractie van een seconde wankelde Zoe's zelfbeheersing en verdween de behoedzame uitdrukking van haar gezicht. Ik wist dat Derwent het ook gezien had. Het was de eerste echte reactie die we hadden gekregen. Misschien een doorbraak.

'Wat was de oorzaak – drugs?' Tegen mij zei Derwent: 'Drugs, vast en zeker.'

'Ze had een overdosis genomen.' Het was alsof Zoe zichzelf niet meer in bedwang kon houden en het wel móést zeggen.

'Zichzelf van kant gemaakt?'

'Het was een ongeluk.'

'Maar ze was een junk, dus. Dat moet wel als ze jou niet bij zich mocht houden. Weet je hoe moeilijk het is om de rechtbank zover te krijgen dat een kind bij de vader of moeder wordt weggehaald?'

'Niet moeilijk genoeg.' Zoe keek Derwent kwaad aan. 'Ze deed erg haar best.'

'Coralie. Mooie naam.'

'Hij wist nog steeds niet wie ze was.' Zoe klonk verbitterd, wat begrijpelijk was. Philip Kennford had in de schuur namelijk per se de naam van Zoe's moeder willen weten. Ik dacht dat het waarschijnlijk een moment was geweest waar ze haar hele leven over had gedroomd, maar zijn reactie was verre van het antwoord dat ze misschien wel had gewenst.

'Sorry,' had hij gezegd. 'Zegt me niets.'

Coralie Clarke was achttien geweest toen hij haar had ontmoet, vertelde Zoe hem. Ze was mooi – heel mooi. 'U bent een paar keer met haar naar bed geweest. Ik weet niet hoe vaak.'

'Het spijt me.' Hij zag er ook uit alsof het hem speet. 'Zijn er nog meer bijzonderheden?'

'Mama was niet zo goed in bijzonderheden.'

'Ik kan me gewoon geen Coralie herinneren.'

Zoe's ogen waren groot en stonden strak gericht op het gezicht Kennford. 'Ze is u nooit vergeten.'

'Ze had natuurlijk jou, waardoor ze aan mij terug bleef denken. Ik heb nooit van jouw bestaan geweten.'

'Ze heeft het u verteld. Ze heeft twee keer geschreven en ze heeft een keer op straat gewacht toen u het gerechtsgebouw uit kwam. Ze heeft het u verteld,' herhaalde Zoe.

'Daar weet ik allemaal niets van.'

'Zou u zich dat dan herinneren?' had ik belangstellend gevraagd.

'U bent niet erg in zulke dingen geïnteresseerd, heb ik de indruk.'

'Een kind zou ik me wel herinneren.'

'U gaf niets om de baby van Niele.'

'Dat hoefde ook niet. Die baby zou nooit geboren worden. Niele was geen type om moeder te zijn.'

'Mijn moeder ook niet.' Dat was het laatste wat Zoe had gezegd. Ze had haar mond stijf dichtgehouden terwijl wij maatregelen troffen om haar naar het politiebureau over te laten brengen. Ze had Philip Kennford aangestaard zolang hij nog in haar gezichtsveld was, alsof ze zich zijn gezicht wilde inprenten. Het was de eerste keer geweest dat ze met hem had gepraat, zei ik tegen mezelf. En vermoedelijk in andere omstandigheden dan ze zich had voorgesteld.

'Het was vast moeilijk voor je om te zien wat Philip Kennfords andere dochters onder een normaal leven verstonden,' zei ik nu, en ik hoopte dat ze zou blijven praten. 'Al die dingen die voor hen vanzelfsprekend waren.'

'Het is niet allemaal eerlijk verdeeld in het leven.' Ze zei het met een strakke glimlach.

'Maar die les had Laura niet geleerd, hè? Zij werd in de betere kringen geboren. Geld te over. Het beste van het beste.'

Zoe haalde haar schouders op.

'En voor Lydia gold hetzelfde. Maar zij heeft er niet optimaal gebruik van gemaakt, toch? Ze verpestte het voor zichzelf door niet te eten en zichzelf te beschadigen. Ze creëerde haar problemen zelf.'

'Die arme Lydia.'

'Die arme Lydia, van wie jij zegt dat ze je wil laten opdraaien voor de moord op Savannah.' Derwent leunde met zijn hoofd op zijn over elkaar gevouwen armen. 'Je weet vast wel dat die vlieger niet opgaat.'

Zoe zag er geïrriteerd uit. 'Geloof maar wat jullie willen. Ik kan jullie niet dwingen om mij te geloven in plaats van haar.'

'Vertel ons dan jouw versie van het verhaal.' Ik keek hoe laat het was. 'Hij zal nu wel in het ziekenhuis bij Lydia zitten. Aan haar bed. Hij heeft zijn keuze al gemaakt.'

'Hij weet niet wat je voor hem hebt gedaan. Wat je hebt opgeofferd.' Derwent schudde zijn hoofd. 'Ik heb geen kinderen, maar als ik eraan denk dat iemand op een dag zoveel om me zal geven als jij om Philip Kennford, lijkt me dat geweldig. Jij hebt zijn liefde verdiend. Lydia heeft alle mogelijkheden gehad om hem voor zich te winnen en ze heeft het verknoeid, elke keer opnieuw. En toch is hij bij haar.'

Zoe staarde naar haar handen en drukte haar handpalmen tegen elkaar. 'Ik weet wat jullie proberen te doen en dat gaat niet lukken.'

'We proberen je alleen maar te helpen. We willen graag dat je ons vertelt waarom je überhaupt in de levens van Philip Kennfords dochters bent opgedoken.' Ik leunde achterover in mijn stoel. *Zorg ervoor dat ze rustig blijft…*

'Wat was de volgorde? Heb je eerst Vita of eerst Savannah ontmoet?'

'Vita,' zei ze met tegenzin.

'Ze was niet bepaald gemakkelijk in de omgang, heb ik gehoord. Vooral niet als ze dacht dat haar gezin ergens door werd bedreigd.'

'Door mij. Doordat ik bestond.' Ze vocht tegen haar tranen. 'Ik wilde haar alleen maar zeggen dat ik er niet om had gevraagd geboren te worden, begrijpen jullie dat? Altijd hetzelfde liedje – ik werd gestraft voor mijn bestaan.'

'Wat wilde je?'

'Hem ontmoeten. Hem leren kennen. Een familie hebben.' Ze haalde haar schouders op. 'Het was stom, maar ik dacht dat hij trots op me zou zijn. Ik was met niets begonnen en had mijn leven inmiddels op de rails. Ik had verdomme keihard gewerkt om vooruit te komen – om iets van mezelf te maken. Ik dacht dat hij daar wel bewondering voor zou hebben. Ik vroeg niet om geld, of veel van zijn tijd, of meer dan zomaar een kans om eens met hem te praten.'

'En Vita wilde er niets van weten.'

'Ze was een racistisch kutwijf,' snauwde Zoe bits. 'Ze wilde niet dat iemand zou weten dat hij met een zwarte vrouw naar bed was geweest. Ze vond het een verschrikkelijk idee dat ik deel zou gaan uitmaken van haar wereld.'

'Heeft ze dat gezegd?'

'Niet met zoveel woorden, hoor.' Er gleed een traan uit haar rechteroog en ze wreef hem weg. 'Ik merkte het gewoon. Ze zei dat ik niet op mijn plek zou zijn. De meisjes zouden niet weten wat ze met me aan zouden moeten, en haar man ook niet.'

'Heeft ze je geld aangeboden?'

'Een klein bedrag.'

'Hoeveel?'

'Duizend pond.' Zoe's mond vertrok een beetje. 'Niet veel, eigenlijk. Ze vond me vast goedkoop.'

'Ze heeft je verkeerd beoordeeld,' zei Derwent. 'Je onderschat. En je kwaad gemaakt.'

'Ik was niet kwaad. Toen niet. Ik voelde me gekwetst.'

'Oké, je voelde je gekwetst. Maar je was niet van plan het op te geven.'

Zoe zuchtte. 'Ik wist van Savannahs bestaan. Ik wist dat ze zijn dochter was, en een beroemd model, en ik wist een uitnodiging te bemachtigen voor een feest tijdens de London Fashion Week, waar ze naartoe zou gaan.'

'Was het je bedoeling een relatie met haar te beginnen?'

'Nee.' Ze reageerde geschokt. 'Helemaal niet.'

'Je wilde haar leren kennen,' zei ik. 'Nog een zus van je. Je had haar kunnen vertellen wie je was, toen je haar eenmaal een beetje leerde kennen.'

Ze knikte. 'Dat was de bedoeling. Ik heb nooit gedacht dat we echt vriendinnen konden worden, maar ik dacht dat er misschien een band zou ontstaan.'

'Dat is wel een understatement, nietwaar?' Derwent streek met een hand over zijn gezicht. 'Ik snap niet hoe je dat kon, echt niet. Met haar naar bed gaan. Je eigen zus.'

Het bloed steeg haar naar de wangen. 'Veroordeel me niet zomaar. Het was niet zo gepland. Het ging allemaal van haar uit.'

'Ze had een vriend,' zei ik rustig. 'Die heeft ze voor je gedumpt. Je moet haar het idee hebben gegeven dat haar belangstelling voor jou welkom was.'

'Zo doortrapt was het allemaal niet. Echt niet.' Ze had een koppige blik op haar gezicht. 'Het gebeurt. Genetische seksuele aantrekkingskracht, zo heet het.'

'Incest,' zei Derwent.

'Niet op die manier. Het gebeurt met mensen die niet bij hun familie opgroeien. Ze leren elkaar als volwassene kennen en lijken op elkaar omdat ze dezelfde genen hebben, en er is een emotionele band die voelt als liefde, of ze nou weten dat ze verwant zijn of niet. Het kan gaan om moeders en zonen, vaders en dochters, broers en zussen, of halfbroers en -zussen, zoals bij Sav en mij.'

'Je hebt erover gelezen,' merkte ik op.

'Ik wist niet wat er met me gebeurde,' zei ze zacht. 'Ik begreep de gevoelens die ik voor Savannah had niet. Ik dacht dat er iets mis met me was. Ik heb met een therapeut gepraat en zij heeft het me uitgelegd.'

'Savannah beschreef de ontmoeting met Zoe als het vinden van haar soulmate. Ze zei dat het was of ze in een spiegel keek en Zoe terug zag kijken,' zei ik tegen Derwent. 'Mensen worden inderdaad verliefd op mensen die op hen lijken.'

'Dat zal dan wel. Ik vind het nog steeds ziek.'

'Jij staat dan ook niet bepaald bekend om je ruimdenkendheid.' Ik rolde met mijn ogen naar Zoe, om haar te laten lachen om Derwent, en er kwam een waterig glimlachje tevoorschijn. Ik wilde dat ze me aardig vond. Ik wilde dat ze me vertrouwde. Ik wilde dat ze bleef praten. 'Weet je, ik had me moeten realiseren dat jij en Savannah verwant waren. Al de eerste keer dat ik jullie zag vond ik dat jullie op elkaar leken. Allebei lang. Allebei de trekken van jullie vader. En jullie handen en oren hebben dezelfde vorm.'

Ze knikte. 'Ik denk dat we heel erg op elkaar zouden hebben geleken als mama blank was geweest. Maar Sav moest op haar gewicht letten en ik ben atletischer gebouwd, dus zagen we er toch een beetje verschillend uit.'

'Ik heb geen gelijkenis gezien,' zei Derwent.

'Dat komt omdat je je ogen niet van Savannah kon afhouden.' Ze zei het zonder scherpte, maar ze had het niet bij het verkeerde eind, en Derwent probeerde het ook niet te ontkennen.

'Dus jullie kregen een relatie,' zei ik. 'Was het jouw idee om dat geheim te houden?'

'Ik wist niet wat ik moest doen. Ik wist dat ik wat mijn vader betreft mijn schepen achter me verbrandde – hij zou niets met me te maken willen hebben als hij wist dat ik zelf wist dat ik met mijn zus naar bed ging. En ik wilde niet dat Vita me zou herkennen en het iedereen zou vertellen. Dus vroeg ik Savannah het geheim te houden. We zijn hiernaartoe verhuisd en uit de publiciteit gebleven. Daar voelden we ons allebei goed bij.'

'Maar het moet wel frustrerend zijn geweest. Je was dichter bij je vader dan ooit, maar je kon niet in zijn buurt komen. Als hij je had willen accepteren als Savannahs nieuwe vriendin, had je het misschien zo kunnen laten en op die basis een relatie met hem kunnen opbouwen. Niemand hoefde de waarheid over je identiteit te weten, en het was allemaal zo slecht nog niet, toch? Ze had geld, zag er goed uit en vond je fantastisch.'

'We zijn verliefd op elkaar geworden.'

'Maar toen je besefte dat je jezelf voor altijd had vervreemd van je vader door haar vriendin te zijn, zat Savannah in de problemen, toch?'

Zoe staarde me aan en gaf geen antwoord.

'Toen je eenmaal had besloten dat je zou proberen in contact te komen met de tweeling, kon je haar niet laten leven. Ze zou je vader over jullie relatie hebben verteld. En hij stond zo vijandig tegenover het idee dat ze iets met een vrouw had, laat staan haar halfzus, dat je geweten moet hebben dat je kans om bij de familie te horen daarmee was verkeken.'

'Ik had het allemaal niet zo gepland. Een relatie met Savannah is nooit mijn doel geweest.'

'Maar je hád dus wel een doel. En je nam contact op met Laura. Hoe heb je haar gevonden? Facebook?' Zoe gaf geen antwoord, maar ik zag haar oogleden trillen: ik had het goed geraden. 'Je hebt haar verteld dat je haar onbekende zus was, om te kijken wat ze ervan zou vinden, en ze vond het geweldig. Het comfortabele wereldje van haar ouders moest maar eens overhoopgehaald worden. Hun verdiende loon, toch? Je won het vertrouwen van Laura en je beloofde dat je haar vader en moeder voor het blok zou zetten, dat je ze zou vertellen dat ze hypocriet en onbetrouwbaar waren, en dat je dus eigenlijk zou doen wat Laura al had geprobeerd te doen sinds ze was gaan puberen.'

'Hebben jullie haar e-mails gelezen?'

'Daar zijn we mee bezig.'

Zoe knikte en nam een slokje van het water dat voor haar stond, alsof het haar niks kon schelen, maar ik zag hoe haar hand trilde toen ze het bekertje weer op de tafel zette.

'Seth Carberry was Laura's vriendje. Hij heeft ons verteld dat ze berichten op haar telefoon kreeg van iemand die haar wilde ontmoeten – iemand die hij beschouwde als concurrentie. Maar dat was jij, hè?'

Toen ze geen antwoord gaf, kwam Derwent naar voren op zijn stoel. 'We hebben nu Laura's telefoon, hoor. Die had Lydia al die tijd. We zullen de berichten traceren. Je hebt waarschijnlijk een prepaid exemplaar gebruikt en het zal allang zijn verdwenen, maar we kunnen wel zien waar je was toen je ze verstuurde. Het zou me verbazen als je telkens een heel eind van huis was gegaan alleen om Laura een sms te sturen. En het mooie van de boerderij is dat die in een uithoek ligt. We kunnen de berichten tot aan jullie achterdeur traceren.'

Ze beet op haar lip.

'Eerlijk is eerlijk, je had niet verwacht dat Laura die avond thuis zou zijn. Ze zou die avond de deur uit gaan. Maar je moet erheen zijn gegaan met de bedoeling Vita te vermoorden. Je had een mes bij je.'

Ik sloeg de map open en pakte een foto van Vita's lichaam zoals het naar het mortuarium was gebracht. Ze was naakt, haar lichaam was gewassen, en ze was bleek in het licht van de flits. Haar verwondingen zagen er verschrikkelijk uit – en dat waren ze ook. 'Je hebt ons eens verteld dat je een koksopleiding had gevolgd. Je weet vast goed hoe je messen moet hanteren, dus dat verklaart de wapenkeus. En je wist dat je bij Vita nul op het rekest zou krijgen omdat ze je al eens de deur had gewezen. Vita moest uit de weg worden geruimd, nietwaar?'

Zoe slikte. Haar sproeten staken af op haar huid alsof ze erop geschilderd waren, en ik vroeg me af of ze zou gaan overgeven.

'Het komt erop neer dat je haar niet kon vermoorden waar Laura bij was. Je moest zeker weten dat Laura je niet kon identificeren. En Vita werd zo geobsedeerd door haar eigen kinderen dat ze voor jou geen ruimte wilde maken – al was het maar een beetje, want je vroeg niet veel. Dus eigenlijk was het vermoorden van Laura voor de ogen van haar moeder de beste wraak die je je maar kon wensen.'

'Ik weet niet wat je bedoelt.' Haar stem klonk hees.

'Je hebt Laura's keel doorgesneden, maar dat was één snee. Doelmatig. Het neersteken van Vita – dat was een waar genoegen, hè?'

De foto lag op de tafel tussen ons in, naar Zoe gericht. Ze had er niet naar gekeken.

'Toen Vita wegrende, probeerde ze bij Lydia te komen, om haar te waarschuwen. Je wist niets van dat zwembad in de achtertuin en toen je op verkenning uit ging, stuitte je op je vader. Het moet een schok zijn geweest om met hem in een en dezelfde ruimte te zijn. Hem te zien. Je moest hem wel buiten westen slaan omdat hij anders met je had gevochten en jij misschien het onderspit had gedolven, maar het had iets halfslachtigs, iets besluiteloos, waardoor wij hem beschouwden als een aannemelijke verdachte. En hij dacht dat hij Savannah in de spiegel had gezien, dus had je er ook nog voordeel van dat je hem had laten leven.'

'Dit verzin je gewoon.'

'Het is giswerk,' beaamde ik. 'Maar het klopt allemaal. En er is ook bewijsmateriaal. Het hangeroogje dat op de plaats delict is gevonden – dat komt overeen met de exemplaren die je gebruikt voor je sieraden. Uit de tests zal wel blijken dat de aarde van de boerderij afkomstig is, denk je niet? En het DNA dat erop is gevonden, heeft ons naar jou toe geleid. Jij was daar, Zoe. Je was in het huis, stapte door het bloed en liep er rond.'

'Het was Savannah.'

'Dat heb je Lydia verteld, zodat je haar kon overhalen haar te vermoorden. Maar waarom zou Savannah haar stiefmoeder en halfzus willen ombrengen?'

'Geen idee.'

'Nee, ik ook niet.' Ik ondersteunde mijn hoofd met mijn hand. 'Weet je, Savannah vertelde me dat ze die nacht heel diep heeft geslapen, uren- en urenlang. Als ik een tijdje de nodige bewegingsvrijheid wilde hebben, zou ik degene met wie ik samenwoonde misschien wel een slaapmiddel toedienen, bijvoorbeeld de avond dat ik op pad zou gaan om een moord te plegen.'

'Dat kunnen jullie nooit bewijzen,' zei Zoe op bijtende toon. 'Dan had haar bloed meteen getest moeten worden.'

'Ik denk gewoon niet dat jij het type bent dat het risico neemt betrapt te worden omdat je vriendin zou kunnen besluiten je te verrassen terwijl je zogenaamd aan het werk was.'

'Je hebt ons een alibi gegeven voor Savannah, maar dat sloeg nergens op,' zei Derwent. 'Je wilde gewoon dat wij geloofden dat je daar de hele nacht was geweest, los van wat zij had gedaan. Het kwam je goed uit dat de afwezigheid van een olievlek ons wantrouwig maakte ten opzichte van Savannah.'

'Maar niet wantrouwig genoeg om de logeerpartij van Lydia tegen te houden. Je wilde beslist dat Lydia hierheen zou komen.'

'Dat wilde Savannah,' zei Zoe.

'Ik denk dat het jouw idee was dat Savannah ons zou vragen om Lydia bij jullie te laten logeren. Daarom kwam je mee naar het verhoor – daarom, en om uit te vinden wat we over de moorden wisten. Savannah was een heel bruikbaar schild waar je je achter kon verschuilen. Je haalde Lydia weg uit het huis van haar tante, waar ze veilig maar ongelukkig was. Vervolgens heb je haar vertrouwen gewonnen. Je was klaar om alles rond te maken en toen dook Seth Carberry op. Hij had bijna alles verpest, hè? Hij verlegde onze aandacht weer naar de boerderij, en naar Lydia, en naar wat er voor de moorden was gebeurd. Bovendien kregen we de telefoon in ons bezit. En toen belde ik vanochtend. Je moet in paniek zijn geraakt.'

'Dat is niet waar.'

'Je had geluk met Lydia. Zij is een type dat doet wat je haar op-draagt. Ze zou meteen toegeven dat ze schuldig was. Je had niet ge-dacht dat ze zelfmoord zou proberen te plegen, maar dat zou je nog beter zijn uitgekomen. Maar Lydia vertelde ons wat er echt was gebeurd en toen moest je wel overstappen op plan B, dus deed je als-of ze je erin wilde luizen. Je bent zorgvuldig te werk gegaan met het schoonmaken – zowel van de kamer als van jezelf. Je hebt je kleren vast al ergens gedumpt. Het zal lastig zijn je in verband te brengen met de plaats delict, los van het bewijs dat je het bed met Savannah deelde. Het is denkbaar dat je een jury ervan zou kunnen overtuigen dat Lydia heeft gelogen over wat er vandaag is gebeurd. Het zou alle-maal beter zijn geweest zonder de forensische link naar de plaats de-lict in Wimbledon, maar een advocaat zou zeker een poging wagen.'

'Als we je zouden geloven, zou Lydia naar de gevangenis gaan of naar een psychiatrische inrichting.' Derwent nam het stokje van me over en viel haar keihard aan. 'En jij zou vrijuit gaan.'

'Je zou Philip Kennford kunnen leren kennen. Jullie zouden sa-men kunnen rouwen.'

'Je zou de enige zijn. Zijn enige dochter, ook al zou hij dat niet we-ten. Je zou voor hem kunnen zorgen.'

'Jullie zouden een gelukkig gezinnetje kunnen vormen. En ze leef-den nog lang en gelukkig,' zei ik zachtjes.

'Dit is gelul,' zei Zoe woest.

'Ik ben wel overtuigd.' Derwent knikte me toe. 'Goed gedaan, Maeve.'

'Goed gedaan?' herhaalde Zoe. 'Je bedenkt een hoop onzin om Lydia uit de problemen te krijgen omdat jullie haar aardig vinden, omdat iedereen om die arme kleine Lydia geeft, en niemand om mij. Het maakt niet uit als ik de gevangenis in ga. Niemand zal er een traan om laten. Maar al dat leed moet Lydia bespaard blijven.'

'Ik denk dat dit haar veel dichter bij haar vader zal brengen,' zei ik tegen Derwent. 'Het leek of hij echt geraakt was, vond je ook niet?'

'Alsof hij zich realiseerde wat hij bijna kwijt was geweest,' beaam-de Derwent. 'Maar het leek hem niets te kunnen schelen dat we jou met handboeien afvoerden.'

'Hij had veel te verwerken. Hij had nog maar net gehoord dat ik zijn dochter was.'

'Hij vroeg niet waar je naartoe ging,' zei ik vriendelijk.

'Hij maakt zich nu waarschijnlijk zorgen om me.'

'De laatste keer dat ik hem zag, maakte hij zich meer zorgen over de vraag of Lydia ook gearresteerd zou worden. En hij heeft sinds dat moment geen contact opgenomen. Niets van zich laten horen. Hij is niet naar het bureau gekomen om te kijken hoe het met je gaat. Hij heeft zich helemaal gericht op zijn echte dochter, Lydia, en is jou alweer vergeten.' Ik staarde haar bedroefd aan. 'Dat moet je toch steken.'

Haar lippen waren naar achteren over haar tanden getrokken. Ze zag er op dat ogenblik behoorlijk krankzinnig uit, en haar stem was onherkenbaar toen ik de band terugluisterde. 'Wat kon ik nog meer doen om zijn aandacht te krijgen? Wat kon ik anders nog doen? Waarom had hij geen aandacht voor me? Wat moet ik verder nog doen?'

Zoe Prowse begon te huilen.

En daarmee was het allemaal voorbij.

De klus was geklaard.

26

Ik klopte op de deur van Godleys kantoor en wachtte.

'Maeve. Kom binnen.' Hij leek blij me te zien. 'Hoe gaat het?'

'Derwent en ik zijn net terug van de rechtbank.' Het was Zoe's eerste keer in de rechtbank geweest, de dag nadat ze was aangeklaagd, en de eerste behandeling bij de politierechter was altijd een formaliteit.

'Hoe ging het?'

'Geen verrassende dingen. De eerste behandeling bij het gerechtshof is over een maand en momenteel zit ze keurig achter slot en grendel.'

'Dat is een prettig idee, hè?'

'Ach ja. Ik geloof het wel.' Ik speelde met een paperclip die op zijn bureau had gelegen, precies op het randje, zodat een klein duwtje hem op de vloer zou laten belanden. 'Ik denk dat ze gaat proberen verminderd toerekeningsvatbaar te worden verklaard, vanwege haar traumatische opvoeding.'

'Het bekende verhaal.'

'We hebben gisteren veel gehoord over pleegzorg.' Ze had gepraat nadat ze was bijgekomen van haar huilbui – gepraat en gepraat, zonder dat ze veel aanmoediging nodig had. Om haar nieuwe verhaal op een rijtje te zetten, had Derwent knorrig gezegd, en ik was het met hem eens.

'Ze heeft dus een slechte jeugd gehad?'

'Misbruik. Geweld. Verkrachting. Alles erop en eraan.' Ik huiverde. 'Als je dat allemaal hebt meegemaakt, dan begrijp ik best dat je je tekortgedaan voelt als je ziet hoe druk je vader zich maakt over je zussen terwijl hij de naam van jouw moeder niet eens meer wist.'

'Niet iedereen die met jeugdzorg te maken heeft gehad, wordt later een crimineel of moordenaar.'

'Nee. Sommige mensen blijven op het rechte pad, hoe verleidelijk het alternatief ook is.' Ik zag aan de blik op zijn gezicht dat hij precies wist waar ik op doelde.

'Je hebt goed werk verricht, Maeve. Je leert steeds weer bij.'

'Dat hoop ik wel.' Ik keek hem strak aan. 'Ik wil geen fouten maken. En ik wil mijn carrière niet op het spel zetten vanwege de problemen van een ander.'

'Er is niemand die dat wil.' Hij draaide met zijn pen op zijn vloeiblok. 'Ik ben je dankbaar voor je hulp.'

'Dat geloof ik graag.' Ik stond op. 'Maar ik word er liever niet bij betrokken. En u hebt me betrokken bij uw zaken met Skinner.'

'Nee.'

'Jawel,' hield ik vol. 'U dacht dat ik niet zou merken wat er speelde, maar ik had me al afgevraagd waarom u Derwent niet op de bendemoorden wilde zetten. Hij nam zelf aan dat het was vanwege Una Burt, maar het was omdat hij zou hebben opgemerkt dat u bij schimmige zaakjes betrokken bent.'

'Er zit meer achter dan je weet.'

'Ik weet dat u Skinner hebt gezegd dat hij zich moest ontdoen van zijn nieuwe handlangers, en dat vijf van hen een paar dagen later dood waren. Ik weet dat u nummers uit de telefoon van Niele hebt verwijderd. Ik weet dat u zich probeerde in te dekken en dat u mij daarvoor hebt gebruikt.'

'Dat zijn maar wat losse vermoedens.'

'Misschien. Zo kan ik nog wel even doorgaan, als u wilt. Ik vermoed dat u fungeerde als tussenpersoon voor Niele en Skinner, en dat u daarom haar telefoon moest opschonen. U werd nerveus toen ze opdook in de zaak-Kennford, hoewel het toeval was dat ze iets met hem had gehad. Misschien heeft ze wel contact met u opgenomen en gevraagd of u ons bij haar uit de buurt wilde houden. Misschien heeft ze wel gedreigd dat ze ons zou vertellen dat ze u kende. Hoe dan ook leek het risico om tegen ze op te treden u de moeite waard, en dat hebt u Skinner met zoveel woorden verteld.'

'Geloof me alsjeblieft als ik zeg dat het niets met geld te maken heeft. Het is niet iets waar ik wat aan kan doen.' Zijn stem klonk rauw, bijna wanhopig. 'Ik wil niet dat je dat over me denkt.'

'Het doet er niet toe wat ik denk. Ik heb er niets mee te maken.'

'Voor mij doet het er wel toe.' Hij tekende een vierkant op zijn notitieblok en begon het in te kleuren. 'Wat ga je nu doen?'

'Niets.'

'Je zou in je recht staan als je met je vermoedens naar het BIO zou gaan.'

Het Bureau Interne Onderzoeken was de waakhond van de politie. Hier werden corruptie en laakbaar gedrag aangepakt – de politie voor de politie, in een notendop – en het idee Godley daar te moeten aangeven was geen prettig vooruitzicht.

'Ik denk dat u zelf de juiste handelwijze moet bepalen, en dat u dan zelf met het BIO zou moeten praten, als u tenminste denkt dat dat het beste is. Ik meen wat ik heb gezegd: ik wil er niet meer bij betrokken worden.' Ik aarzelde. 'Ik wil nog steeds graag voor u werken, als u me nog in uw team wilt hebben. Ik vind nog steeds dat u de beste bent in uw vak.' Ik vereerde hem alleen niet meer als een held.

'Natuurlijk wil ik je nog in mijn team hebben.' Hij had een gepijnigde uitdrukking op zijn gezicht. 'Maeve…'

'Ik moest maar eens gaan.'

Hij was bleek onder zijn gebruinde huid en zijn gezicht maakte opeens een afgeleefde indruk. Voor het eerst sinds ik hem kende zag hij er zo oud uit als hij was.

'Wat ga je nu doen?' vroeg hij.

'Wat ik uiteindelijk steeds opnieuw doe. Ik ga verhuizen.'

'Nu al?'

'Hoe sneller, hoe beter. We gaan verder. Verlaten het zinkende schip. We zoeken een nieuwe plek die we thuis kunnen noemen. Maar samen.'

'Veel geluk gewenst.'

'Dank u voor uw tijd, chef.'

'Geen dank.' Hij liep naar het raam en staarde naar buiten, met opgetrokken schouders, een en al ellende. Het speet me allemaal voor hem, maar het speet me nog meer dat ik gelijk had gehad.

Het eerste wat ik zag toen ik Godleys kantoor uit kwam, was Derwent, met zijn voeten op mijn bureau. Hij zat in zijn neus te peuteren en veegde zijn vinger af aan de onderkant van mijn stoel.

'Ben je helemaal besodemieterd?' Ik pakte zijn voeten en zette ze op de vloer.

'Klaar voor vertrek?'

'Nee.' Ik pakte mijn tas. 'Ja, bedoel ik. Maar ik ben er niet blij mee.'

'Ik help je alleen maar,' protesteerde hij.

'Je bent nieuwsgierig.'

'Ook dat.' Hij sprong op. 'Denk je dat ik een kop thee van haar zal krijgen?'

'Het is niet de bedoeling dat je blijft.'

'Toe nou, Kerrigan. Ik zal me keurig gedragen.'

'Je weet niet eens wat dat is.'

'Je raakt gespannen als je bij je moeder bent, hè?'

'Hoe weet je dat?' Mijn schouders zaten al zo'n beetje ter hoogte van mijn oren. 'Kom nou, in godsnaam. Als je me erheen wilt rijden, dan ook maar meteen. En als je je verheugt op een stukje freudiaanse flauwekul, dan zou ik daar maar snel van afstappen.'

Hij grijnsde. 'Je weet wat mijn motto is. Als je een gevoelige plek raakt, moet je gelijk nog een keer toeslaan. Vertel me eens over je jeugd.'

Met enige moeite had ik Derwent overgehaald te vertrekken nadat hij had geholpen de laatste tas naar binnen te brengen, maar hij ging niet voordat hij een grote plak Iers krentenbrood en een half sodabrood had gegeten, plus twee eigengemaakte scones. Ook had hij een zelfgemaakte appeltaart meegekregen voor thuis in de vriezer. Zijn ogen waren overal en merkten elke gênante oude foto en alle aandenkens op die mijn moeder graag vol in het zicht tentoonstelde.

'Dit zal ik allemaal steeds weer moeten horen,' siste ik tegen mijn moeder, terwijl ze de ketel opnieuw vulde. 'Hou alsjeblieft op tegen hem te praten.'

'Maar hij lijkt me een aardige jongen. En hij kende Dungannon, stel je toch voor. Je neven en nichten wonen in Dungannon.'

'Hij zal ze echt niet zijn tegengekomen. Hij kende Dungannon alleen omdat hij er op patrouille is geweest. Hij heeft in het leger gezeten.'

'Dat dacht ik al. Je ziet het altijd aan de houding als iemand soldaat is geweest.' Ze droeg de volle theepot naar binnen alsof ze een offergave droeg; mijn moeder, de Ierse nationaliste bij uitstek, die een voormalige Britse soldaat te eten gaf. Het ging mijn verstand te boven.

Uiteindelijk stapte Derwent in zijn auto en zwaaide hij mij, Rob en mijn moeder gedag.

'Ik zou me gekrenkt kunnen voelen. Ik dacht dat ik haar oogappel was,' zei Rob vanuit zijn mondhoek.

'Ze is gek op titels. En ze weet dat een inspecteur hoger in rang is dan een brigadier.'

'Zou ze jou liever met hem zien? Serieus?'

'Dat hangt ervan af.'

'Waarvan?'

'Van de vraag of je nog verder komt bij de Met of dat brigadier voor jou het hoogst haalbare is.'

'Fraai is dat.'

'Wel duidelijk. Bereik je iets, dan staat ze aan jouw kant. Schiet je tekort? Oprotten.'

'Maeve. Let op je woorden.' Mijn moeder liep langs met haar neus in de lucht.

'Stel je voor dat ik "oprotten, klootzak" had gezegd.' Maar dat fluisterde ik.

Rob rekte zich uit. 'Waar slapen we?'

'Wíj slapen helemaal nergens. Kom maar.' Ik nam hem mee naar boven en wees naar mijn slaapkamer. 'Daar staat mijn bed.' Ik liep door. 'En daar slaap jij.' Zijn kamer was helemaal aan de andere kant van de overloop.

'En wie slaapt hier?' vroeg Rob, terwijl hij wees naar de slaapkamer tussen die van ons.

'Paps en mams. En zij heeft oren als een vleermuis. En de helft van de vloerplanken kraakt.'

'Dat hebben wij weer. Geen wederzijdse bezoekjes toegestaan, neem ik aan?'

'Wat een schandalig idee. Ik schaam me voor je.' Ik schudde mijn hoofd. 'Het is levensgevaarlijk om het te proberen. Ze zou jou levend villen en mij vermoorden.'

'O, nou ja. Ik zal je missen.' Hij ging op zijn bed liggen met zijn handen onder zijn hoofd.

Ik ging op de rand van het matras zitten en plooide de sprei tussen mijn vingers. 'Mag ik je wat vragen?'

'Ga je gang.'

'Waarom blijf je bij me, terwijl ik toch telkens je leven op zijn kop zet?'

'Omdat ik van je hou.'

'Ja, ik weet nog wel dat je dat hebt gezegd,' zei ik, en ik probeerde een nonchalante toon in mijn stem te leggen.

'Nou ja. Daarom dus.'

Van onder aan de trap zweefde een stem naar boven. 'We eten vanavond een lamsstoofpot. Om zes uur.'

Rob keek op zijn horloge en kreunde. 'Dat is al over een halfuur. We hebben nog maar net thee met gebak gehad.'

'Jij bent nog in de groei, jochie.' Ik legde mijn hand op zijn borstkas. 'Ik heb het trouwens nog niet tegen jou gezegd.'

'Dat is me opgevallen.'

'En vind je het erg?'

'Nee hoor.' Hij grijnsde lui. 'Je zegt het wel op het juiste moment, als je er klaar voor bent.'

'Weet je dat zeker?'

'Net zo zeker als dat je me een bezoekje brengt nadat vanavond de lichten uit zijn, moeder of geen moeder.'

'Hoezo arrogant.'

'Altijd.' Hij hield zijn hoofd schuin. 'Ik hou echt van je, hoor.'

'Dat weet ik.' Ik stond op en liep naar de deur, waar ik bleef stilstaan. 'Ik zei toch dat de helft van de vloerplanken op de overloop kraakt?'

'Ja.'

'Nou, de andere helft dus niet.'

Hij begon te stralen, en zijn glimlach was een weerspiegeling van de lach op mijn gezicht. 'Wat wil je daarmee zeggen?'

'Ik weet welke het zijn.'

'Geen wonder dat ik je fantastisch vind.'

'Ik ben best geweldig,' beaamde ik. 'Je boft maar met mij.'

'Dat zeg ik ook steeds tegen je.'

Ik was voor de zoveelste keer weer bij mijn ouders ingetrokken. Ik moest in een ander bed slapen dan mijn vriend, voor zolang het duurde, wat het voor ons extra noodzakelijk maakte om een ander huis te vinden. Mijn stalker was terug, en hij was boos. Ik maakte me ernstig zorgen over mijn verdere carrière.

Toch zou ik met niemand willen ruilen.

Dankwoord

Zonder de grote inzet van een heleboel getalenteerde mensen was dit boek er niet gekomen. Ik ben hun allemaal veel dank verschuldigd, maar mijn bijzondere dank gaat uit naar de redactie van Ebury: mijn redacteur Gillian Green, Caroline Newbury, Hannah Robinson, Louise Jones, Jake Lingwood, Fiona MacIntyre, Susan Pegg, Hannah Grogan en Martin Higgins, en ook iedereen van de verkoopafdeling. Het is een plezier om met hen te werken. Ook wil ik Justine Taylor bedanken, die mijn manuscript met scherpe blik redigeerde.

Ik heb het grote geluk dat Simon Trewin mijn agent is en dat hij zo'n fantastische assistente heeft, Ariella Feiner. Ze vormen een geweldig team, dat me enorm aanmoedigt en steunt. Bovendien hebben die twee veel gevoel voor humor. Ook ben ik hun collega's bij United Agents veel dank verschuldigd, vooral Jessica Craig en Zoe Ross.

Ik had *De laatste dochter* nooit kunnen schrijven zonder de hulp en steun van mijn familie, met name van Frank en Alison Casey en Kerry Holland. Tijdens het schrijven van dit boek kon ik vele, vele weken genieten van de gastvrijheid van Philippa en Simon Charles en Michael en Bridget Norman. De steun en het enthousiasme van mijn vrienden waren erg belangrijk voor me en ik ben hun er dankbaar voor.

Een van de hoofdpersonen in *De laatste dochter* is een strafpleiter en een deel van het verhaal speelt zich daarom af in diens advocatenkantoor in de Inns of Court. Ik wil benadrukken dat alle personages door mij zijn verzonnen, evenals Three Unicorn Court. Maar The Temple bestaat natuurlijk wel degelijk.

Bij het schrijven van een boek vind ik het bedenken van namen voor de personages het allermoeilijkste. Tot mijn grote plezier mocht ik de naam van Caitriona Bennett lenen voor een van de belangrijke personages in dit boek. Ook wil ik Áine Holland – aan wie dit boek is opgedragen – bedanken dat ik haar voornaam mocht gebruiken als de tweede voornaam van Maeve. Ik vond die zo bij haar passen.

En tot slot wil ik Edward, Patrick en James bedanken voor hun uiterst belangrijke bijdragen aan het schrijfproces – Edward omdat hij me vermaakt, Patrick omdat hij op het juiste moment verscheen, en James, zoals altijd, voor alles.